Artus' Grab
Bediveres Cottage
Feensiedlung
Cottage des Obstgartenhüters
Hügelgrab
Der alte Wald
Nebelwald
Tochterfluss
Avalon

Alexandra Bracken

Silver in the Bone

Brich den Fluch, bevor der Fluch dich bricht

Weitere Bücher von Alexandra Bracken im Arena Verlag:
Lore. Die Spiele haben begonnen. Sie kämpft um ihr Leben

ALEXANDRA BRACKEN
ist in Arizona geboren und aufgewachsen, wo sie heute auch wieder mit ihrem Hund Tennyson lebt. Nach einem Studium in Geschichte und Englisch und einem Job im Verlagswesen schreibt sie inzwischen in Vollzeit. Sie ist unter anderem bekannt für ihre Reihe »The Darkest Minds«, die verfilmt wurde. Mit »LORE« eroberte sie zuletzt die Spiegel-Bestsellerlisten. Besuche die Autorin unter *www.alexandrabracken.com* und auf Twitter und Instagram unter *@alexbracken.*

SABINE SCHILASKY
hat Anglistik, Amerikanistik und Germanistik studiert und ist seit über zwanzig Jahren mit großer Begeisterung freie Übersetzerin. Sie hat drei mittlerweile erwachsene Kinder und lebt mit Mann, Hund und Katze in Hamburg. Neben dem Übersetzen kocht und backt sie leidenschaftlich gern und weiß zu schätzen, dass ihr Hund sie regelmäßig vor die Tür scheucht.

Arena

ALEXANDRA BRACKEN

SILVER IN THE BONE

BRICH DEN FLUCH, BEVOR DER FLUCH DICH BRICHT

Aus dem Amerikanischen
von Sabine Schilasky

Ein Verlag in der Westermann Gruppe

Die Originalausgabe erschien 2023 unter dem Titel
»Silver in the Bone« bei Alfred A. Knopf, ein Imprint von
Random House Children's Books, New York.

MIX
Papier | Fördert
gute Waldnutzung
FSC® C110508
FSC
www.fsc.org

1. Auflage 2023

Rottendorfer Straße 16, 97074 Würzburg

Dieses Werk wurde vermittelt durch die
Literarische Agentur Thomas Schlück GmbH, 30161 Hannover.
Published by Arrangement with Alexandra Cayley Bracken
Aus dem Amerikanischen von Sabine Schilasky

Text: Alexandra Bracken
Lektorat: Laura Held
Umschlaggestaltung: Filip Hodas
Titelgestaltung: Carolin Liepins
Karte: Virginia Allyn
Beigelegte Illustration: Diana Dworak
Vignetten für Innengestaltung: Shutterstock.com/Murhena,
Shutterstock.com/Niko28
Layout und Satz: Malte Ritter, Berlin

Gesamtherstellung: Westermann Druck Zwickau GmbH
Gedruckt in Deutschland

ISBN 978-3-401-60736-8

Besuche den Arena Verlag im Netz:
www.arena-verlag.de

@arena_verlag
@arena_verlag_kids

HINWEIS

Diese Geschichte spielt zum Großteil in einer harten Welt und ist stellenweise sehr düster. Zudem enthält sie explizite Gewaltdarstellungen und andere sensible Inhalte. Weiteres dazu findest du auf S. 590.

Achtung: Diese Hinweise enthalten Spoiler!

Wir wünschen dir das bestmögliche Leseerlebnis.

Der, der wagt, dieses Buch zu Unrecht sein Eigen zu nennen,
Möge im Herzen die Worte der Schwesternschaft kennen:
Nimmt er dies Buch, dessen wahrer Besitzer er nicht ist,
Trifft ihn ein Fluch, der sich in unendlichen Qualen misst.
Er wird auf seine finst'ren Augen fallen,
Die Liebe zum Lesen wird verhallen,
So weiss wie Schnee wird fortan jede Seite sein
Und der Dieb in ewigem Leiden für immer allein.

Für meine Schwester Stephanie

SIEBEN JAHRE ZUVOR

Lancashire, England

Das Erste, was man als Hollower lernte, war, niemals seinen Augen zu trauen.

Natürlich drückte Nash es anders aus: *Alle Zauberei ist zur Hälfte Illusion.* Die andere Hälfte war leider blutgetränkter Horror.

Doch in diesem Moment hatte ich keine Angst. Ich war wütend wie eine fauchende Katze.

Sie hatten mich zurückgelassen. Mal wieder.

Ich stützte die Hände zu beiden Seiten des Schuppentürrahmens ab und lehnte mich so nahe zu dem magischen Korridor vor, wie ich konnte, ohne hindurchzuschreiten. Hollower nannten diese dunklen Tunnel »Adern«; sie brachten einen binnen eines Augenblicks von einem Ort zum anderen. In diesem Fall zur Gruft einer längst verstorbenen Zauberin, in der sich ihr kostbarster Besitz befand.

Ich schaute auf dem gesprungenen Display von Nashs uraltem Mobiltelefon nach der Zeit. Achtundvierzig Minuten waren vergangen, seit ich sie in die Ader verschwinden sah. Ich konnte nicht schnell genug laufen, um sie einzuholen, und sollten sie mein Rufen gehört haben, hatten sie es ignoriert.

Das Display wurde schwarz, als der Akku schließlich aufgab.

»Hallo?«, rief ich und griff nach dem Schlüssel, den sie im Schloss gelassen hatten – ein Fingerknochen der Zauberin, in ein wenig von ihrem Blut getaucht. »Ich gehe nicht zurück ins Lager, also könnt ihr mir genauso gut gleich verraten, wann es sicher ist reinzukommen! Hört ihr mich?«

Einzig der Korridor antwortete, indem er ein Schneegestöber ausspie. Super. Die Zauberin Edda hatte beschlossen, ihre Reliquiensammlung irgendwo unterzubringen, wo es noch kälter als im winterlichen England war.

Die Tatsache, dass Cabell und Nash nicht antworteten, bescherte mir ein mulmiges Gefühl. Doch Nash hatte sich noch nie von Gefahr abschrecken lassen, und er sollte feststellen, dass ich mich auch von niemandem abhalten ließ, am allerwenigsten von dem Mistkerl, der mein Vormund war.

»Cabell?«, fragte ich lauter. Die Kälte packte meine Worte und machte sie zu weißen Wolken in der Luft. Ein Schauer durchfuhr mich. »Ist alles in Ordnung? Ich komme rein, ob ihr wollt oder nicht!«

Selbstverständlich hatte Nash Cabell mitgenommen. Cabell war ihm *nützlich*. Aber wenn ich nicht dort war, passte niemand auf, dass mein Bruder nicht verletzt wurde, oder Schlimmeres.

Die Sonne war von silbernen Wolken verhüllt. Hinter mir wachte ein verlassenes Cottage über die nahen Felder. Es war still, was mich immer nervös machte. Ich hielt den Atem an und horchte angestrengt. Kein Verkehrsbrummen, kein Dröhnen von Flugzeugen, nicht mal ein Vogelzwitschern. Es war, als hätten alle anderen Wesen es für klüger gehalten, nicht an diesen verfluchten Ort zu kommen, und Nash wäre der einzige Idiot, der blöd und gierig genug war, es zu riskieren.

Einen Moment später trug mir ein frischer Schneeschwall Cabells Stimme zu.

»Tamsin?« Immerhin klang er aufgeregt. »Pass auf deinen Kopf auf, wenn du reinkommst!«

Ich tauchte in die desorientierende Dunkelheit der Ader. Die Kälte draußen war nichts verglichen mit der beißenden hier, die in meine Haut stach, bis ich kaum noch Luft bekam.

Nach zwei Schritten schälte sich der runde Durchgang am anderen Ende der Ader aus der Schwärze. Nach dreien wurde er zu einer pulsierenden Wand aus gespenstischem Licht. Blau, beinahe wie ...

Ich schaute nach unten zu den abgebrochenen Eisklumpen, die um die Öffnung verstreut lagen und in denen Fluchsigillen wirbelten. Ich drehte mich um, suchte nach Cabell, als mich eine Hand packte.

»Ich habe dir gesagt, du sollst im Lager bleiben.« Da seine Stirnlampe eingeschaltet war, lag Nashs Gesicht im Schatten, doch ich fühlte die Wut von ihm abstrahlen wie Körperwärme. »Darüber unterhalten wir uns noch, Tamsin.«

»Was willst du machen? Mir Hausarrest erteilen?«, fragte ich, berauscht von meinem Sieg.

»Werde ich vielleicht, du kleine Närrin«, antwortete er. »Tu nichts, ohne den Preis zu kennen.«

Das Licht seiner Stirnlampe tanzte über mich hinweg, bevor es nach oben schwang. Ich folgte dem Strahl mit meinem Blick.

Eiszapfen hingen von der Decke. Hunderte, allesamt mit rasiermesserscharfen Stahlspitzen versehen, die jeden Moment herunterfallen könnten. Die Wände, der Boden und die Decke waren aus festem Eis.

Sogar in der Dunkelheit war Cabell in seiner löchrigen gelben Windjacke leicht auszumachen. Erleichtert ging ich auf seine

Seite des Raums und bückte mich, um ihm zu helfen, unbenutzte Kristalle aufzusammeln. Mit den Steinen absorbierte er die Magie der Flüche um die Eingänge herum. Sobald die Flüche entkräftet waren, hatte Nash mit seiner Axt auf die Sigillen eingeschlagen.

Alle Hollower konnten Flüche brechen – aber nur mit Werkzeugen, die sie von Zauberinnen gekauft hatten.

Selbst unter den magisch begabten Hollowern war Cabell besonders. Er war der erste Expeller seit Jahrhunderten – jemand, der die Magie eines Fluchs von einer Quelle in eine andere übertragen und ihn so umlenken konnte.

Der einzige Fluch, den Cabell anscheinend nicht brechen konnte, war sein eigener.

»Was für ein Fluch war das, Tamsin?«, fragte Nash und zeigte mit seinen Stahlkappenstiefeln auf ein Sigill in einer Eisscherbe. Auf meinen Blick hin ergänzte er: »Du hast gesagt, dass du lernen willst.«

Sigillen waren Symbole, mit denen Zauberinnen Magie formten und so an einen Ort oder ein Objekt banden. Nash hatte sich dämliche Namen für alle möglichen Fluchzeichen ausgedacht.

»Geisterschatten«, sagte ich und verdrehte die Augen. »Ein Geist wäre uns durch die Gruft gefolgt, hätte uns gefoltert und uns die Haut abgezogen.«

»Und dieser?« Nash schob ein Steinstück in meine Richtung, in das etwas eingemeißelt war.

»Weißauge«, antwortete ich. »Wer die Schwelle überquert, wird geblendet und irrt in der Höhle herum, bis er erfriert.«

»Wahrscheinlich würde man gepfählt, bevor man erfriert«, sagte Cabell munter und wies zu einem anderen Sigill. Cabells blasse Haut war rosa vor Kälte oder Aufregung, und er schien die Eisflocken in seinem schwarzen Haar nicht wahrzunehmen.

»Richtig. Sehr gut«, sagte Nash, worauf mein Bruder strahlte.

Um uns atmeten die Wände kalte Luft aus. Ein fremdartiger Gesang durchzog das Eis, knarzend und klingend wie ein alter Baum, mit dem der Wind spielte. Von hier aus führte nur ein enger Gang rechts von uns weiter.

Fröstelnd rieb ich mir die Arme. »Können wir bitte deinen blöden Dolch finden und gehen?«

Cabell holte neue Kristalle für die Flüche entlang des Gangs hervor. Ich beobachtete ihn aufmerksam, jede seiner Bewegungen. Doch Nash hielt mich mit seiner verhüllten Hand an der Schulter zurück, als ich Cabell folgen wollte.

Er schnalzte mit der Zunge. »Hast du nicht etwas vergessen?«

Genervt blies ich mir eine blonde Haarsträhne aus dem Gesicht. »Den brauche ich nicht.«

»Und ich brauche diese Einstellung bei einem Wicht von einem Mädchen nicht, also bitte«, erwiderte Nash und kramte in meiner Tasche nach einem violetten Seidenbündel. Er wickelte es auf und hielt mir die Totenhand hin.

Ich besaß keine Allsicht, woran mich Cabell und Nash bei jeder verfluchten Gelegenheit erinnerten. Im Gegensatz zu ihnen hatte ich keine eigene Magie. Eine Totenhand konnte jede Tür öffnen, auch solche, die durch einen Knochenknauf geschützt waren. Ihr Hauptzweck aber, zumindest für mich, war der, die Magie zu enthüllen, die dem menschlichen Auge verborgen blieb.

Ich hasste es, anders zu sein. Dadurch war ich ein Problem, das Nash lösen musste.

»Puh, er ist ein bisschen schorfig, was?«, fragte Nash, während er die dunklen Dochte an den Fingerspitzen nach und nach entzündete.

»Du bist dran, ihn zu baden«, sagte ich. Das Letzte, was ich wollte, war, noch einen Abend damit zu verbringen, eine frische Schicht menschliches Fett in die abgetrennte Hand eines Mörders aus dem achtzehnten Jahrhundert zu massieren, der für das Auslöschen von gleich vier Familien gehängt worden war.

»Aufwachen, Ignatius«, befahl ich. Nash hatte ihn unten an einem eisernen Kerzenhalter befestigt, was es jedoch kein bisschen angenehmer machte, die Hand zu tragen.

Ich drehte Ignatius mit der Handfläche zu mir. Das hellblaue Auge in der wächsernen Haut öffnete sich blinzelnd und verengte sich gleich wieder vor Enttäuschung.

»Jap«, sagte ich. »Ich lebe immer noch.«

Das Auge verdrehte sich.

»Das beruht auf Gegenseitigkeit, du unverschämtes Stück Pökelfleisch«, murmelte ich und richtete knackend die steifen, gekrümmten Finger.

»Guten Tag, Schöner«, säuselte Nash. »Übrigens hilft ein bisschen Süße bei allem, Tamsy.«

Ich sah ihn wütend an.

»Du wolltest herkommen«, sagte er. »Denk nächstes Mal vorher an den Preis, ja?«

Ich roch brennendes Haar. Rasch nahm ich Ignatius in meine linke Hand. Meine Sicht flackerte, als sein Licht sich über der Eisfläche ausbreitete und sie in einen surrealen Schimmer tauchte. Ich rang nach Luft.

Die Fluchsigillen waren überall – auf dem Boden, an den Wänden, an der Decke. Sie wirbelten durcheinander.

Cabell kniete vorn an dem Tunneleingang. Schweißperlen standen auf seiner Stirn, als er sich abmühte, die Flüche in die Kristalle abzuleiten, die er langsam vor sich auslegte.

»Cab braucht eine Pause«, sagte ich zu Nash.

»Er schafft das«, entgegnete er.

Cabell nickte und streckte die Schultern nach hinten. »Mir geht es gut. Ich kann weitermachen.«

Ein Tropfen brennendes Fett versengte mir den Daumen. Ich fauchte Ignatius an und erwiderte seinen boshaften Blick.

»Nein«, sagte ich streng zu ihm. Ich würde ihn nicht neben Cabell abstellen, wie er es wollte. Erstens, weil ich mir von einer abgetrennten Hand überhaupt nichts sagen lassen musste. Und genau genommen war gar kein weiterer Grund nötig.

Um die unverschämte Hand zu ärgern, hielt ich Ignatius vor die Wand rechts von mir und schob sein Auge immer näher an die gefrorene Oberfläche. Ich war kein so guter Mensch, dass mir das Zittern in seinen steifen Gelenken ein schlechtes Gewissen gemacht hätte.

Die Hitze seiner Flammen schnitt durch den dicken Frostmantel der Wand, und als Tropfen für Tropfen geschmolzenes Eis nach unten rann, kam ein dunkler Umriss auf der anderen Seite zum Vorschein.

Mir entfuhr ein Keuchen, und die Sohle meines Turnschuhs rutschte auf dem Eis, als ich rückwärtsstolperte. Ehe ich auch nur begriff, was geschah, fiel ich.

Nash schoss nach vorn und packte meinen Arm mit eisernem Griff. Mein Herz hämmerte, und mir tat die Lunge von der Kälte weh, als ich nach Luft rang, während Nash mich aufrichtete. Cabell kam zu mir geeilt, umfing meine Schultern und vergewisserte sich, dass ich nicht verletzt war. Ich erkannte den Moment, in dem er sah, was ich durch das Eis erblickt hatte. Er wurde kreidebleich und vor Angst schloss er die Hände fester um meine Schultern.

Dort war ein Mann im Eis, monströs verzerrt im Tod. Wie es aussah, hatte ihm der Druck des Eises den Kiefer gebrochen, sodass sein Mund unnatürlich weit aufgerissen war – wie in einem letzten, lautlosen Schrei. Weißes Haar umrahmte seine frostverbrannten Wangen, und sein Rücken war auf scheußliche Art verbogen.

»Ah, Woodrow. Ich habe mich schon gefragt, was aus ihm geworden ist«, sagte Nash, der einen Schritt vortrat, um die Leiche zu betrachten. »Armer Mistkerl.«

Cabell umfasste mein Handgelenk und drehte Ignatius' Licht zurück zu dem Tunnelgang vorn. Dunkle Schatten befleckten das schimmernde Eis wie Blutergüsse. Eine schaurige Leichengalerie.

Bei dreizehn hörte ich auf zu zählen.

Mein Bruder zitterte heftig genug, dass seine Zähne klapperten. Er sah mich mit seinen dunklen Augen an. »Da sind ... es sind so viele ...«

Ich nahm ihn in die Arme. »Ist schon okay ... ist okay ...«

Doch seine Furcht war zu groß; sie hatte seinen Fluch geweckt. Dunkle Borsten sprossen aus der Haut an seinem Hals, und seine Gesichtsknochen verformten sich eklig knackend, um die Form eines angsteinflößenden Hundes anzunehmen.

»Cabell«, sagte Nash ruhig und leise. »Wo wurde König Artus' Dolch geschmiedet?«

»Er ...« Cabells Stimme klang befremdlich zischend durch die sich verlängernden Zähne. »Er wurde ...«

»Was machst ...?«, begann ich, verstummte jedoch gleich, als Nash mir einen Blick zuwarf. Das Eis um uns herum ächzte. Ich hielt Cabell fester und fühlte, wie sich sein Rücken krümmte.

»Er wurde in ...« Cabell verengte die Augen vor Konzentration, als er zu Nash schaute. »Avalon ... geschmiedet.«

»Richtig. Zusammen mit Excalibur.« Nash kniete vor uns und Cabells Körper beruhigte sich. Das Fell, das ihm gesprossen war, zog sich wieder zurück, wobei es Stellen hinterließ, die wie ein

Ausschlag anmuteten. »Erinnerst du dich an den anderen Namen der Avalonier für ihre Insel?«

Cabells Gesicht begann, sich wieder zurückzuformen, und er verzog es vor Schmerz. Doch sein Blick blieb starr auf Nash gerichtet. »Ynys ... Ynys Afallach.«

»Auf Anhieb, natürlich«, sagte Nash und stand wieder auf. Er legte uns beiden je eine Hand auf die Schulter. »Du hast den Großteil der Flüche schon beseitigt, mein Junge. Jetzt kannst du mit Tamsin hier warten, bis ich wieder zurück bin.«

»Nein«, widersprach Cabell. Er wischte sich mit dem Ärmel über die Augen. »Ich will mitkommen.«

Und ich würde ihn nicht ohne mich mitgehen lassen.

Nash nickte und wandte sich zum Gang. Er gab Cabell die Laterne und leuchtete mit seiner Stirnlampe die lange Strecke von Leichen hinunter. »Das erinnert mich an ein Märchen ...«

»Was tut das nicht?«, murmelte ich. Sah er denn nicht, dass Cabell immer noch erschüttert war? Er tat bloß tapfer, aber das genügte Nash ja von jeher.

»Vor langer Zeit herrschte in einem längst vergessenen Königreich ein König namens Artus über die Menschen wie auch über das Feenvolk«, begann Nash, der vorsichtig um die Kristalle herumschritt. Im Vorbeigehen kratzte er die Fluchsigillen mit seiner Axt weg. »Doch um ihn soll es jetzt nicht gehen, sondern um die Insel Avalon. Ein Ort, an dem Äpfel wuchsen, die alle Beschwerden heilten, und wo Priesterinnen für die sorgten, die in den heiligen Hainen lebten. Eine Zeit lang gehörte Artus' eigene Halbschwester Morgana ihrem Orden an. Sie diente ihm als weise und faire Beraterin, egal wie anders die viktorianischen Bauerntölpel sie später dargestellt haben.«

Diese Geschichte hatte er uns schon erzählt. Hunderte Male an hundert verschiedenen Lagerfeuern. Als würden uns König

Artus und seine Ritter bei all unseren Jobs begleiten. Doch die Geschichte war auf gute Weise vertraut.

Ich konzentrierte mich auf den Klang von Nashs warmer, tiefer Stimme anstatt auf die entsetzlichen Gesichter um uns herum, deren Blut zu grotesken Heiligenscheinen gefroren war.

»Die Priesterinnen ehrten die Göttin, die das Land schuf, über das Artus herrschen sollte. Manch einer behauptet, sie hätte es aus ihrem eigenen Herzen geformt.«

»Das ist Blödsinn«, flüsterte ich. Meine Stimme zitterte nur ein klein wenig. Cabell griff nach hinten und umfing meine Hand fest.

Nash schnaubte verächtlich. »Für dich vielleicht, Mädchen, aber für sie sind diese Geschichten so real wie du oder ich. Die Insel war einst Teil unserer Welt, wo heute stolz Glastonbury Tor aufragt. Doch vor vielen Jahrhunderten, als die neuen Religionen aufkamen und die Menschen anfingen, Magie zu fürchten und zu hassen, wurde Avalon abgespalten und zu einer der Anderswelten. Dort waren die Priesterinnen, die Druiden und das Feenvolk sicher vor den Gefahren der Sterblichenwelt und lebten in Frieden …«

»Bis die Zauberinnen rebellierten«, sagte Cabell. Er riskierte, sich umzublicken, und klang jetzt sicherer.

»Ja, bis die Zauberinnen rebellierten«, stimmte Nash ihm zu. »Die Zauberinnen, die wir heute kennen, sind die Nachfahrinnen jener, die aus Avalon verbannt wurden, nachdem sie sich der schwarzen Magie zugewandt hatten …«

Ich konzentrierte mich auf das Gefühl von Cabells Hand und seinen festen Fingern, als wir an der letzten Leiche vorbeikamen und durch einen steinernen Türbogen schritten. Dahinter führte der glitschige Eisweg nach unten. Wir blieben stehen, als

Cabell ein Fluchsigill unter uns fühlte, noch bevor er es sehen konnte.

»Warum willst du diesen doofen Dolch eigentlich so dringend finden?«, fragte ich und schlang die Arme um meinen Oberkörper, um mich warm zu halten.

Nash suchte schon seit einem Jahr nach ihm und wimmelte deshalb bezahlte Aufträge und leichtere Funde ab. *Ich* hatte die Spur zu dieser Gruft entdeckt … nicht, dass Nash jemals all meine Recherche anerkennen würde.

»Meinst du nicht, eine legendäre Reliquie zu finden, ist Grund genug?«, entgegnete er und wischte sich die gerötete Nasenspitze mit dem Ärmel ab. »Wenn man etwas möchte, muss man mit allen Mitteln darum kämpfen oder gar nicht.«

»Der Weg ist frei«, sagte Cabell, der sich wieder aufrichtete. »Wir können weiter.«

Nash ging erneut voraus. »Denkt dran, meine Kleinen, die Zauberin Edda war berüchtigt für ihre Liebe zu Tricksereien. Es wird nicht alles so sein, wie es auf den ersten Blick scheint.«

Was er meinte, wurde nach wenigen Schritten offensichtlich.

Es begann mit einer Kerosinlaterne, die achtlos neben einer in Eis erstarrten Leiche zurückgelassen worden war, als hätte der Schatzjäger sie lediglich abgestellt, sich zur gefrierenden Oberfläche vorgeneigt und wäre im Ganzen von ihr verschlungen worden.

Wir passierten die Laterne, ohne sie eines zweiten Blickes zu würdigen.

Als Nächstes kam eine Leiter, die einen sicheren Abstieg zu der unteren Ebene anzubieten schien.

Wir benutzten unsere Seile.

Dann, als die Temperaturen weiter auf eine mörderische Frostkälte fielen, folgte ein makelloser weißer Pelzmantel. So weich und warm und genau von der Sorte, die eine gedankenversunkene Zauberin dalassen würde, drapiert über einer nicht minder verlockenden Kiste voller Gläser mit Essen.

Benutzt uns, raunten sie.

Und zahlt den Preis mit eurem Blut.

Ignatius' Licht deckte die Wahrheit auf. Die Rasierklingen und rostigen Nägel, die im Mantelinnern lauerten. Die Spinnen, die in den Gläsern warteten. Die Leitersprossen, von denen bis auf eine alle fehlten. Und die Laterne war mit »Erstickende Mutter« gefüllt, einem Dampf, der die Lunge zusammenpresste, bis Atmen unmöglich wurde; er war gefertigt aus dem Blut einer Mutter, die ihre Kinder ermordet hatte. Wer das Glas öffnete, um den Docht zu entzünden, starb sofort.

Wir passierten all das, und Cabell leitete die Fluchmagie der einzelnen Fallen um. Schließlich, nach gefühlten Stunden, erreichten wir die innere Kammer der Gruft. Die runde Kammer lag im selben blassen, eisigen Licht. In der Mitte befand sich ein Altar, und dort auf einem Samtkissen lag ein Dolch mit einem elfenbeinfarbenen Griff.

Und Nash, der nie um Worte verlegen war, blieb stumm. Nicht vor Glück, wie ich erwartet hätte. Er rieb sich auch nicht triumphierend die Hände, als Cabell die letzten Schutzflüche brach.

»Was ist mit dir?«, fragte ich verärgert. »Sag nicht, dass es der falsche Dolch ist.«

»Nein, ist er nicht«, antwortete Nash, seine Stimme klang auf einmal komisch. Cabell trat einen Schritt von dem Altar zurück, damit Nash an ihm vorbeikonnte.

»Na«, hauchte er. Er ließ seine Hand einen Moment lang über dem Dolchgriff schweben, bevor er ihn umschloss. »Hallo.«

»Was jetzt?«, fragte Cabell, der den Dolch ansah.

Eine bessere Frage war vielleicht, an wen Nash ihn verkaufen wollte. Vielleicht könnten wir uns dann ausnahmsweise mal eine anständige Unterkunft und Essen leisten.

»Jetzt«, sagte Nash leise und hielt die Klinge ins Licht. »Fahren wir nach Tintagel und holen uns den wahren Preis.«

Wir reisten per Zug nach Cornwall, wo bei unserer Ankunft ein heftiges Gewitter von den Klippen heranzog und die dunkle Ruine von Tintagel Castle in sein bizarres Licht und grollenden Donner hüllte. Nachdem wir im peitschenden Regen mühsam unser Zelt aufgebaut hatten, fiel ich in einen tiefen Schlaf. In meinen Träumen warteten die Leichen im Eis auf mich, nur waren sie jetzt keine Hollower, sondern König Artus und seine Ritter.

Nash stand vor ihnen, den Rücken zu mir gewandt, und beobachtete die Eisfläche, die sich wie Wasser wellte. Ich öffnete den Mund, um etwas zu sagen, aber es kam kein Laut heraus. Nicht einmal ein Schrei, als er durch das Eis trat, als wollte er sich zu ihnen gesellen.

Ich schrak aus dem Schlaf und wühlte mich hektisch aus meinem Schlafsack. Das erste bisschen Licht ließ die rote Zeltplane schwach leuchten.

Genug, um zu erkennen, dass ich allein war.

Sie sind weg.

Statisches Rauschen ertönte in meinen Ohren. Meine Finger waren zu taub, um den Reißverschluss der Zeltklappe zu greifen.

Sie sind weg.

Ich konnte nicht atmen. *Hab ich's doch gewusst. Hab ich's doch gewusst. Hab ich's doch gewusst.* Wieder hatten sie mich zurückgelassen.

Mit einem frustrierten Schrei riss ich den Reißverschluss und die Zeltklappe auf, um hinauszustürzen.

Es goss und stürmte draußen, sodass mein Haar sofort durchnässt war und meine nackten Füße im Schlamm versanken, während ich mich umschaute. Ein dichter Dunst umwaberte mich und verschleierte die Hügel, was mir das Gefühl gab, hier allein gefangen zu sein.

»Cabell?«, brüllte ich. »Cabell, wo bist du?«

Ich rannte in den Dunst. Steine, Heidekraut und Disteln stachen mir in die Zehen, aber nichts davon spürte ich. Da war nur der Schrei, der sich brennend in meiner Brust aufbaute.

»Cabell!«, wiederholte ich. »Nash!«

Mein Fuß verfing sich in etwas. Ich fiel hin und rollte über die Erde, bis ich gegen einen anderen Stein prallte und mir die Luft wegblieb. Ich konnte nicht mehr atmen. Alles tat weh.

Nun brach der Schrei heraus und veränderte sich.

»Cabell«, schluchzte ich. Meine heißen Tränen vermischten sich mit dem Regen, der mir ins Gesicht klatschte.

Wie kannst du uns etwas bringen?

»Bitte«, flehte ich und rollte mich zusammen. Das Meer brüllte zurück, indem es auf das felsige Ufer schmetterte. »Bitte … ich kann nützlich sein … bitte …«

Lasst mich nicht hier.

»Tam…sin…?«

Zuerst dachte ich, ich würde es mir einbilden.

»Tamsin?« Seine Stimme war dünn und wurde beinahe vom Regen verschluckt.

Ich stemmte mich hoch, kämpfte gegen das Gras und den Schlamm, die an mir sogen, und suchte nach ihm.

Für einen Moment lichtete sich der Dunst oben auf dem Hügel, und dort war er, gespenstisch bleich. Sein schwarzes Haar klebte ihm am Kopf, und der Blick seiner fast schwarzen Augen war leer.

Mühsam arbeitete ich mich den glitschigen Hang hinauf, zog mich an Grasbüscheln und Steinen nach oben, bis ich bei ihm war. Dann nahm ich ihn in die Arme. »Alles okay? Cab, geht es dir gut? Was ist passiert? Wo seid ihr gewesen?«

»Er ist weg.« Cabell klang ganz schwach. Seine Haut fühlte sich eiskalt an, und ich sah, dass seine Lippen blau waren. »Ich bin aufgewacht, und er war nicht mehr da. Er hat seine Sachen nicht mitgenommen ... Ich habe ihn gesucht, aber er ist ...«

Fort.

Doch Cabell war hier. Ich umarmte ihn fester, und er klammerte sich an mich. Seine Tränen wurden zu Regen auf meiner Schulter. Nie hatte ich Nash mehr gehasst, weil er alles bestätigt hatte, was ich über ihn dachte.

Ein Feigling. Ein Dieb. Ein Lügner.

»E-er kommt doch wieder, oder?«, flüsterte Cabell. »Vielleicht h-h-hat er nur vergessen zu sagen, wohin er wollte.«

Da ich Cabell niemals belügen wollte, sagte ich gar nichts.

»W-wir müssen zurück u-und warten ...«

Wir würden ewig warten. Das spürte ich tief in mir. Nash hatte sich endlich von seinem Ballast befreit. Er würde nie mehr wiederkommen. Die einzige Gnade war, dass er Cabell nicht mitgenommen hatte.

»Es ist okay«, flüsterte ich. »Es ist okay. Mehr als uns brauchen wir nicht. Es ist okay ...«

Nash sagte, manche Zauber müssten dreimal gesprochen werden, um zu wirken, aber ich war nicht so blöd, es zu glauben. Ich war keines der Mädchen aus den Märchenbüchern. Ich hatte keine magischen Kräfte.

Nur Cabell.

Die dunklen Borsten sprossen wieder aus seiner Haut, und

ich fühlte, wie sich die Knochen an seinem Rücken veränderten, sich neu zu ordnen drohten. Ängstlich hielt ich ihn fester in den Armen. Es war immer Nash gewesen, der Cabell zurück zu sich selbst holen konnte, sogar wenn er sich vollständig verwandelt hatte.

Jetzt hatte Cabell nur noch mich.

Ich schluckte, schirmte ihn vor dem peitschenden Regen und Wind ab. Und dann begann ich zu sprechen: »Vor langer Zeit, in einem längst vergessenen Königreich, herrschte ein König namens Artus über die Menschen wie auch über das Feenvolk ...«

Teil I

Zwei der Schwerter

Kapitel 1

Ganz gleich, was sie sagen oder wie sehr sie sich selbst belügen, Menschen wollen die Wahrheit nicht wissen.

Sie wollen die Geschichte hören, die bereits in ihnen lebt, tief im Mark ihrer Knochen vergraben. Die Hoffnung steht ihnen in einer Sprache ins Gesicht geschrieben, die nur wenige lesen können.

Zum Glück für mich konnte ich es.

Der Trick bestand natürlich darin, ihnen das Gefühl zu geben, ich hätte gar nichts gesehen. Dass ich nicht einschätzen konnte, wer Liebeskummer hatte, wer dringend Geld brauchte oder wer eine Krankheit überwinden wollte, die er nie loswerden würde. Alles führte letztlich auf einen simplen Wunsch zurück, der so vorhersehbar wie schmerzlich menschlich war: die eigenen Wünsche von jemand anderem ausgesprochen zu hören – als läge darin die Macht, sie wahr werden zu lassen.

Magie.

Aber Wünsche waren nichts weiter als vergeudeter Atem, der in der Luft verpuffte, und Magie nahm stets mehr, als sie gab.

Niemand wollte die Wahrheit hören, und das war in Ordnung für mich. Die Lügen wurden besser bezahlt; nackte Wahrheiten hingegen, wie meine Chefin Myrtle – die Mystic Maven von

Mystic Maven Tarot – einmal sagte, brachten mir bloß wütende Internetbewertungen ein.

Ich rieb mir die Arme unter Myrtles Häkelschal und blickte zu dem digitalen Timer rechts von mir: 0:30 … 0:29 … 0:28 …

»Ich spüre … ja, ich spüre, dass du noch eine Frage hast«, sagte ich und presste mir dabei zwei Finger an die Stirn. »Eine, die der wahre Grund ist, weshalb du hier bist.«

Hinter mir gurgelte der Aromaölzerstäuber. Dessen Patschuli- und Rosmarinduft war machtlos gegen den Geruch von frittierten Calamari, der durch die alten Bodendielen nach oben zog, oder den ranzigen Gestank der Müllcontainer hinten. Der vollgestellte dunkle Raum verengte sich um mich herum, als ich durch den Mund atmete.

Mystic Maven war schon seit Jahrzehnten in dem Raum über Bostons Faneuil Hall und hatte eine ganze Reihe von schmierigen Fischrestaurants miterlebt, die sich im Erdgeschoss der Markthalle ablösten. Seit Neuestem war es Lobster Larry's, aus dem es ganz besonders stank.

»Ich …«, begann mein Kunde und blickte sich zu der abblätternden Tapete, den kleinen Statuen von Buddha und Isis um und dann zurück zu den Karten, die ich vor uns auf dem Tisch ausgelegt hatte. »Na ja …«

»Irgendetwas?«, versuchte ich es wieder. »Wie du bei deinen Abschlussprüfungen abschneidest? Deine künftige Karriere? Die Hurricane-Saison? Ob es in deiner Wohnung spukt?«

Mein Handy erreichte das Ende der Playlist mit harmonischem Regen und Windspielen. Ich griff hin, um sie neu zu starten. In der darauffolgenden Stille flackerten die batteriebetriebenen Kerzen auf den Regalen um uns herum. Die Finsternis zwischen ihnen verbarg einigermaßen, wie schäbig das Zimmer war.

Komm schon, dachte ich halb verzweifelt.

Schon seit sechs langen Stunden lauschte ich in den Pausen zwischen den wenigen Kunden Entspannungsmusik und ordnete gedankenverloren die Kristalle auf den Regalen. Cabell müsste inzwischen den Schlüssel haben, und wenn diese Legung vorbei war, könnte ich weg zu meinem richtigen Gig.

»Ich verstehe nur nicht, was sie in ihm sieht …«, begann Franklin, wurde jedoch direkt vom Heulen meines Timers unterbrochen.

Bevor ich reagieren konnte, flog die Tür auf und ein Mädchen stürmte herein.

»Endlich!«, sagte sie und teilte den billigen Perlenvorhang mit einem dramatischen Handschwenk. »Ich bin dran!«

Franklin drehte sich um und starrte sie an. Seine über die Störung verärgerte Miene veränderte sich schlagartig, als er sie mit unverhohlenem Interesse musterte. Ihre braune Haut schimmerte leicht, wahrscheinlich von der Creme, die sie benutzte und die nach Honig und Vanille roch. Ihre Braids waren zu zwei hohen Knoten hinten aufgesteckt, und sie hatte ihre Lippen dunkelviolett geschminkt.

Nachdem sie Franklin einmal kurz von oben bis unten abgecheckt hatte, grinste sie mir zu. In ihrer Hand hielt sie den allgegenwärtigen tragbaren CD-Player und schaumstoffgepolsterte Kopfhörer; Relikte aus der technologischen Vergangenheit. Als jemand, der unfähig war, irgendetwas wegzuwerfen, war ich neidisch und verzaubert zugleich.

Das »verzaubert« hatte sich aber schnell erledigt, denn sie zog eine pinke Bauchtasche an ihrem Gürtel nach vorn, in der sie beides verstaute. Auf der Tasche waren fluoreszierende Katzen abgebildet. Über ihnen prangten in reflektierendem Grün die Worte *I'M MEOW-GICAL.*

»Neve.« Ich versuchte, nicht zu stöhnen. »Mir war nicht klar, dass wir heute einen Termin haben.«

Ihr Lächeln war blendend, als sie die Botschaft auf der Tür vorlas: *»Laufkundschaft willkommen!«*

»Ich wollte noch fragen, wann Olivia und ich wieder zusammenkommen«, sagte Franklin empört.

»Wir müssen uns doch etwas fürs nächste Mal aufsparen, nicht?«, fragte ich süßlich.

Er griff unsicher nach seinem Rucksack. »Du ... Du erzählst doch keinem, dass ich hier gewesen bin, oder?«

Ich wies zu dem Schild über meiner rechten Schulter, *Alle Legungen sind vertraulich,* dann zu dem direkt darunter: *Wir übernehmen keine Haftung für Entscheidungen, die Sie auf Grundlage der Legungen treffen.* Dieses Schild war drei kleine Klagen zu spät angebracht worden.

»Bis zum nächsten Mal«, sagte ich mit einem Winken, von dem ich hoffte, dass es nicht halb so bedrohlich aussah, wie es sich anfühlte.

Neve übernahm Franklins Stuhl und stützte die Ellbogen auf den Tisch. Sie legte ihr Kinn in die Hand und schaute mich erwartungsvoll an.

»Na?«, sagte sie. »Wie läuft's so? Irgendwelche interessanten Aufträge in letzter Zeit? Irgendwelche schauuurigen Flüche, die du entwirren musstest?«

Entsetzt blickte ich zur Tür, doch Franklin war schon außer Hörweite.

»Welche Fragen sollen dir die Karten heute beantworten?«, fragte ich streng.

Versehentlich hatte ich meine Arbeitshandschuhe vor zwei Wochen aus meiner Tasche hängen lassen, die aus einer speziellen Reptilienhaut namens Drachenschuppen waren. Neve hatte sie erkannt und leider die Verbindung zu meinem richtigen Job hergestellt.

Dass sie über Hollower und Magie Bescheid wusste, legte nahe, dass sie zum Cunningfolk gehörte – Menschen mit magischer Gabe. Obwohl ich sie nie an den üblichen Treffpunkten gesehen hatte.

Sie griff in die Tasche ihres zotteligen schwarzen Pelzmantels und drückte einen zerknüllten Zwanzig-Dollar-Schein auf den Tisch zwischen uns. Genug für fünfzehn Minuten.

Eine weitere Viertelstunde würde ich schaffen.

»Dein Leben ist so aufregend«, sagte Neve mit einem verträumten Seufzer, als malte sie sich aus, an meiner Stelle zu sein. »Ich habe neulich erst etwas über die Zauberin Hilde gelesen. Hatte sie ihre Zähne wirklich abgeschliffen, bis sie so scharf wie die einer Katze waren? Das kommt mir schmerzhaft vor. Wie isst man, wenn sich dauernd innen auf die Wange oder Zunge beißt?«

Ich bemühte mich, nicht genervt zu wirken, als ich mich zurücklehnte und den Timer stellte. Fünfzehn Minuten. Mehr nicht.

»Deine Frage?«, drängte ich und wickelte Myrtles Häkelschal fester um meine Schultern.

Tatsächlich bedeutete das Leben als Hollower zu achtundneunzig Prozent langweilige Recherche und zu zwei Prozent tödliche Missgeschicke, wenn man versuchte, in das Grab einer Zauberin einzudringen. Es auf leichten, verklärten Tratsch zu reduzieren, widerstrebte jeder Faser von mir.

Neve zupfte an ihrem schwarzen Shirt, sodass der darauf abgebildete pinke Brustkorb verzerrt wurde. Ihre Jeans war stellenweise eingerissen, und durch die Risse sah man die violette Strumpfhose, die sie darunter trug. »Nicht sehr gesprächig, was,

Tamsin Lark? Okay, meinetwegen. Ich habe dieselbe Frage wie immer: Werde ich finden, was ich suche?«

Ich blickte wütend auf die Karten, während ich sie mischte, und konzentrierte mich auf das Gefühl, wie sie durch meine Finger glitten, anstatt auf Neves intensives Starren. So unbekümmert und redselig sie auch auftrat, waren ihre Augen doch wie dunkle Seen, die ständig drohten einen mit ihren goldenen Fäden tief nach unten zu ziehen. Sie erinnerten mich an die Tigeraugenkristalle meines Bruders, und unwillkürlich fragte ich mich, ob sie mit ihrer magischen Gabe zusammenhingen. Was mich natürlich nicht genug interessierte, dass ich es jemals ansprechen würde.

Nach siebenfachem Mischen begann ich, die erste Karte zu ziehen, aber Neve hielt meine Hand fest.

»Darf ich heute ziehen?«, fragte sie.

»Na ja ... wenn du willst«, sagte ich und fächerte die Karten mit dem Bild nach unten auf dem Tisch auf. »Such dir drei aus.«

Sie ließ sich Zeit bei der Auswahl und summte leise eine Melodie vor sich hin, die ich nicht erkannte. »Was glaubst du, was die Leute tun würden, sollten sie von den Zauberinnen erfahren?«

»Was sie immer getan haben, wenn sie Hexen unter sich vermuteten«, antwortete ich trocken.

»Ich weiß ja nicht.« Neves Finger schwebten abwechselnd über jeder Karte. »Ich denke, sie würden deren Kräfte für ihre eigenen Zwecke *nutzen* wollen. Zauberinnen können die Zukunft genauer vorhersagen als Tarot, oder? Und Sachen finden ...«

Und sie kennen tödliche Flüche, dachte ich und schaute zum Timer. Der Teil von mir, der den Verdacht hegte, dass diese Besuche der Einschätzung dienten, ob ich mich für einen potenziellen Auftrag eignete, regte sich wieder. Meistens erledigten Cabell und ich als Hollower Auftragsarbeiten, gingen in Grüfte, um nach verlorenen oder gestohlenen Familienerbstücken und Ähnlichem zu suchen.

Neve legte zwei Reihen mit je drei Karten aus und lehnte sich mit einem zufriedenen Nicken zurück.

»Ich brauche bloß eine Reihe«, widersprach ich, verstummte aber gleich wieder. Es spielte keine Rolle, womit ich diese letzten zehn Minuten totschlug. Ich schob die restlichen Karten zu einem ordentlichen Stapel zusammen. »Dann los, dreh sie um.«

Neve drehte die untere Reihe um. Das umgekehrte Rad des Schicksals, Fünf der Stäbe, Drei der Schwerter. Genervt verzog sie das Gesicht.

»Ich lese die drei Positionen als Situation, Handeln und Ergebnis«, erklärte ich, obwohl sie das bereits wusste. »Das umgekehrte Rad des Schicksals sagt, dass du in eine Situation gebracht worden bist, die du nicht kontrollieren kannst, und dass du dich mehr anstrengen musst, um deine Suche durchzuziehen. Fünf der Stäbe raten dir, die Situation auszusitzen und dich in nichts hineinzustürzen, wenn du nicht musst. Und das Ergebnis, Drei der Schwerter, ist gewöhnlich eine Enttäuschung. Also würde ich sagen, du wirst nicht finden, wonach du suchst, was aber nicht deine Schuld ist.«

Ich drehte den Kartenstapel in meiner Hand um. »Die unterste Karte – die Wurzel der Situation – ist der umgekehrte Bube der Stäbe.«

Beinahe hätte ich gelacht. Diese Karte erschien immer bei ihren Legungen; sie stand für Ungeduld und Naivität. Würde ich tatsächlich an diesen Quatsch glauben, wäre ziemlich klar, dass das Universum ihr eine Botschaft zu schicken versuchte.

»Tja, das ist nur die Meinung der Karten«, sagte Neve. »Was nicht heißen muss, dass es wahr ist. Und außerdem wäre das Leben nur halb so spaßig, könnten wir anderen nicht beweisen, dass sie falschliegen.«

»Klar«, stimmte ich zu. Die Frage brannte mir auf der Zunge: *Wonach genau suchst du?*

»Jetzt machen wir dich«, meinte Neve und drehte die zweite Kartenreihe um. »Mal sehen, was *dir* durch den Kopf gegangen ist.«

»Nein, das ist ...«

Aber sie legte die Karten bereits aus: der Narr, der Turm und die Sieben der Schwerter.

»Ooooh«, sagte sie dramatisch, als sie meine Hände ergriff. »Ein unvorhergesehenes Ereignis wird dir ermöglichen, einen neuen Weg zu erkunden, aber du musst auf eine Person achtgeben, die dich betrügen will! Welche Frage ist dir denn durch den Kopf gegangen, hmm?«

»Keine Frage«, antwortete ich und zog meine Hände zurück. »Außer der, was ich heute Abend essen will.«

Lachend schob Neve ihren Stuhl zurück. Ich sah wieder zum Timer.

»Du hast noch fünf Minuten«, sagte ich.

»Schon gut. Ich habe, was ich wollte.« Sie holte ihren CD-Player aus der scheußlichen Bauchtasche und hängte sich ihre Kopfhörer um den Hals. »Hey, was hast du morgen Abend vor?«

Geld war Geld. Resigniert nahm ich das ledergebundene Buch neben mir auf. »Ich trage dich für einen Termin ein. Welche Zeit?«

»Nein, ich meine, zum Abhängen.« Als sie meinen verständnislosen Blick sah, fügte Neve hinzu: *»Abhängen* ist ein allgemein gängiger Ausdruck dafür, dass Leute zusammen was essen, einen Film gucken oder irgendwas anderes tun, was Spaß macht.«

Ich erstarrte. Möglicherweise hatte ich die Situation vollkommen falsch gedeutet. Meine Worte waren unbeholfen, als ich sie endlich herausbrachte. »Oh ... tut mir leid ... ich stehe nicht auf Frauen.«

Neves Lachen war glockenhell. »Tragisch für dich, aber du bist nicht mein Typ. Ich meinte, als Freundinnen.«

Unter dem Samttischtuch ballte ich die Fäuste. »Ich darf mich nicht mit Kunden anfreunden.«

Ihr Lächeln schwächelte für einen Moment, und ich wusste, dass sie die Lüge durchschaute. »Okay, kein Problem.«

Sie setzte sich die Kopfhörer richtig auf, als sie sich zum Gehen wandte. Der Schaumstoff verhinderte nicht, dass der wummernde Bass und das Heulen der melancholischen Gitarren nach außen drangen. Das kosmische Klagen einer Frau floss ins Zimmer, untermalt von einem zitternden Trommelschlag.

»Was für einen Höllenlärm hörst du dir da an?«, fragte ich, ehe ich mich bremsen konnte.

»Cocteau Twins«, antwortete Neve und schob ihre Kopfhörer nach oben. Ihre Augen funkelten aufgeregt. »Kennst du die? Sie sind *fantastisch!* Jeder Song ist wie ein Traum.«

»So fantastisch können sie nicht sein, wenn ich nie von ihnen gehört habe«, erwiderte ich. »Du solltest das leiser drehen, sonst wirst du taub.«

Sie ignorierte meinen Rat.

»Ihre Songs sind wie andere Welten.« Neve wand das Kopfhörerkabel um den CD-Player. »Ich weiß, es ist albern, aber wenn ich sie höre, ist alles andere weg. Nichts ist mehr wichtig. Man muss nichts fühlen außer der Musik. Sorry, das interessiert dich sicher nicht.«

Tat es nicht, trotzdem bekam ich ein schlechtes Gewissen. Neve ging zur Tür, gerade als Cabell sie öffnete. Er blinzelte, als sie an ihm vorbeirauschte.

»Bye!«, rief Neve, die bereits die Treppe hinunterlief. »Bis zum nächsten Mal, Orakel!«

»Eine weitere zufriedene Kundin?« Mein Bruder blieb an der Tür stehen, zog die Augenbrauen hoch und fuhr sich mit der Hand durch sein schulterlanges schwarzes Haar.

»Ja, selbstverständlich«, antwortete ich und warf Myrtles Schal ab. Nachdem ich mein wirres Haar zu einem Pferdeschwanz zurückgebunden hatte, stapelte ich die Karten säuberlich auf, schnappte mir den kleinen Samtbeutel, in dem ich sie aufbewahrte, hielt jedoch inne, als ich sah, welche obenauf war.

Die Mondkarte hatte ich noch nie gemocht. Ich konnte nicht mal erklären, warum, und deswegen hasste ich sie umso mehr. Jedes Mal, wenn ich sie sah, war es, als würde ich mir eine längst verschüttete Erinnerung wieder ins Gedächtnis rufen wollen, und dabei hatte ich noch nie irgendetwas vergessen.

Ich schaute mir die Karte näher an. Es war unmöglich zu sagen, ob das leuchtende Gesicht des Monds schlief oder nur den langen Weg unter ihm betrachtete. In der Ferne warteten neblig blaue Berge mit zwei steinernen Türmen gleich stummen Wächtern über welche Wahrheit auch immer, die hinter dem Horizont lag.

Ein Wolf und ein Hund, in Angst verbrüdert, einer wild, der andere zahm, heulten die Kugel am Himmel an. Nahe ihren Füßen krabbelte ein Flusskrebs ans Ufer.

Mein Blick fiel erneut auf den dunklen Hund, und mein Bauch verkrampfte sich.

»Wie war es heute?«, fragte Cabell, womit er meine Aufmerksamkeit wieder auf sich lenkte.

Nachdem ich mir meinen Anteil der heutigen Einnahmen genommen und den Rest im Safe eingeschlossen hatte, hielt ich zwei Hundert-Dollar-Scheine in die Höhe.

»Hey, hey! Wie es aussieht, spendierst du heute das Abendessen«, sagte er. »Ich hätte gerne den sagenhaften Lobster Larry's Unlimited Seafood Tower.«

Mein Bruder war sehr groß, schlaksig und hatte kaum etwas auf den Rippen, schien sich aber in der üblichen Hollower-Kluft aus langen braunen Hosen und einem Gürtel voll mit den Werkzeugen, die der Job erforderte, total wohlzufühlen. Zu besagten Werkzeugen zählten unter anderem ein Handbeil, Kristalle und Phiolen mit schnell wirkenden Giften und Gegengiften.

Was man eben alles brauchte, wenn man die Gruft einer Zauberin um die Schätze erleichtern wollte, die sie dort über Jahrhunderte gehortet hatte, und einem Leib und Leben teuer waren.

»Wieso futterst du nicht gleich den Müll aus den Containern hinten?«, fragte ich. »Das Geschmackserlebnis dürfte dasselbe sein.«

»Soll das heißen, dass du noch zur Bibliothek willst und bei einigen möglichen Kunden vorbei, ehe wir uns den zehnten Abend in Folge Pizza bestellen?«

»Was ist mit dem Schlüssel für den Job von Zauberin Gaia?«, fragte ich und nahm meine Tasche auf. »Gab es da eine Entsprechung in der Bibliothekssammlung, oder musstest du doch zum Knochenschneider gehen?«

Um eine versiegelte Ader zu öffnen, einen der magischen Pfade, die Zauberinnen für sich geschaffen hatten, brauchten wir Knochen und Blut von einer, die an der Konstruktion beteiligt war, oder von einer ihrer Nachfahrinnen. Diese würde der Knochenschneider auftreiben.

»Ich musste ihn fragen«, sagte er und gab mir den Schlüssel. Er sah aus wie zwei Fingerknochen, die mit einer Goldnaht zusammengeschmolzen worden waren. »Wir können das Grab am Wochenende öffnen.«

»O Mann«, murmelte ich. »Was hat uns der Schlüssel gekostet?«

»Nur das Übliche«, antwortete er mit einem Schulterzucken. »Einen Gefallen.«

»Wir können nicht immer weiter Gefallen verteilen«, sagte ich angespannt und schaltete schnell die Musik und die LED-Kerzen aus.

»Warum nicht?« Er lehnte sich an den Türrahmen.

Die kleinen Bewegungen und sein gleichgültiger Ton erschreckten mich. Noch nie hatte er mich mehr an Nash erinnert, den Betrüger, der uns widerwillig aufgenommen und in seinen Beruf reingezogen hatte, um uns dann mit gerade mal zehn Jahren im Stich zu lassen.

Cabell blickte sich im Raum um. »Du musst diesen Bullshit hier aufgeben, wenn du den Knochenschneider nächstes Mal in barer Münze bezahlen willst.«

Irgendwie waren wir schon wieder bei diesem nervigen Thema gelandet. »Dieser ›Bullshit‹ kauft uns Essen und zahlt unser Dach über dem Kopf. *Du* könntest ja um mehr Schichten im Tattoo-Studio bitten.«

»Du weißt, dass ich das nicht meine.« Cabell stieß ein ärgerliches Schnauben aus. »Wären wir nur hinter legendäre Reli…«

»Würden wir einfach ein Einhorn finden«, fiel ich ihm ins Wort. »Würden wir nur eine versunkene Piratenschatztruhe finden. Könnten wir nur einen fallenden Stern einfangen und in die Tasche stecken …«

»Schon gut«, sagte Cabell und sein Lächeln verblasste. »Es reicht. Ich hab's verstanden.«

Wir waren nicht wie die anderen Hollower und Nash, wir jagten keine Träume. Klar, ein legendäres Objekt auf dem Schwarzmarkt zu verkaufen, konnte Tausende einbringen, wenn nicht Millionen, aber es kostete jahrelanges Suchen nach einer sich stetig verringernden Zahl von Reliquien. Die Magienutzer aus anderen Teilen der Welt hatten sich ihre Schätze gesichert, sodass nur noch Europa zu haben war. Und wir hatten sowieso nicht die richtigen Ressourcen für einen großen Fund.

»Echtes Geld kommt von echten Jobs«, erinnerte ich Cabell. Und, ob es mir gefiel oder nicht, Mystic Maven war ein richtiger Job, mit flexiblen Arbeitszeiten und fairem Lohn, der unter der Hand gezahlt wurde. Wir brauchten ihn, um uns die Auftragsarbeit leisten zu können, die wir am Schwarzen Brett in der Bibliothek der Gilde fanden, zumal die Angebote da immer dünner wurden und die Kunden immer weniger Finderlohn bezahlen wollten.

Mystic Maven mochte eine Touristenfalle mit fischig riechendem Esoterikunsinn sein, aber der Laden gab uns das, was wir noch niemals zuvor gehabt hatten: Stabilität.

Nash hatte uns nie an einer Schule angemeldet. Er hatte uns auch nie falsche Papiere machen lassen – den beiden Waisen, die er an unterschiedlichen Enden der Welt eingesammelt hatte, als wären wir nur zwei weitere Ergänzungen seines blöden Sammelsuriums. Was wir hatten, war die verborgene Welt der Hollower und Zauberinnen. Wir waren auf dem Schoß der Missgunst aufgewachsen, gefüttert von der Hand des Neids und geborgen unter dem Dach der Gier.

Nash hatte uns nicht nur beide in diese Welt gezwungen – er hatte uns zu ihren Gefangenen gemacht.

Mir gefiel das Leben, das wir uns selbst eingerichtet hatten, dieses kleine Maß an Stabilität, das wir uns zusammenkratzten, weil wir jetzt älter waren und für uns selbst sorgen konnten.

Leider wollte Cabell, was Nash hatte: die Möglichkeiten, den Ruhm, den Rausch eines Funds.

Er kniff den Mund zusammen und kratzte sich am Handgelenk. »Nash hat immer gesagt ...«

»Nein«, warnte ich ihn. »Komm mir nicht damit!«

Cabell zuckte zusammen, und ausnahmsweise war es mir gleich.

»Warum machst du das immer?«, fragte er. »Du fährst mir über den Mund, sobald ich ihn erwähne.«

»Weil er den Atem nicht verdient, den es kostet, seinen Namen zu nennen«, entgegnete ich.

Ich hängte mir meine Ledertasche über und rang mir ein Lächeln ab. »Komm, wir schauen kurz nach Arbeit in der Bibliothek, und danach gehen wir bei Zauberin Madrigal vorbei, um ihr die Brosche zu geben.«

Cabell erschauderte, als ich den Namen der Zauberin nannte. Der Fairness halber musste man sagen, sie war bei unserem Gespräch derart auf ihn fixiert gewesen, dass es uns beiden Angst gemacht hatte, und das noch bevor sie beschloss, einen Schweißtropfen von seiner Wange zu lecken.

Ich schloss ab und folgte Cabell die knarzende Treppe hinab und nach draußen in den belebten Abend. Überall waren Touristen, fröhlich und mit geröteten Wangen von der frischen Frühherbstluft.

Etliche Male vermied ich es gerade so, mit mehreren von ihnen zusammenzurempeln, als sie die Hälse reckten, um am Quincy-Market-Gebäude hinaufzuglotzen. Was für ein Anblick, wie sie sich für Fotos vor Restaurants zusammenlehnten, Apple-Cider-Donuts aßen und Buggys mit schlafenden Kindern übers Kopfsteinpflaster in Richtung ihrer Hotels schoben!

Es war die Vision von einem Leben, das ich nie gekannt hatte und nie kennen würde.

Kapitel 2

Schallendes Gelächter empfing uns, als wir das Atrium unserer Gildebibliothek betraten, worauf meine Haut so kalt wie die Marmorwände wurde.

Feiern der Hollower gingen nie gut aus, vor allem nicht so nahe an Mitternacht, wenn die Flüche heftiger wurden und das Urteilsvermögen von Alkohol getrübt war.

Jetzt wünschte ich mir, wir wären irgendwo essen gegangen und nicht zum Beacon Hill gewandert, wo die Bibliothek in einem unauffälligen Stadthaus untergebracht war.

»Mist«, sagte ich. »Perfektes Timing.«

»Du hast echt ein Gespür dafür, immer auf die Leute zu treffen, die du am wenigsten sehen willst«, kommentierte Cabell. »Es ist, als wollte dir die Bibliothek etwas mitteilen.«

»Dass ich einen Weg finden muss, ihnen die Schlüssel zu stehlen, damit sie nicht wieder reinkommen?«

Cabell schüttelte den Kopf. »Wann siehst du ein, dass Leute wegzustoßen, immer nur auf eine Art endet? Damit, dass du allein bist.«

»Du meinst, glücklich bis ans Ende meiner Tage?«, konterte ich und vergewisserte mich, dass die Tür hinter mir fest verschlossen war.

Die Allwegetür war vor über hundert Jahren aus der Gruft

einer mächtigen Zauberin entfernt und hier eingesetzt worden, als unsere Hollower-Gilde gegründet wurde. Anders als die Knochenknäufe, die benutzt wurden, um ein Ende einer bestimmten Ader mit einem anderen zu verbinden, erlaubte die Allwegetür den Zugang zu einer endlosen Zahl von temporären Pfaden. Sie brachte einen zu jedem Ort, den man sich ausmalen konnte, solange man eine Kopie des zu ihr gehörenden Messingschlüssels besaß.

Cabell und ich hatten unseren Mitgliedsschlüssel von Nash geerbt, der ihn bekam, als er nicht gerade mit offenen Armen in der Gilde aufgenommen wurde. Seine erforderliche Spende – das Schild des Aeneas – war jedoch eine hinreichend beachtliche Reliquie, sodass die anderen Gildemitglieder gewillt waren, seinen zwielichtigen Ruf zu übersehen.

Das Problem mit der Allwegetür war, dass die Bibliothek zum Zwangsstopp wurde, egal wohin man wollte. Wir könnten natürlich zur Bibliothek gehen und warten, dass Bibliothekar auf uns aufmerksam wurde und uns die geheime Tür öffnete. Aber einfacher war es, wie es die meisten Mitglieder handhabten – die Allwegetür zu nutzen. Da musste man nur seinen Mitgliedsschlüssel in irgendein Schloss in der Nähe stecken, die Tür öffnen und binnen Sekunden war man dort. Wir nutzten meist das Schloss am Wäscheschrank in unserer North-End-Wohnung. Waren wir erst in der Bibliothek, konnten wir den Schlüssel an der Allwegetür nutzen und wieder auf dieselbe Weise weiter, wohin auch immer wir wollten.

Wir würden auf dem Rückweg wieder hierdurch kommen, und mir wurde jetzt schon schlecht bei dem Gedanken, noch mal auf diese Versammlung zu treffen.

Die Anspannung in Cabells Gesicht löste sich ein wenig, als er sich zurücklehnte und zu dem langen, polierten Korridor blickte, der zum Hauptsaal der Bibliothek führte. Der warme Kerzenschein war wie eine Einladung und ließ die weißen Flecken im Steinboden wie eine Sternenspur leuchten.

»Es ist doch nicht Freitag, oder?«, fragte ich. Freitags abends tranken die Hollower und prahlten mit den Reliquien, die sie gefunden, und den Grüften, die sie überlebt hatten. Meine Hoffnung, kurz Hallo zu Bibliothekar zu sagen, bevor wir gingen, zerrann wie Sandkörner durch die Finger.

»Dienstag. Aber wie es aussieht, sind Endymion Dye und seine Crew von ihrer Expedition zurück«, bemerkte Cabell.

Ich hasste mich für meine selbstzerstörerische Neugier, trotzdem blickte ich kurz hin. Und tatsächlich stand dort Endymion Dye an einem der Arbeitstische, umgeben von lauter schnatternden Gildemitgliedern, die sich überschlugen, ihn zu loben. Sein reinweißes Haar verblüffte mich immer wieder, egal wie oft ich ihn sah. Vor drei Jahren war es das Abschiedsgeschenk eines Fluchs gewesen.

Mein Kiefer verkrampfte sich. Da war etwas Beunruhigendes an ihm, und es hatte nichts mit seinem obszönen Reichtum oder dem Umstand zu tun, dass seine Familie die Gilde gegründet hatte und er deshalb die Regeln bestimmte; nicht einmal mit den stechenden grauen Augen, die direkt in einen hineinzusehen schienen. Er strahlte eine Unnahbarkeit aus, als verdiente keiner von uns das Privileg, seine wahren Gefühle oder Absichten zu kennen.

Sogar Nash, der jede Katastrophe weggelacht hatte, machte einen großen Bogen um Endymion. *Der Typ hat irgendeine üble Scheiße am Laufen, Tamsy,* hatte er gesagt, als wir Endymion auf dem Weg zu dem einzigen Gildetreffen begegneten, das Nash je mit seiner Anwesenheit beehrte. *Halt dich fern von ihm, verstanden?*

Die wenigen Male, die ich Endymion gesehen hatte, war er immer so makellos aufgetreten, dass es beinahe surreal war, ihn jetzt voller Staub und Schmutz von einer kürzlichen Expedition zu erleben.

Allerdings war er nicht halb so nervig wie sein Sohn Emrys. Wenn der jüngere Dye nicht gerade das Erbe verpulverte, das kein Siebzehnjähriger verdiente, oder damit angab, welche Reliquie er und sein Vater gefunden hatten, schien sein einziger Existenzgrund der zu sein, mich in den Wahnsinn zu treiben.

»Trustfund siehst du nicht, oder?«, fragte ich.

Cabell lehnte sich wieder in den Korridor. »Nein. Hm.«

»*Hm* was?«

»Komisch, dass sein Vater ihn nicht mitgenommen hat«, meinte Cabell. »Und ich habe ihn schon seit Wochen nicht mehr hier gesehen. Vielleicht ist er wieder auf irgendeinem Schickimicki-Internat.«

»Wäre zu schön, um wahr zu sein.« Es bestand null Chance, dass Emrys die Jagd nach Reliquien auch nur zeitweise aufgeben würde.

Endymion ignorierte das Geplapper der Hollower, und sein Blick war von der Feuerspiegelung auf seinen Brillengläsern verborgen.

Cabell legte eine Hand auf meinen Kopf und sagte: »Warte hier. Ich hole die Auftragsangebote, dann musst du dich nicht mit denen rumschlagen.«

Ich griff nach der Tasche, die Cabell sich über die Schulter gehängt hatte, und war unendlich erleichtert. »Danke. Mir sind für heute die schlagfertigen Erwiderungen ausgegangen.«

Dann lehnte ich mich an die kalte Steinwand und hörte zu, wie die anderen Cabell so überschwänglich begrüßten, als wäre er ihr verlorener Sohn. Kaum hatten sie sich mit seinen Tattoos und seiner Einsamer-Wolf-Ausstrahlung arrangiert, hatten sie Cabell herzlich aufgenommen. Sein tiefes Lachen und die fesselnde Art, Geschichten zu erzählen, die er von Nash gelernt hatte, überwogen *fast* seine bedauernswerte Nähe zur Lark-Familie.

Doch jedes Mal, wenn er zu den Treffen ging, musste ich mir auf die Zunge beißen, um ihn nicht daran zu erinnern, dass sie uns hinter unserem Rücken immer noch *die Larcenies* nannten – Diebe.

Was mich eventuell beleidigt hätte, wäre es tatsächlich eine einfallsreiche Kränkung gewesen.

Sie respektierten ihn nicht, und ihnen war völlig egal, ob er lebte oder starb. War es schon immer gewesen. Als wir Kinder waren und Hilfe brauchten, war von dem sogenannten Zusammenhalt der Gilde nichts zu spüren gewesen.

Das war die erste Lektion, die Nash mich gelehrt hatte: Die Leute kümmerten sich nur um sich selbst, und wollte man überleben, musste man es genauso tun. Zumindest in dieser Hinsicht waren die Zauberinnen ehrlich und gaben nicht vor, sich für irgendjemand anderen zu interessieren außer sich selbst.

Cabell kam zu mir zurückgelaufen und hielt drei Auftragsangebote in der Hand, alle in der smaragdgrünen Tinte von Bibliothekar geschrieben. »Ein paar gute, glaube ich.«

Ich nahm alle drei und schaute nach den Namen derer, die Sachen zurückgeholt haben wollten. Die meisten schienen Cunningfolk zu sein. Gut. Wir brauchten eine Pause von Zauberinnen.

Eine neue Welle von Jubel bewirkte, dass ich wieder zum Saal schaute.

Endymion wickelte seinen Fund extralangsam aus. Mit einem dramatischen Schwenk, dem diese Leute schlicht nicht widerstehen konnten, obwohl er bedeutete, grob mit unbezahlbaren

Artefakten umzugehen, ließ er die Reliquie auf den Tisch fallen. Der Knall hallte durch die Bibliothek.

Das große Buch war ledergebunden und der Einband rissig von Alter und Hitze. Die dicken Seiten mit Silberrand sahen aus, als hätten sie die letzten paar Jahrhunderte mit Fluchtversuchen verbracht. Einzig ein schweres Metallschloss mit dem Baumsymbol Avalons hielt alles zusammen.

Ein bohrender Neid regte sich in mir, den ich höllisch hasste.

»Die Unvergänglichkeit von Callwen ...«, sagte ich. Eine Sammlung der Erinnerungen einer Zauberin, bei ihrem Tod in ihrem Blut niedergeschrieben. Zwar war es heute allgemein üblich, dass Zauberinnen diese Memoiren verfassten, aber die hier waren angeblich die ältesten.

Die Bibliothekskatzen, die sich in den oberen Regalen versteckten, fauchten, als sie die in den Wälzer eingewobenen Flüche spürten. Es klang wie das Zischen von Regentropfen, die auf ein heißes Blechdach fielen.

Die anderen Hollower schlugen mit den Fäusten auf die Tische. Mein Puls war schneller als der wilde Takt, als ich zur Allwegetür schaute.

»Na gut«, sagte ich und steckte unseren Schlüssel in das Schloss. »Wohin zuerst?«

Nach einem stundenlangen Zickzack zwischen Boston, Savannah, Salem und St. Augustine hatten wir alle drei Jobs gestrichen. Zwei waren von einem anderen Hollower aus einer anderen Gilde erledigt worden, und bei dem dritten hatte die Kundin gehofft, uns mit ihrer umfangreichen Knopfsammlung bezahlen zu können.

Nun blieb nur noch, unseren Auftrag von der Zauberin Madrigal abzuschließen.

»Ich meine ja bloß, dass diese Perlenknöpfe ziemlich hübsch waren«, fuhr Cabell fort, der den abendlichen Menschenströmen im French Quarter von New Orleans auswich.

»Die waren wie Sterne geformt«, erwiderte ich mit einem Naserümpfen.

»Stimmt, ich nehme alles zurück«, sagte Cabell. »Sie waren nicht hübsch, sondern *bezaubernd.* Ich denke, sie würden dir gut stehen ...«

Ich rempelte ihn mit der Schulter an und verdrehte die Augen. »Jetzt weiß ich, was ich dir zu Weihnachten schenke.«

»Aha.« Cabell blickte zu den gusseisernen Balkongeländern über uns. Ein schmaler Mond beleuchtete New Orleans in all seiner Pracht und schien tiefer als sonst zu hängen.

»Warum wohnen wir nicht hier?« Er seufzte glücklich.

Ich könnte ein Dutzend Gründe nennen, aber nur einer zählte: Boston war unser Zuhause; das einzige, das wir jemals gehabt hatten.

Instinktiv wurden wir beide langsamer, als wir uns einer unscheinbaren Seitenstraße näherten. Ein efeuberanktes schwarzes Haus erwartete uns am Ende der Gasse, direkt hinter dem letzten bernsteingelben Lichtkegel einer Straßenlaterne.

Das schwarze Tor von Rook House öffnete sich quietschend von allein, als wir näher kamen. Weißdornbeeren lagen auf dem gewundenen Weg zur vorderen Veranda verstreut. Ich hielt den Atem an, doch ihr fauliger Gestank kroch mir trotzdem in die Nase und blieb dort.

Das schmerzhafte Pochen meines Herzens an meinen Rippen weckte die Erinnerung daran, wie ich vor anderen Häusern wie diesem gewartet hatte, Cabells kleine Hand fest umklammernd und betend, dass Nash, der drinnen mit der Zauberin verhandelte, sich nicht umbringen ließ.

»Bist du sicher, dass du die Brosche hast?«, fragte Cabell, obwohl er es wusste.

»Mir passiert nichts«, antwortete ich.

»Ich kann echt mitkommen«, sagte er und blickte ungewöhnlich nervös zu dem Haus.

Ich zog ein schwarzes Ledernotizbuch aus meiner Arbeitstasche und drückte den abgegriffenen Einband an seine Brust. »Probier ein paar mögliche Schlüsselwörter, solange du wartest.«

Nashs Notizbuch, das er zurückgelassen hatte, enthielt ein chaotisches Durcheinander aus Geschichten und Notizen über Reliquien, Legenden und die Magienutzer, die im Laufe der Jahre seinen Weg gekreuzt hatten. Da er wahrscheinlich wusste, dass seine jungen Schützlinge es lesen würden, hatte er einige Einträge in einem Code verfasst. Wir hatten das Schlüsselwort geknackt, um die meisten Einträge zu entziffern, aber der letzte, den er kurz vor seinem Verschwinden geschrieben hatte, war uns seit Jahren ein Rätsel.

Cabell nahm das Buch, war jedoch immer noch beunruhigt.

»Ich bin dran«, sagte ich. Wenn wir Sachen an Zauberinnen auslieferten, blieb stets einer von uns draußen, für den Fall, dass der andere drinnen mit einer Kundin gefangen war, die sich zu zahlen weigerte. Ich drückte seinen Arm. »Ich beeil mich, versprochen. Hab dich lieb.«

»Stirb nicht«, entgegnete er und lehnte sich mit einem letzten Seufzer an den Zaun.

Das Haus der Zauberin Madrigal schien unter seiner eigenen Kälte zu frösteln. Die Fensterscheiben klapperten wie Zähne in ihren Rahmen, und die Knochen aus rissigem Marmor und Eisen ächzten im Wind.

Ich musterte die Front des alten Hauses, als ich auf die durchhängende Veranda zuging.

»Na gut«, flüsterte ich und straffte die Schultern. »Bloß eine Lieferung. Die Bezahlung holen und raus da.«

Ich recherchierte grundsätzlich zu unseren Kunden, bevor ich mich mit ihnen traf, denn auf diese Weise erhöhte ich unsere Chance erheblich, einen Job zu bekommen und es lebend aus dem Treffen zu schaffen. Doch in der Gildebibliothek war so gut wie nichts über Madrigal zu finden gewesen, und auch Nashs Notizbuch war nur wenig hilfreich gewesen.

Madrigal – Älteste, Meisterin der Elemente. Keine bekannte Verwandtschaft. Nie eine Einladung zum Dinner annehmen.

Ihr Auftrag hatte monatelang unangerührt am Schwarzen Brett in der Gilde gehangen, bis ich den Mut aufbrachte, ihn anzunehmen.

Meine Faust schloss sich fester um die Brosche in ihrem Samtbeutel. Die Verhandlungen zu diesem Job hatten mich beinahe die Nerven verlieren lassen, und jetzt war ich wieder angespannt, als ich alle Möglichkeiten durchging, sollte etwas schiefgehen. Die gruselige Wahrheit war, dass wir herzlich wenig tun könnten, sollte Madrigal sich weigern, unseren Vertrag einzuhalten und zu bezahlen. So war es eben, wenn man mit mächtigeren Wesen zusammenarbeitete; ihre Launen waren so unberechenbar wie Feuer, und man musste immer auf die nächste Verbrennung gefasst sein.

Die Tür ging auf, ehe ich die Hand heben und läuten konnte.

»Guten Abend, Miss.«

Der Gefährte der Zauberin füllte den großen Türrahmen fast vollständig aus. Er war unglaublich groß und seine Schultern waren so breit wie die Straße. »Dearie« nannte sie ihn, und ich hielt es für sicherer, nicht zu fragen, ob es sein richtiger oder ein Kosename war.

Er verneigte sich, als ich näher trat. Seine Züge waren so unlesbar wie bei meinem ersten Besuch. Eine Ledermaske bedeckte seine obere Gesichtshälfte wie die Haube eines Falken, beschattete seine Augen, und er hatte seinen massigen Körper in eine edle, altmodische Butler-Uniform gezwängt.

»Wenn Sie so freundlich wären, mir zu folgen, Miss.« Sein Akzent war eigenartig, auf eine Weise melodisch, die nicht ganz menschlich klang und es vermutlich auch nicht war. Obwohl sie heute in unserer Welt selten waren, banden Zauberinnen oft magische Kreaturen für ihr Leben an sich, um ihnen zu dienen.

Der Gefährte trat zurück in den Schatten hinter ihm. Der Geruch von warmem Wachs und Kerzenrauch waberte mir entgegen, als ich an ihm vorbeiging. Die goldene Anstecknadel an seinem Revers, eine Schachfigur mit einem gehörnten Mond darüber – das Zeichen der Zauberin Madrigal –, funkelte im Licht eines nahen Armleuchters.

Ein klagendes Saxofon duellierte sich mit den perlenden Klängen eines Klaviers weit hinten im Haus, und beide Instrumente wurden beständig wilder.

Bring den Job zu Ende, dachte ich, während die Ränder der Brosche in meine Handfläche stachen.

»Ist Ihre Herrin zu Hause?«, fragte ich.

»O ja, Miss«, antwortete der Gefährte. »Sie hat Gäste.«

Mir wurde mulmig. »Soll ich ein anderes Mal wiederkommen?«

»Nein, Miss«, sagte er. »Das würde ihr missfallen.«

Und wie jeder gute Gefährte riskierte er lieber nicht, ihr Missfallen zu erregen.

»Na schön«, brachte ich heraus und blieb einen Schritt zurück, damit er vorgehen konnte. Bei meinem ersten Besuch hier war ich so nervös gewesen, dass ich lediglich ein verschwommenes Durcheinander aus Samt und Weihrauch wahrgenommen hatte. Jetzt konnte ich mir Rook House richtig ansehen.

Wie alte Schnittblumen, die schon eine Woche in der Vase standen, waren die edlen Möbel, die Kunstwerke und die goldenen Zierobjekte mit dem Alter braun geworden. Dieser Verfall raubte einem ebenso den Atem wie die feuchten, fleckigen Teppiche und der überwältigende Gestank von Schimmel und Fäulnis.

Welke rote Seide bedeckte die Wände. Ein Tisch mit Knochenintarsien stand an der Wand, darauf eine Vase in Form greifender Hände, ein Opernglas und ein halb leerer Kelch mit etwas, das Rotwein, aber genauso gut auch Blut sein könnte.

Über allem wachte im Kerzenschein das Porträt eines misstrauisch dreinblickenden jungen Mannes in einer altmodischen Uniform. Auf seine gemalte Wange war ein leuchtend roter Lippenstiftkuss gepresst, und ein Messer war genau an der Stelle durch die Leinwand getrieben worden, wo sein Herz wäre.

Angst beschlich mich und kroch mir über die Haut wie lauter Tausendfüßler. Wir folgten der Musik, bis die Teppiche aufhörten und ein schwarz-weißer Fliesenboden in Schachbrettmuster begann. Kerzen gingen flackernd an, als wir sie passierten, aber ihr Licht genügte nicht, um die unerbittliche Dunkelheit zu vertreiben.

Wir erreichten das runde Atrium in der Mitte des Hauses. Eine Buntglaskuppel wölbte sich über einer Prunktreppe, hinter der der Sichelmond auf einen üppigen Garten voller Bäume und Kletterpflanzen schien. Die roten Teppiche und der Marmor der Treppe waren in Schatten getaucht.

Anstatt hinaufzugehen, wandten wir uns zwei blutroten Türen zu, in die das Zeichen der Zauberin geschnitzt war. Die Musik wurde leiser, sodass ich das Stimmengewirr drinnen hören konnte. Ich schloss die Augen, als der Gefährte die Hand hob, um anzuklopfen.

Die Türen öffneten sich, und Musik quoll heraus wie Blut aus einer aufgeschlitzten Kehle.

Ich machte mich so gerade wie möglich und reckte das Kinn, als ich Madrigals Gefährten über die Schwelle folgte. Drinnen starrte mir ein Mädchen entgegen. Rundes Gesicht, zu große Augen, dunkelblondes Haar und Haut so bleich wie Knochen.

Ich.

Der Raum war voller Spiegel, die vom Boden bis zur Decke reichten. Die Möbel sahen aus, als wären sie direkt aus dem glänzend schwarzen Steinboden gemeißelt und dann zu seltsamen Formen gedehnt und verdreht worden. Kerzen reihten sich auf dem Boden und den Sideboards. Hunderte Flammen wurden zu Tausenden, als sich ihre Spiegelungen in dem silbernen Glas um uns herum vervielfältigten.

In der Raummitte stand ein Banketttisch, auf den rotes Wachs aus dem Kronleuchter darüber tropfte.

Mir krampfte sich der Magen beim Anblick der Platten mit Bergen von Fleischstücken und Pasteten zusammen. Schokoladenraben beobachteten mich mit Weingummiaugen von ihrem Aussichtspunkt aus ganz oben auf den Anrichten mit Süßigkeiten und Kuchen.

Eine Frau saß am Kopf der Tafel, deren Körper in eine Gewitterwolke aus schwarzem Tüll gehüllt war. Scharfe Linien von Rouge betonten die Konturen ihres Gesichts. Ein Schwall feuerroten Haars fiel ihr über den Rücken, während die Zauberin (oder eine arme Bedienstete) die beiden seitlichen Partien zu Kringeln über ihren Ohren gedreht hatte. Die schwarze Perlenkette, die zwischen den Haarkringeln hing, klimperte leise, als sie zu uns herüberschaute.

Sie sah so aus, wie unzählige Legenden die berüchtigte Morgana le Fay beschrieben hatten. Verführerisch böse.

»Miss Lark. Wie ... pünktlich.« Sie tupfte sich die Lippen mit einer schwarzen Seidenserviette und streckte eine Hand aus.

Mir klopfte das Herz bis zum Hals, als ich den ersten Schritt auf sie zu machte. Plötzlich waren meine Stiefel zu laut und meine Kleidung zu schäbig für das wallende Leuchten in diesem Raum. Ich blieb wieder stehen, als ich bemerkte, dass sie nicht allein an dem Tisch war. Dort saßen mehrere reglose ... Männer? Lebensgroße Puppen? Sie trugen Smokings, und waren mit schwarzen Samtbändern über ihrer Brust an die Stühle gebunden. Auf ihren Köpfen steckten unterschiedliche ausgehöhlte Tierköpfe, die sie kapuzengleich bedeckten – ein Bär, ein Löwe, ein Hirsch und ein Keiler.

»Nun kommen Sie schon. Ich versichere Ihnen, dass sich meine Gäste gut benehmen«, sagte Madrigal. »Ich habe sie selbst abgerichtet.«

Niemand schien sich zu rühren, bis der Gast links von ihr an dem großen Leuchter vorbeispähte, der ihn vor mir verborgen hatte.

Emrys Dye.

Kapitel 3

Im Gegensatz zu den anderen trug er keinen Tierkopf. Was bedeutete, dass ich sehen konnte, wie ihm sämtliche Farbe aus dem Gesicht wich und er sichtlich überrascht den Mund ein wenig öffnete.

Bis zu diesem Moment war ich stolz darauf gewesen, wie selten *mich* etwas überraschte. Jahrelang hatte ich mir methodisch Misstrauen verabreicht, so wie andere regelmäßig kleine Dosen von Gift nehmen, um eine Verträglichkeit zu entwickeln. Rechnete man immer mit dem Schlimmsten, konnte einen nichts mehr so leicht schocken.

Doch was auch immer ich erwartet haben mochte, es war nicht … *das.*

Wie immer waren Emrys' Züge perfekt – sorgsam über Generationen von arrangierten Ehen zwischen den Schönen und Reichen kultiviert. Und mit diesem unbeschreiblichen *Etwas,* das Cunningfolk zu besitzen schien und sie ein kleines bisschen anders machte als den Rest von uns Sterblichen. Es bewirkte, dass man eine Sekunde zu lange hinsehen wollte.

Dieser Verlockung zu widerstehen, war schwer – sogar bei Emrys. Bis man die widerwärtige Persönlichkeit hinter der Maske entdeckte.

Er trug einen seidigen schwarzen Smoking, die Fliege offen an seinem Hals. Sein kastanienbraunes Haar war wie üblich stilvoll zerzaust. Nun fuhr er sich mit einer Hand hindurch, während er den Blick seiner verschiedenfarbigen Augen auf mich richtete. Eines war zinngrau, das andere so glänzend grün wie der Smaragd in der Brosche, die ich mitgebracht hatte.

Meine Füße hatten vergessen, wie sie funktionierten. Leider konnte man dasselbe nicht von meinem Mund sagen.

»Was machst du hier?«, platzte ich heraus.

»Ich freue mich auch sehr, dich zu sehen, Tamsin«, antwortete Emrys und packte mit einer Hand den Hals einer nahen Champagnerflasche. Sein Schock war verflogen, und es blieb nur noch seine aalglatte Art. »Zurück von einem aufregenden Abenteuer, um verlorenen Krempel wiederzubeschaffen? Ich kann mir vorstellen, was immer Mistress Madrigal dir zu finden auftrug, war eine hübsche Abwechslung zu deinem üblichen Müll.«

»Zurück von einer weiteren Expedition, um deinen fragilen männlichen Stolz zu stärken?«, konterte ich süßlich. Kein Wunder, dass er nicht in der Bibliothek gewesen war.

Emrys lachte, als er sich das Champagnerglas bis zum Rand füllte. »Ah, du hast mich ertappt, Lerche.«

Ich wollte fauchen, als er auf meinen Nachnamen anspielte. Wenn hier jemand ein Vogel war, dann er. So wie er herumflatterte, alle nervte und Dreck hinterließ, den andere wegmachen durften.

»Du scheinst der Illusion erlegen, dass deine Berechenbarkeit charmant ist, nicht unerträglich langweilig«, sagte ich.

»Langweilig?« Sein Grinsen wurde breiter. »Ich bin mir nicht sicher, ob ich jemals so genannt wurde.«

»Ähem.« Ein scharfer Laut der Zauberin riss mich jäh in die Gegenwart zurück.

Madrigal streckte den Arm zu einer Platte mit Essen in der Tischmitte und spießte Fleisch- und Käsestücke mit ihren langen Fingernägeln auf. Sie bewegte ihre Finger wie Messer, rieb sie aneinander, sodass die Essensbrocken auf ihren Teller fielen. Ich riskierte einen kurzen Blick und suchte nach Ringen mit Sigillen.

»*Er,* Miss Lark«, sagte Madrigal, »ist mein Gast.«

Und ich, fauchte es in meinem Kopf, *bin keiner.*

»Ich würde Sie ja bitten zu bleiben, aber es ist kaum genug Essen für uns beide da, wie Sie sehen«, fuhr die Zauberin fort. Da war ein Hauch von geheuchelter Zerknirschung, als sie über die Nase des Spanferkels strich.

»Natürlich …« Ich bewegte den Kopf leicht nach unten, was einer Verneigung nahekam. »Natürlich, Älteste. Ich habe Euren Auftrag ausgeführt und bin hier, um Euch die Brosche zu bringen.«

Beim Warten hatte ich Mühe, ruhig zu bleiben, doch die Zauberin sagte nichts. Ich riskierte einen Blick mit gesenktem Kopf. Die Zauberin wandte sich einfach wieder dem Essen vor sich zu und spießte mehrere Obststücke von einem nahen Teller auf. Endlose Momente lang war nichts zu hören außer dem Schaben ihrer Fingernägel und dem Aufeinanderschlagen von Zähnen.

Emrys fuhr sich wieder mit der Hand durchs Haar und biss sich gedankenversunken auf die Unterlippe, als er die Zauberin beobachtete. Mit der anderen Hand klammerte er sich an die glänzende Tischkante.

Ich zwang mich wegzuschauen.

»Mir war nicht klar, dass ihr beide euch kennt«, hörte ich mich sagen.

O verdammt, dachte ich, *halt die Klappe, Tamsin!*

»Und mir war nicht klar, dass Sie sich über meine Bekanntschaften auf dem Laufenden halten, Miss Lark«, erwiderte Madrigal. »Dearie?«

Hinter mir wirbelte heiße Luft auf. Dearies enormer Körper begann, sich um die eigene Achse zu drehen. Druck baute sich auf wie bei einem heranziehenden Gewitter, elektrisierte sogar die Luft in meiner Lunge, bis ich gar nicht mehr atmen konnte. Licht flirrte um ihn herum, als sein massiger Körper eine neue Form annahm.

Púca, registrierte mein Verstand durch den Nebel meines Erstaunens. Die Gestaltwechsler des Feenvolks, die für ihre Tricks und Reisen jede Form annehmen können. Ich besaß keine Allsicht, und konnte ihn nur sehen, weil er es wollte.

Der Falke flog los und hockte sich auf die Rückenlehne des obsidianschwarzen Stuhls der Zauberin, von wo aus er mich beängstigend ruhig beäugte. Madrigal hob eine Hand und fütterte ihm einen Streifen blutigen Fleisches von ihrem Teller.

»Wo ist Cabell?«, fragte Emrys mitten in meine Gedanken hinein.

»Was geht dich das an?«, konterte ich und zog die Ärmel meiner Jacke weiter nach unten.

»Ich wüsste nicht, dass es mir verboten ist, mich für die Mitglieder meiner Gilde zu interessieren.«

»*Deiner* Gilde?«, sagte ich. »Versuch's mal mit *unserer* …«

»Kinder!«, unterbrach die Zauberin. »Was in unserer kurzen Bekanntschaft hat euch zu dem Glauben verleitet, ich würde kleinlichen Streit dulden, an dem ich mich nicht einmal beteiligen kann?« Sie wandte sich an mich, und ich biss mir innen auf die Lippe, bis ich Blut schmecken konnte, um mich von einer Reaktion abzuhalten. »Ich entsinne mich nicht, dass Sie bei unserer letzten Begegnung auch so mürrisch und unzivilisiert waren.«

Die Luft kochte vor ungenutzter Magie, die mächtig genug war, dass ich sie sogar als bloße Sterbliche wahrnahm wie ein Brennen auf der Haut. Ich nagte weiter an meiner Lippe.

Madrigals Kraft fühlte sich anders an als die anderer Zauberinnen, mit denen ich schon zu tun gehabt hatte – schwer und von Blitzen geschärft. Uralt. Musste sie auch sein, denn sie war eine »Alte«, was der höchste Status war, den eine Zauberin erreichen konnte. Ihre Beherrschung der Magie sprach für ein umfassendes Wissen über Zauber- und Fluchsigillen. So umfassend, dachte ich finster, dass ich vielleicht nicht mal den Zauber erkennen würde, mit dem sie mich umbrachte.

»Ich fürchte, sie neigt von Natur aus zum Missmut«, sagte Emrys, dessen Tonfall auf einmal so warm und weich wie Bourbon war. »Aber das gehört zu ihrem einzigartigen Charme. Und was bringt es, zivilisiert zu sein, wenn man stattdessen interessant sein kann?«

Madrigal gab ein nachdenkliches Summen von sich. Der Druck um uns ließ ein wenig nach, als wäre er ausgeatmet worden.

»Ich wurde nicht erzogen, eine Dame zu sein«, brachte ich heraus. »Nicht wie Ihr. Es gibt auf der ganzen Welt niemanden wie Euch. Nicht, was Schönheit betrifft, und auch nicht, was Macht angeht.«

»Zu viel Süße habe ich noch nie gemocht, Küken«, sagte Madrigal, und in ihren Worten schwang eine leise Warnung mit. »Aber da wir von Süßem sprechen, wo ist dieser reizende junge Mann, der Sie bei Ihrem letzten Besuch begleitet hat? Ich hatte gehofft, ihn besser kennenzulernen.«

»Er ...« Ich suchte nach einer Erklärung, die sie nicht beleidigte oder wütend machte. »Er hat heute Abend andere Verpflichtungen.«

»Andere, die wichtiger sind als ich?«, fragte Madrigal.

Alles an mir war zum Zerreißen angespannt. »Ich bitte um Verzeihung.«

»Wie überaus ärgerlich.« Madrigal blickte verdrossen in ihren Weinkelch. »Verraten Sie mir, Miss Lark, denn der menschliche Verstand ist mir oft ein Mysterium: Was hält Sie davon ab, Ihrem Bruder das Herz herauszureißen, wenn er Ihnen auf die Nerven geht?«

»Hauptsächlich Willenskraft«, antwortete ich prompt. »Und zu schwache Fingernägel.«

Emrys stieß ein schockiertes Lachen aus. Die Zauberin Madrigal schwieg zunächst, dann warf sie den Kopf in den Nacken und heulte vor Lachen. Das Geräusch war eher animalisch als menschlich.

Ich trat einen Schritt näher, dann einen weiteren, bis ich nahe genug war, um die Brosche aus ihrer Schutzhülle zu nehmen und sie neben der Zauberin auf den Tisch zu legen.

»Ich nehme an, jetzt muss ich Sie bezahlen«, sagte Madrigal schmollend. Sie streckte eine Hand vor, und aus dem Nichts erschien ein blutroter Beutel darin. Ich zögerte kurz, ehe ich ihn nahm, riskierte allerdings einen Blick hinein, um mich zu vergewissern, dass die Zauberin ihn nicht mit Steinen oder Pennys gefüllt hatte.

Zu meiner Überraschung lachte Madrigal wieder schrill. »Wie ich sehe, haben Sie viel Erfahrung in der Zusammenarbeit mit meinen Schwestern, Miss Lark, aber ich kann Ihnen beiden versichern, dass ich gute Arbeit immer bezahle.«

Arbeit. Also war Emrys auch wegen Arbeit hier – nicht wegen eines Gefallens, was ich eher gedacht hätte. Ich wusste, dass die Dyes hin und wieder direkt mit den Zauberinnen Geschäfte machten, Informationen austauschten oder ihnen ihre Funde verkauften. Aber das war etwas vollkommen anderes als die Verträge, die Cabell und ich mit ihnen schlossen. Die meisten in unserer Gilde fanden es bemitleidenswert, dass wir solche Aufträge annahmen, um am Leben zu bleiben.

Ich drehte mich zu Emrys um. »Du bist wegen eines Jobs hier?«

»Und wennschon?«, erwiderte er, wobei seine Augen blitzten.

»Hat Daddy dir das Taschengeld gestrichen, Trustfund?«, fragte ich. »Oder hält er dich nur an der kurzen Leine?«

Emrys' Züge verdunkelten sich. »Ich wüsste nicht, was dich das angeht.«

Nein. *Nein.* Er würde mir keine guten Aufträge wegschnappen. Ich brauchte sie auf eine Art, die er nie verstehen würde.

»Älteste«, sagte ich und strengte mich an, nicht panisch zu klingen. »Wenn Ihr mit meiner Arbeit zufrieden seid, wäre es mir ein Vergnügen und eine Ehre, wieder einen Auftrag von Euch anzunehmen.«

»Bist du so verzweifelt, dass du im Bereich eines anderen wildern musst?«, fragte Emrys mit einer bisher ungekannten Schärfe. »Nicht, dass ich an Eurer Weisheit zweifle, Mistress, aber Tamsin – Miss Lark – erfüllt nicht einmal die Grundvoraussetzungen. Sie gehört nicht zum Cunningfolk und besitzt keine Allsicht.«

Das stimmte zwar, doch wie er es sagte, als müsste ich mich deswegen schämen, fühlte es sich erniedrigend an.

»Im Gegensatz zu dir und deiner besten Freundin, der Vetternwirtschaft, brauche ich keine Allsicht, um meine Arbeit zu machen«, konterte ich.

»Da hat sie recht, Küken. Sie können nicht leugnen, dass Miss Lark erfolgreich gewesen ist, sogar mit ihren Beschränkungen.« Madrigal nahm die Brosche auf und hielt sie ins Kerzenlicht.

Langsam wurde ihr Lächeln breiter. »Vielleicht ist ein wenig Konkurrenz nicht verkehrt. Ich bin neugierig, wer von Ihnen imstande ist, den Dienerpreis als Erster zu beschaffen.«

Der Dienerpreis. Das Wort rüttelte heftig an meinem Gedächtnis; es war vertraut, doch ich konnte es nicht zuordnen. Ich kannte es …

Emrys presste die Lippen zusammen und lehnte sich zurück. Eine Schweißperle rann ihm seitlich übers Gesicht, direkt an einer Wunde oder Narbe entlang. Ich neigte mich zu dem Tisch, kurz abgelenkt vom Anblick der schartigen Hauterhebung. Sie zog sich bis hinunter zum Jackettkragen, unter dem sie verschwand. Doch als Emrys den Kopf zum Kerzenschein wandte, war sie auf einmal fort, als hätte ich sie mir eingebildet.

»Die Aufgabe ist zu groß für sie, Meisterin«, antwortete Emrys schließlich. »Und wir waren bereits zu einer Einigung gelangt.«

»Hört nicht auf ihn«, sagte ich rasch. »Ich bin ganz anders als er oder manche der anderen Pfuscher. Ich leiste bessere Arbeit mit halb so vielen Ressourcen und zum halben Preis. Und wie Ihr wisst, spüre ich bestimmte Gegenstände für Kunden auf – und verkaufe keine Reliquien an jeden Idioten, der bezahlen kann.«

Madrigal beachtete uns nicht, sondern schaute sich immer noch an, wie die Brosche im Schein der Kerzen schimmerte. Mit einem Fingerschnippen zerbrach sie die Silberfassung und ließ den Smaragd in ihre Handfläche fallen. Wortlos und ohne auch nur Atem zu holen, steckte sie ihn sich wie einen Bonbon in den Mund und verschluckte ihn im Ganzen.

Ich öffnete den Mund und schloss ihn wieder.

Nein, das wollte ich gar nicht wissen.

»Ich gebe zu, dass Miss Larks fehlende Allsicht bei dieser speziellen Suche ein Problem sein kann«, sagte die Zauberin und legte ihre Hand auf Emrys'. Hitze brannte in meiner Brust. Ihre Fingernägel strichen über seine Haut, als wäre er ein Granatapfel, dessen Schale aufgeschlitzt werden musste, um das Innere zu verschlingen.

Gut. Die verdienen einander, zischte eine Stimme in meinem Kopf. *Soll sie ihn doch lebendig auffressen.*

Doch die Bewegung lenkte meine Aufmerksamkeit auf etwas anderes, das ich bisher übersehen hatte und das nicht minder interessant war. Emrys Dye trug seinen Familiensiegelring mit dem Rubin nicht.

»... und dennoch kann ich einem Spiel nicht widerstehen, vor allem nicht bei solch würdigen Gegnern«, fuhr die Zauberin fort. »Miss Lark, wenn Sie mir den Dienerpreis als Erste bringen, zahle ich Ihnen das Hundertfache dessen, was Sie heute Abend erhalten haben.«

Mein Herz vollführte einen begeisterten Hüpfer, was schon peinlich war. »Dann bringe ich ihn Euch.«

Was immer *er* auch sein mochte. Es war unnötig, meine Unwissenheit preiszugeben, zumal es bei dem Namen ja schon geklingelt hatte.

Einer der anderen Gäste, der mit dem Bärenkopf, regte sich und stieß ein kleines, flehendes Stöhnen aus. Mir drehte sich der Magen um.

»Wunderbar, Miss Lark«, sagte Madrigal. »Ich werde diesen Wettstreit mehr genießen, als Sie ahnen. Doch jetzt wird es Zeit, dass Sie gehen. Dearie, begleite sie bitte zur Tür ...«

Emrys' Stuhlbeine schabten über den Boden. Mit der rechten Hand hielt er seine linke, als wollte er mit dem Ring spielen, der nicht mehr an seinem kleinen Finger war.

»Mistress«, sagte er, wobei sein Lächeln regelrecht leuchtete, »erweist mir bitte die Ehre, Miss Lark hinauszubegleiten.«

»Na ... schön. Ich befürworte gute Manieren jederzeit«, antwortete Madrigal und schnippte mit den Fingern nach uns. »Vor allem, wenn sie euch zurück an meinen Tisch führen.«

Ein weiterer Hitzeschwall durchfuhr mich.

»Danke«, sagte ich zähneknirschend, »für die Chance, Euch zu dienen ...«

Emrys packte meinen Arm und blickte starr geradeaus. Sein Gesichtsausdruck war eiskalt, als er mich eilig aus dem Esszimmer und zurück durchs Atrium führte. Erst als wir die Diele erreichten, wurde er langsam genug, dass ich mich von ihm losreißen konnte.

»Fass mich noch einmal so an, und du wachst eines Morgens ohne Hände auf!«, fauchte ich.

Ich wollte nach dem eisigen Türknauf greifen, aber Emrys kam mir zuvor. Er nutzte seine Größe zu seinem Vorteil, griff über meine Schulter und hielt die Tür zu. Ich drehte mich um und wollte ihn in die Brust boxen, doch er fing mein Handgelenk mit der freien Hand ab. Diesmal ließ er jedoch gleich los, als ich zog.

»Hör mir zu, Lerche«, sagte er leise, »das ist *mein* Job. Du willst damit nichts zu tun haben.«

Die beißende Kälte im Haus ließ seinen Atem nur noch wärmer scheinen, als er über meine Wange strich. Emrys hatte sich zu mir geneigt und blickte mich eindringlich an, bis die scharfen Worte auf meiner Zunge verpufften.

Im Laufe der Jahre hatte ich jede Nuance von Emrys Dye gesehen – den vor Ruhm und Wein trunkenen Prinzen, den prahlenden Geschichtenerzähler im Feuerschein des Bibliothekskamins, den sorglos Flirtenden, den konzentrierten Leser bei der Arbeit und den pflichtbewussten, bewunderten Sohn. Aber so wie jetzt hatte ich ihn noch nie erlebt, nicht mit einer Miene wie gefrorenes Glas. Würde ich ihn wegstoßen, würde er womöglich zerbrechen.

»Ich glaube, du meinst *meinen* Job«, erwiderte ich kühl. »Sind wir hier fertig?«

»Nein, sind wir nicht. Ich habe dein Gesicht gesehen, als sie dir den Auftrag anbot. Du hast keinen Schimmer, wovon sie geredet hat, geschweige denn, worauf du dich einlässt.«

Ich trat näher an ihn heran, doch er wich nicht zurück. »Wenn dir nicht gefällt, was du siehst, hör auf, mich zu beobachten.«

»Tamsin«, sagte er nun merklich weicher. »Bitte ...«

Ein lautes, metallisches Scheppern unterbrach ihn. Bei dem Lärm zuckten wir beide zusammen, und als Emrys sich umdrehte, schlüpfte ich unter seinem Arm hindurch und öffnete die Tür.

Hinten in der Diele sank eine kleine, bucklige Frau in einer schwarzen Hausmädchenkluft langsam auf die Knie und jammerte angesichts des Silbertabletts und der Glasscherben auf dem Boden.

Sofort schien ich komplett vergessen. Emrys rannte zu ihr und sprach leise und beruhigend auf sie ein. »Ist schon gut. Alles gut, ehrlich.«

Die Frau schüttelte den Kopf und brabbelte wirr vor Bestürzung. Unendlich behutsam zog Emrys sie wieder nach oben und führte sie zu einem Stuhl in der Nähe. Mir stockte der Atem. Nicht einmal das strähnige graue Haar, das einen Großteil ihres Gesichts bedeckte, konnte die tiefen Falten in ihrer schlaffen Haut, die hervortretenden Adern oder das Weiße ihres einen sichtbaren Auges verbergen, wo die Iris und die Pupille sein müssten.

Die Hand des Hausmädchens verharrte nur für einen Moment über Emrys' Arm. Tränen stiegen ihr ins Auge, und der

Schmerz in ihrem Gesicht war so unerträglich, dass ich fast wegsah. Emrys' Züge wurden härter, als er die Zähne zusammenbiss, merklich bemüht, den Sturm zu bändigen, der sich in ihm zusammenbraute.

Die schwüle Nachtluft und der Gestank der Weißdornbeeren lockten mich nach draußen. Doch etwas brachte mich dazu, noch einmal zurückzuschauen. Drinnen sah ich Emrys auf den Knien, wie er hektisch die Glasscherben aufsammelte, ehe die Tür zufiel.

Kapitel 4

So schnell mich meine Beine tragen konnten, lief ich den Weg hinunter; ich wollte dringend in die Sicherheit der Lichter und der Menschenmengen in der Bourbon Street. Cabell blickte auf, als er meine Schritte hörte, und sah erschrocken aus. Kaum schwang das Tor vor mir auf, rannte ich hindurch, hakte mich bei Cabell ein und zog ihn förmlich aus der Gasse.

»Was ist?«, fragte er.

Ich zupfte an meinem rechten Ohrläppchen, was unser Zeichen war für *Nicht jetzt, jemand könnte lauschen.*

Erst als wir von Hunderten von Leuten umgeben waren, die durch die Straßen schlenderten, in Bars hinein- oder aus ihnen herausstolperten, wurde ich langsamer. Regenbogenlichter strahlten um uns herum, als wir uns den Weg durch die Menge bahnten, zurück in Richtung der Ader, die wir mit der Allwegetür geöffnet hatten.

Musik pulsierte in mir, bis ich sicher war, das Basswummern in meinem Blut zu spüren. Schließlich konnte ich nicht mehr warten und zog Cabell in einen Laden mit schäbigen Souvenirs und unechten Voodoo-Kerzen, die Touristen kaufen sollten.

Cabell packte meine Schultern und musterte mich prüfend. »Alles okay? Bist du verletzt?«

»Mir geht es gut!«, sagte ich laut, um die Musik zu übertönen. »Hör zu, Dye war da …«

»Was?«, rief er und wies auf seine Ohren. »Dye?«

»Er macht einen Job für sie, aber uns hat sie ihn auch angeboten«, sagte ich. »Wenn wir ihn als Erste erledigen, zahlt sie uns hundertmal mehr als für diesen Auftrag!«

Er winkte ab. »Ich dachte schon, du hast eben hundertmal mehr gesagt …«

»Habe ich!« Ich blickte zu einem schwankenden Paar, das den Laden betrat. »Es geht um etwas, das ›Dienerpreis‹ heißt. Ich denke, wir sollten heute Abend in die Bibliothek gehen und …«

Diesmal wusste ich, dass er mich gehört hatte, denn er machte sichtlich dicht, wandte sich um und ging weiter Richtung Ader.

»Hey!«, rief ich. »Das ist eine unglaubliche Gelegenheit!«

»Nein, ist es nicht«, entgegnete er. Seine Miene war härter denn je, und seine Haut glänzte vor Schweiß. Er begann schon, sein Shirt zu durchtränken. Cabell schob die Ärmel hoch, sodass seine schwarzen Tattoos enthüllt waren. Jedes von ihnen stand für eines der Fluchsigillen, die er über die Jahre gebrochen hatte – Trophäen auf seiner Haut. »Wir nehmen den Auftrag nicht an, Tams.«

Nun begriff ich. »Du weißt, was der Dienerpreis ist? Der Name kommt mir bekannt vor, aber ich kann ihn nicht zuordnen.«

Seine Atmung wurde immer unregelmäßiger. »Nein, weiß ich nicht. Ich habe keine Ahnung, was zur Hölle das ist, aber wir lassen uns nicht wieder mit dieser Zauberin ein. Wir können Dye unmöglich schlagen, bei all den Mitteln, die er hat. Es ist keine gute Idee. Wir können nicht … wir können nicht …«

Er kehrte mir den Rücken zu und streckte eine Hand aus, um mich auf Abstand zu halten.

»Was ist?«, fragte ich ihn. »Bist du okay?«

Cabell keuchte. Sein Brustkorb weitete sich bei jedem scharfen Ringen nach Luft, als wollte er aus seiner Haut ausbrechen. Schweiß tropfte ihm vom Kinn auf das Pflaster, während sein Körper vor unaussprechlichem Schmerz zitterte.

Die Sekunden dehnten sich zu gefühlten Jahren. Ein Summen schwoll in meinen Ohren an, als ich beobachtete, wie die Anspannung durch Cabells Körper floss und seine Schultern steif wurden. Er kippte nach vorn, stützte sich an einer rauen Steinmauer ab.

Dann schüttelte er den Kopf.

»Es ist alles gut«, sagte ich ruhiger, als ich mich fühlte. »Atme einfach. Hör mir zu.« Ich schluckte den Kloß in meinem Hals herunter. »Vor langer Zeit herrschte in einem längst vergessenen Königreich ein König namens Artus über die Menschen wie auch über das Feenvolk ...«

»Tams ...«, würgte er hervor. Ich bekam Panik. Normalerweise half es, ihn mit einer Geschichte abzulenken, um eine Verwandlung zu verhindern. »Bleib ... zurück ...«

Ein lautes Knacken seiner sich verschiebenden Knochen ließ ihn verstummen.

Die Bewegungen unter seiner Haut waren so stark, dass sie an seinem Shirt zerrten und drückten, den Stoff an seinen Schultern und dem Rücken zerrissen. Er torkelte, griff blind nach mir, einer Mauer, irgendwas, um ihn zu halten.

Ein einziger banger Gedanke schaffte es durch meinen Schock: *Nicht hier!*

Es durfte nicht hier passieren, mit all den Menschen drum herum, die sangen, Selfies machten und keinen Schimmer hatten, in welcher Gefahr sie schwebten.

Ich wurde sofort aktiv, packte Cabells Handgelenk und zog ihn buchstäblich die letzten Blocks zur Ader in einem geschlossenen Supermarkt. Stöhnend vor Schmerz stolperte Cabell, als seine Füße aus den Stiefeln rutschten. Ich verlangsamte mein Tempo, hängte mir seinen Arm über meine Schultern und schlang meinen um seine Hüfte, bevor ich die Tür auftrat und uns in den wartenden Durchgang stürzte.

Dunkelheit umfing uns, und der Raum um uns verschwamm. Mein Atem dröhnte mir in den Ohren, als sich Cabells Rippen unter meinem Griff zusammenzogen und verkürzten. Die Allwegetür flog auf, knallte an die Wand und spie uns auf den kalten Marmor. Das Geräusch hallte durchs Atrium und erstickte sogar das Stimmengewirr aus dem Inneren der Bibliothek.

»War das die Tür?«, hörte ich jemanden fragen.

Cabell rollte sich zu einer Kugel zusammen, die Hände auf sein sich verformendes Gesicht gepresst. Verzweifelt japsend krabbelte ich zurück zur Allwegetür und schloss sie. Meine Hände zitterten so sehr, dass ich den Schlüssel kaum ins Schloss bekam, geschweige denn unsere Wohnung visualisieren konnte.

Seufzend öffnete sich die Ader, und ich zog rasch den Schlüssel ab.

Cabell war bleischwer in meinen Armen, murmelte unverständlich vor sich hin im Schmerz, und wir stolperten erneut in den schwarzen Korridor. Hinter uns schlug die Tür wieder zu.

Es war der Geruch unserer Wohnung, der mir verriet, dass wir angekommen waren. Dann stürzten wir aus der Tür des Wäscheschranks auf den fadenscheinigen Teppich.

Ich rappelte mich auf alle viere hoch, kroch zurück und schloss schnell die Tür, damit uns niemand folgen konnte.

»Cabell«, sagte ich, was selbst in meinen Ohren wie von weit weg klang. »Was ist los?«

»Ich …«, begann er und ballte eine Faust in seinem Haar. »Tams, ich glaube …«

Sein Gesichtsausdruck wurde ganz leer. Es war vollkommen klar, was passieren würde, und das schon bevor sich seine Schultern nach vorn wölbten und dunkles Haar aus der Haut an seinem Armen barst.

»Atme tief ein«, sagte ich. »Konzentriere dich auf meine Stimme. Du musst nicht gehen. Du kontrollierst es – nicht es dich …«

Seine Schultern entglitten meinem Griff, als er auf die Knie sank.

»Ich werde …« Ich drehte mich zu dem nahen Erker um, den wir als Arbeitszimmer nutzten, und überlegte fieberhaft. »Ich hole Kristalle … ich hole …«

Ein tiefes, vibrierendes Knurren schwoll hinter mir an.

Ich drehte mich wieder um.

Der Hund war riesig, beinahe ein Wolf. Das schwarze Zottelfell schimmerte verschüttetem Benzin gleich. Cabells Kleidung hing in Fetzen von seiner neuen Gestalt.

Das Klackern der Krallen auf den alten Dielenbrettern weckte eine primitive Angst in mir. Speichelfäden tropften von den langen weißen Zähnen. Es war nichts Menschliches mehr in den dunklen Augen.

Die Verwandlung kam seit einem Jahr häufiger, aber ich hatte ihn jedes Mal zurückholen können. Wieder zu sich. Er hatte die Gestalt nicht mehr vollends verändert, seit wir Kinder gewesen waren.

»Cabell?«, flüsterte ich.

Der Hund blieb stehen und legte den Kopf zur Seite.

»Hör zu«, sagte ich und versuchte, das Beben in meiner Stimme zu unterdrücken. Mein Verstand bewegte sich zu schnell, ging das große Archiv und die Unvergänglichkeiten in meinem Gedächtnis durch. Ich vergaß nichts, was ich schon einmal gesehen oder gelesen hatte, aber es war nie nötig gewesen, etwas zu suchen, um ihn wieder zurück in seine menschliche Form zu bringen. Das hatte er immer allein geschafft.

»Hör mir zu«, sagte ich und hob eine Hand. »So ist es gut. Das ist gut, Cab. Konzentrier dich auf das, was ich sage ... Vor langer Zeit herrschte in einem längst vergessenen Königreich ein König namens Artus über die Menschen wie auch über das Feenvolk ...«

Der Hund winselte, blieb aber, wie er war, und schüttelte sich kräftig. Die Schraubzwinge um meinen Bauch lockerte sich, als ich einen Schritt auf Cab zu machte. »Dies ist eine Geschichte über seinen geliebten Freund und Ritter Lancelot ...«

Es blieb keine Zeit wegzulaufen, als er mir an die Kehle sprang.

Mein Instinkt allein rettete mich.

Ich warf einen Arm nach oben, als mich der Hund zu Boden warf. Unwillkürlich schrie ich, als die Reißzähne in meinen Unterarm hieben, Haut und Muskeln durchbohrten und an Knochen schabten.

Schmerz durchschoss mich, doch es war der Anblick meines rot schimmernden Bluts auf den Hundezähnen, der mich erneut schreien ließ.

Schäumender Speichel sprühte auf mich, als der Hund in die Luft schnappte, um an mein Gesicht zu gelangen. Mein Gehirn war wie leer gefegt, aber mein Körper wollte überleben. Er musste. Irgendwie konnte ich meine Beine genug anziehen, um den Hund wegzutreten. Er jaulte, als er auf dem Boden aufschlug, und sprang sofort wieder auf.

Ich wich halb robbend zurück, versuchte, Abstand zwischen uns zu bringen, aufzustehen, in den Arbeitsbereich zu kommen, wo wir Tränke, Kristalle und anderes aufbewahrten ...

Der Hundeleib spannte sich an, als er noch ein ohrenbetäubendes, überirdisches Heulen ausstieß.

»Cabell!«, schluchzte ich. »Bitte, komm da raus!«

Der Hund stakste vorwärts, die Nackenhaare aufgestellt wie Nadeln. Er war zu schnell, schnappte meinen Fuß, sodass ich gezwungen war, ihm in die Schnauze, gegen den Kopf und sonst alles zu treten, was ich erreichte, um mich zu befreien.

Ich werde sterben. Dieser Gedanke schoss mir in Todesangst durch den Kopf. *Er bringt mich um.*

Es sei denn, ich tötete ihn zuerst.

Der Hund sprang erneut los, doch ich tat es auch und schnappte mir den Brieföffner gleich neben dem Berg von Büchern auf meinem Schreibtisch. Blitzschnell drehte ich mich um und schwang den Brieföffner wild durch die Luft, um den Hund abzuwehren. Doch anstatt zurückzuweichen, ließ er sich schneiden und hielt weiter auf mich zu. Alles in mir war von schierem Überlebenstrieb gesteuert.

Ich kann nicht.

Der Brieföffner fiel mir aus der Hand. Ich trat einen Schritt weg von ihm, dann noch einen, als der Hund für einen Moment abgelenkt war, weil er einen tiefen Schnitt an einem seiner Beine leckte.

Ich kann nicht.

Er war immer noch Cabell. Irgendwo in diesem Hund steckte mein Bruder.

Und er würde mich töten.

Der Hund trat zwischen unsere beiden Schreibtische. Ich stieß mit dem Rücken gegen das Bücherregal neben dem Fenster, und nun konnte ich nirgends mehr hin.

Panisch griff ich nach hinten und warf ein Buch nach dem anderen auf den Hund, ließ all meine Wut und Verzweiflung heraus. Der Hund schnappte nach den Büchern, winselte und jaulte, als ihn einige wenige trafen.

Gierig rang ich nach Luft, sowie er zurückwich und die Schnauze gen Zimmerdecke reckte. Sein Heulen hallte durch unsere kleine Wohnung, als versuchte er, andere zur Jagd zu rufen.

Die Jagd.

Dieses Wort durchdrang den Schmerznebel in meinem Kopf. Ich riskierte einen Blick nach links, zu unserer Tasche, die wir benutzten, wenn wir im Freien campieren mussten, bevor wir eine Gruft betraten. Sie lehnte an dem wackligen Bein von Cabells Schreibtisch, knapp außer Reichweite.

»Hör mir zu, Cabell«, sagte ich und bewegte mich langsam darauf zu. Der Hund drehte sich wieder zu mir und legte knurrend die Ohren an.

Rasch trat ich die Tasche um, sodass der Inhalt auf den Fußboden purzelte. Die silberne Dose mit Betäubungspfeilen, die für Bären und andere Raubtiere, magische wie weltliche, gedacht war, rutschte zwischen das Durcheinander aus Notizbüchern und Werkzeug.

Es blieb nur eine Sekunde …

Weniger.

Der Hund machte einen Satz. Ich auch.

Unter dem vollen Gewicht der knurrenden Kreatur auf meinem Rücken krachte ich zu Boden. Mein Haar verfing sich in den Hundezähnen und wurde mir ausgerissen. Ich rammte meinen Ellbogen nach hinten, konnte die Dose aber mit meinen zitternden, blutigen Händen nicht aufbekommen. Also knallte ich sie auf den Boden, sodass sie im selben Augenblick aufsprang, in dem der Hund seine Zähne in meiner Schulter versenkte.

Mit einem wilden Laut drehte ich mich um und hieb einen der Pfeile in seinen Nacken.

Der Hund jaulte und zuckte auf mir. Ich hielt seine Schnauze mit einer Hand weg von mir, ohne den Pfeil loszulassen, bis das Tier erschauderte und endlich ruhig wurde.

»Alles gut«, sagte ich zu dem Hund und schlang einen Arm um seinen Rücken. »Jetzt ist es gut.«

Mit einem letzten Schnauben und einem tiefen, traurigen Winseln sackte er auf mir zusammen.

Mein Nachbar hämmerte an die Wand zwischen uns. »Alles okay?«

»Ja, uns geht's gut!«, rief ich zurück, allerdings zitterte meine Stimme hörbar. »Sorry!«

Wir waren im Erdgeschoss. Mich erstaunte, dass keiner durchs Fenster gesehen hatte, was hier passiert war.

Ich hielt den Hund fest, bis das Fell verschwand. Und bis seine Knochen zu brechen und sich neu zu formen begannen, während er vor Schmerzen stöhnte und mit den Krallen auf dem Boden kratzte. Meine Kehle war wie zugeschnürt. Ich kniff die Augen fest zu, weil ich mich weigerte, die brennenden Tränen zuzulassen.

Denn jeder Fluch konnte gebrochen werden.

Sogar seiner.

Kapitel 5

Ich wurde beobachtet.

In der Gildebibliothek war es still bis auf das Knistern des Feuers in dem alten gemauerten Kamin und das Rascheln der Bücher, die von allein zurück an ihre Plätze in den Regalen glitten. Ich war genervt gewesen, als ich sah, dass Phineas Primm, ein alter Hollower mit mehr Narben im Gesicht als noch vorhandenen Fingern an seinen Händen, in einem der viel zu weichen Ledersessel las. Er hatte die Augen verengt und war mir mit seinem Blick zu meinem üblichen Arbeitstisch gefolgt.

Erst als ich eine Stunde später von einem weiteren Buch aufblickte, in dem auch nichts über den Dienerpreis zu finden gewesen war, bemerkte ich, dass noch zwei Hollower dazugekommen waren. Der eine, Hector Leer, beobachtete mich durch eine Lücke in dem Regal mit den aufgerollten alten Karten. Septimus Yarrow lehnte an einem Regal wenige Reihen weiter und gab vor, eine Unvergänglichkeit zu lesen. Ich erkannte den silbrigen Schlangenhauteinband von Zauberin Ardiths Unvergänglichkeit, Band eins.

In meiner Verzweiflung hatte ich inzwischen sämtliche Bände davon mindestens dreimal gelesen, hatte die ganzen sechshundert Jahre, die ihre Memoiren umspannten, nach einer Spur durchkämmt, was Cabells Fluch sein mochte, und konnte bestätigen, dass zu sterben das Interessanteste war, was die Zauberin Ardith jemals getan hatte.

Die Einträge ihrer früheren Jahre waren lesbar, aber staubtrocken. Die späteren Bände, vor allem aus der letzten Dekade, als ihre Schwester begann, Ardith langsam und systematisch zu vergiften, um deren Giftsammlung zu stehlen, zeugten nur noch von einem vernebelten Bewusstsein.

So oder so stand da nichts, was einen Leser länger als einige Minuten fesseln könnte. Und obwohl ich es gewohnt war, misstrauisch beäugt zu werden, war dies hier vollkommen anders. Denn sie sahen mich nicht einfach nur an – sie schienen auch zu beobachten, was ich las. Phineas machte sich anscheinend sogar Notizen.

Schließlich hielt ich es nicht mehr aus. »Kann ich Ihnen irgendwie helfen, meine Herren?«

Hector und Phineas zuckten beide zusammen und wandten sich ab. Septimus hingegen blieb völlig ruhig. Kein Wunder, dass er und Endymion Dye so dicke Freunde waren. Beide hatten diese aalglatte, vornehme Art an sich und ihr Lächeln war grundsätzlich spöttisch.

»Nein, Kleines«, antwortete Septimus und kam auf mich zu. »Ich frage mich nur, was ein Mädchen wie du so spätabends allein in der Bibliothek macht.«

»Jedenfalls keine Teenager anstarren wie ein Perversling«, sagte ich.

Mit einem frostigen Lächeln hockte er sich auf meine Tischkante, engte mich absichtlich ein und reckte den Hals, um nachzuschauen, was ich las. Dabei fiel ihm sein schwarzer Zopf über die Schulter. »Die Hochkönige Irlands? Gibt es einen Grund, weshalb du an diesem schönen Abend beschlossen hast, die Geschichten der mystischen Smaragdinsel zu erforschen?«

Sein brauner Tweedanzug war noch das Unverdächtigste an ihm. Er war schon überall auf der Welt gewesen und hatte mehrere legendäre Reliquien gefunden, einschließlich der Keule des Herkules. Deshalb führte er sich wie ein Kriegerkönig auf, der mit seinen wachsamen dunklen Augen stets auf der Suche nach der nächsten Schlacht war.

»Ich bin fast fertig hiermit, falls Sie gern etwas über Balor vom bösen Auge lesen wollen. Er ist ein Vorfahr von Ihnen, nicht?«

Ein Lächeln huschte über sein Gesicht. »Du bist wie dein Vater, weißt du das? Genauso flink mit dem Mundwerk wie mit den diebischen Fingern.«

»Er ist nicht mein Vater«, erwiderte ich. Mein Blick schweifte zu dem Anstecker an Septimus' Revers. Er war identisch mit dem, den sein Bestie Endymion immerzu trug: eine Hand, die einen Silberzweig hielt. Wie niedlich! Das Äquivalent des Freundschaftsarmbands, aber für reiche Arschlöcher.

Septimus sah kurz verwirrt aus. »Na, dann eben dein *Vormund.* Er hat mein Handbeil gestohlen ...«

»Ich verstehe nicht, was Sie jetzt von mir erwarten«, sagte ich, hielt meine Stimme aber gesenkt. »Sie wissen genauso gut wie ich, wenn er es hatte, hat er es mit ins Grab genommen.«

»Bist du dir sicher?«, fragte Septimus und stützte eine Hand auf den Arbeitstisch, um sich näher zu mir zu lehnen. Ich unterdrückte den Impuls, mich unter seinem stechenden Blick zu winden. »Wo hatte er dich und deinen Bruder noch gleich zurückgelassen?«

Mein Instinkt regte sich. Es war Zeit, diese Scharade zu beenden.

»Bibliothekar!«, rief ich überaus freundlich. »Mr Yarrow langweilt sich und braucht deine Hilfe, interessanten Lesestoff zu finden!«

Bibliothekar bejahte mit einem kleinen Ruf, stellte den Stapel neuer Bücher ab, die er sortiert hatte, immerfort bereit und gewillt zu helfen, selbst wenn es bedeutete, stundenlang unterschiedliche Titel zu empfehlen.

Septimus lachte kein bisschen amüsiert, stand auf und rief: »Nein, nein, Bibliothekar.« Mit einem letzten Blick zu mir ergänzte er: »Das sieht nach einer ziemlich üblen Wunde aus an deinem Arm. Pass auf, Mäuschen. Ich fände es überaus bedauerlich, sollte dir Schlimmeres widerfahren.«

Die Bisswunde an meinem Unterarm pochte unter dem Verband, als ich ihm mit einer ungeduldigen Handbewegung zu verstehen gab, dass wir hier fertig waren. Ich hatte die Wunde, so gut ich konnte, gereinigt und die heftigsten Risse geklebt. Nun konnte ich nur noch das Beste hoffen. Die meisten Risse und Blutergüsse waren von meinem Pullover verdeckt, doch jedes Mal, wenn ich meine Sitzposition änderte, machten sie sich bemerkbar.

Ich griff nach einer anderen Unvergänglichkeit auf meinem Bücherstapel.

Es war ein altes Lieblingsbuch. Anders als manche Niederschriften ihrer Schwestern, die ungefähr so spannend waren wie eine leere Papiertüte, war Zauberin Hesperias Unvergänglichkeit ein wahres Juwel: scharfzüngig und schillernd, verfügte sie über reichlich berauschende Persönlichkeit.

Cyrus von Rom ist von einem großherzigen Gott geschaffen worden. Seine blauen Augen beobachten jede meiner Bewegungen von der anderen Seite des dunklen Schlafgemachs …

Ich trank einen großen Schluck von meinem Instantkaffee.

Niemand wusste genau, wie die Unvergänglichkeiten zustande kamen. Früher malte ich mir aus, dass die Worte aus dem Verstand der Zauberin flossen und ihr Blut als Tinte aus ihren Ohren, um sich auf dem Boden zu Lachen zu sammeln. Ein Fluss von ihm rann dann zum nächsten Papier, das es finden konnte, ob Taschentuch, Zeitung oder Pergamentrolle. Und hatte das Blut erst gefunden, wonach es suchte, ergossen sich die Gedanken auf die Seiten, einen Buchstaben nach dem anderen, bis sie zu Wörtern wurden und die Wörter zu Memoiren.

Eines nach dem anderen, und schließlich war das ganze Leben der Zauberin erzählt, als sie ihren letzten Atemzug tat.

Eine Stunde später klappte ich den dicken Wälzer zu und verzog das Gesicht beim Gefühl des Pelzeinbands. Weiße Fellbüschel stiegen wie Löwenzahnsamen in die Luft auf und brachten mich zum Niesen.

Mein Frust wurde zu einem Hämmern gegen meine Rippen, als ich mich zurücklehnte und meine blaue Strickjacke fester um mich schlang. Die letzten vier Stunden war ich mindestens zwei Dutzend Schinken durchgegangen, archivierte Hollower-Tagebücher, Anhänge, Unvergänglichkeiten und andere uralte Literatur. Und gebracht hatte es nichts.

Die Zauberinnen hatte ihre Kräfte, das Cunningfolk seine Talente, aber ich hatte immer nur mein Gedächtnis. Hatte ich etwas einmal gesehen oder gelesen, vergaß ich es nie. Ich hatte beinahe jeden Wälzer in der Gildebibliothek mindestens einmal gelesen, und häufiger musste ich es auch nicht, um mir den Inhalt zu merken.

Für gewöhnlich. Diesen Begriff, *Dienerpreis,* hatte ich irgendwo gesehen, und es war so erstaunlich wie auch zum Kotzen, dass ich wieder nach ihm suchen musste. Nicht einmal Bibliothekar konnte ihn in seinem gigantischen Speicher an obskurem Wissen auftreiben.

Ich drehte mein Handy um, sodass ich aufs Display sehen konnte. Keine Nachrichten. Überhaupt keine Antwort auf irgendeinen der hundert Anrufe oder Texte, die ich Cabell geschickt hatte, um mich zu erkundigen, wie es ihm ging.

Der Dienerpreis ... Der Dienerpreis ...

Ein »Preis« könnte alles Mögliche sein – etwas Gewonnenes oder ein Objekt, das als Zeichen der Anerkennung oder Belohnung überreicht wurde. Eine Waffe, ein Gewand, ein Schmuckstück, ein Machtsymbol oder sogar eine Haarlocke.

»Scheiße noch mal«, murmelte ich.

Ich rieb mir die trockenen Augen und holte tief Luft. Der süße, moschusartige Geruch von alten Büchern und Leder füllte meine Nase und nahm meinem Frust ein wenig die Schärfe. Das Buntglasfenster atmete seinerseits aus und schickte mir die Herbstkälte herein, die sich Fangarmen gleich um mich schlängelte und mit den Kerzenflammen auf dem langen, von Tintenflecken übersäten Tisch spielte.

Unsere Gildebibliothek war mir der liebste Ort der Welt. Ihre Beständigkeit, die Abertausenden Fluchten, die jedes Buch bereithielt, die verlässliche Anwesenheit von Bibliothekar, der sich durch sein Tagewerk mühte. Die Bibliothek war wie ein Stern, der zu jeder Jahreszeit zu sehen war, unverhüllt von Wolken oder Ferne, und sie war das eine Versprechen, das mein Leben eingehalten hatte.

Eine Bibliothek war Heimat für jene, die von besseren Orten träumten, und diese bildete keine Ausnahme.

Gedankenverloren rollte ich meine Thermoskanne mit dem Instantkaffee auf dem Tisch herum.

Bei dem Geräusch spähten einige der Bibliothekskatzen zwischen den Büchern hervor. Andere schlummerten im Kerzenschein und zuckten im Traum mit den Schwänzen. Weit mehr allerdings jagten an den Fußleisten entlang hinter versteckten Flüchen und leckeren Mäusen her.

Die Katzen waren genauso ein fester Bestandteil der Bibliothek wie die Bücher. Das Gebäude, das einst die Gruft einer Zauberin gewesen war, hatte schon vor Flüchen gebrummt, bevor die Gildemitglieder anfingen, versiegelte Unvergänglichkeiten und fluchgebundene Reliquien reinzubringen. Generationen von Katzen streiften seither durch die Räume, und ihre übernatürliche Fähigkeit, die Anwesenheit von subtiler Magie zu erspüren, war schon mehr als ein Mal die letzte Verteidigungslinie zwischen den Hollowern und dem sicheren, fiesen Tod gewesen.

Auf ein schwaches *Miau-Miau* hin blickte ich zu dem Regal neben dem Kamin, um dort eine der Katzen, Pumpkin, zu sehen, wie sie mit der Tatze nach der Rollleiter schlug, bis die sich ein wenig bewegte, sodass die Katze sich an einem vertrauten ledernen Buchrücken reiben konnte.

Während sich in den oberen Regalen, direkt unter der Decke, ein Friedhof von beschädigten oder veralteten Büchern befand, waren die unten Werken vorbehalten, die grundlegend für die Arbeit der Hollower waren: eine Ansammlung von Legenden, Märchen und Mythen.

Sogar Nash, der Inbegriff des schlechten Vormunds, hatte dafür gesorgt, dass Cabell und ich lernten, wie wir die Erzählungen einordneten und vor allem sie nutzten, um zu ergründen, ob eine Reliquie real sein könnte.

Vielleicht ging ich es völlig falsch an. Ich hatte angenommen, dass es einen anderen, gewöhnlicheren Namen für den Preis geben könnte, mich aber nicht einmal gefragt, welchem »Diener« er gehört hatte.

Wieder schaute ich zu dem Stapel aus Enzyklopädien, Tagebüchern und Unvergänglichkeiten neben mir und zurück zu dem Regal.

Zögerlich ging ich hin, wobei mir bewusst war, dass ich von Blicken verfolgt wurde.

Daher griff ich mir eine willkürliche Auswahl an Märchen – deutsche, russische, norwegische –, zusätzlich zu den Büchern, die ich wirklich brauchte, und kehrte an meinen Tisch zurück. Beinahe sofort sprang Pumpkin auf den Stapel und maunzte verärgert, weil sie ignoriert wurde.

»Kusch, du süße Nervensäge«, sagte ich und schob sie von den Büchern, um die Sammlung deutscher Märchen durchzublättern. Die Gebrüder Grimm enttäuschten mich nie.

Mit einem Schrei, der direkt aus den Tiefen der Hölle zu kommen schien, schoss Pumpkin über den Tisch und trat mit genug Schwung nach den Büchern, dass sie über den Tisch flogen und auf dem Boden landeten.

»Du unverbesserliches Tier«, flüsterte ich. »Und das nach all den Leckerli, die ich dir reingeschmuggelt habe!«

Pumpkin rollte sich bloß auf dem Buch mit japanischen Legenden zusammen und leckte sich sehr zufrieden die Pfote. Ich sah sie erbost an, bevor ich mich nach unten beugte, um die Bücher aufzuheben. Die meisten waren unversehrt, nur der Rücken von *Legenden der Moore* trug jetzt am Rücken eine frische Narbe von einer wild gewordenen Katze, und *Erzählungen von Camelot* war aufgeschlagen gelandet.

Ich verzog das Gesicht, als ich das Buch aufhob. Die Seiten waren so empfindlich wie jahrhundertealte Knochen und nun in einem unglücklichen Winkel zerknickt, teils sogar ausgerissen.

Als ich die tiefen Knicke auf den Seiten glättete, strichen meine Finger über den Holztafeldruck einer Frau in einem eleganten Gewand, deren langes Haar ihr wie Sonnenstrahlen über die Schultern floss. Vor ihr kniete ein Ritter, der eine Hand nach ihr ausstreckte. Darunter stand in winziger Schrift:

Die Herrin vom See, bekannt als La Dame du Lac im französischen Manuskript, schenkt Lancelot einen magischen Ring in Avalon.

Jemand hatte in dunklerer Tinte ein Apostroph zwischen dem *L* und dem *a* von *Lancelot* eingefügt. *L'ancelot.* Ein kleines Zeichen, das den Ursprung des Namens enthüllte und seine Bedeutung flüsterte.

Ich konnte nur sehr wenig Französisch, aber genug, um eine Ahnung zu haben. Bemüht, keine Miene zu verziehen, holte ich mein Handy hervor, um meinen Verdacht zu bestätigen.

Ancelot. Altfranzösisch für *Diener.* L'ancelot. *Der Diener.*

Ich presste die Lippen zusammen, damit mir keine Reaktion anzusehen war. Diese Geschichte kannte ich. Sie war eine der letzten gewesen, die Nash uns erzählt hatte, bevor er uns nachts verließ und nie zurückkehrte.

Die Hohepriesterin jener Zeit hatte Lancelot als Kind aufgenommen und in Avalon großgezogen. Als er alt genug war, um sich den Gefahren an König Artus' Hof zu stellen, hatte sie ihm im Auftrag ihrer Göttin einen Ring gegeben, der Magie abwehrte, den fluchbrechenden Ring der Zerschlagung.

Er war eine Reliquie, die jeden Fluch und jeden Zauber brechen konnte, aber der Haken war – und einen Haken gab es immer –, dass man ihn nur mittels tödlicher Gewalt erwarb.

Mit anderen Worten: Man musste den gegenwärtigen Besitzer töten und den Rest seines Lebens damit rechnen, dasselbe Schicksal zu erleiden.

Verdammt, dachte ich und rieb mir die Nasenwurzel.

Vor Jahren hatte ich den Ring als mögliches Heilmittel gegen

Cabells Fluch angesprochen, aber Nash hatte beharrlich behauptet, der Ring wäre schon vor der Abspaltung Avalons von unserer Welt zerstört worden.

Doch wenn Emrys Dye für Madrigal nach Lancelots Ring suchte, konnte er nicht bloß nicht zerstört worden sein, sondern Madrigal glaubte auch, er könnte gefunden werden.

Was bedeutete, *ich* hatte eine Chance – eine echte Chance –, Cabells Fluch zu brechen und dies hier zu beenden.

In den Unvergänglichkeiten der Zauberinnen aus der Anderswelt gab es zahlreiche Anspielungen auf den Ring, allerdings nur eine in den letzten hundert Jahren. In der Unvergänglichkeit der Zauberin Rowenna.

Ich gab vor, die deutschen Märchen zu Ende gelesen zu haben, und blätterte in den russischen. Die ganze Zeit durchkämmte ich in Gedanken meine Erinnerungen an Rowennas Unvergänglichkeit, bis ich das Bild der betreffenden Seite vor mir sah.

> *Wie sehr wünschte ich, ich hätte den Ring der Zerschlagung nicht an diese schreckliche Kuh Myfanwy verloren. Jetzt ist mir nichts mehr von Avalon geblieben …*

Leider hatte die Bibliothek die Unvergänglichkeit Myfanwys nicht, doch es könnte sein, dass sie in der Privatsammlung der Dyes war, die im Keller der Bibliothek aufbewahrt wurde.

Doch vorher brauchte ich noch eine andere Bestätigung.

Ich schlug willkürlich eine Seite in den *Legenden der Moore* auf und zählte von hundert rückwärts, bevor ich wahllos eine andere Seite aufschlug und einen überraschten Laut ausstieß. Dann sammelte ich hastig meine Sachen zusammen, ließ die Bücher auf dem Tisch und lief zum Atrium, wobei ich »Gute

Nacht, Bibliothekar!« rief, ehe ich vorgab, die Allwegetür zu öffnen und wieder zu schließen.

Es gab noch eine Tür, verborgen in der Wandtäfelung gleich rechts daneben. Ich drückte eine unauffällige Stelle an einer Leiste, und die Tür öffnete sich zu einer Treppe. Langsam stieg ich hinauf und mied die Stufen, von denen ich wusste, dass sie knarzten. Ein staubiger Raum voller Kisten begrüßte mich. Ich schaltete das Licht nicht ein oder blickte zu unseren alten Schlafsäcken, die zusammengerollt in einer Ecke lagen. Stattdessen legte ich mich flach auf den Boden und linste durch den Spalt in den Dielenbrettern. Mein Herz hämmerte.

Septimus und seine Kumpane waren knapp außerhalb meines Sichtfelds, doch ich konnte sie deutlich hören, als sie zu meinem Arbeitstisch gingen, um die *Legenden der Moore* aufzunehmen.

»... woher wissen wir überhaupt sicher, dass sie danach sucht?«, fragte Hector leise.

Ich holte tief Luft und musste mich anstrengen, neben dem plötzlichen Rauschen in meinen Ohren etwas zu hören.

»Sie nehmen sogar von dem schwächsten Zauberinnenabschaum Arbeit an, und wenn der Rat es will, tun es die anderen auch«, zischte Septimus. »Die Belohnung wird zu hoch sein, als dass sie ablehnen könnten.«

Rattendreck, dachte ich.

Nichts hiervon konnte Zufall sein. Sie mussten über den Ring reden.

Schlimm genug, dass Emrys nicht der einzige andere Hollower war, der ihn suchte; jetzt klang es, als wäre der gesamte Rat der Schwestern involviert – und sie hatten einen Vorsprung. Der Gedanke hinterließ einen bitteren Geschmack auf meiner Zunge.

»Vielleicht hätten wir sie uns einfach greifen sollen, und gut wär's«, sagte Phineas. »Ich habe keine Lust, durch sämtliche Moore Englands zu stapfen, um seine verrottete Leiche zu suchen. Was ist, wenn eine von denen sie vor uns findet? Wir bekommen sie nie und nimmer aus den Klauen des Rats, und dann werden wir Endymions Rache fürchten müssen …«

»Sei still, alter Narr!«, herrschte Septimus ihn an, schlug das schwere Buch zu und stürmte zur Allwegetür. »Es reicht! Wir dürfen keine Zeit mehr verlieren!«

Mein Puls beschleunigte auf ein Tempo passend zu seinen Schritten. Ich rollte mich auf den Rücken und dachte fieberhaft nach, angetrieben von Sorge und Furcht. Und während ich in der dunklen Stille lag, bahnten sich Septimus' Worte von vorhin ihren Weg durch das Chaos in meinem Kopf.

Wo hatte er dich und deinen Bruder noch gleich zurückgelassen?

Ich stemmte mich hoch und hatte das Gefühl, ich würde durch kaltes dunkles Wasser waten, als ich wieder nach unten ging. Dort passierte ich den marmornen Türbogen zur Bibliothek mit den eingemeißelten Worten:

JENE, DIE SICH AN DEN SCHÄTZEN
IM INNERN VERGREIFEN,
WERDEN STERBEN UND VERGESSEN SEIN
VON STIFT, FREUND UND FAMILIE

Die Gründungsmitglieder der Gilde hatten ihre Dienste einer Zauberin angeboten, damit sie diesen Fluch wirkte, und seine in Stein fixierten Sigillen befanden sich hinter einer Glasscheibe oberhalb vom Bibliothekarsschreibtisch, damit die Katzen nicht daran herumnagen konnten. Dennoch fanden sie sich täglich fauchend davor ein und warteten, dass einer von uns doofen Menschen die seit Langem schwärende dunkle Magie entfernte.

Was keiner je täte. Dieser Fluch war die einzige Versicherung der Gilde, dass die gespendeten Reliquien und Bücher nicht aus dem Gebäude geschafft wurden, nicht einmal von denjenigen Hollowern, die sie ursprünglich hereingebracht hatten. Es war schon übel, wenn einem der eigene Bibliotheksschlüssel entzogen und der Zugang zu diesem Tempel an Informationen verwehrt wurde. Zur Vergessenheit verdammt zu sein, seines Anrechts auf Ruhm beraubt zu werden, war dann doch für die meisten Hollower, denen ihr Ruf alles bedeutete, zu viel.

»Bibliothekar?«, rief ich.

Schwere Schritte hallten über den Boden, als Bibliothekar aus dem hinteren Büro kam. Papierfetzen und Packband klebten an seinem Metallrahmen. Bei seinem Anblick und dem leisen Surren seiner inneren Mechanismen wurde mir warm ums Herz.

Der Automat bewegte sich, als wäre er erst gestern konstruiert worden, nicht vor Tausenden von Jahren in der Werkstatt des Dädalus – oder von Hephaistos selbst, je nachdem, welcher Sage man glauben wollte. Für die meisten Leute musste er wie ein seltsamer Android oder eine Bronzestatue aussehen, die auf einmal zum Leben erwacht und von ihrem Sockel gestiegen war.

Das uralte Quecksilber, das ihm sein Leben verlieh, umfloss die Spalten an seinen metallischen Gelenken und um seine Augen. Seine unbewegliche Miene hatte mich als Kind geängstigt, doch jetzt fand ich deren Verlässlichkeit tröstlich.

»Ja, junge Lark?«, zwitscherte er auf Altgriechisch.

In seinem früheren Leben, als die Bibliothek noch die Gruft einer Zauberin war, hatte der Automat die Schätze darin bewahrt, dabei war er selbst ihr wertvollster Besitz gewesen. Der Gilde war es gelungen, ihn dazu zu bringen, dass er als Hausmeister in der Bibliothek diente und zugleich unparteiisch die Regeln verfocht. Doch auch wenn man einem Automaten beibringen konnte, Staub zu saugen, konnte man ihn anscheinend keine moderne Sprache lehren.

Cabell hatte die drei antiken Sprachen, die wir bei unserer Arbeit am häufigsten benutzten, beinahe sofort aufgeschnappt, als wir zwölf waren, was mehr als frustrierend war. Selbst mit meinem fotografischen Gedächtnis hatte ich Monate gebraucht, mir Altgriechisch, Latein und Altwalisisch einzuprägen, und ich war immer noch schlecht darin, sie zu sprechen.

»Weißt du, ob die Dyes die Unvergänglichkeit von Zauberin Myfanwy haben?«, fragte ich. »Unten vielleicht?«

»Nein«, antwortete Bibliothekar. »Haben sie nicht.«

Ich begann, mich zurück zu meinem Arbeitstisch zu wenden, als mich Bibliothekars Worte innehalten ließen. »Haben sie nicht, weil sie vor einem Tag zerstört wurde. Der junge Dye bat mich, sie zu entsorgen.«

»Zerstört?«, wiederholte ich zähneknirschend.

»Ja, durch ein Leck«, sagte Bibliothekar, der ganz eindeutig die Lüge wiederholte, die Emrys ihm erzählt hatte. »Eine Tragödie.«

Bibliothekar hatte keine Ahnung, wie wahr seine Worte waren. Emrys hatte die Erinnerungen der Zauberin an den Ring durchforstet und dafür gesorgt, dass wir anderen sie niemals sehen würden.

Was nur bewies, dass der Dienerpreis und der Ring ein und dasselbe waren. Und es steckte noch etwas anderes dahinter. Ein Verdacht, der wie eine Hornisse in meinem Kopf herumbrummte.

Ich setzte mich zurück an meinen Tisch. Meine Haut war eiskalt, als ich Nashs Notizbuch hervorholte und den letzten Eintrag aufschlug.

Die codierte Botschaft war umringt von Dutzenden Wörtern,

deren Geheimnisse Cabell und ich zu entschlüsseln versucht hatten. Ich nahm mir ein Schmierblatt und addierte ein Wort zur Liste. *Lancelot.* Und noch eines. *Zerschlagung.* Und noch eines. *Ring.*

Dann holte ich tief Luft und schrieb noch ein letztes Wort hin. *Myfanwy.*

Der Name einer Zauberin, mit der wir nie zu tun gehabt hatten und die mit ihrer Magie so gut wie nichts Bemerkenswertes angestellt hatte, weshalb sie dazu verdammt gewesen war, nur mehr eine Fußnote in der Geschichte von jemand anderem zu werden.

Mit *Myfanwy* als Schlüssel sortierte ich die Buchstaben des Alphabets um und begann, seine geschriebenen durch sie zu ersetzen. Ein Wort kam zum Vorschein. Dann ein Satz. Bis endlich die Antwort auf die Frage, die uns seit fast sieben Jahren verfolgte, auf einmal Form annahm. Ein Geist aus der Vergangenheit erstand.

Es war keine Botschaft oder Erinnerung, sondern eine Notiz, die Nash an sich selbst geschrieben hatte.

> Muss allein gehen und jede Waffe ablegen, wenn ich mich nähere – Zauberin will Beweis, dass es Artus' Dolch ist, vor dem Handel – wie? Tintagel, Viertel vor Mitternacht. Sag: »Ich habe dein Geschenk«, um dich auszuweisen.

Eine merkwürdige Stille senkte sich über mich.

Tintagel.

Der Ort, an dem wir campiert hatten, nachdem wir monatelang nach Artus' Dolch Carnwennan gesucht hatten.

Der Ort, an dem Cabell und ich in unserem Zelt geschlafen

hatten, um aufzuwachen und festzustellen, dass unser Vormund fort war.

Der Ort, an dem Nash sich im Schutz der Dunkelheit mit einer Zauberin getroffen hatte, um den Dolch gegen den fluchbrechenden Ring einzutauschen.

Kapitel 6

Nachdem ich seine Wunden so gut versorgt hatte, wie ich konnte, hatte ich Cabell in seinem Zimmer ins Bett gelegt und war zur Bibliothek geeilt. Als ich durch den Wäscheschrank zurückgestürmt kam, berauscht von meiner Entdeckung, erstarrte ich sofort, weil seine Zimmertür offen stand und das Bett leer war.

»Cab?«, rief ich. Ich nahm die scharfe Zitrusnote von Fleckenentferner wahr. Die Chemikalien arbeiteten daran, das Blut aus den Teppichen zu saugen.

»Ich bin hier«, kam seine leise Antwort.

Ich wandte mich zunächst der Küchenzeile zu, bis mir klar wurde, dass der Schatten auf der Couch mein Bruder war. Als ich die Deckenleuchte einschaltete, sah ich, dass er das Chaos von unserem Kampf aufgeräumt hatte.

Cabell blinzelte in der plötzlichen Helligkeit. Vor ihm auf dem Couchtisch stand eine noch volle Bierflasche. Verwirrt blickte er zu seinen verschränkten Armen mit den Tattoos der Fluchsigillen. Abgesehen von einigen Schnitten und Blutergüssen sah er unversehrt aus. Nur nicht ganz wie er selbst.

Ich hockte mich auf der anderen Seite des Couchtisches auf den Boden, und ohne zu nachzudenken, schob ich die Ärmel meines Shirts nach oben.

»War ich das?«

Immer noch schaute Cabell mich nicht an, und seine Worte klangen so heiser, als müsste er sie sich aus dem Hals kratzen.

Ich wollte meinen Bruder nicht anlügen, also fragte ich stattdessen: »Woran erinnerst du dich?«

Da war kein Leuchten in seinen Augen – gar nichts. Seine Schultern sackten ein. »An genug.«

»Geht es ein bisschen genauer?«, fragte ich und achtete darauf, möglichst unbeschwert zu klingen.

»An alles. Jede Sekunde. Willst du das hören?« Seine Fingernägel waren dunkler und länger als sonst, und da war immer noch eine Stelle mit dichtem Fell auf seinem Handrücken. Ich starrte darauf, und mein Puls rauschte in meinen Ohren.

Ausgeschlossen, dachte ich. Die Nachwirkungen des Fluchs hatten noch nie so lange angehalten.

»Entschuldige«, sagte er einen Moment später. »Ich bin wütend auf mich, nicht auf dich.«

Etwas Dunkles braute sich in seiner Miene zusammen, als würde ein Gewitter aufziehen. Um uns herum schien sich die Luft zu verändern, aufgeladen von der Wucht seiner Gedanken. Ich wagte nicht, mich zu bewegen oder auch nur zu atmen, aus Furcht, das Unwetter auszulösen.

»Es war nicht deine Schuld«, sagte ich. »Das weißt du.«

»Warum konnte ich es diesmal nicht aufhalten?«, fragte er. »Was ist, wenn es wieder passiert und ich mich gar nicht mehr zurückverwandeln kann? Was, wenn ich …« Die Worte blieben ihm im Hals stecken. »Was, wenn ich dich nächstes Mal umbringe? Denkst du, damit könnte ich leben?«

»Es muss kein nächstes Mal geben«, erwiderte ich. »Darüber wollte ich mit dir reden.«

Cabell gab einen kehligen Laut von sich, sagte aber nichts.

»Der Ring der Zerschlagung könnte doch noch gefunden werden«, flüsterte ich.

»Na und?«

Eine Sekunde lang war ich sprachlos. »Na und?«, wiederholte ich. »Hast du gehört, was ich eben gesagt habe?«

»Klar«, antwortete er kühl.

»Und nicht nur das«, sagte ich. »Madrigal hat Trustfund und mich angeheuert, ihn zu suchen, und ich habe heute Abend herausgefunden, dass die anderen Zauberinnen auch hinter ihm her sind. Genauso wie Septimus Yarrow und seine Schlägertypen. Ich habe endlich den letzten Eintrag geknackt, Cab. Nash wollte Artus' Dolch in der Nacht, in der er verschwunden ist, gegen ihn eintauschen. Deshalb hat er uns nach Tintagel gebracht.«

Ein kalter Schauer lief mir über den Rücken, weil Cab völlig ungerührt blieb. Da war keine Überraschung. Nichts. Nur eine leere Dunkelheit, der kein Licht entkommen konnte.

»Ja, ich weiß«, sagte er schließlich.

Die Wohnung um mich herum verschwand. Der Lärm von der Straße draußen wurde von dem donnernden Pochen in meiner Brust und dem dröhnenden Puls in meinem Kopf geschluckt.

Und plötzlich krachte eine Welle von Entsetzen auf mich ein, die mir den Atem raubte.

»Du hast es gewusst?«, fragte ich. »Die ganze Zeit?«

»Er hatte es mir in der Nacht erzählt, nachdem du eingeschlafen warst«, antwortete Cabell.

Ich öffnete den Mund, aber es kam kein Laut heraus.

»Ich musste ihm versprechen, es dir nicht zu erzählen«, fuhr Cabell mit einem Schulterzucken fort.

Natürlich hatte Nash ihm Sachen erzählt; ihm Dinge beigebracht, die er eine Sterbliche wie mich nie gelehrt hätte. Aber das war *Nash* gewesen, nicht Cabell. Wir waren zwei Mal verlassen worden: von unserer Ursprungsfamilie und danach von Nash. Immer hatten wir nur uns gehabt, und wenn wir überleben wollten, durfte es keine Geheimnisse zwischen uns geben. Ich hatte das verstanden und dachte, Cabell hätte es auch.

»Er hat eine Zauberin getroffen«, erklärte ich. »Trustfund hat ihre Unvergänglichkeit zerstört. Aber ich denke, wenn wir zurück nach Tintagel gehen, könnten wir etwas finden, was wir bisher übersehen haben. Nash könnte dort etwas für uns versteckt haben.«

»Lass es«, sagte Cabell barsch. »Lass ... es einfach. Hörst du dich überhaupt reden? *Denk nach,* Tamsin! Es ist offensichtlich, was passiert ist. Die Zauberin hat den Dolch genommen und ihn dann umgebracht. Deshalb ist er nicht zurückgekommen. Die einzige Frage, die noch bleibt, ist die, was sie mit seiner Leiche gemacht hat. Ich habe es dir nicht erzählt, weil ich nicht wollte, dass du mit dem Wissen leben musst, dass wir ihn hätten retten können – so wie ich es all die Jahre getan habe.«

Er hatte recht. Es war der offensichtlichste und logische Schluss. Aber ich würde mich nicht von Logik schlagen lassen.

»Das ist kein Grund, es mir nicht zu erzählen«, sagte ich. »Und es ist nicht die einzige Erklärung. Nash könnte mit einem Fluch belegt worden sein, der sein Gedächtnis ausgelöscht hat, und irgendwo gefangen. Wenn auch bloß die Chance besteht, dass er lebt, müssen wir ihn und den Ring als Erste finden, sonst wird ihn jemand anders töten, um ihn zu bekommen.«

»Er ist tot. Ich wiederhole: Er. Ist. Tot.«

Cabells Worte erstickten die winzige Flamme der Hoffnung in mir.

»Dann ist er eben tot. Das heißt nicht, dass der Ring nicht mehr existiert. Wir können versuchen, seinen Weg nachzuvollziehen und herauszufinden, wer die Zauberin umgebracht hat.« Cabell schüttelte den Kopf, und mir schnürte es die Kehle zu, doch vor Verzweiflung wurde ich lauter. »Wir könnten den Ring finden und mit Madrigal verhandeln, damit sie ihn bei dir anwendet.«

»Mit einer Zauberin verhandeln?«, höhnte Cabell. »Werd erwachsen, Tamsin. Das hier ist kein Märchen. Es gibt keine fröhlichen Familienzusammenführungen, magischen Retter oder ›Sie lebten glücklich bis an ihr Lebensende‹. Es gibt nur *das.*«

Er zeigte zu dem Fellflecken auf seinem Handrücken. Ich starrte ihn an, und während wir beide schwiegen, verkrampfte sich mein Bauch.

Schließlich lachte Cabell verbittert. »Du kapierst es nicht. Ich habe nicht mal die Wahl aufzugeben. Es ist offensichtlich, wo das hier enden wird. Ist es seit Jahren, und du bist zu dickköpfig, um es zu akzeptieren.«

»Es ist nicht offensichtlich«, erwiderte ich. »Sicher ist es schwer, an die Möglichkeit zu glauben, doch das ist die beste Spur, die wir je hatten.«

»Du weißt einen Dreck!«, spie Cabell förmlich aus. »Was ist denn so toll an diesem Leben, dass ich darum kämpfen muss, es zu behalten, Tamsin?«

Ich holte tief Luft und hatte Mühe, nicht vor Wut zu kochen.

»Wenn du die ganze Zeit von dem Ring gewusst hast ... wenn du seit Jahren so denkst ..., warum lässt du mich dann recherchieren, wie man den Fluch bricht?«, fragte ich. »Warum lässt du mich eine Theorie nach der anderen an dir ausprobieren?«

»Ich habe nie verstanden, wieso du all diese Bücher wieder und wieder liest, wenn dein Gedächtnis so perfekt ist.« Abermals zuckte er mit den Schultern. So herzlos hatte ich meinen Bruder noch nie erlebt. »Aber es hat dir etwas zu tun gegeben, und es schien, als würdest du dich damit besser fühlen.«

»Ich?«, fragte ich entgeistert.

»Soll ich dir sagen, was dein Problem ist?« Cabell schien mein Unglück auszukosten und trank einen großen Schluck Bier. »Du denkst, dass du alles kontrollieren kannst und so verhinderst, dass etwas Schlimmes passiert. Aber so funktioniert die Welt nicht, Tamsin. Du bist genauso machtlos wie wir anderen. Genau genommen sogar noch machtloser, was es umso trauriger macht.«

»Damit ich das richtig verstehe: Dir ist egal, ob ich nach Nash und dem Ring suche? Dir ist egal, dass die Hollower und Zauberinnen uns beobachten werden, um ihn zu finden? Du willst nichts damit zu tun haben, und es kümmert dich überhaupt nicht?«

»Tut es nicht«, antwortete Cabell, stand auf und ging zur Wohnungstür, »weil ich bezweifle, dass du weit kommen wirst, denn du besitzt keine Allsicht. Aber nur zu, versuch es. Schau, wie weit du mit Ignatius kommst. Du lebst dein Leben, wie du es verdammt noch mal willst, und es wird höchste Zeit, dass ich es auch tue.«

»Hör auf!«, flehte ich, bekam die Worte aber kaum heraus. »Du klingst wie …«

»Wie wer?« Cabell zog seine Stiefel an. »Wie *Nash?*«

Ich zuckte zusammen.

»Wenigstens hat er getan, was er wollte«, sagte er und griff nach der Lederjacke, die er von unserem Vormund geerbt hatte. »Und wenn mir nicht mehr viel Zeit bleibt, bis mich der Fluch in die Knie zwingt, werde ich das auch machen. Ich habe genug davon, Zeit zu verschwenden, nur weil du eine Todesangst vor dem Alleinsein hast.«

Ich biss mir auf die Zunge, bis ich Blut schmeckte.

»Du bist wirklich wie er«, sagte ich und stand auf. Wenn er

mich verletzen wollte, konnte ich es umgekehrt auch. »Sobald es schwierig wird, gibst du auf.«

»Und dennoch bist du diejenige, die ihm nachjagt«, konterte Cabell. »Wobei du vorgibst, es für mich zu tun. Für den *Ring*.«

Ich erstarrte.

»Natürlich hat es *nichts* damit zu tun, dass du ihn finden willst«, fuhr Cabell fort. »Es hat *nichts* damit zu tun, dass wir in Boston bleiben, auch wenn er behauptet hatte, dort hätten sie dich zurückgelassen. Was hast du erwartet? Dass einer von deinen völlig kaputten Eltern dich auf der Straße sieht? Dich erkennt? Bereut, dich jemals weggeworfen zu haben wie ...«

Eine sengende Hitze schoss mir durch die Brust.

»Beende diesen Satz ja nicht«, warnte ich ihn.

Cabell griff nach dem Türknauf, bewegte sich jedoch nicht.

»Du bist meine einzige Familie«, sagte ich. »Ich mache mich auf die Suche nach dem Ring, sobald jemand das Medaillon für die Zauberin Grinda abgeholt hat, das wir für sie zurückgeholt haben. Sie meinte, heute Abend kommt jemand.«

Cabell nahm gar nicht zur Kenntnis, dass ich etwas gesagt hatte.

»Es sind zu viele hinter dem Ring her, um zu warten – zu viele, die glauben, Nash hätte ihn zuletzt gehabt«, stieß ich hervor. »Wenn du mir nicht helfen willst, verschwinde zumindest, bis alles vorbei ist.«

»Ich setze sogar noch einen drauf und komme gar nicht mehr wieder.« Er öffnete die Tür und trat nach draußen. Entweder flüsterte er, oder ich bildete mir seine letzten Worte ein, als er ging: »Hab dich lieb.«

»Stirb nicht«, erwiderte ich.

Doch die Tür knallte schon hinter ihm zu.

Meine Knie fühlten sich wie aus Gummi an. Schwer sackte

ich auf den Rand des hölzernen Couchtisches und trank den Rest von Cabells Bier.

Ich wusste, dass er litt; das sah ich täglich an dem Flackern in seinen Augen, das an ein in einem Prisma gefangenes Licht erinnerte. Er war ein bisschen waghalsiger als sonst gewesen, aber ich hatte angenommen, es wäre seinem Frust und dem ungeduldigen Warten auf eine Lösung geschuldet gewesen.

Nie war mir der Gedanke gekommen, dass er versuchte, sich selbst zu zerstören, bevor es der Fluch konnte.

Trotzdem hätte ich ihn zurückhalten müssen. Ihn dazu bringen, dass er blieb und mit mir redete. Es war nie eine gute Idee, um diese Zeit nachts in den Straßen herumzuwandern, nicht einmal mit einem kleinen Messer am Schlüsselbund und Salz in den Taschen.

Werd erwachsen, Tamsin. Das hier ist kein Märchen.

Märchen – die Originalgeschichten, nicht die rosaroten Nacherzählungen – waren voller Elend; ein realistischerer Spiegel der Menschheit, als irgendjemand glauben wollte. Doch dass Cabell mich behandelte wie ein Kind, das beim Tagträumen ertappt wurde, war beinahe mehr, als ich ertragen konnte.

Das Problem mit Geschwistern war, dass sie Jahre damit verbrachten, all diese fiesen, kleinen, Dolchen gleichenden Beobachtungen zu sammeln und zu lernen, wie sie die dem anderen messerscharf in die Rippen rammen konnten.

Es war *Cabell* gewesen, der noch nach Nash suchen wollte, als längst klar war, dass er uns zurückgelassen hatte wie den letzten Schluck kalten Kaffees in einer Tasse. *Er* war es, der sich an die Vorstellung klammerte, Nash wäre noch irgendwo da draußen und würde versuchen, zu uns zurückzukommen. *Er* war es, der die ersten Monate jede Nacht geweint hatte, als wir krank vor Hunger und Erschöpfung im winterlichen Wald campierten.

In Tintagel hatte es keine Spuren von einem Kampf gegeben, keine Beweise für gewirkte Flüche, nicht mal Hinweise, dass Nash vielleicht betrunken von der Klippe nahe der Ruine gestürzt war. Die kalte See spülte nie seine Leiche ans felsige Ufer. Die einzigen Fußspuren, die wir im Matsch fanden, hatten zur Burg geführt, und es gab keine, die von ihr weg verliefen.

Aber wenn er lebte, warum kam er nicht zurück? Warum hatte er den Ring nicht benutzt, um Cabells Fluch zu brechen?

Ich schloss die Augen und schüttelte energisch den Kopf. Es spielte keine Rolle, ob Nash ohne den Ring am Leben war oder tot und mit ihm begraben. Ich musste nur wissen, wo er sich zuletzt aufgehalten hatte, um die Fährte des Rings aufzunehmen, ehe es die anderen taten.

Doch dafür bräuchte ich einige Dinge. Einschließlich, dachte ich verärgert, der Allsicht, wie Cabell so zartfühlend angemerkt hatte.

Und es gab nur einen Weg, wie ich bekam, was ich brauchte …

Ruhe legte sich über mich, als ich im Geiste einen Plan zu entwerfen begann.

Ich bückte mich, um den Berg an Post aufzuheben, den ich zuvor ignoriert hatte, rollte die Zeitung auseinander und blickte zu den Schlagzeilen auf der Titelseite. Steigende Benzinpreise. Die bevorstehende Weltmeisterschaft. Ein überraschender Eissturm in Großbritannien.

Letztere erregte meine Aufmerksamkeit genug, dass ich die ersten Absätze überflog:

Über Nacht sind die Straßen in Großbritannien trotz nicht vorhandenen Schnees und einer Woche ungewöhnlich hoher Temperaturen vereist …

Ich nahm die Zeitung mit in die Küche – wo ich sie mit einem entsetzten Stöhnen auf die Arbeitsplatte warf.

»Florence, nein!«

Ich nahm meine kleine Sukkulente vom Fensterbrett. Kaum bewegte ich sie, ließ sie dramatisch ihre kränklich braunen Blätter fallen, sodass nur noch der nackte Stamm blieb.

»Was ist passiert?«, fragte ich. »Dir ging es doch neulich noch gut. War es zu viel Wasser? Die Wärme? Winston hält durch, also was ist mit dir geschehen?«

Winston war die Aloe-Pflanze, die ich zusammen mit Florence in der Mülltonne der Nachbarn gefunden hatte.

Aus dem Augenwinkel nahm ich eine Bewegung wahr und blickte zum Fenster vor mir, aus dem mir eine gigantische Kröte entgegenblickte.

Ich zuckte zusammen. »Heilige ...«

Die Kröte blinzelte nicht, sondern stieß ein lautes, verärgertes Quaken aus. Und dann, als ich mich nicht rührte, noch eines.

Ich beugte mich über die Spüle und öffnete das Fenster. Die Kröte saß in dem Blumenkasten, in dem ich Kräuter zog – einschließlich Rosmarin, um wandernde Geister mit bösen Absichten draußen zu halten.

»Du zerdrückst meine Minze«, beschwerte ich mich.

Die Kröte sprang aufs Fensterbrett, sodass ich das schwarze Band an ihrem Bein sah. Darin eingestickt war das Zeichen der Zauberin Grinda – gekreuzte Schlüssel.

Endlich, dachte ich.

Wir hatten den Auftrag vor Wochen erledigt, aber sie hatte nicht gewollt, dass ich bei ihr zu Hause, irgendwo in Italien, aufkreuzte, während sie »in ernsten Angelegenheiten des Schwesternrats« fort war, wie sie es ausgedrückt hatte.

Ich nahm an, sie wollte nur nicht, dass eine Sterbliche, noch dazu eine Hollower, ihren Hauptwohnsitz kannte. Die meisten Zauberinnen wollten das nicht. Andere, wie Madrigal, waren schlicht zu mächtig, um irgendwen zu fürchten.

»Ich habe es«, sagte ich zu der Kreatur. »Warte kurz.«

Schnell lief ich zu dem Arbeitserker, wurde aber langsamer, als ich mich dem Kartentisch näherte, den ich als Schreibtisch benutzte.

Während meine Arbeitsecke ein Chaos aus Papieren, Stoffstücken, Zeitschriften, Büchern und diversen zerbrochenen Werkzeugen war, die ich nicht wegwerfen konnte, war Cabells penibel ordentlich. Die meisten seiner Kristalle waren sorgfältig in transparenten Boxen sortiert, andere lagen auf dem nahen Fensterbrett, um das Licht des nächsten Vollmonds einzufangen.

Ich holte das rubinüberzogene Medaillon aus dem Safe unter dem Schreibtisch und wickelte die Seide auf, um mich zu vergewissern, dass es noch da war. Die Steine leuchteten zur Begrüßung, und ich bedeckte sie rasch wieder, bevor sie den Fluch aktivieren konnten, der zweifellos in ihnen steckte.

»Ich hab's«, sagte ich zu der Kröte und zögerte kurz, weil ich nicht sicher war, wohin ich das Medaillon stecken sollte.

Brav öffnete die Kröte ihr Maul, doch ich hielt den Anhänger knapp außer Reichweite über ihren warzigen Kopf.

»Die Bezahlung ist bei Empfang fällig«, sagte ich, »und wir nehmen nur Bargeld oder das Äquivalent in Gold oder Edelsteinen …«

Die Kröte quakte und machte ein Würgegeräusch. Ein, zwei, drei Saphirstücke fielen in die Pflanzerde, bedeckt von einer dicken Schleimschicht. Die Kröte ließ das Maul offen, und die von kleinen Blasen überzogene Membran ihres Stimmsacks weitete sich unter einem ungeduldigen Quaken.

Ich beugte mich über die Spüle und legte das Medaillon vorsichtig in ihr wartendes Maul. »Verschluck dich nicht.«

Die Kröte drehte sich um und sprang zurück in die Nacht.

»Ja, hat mich auch gefreut, mit dir Geschäfte zu machen«, murmelte ich, grub die Saphirstücke aus und wusch sie unter fließendem Wasser ab. Das Fenster ließ ich offen, weil ich kühle Luft brauchte.

Die Stille in der Wohnung umfing mich, einzig durchbrochen von dem plötzlichen Gebrüll aus dem Fernseher nebenan, das durch die Wand drang.

Ich goss mir ein Glas Wasser ein und schüttete unsinnigerweise ein wenig davon in Florences Topf. Der Anblick der Pflanze schmerzte mich auf eine Weise, die ich hasste. Sie sah … fertig aus.

Die Worte meines Bruders hallten in der stillen Küche mit der kühlen Herbstluft durch meinen Kopf.

Was ist denn so toll an diesem Leben, dass ich darum kämpfen muss, es zu behalten?

Ich drückte den Rand des Glases an meine Lippen und blickte unwillkürlich hinüber zur Tür. Wenn Cabell sich wünschte, loszulassen … hatte ich dann ein Recht, mich einzumischen?

»*Ja*«, flüsterte ich.

Bevor mir bewusst wurde, was ich tat, hatte ich meine Tarotkarten hervorgeholt und sie aus ihrem Samtbeutel genommen. Ich mischte sie nicht, sondern legte sie direkt neben Florence und drehte die oberste Karte um.

Darauf war eine sitzende Frau mit verbundenen Augen in einem weißen Kleid, die zwei gekreuzte Schwerter vor sich hielt. Über ihr war eine Mondsichel. Ein Porträt des Gleichgewichts. Der sorgfältigen Abwägung. Des Rats. Zwei der Schwerter.

Wäge die Möglichkeiten ab. Lass dir Zeit. Hör auf deine Intuition.

»Was mache ich denn?« Ich ließ die Karte fallen.

Vor dem Fenster raschelte es im Gebüsch. Ich schwang mich auf die Arbeitsplatte und lehnte mich halb aus dem Fenster, um nachzuschauen, was – oder wer – das war. Draußen war nichts zu sehen außer einigen Fußabdrücken, die von irgendwem von irgendwann sein könnten. Wahrscheinlich war es bloß eine streunende Katze gewesen.

Trotzdem machte ich das Fenster zu und schloss es ab.

Mein Blick fiel wieder auf die Tarotkarte.

Wenn ich meinen Bruder nicht zwingen konnte, den Fluch zu bekämpfen ... leben zu *wollen* ... könnte ich ihm wenigstens eine richtige Wahl bieten.

Ich sammelte alles zusammen, wovon ich glaubte, es für die Reise zu brauchen, steckte die Saphire und das Geld von Madrigals Auftrag in einen Umschlag für Cabell, den ich auf seinen Schreibtisch legte, und schickte ihm eine letzte Textnachricht: *Verlass so schnell wie möglich die Stadt.*

Dann schaltete ich mein Handy aus. Niemand sollte mich darüber orten können. Und mit einem letzten Blick durch die Wohnung steckte ich meinen Bibliotheksschlüssel in die Wandschranktür, als gerade das erste Licht am Horizont einen Morgen ankündigte, den ich hier nicht mehr sehen würde.

Kapitel 7

»... und an diesem Ort hat sich Richard, der Earl of Cornwall und einer der wohlhabendsten Männer im ganzen Land, seinen Traum von einem großen Rittersaal mit dem Ziel erfüllt, sogar die Legenden von dem zu übertrumpfen, was Tintagel einst gewesen war. Jahrhunderte zuvor hatte dieser Ort Handel aus dem gesamten Mittelmeerraum gesehen und antike Könige beherbergt, vielleicht sogar als ihr Krönungsort gedient ...«

Inzwischen hatte ich die Fremdenführerin dreimal bei ihrem Vortrag gehört, immer mit derselben Begeisterung, ganz gleich, ob es ein klarer Tag war oder sich, wie jetzt, Gewitterwolken am Horizont zusammenbrauten und eisige Windböen vom Meer herbeijagten, um vor Schlimmerem zu warnen.

Eine wahre Cornish-Frau, unbeeindruckt vom aufziehenden Unwetter, das sich langsam gen Ufer bewegte. Sie stellte einfach nur die Beine ein wenig aus, um besseren Halt zu haben, und sprach erheblich lauter. In den letzten Minuten war es immer schwieriger geworden, sie über dem heulenden Wind und dem Wellenkrachen unten zu verstehen.

Ich zog die zu große Flanelljacke fester um mich und blickte ein letztes Mal zurück zum aufgewühlten Meer, bevor ich mich weiter in die Ruinen von Tintagel Castle zurückzog.

Ein leichter Regen setzte ein, der auf das Schiefergestein

platschte. Der stahlgraue Himmel verlieh dem feuchten Moos und den Flechten, die sich an die eingestürzten Mauern hefteten, einen unheimlichen Schimmer. Dunst waberte vom Boden auf wie aufgeschreckte Geister und umwirbelte uns in unerkennbaren Mustern. Ein kalter Schauer durchfuhr mich, als der Nebel sich um mich schlang.

»Wie Sie sehen, mussten die Wände des Rittersaals neu aufgebaut werden, nachdem die ersten dem Meer anheimgefallen waren …«

Eine andere Fremdenführerin in einer gelben Regenjacke kam zu der kleinen Gruppe gelaufen und rief: »Tut mir leid, das ist alles für heute. Wenn der Wind nur noch ein bisschen zulegt, werden Sie alle von der Insel gefegt.«

Das löste einiges Kichern und nervöse Blicke bei den Touristen aus. Eine Untertreibung. Binnen Sekunden peitschten uns die Böen völlig absurd von allen Seiten durch und bliesen eine alte Frau um ein Haar direkt ins Meer.

»Folgen Sie mir!«, rief die Fremdenführerin. »Zurück zur Brücke!«

Ich war vor Stunden rauf zur Ruine gekommen, um mich nach sieben Jahren wieder mit dem Ort vertraut zu machen. Seitdem wanderte ich hier herum, atmete die salzgetränkte Luft ein und nahm die Geräusche der Wellen und Vögel in mich auf.

Erinnerte mich.

Bevor Nash uns in jener Nacht verließ, waren wir schon ein paarmal hier gewesen, hauptsächlich weil er einer windgepeitschten, legendären Landschaft so wenig widerstehen konnte wie einer Reliquie aus Artus’ Zeiten.

In der festen Überzeugung, dass Excalibur nach Avalon zurückgebracht worden war, ehe die Überwege zu den Anderswelten versiegelt wurden, hatte er sich auf das kleinere Zielobjekt verlegt: Artus' Dolch. Er hatte diese Ruine hier abgesucht, bevor wir es an anderen Orten in England probierten.

Den Dolch zu finden, hatte mich dem Tod so nahe gebracht, dass ich lernte, seinen Geruch zu erkennen – ja, den hatte er, und er ähnelte der Schärfe, die der Himmel unmittelbar vor einem heftigen Schneefall hatte.

Jetzt wieder hier zu sein, löste eine seltsame Empfindung in mir aus, als hätte sich in mir ein Knoten gelöst, von dem ich gar nichts gewusst hatte. Die letzten Stunden war mein Bauch so verkrampft gewesen, dass ich nichts essen konnte.

Ich schloss mich der Reihe von Touristen an, die über die moderne Brücke zwischen den beiden Ruinenteilen gingen. Die schmale Landbrücke, durch die diese Burg einst für Feinde nahezu uneinnehmbar wurde, war längst weggespült, was bedeutete, dass man eine von zwei Fußgängerbrücken nutzen musste: die moderne obere aus Stahl, Holz und Schiefer, oder die uralte hölzerne unten, wo der schmale Landstreifen weggespült worden war.

Ich hielt mich an dem Handlauf der modernen Brücke fest und kämpfte mich nach drüben, wobei ich die Frau in der leuchtend gelben Regenjacke im Blick behielt. Der Wind trieb mich vorwärts, drückte auf meinen Rücken, bis ich wieder auf herrlich festem, wenn auch unglaublich glitschigem Boden ankam.

Ich folgte den anderen die alten, in den Felsenboden geschlagenen Stufen hinunter. Die natürliche Farbe des Steins zwischen den Wildgräsern ließ den Pfad wie eine silberne Schlange wirken, die sich durch das Auf und Ab des Landes bewegte.

Es war ein wunderschöner Ort, um eine Legende entstehen zu lassen.

Laut Geoffrey von Monmouths *Historia regum Britanniae* –

die Nash als »schrottigen Kulthit des Mittelalters« bezeichnete – war König Artus in den alten Burgmauern gezeugt worden. Sein Vater, Uther Pendragon, hatte Igraine begehrt, die wiederum mit Gorlois verheiratet war, dem Herzog von Cornwall. Durch eine Wendung, die den nicht minder fragwürdigen Zeus stolz gemacht hätte, hatte Uther Merlin, den großen Druiden und späteren Berater von König Artus, sein Aussehen in das von Gorlois verwandeln lassen, sodass er im Bett von dessen Ehefrau landen konnte. Und der arme Gorlois starb praktischerweise Tage später in einer Schlacht.

Geoffrey von Monmouth hatte keineswegs die Wahrheit niedergeschrieben, sondern ein Mosaik aus mündlichen Überlieferungen und schamloser Fiktion. Allerdings enthielt es ein Körnchen Wahrheit, auch wenn die bis zur Unkenntlichkeit übertrieben wurde.

Dennoch war leicht nachzuvollziehen, warum Tintagel und das nahe gelegene Dorf die Fantasie der Leute beflügelten. Beide wirkten dramatisch ungezähmt und wie die Art Orte, an denen man mit einer Zauberin einen Handel abschließen würde.

Ich blickte mich um, als der Regen mit brutaler Wucht zunahm. Die Burgruine ragte bedrohlich in die dunklen Gewitterwolken auf.

Langsam blieb ich hinter den Touristen zurück und sorgte für mehr Abstand zu ihnen, als sie weiter gen Dorf zogen, bis ich von dem Hauptweg auf das wassergetränkte Gras abwich. Ich verzog das Gesicht, als meine Socken und die Jeans durchnässt wurden.

»Wo bist du?«, murmelte ich und schirmte meine Augen ab. Falls sich der Knoten gelöst hatte …

Ich fand das schmutzige gelbe Band an dem Heidekrautbüschel, an dem ich es angebunden hatte, und atmete erleichtert auf. Mit einer Hand tastete ich nach der Reihe von Holztafeln, die das Lager umgaben.

Der Kreis aus Sigillen manipulierte die Luft und das Licht, sodass sterblichen Augen verborgen blieb, was in dem Kreis war.

Leider schloss es meine Augen mit ein.

Nicht mehr lange, dachte ich, wobei mein Herz einen schmerzhaften Hüpfer vollführte.

Der Campingbereich für die Besucher befand sich nördlich von meinem Lager. Wenn ich herausfinden wollte, wohin Nash gegangen war, musste ich unsere Schritte nachverfolgen. Nash hatte diese kleine Ebene gemocht, die zwar nicht sehr geschützt war, aber freien Blick auf die Ruine bot.

Ich tastete mich weiter vor, bis ich gegen die Steine stieß, mit denen ich den Eingang markiert hatte. Natürlich war es sonst Cabell, der solche Dinge übernahm und uns immer wieder zurückführte ...

Ein Stich durchfuhr mich, als ich dem Regen den Rücken kehrte. Mein Gesicht fühlte sich wund an vor Kälte, meine Finger und Zehen dagegen spürte ich überhaupt nicht mehr, und ich war mir nicht sicher, was schlimmer war.

Bevor ich den Knoten meiner Markierung lösen konnte, wurde ein anderer Schutzkreis geöffnet und ein fremdes Zelt kam zum Vorschein.

Das Teil war ein blaues Monstrum aus Nylon und Polyester, supermodern und für eine ganze Familie gedacht, nicht nur den selbstgefälligen Teenager, der am Eingang stand.

»Guten Abend, Nachbarin!«, rief Emrys. »Hast du irgendetwas Interessantes in der Ruine gefunden?«

»Nein«, antwortete ich scharf. »Dies ist *mein* Platz! Ich habe ihn zuerst gefunden.«

Er neigte den Kopf zur Seite und sah mich mitleidig an. »Und wie willst du das beweisen? Ich könnte schon die ganze Zeit hier hinter meinen Schutzzaubern versteckt gewesen sein, ohne dass du es ahntest. Ein Jammer, dass du keine Allsicht hast.«

Fauchend riss ich die Heringe meines Zelts heraus und packte den flatternden roten Stoff, damit er nicht wegflog, während mir der Wind die Jacke hinten hochwehte.

»Sei nicht so, Lerche!«, rief Emrys.

Doch ich nahm meinen Schlafsack, den Rucksack mit Vorräten und die Arbeitstasche auf und rutschte auf dem Hügel weiter nach unten. Dort wählte ich eine neue Lagerstätte hinter hohen Felsbrocken, die mich zumindest vor Emrys verbergen würden, bis ich mir nach dem Unwetter einen besseren Platz suchen konnte.

Meine Stiefel kämpften mit dem Matsch und den toten Wildgräsern, während ich Mühe hatte, die Zeltheringe in den harten Boden zu bekommen. Sobald das Zelt stand, warf ich meine klatschnassen Sachen hinein und versuchte, mit den Händen das Wasser aufzuschöpfen, das sich am Boden des uralten Zelts gesammelt hatte.

Schließlich wandte ich mich um und wollte die Zeltklappe schließen, um sogleich zu erstarren. Ein Schrei stieg in meiner Kehle auf.

Emrys' Zelt war wieder direkt neben meinem, als hätte er es irgendwie zusammengefaltet, in seine Tasche gesteckt und im Nu wieder aufgebaut. Diesmal saß Emrys auf einem Klappstuhl, einen batterie- oder magiebetriebenen Heizlüfter zu seinen Füßen, und hielt eine dampfende Schale in der Hand.

»Suppe?«, bot er mir an.

»Hau. Ab!«, knurrte ich.

»Kommt nicht infrage«, erwiderte Emrys. »Denkst du ernsthaft, ich würde dich aus den Augen lassen? Dass du hier bist, beweist meine Theorie, dass Nash hier war, um den Ring zu bekommen. Er war es, der nach Artus' Dolch gesucht hatte ...«

Ich zog den Reißverschluss des Zelts zu und sperrte seine Worte aus.

Mein Zelt wackelte hilflos im stürmischen Wind und Regen. Die Imprägnierung des Stoffs hatte den Kampf längst aufgegeben, und überall drang Wasser ein, was kaum mehr eine Rolle spielte, da meine Sachen ohnehin durchnässt waren.

Ich hätte Madrigals Lohn nutzen sollen und mir ein Zimmer im nahen Dorf reservieren. Dort könnte ich gemütlich an einem warmen Kaminfeuer sitzen und dem Regen lauschen, der gegen die Fenster trommelte.

Ich stellte meinen Kochtopf unter das übelste Leck und meinen Blechbecher unter ein anderes.

»Perfekt ...« Das würde ungefähr fünf Minuten lang halten.

Seufzend zog ich meine Stiefel, die nassen Socken und die triefende Flanelljacke aus. Dann rieb ich mir kräftig die Arme, um die Blutzirkulation anzuregen.

Im Zelt war es nicht leiser als draußen, wo die Böen gegen das Segeltuch drückten und die Heringe auszureißen drohten. Doch etwas war an dem Geruch nasser Erde, dem Klang von tropfendem Wasser und der sauberen Luft ... Vertrautheit umstrich mich wie eine Katze und wärmte mich auf unerwartete Weise. Trotzdem blieb meine Anspannung wegen Emrys und der Erinnerungen, die Tintagel weckte. Nichts schien dieses Kribbeln unter meiner Haut auslöschen zu können.

Ich schaltete meine LED-Laterne an und öffnete den Reißverschluss meines Schlafsacks, um ihn ein wenig zu trocknen. Anschließend zwang ich mich, einige Stücke Dörrfleisch und muffiges Trockenobst zu essen, das ich ganz unten in meinem Rucksack gefunden hatte.

Kauend blickte ich nach oben zur Zeltspitze und spürte, wie meine Gedanken zu wandern begannen. Ich fragte mich, was Cabell machte. Ob er auf mich gehört und die Stadt verlassen hatte.

Er wollte nicht mitkommen, erinnerte ich mich. *Du brauchst ihn nicht.*

Ich legte den Rest des Dörrfleischs weg, weil mein Magen zu verkrampft war, um auch nur einen weiteren Bissen zu essen. Regen klatschte gegen das Zelt, sodass der Stoff sich wölbte und erbebte. Mir war klar, dass ich irgendwie meine Zähne putzen und mein Gesicht waschen sollte, aber jetzt, da mein schwerer Körper endlich ausruhen konnte, konnte ich mich nicht dazu bringen, mich zu bewegen.

Stattdessen schloss ich die Augen und rief mir eine Erinnerung ins Gedächtnis, die ich jahrelang vergraben hatte.

Jener Abend war wie zahllose andere gewesen. Ich hatte das kleine Feuer erstickt, und wir waren ins Zelt gegangen, um ein bisschen Suppe zu essen. Als säße er jetzt neben mir, sah ich Nash im Geiste: die verhärmten Züge, die vielleicht mal hübsch gewesen waren, gerötet von zu viel Alkohol und Sonne; das blonde Haar und die Barstoppeln silbern schimmernd; die krumme Nase, die einmal zu oft gebrochen worden war. Er hatte die Augen eines Kindes, himmelblau und funkelnd, während er ein Märchen nach dem anderen erzählte.

Ab in die Federn, Tamsy, hatte er gesagt und von seinem Notizbuch aufgeblickt, in dem er schrieb. *Schlaf ein wenig. Wir ziehen im Morgengrauen weiter.*

Wir ziehen weiter. Der schlimmste Wortbruch, den er je begangen hatte.

Ich hatte es Hunderte Male in Gedanken durchgespielt, auf der Suche nach einem kleinen Detail, das ich übersehen haben könnte.

Nun öffnete ich die Augen, legte die Hände auf meinen Bauch und fühlte, wie er sich mit jedem Atemzug hob und senkte. Obwohl draußen der Wind heulte, war die Stille im Zeltinnern erdrückend. Ich trommelte mit den Fingern, um das Gefühl schwärmender Fliegen unter meiner Haut zu lindern.

Einsamkeit umschloss mich. Nur so ließ sich erklären, was mich ritt, nach einem vertrauten Klumpen in meiner Arbeitstasche zu greifen.

»O Mann«, murmelte ich. »Das ist so erbärmlich von dir, Lark!«

Ignatius' öffnete blinzelnd sein Auge, als ich ihn neben meinen Schlafsack stellte und seine Dochte anzündete. Die Luft um uns herum schimmerte, als sich mit der Wärme der winzigen Flammen auch die Magie ausbreitete. Das Auge bewegte sich zwischen mir und dem leckenden Zeltdach hin und her, und die Haut drum herum kräuselte sich verächtlich. Ignatius' Gelenke knackten, als er die Finger krümmen wollte, entweder um die Flammen zu löschen oder um wie ein Krebs davonzukrabbeln.

»Wenn du auch nur überlegst zu fliehen«, warnte ich ihn, »denk dran, dass du nur drei Finger brauchst, um zu funktionieren, und wenn ich dich schnappe, nehme ich dir als Erstes den Mittelfinger weg.«

Ignatius streckte seine Finger, ließ aber trotzig einen Wachstropfen auf meinen Schlafsack fallen, um seinen Missmut kundzutun. Wie sich herausstellte, half ein Anstarrwettstreit mit der Hand und dem Augapfel eines Psychomörders nicht, das hohle Gefühl in meinem Bauch zu dämpfen. Stattdessen hatte ich plötzlich Angst, dass er versuchen könnte, mein Haar in Brand zu stecken.

Es hatte mal eine Sekunde – na gut, viele Sekunden – gegeben, da ließ ich ihn beinahe zurück. Ihn mit auf einen Rundgang durch Tintagel zu nehmen, um nach Magie zu suchen, während es dort von Touristen wimmelte, war nicht infrage gekommen. Und außerdem wollte ich mir nicht eingestehen, dass ich ihn brauchen könnte. Nicht nach dem Arrangement, das ich mit dem Knochenschneider getroffen hatte.

Es ist ein Jammer, dass du keine Allsicht hast.

Die Tatsache, dass Emrys schon die ganze Zeit hier gewesen sein könnte, mich beobachtet und über meine erbärmliche Ausrüstung *gelacht* hatte ... Eine frische Welle von Wut durchfuhr mich und entzündete den letzten Rest Widerstand und Furcht.

Wenn er eine Herausforderung wollte, sollte er sie bekommen.

Ganz unten in meinem Rucksack war das kleine braune Päckchen, das zur Bibliothek geliefert worden war. Ich war auf dem Dachboden aufgewacht und hatte es unten an der Treppe gefunden, wo Bibliothekar es für mich hingelegt hatte. Der Knochenschneider hatte nur vier Stunden gebraucht, um aufzuspüren, worum ich ihn gebeten hatte.

In dem Päckchen war ein Holzkästchen, so klein wie eine Zigarettenschachtel. Auf einen leichten Druck mit dem Daumen glitt das Innenfach heraus und gab die Phiole frei. Ich wand den darumgewickelten Pergamentstreifen ab, legte ihn für einen Moment beiseite und hob das Fläschchen an. Es war aus klarem, mit silbernen Ranken verziertem Glas. Die rote Flüssigkeit schimmerte in Ignatius' enthüllendem Licht wie eine gruselige Blutlache.

Basiliskengift.

Ich atmete tief durch die Nase ein. Meine Hände zitterten vor Kälte oder Nervosität oder beidem. Ich hatte vor Jahren gelesen, dass das Gift einem Sterblichen die Allsicht verleihen konnte, als ich neidisch auf Cabells Magie gewesen war. Doch da die Schlangen inzwischen ausgestorben waren, ließ sich ihr noch verbliebenes Gift nur schwerlich auftreiben.

Vor allem aber war das Gift, wie alle anderen vermeintlichen Lösungen, die ich recherchiert hatte, übler als das eigentliche Problem.

Ich nahm die handgeschriebene Nachricht wieder auf und blinzelte zu den elegant geschwungenen Buchstaben in lila Tinte.

Verehrte Miss Lark,

wie wunderbar, dass Sie endlich eine Bitte haben, bei der es sich nicht um einen Aderschlüssel handelt! Ich habe das Gift wie erbeten beschafft, muss Sie indes an die Gefahren erinnern. Sollten Sie die Einnahme überleben, werden die darauffolgenden Stunden vermutlich die unangenehmsten Ihres Lebens sein. Ich habe von qualvollsten Schmerzen und Halluzinationen bei jenen gehört, die von einem Basilisken gebissen wurden, und muss daher annehmen, dass dasselbe für Sie gelten wird, ebenso wie die Möglichkeit eines zeitweiligen bis gar permanenten Erblindens. Für Ihre Zwecke, wie ich sie verstehe, geben Sie einen Tropfen in jedes Auge.

Sie erkennen hiermit an, dass ich nicht haftbar für Ihren Tod, eine veränderte psychische Verfassung oder jedweden dauerhaften Verlust von Körperfunktionen et cetera bin. Wie üblich erfolgt die Bezahlung in Form eines Gefallens, den ich zu einem Zeitpunkt meiner Wahl einfordern werde. Ich will mir für Sie einen besonderen aufsparen.

Wie immer,
Ihr unterwürfiger Vermittler

Noch mehr Schulden, aber sie waren die Last auf meiner Seele wert, wenn das bedeutete, Cabell zu retten.

Und was das Gift betraf, wusste ich von den Schmerzen, dem Fieber, den Halluzinationen und dem Erblinden und fürchtete mich nicht davor. Natürlich trat all das nur auf, wenn das Gift mich nicht umbrachte. Nicht einmal Nash war bereit gewesen, dieses Risiko einzugehen.

Es ist nichts verkehrt daran, wie du bist, Tamsy, hatte er gesagt, als ich das Gift vorschlug. *Wenn du ohne die Sicht geboren bist, soll es so sein.*

Doch mit mir stimmte eindeutig etwas nicht, sonst hätte er mich nicht immer wieder zurückgelassen.

»Du bist noch nie feige gewesen«, sagte ich und schloss die Finger um die Phiole. »Und du fängst jetzt nicht damit an.«

Ich hob Ignatius an seinem Kerzenhalter an, blies die Dochte aus und wickelte ihn wieder in seinen Seidenstoff ein. »Zeit fürs Bett.«

Als er sicher in der Tasche verstaut war, die Bänder doppelt verknotet, legte ich mich wieder auf meinen Schlafsack. Allein beim Aufziehen des Pfropfens stieg bereits ein ekliger Geruch in die Luft auf.

Nach kurzem Überlegen griff ich nach dem dicken Lederriemen meines Rucksacks. Auf den biss ich, bevor ich die Pipette über mein rechtes Auge hielt.

Ein einzelner Tropfen dunkelroter Flüssigkeit hing an der Pipettenspitze und bebte in meiner zitternden Hand.

Dann fiel er.

Ich stöhnte um den Lederriemen und krallte meine freie Hand in den Schlafsack. Mein Körper zuckte und krümmte sich, absorbierte das entsetzliche Brennen des Gifts.

Ich konnte nicht in das andere Auge tropfen … das konnte ich nicht …

Du musst, du musst, du musst, hallte es in meinem Kopf. *Für Cabell.*

Wieder hob ich die Phiole an und zog den letzten Tropfen Gift in die Pipette. Willenskraft und Mut reichten nicht. Ich musste mein linkes Auge aufhalten, damit ich das Gift nicht automatisch wegblinzelte.

Meine Beine traten nach oben aus, und meine Zähne gruben sich in das Leder, bissen es durch. Das Gift arbeitete sich durch meinen Verstand, verdunkelte die Wurzeln meiner Gedanken, bevor es alles entflammte.

Um mich herum wurde es schwarz. Ich hieb mit den Händen nach meinem Gesicht, zerbiss mir den Mund innen, um nicht laut zu stöhnen.

Ich kann nichts sehen, dachte ich verzweifelt, obwohl eine ruhige Stimme flüsterte: *Das ist eine Nebenwirkung. Es geht vorbei.*

Hatte ich das laut gesagt? War jemand in meinem Zelt?

Mein Blut begann zu kochen, während Dinge in meinem Geist auftauchten, die ich nicht sehen wollte, aber nicht vergessen konnte. Mehr Feuer. Orte nah und fern und jetzt nirgends. Gesichter, die seit Langem fort waren.

Gesichter von Toten.

Nashs Stimme tauchte ungebeten auf.

Komm schon, Tamsy, so schlimm ist es nicht.

Da war etwas in der Erinnerung, das nach oben trieb. Goldenes Licht. Sand. Dann war es weg, verscheucht von den Schattenmonstern, die sich außerhalb meines Zelts sammelten. Ich versuchte, vom Eingang wegzurobben, als der Zelteingang flatterte und der Reißverschluss langsam aufging. Augen blitzten golden in der Dunkelheit, brennend vor Hunger, bevor sie zu einem Funkenregen zerplatzten.

Mein Atem ging so schnell wie mein donnernder Herzschlag, und ich bekam nicht genug Sauerstoff, konnte das Feuer in meiner Brust nicht kühlen. Schweiß rann mir übers Gesicht und brannte auf meinen ausgetrockneten Lippen. Ich begann, mich zu übergeben, und konnte nicht wieder aufhören, egal wie sehr sich mein Magen vor Schmerz verkrampfte. Ich riss an meinen Lidern, wollte die glühenden Glasscherben entfernen, die mir in die Pupillen schnitten und die Augenhöhlen auskratzten. Hitze schwoll in mir an, bis ich mir sicher war, dass meine Haut innen Brandblasen warf.

Es gab kein Schlafen, kein Wachen, nur dies hier. Stunden wurden zu Sekunden und umgekehrt. Die Visionen kamen in einem dunklen Prisma, und jede ergab weniger Sinn als die vorherige. Grüfte. Fluchsigillen. Ein Schwert, das durch Knochen schnitt. Ein Hund, der über den Himmel hetzte. Eine Gestalt mit Kapuze, die in unendlich tiefes schwarzes Wasser wanderte.

Doch sie wurden langsamer, und der Strom der Bilder fügte sich zu einem einzigen zusammen. Ich sah mich an einem Meeresufer, zwei gekreuzte Schwerter an meine Schultern gelehnt und mit einem wachsenden roten Flecken am Saum meines weißen Gewands, an dem die Wellen immer wieder zupften.

»Lerche?«

Ich wandte den Kopf zu dem Schatten an meinem Zelteingang. Die Umrisse flatterten, als er sich in den Lichtschein der einzelnen Laterne bewegte. Etwas Schweres und Eiskaltes wurde auf meine Stirn gepresst, und ich zog meinen Kopf weg.

»Was zur Hölle hast du genommen?« Da war ein Rascheln zu hören, und wieder fluchte er.

Dieb, dachte ich. Er war ein Dieb. Nein – nicht real. Eine Halluzination wie die anderen. Eine Erinnerung an etwas, das nie geschehen würde.

Die Hitze in mir erstickte mich und fuhr mir wie Rasierklingen durch die Knochen. Ich wand mich, wollte sie loswerden.

»Nicht ... *hör auf* ...«

Der Schatten verschwand wieder in der kalten Luft, um erneut aufzutauchen. Ich sträubte mich gegen das Gefühl von Händen auf meinen Schultern, die mich festhielten.

»Nein«, flehte ich. »Bitte ...«

»Schon gut, alles okay ...«

Eine Lüge. Eine Lüge ... die Dunkelheit kehrte zurück, tief und alles verschlingend. Als ich wieder zu mir kam, lag ich auf dem Rücken, ausgestreckt auf etwas Weichem. Die Luft hatte einen süßlichen Geruch angenommen, und meine Haut war so kühl wie seit Stunden nicht mehr. Auf meinen Augen lag ein leichter, feuchter Druck.

Nichts tat weh. Mein Kopf fühlte sich schwer an, als ich die zarte Minznote einatmete, aber mein Körper entspannte sich auf der Unterlage, gleich einem Saatkorn, das in die Dunkelheit unter der Oberfläche kriechen wollte.

Emrys?

Ich musste seinen Namen laut gesagt haben, denn er antwortete. »Hier.«

Wieder legte sich eine wabernde Dunkelheit über alles, und ich konnte nicht sagen, ob meine Augen offen oder geschlossen waren. Das Einzige, was ich mit Sicherheit erkannte, war diese Stimme.

»Ich bin hier.«

Kapitel 8

Als ich erneut aufwachte, lag ich bäuchlings auf meinem Schlafsack, und alles an mir fühlte sich bleiern an.

Ich rang nach Luft. Mein Schädel pochte und schien sich vom Rest meines Körpers trennen zu wollen. Ich stützte mich auf die Ellbogen auf und kniff die Augen zu, bis die Übelkeit vorbei war.

Am Leben, dachte ich.

Minze, Bienenwachs und ein anderer Duft, den ich nicht erkannte – Weihrauch? – waberten um mich herum. Ich rieb mir den Schlaf aus den Augen, schrak jedoch zusammen, als mein Verstand hinterherkam und mir bewusst wurde, dass ich wieder sehen konnte.

Hat es funktioniert? Dieser Gedanke ließ mir keine Ruhe.

Ich hielt die Hände vor mein Gesicht, drehte sie hin und her. Da war etwas auf meinem linken Handrücken – eine Salbe, von duftenden Blätterfetzen durchwirkt. Sie war auch auf meiner Brust und meinem Gesicht, fühlte sich kalt an und beruhigend mit ihrem Minzgeruch. Die Bisswunden an meinem Arm waren ebenfalls mit Salbe bedeckt und neu verbunden. Ich hob den groben Stoff ein wenig an und sah, dass sie beinahe verheilt waren.

Ich griff nach der Feldflasche neben meinem Schlafsack, weil ich den ekligen Geschmack in meinem Mund loswerden wollte. Sie war leer.

Endlich erinnerte ich mich.

Ich richtete mich auf, zuerst auf die Knie, dann auf die Füße, und als die Welt aufhörte, sich zu drehen, stolperte ich aus dem Zelt. Das Morgenlicht färbte den Himmel lavendelblau. Irgendwo in der Nähe roch ich Kaffee, doch es war die Kühle der sauberen, klammen Luft, die meinen Verstand aufklarte.

Emrys saß mit dem Rücken zu mir und fütterte ein kleines Lagerfeuer in dem Ring unserer kombinierten Schutzkränze, die unsere beiden Lager zu einem machten. Er hob einen Kessel von den Flammen und rührte den Inhalt einmal um, bevor er das dunkle Gebräu in zwei Blechbecher goss.

Dann wandte er sich zu mir und reichte mir einen Becher. »Ich habe mich an dem Kaffee in deiner Tasche bedient, weil ich dachte, es macht dir nichts aus.«

Mein ganzer Körper fühlte sich erschöpft an, als wäre ich wochenlang wach geblieben, was meine Wut jedoch um nichts dämpfte. »Doch, es macht mir etwas aus. So viel habe ich nicht mitgebracht!«

Immer noch hielt er mir den Becher hin und wartete. »Umso mehr Grund, den hier zu trinken, damit er nicht verschwendet ist.«

Ich trat einige Schritte vor und hockte mich mit einem verärgerten Laut auf den feuchten Boden. Nachdem er mir den Becher gegeben hatte, nahm Emrys seinen eigenen auf. Er blies in den Dampf und nahm einen Schluck.

»Götter!« Er hustete und klopfte sich auf die Brust. »Hast du den in den Tiefen der Hölle geerntet?«

»Wenn du ihn so sehr verabscheust, gib ihn mir zurück.« Ich versuchte, ihm den Becher abzunehmen, aber er hielt ihn außer Reichweite.

»Der schmeckt, als hätte Lucifer persönlich in die Tasse gekackt«, sagte er mit einem vorwurfsvollen Blick zu besagtem Gefäß.

»Zum Brüllen.« Wieder versuchte ich, nach seinem Becher zu greifen. »Aber ich lasse dich den nicht vergeuden.«

»Nein, nein«, erwiderte er mit Märtyrermiene. »Ein bisschen Gift kann ich aushalten, um Koffein zu bekommen.«

Er nahm noch einen großen Schluck und würgte.

»Fühlst du dich jetzt besser?«, fragte ich.

»Besser? Nein. Radioaktiv? Ja.« Emrys sah mich ungläubig an. »*Magst* du dieses Zeug tatsächlich?«

»Ja«, antwortete ich. »Allerdings nehme ich ihn schwarz, ohne einen Löffel Gejammer.«

»Das ist kein Jammern! Ich bin echt erstaunt, dass du noch innere Organe hast.«

Ich verdrehte die Augen, als er noch einen Schluck trank und erschauderte.

»Entschuldige, dass er nicht deinem üblichen Standard entspricht«, sagte ich bissig. »Nicht jeder hat seinen privaten Barista auf Abruf.«

»Nicht jeder ist so blöd, Basiliskengift auszuprobieren, um die Allsicht zu bekommen«, konterte er prompt. »Also hast du mir das zumindest voraus.«

Ich biss die Zähne zusammen. »Ich lebe noch, oder nicht?«

»Knapp«, sagte er. »Übrigens gern geschehen. Ich habe meine gesamte Kühlsalbe aufgebraucht und keine Kräuter hier, um mehr zu machen.«

Mir stand der Mund offen.

Nach *Jahren,* in denen er mich mit Andeutungen und Spitzen malträtiert hatte, in denen er mich gezwungen hatte, Gerüchten nachzujagen ... enthüllte er seine Fähigkeit, die er einer langen Linie an Cunningfolk-Vorfahren verdankte.

Emrys war ein Grünheiler.

»Ah, endlich kommt sie dahinter«, meinte er.

Ich lachte spöttisch. »Dein lieber Papa muss *so* enttäuscht gewesen sein, dass sich sein einziger Sohn als Blumenflüsterer entpuppt hat. Kein Wunder, dass ihr es vor der Gilde verheimlicht.«

Mit Pflanzen kommunizieren und sie aufziehen zu können, war in unserer Branche nicht direkt nützlich, zumindest nicht verglichen mit manch anderen magischen Gaben.

Seine Züge verhärteten sich. »Es ist schon mal eine Fähigkeit mehr, als du aufweisen kannst.«

Hätte ich etwas anderes als Instantkaffee in meinem Becher gehabt, ich hätte es nach ihm geworfen. »Oooh, da ist aber jemand ein zartes Pflänzchen, was? Merk ich mir.«

»Du hast eine komische Art, Dankbarkeit zu zeigen, Lerche«, entgegnete Emrys. »Trink das bitte, bevor du das Bewusstsein verlierst. Du bist extrem dehydriert.«

Ich nahm die Wasserflasche so widerstrebend an, wie ich konnte.

»Ich werde dir nicht danken«, sagte ich zwischen den Schlucken. »Deine Hilfe war nicht nötig, und ich hatte dir nicht erlaubt, in mein Zelt zu kommen.«

»Verzeih, dass ich in Sorge war, als ich dich schreien hörte. Du hattest einundvierzig Komma sieben Grad Fieber. Dein Gehirn war dabei, sich selbst zu kochen und hätte es auch ohne meine Hilfe getan. Ich nenne das Empathie. Solltest du auch mal probieren.«

Ich biss mir innen auf die Wange, um ihn nicht wieder anzufauchen, denn er wollte mich nur provozieren. Stattdessen musterte ich ihn aus dem Augenwinkel. Meine Verbitterung erreichte einen neuen Höhepunkt, als ich seine Topausrüstung sah, zu der unter anderem ein hypermodernes klappbares Handbeil gehörte.

Emrys trug einen teuer aussehenden dunkelblauen Rollkragenpullover, eine weite Hose, eine Baseballkappe und polierte Wanderstiefel aus Leder. Und er hatte seine dicken Hollower-Handschuhe an, vielleicht wegen der Kälte. Sie waren aus den feinsten Drachenschuppen gefertigt und zweifellos durch die Generationen weitergegeben worden. Allerdings waren sie nicht zum Wandern gedacht, sondern um leichte Flüche abzuwehren.

»Mir ging es gut«, sagte ich nach einer Weile, obwohl mir peinlich bewusst war, wie übel ich aussehen musste – immer noch durchnässt und jetzt auch noch voller Schmutz und Salbe.

»Hat es überhaupt funktioniert?«, fragte er genervt. Auf meine verwirrte Miene hin ergänzte er: »Es sind keine Grünlinge oder anderes Feenvolk in der Nähe, an denen du es testen kannst. Geh aus dem Schutzkreis. Du müsstest jetzt alles sehen können, was in ihm ist.«

Mist, verdammter. Darauf hätte ich selbst kommen müssen!

Steif stand ich auf und umklammerte meinen Becher zur moralischen Unterstützung.

»Dreh dich weg«, befahl ich Emrys.

»Was? Nein!«

»Dreh dich weg, oder mach die Augen zu!«

»Götter, wie du nervst«, murmelte er, bedeckte aber die Augen mit einer Hand. »So. Zufrieden? Oder kannst du außer Verachtung gar nichts empfinden?«

»Verachtung *und* Wut«, korrigierte ich.

Es kam mir falsch vor, das vor ihm zu tun, weil es so wichtig war und sich als Reinfall erweisen könnte. Davon sollte er kein Zeuge sein.

Er sollte nicht sehen, wie meine Hände an dem Kaffeebecher

zitterten, als ich über unsere verbundenen Schutzkreise stieg. Nachdem ich einmal tief Luft geholt hatte, drehte ich mich zurück zu dem Lager.

Ich rang nach Luft. Zwei Zelte, ein blaues und ein rotes. Das Lagerfeuer. Emrys mit seiner Hand über den Augen und einer sich sekündlich mehr anspannenden Körperhaltung. Das alles konnte ich sehen ... und mehr.

Schwache, schillernde Magiefäden verwoben sich über den Kreisen, pulsierend und leuchtend. Es war solch eine alltägliche Magie, dennoch elektrisierte mich ihr Anblick. Meine Begeisterung löschte die letzten Reste von Wut und erfüllte mich mit etwas, das ich schon sehr lange nicht mehr gefühlt hatte.

Freude.

Sie flatterte in meiner Brust wie ein weicher, gefiederter Flügel, und ausnahmsweise ließ ich sie nicht frei, scheuchte sie nicht fort, bevor sie entkommen konnte. Ich streckte einen Finger nach den Fäden aus, und einer reagierte, indem er sich summend um meinen Finger kringelte. Er zog daran, als wolle er mich zurück in den Schutzkreis holen.

Ich hatte geglaubt, so vieles von der verborgenen Welt der Magie zu verstehen, und mich gezwungen, mich mit einem läppisch flüchtigen Blick hier und da zufriedenzugeben. In Wahrheit war ich viel mehr eine Außenseiterin gewesen, als mir jemals klar war oder ich akzeptiert hätte. Ich hatte gar keine Ahnung gehabt.

Nachdem ich einmal geschluckt hatte, stieg ich wieder über den Schutzkreis. Es fühlte sich an, als würden Funken durch meine Adern rauschen, und nicht einmal mein unwillkommener Gefährte konnte den Rausch dämpfen. Nichts als der Tod könnte mir jetzt noch die Allsicht nehmen.

»Und?«, fragte Emrys.

»Es hat funktioniert«, sagte ich und bemühte mich vergebens, nonchalant zu klingen.

»Super«, sagte er. »Dann kannst du also meinen Gefallen erwidern.«

Ich stutzte. »Was ist denn aus ›Empathie‹ geworden?«

Der Kodex, nach dem wir ab Eintritt in die Gilde lebten, kannte nur drei Regeln: Dem Ersten, der eine Reliquie in den Händen hielt, gehörte sie. Niemand durfte absichtlich ein anderes Gildemitglied verstümmeln oder töten. Ein Gefallen musste zu den Bedingungen desjenigen, der ihn leistete, erwidert werden.

Emrys trank seinen Kaffee aus und spülte den Becher mit etwas Wasser aus seiner Flasche aus. Dann streckte er eine Hand nach meinem Becher aus, sodass ich den Rest in einem Zug austrinken musste, bevor Emrys ihn genauso reinigte.

»Ich hätte mir denken müssen, dass du den Kodex ablehnst«, meinte er. »Es ist ja nicht so, als hätte Nash sich jemals an ihn gehalten.«

Und prompt waren die letzten Spuren meiner Freude ausgelöscht. »Ich bin nicht Nash. Was willst du?«

»Im Fieber hast du gesagt, dass du die Ruine überprüfen musst«, antwortete er. »Ich möchte mit dir kommen, wenn du nach dem suchst, was auch immer du glaubst, dort finden zu können.«

»Woher willst du wissen, dass ich dich nicht reinlege?«, fragte ich betont frostig.

Er lächelte nur. »Keine Sorge, Lerche. So schnell du auch bist, ich bin dir trotzdem immer einen Schritt voraus.«

»Du bist ein abscheuliches kleines Reptil, weißt du das?« Ich nahm ihm die Wasserflasche weg.

Emrys grinste spöttisch. »Mach etwas, um nicht mehr wie eine wandelnde Leiche auszusehen. Wir müssen bei der Ruine sein, ehe sie für den Tag geöffnet wird.«

Ich wartete, bis ich wieder in meinem Zelt war, bevor ich einen tiefen Seufzer ausstieß. Dort wechselte ich meine Unterwäsche und Hose gegen andere, ein wenig trockenere Ersatzsachen aus und verzog das Gesicht, weil sie so kalt waren. Emrys pfiff vor sich hin, als er das Feuer löschte, als wollte er mich daran erinnern, dass er noch dort war und wartete.

Das Fieber hatte tatsächlich etwas in mir aufgeschlossen. Eine Erinnerung an den erfolglosen Job in Ägypten. Gestern hatte noch so viel Herumlaufen hier nichts davon ausgelöst, weil es keinen offensichtlichen Grund gab, die beiden Orte miteinander in Verbindung zu bringen. Doch mein Unterbewusstsein hatte mir Nashs Trick ins Gedächtnis gerufen, Dinge in Türeingängen zu verstecken.

Die stumme Burgruine hatte sein Geheimnis sieben lange Jahre gewahrt. Etwas war dort vergraben, das fühlte ich bis ins Mark. Ich musste es nur finden.

Wir warteten, bis die Sonne am Horizont aufgegangen war, dann packten wir zusammen und gingen zur Ruine. Bisher hatte ich keinen Reisebus aus dem Dorf kommen gesehen, wusste aber, dass es bloß eine Frage der Zeit war. Uns blieb vielleicht eine Stunde, bis die Fremdenführerinnen kamen und hier aufmachten.

Ich atmete die kühle Luft tief ein, als wir den Pfad entlangtrotteten. Unsere Stiefel knirschten auf dem steinigen Boden. Es war Anfang Oktober, aber der Stechginster und die Heide blühten noch und verlockten uns, stehen zu bleiben und sie trotz der verborgenen Dornen zu bewundern. Die Wildgräser und Farne hatten sich erneuert und jede Spur der vielen Leute ausgelöscht, die gestern durch und über sie getrampelt waren. Hier und da schien das Land zu schimmern und zu blinzeln, was Hinweise auf uralte Magie waren, die zwischen den Steinen und dem Gestrüpp überdauert hatte.

Nach dem heftigen Gewitter aus der vorigen Nacht wurde ich mit einem schmerzhaft schönen Morgen belohnt. Er schien einen Tag zu versprechen, der sich als einer der besten ins Gedächtnis einprägte.

Doch ich wusste, wie schnell sich Dinge ändern konnten, und schon jetzt machte ich mich auf eine Enttäuschung gefasst.

»Wonach suchen wir?«, fragte Emrys.

»Ich erinnere mich an etwas von letzter Nacht«, antwortete ich. »Eine Erinnerung, an die ich seit Jahren nicht gedacht habe.«

Emrys wartete schweigend, dass ich mehr sagte.

»Ab und zu hat Nash Dinge in Türeingängen versteckt, damit sie sicher verwahrt waren. Unter Fliesen oder Dielenbrettern. Es waren immer willkürlich gewählte Orte. Ich weiß nicht, wie er sich die alle merken konnte.«

Doch mir fiel Nashs Erklärung wieder ein. *Die Leute suchen draußen und drinnen, aber nie dazwischen. Da ist die Wahrheit versteckt, wo keiner nachsieht.*

»Du denkst, er hat etwas in einem der Eingänge von Tintagel versteckt?« Emrys sah mich mit einem Blick an, der bestätigte, wie hirnverbrannt mein Plan war. »Die Leute werden ein ernstes Problem damit haben, wenn wir rumlaufen und Hunderte von Löchern in die Ruine buddeln. Kannst du es gar nicht eingrenzen?«

Nicht für dich, dachte ich. Es war so unfair, dass er hier war, aber mein Stolz würde mich nicht wortbrüchig werden lassen. »Kann sein.«

»Das nehme ich mal als Nein«, sagte Emrys. »Meinst du, er hat irgendwas unten in Merlins Höhle versteckt? Durch die soll

Merlin doch Artus als Säugling in Sicherheit gebracht haben, oder?«

Ich schüttelte den Kopf und betrachtete die hügelige Landschaft. Unter uns krachten die Wellen an den Strand. »Nein, da hätte er zu Recht Sorge gehabt, dass die Gezeiten alles freilegen, was er dort vergräbt, und es hinaus aufs Meer tragen. Ich denke, er hätte eine Stelle oder Konstruktion gewählt, die auch zu Artus' Zeiten genutzt worden ist. Im frühen Mittelalter.«

Emrys stemmte die immer noch verhüllten Hände in die Hüften. »Und angesichts seines Faibles fürs Dramatische schätze ich mal, er hätte eine Stelle im inneren Teil gewählt.«

Der innere Teil war die »Insel« der Ruine, die durch einen Spalt vom Festland getrennt war. Dort hatten wir bei unseren Besuchen mit Nash die meiste Zeit verbracht.

Die Erkenntnis war wie Sonnenlicht, das durch Wolken brach.

»Du weißt, wo wir suchen müssen«, sagte Emrys. »Spar dir das Lügen – es steht dir ins Gesicht geschrieben.«

Ich schnitt eine Grimasse. »Ich glaube, dass ich es weiß.«

Wenn Nash etwas hiergelassen hatte, war es wahrscheinlich an der Stelle, zu der es mich gestern gezogen hatte. Dort war ich stundenlang geblieben und hatte hinaus aufs Meer geblickt wie eine Seemannswitwe.

Wir mieden die Sicherheitskameras und sprangen über die Gatter, die zum Schutz der Ruine dienten. Anstatt der sichtbareren – und sichereren – Brücke nahmen wir die ältere, gefährlichere, bevor wir die Wendeltreppe hinauf zum inneren Teil stiegen. Der Wind roch nach Salz und Grünem, doch die Feuchtigkeit kroch durch meine Flanelljacke, meine Haut und Muskeln bis in meine Knochen.

Die Nordpforte zum inneren Teil war eine Ringmauer aus Schiefer, die von einem Bogendurchgang gehalten wurde, der mittlerweile nur noch als Rahmen für den Ausblick aufs Meer herhielt. Der Blick war sagenhaft, keine Frage, aber es war die Burgruine selbst, die mir den Atem raubte.

Es fing mit einem Kribbeln in meinen Zehen an, das sich rasch nach oben ausbreitete und mein Herz umfing. Zum ersten Mal lüpfte Tintagel seine traurige Maske aus Verfall und enthüllte mir eine Andeutung seines uralten, geheimen Gesichts.

Mit der Allsicht leuchteten die wenigen noch verbliebenen Mauern auf einmal vor Regenbogenfarben. Je länger ich hinsah, desto klarer wurden die verzauberten Wandgemälde. Obwohl die Intensität der Magie wie Farben in der Sonne verblichen war, konnte ich noch die schimmernden Szenen mit Drachen, namenlosen Göttern und üppigen Wäldern ausmachen.

Gleich rechts vom Durchgang erstreckte sich ein silbriger Pfad hinaus zum Meer; es war unmöglich zu sagen, wo er endete oder ob man ihn überqueren konnte, um den fernen Horizont zu erreichen.

Meine Verblüffung stand in einem krassen Kontrast zu Emrys' Gelassenheit. Ich versuchte, nicht vor lauter Neid zu kochen, als er die Ruine abwanderte.

Wir bewegten uns auf den Bogendurchgang zu, und ich hockte mich hin, um das Schiefermuster zu studieren.

»Ein Messer, bitte«, sagte ich und streckte eine Hand hinter mich.

Er gab es mir, und als ich hinsah, nickte er zu einem Stein links vom Boden und zog eine Braue leicht hoch. »Der da sieht ein bisschen schief aus, oder?«

»Wahrscheinlich nur von einem der Stürme«, sagte ich und stellte meine Taschen ab.

»Man darf ja noch hoffen, nicht wahr?«, fragte er. »Würde dich auch nicht umbringen.«

Mich umbringen? Nein. Aber wie jede gute Folter verlängerte es das Leiden, ließ sich Zeit damit, die Stimmung in die Höhe zu treiben, auf dass der unvermeidliche Absturz doppelt so hart und schmerzhaft würde.

»Behalte die Brücke und die andere Seite der Ruine im Blick. Die Fremdenführerinnen kommen bald, um alles aufzumachen«, sagte ich. »Achte auf die mit den kurzen blonden Locken – die ist flink wie ein Wiesel und fies wie eine Wespe.«

Wieder hob er eine Braue. »Eine Verwandte von dir?«

Ich schaute wütend zu ihm, bevor ich mich wieder meiner Aufgabe widmete und in der verkrusteten Erde zwischen den Steinen kratzte.

»Das ist eine richtig idiotische Idee, oder?«, murmelte ich.

»Welche Idee ist das nicht, bis sie sich als richtig erweist?«

Meine Erwiderung erstarb auf meiner Zunge, denn ein Stein löste sich leicht aus dem Schmutz und dem Mörtel.

Ich war eindeutig nicht die Erste, die ihn herausgelöst hatte.

»O Mann«, hauchte ich. Mein Puls stoppte kurz, um sogleich loszurasen.

In einem Erdloch lag ein kleines Bündel, zum Schutz vor den Elementen eingewickelt in einen karierten Regenmantel in Kindergröße.

Mein alter Regenmantel.

Emrys sank neben mir auf die Knie und riss die Augen weit auf, als ich den Lederbeutel auspackte und dessen Inhalt zwischen uns auf die nassen Steine schüttete.

Ein Fetzen Papier und eine Silbermünze, die fast schwarz angelaufen war – nein, von getrocknetem Blut verkrustet. Mein Herzschlag pochte in meinen Ohren, und mein ganzer Körper schien sich zusammenzuballen. Ich drehte die Münze um und rieb sie mit dem Daumen ab.

Auf der Rückseite war eine Gravur. Die Worte verliefen im Kreis um den Rand, und die Lettern waren beinahe wie Sigillen. Ich konnte nicht sagen, ob ich wieder halluzinierte oder es die Allsicht war, aber die Zeichen begannen, zu erbeben und sich zu verschieben. Aus den merkwürdigen Linien wurden erst Buchstaben, dann Wörter, die ich erkannte.

»Ich bin der Traum der Toten«, flüsterte ich.

»Was soll das denn heißen?«, fragte Emrys.

Ich nahm den Pergamentfetzen mit Nashs vertrauter Handschrift auf. Die Notiz war niederschmetternd in ihrer Kürze und Klarheit.

Der Ring wird ihr Herz gewinnen. Folgt mir nicht. Ich komme, wenn es erledigt ist. Falls ich nicht zurückkomme, vergrabt diese Münze mit Asche und Knochen.

Für Nashs Verhältnisse war es so förmlich formuliert, dass ich einen Moment brauchte, um zu begreifen, was er geschrieben hatte.

»Ihr Herz?« Emrys verdrehte die Augen. »Sag nicht, dein Vormund hat den ganzen Aufwand wegen einer Frau betrieben.«

»Das sagst du nur, weil du nie gesehen hast, wie er in jeder Hollower-Absteige, in die wir kamen, von einer Frau geohrfeigt wurde.«

Wieder nahm ich die Münze auf und betrachtete sie.

»Folgt mir nicht«, wiederholte ich. »Wow ... er verschwindet und nutzt dieses schlaue Versteck, was ich nur genau einmal vorher bei ihm gesehen hatte. Nash hat echt meine Fähigkeit überschätzt, eins und eins zusammenzuzählen!«

Und zugleich war es so typisch für ihn. Nash bewegte sich bisweilen auf einer völlig anderen Umlaufbahn als der Rest von uns. Immerzu ersann er irgendeine große Jagd, irgendein großes Mysterium, irgendein großes Märchen um sich selbst und inszenierte sämtliche Aspekte, wie es ihm gefiel. Gab das Schicksal ihm eine zu kleine Rolle, schrieb er das Drehbuch eben selbst um.

Folgt mir nicht. Wut stieg in mir auf. Meine Augen brannten, aber das lag nur an dem kalten Wind. Nur daran.

Der Mistkerl hatte damit gerechnet, dass ich diese Nachricht schnell genug fand, um ihn einzuholen. Ihn aufzuspüren, *war* eine der wenigen Fertigkeiten gewesen, die er uns gelehrt hatte, und anscheinend hatte er angenommen, mein Gedächtnis wäre der einzige Hinweis, den wir brauchten. Aber er hatte es zu sehr wie ein Spiel gestaltet. Warum hatte er uns nicht einfach den Lederbeutel im Zelt gelassen? Warum so viel Zutrauen in eine Zehnjährige haben, deren größte Sorge es war, ihren Bruder am Leben zu halten?

Sogar mit all der Zeit und Ferne zwischen uns entdeckte ich immer noch neue Arten, ihn zu enttäuschen.

Und all das für irgendeine namenlose Frau. *Ihr Herz gewinnen?* War er jetzt auf einmal ein Poet? *Ihr Herz* – als würde er …

Alle meine Gedanken bis auf einen verpufften.

Ihr Herz. Nicht irgendjemandes Herz, sondern *ihres.* Das der Göttin.

»Du hast eben etwas herausbekommen«, sagte Emrys. »Lüg nicht, dein Gesichtsausdruck verrät dich wieder.«

Eine plötzliche Windböe riss die Nachricht hoch in die Luft. Ich stieß einen leisen Schrei aus, wollte nach ihr greifen, aber sie flog bereits hinaus aufs Meer, segelte wie ein blasser Vogel auf die Wellen zu.

Ich legte den Stein wieder zurück und presste dagegen, bis der Matsch ihn aufgesogen hatte.

»Das muss dich nicht interessieren«, erwiderte ich und steckte die Münze in ein sicheres Fach meiner Arbeitstasche. Dann hängte ich mir den Riemen um und nahm meinen Rucksack auf. »Dein Gefallen ist erwidert worden, also hau ab.«

Emrys packte meinen Arm, als ich aufstand. »Was bedeutet die Nachricht?«

Ich riss mich los. »Das würdest du gerne wissen, was?«

Er machte einen Schritt auf mich zu, und seine Züge wurden härter.

Hinter ihm spähte eine kleine Gestalt über den Rand einer halb eingestürzten Mauer. Sie trug einen zu großen schwarzen Pelzmantel voller Anstecker und einen Häkelschal in Regenbogenfarben, den sie um ihre untere Gesichtshälfte gewickelt hatte. Trotzdem erkannte ich sie – die braune Haut, die Braids, die zu zwei hohen Knoten aufgesteckt waren, diese riesige Sonnenbrille –, auch wenn ich es nicht glauben konnte.

»Hey!«, rief ich und drängte mich an Emrys vorbei.

Das Mädchen aus dem Tarotladen stürmte davon. Ich rannte ihr nach, aber bis ich die Stelle erreichte, an der ich sie gesehen hatte, war sie verschwunden. Auf den Brücken war niemand. Als wäre sie ins Meer gesprungen oder in irgendeinen Spalt in der Klippe getaucht. Ich suchte in einem weiten Kreis, fand jedoch nur einige kleine Fußabdrücke.

»Was war los?«, fragte Emrys.

»Ich dachte, ich hätte …« Schlitternd blieb ich stehen, als ich wieder zu den Brücken schaute.

Selbst auf diese Entfernung erkannte ich ihn. An dem allzu selbstbewussten Gang und den langen schwarzen Haaren. Septimus führte eine Handvoll anderer Männer über die moderne Brücke. Andere Hollower, nahm ich an, doch niemand, den ich aus unserer Gilde kannte.

»Im Ernst?«, knurrte ich und wich zurück. »Bis dann, Trustfund.«

Ich musste einen der gewundenen Pfade von der Ruine aus nehmen und hoffen, dass ich nicht auf einen von Septimus' anderen Handlangern traf.

Kaum war ich losgegangen, blieb ich wieder stehen, denn Septimus winkte jemandem auf dem Festland zu und wies in Richtung Dorf.

Noch mehr Hollower tauchten nahe dem offiziellen Ruineneingang auf. Eine große Gestalt versuchte, sich zwei bulligeren Männern zu entwinden, die sie festhielten. Einer bedeutete Septimus, dass er verstanden hatte.

Cabell. Mein Brustkorb verengte sich schmerzhaft. Ich begann, den Weg zur unteren Brücke hinabzugehen. Wenn ich es ungesehen nach drüben und ins Dorf schaffte ...

Das Klimpern eines anderen Rucksacks folgte mir.

»Wo willst du hin?«, fragte Emrys.

»Cabell helfen«, antwortete ich schroff.

»Das sind zu viele«, entgegnete er. »Du bekommst ihn da nie weg.«

»Wart's ab.«

Mit wenigen Schritten hatte er mich eingeholt und lief neben mir her.

»Was machst du denn?«, fragte ich.

»Denkst du, ich lasse dich aus den Augen, wenn du alle Antworten hast?«, erwiderte er kopfschüttelnd. »Keine Chance, Lerche.«

Kapitel 9

Das Dorf wurde eben erst wach, als die erste Flotte von Touristenbussen eintraf, und Septimus und die anderen bogen von der Hauptstraße, um eine alte Scheune am Dorfrand anzusteuern.

Ich folgte ihnen und ignorierte Emrys, so gut ich konnte, als wir uns dem verfallenen Gebäude näherten und unter eines der kaputten Fenster duckten.

Das noch verbliebene Glas war voller Staub, aber ich konnte immer noch einiges erkennen: Kisten mit Cider und Bier, die an den Excalibur Pub adressiert waren, Verkehrshütchen, Straßenschilder, etwas, das wie mehrere Rüstungen auf einem Haufen aussah, und anscheinend die hintere Hälfte eines Pferdekostüms. Der erdige Geruch nach Heu und Tieren, die einst in dem Stall gelebt hatten, dünstete von den Mauern aus und erinnerte mich an ein vergangenes Leben, als Nash, Cabell und ich in jedem Unterschlupf übernachtet hatten, den wir finden konnten.

Ich verstand nicht, was gesagt wurde, sah nur, dass Septimus meinen Bruder in eine der Boxen stieß und ein Hollower, den ich nicht kannte, seine Hände mit Kabelbinder fesselte.

Ich verdrehte die Augen, und einen Moment später sah ich Cabell dasselbe tun. Als hätte Nash uns nicht beigebracht, wie wir Kabelbinder oder das Schloss an Handschellen knackten; er hatte ja mit beidem reichlich Erfahrung.

Mehrere Minuten lang bewegten wir uns nicht und sagten nichts.

»Was jetzt?«, flüsterte Emrys. »Sag nicht, dass dir schon die Ideen für diese wagemutige Rettung ausgegangen sind.«

»Sei still oder geh weg«, antwortete ich. »Ich warte, bis noch einige mehr von ihnen verschwunden sind, bevor ich reingehe.«

»Aha«, sagte er. »Tja, wenn wir eine Weile hier sein werden …«

Er drehte sich mit dem Rücken zur Scheunenwand und holte ein kleines Messer und ein Holzstück aus der Seitentasche seiner Hose.

Seine Handbewegungen beim Schnitzen waren beinahe faszinierend. Bald fiel eine Spanspirale zu Boden, dann noch eine, bis er die komplette Rinde weggeschnitten und die groben Ränder geglättet hatte.

Ich hätte bei ihm ein edleres Hobby als Schnitzen erwartet – etwas wie Fuchsjagd, Fabergé-Eier-Sammeln oder Sommerurlaube auf einer Megajacht.

Nicht, dass ich viel Zeit damit verbracht hätte, mir über Emrys' Freizeitbeschäftigung Gedanken zu machen.

»Wollte Cabell dich hier treffen?«, fragte Emrys. »Oder haben die anderen ihn mitgebracht?«

Ich sah ihn misstrauisch an. »Warum verrätst du es mir nicht? Ist das dadrinnen nicht Daddys Kumpel?«

Das Messer erstarrte mitten im Schnitt.

Was hatte Phineas in der Bibliothek gesagt? *Wir bekommen sie nie und nimmer aus den Klauen des Rats, und dann werden wir Endymions Rache fürchten müssen …*

»Wenn er für deinen alten Herrn nach dem Ring sucht, warum arbeitest du für Madrigal?«, fragte ich. »Warum bist du nicht drinnen bei Septimus und den anderen?«

»Das geht dich nichts an«, murmelte er, wobei sein Blick auf das Holzstück in seiner Hand gerichtet war.

»Du hast dafür gesorgt, dass es mich etwas angeht«, fauchte ich. »Sag nicht …«

Plötzlich hob Emrys den Kopf, und ehe ich reagieren konnte, hatte er mein Handgelenk gepackt und mich von der Wand weggezogen. *»Sieh mal!«*

Um die Ecke kreuzte ein Mädchen hinter einem nahen Gebäude auf. Ihre Braids waren zu hohen Knoten aufgesteckt, und sie hatte denselben Pelzmantel wie immer an – und natürlich die scheußliche Bauchtasche um.

Ich presste eine Hand auf mein Gesicht und stöhnte. Also hatte ich sie mir wirklich nicht eingebildet.

Neve aus dem Tarotladen.

»Äh …«, begann Emrys. »Was macht sie da?«

Mit entschlossener Miene lief sie direkt auf die Scheune zu. Wenige Schritte von ihr entfernt blieb sie seitlich stehen und warf eine leere Aludose gegen die Wand. Auf der Dose war etwas Dunkles, beinahe wie …

Sie hatte ein Sigill daraufgemalt.

»Okay …«, sagte Emrys.

Neve griff in ihre Bauchtasche und zog ein langes, dünnes Holzstück heraus. An einem Ende war eine Obsidianklinge, eine Art Athame mit eingravierten Sigillen. Das andere Ende war in Silber gefasst, um den Magiestrom zu lenken.

Mein Magen sackte ins Bodenlose.

»Zauberstab«, sagte ich und richtete mich auf.

»Zauberin«, ergänzte Emrys und umklammerte das Schnitzmesser mit seiner Faust.

»Gib mir das«, sagte ich und wollte schon nach der Klinge greifen.

Doch er zog sie weg. »Und dir die Chance geben, mich damit abzustechen? Wohl kaum.«

Ich wandte mich rechtzeitig wieder zurück, um zu sehen, wie Neve grinsend das silberne Stabende auf die Dose richtete.

»Neve!«, rief ich. »Nicht!«

Die Worte gingen in dem Donnerknall der Druckwelle unter, die von der Dose ausging und Emrys und mich rückwärtsschleuderte. Ich bedeckte meinen Kopf, als der Zauber die Scheunenwände bersten ließ und streichholzgroße Splitter auf uns herabregneten.

Nur trafen sie mich nicht. Ein Stöhnen erklang über mir, und einen Moment später nahm ich das Gewicht und die Hitze an meinem Rücken wahr. Mein Gesicht brannte, als ich mich gegen Emrys wehrte, der mich mit seinem Körper schützte. »Runter!«

Ein Teil des Scheunendaches knickte ein und krachte mit ausreichend Wucht herunter, dass der Boden erzitterte. Die Zauberin sprang zurück, und ihr Mund formte ein überraschtes O.

Die Männer drinnen schrien, als ein heftiges Beben durch den Rest des Gebäudes zog und es einzustürzen drohte.

Cabell, dachte ich und rappelte mich wieder auf. In meinen Ohren klingelte es, als ich vorwärtsstolperte – im selben Augenblick, in dem Cabell den Kabelbinder löste und sich mit der Schulter voran durch die brüchige Holzwand hinter ihm warf.

Doch bis ich um die Ecke war, um ihn abzufangen, war er bereits fort in Richtung Dorf. Ich versuchte, dem Weg zu folgen, von dem ich glaubte, er würde ihn nehmen, und drängte mich zwischen neugierigen Dorfbewohnern und Touristen hindurch, die nachsehen wollten, was das für ein Lärm gewesen war. Als ich kurz zurück zur Scheune schaute, begegnete ich Septimus' Blick.

»Da!«, rief er und streckte einen Arm aus.

Versteck dich, versteck dich, versteck dich, rief es in meinem Kopf. Cabell würde schon eine sichere Stelle finden, und ich musste dasselbe tun. Doch ich sah nur Wohnhäuser und Geschäfte. Bis weiter vorn ein Pub mit vernagelten Fenstern auftauchte, der eindeutig gerade renoviert wurde.

Ich lief zur Rückseite, wo ich feststellte, dass die Mauern bis auf die Fundamente eingerissen waren, sodass keine Möglichkeit zum Verstecken mehr blieb.

Im Garten war alles voller Baumaterialien, aber es waren keine Handwerker da. Doch es gab einen klapprigen Gartenschuppen. Ich zog eine Haarklammer aus meinem Haar und wollte das Schloss aufbrechen, nur um im nächsten Moment zu sehen, dass es schon offen war.

Ich schlüpfte hinein. Meine Lunge brannte, und ich hatte Seitenstechen, als ich die Tür hinter mir zuwarf. Ich verschloss sie und suchte nach etwas, womit ich sie zusätzlich sichern könnte.

Es war nichts in dem Schuppen außer einigen kaputten Gartenliegen, Pappkartons und Emrys Dye.

Er sprang hinter einem Kistenstapel auf. »*Nein.* Kommt nicht infrage. Raus hier!«

»Ist das dein Ernst?«, fragte ich.

»Ich war zuerst hier!«, sagte er. »Such dir ein anderes Versteck!«

Der Schuppen knarrte bei dem Versuch, seine müden Knochen zu entspannen. Unsere Stiefel warfen den Geruch von Erde und totem Gras auf.

»Such *du* dir was anderes!«, konterte ich. »Du hast doch darauf bestanden, mir hierherzufolgen!«

Kalte Luft und Sonnenlicht fluteten den Raum, als die Tür aufflog. Ich stürzte mich nach vorn und vorbei an demjenigen, der uns gefunden hatte. Als ich an den Armen gepackt wurde, wollte ich mich losreißen.

»Tams! Ich bin's – ich bin's!«

Der warme Ledergeruch von Cabells Jacke umfing mich, als er die Arme um mich schlang. Ich erwiderte die Umarmung, und mir wurde die Kehle eng vor Erleichterung.

»Geht es dir gut?«, fragte ich.

»Ja, alles okay.«

Meine Erleichterung währte nicht lange, denn hinter ihm trat Neve in mein Sichtfeld, ihren Zauberstab noch in der Hand.

»Du!«, raunte ich wütend.

»Ja, ich!«, bestätigte sie munter. »Siehst du, jetzt hängen wir doch noch zusammen ab!«

Vage war ich mir Emrys' Nähe bewusst. Seine Hand schwebte über dem Handbeil an seinem Rucksack. Ich wusste nicht, mit welchem Ausdruck ich ihn ansah, aber Cabell legte mir beruhigend eine Hand auf die Schulter.

»Tamsin, das ist die Zauberin Neve«, sagte er. »Und sie hat ein Angebot, das du dir anhören solltest.«

Kapitel 10

»Zauberin«, wiederholte ich und ließ Gift in das Wort einfließen. »Da hast du mir eine ziemliche Vorstellung abgeliefert, dich als eine vom Cunningfolk auszugeben.«

»Ihr kennt euch?«, fragte Emrys, der sich endlich ein wenig entspannte.

»Ja, schon ewig«, sagte Neve.

»Schon seit letztem Monat«, konterte ich.

»Länger.« Neve lächelte. »Und übrigens habe ich nie behauptet, vom Cunningfolk zu sein. Das hast du einfach angenommen, und du weißt ja, was man über Mutmaßungen sagt.«

Ich verengte die Augen. »Erklär.«

»Sie machen einen zum Idioten …«, begann Neve.

Cabell unterbrach sie sanft, indem er eine Hand hob. »Meine Schwester will wissen, wie du sie überhaupt gefunden hast.«

»Dazu wollte ich noch kommen«, sagte Neve und verschränkte die Arme vor der Brust. »Also, die Sache ist die. Meine Tante *ist* vom Cunningfolk, und mit ihrer magischen Gabe kann sie verlorene Sachen finden.«

Gedankenversunken strich sie über etwas unter ihrem Mantel, in Höhe ihres Brustbeins. Eine Kette – ein Medaillon oder ein Kristall vielleicht.

»Nashbury Lark hatte sie vor sieben Jahren aufgesucht und

sie gefragt, ob sie Carnwennan lokalisieren kann, König Artus' Dolch«, fuhr Neve fort. »Tantchen konnte ihn weder durch Wahrsagen noch durch Visionen finden, was sie enorm frustriert hat, wie ihr euch vorstellen könnt.«

»Uns sind Sackgassen in unserem Beruf vertraut, ja«, antwortete ich. Ein seltsames Gefühl durchfuhr mich, scharf und schnell. Ihm folgte eine Erinnerung. »Der Laden in Charleston?«

Neve klatschte in die Hände. »Du weißt es noch! Ich sollte im Bett sein, aber ich habe von oben an der Treppe gelauscht.«

Versteckt hinter der King Street und nur nach Mitternacht geöffnet, hatte der Laden eher wie eine Wohnung gewirkt, nicht wie ein Geschäft. Ich erinnerte mich, wie das Mondlicht auf die vielen zusammengerollten Karten gefallen war. Da waren Berge von ihnen – wie Haufen ausgehöhlter Knochen, die darauf warteten, dass sie an die Reihe kamen.

Neves Tante, Linden Goode mit ihrer warmen Stimme und der Schürze, die nach süßer Minze und Zitrone roch, vergaß man nicht so leicht. Sie hatte uns willkommen geheißen und nach drinnen gebeten. Cabell und ich wurden mit einer Schale Stew in eine Ecke geschickt, wo wir warten sollten, während Linden und Nash Geschäftliches besprachen. Von unserer Position aus konnten wir sehen, wie sie instinktiv nach Karten griff. Ihr Selenit-Kristall hatte im Kerzenschein wie ein Stern ausgesehen.

Sie hatte leise und mit tiefer Stimme gesungen, und der Kristall hatte begonnen, sich zu drehen und zu schwingen, als er vergebens nach dem Dolch suchte, den Nash so dringend wollte. Am Ende war ich diejenige gewesen, die ihn durch simple altmodische Recherche und gute Kombinationsgabe gefunden hatte.

»Da waren wir schon allen anderen Spuren gefolgt«, sagte ich matt.

»Normalerweise hilft sie Hollowern nicht, Schätze zu finden, die sie bloß verkaufen, aber er hatte gesagt, dass er den Dolch für eines seiner Kinder braucht, und deshalb war sie einverstanden«, erklärte Neve. »Nashbury gab eure Gildebibliothek als seine Adresse an, also habe ich da nach dir Ausschau gehalten, und tatsächlich bist du aufgekreuzt, sodass sich unsere Schicksale noch einmal kreuzen konnten.«

»Und was sollte das im Tarotladen?«, fragte ich. »Wolltest du nur mit mir spielen?«

»Nein, ich wollte bloß sehen, wie du so bist«, sagte Neve, als wäre es vollkommen offensichtlich. »Das habe ich. Und jetzt sind wir hier und verstecken uns in diesem Schuppen. Du verwirrt, ich mit einem Angebot.«

»Ja, was das angeht«, meinte ich. »Könntest du wenigstens vorher den Stab wegpacken?«

»Oh, klar, natürlich.« Sie blickte nach unten, als wäre sie verwundert, dass sie ihn noch in der Hand hatte. Dann öffnete sie ihre Bauchtasche und schaffte es irgendwie, den Stab hineinzubekommen. Die Tasche musste so verzaubert sein, dass sie mehr aufnahm, als sie eigentlich sollte.

»Okay, ernsthaft, was ist das mit der Tasche?«, fragte ich, als ich es nicht ertrug, noch eine Sekunde länger auf die furchtbaren Katzen zu starren.

»Ist die nicht süß?«, fragte Neve strahlend. »Zu der gehört sogar eine Mütze, die dir total gut stehen würde, falls du sie mal als Verkleidung ausleihen willst.«

Neve angelte ein dunkles Bündel aus den Tiefen der Bauchtasche und schüttelte es aus. Es handelte sich um eine schwarze Baseballkappe mit zwei grün umrandeten Katzenohren oben drauf und den aufgestickten Worten *FELINE SPOOKY* zwischen ihnen.

»Die will sie *unbedingt* ausleihen«, sagte Emrys verzückt.

»Dein Angebot …?«, kam Cabell wieder zum Punkt. Ich spürte, wie er seine Hand von meiner Schulter zu meinem Jackenkragen bewegte; er hatte eindeutig Sorge, dass ich unseren spöttischen Rivalen attackieren könnte.

»Ja, das Angebot, richtig«, sagte Neve. »Die Sache ist die: Ich finde, wir sollten zusammenarbeiten.« Sie blickte zu Emrys. »Du nicht. Dich kenne ich nicht.«

»Emrys Dye, stets zu Diensten«, stellte er sich vor.

Sie rümpfte ein wenig die Nase, und schon war sie mir ein klein wenig sympathischer, weil sie nicht auf seinen Familiennamen reagierte.

»Ich kann meine Magie nutzen, um euch bei der Suche nach eurem Vater zu helfen – Nash –, und ihr könnt den Ring benutzen, um den Fluch zu brechen, den ihr brechen müsst«, sagte Neve. »Danach fordere ich ihn als Eigentum der Schwesternschaft ein.«

Sobald der oberste Rat der Zauberinnen erwähnt wurde, stellten sich die Härchen an meinen Armen auf.

»Weißt du, wofür sie ihn wollen?«, fragte ich.

»Nein, keine Ahnung.« Neve zuckte mit den Schultern. »Ich weiß nur, *dass* sie ihn wollen, und *ich* werde diejenige sein, die ihn ihnen bringt. Erst dann wird mir eine Tutorin zugeteilt und ich kann mit meiner Ausbildung weiterkommen.«

»Du hast keine Tutorin?«, fragte ich. Es passte zu dem Umstand, dass sie von einer Frau aus dem Cunningfolk großgezogen wurde, nicht von ihrer Mutter oder einer anderen verwandten Zauberin. »Wie kannst du dann Zauber wirken?«

»Ähm, hallo?« Sie klang genervt. »Das habe ich mir selbst beigebracht.«

Ich wechselte einen Blick mit Cabell, der nur stumm die Augenbrauen hochzog. Noch nie hatte ich von einer Zauberin gehört, die nicht von einer anderen unterrichtet worden war – gewöhnlich einer Blutsverwandten.

»Ah, demnach akzeptieren sie dich nicht in ihren Kreisen, solange du nicht offiziell ausgebildet bist«, folgerte Emrys. »Aber ausgebildet wirst du nur, wenn sie dich in ihren Kreis aufnehmen. Das ist total irrsinnig.«

»Ich fange an, dich zu mögen«, sagte Neve zu ihm. »Du darfst bleiben. Fürs Erste.«

»Schön«, antwortete Emrys, »denn ich habe auch ein Angebot zu machen.«

»Ich kann es kaum erwarten«, murmelte Cabell.

»Wir alle wollen dasselbe, und wir alle haben ein Teil des Puzzles, das uns hilft, es zu bekommen«, erklärte Emrys. »Neve hat natürlich ihre Kräfte. Tamsin weiß, wohin Nash gegangen ist. Und ich denke, dass ich weiß, wie er dorthin gekommen ist.«

»Was?«, fragte ich.

»Was?«, kam es von Cabell. »Tams, du weißt, wohin er gegangen ist?«

»Uuuuh«, machte Neve und schaute uns alle der Reihe nach an. »Das klingt vielversprechend.«

Ich bedachte meinen Bruder mit einem vielsagenden Blick. »Kann ich dich kurz draußen sprechen?«

Er kam mit mir nach draußen und schloss die Tür hinter uns. Wir gingen einige Schritte weg vom Schuppen.

»Was genau machen wir hier?«, flüsterte ich.

»Pragen«, antwortete er schlicht.

Der Prag-Job war Nashs erstes und einziges Mal gewesen, dass er freiwillig mit einer Zauberin zusammengearbeitet hatte, lange bevor er Cabell und mich fand. Die Zauberin war eine Novizin gewesen, hatte gerade erst ihre Ausbildung begonnen, und Nash angeheuert, um eine Phiole mit Ichor – dem heiligen Blut der Götter – aus dem Grab einer Ahnin zu holen. Letztlich hatte er ihre Unerfahrenheit ausgenutzt. Das Grab war mit einem Rückschlag gesichert gewesen, der denjenigen, der den Fluch am Eingang brach, tötete. Drinnen war zwar kein Ichor gewesen, aber Nash hatte sich nie sorgen müssen, dass sich die Zauberin an ihm rächen könnte.

Ich atmete schnaubend aus. »Das wird nicht funktionieren. Sie mag unerfahren wirken, aber sie ist viel zu schlau und kennt sich viel zu gut mit Magie aus, als dass sie es am Ende nicht herausbekommen würde. Und wie du weißt, lassen sich Informationen nur begrenzt zurückhalten.«

Cabell verzog das Gesicht ob meines scharfen Tonfalls und fuhr sich mit der Hand durch sein zerzaustes schwarzes Haar. Dann sah er mich wieder an, und seine Miene war voller Reue. »Was ich zu Hause gesagt habe ...«

»Ist egal«, unterbrach ich ihn.

»Ist es nicht«, widersprach er und lehnte sich an den Felsen neben mir. »Ich hätte dir das mit dem Ring und Nash nicht verheimlichen dürfen, aber ich musste es ihm versprechen.«

»Cab, ich verstehe das. Und mir tut es leid, dass ich nicht erkannt habe, wie sehr du mit allem zu kämpfen hattest.«

Er schwieg länger, und es arbeitete sichtlich in ihm, als würde er mit dem ringen, was er sagen wollte. Seine Züge hatten eine Härte angenommen, die ich noch nie zuvor bei ihm gesehen hatte; eine neue Rüstung, hinter der er seine Gefühle verbarg.

»Ich hätte nicht weggehen dürfen«, sagte er schließlich heiser. »Ich hätte nie zulassen dürfen, dass du das hier alleine durchziehst. Ich war so richtig bescheuert. Es ist bloß so ... schwer zu hoffen.«

»Das Einzige, was für mich zählt, ist, dass du hier bist. Hast allerdings ganz schön lange gebraucht.«

Er lachte reumütig. »Und meine Strafe war, dass ich von einigen der dämlichsten Hollower aus unserer Gilde geschnappt wurde.«

Ich versuchte zu lächeln, was mir nicht gelang. Einen Moment später blickte Cabell nach unten und verschränkte die Arme vor der Brust. Aus der Nähe sah er furchtbar aus. Seine blasse Haut betonte die dunklen Ringe unter seinen Augen. In den letzten Wochen hatte er einiges an Gewicht verloren, sodass seine Wangen eingefallen waren, wie ich es seit unserer Kindheit nicht mehr erlebt hatte.

Ich schluckte, weil ich einen Kloß im Hals hatte. Das war es, was wir immer taten, nachdem wir uns gestritten hatten: Wir hielten die Dinge möglichst unbeschwert, damit wir über ihnen schwebten, bis sich alles zwischen uns gelegt hatte. Wenn man nur einander im Leben hatte, war kein Streit es wert, dieses Band zu gefährden. Es sollte genügen, dass er es sich anders überlegt hatte und gekommen war. Das war an sich schon eine Entschuldigung.

Nur reichte es nicht. Bei unserem letzten Gespräch war etwas Hässliches enthüllt worden, als wäre Erde umgegraben worden und die Würmer und Knochen darunter zum Vorschein gekommen. Und jetzt, nachdem ich die Wahrheit gesehen hatte, wusste ich nicht, wie ich wieder zurückkehren sollte. Das war es, was mir am meisten Angst machte.

»Du bist doch dabei, oder?«, fragte ich und merkte, dass meine Stimme kippte. Da war wieder diese brennende Verzweiflung. Es musste gut sein. Zwischen uns musste alles gut sein.

»Bis zum Ende«, antwortete er. »Ich will den Ring finden, und ich will wissen, was mit Nash passiert ist. Vor allem will ich wirklich nicht, dass du dich umbringen lässt, weil du ohne Allsicht herumstolperst.«

»Was das betrifft ...«, begann ich.

Cabell sah mich entsetzt an. Er neigte sich näher zu mir, studierte meine Augen, bis ich mich abwandte. »Das hast du nicht. Sag mir, dass du das nicht getan hast.«

Selbstverständlich hatte er eins und eins zusammengezählt. Ich hatte Nash ja beinahe ein Jahr lang angefleht, mir das Gift zu beschaffen.

»Ich habe es getan, und ich bereue es nicht, weil es funktioniert hat.«

Cabell stieß einen leisen Fluch aus. »Woher hast du das Basiliskengift überhaupt bekommen?«

»Was denkst du denn?«

»Und was ist aus dem Vorsatz geworden, keine Gefallen mehr anzubieten?« Cabell schüttelte den Kopf. »Ich schwöre bei allen Göttern, solltest du jemals wieder etwas derart Beklopptes tun, bringe ich dich selbst um.«

»Ist notiert«, sagte ich und wandte mich rasch wieder dem aktuellen Thema zu. »Bist du sicher, dass wir mit einer Zauberin zusammenarbeiten sollten?«

»Sie weiß nicht, dass der Ring mittels tödlicher Kraft eingefordert werden muss«, antwortete er mit gesenkter Stimme. »Ich habe sie ausgefragt, als wir nach dir gesucht haben.«

»Sie könnte lügen«, erinnerte ich ihn. »Mit uns spielen.«

»So wie mit dir in Boston?« Er zog eine Augenbraue hoch, als ich ihn verärgert ansah. »Ach, komm schon. Das passiert den Besten von uns. Wie Nash immer gesagt hat ...«

Er brach mitten im Satz ab und schaute nach unten.

»Fehler sind wie Wespen«, beendete ich den Satz für ihn. »Sie stechen weiter, wenn man sie lässt.«

Cabell seufzte leise. »Hör mal. Du könntest recht haben, und Neve fügt die einzelnen Teile selbst zusammen. Aber ich weiß, dass wir zuerst bei Nash und dem Ring sein können. Das *weiß* ich. Und sie und Dye in der Nähe zu behalten, ist die beste Taktik, ihnen einen Schritt voraus zu bleiben.«

»Na gut«, gab ich nach. »Wir machen es wie in Prag und kümmern uns später um die Folgen.«

Er legte eine Hand an meinen Hinterkopf und zog mich näher zu sich, um mich kurz in den Arm zu nehmen. »Mann ... nach all der Zeit ... Ich kann nicht glauben, dass Nash vielleicht wirklich noch am Leben ist. Vielleicht ist er irgendwo gefangen? Das würde erklären, warum er nie nach Hause gekommen ist.«

Jetzt fiel mir wieder ein, was wir bei seiner Nachricht gefunden hatten.

Ich nahm Cabells Arm, führte ihn zurück in den Schuppen und holte die Münze hervor, um sie ihm und Neve zu zeigen.

»Erkennt einer von euch das oder weiß, was das Eingravierte bedeutet?«

Cabell strich mit dem Daumen über die Worte. *»Ich bin der Traum der Toten«,* las er vor. »So etwas habe ich noch nie gesehen, aber es ist mit Magie angereichert und fühlt sich kalt an. Neve?«

Sie schüttelte den Kopf. »Keinen Schimmer.«

Emrys war so still und regungslos, wie er an der Schuppenwand lehnte, dass ich ihn beinahe vergessen hatte, bis er sagte: »Das muss kein Mysterium bleiben, Leute. In Nashs Nachricht stand, dass wir die Münze mit Asche und Knochen vergraben sollen, falls er nicht zurückkehrt.«

Cabell blinzelte. »Hat jemand zufällig einige Knochen bei sich?«

Ich verneinte stumm, aber Neve gab ein fröhliches Summen von sich. »Ihr habt echt Glück …«

Die Zauberin fing an, eine ganze Auswahl an kleinen Knochen und Schädeln aus ihrer Bauchtasche zu holen und sie auf dem Boden auszulegen. Dann schwenkte sie die Hand über alles, als wollte sie ihren eigenen Tote-Tiere-Streichelzoo präsentieren.

»Findest du es nicht gruselig, Knochen zu sammeln?«, fragte ich.

»Warum soll das gruselig sein?«, erwiderte Neve. »Der Tod ist wunderschön, und die Leute fürchten ihn nur, weil sie ihn als ein Ende sehen, nicht als den Anfang, der er ist. Außerdem finde ich die Kleinen niedlich. Ich meine, guck doch …«

Sie wählte einen winzigen Vogelschädel mit gezacktem Schnabel aus und sagte mit extrahoher Stimme: »Hallo, Tamsin, nimm mich für deine ach so mysteriöse Münze, und ich werde dein treuer Gefährte auf dieser finsteren Entdeckungsreise sein!«

Cabell lachte. Ich nicht.

Neve legte den Schädel wieder hin und nahm den Knochen daneben auf. Es war ein Fuß, in einem gläsernen Kästchen mit Goldrand, mitsamt leeren Höhlen an den Zehennägeln, wo wahrscheinlich mal Schmucksteine eingefasst waren.

»Der hier könnte die bessere Wahl sein«, sagte Neve. »Ein Fuß von Sankt Henwg.«

»Von wem?«, fragte ich.

»Na, eben«, sagte Neve. »Es ist ja nicht so, als wären Knochen von bekannten Leuten leicht zu kriegen. Ich habe mir den von Tantchen geborgt.« Sie seufzte. »Okay, nein, ich habe ihn gestohlen.«

Es gab nur weniges, was Zauberinnen mehr liebten als Rache,

und wenn sie Jahrhunderte warten mussten. Wie ich gelesen hatte, genossen sie es besonders, Knochen von jenen zu benutzen, deren aufkeimende Religion brutal die uralten heidnischen zerstört hatte.

»Und dann haben wir *hier* …«

»Nehmen wir den von Sankt Dingsbums«, fiel ich ihr ins Wort. Mit meinem Klappbeil grub ich ein kleines Loch in den harten Boden und schaute die Münze ein letztes Mal an, bevor ich sie hineinwarf. Neve öffnete das Kästchen, griff unter den Fuß, und ein ekliger, vergilbter Knochen so lang wie ein Finger fiel neben die Münze. Wir beugten uns alle vier vor und starrten hin.

»Hmm«, sagte ich.

Emrys zündete einen kleinen Zweig mit seinem Feuerzeug an und gab ihn mir. Als er verbrannte, rieselten Asche und kleine glimmende Holzstückchen in das Loch.

»Meint ihr, das reicht?«, fragte Cabell.

»Sollte es lieber«, sagte ich und trat die lose Erde zurück in das Loch. Dann hockte ich mich hin und drückte sie sicherheitshalber richtig fest.

Wir warteten und beobachteten. Nichts geschah.

Ich schüttelte den Kopf und stieß ein Schnauben aus. Wut brannte tief in meinem Bauch. Typisch Nash, solche blöden Spiele zu veranstalten, nur um mysteriös zu wirken.

»Vielleicht dauert es eine Minute?«, sagte Neve. Ihre Augen hatten diesen weichen Ausdruck, den ich sofort hasste.

»Du kannst tausend Jahre warten, und ich verspreche dir, dass nichts aus diesem Dreck kommen wird«, fauchte ich, hockte mich neben meine Taschen und schlang meine Jacke fester um mich.

»Einen Versuch war es wert«, sagte Cabell. Die Enttäuschung

stand ihm ins Gesicht geschrieben und schien schwer auf seinen Schultern zu lasten.

»Also«, sprach Emrys in das darauffolgende Schweigen hinein. »Da wir es damit jetzt versucht haben – können wir zusammenarbeiten, oder müssen wir hier herumstehen und uns noch weitere zehn Minuten zanken?«

Ich verdrehte die Augen. »Was trägst du noch gleich zu allem bei? Abgesehen von Herumstolzieren und dich in Pose schmeißen, versteht sich.«

»Sehr witzig, Lerche.«

»Sie hat einen Vornamen«, erwiderte Cabell streng.

»Tamsin glaubt, durch die Nachricht zu wissen, wohin Nash gegangen ist«, sagte Emrys. »Und wenn ich mit meiner Ahnung richtigliege, ist er nicht in dieser Welt.«

Erstmals schien Neves Begeisterung einen Dämpfer zu erleiden. »Nicht in dieser Welt? Denkt ihr, er ist in eine der Anderswelten gegangen?«

Cabell sah mich aufmunternd an. »Erzähl, Tams.«

»Nicht, ehe wir einen Beweis von Dye haben, dass er uns nicht reinlegt.«

Emrys stöhnte. »Du bist so verflucht stur! Na gut … hier.«

Er nahm seinen Rucksack ab und holte eine handflächengroße Flasche heraus, die er zwischen uns auf den Boden stellte, als ich sie nicht gleich nahm. »Die hat Madrigal mir gegeben.«

»Madrigal?«, merkte Neve auf. »Stimmt es, dass sie ihren letzten Liebhaber in einen Kerzenleuchter verwandelt hat?«

»Nein«, antwortete Emrys. »Aber danke für dieses gruselige Bild in meinem Kopf. Sie denkt, dass der Ring vielleicht in eine Anderswelt gelangt sein könnte, und hat mir das hier gegeben, damit ich die Nebelhexe herbeirufen kann. Sie ist die einzige Kreatur außerhalb der Wilden Jagd, die jene trennenden Nebel zwischen unserer Welt und den Anderswelten manipulieren kann. Wir können damit die ursprünglich versiegelten Pfade umgehen.«

Neve runzelte die Stirn. »Bist du dir sicher, dass wir Urwesen herbeirufen sollten? Verlangen die nicht immer eine Gegenleistung für ihre Dienste?«

»Daher die Gabe«, antwortete Emrys und zeigte zu der Flasche. »Um sie herbeizubeschwören.«

Ich nahm die Flasche auf und hielt sie in das matte Licht, das durch die Spalten in den Holzwänden um uns hereinfiel. Blätter, die ich nicht erkannte, mehrere Quarzkristalle und drei glimmende Reißzähne schwammen in dickem dunklem Blut. Das klare Glas trug das Zeichen der Zauberin – eine Schachfigur mit einer umgekehrten Mondsichel darüber.

»Wir müssen nur einen Schwellenritenort finden, um sie herbeizurufen«, sagte Emrys. »Wie eine Kreuzung.«

»Wie wär's mit einer Höhle?«, schlug Cabell vor.

»Die würde gehen«, sagte Emrys. »Merlins Höhle, zwischen Land und Meer.«

Ich sah ihn misstrauisch an. »Wenn du dir so sicher bist, dass er in einer Anderswelt ist, wozu brauchst du uns dann?«

»Tja, zum einen scheint es mir praktisch, eine Zauberin in der Nähe zu haben«, erklärte Emrys, »und zum anderen denke ich, dass Nash in eine der zwei Anderswelten gegangen ist, die mit Artus und seinen Rittern verbunden sind. Ich bin mir jedoch nicht sicher, in welches, und ich habe nur eine Gabe für die Hexe.«

»Worauf tippst du?«, fragte Cabell.

»Entweder Avalon, wo der Ring geschaffen wurde«, antwortete Emrys, »oder Lyonesse, wo angeblich die dunkelsten und tödlichsten Schätze verborgen wurden, bevor es von unserer Welt getrennt wurde.«

Ich bemühte mich, nichts durch meine Miene preiszugeben. Das Königreich Lyonesse, das so legendär war wie Camelot, war den menschlichen Erzählungen nach in einem monströsen Sturm versunken und weitestgehend in Vergessenheit geraten.

»Die Schatzsammlung ist nur ein Gerücht«, sagte Cabell kopfschüttelnd. »Und falls es doch stimmt, dann ist der Teil mit dem schrecklichen Monster, das sie bewacht, sicher auch wahr.«

»Genau deshalb hoffe ich sehr, Tamsin erzählt uns, dass es Avalon ist«, entgegnete Emrys.

Die Dunkelheit kroch so langsam herbei, dass ich nicht einmal merkte, wie die anderen verschwanden, bis sie fast fort waren. Das spärliche Licht, das noch durch die Spalten zu uns drang, verblasste zu vollkommener Finsternis.

»Was zum Höllenfeuer ...« Cabell stieß gegen mich, als er nach der Schuppentür tastete.

»Mach auf«, sagte ich zu ihm. »Sie ist direkt hinter dir.«

Cabells Stimme klang erstickt. »Die *ist* offen.«

Neve rang nach Atem, als sie dem Klang unserer Stimmen nach draußen folgte. »Was passiert hier gerade?«

Die Welt um uns herum war in eine undurchdringliche Dunkelheit getaucht. Meine Augen passten sich an, doch ich konnte lediglich die Umrisse der Gebäude um mich herum ausmachen.

»Ist das eine Sonnenfinsternis?«, fragte ich.

»Eine unankündigte?«, spottete Emrys. Doch gleich darauf sagte er: »Das kann doch nicht die Münze sein, oder?«

»Ausgeschlossen«, antwortete ich. Etwas so Kleines konnte nicht genug Magie enthalten, um *das* zu bewirken.

Andere Stimmen gesellten sich aus den nahen Häusern zu unseren, riefen Fragen und schrien nach ihren Liebsten.

Doch genauso schnell, wie die Dunkelheit gekommen war,

hob sie sich wieder und verblasste zu einem trüben Grau, ehe der blaue Himmel durchkam.

»Was immer das eben war, es kann nicht gut sein«, sagte Cabell. »Ich schlage vor, dass wir weiterziehen.«

»Es würde helfen zu wissen, wohin Nash gegangen ist«, erinnerte Emrys uns und sah sich zu mir um. Ich biss mir auf die Unterlippe und schluckte meine letzten Bedenken hinunter.

Der Ring wird ihr Herz gewinnen.

Nach einem letzten Blick zu meinem Bruder, sagte ich: »Avalon. Ich denke, Nash ist nach Avalon gegangen.«

Ein scharfes Lachen durchschnitt die Luft. Alles in mir fühlte sich plötzlich wie leer gefegt an, und das noch bevor sich weiteres Lachen hinzugesellte.

Einer nach dem anderen traten die Hollower hinter den umliegenden Zäunen und Gebäuden vor und umzingelten uns. Neve wollte in ihre Bauchtasche greifen, aber ich hielt ihre Hand fest, kurz bevor Septimus erschien und sich an die freigelegte Front des Pubs lehnte.

»Habt ihr's gehört, Jungs?«, rief er den anderen zu. »Wir ziehen auf die legendäre Insel.«

Kapitel 11

Der Schock, der uns gepackt hatte, hielt nur einen Moment lang an. Zwischen einem Herzschlag und dem nächsten sprang Cabell zurück in den Schuppen, wo all unsere Sachen waren, wurde allerdings von einem der Hollower abgefangen.

»So sehen wir uns also wieder«, sagte der Hollower hämisch. »Dachtest wohl, du bist dem Galgen entkommen?«

Cabell spuckte ihm ins Gesicht. Ich sah die Faust nicht, die seitlich auf meinen Kopf zuflog, meine Welt in zwei Hälften spaltete und mich zu Boden schickte.

»Hey!« Cabell versuchte, sich nach vorn auf den zu stürzen, der mich angegriffen hatte. Ich saß kurz benommen da. Neve schlang einen Arm um mich und half mir auf. Ich konnte Emrys' Gesichtsausdruck nicht erkennen, nur, dass er in meine Richtung blickte. Alles um mich herum war verschwommen.

»Was machst du hier?« Da war ein Anflug von Schrecken in Septimus' Stimme, und noch etwas anderes. Hätte ich mir nicht eben eine Kopfwunde zugezogen, ich hätte gesagt, es war Angst. »Wie … kann das sein?«

»Ich bin hergekommen, um den Ring zu finden«, sagte Emrys zu ihm. »Aber den Göttern sei Dank, dass Sie hier sind! Die haben mich geschnappt, als ich in der Ruine danach gesucht habe, und seitdem habe ich versucht wegzukommen.«

Neve rang wütend nach Luft. Ich hätte nach Emrys geschlagen, doch er packte meinen Nacken und hielt mich fest. Je mehr ich mich wehrte, desto näher kamen die Hollower, um ihm zu helfen. Ich zwang mich stillzuhalten, bevor jemand Schlimmeres übernahm.

»Aber dein Vater …«, begann Septimus, der immer noch Mühe hatte, alles zu verstehen.

»Ich wollte ihn überraschen«, erklärte Emrys. »Und den Ring zurückholen. Haben Sie nie versucht, Ihren alten Herrn zu beeindrucken, Yarrow?«

»Du musst nach Hause zurück«, antwortete Septimus. »Einer meiner Männer wird dich begleiten. Dein Vater muss krank vor Sorge sein.«

»Und da irren Sie«, erwiderte Emrys und ließ nach einem letzten warnenden Druck meine Nacken los. Sein Ton war unbeschwert und sein Lächeln gewinnend. »Sie brauchen mich, um nach Avalon zu kommen, und wir brauchen die drei, um Lark aufzuspüren.«

»Emrys …«, sagte der andere Mann kopfschüttelnd.

»Ich komme mit.« Nun wurde Emrys' Lächeln angestrengt. »Bitte. Das ist meine letzte Chance, etwas wie das zu tun.«

Septimus seufzte. »In Ordnung, Aber bleib nahe bei mir, verstanden? Ich möchte ungern von deinem Vater umgebracht werden.«

»Natürlich«, sagte Emrys.

Seine letzte Chance, etwas wie das zu tun? Warum? Waren sie kurz davor, ihn an eine Eliteuni abzuschieben? Hatte er den Auftrag von Madrigal angenommen, um zu beweisen, dass er keinen Abschluss brauchte? Nein, das ergab keinen Sinn.

»Wie reisen wir nach Avalon?«, fragte Septimus.

»Wag es ja nicht«, warnte ich Emrys. Das war der Preis dafür, dass wir ihm vertraut hatten – ich hatte es gleich gewusst, und trotzdem hatte ich ihn hergeführt. Ich hatte ihm unseren einzigen Hinweis darauf gegeben, wie wir Nash fanden.

Und er hatte nicht mal den Anstand, mich anzusehen, als er antwortete: »Die Nebelhexe.«

Neve fauchte: »Dafür wirst du bezahlen! Ich hoffe, du magst Aale, denn die werden dir in alle Körperöffnungen reinkriechen!«

Septimus drehte sich ruckartig zu ihr um, als hätte er sie jetzt erst bemerkt. Neve war größer als ich, aber seine Größe bedeutete, dass er sich immer noch über uns beide neigen und die Sonne ausblenden konnte wie eine zweite Finsternis. »Und wer ist das?«

Ich biss die Zähne zusammen, und mein Puls beschleunigte sich vor Angst. Manche Hollower sahen Zauberinnen als Mittel zum Zweck, wenn es ums Erobern von Schätzen ging. Doch viele, denen ich begegnet war, hassten sie mit einer verblüffenden Inbrunst, und das meistens, weil ein Familienmitglied oder ein Mentor bei der Arbeit durch einen Fluch getötet worden war.

Sollte einer von diesen Hollowern zu Letzteren zählen, müsste Neve sich gegen ihre finstersten Rachefantasien verteidigen.

Als hätte sie meine Gedanken gelesen, machte Neve sich gerade und bewegte eine Hand zu ihrer Bauchtasche. »Ich bin …«

»Sie ist von einer der kleinen Gilden an der Westküste«, sagte Emrys, ohne einen von uns anzusehen. »Neve. Sie hat einen Weg, Nash aufzuspüren, wenn wir in Avalon sind.«

Seine Lüge erwischte mich eiskalt. Die Anspannung in mir lockerte sich, als sich eine Frage aus meinem wachsenden Verdacht herauskristallisierte: *Was soll das werden, Trustfund?*

Cabell sträubte sich gegen die Hollower, die ihn festhielten, und sein Kampf wurde nur noch wilder, als er sah, dass Septimus' Männer unsere Taschen aus dem Schuppen geholt und ihrer Ausrüstung hinzugefügt hatten.

»Wir sollten warten, bis die Burgruine für heute schließt«, sagte Emrys und blickte kurz zu mir.

Diesmal war sein Blick eine Botschaft. *Vertrau mir.*

Ich schüttelte den Kopf. *Niemals.*

Emrys Dye trieb ein gefährliches Spiel. Die Frage war nur, mit wem.

Merlins Höhle war kleiner, als ich sie in Erinnerung hatte; andererseits war ich das letzte Mal, als ich hier stand, auch kleiner gewesen.

Die Höhle war eigentlich ein Tunnel, den Wellen oder irgendein großes Tier vor ewigen Zeiten in die dunklen Felsen gegraben hatten. Um hineinzugelangen, musste man von der Ruine einen gewundenen Pfad nach unten zu einem kleinen, steinigen Strand nehmen.

Das Meer hielt seine schaumigen Finger zurück, als wir über den Sand und Kies stapften. Der nahe Wasserfall war laut genug, um das Dröhnen des Pulses in meinen Ohren zu übertönen.

Am Höhleneingang blieb ich stehen, doch Septimus schob mich weiter. Die feuchte Luft war schwer vom Geruch nach Salzwasser und Verfall. Von Kondenswasser war alles rutschig, was das Gehen beschwerlich machte, als der Strandsand einem Geröllfeld wich. Die Wände um uns waren scharfkantig, jede eine Warnung, dass dies kein Ort für Sterbliche war.

Mehrere Hollower schalteten ihre Taschenlampen ein und beleuchteten den Weg, als der Neumond es nicht mehr tat.

Nash pflegte zu sagen, Menschen wären nicht mehr als Funken, die ins Feuer der Zeit fallen, aber ich war kein Funke, und hier war keine Wärme. Nur eine wispernde Kälte, deren eisige Lippen über meine Haut strichen und von Geheimnissen flüsterten.

»Hier«, sagte Septimus, als wir die Mitte zwischen den beiden Höhlenenden erreicht hatten. »Das muss genügen.«

Ich wechselte einen Blick mit Neve und erkannte, was sie tun wollte. Kämpfen. Weglaufen. Die Idioten hatten ihr nicht die Bauchtasche abgenommen, weil sie die vermutlich für zu klein hielten, um irgendetwas Nützliches oder Gefährliches zu enthalten. Obwohl Neves Hände gefesselt waren, käme sie immer noch an ihren Zauberstab.

Ich schüttelte kaum merklich den Kopf. Wir waren zahlenmäßig unterlegen. Sobald wir in Avalon waren, würden wir eine Möglichkeit zur Flucht finden.

Neve war sichtlich unglücklich, schien es aber zu akzeptieren. Sie funkelte Septimus wütend an, als er an ihr vorbeiging.

»Sie sollten besonders vorsichtig sein. Ich habe gehört, dass Hexen den Geschmack von schwachsinnigen Schnöseln sogar dem von gemeinen Idioten vorziehen. Hat was mit den weicheren Gehirnen zu tun.«

Septimus holte mit dem Arm aus, als wollte er sie ohrfeigen. Sowohl Cabell als auch ich machten einen Satz nach vorn, aber es war Emrys, der ihn zurückhielt.

»Mr Yarrow«, sagte er überaus freundlich und hielt die Flasche mit der Opfergabe in die Höhe. »Wir sollten fortfahren.«

Septimus verzog angewidert das Gesicht. »Na gut.«

Cabell versuchte, näher zu mir zu kommen, wurde jedoch von einem Hollower zurückgehalten.

Emrys trat vor die Gruppe, zog den schweren Korken aus der Flasche und stellte sie auf einen dunklen Stein.

»Nebelhexe«, sagte er mit rauer Stimme. »Meisterin des Nebels, geboren vom Land urzeitlicher Schatten. Niemandes Dienerin, alles Nehmerin, erhöret unser Rufen.«

Die Hollower rangen alle gleichzeitig nach Luft, als ihre Taschenlampen und LED-Laternen auf einen Schlag erloschen und die Höhle in unendliche Dunkelheit getaucht wurde.

Ein rasselndes Lachen erklang hinter uns.

Die Dunkelheit legte sich um mich. Ich konnte nicht mehr denken, nicht mehr fühlen. Da war nur das Wissen, dass eine Präsenz hinter uns lauerte wie ein sich zusammenbrauendes Unwetter.

»Nehmt Ihr … nehmt Ihr diese Gabe an?«, fragte Emrys.

»Ich nehme sie an«, fauchte die Hexe, deren Stimme sich anhörte wie Schlangen, die sich aneinanderrieben. »Was ist euer Begehr?«

Es folgte ein Geräusch wie von flatternden, ledrigen Schwingen, und die Luft hinter uns bewegte sich.

»Wir …«, begann Emrys und räusperte sich. »Wir erbitten Durchlass. Nach und von Avalon.«

»Ahhhh …«, machte die Hexe, »also erbittet ihr, was euch verwehrt ist. Das legendäre Schwert, den schlafenden König, den prächtigen Turm …«

Emrys' Stimme hallte in der Höhle. »Was verlangt Ihr im Gegenzug?«

»Was soll das heißen?«, mischte Septimus sich ein. »Du hast ihr die Opfergabe gegeben.«

Die Kreatur stank nach Verfall und Galle. Mir drehte sich der Magen um, während mein Rücken brannte. Aus dem Augenwinkel nahm ich eine blasse, knochige Hand wahr, die sich ausstreckte, als wollte sie sich an meine Wange legen.

Mein ganzer Leib zitterte vor Angst, als etwas – ein Finger oder eine Klaue – durch mein Haar und die Knoten darin fuhr wie eine Mutter, die das Haar ihres Kindes kämmte.

»Für eine Reise eurer Gesellschaft nach Avalon und den Übergang zurück«, fuhr die Hexe fort, »möchte ich nur eine Strähne dieses Haars.«

Ihre Hand – oder Klaue – streichelte meinen Kopf und hob einige Strähnen hier und da an, bis ich glaubte, mich übergeben oder schreien zu müssen.

»Wofür wollt Ihr die?«, fragte Emrys streng.

»Was spielt das für eine Rolle?«, knurrte Septimus.

»Das soll nicht deine Sorge sein«, antwortete die Hexe. »Vielleicht möchte ich sie nur, weil ihr Haar so hübsch ist ... wie das Sonnenlicht, das mir versagt ist.«

Mein Herz donnerte und drohte meinen Brustkorb zu sprengen. Ich wusste nicht, wie ich es herausbrachte, aber ich sagte: »Geht in Ordnung.«

Da war ein winziger Moment, in dem sich ihre Klaue krümmte und sie mir eine ungewisse Menge Haar aus dem Nacken schnitt. Ihre Haut fühlte sich wie ein toter Fisch an meiner an.

Sie neigte sich dicht zu meinem Ohr. »Dir biete ich dies: Ein Geheimnis, das zu teilen oder nicht du allein entscheidest. Auch sie ergötzen sich an Blut und brennen im Licht.«

Ich legte den Kopf zur Seite und versuchte, ihre Worte zu analysieren. Dann schloss ich meine Augen, bis die drückende Präsenz schwand.

»Welch interessantes Kind du bist«, murmelte die Hexe, deren Stimme in meinen Ohren verklang.

Die Taschenlampen und Laternen gingen flackernd wieder an, und erst jetzt war ich sicher, dass die Nebelhexe fort war.

Keuchend beugte ich mich vor, immer noch zitternd.

»Tamsin?«, rief Cabell. »Geht es dir gut?«

Ich konnte nicht sprechen. Noch nicht.

Kalte, klamme Luft rauschte an meinem Gesicht vorbei, und

als ich mich zwang, die Augen zu öffnen, sah ich einen Nebelwirbel vor uns, dessen Zentrum reines Schwarz war.

»Was ist das? Eine Ader?«, fragte einer der Hollower.

»Das lässt sich nur auf eine Weise herausfinden«, antwortete Septimus.

Er packte meinen Jackenkragen und riss mich vorwärts. Der Nebel um die Öffnung begann, sich zu einem wild kreisenden Ring zu formen. Fäden von Schwarz entkamen dem Zentrum und schlängelten sich durch die Luft, dunkler noch als die Schatten um mich herum.

Es war das Letzte, was ich sah, bevor Septimus mich hineinstieß.

Kapitel 12

Es war vollkommen anders als eine Ader.

Ein mächtiger Wind schleuderte mich durch unendliche Finsternis. Ich öffnete den Mund, um nach Luft zu ringen, doch hier war keine. Und dann war es beinahe so schnell vorbei, wie es angefangen hatte.

Ich schoss aus dem Portal und landete kniend auf durchweichtem Grund. Mir blieb bloß eine Sekunde, mich zur Seite zu rollen, ehe Neve und Cabell folgten.

Septimus war der Nächste, dann der ungewöhnlich blasse Emrys, der unsere Taschen in den Armen hielt. Die anderen Männer stolperten hinter ihm aus dem Portal, allerdings verschwammen ihre Konturen in einem samtigen Dunst, der sich um uns sammelte.

»Lass sie selbst ihre Sachen tragen«, sagte Septimus zu Emrys. Er zeigte mit seinem Handbeil auf uns. »Versucht irgendwas, geht nur einen Schritt weiter, als ich sage, und ihr findet dies hier in eurem Schädel wieder.«

Emrys hielt den Blick untypisch gesenkt, als er mir meine Tasche gab. Er trat wieder zurück zu Septimus und den anderen, und Cabell nutzte die Gelegenheit, um näher zu mir zu kommen.

»Ist alles in Ordnung?«, fragte er rasch.

»Lass uns ...« Ich schüttelte den Kopf. »Konzentrieren wir uns auf den Prag-Job.«

Er verstand, was ich meinte. Unser einziges Ziel war nun die Flucht.

Neve wickelte ihren Pelzmantel fester um sich. »W-warum ist es so kalt?«

Hinter uns hatten sich mehrere Hollower einschließlich Emrys Stirnlampen aufgesetzt und sie eingeschaltet. Die Strahlen suchten die dichte Nebelwand vor uns ab und landeten schließlich auf zwei dunklen Schatten.

Wir standen an einem Gewässer – sofern man von Wasser sprechen konnte. Es war mehr ein widerlicher Schlamm, voller teerschwarzer Klumpen. Mein Puls hämmerte in meinen Schläfen.

»Ist das Avalon?«, fragte Cabell heiser.

Ein Muskel in Emrys' Wange zuckte, als er vortrat und das Wasser musterte. Flüchtig blickte er zu mir, und ich erkannte, dass er dasselbe dachte wie ich.

Etwas stimmt nicht.

Die dunklen Umrisse in dem Nebel nahmen klarere Form an, als zwei Barken uns entgegentrieben und den weißen Nebel teilten. Die dunklen Laternen, die an Haken an ihren Hecks hingen, quietschten bei den leichten Schaukelbewegungen.

Einen Moment lang wagte niemand, sich zu rühren. Mir lief ein Rinnsal kalten Schweißes über den Rücken.

»Ladies first«, sagte Septimus und schwenkte die Hand zur näheren Barke.

Mein Magen hatte sich vollends verknotet, als ich über die niedrige Reling der Barke und in den Brei aus durchnässtem Laub stieg, der sich auf dem flachen Deck gesammelt hatte.

Neve folgte mir hocherhobenen Hauptes und achtete darauf,

nicht auszurutschen, als wir zum Heck gingen. Emrys hatte sein Beil in der Hand und bedeutete Cabell, sich uns anzuschließen. Die Erleichterung, dass ich nicht von meinem Bruder getrennt würde, währte nur kurz; Emrys schien entschlossen, direkt hinter mir zu stehen, nahe genug, dass ich seine Körperwärme fühlte.

Die anderen Hollower zögerten und wirkten, als würden sie noch mal über diesen Job nachdenken.

»Macht schon!«, kläffte Septimus. »Oder es gibt keine Bezahlung!«

Im Gegensatz zu den anderen sah Septimus regelrecht energiegeladen aus – triumphierend, obwohl er voller Schlammspritzer war und sein Haar sich aus dem Zopf löste. Er trat die andere Barke vom Ufer weg und sprang auf unsere. Das Boot wackelte, als sein Gewicht hinzukam, und entfernte sich vom Ufer. Ich drehte mich ein letztes Mal um, versuchte panisch, mir den Ort des Portals für unseren Rückweg einzuprägen.

Von einer Strömung war nichts zu erkennen, dennoch bewegten sich die Barken vorwärts auf ein unbekanntes Ziel zu.

Ein komisches leises Pochen war um uns herum zu hören, und es schien keine Quelle zu haben, bis Neve auf einmal mit einem angewiderten Laut vom Bootsrand zurückwich. Ich beugte mich hinüber und verfluchte meine blöde Neugier.

Anstelle von Klumpen verfallenden Mooses oder Erde war das Wasser voller toter Vögel und gammelnder Fische, die mit den Bäuchen nach oben trieben. Mir wurde schlecht.

Fäden von ekligem gelbem Dunst woben sich ins Nebelweiß, und innerhalb von Sekunden intensivierte sich die abscheuliche Farbe und wurde zu einem fauligen Wabern, das nach brackiger Hölle stank.

Neve bekam einen heftigen Hustenanfall. Ich konnte sie kaum

mehr sehen durch den Dunst, zumal mir Tränen aus den brennenden Augen rannen. Mehrere Hollower fingen an, sich zu übergeben.

»Wo hat die Hexe uns hingebracht?«, fragte Septimus barsch.

Keiner hatte eine Antwort für ihn.

Giftige Dämpfe stiegen um uns herum auf, verbanden und trennten sich immer wieder genug, um uns mit kleinen Bildfetzen der Anderswelt zu quälen. Ein schwarzer Himmel. Scharfkantige Steinbrocken, die Zähnen gleich aus dem Wasser aufragten. Die zerschlagenen Teile von etwas, das einmal eine gigantische Frauenstatue gewesen sein musste.

Eine nach oben gekehrte Steinhand, in der sich Brackwasser und Dreck angesammelt hatten, war beinahe so groß wie die Barke. Doch es war der Anblick des halb versunkenen Kopfes, bei dem ich zu zittern begann. Eine schlammverkrustete Schlange glitt durch einen Spalt im Statuenauge und verschwand in dem ekelhaften Wasser.

Neve presste eine Hand auf ihre Brust und sah aus, als hätte jemand hineingegriffen und ihr die Lungenflügel ausgerissen.

»Göttin«, flüsterte sie. Mehr nicht.

Die Strahlen der Hollower-Stirnlampen schnitten in den Dunst und durchbohrten ihn stellenweise. Die Männer wechselten verschlagene, zweifelnde Blicke, die eine Meuterei versprachen.

Eine sanfte Berührung an meinem Arm schreckte mich jäh aus meinen Gedanken. Emrys drückte mir etwas Hartes und Kaltes in die Hand – ein Taschenmesser. Ich biss mir auf die Unterlippe, als er seinen langen Körper an meinem vorbeilehnte und nach einem krummen Pfahl griff, der aus dem Wasser ragte.

Sein Gesichtsausdruck war fast gequält, als der Pfahl schon bei der ersten Berührung zu Staub zerfiel.

Erst als ich die enormen, sich gegenseitig würgenden Wurzeln aus dem Wasser ragen sah, wurde mir klar, was das war.

Bäume.

Keiner von uns konnte einschätzen, wie nahe wir dem Ufer waren, bis die Barke gegen etwas stieß und es einen Ruck gab, bei dem wir um ein Haar alle in den Modder stürzten.

Diesmal war Septimus der Erste, der von Bord ging.

Hier musste es Tausende von Bäumen gegeben haben, die in Größe und Breite einst Titanen gewesen waren. Ihre Überreste waren entweder ausgehöhlt oder aschgrau. Emrys konnte nicht aufhören, sie anzustarren, und runzelte die Stirn.

»Was ist das?«, fragte er leise. »Was kann solch eine Fäulnis auslösen?«

Die wenigen noch übrigen Blätter waren verwelkt, und der Mulch der verfaulten Rinde bedeckte den Waldboden stellenweise in dicken Schichten. Das ausgetrocknete Flussbett war zur letzten Ruhestätte für unsäglich viele tote Geschöpfe geworden.

Die Gruppe schwärmte aus, als wir uns zwischen den Bäumen hindurchbewegten.

Neve war hinter mir und hielt ihren Zauberstab in der Hand. Cabell kam neben mich und holte mein Handbeil aus der Halterung an meinem Rucksack.

Ich war mir jedes Schritts, den ich tat, bewusst, und das nicht nur, weil der Schlamm an mir sog, sondern auch, weil meine Sachen leise klimperten.

»Es müsste Siedlungen auf der Insel geben«, flüsterte Neve.

»Gibt es irgendwelche anderen Zeichen, nach denen wir Ausschau halten sollten?«, fragte ich so leise wie möglich.

»Im Zentrum von Avalon gibt es einen Turm«, antwortete Neve. »Da soll ihr Priesterinnenorden leben. Die neun Schwestern.«

Richtig. Ja, der wurde einige Male in den Unvergänglichkeiten erwähnt. Obwohl die Zauberinnen sich mit der Zeit immer weiter von den Wegen ihrer Ahninnen entfernt hatten und die Einzelheiten, was die Priesterinnen anging, so ungenau wurden wie die meisten Märchen.

»Allmählich denke ich, wir sind die Einzigen hier«, murmelte Cabell, der vor mir ging. »Zumindest die einzigen Atmenden.«

Mein Magen krampfte sich bei dem fauligen Geruch zusammen, nur gab es nichts, was ich auskotzen konnte. Durch die dünne Wand aus Nebel konnte ich Cabell nicht mehr sehen, bis ich beinahe in ihn hineinlief.

Er zitterte.

»Tamsin«, hauchte Cabell. »Nicht bewegen.«

Ich blickte nach links, um seiner Sichtlinie zu folgen, und da sah ich es auch. Ein sich bewegender Schatten zwischen den Bäumen.

Meine Augen hatten sich so weit an die Dunkelheit gewöhnt, dass ich die Kreatur selbst aus der Entfernung ausmachen konnte, die grausam an einem Kadaver von etwas riss, was einst ein Pferd gewesen sein musste.

Die Gestalt hatte beinahe die Umrisse eines Menschen, nur gedehnt und gebogen, und die Gelenke wirkten alle kantig und unnachgiebig. Die Gliedmaßen waren übertrieben lang und sehr dünn wie bei einer Spinne. Einen schrecklichen Moment lang konnte ich nicht erkennen, ob schmutzige Lumpen oder zerfetztes Fleisch an ihnen hing.

Was zur Hölle ist das?

Emrys und Neve kamen hinter uns. Ihre Schritte auf den kranken Flechten und dem unsteten Untergrund waren lautlos. Ich hielt sie beide mit ausgebreiteten Armen zurück. Emrys sah mich fragend an, aber ich zeigte nur stumm auf seine Stirnlampe.

Das war der Moment, in dem auch er die Kreatur entdeckte. Sein ganzer Körper versteifte sich. Er hielt den Atem an, griff langsam nach oben und schaltete die Lampe aus.

Die Kreatur hob ruckartig den Kopf. Blut und Muskelfasern troffen ihr aus dem Maul. Mich durchfuhren Ekel und Todesangst, und jeder Impuls, wegzulaufen, zu kämpfen oder irgendetwas anderes zu tun, als hier zu stehen, verpuffte.

Das Gesicht der Kreatur war wie verwest, keine Haut, keine Farbe bis auf das glühende Weiß ihrer Augen und die blutbefleckten Zähne. Zähne, die sie benutzt hatte, um Fleisch, Muskeln und Innereien des Pferds herauszureißen, bis von dem Tier nichts mehr übrig war als ein blank geputztes Gerippe in einer Lache von Blut.

Die Kreatur richtete sich auf und ließ ein Bein aus ihrem Maul fallen. Ihre Gliedmaßen entfalteten sich wie die eines Insekts und weckten eine tiefe Furcht in mir. Zwischen uns waberte der Dunst, doch als er sich wieder lichtete, war die Kreatur fort.

»Wo ist es hin?«, flüsterte Cabell schwer atmend.

»Was zur Hölle ist das?«, rief einer der Hollower. »Was macht es …?«

Ein gellendes Bellen kam zurück, das nicht halb so furchtbar war wie die Laute, mit denen es aus der Dunkelheit von allen Seiten um uns herum beantwortet wurde.

Da war ein Schrei, bei dem einem das Blut in den Adern gefror. Das Licht aus der Stirnlampe eines Hollower erlosch. Dann das nächste.

Dann noch eines.

»Zurück zu den Booten!«, brüllte Septimus. »Sofort!«

Cabell und Neve rannten voraus, und ihre Laufschritte schmatzten durch Wasser- und Schlammpfützen. Emrys starrte auf die Stelle, an der die Kreatur gewesen war. Er stand so stocksteif da, dass ich seinen Arm packte und mit aller Kraft daran zog, damit er sich wieder bewegte.

Noch eine Stirnlampe ging aus. Dann eine weitere.

Der Nebel um uns herum verwirbelte zu chaotischen Mustern, als alle in unterschiedliche Richtungen liefen. Ich kollidierte mit Neve, die sich zum Ufer umgedreht hatte, und reckte den Kopf an ihr vorbei, um ihrem verängstigten Blick zu folgen.

Ein haarloser, schleimig glänzender Kopf tauchte aus der fauligen Tiefe auf, die Augen silbrig schimmernd im Licht einer der letzten Stirnlampen.

Und dann war es plötzlich nicht mehr nur ein Kopf, sondern viele. Das schlierige Wasser blubberte, als sie aus den dunklen Tiefen kamen und auf uns zutrieben.

Cabell packte meine Schulter, zog mich näher zu sich und hielt mir mein Handbeil hin. »Was machen wir jetzt?«

Ich schüttelte den Kopf und verschluckte mich an Worten, die in meinem Hals stecken blieben. Es gab keinen Weg zurück zu den Barken, und auch keinen vorwärts.

Alles, was blieb, waren das schmatzende Ratschen, mit dem Fleisch von Knochen gerissen wurde, und die hilflosen Schreie, als uns der Nebel vollständig verschlang.

Kapitel 13

Eine große, eisige Hand legte sich um meinen Knöchel und ich schrie auf.

Mit einem Brüllen sprang Emrys vor und trennte den Arm mit einem Hieb ab. Die Kreatur heulte und sank kreischend zurück in das Loch im Boden.

Erschaudernd trat ich die Hand von meinem Bein. Und dann rannten wir alle schneller, als ich es jemals für möglich gehalten hätte.

Der Wald verschwamm um uns herum, und die hohlen Bäume bogen sich, als die Kreaturen von einem zum anderen sprangen, um mit uns mitzuhalten. Aus dem Augenwinkel sah ich Septimus durch Büschel von totem Gras und Gestrüpp laufen. Dunkles, beinahe schwarzes Blut spritzte durch die Luft, als er mit seinem Handbeil nach den Kreaturen schlug. Die beiden Hollower, die ihn zuvor noch flankiert hatten, waren fort, zu Boden geworfen und in Fetzen gerissen; ihr Blut färbte den Nebel ekelhaft pink.

»Was sind die?«, keuchte Cabell.

»Wiedergänger?«, erwiderte Emrys.

Götter, hoffentlich nicht. Die lebenden Toten konnten nicht mit Sterblichenwaffen getötet werden und würden immer wieder auferstehen, ganz gleich wie viele Teile wir ihnen abhackten.

In Gedanken ging ich all die Tausenden Bücher durch, die ich gelesen hatte, doch nichts passte zur Beschreibung dieser Kreaturen – keine Radierung, keine kurzen Abschnitte in Handbüchern und Bestiarien, nichts.

Solange wir nicht wussten, was sie waren, wussten wir auch nicht, wie wir sie töteten. Sie mit Klingen zu verletzen, machte sie lediglich langsamer.

»Wir müssen die Taschen fallen lassen!«, rief Cabell.

»Nein!« Immer wieder hieben Klauen nach dem Leder, aber ich wäre lieber tot und verdammt, als dass ich unsere letzte Ausrüstung aufgab.

Ich nahm das kleine Taschenmesser hervor und schwenkte es blind durch die Luft, während die Kreaturen von den Bäumen sprangen und versuchten, einen von uns unter ihren Körpern einzufangen.

»Tamsin, ducken!«, rief Emrys. Als ich es tat, schwang er sein Handbeil über meinen Kopf und seitlich in einen der weichen Schädel. Cabell rannte uns voran zwischen den kranken Bäumen hindurch tiefer ins Herz der Insel.

Es verging ein Moment, bis ich begriff, dass die Schreie der anderen Hollower aufgehört hatten.

Sie sind alle tot, schoss es mir durch den Kopf.

Nun waren nur noch wir übrig. Die Kreaturen, denen Sabber zwischen den Zähnen vorquoll, wandten sich geschlossen uns zu. Sie hatten es ebenfalls erkannt.

Ich blickte zur Zauberin, und sie verstand meinen flehenden Blick.

»Ich kann keinen Zauber wirken, wenn ich renne«, antwortete Neve keuchend. »Dafür muss ich Sigillen zeichnen …«

Eines der Wesen stürzte sich auf sie, packte sie mit den beiden vorderen Klauen, doch ich riss sie weg. Emrys folgte mit seinem

Handbeil, schlug die Kreatur nieder und hackte ihr eines der Gliedmaßen ab.

Ein anderes Wesen hieb mit einer Klaue nach seinem Arm, die mühelos durch die Stoffschichten und in seine Haut drang. Fluchend stolperte er und ließ beinahe das Handbeil fallen. Ich stürzte zu der Kreatur und rammte mein Messer in eines der lidlosen Augen.

»Komm schon!«, sagte ich zu Emrys und nahm wieder seinen Arm. Er verzog das Gesicht und hielt den Arm dicht vor sich.

»Meine Heldin«, ächzte er mühsam.

»Ich habe keine Zeit, mir darauf eine genervte Antwort auszudenken!«, japste ich. »Los ...«

Wie vorher bei Neve drehten die Kreaturen sich jetzt zu Emrys um und starrten auf die blutende Wunde.

Wie ein Albtraum fielen mir die Worte der Hexe ein: *Auch sie ergötzen sich an Blut und brennen im Licht.*

Die alte, stinkende, verrottende Hexe. Sie hatte genau gewusst, was uns in Avalon erwartete.

Verdammt, dachte ich. Es spielte keine Rolle, wie weit wir rannten oder ob wir ein Versteck fanden. Sie würden uns aufspüren.

»Der Turm!«, rief Neve mir zu. Mehr musste sie nicht sagen, damit ich verstand, was sie meinte.

»Das schaffen wir nicht!«, erwiderte ich. Die Kreaturen hätten uns längst überrannt, ehe wir ihn in diesem Labyrinth von einem Wald gefunden hatten.

Wir gelangten auf eine Lichtung, auf der Felsbrocken aufragten wie im Wasser. Das tote Gras reichte mir bis zur Hüfte, knackte unter meinen Füßen und verhakte sich in meiner Flanelljacke, als ich hindurchpflügte. Vor mir versuchte Cabell, uns durch die Felsen zu führen, aber inzwischen griffen uns zu viele der Kreaturen an. Ich fiel zurück, als sie wie Ameisen herbeischwärmten, auf Bäume und über Steine krabbelten. Auf einmal war ich von dem Rest der Gruppe abgeschnitten. Emrys drehte sich suchend um – nach mir. In dem Moment, in dem er mich in dem Chaos entdeckte, trat blanke Panik auf seine Züge. *»Tamsin!«*

Er wollte zu mir kommen, aber die spinnenähnlichen Kreaturen glitten in die Lücke zwischen uns.

»Sie hassen Licht!«, schrie ich den anderen zu.

Neve nahm einen Stein aus dem Matsch auf und begann, ein Sigill hineinzuritzen. Cabell stand vor ihr und wehrte die Kreaturen ab, um Neve mehr Zeit zu verschaffen.

Sie drehten sich fauchend zum Eingang der Lichtung um, wo Septimus und zwei weitere Hollower mit dem Rücken zu uns aus dem Wald gestolpert kamen.

Septimus war durchnässt von dunklem Blut und schrie die Kreaturen an, während er sein Handbeil in alles hieb, was nach ihm griff. Einer der Hollower bei ihm wurde überrannt und zu Fall gebracht. Die Kreaturen fielen mit Klauen und Zähnen über ihn her, zerfetzten ihm die Kehle und gaben den anderen Gelegenheit, weiter auf die Lichtung zu kommen.

Wo soll ich hin? Bei dem Gedanken drehte sich mir der Magen um. Ich schlug mit dem Messer nach den Wesen, die auf mich zusprangen, doch jeder Treffer schien ihren Blutdurst nur weiter anzufachen.

»Tamsin!«, rief Emrys wieder. Ich drehte mich rasch um und nutzte seine Stimme, um mich zu orientieren. Als sich ein Pfad in seine Richtung auftat, ergriff ich meine Chance und rannte los. Faulige Atemwolken, knackende Knochen und Gelenke, klappernde Zähne. Ich musste nicht hinsehen, um zu wissen, dass sie direkt hinter mir waren.

Etwas packte meinen Jackenkragen und riss mich zurück. Ich schrie, bis mein Hals wund war. Der Todesgestank war überall, als ich um mich schlug und mich zu befreien versuchte. Doch ich rutschte aus, und dann fiel ich – allerdings nicht in die klaffenden Mäuler der Monster.

»Wo willst du denn hin, Kätzchen?« Die Stimme war dicht an meinem Ohr.

Septimus.

Er schlang einen Arm um meinen Oberkörper und hielt mich schützend vor sich. Und irgendwie war die Tatsache, dass er es war und keines der Monster, sogar noch furchterregender.

Er schwang mich nach rechts, ein letzter Schild aus Fleisch und Blut, um sich zu retten. Rasende Wut überkam mich, deren Echo aus Cabells und Emrys' Rufen zu vernehmen war.

»Septimus, nein!«

»Lass sie los!«

Ich versuchte, aus meiner Jacke zu schlüpfen, mit meinem Messer nach ihm zu schlagen, aber Septimus drückte meinen Arm an meine Seite und hielt mich mit der anderen Hand im Nacken fest. Eine Kreatur klapperte aufgeregt mit den Zähnen, als ich ihr zum Dinner angeboten wurde.

»Ist nichts Persönliches«, raunte Septimus hinter mir. »Aber es wird Zeit, dass du dich nützlich machst …«

Der Blutgestank war überwältigend. Doch plötzlich legte sich Ruhe über meinen Geist, wie in dem Moment, in dem man sich einer starken Strömung ergibt und ihre Kraft nutzt, um sich zu dem Schicksal treiben zu lassen, das einen erwartete.

Ich würde nicht für ihn sterben, und genauso wenig würde ich ihn retten.

Meine Handfläche war glitschig vor Schweiß, sodass ich das Messer fester umfangen musste, als ich den Winkel der Klinge änderte. Septimus' Griff lockerte sich gerade lange genug, dass ich tun konnte, was ich musste.

»Schnurr, Kätzchen!«, fauchte ich und rammte ihm das Messer oberhalb des Knies in sein Bein.

Septimus schrie. Der animalische Laut schien aus seinem tiefsten Inneren zu kommen. Er wusste es – als er zu Boden sank, unfähig wegzurennen, wusste er, was passieren würde.

Die Waffe fiel ihm aus der Hand, als ein Monster in ihn hineinknallte und die Klauen in seine Brust hieb.

Ich schnappte mir die blutgetränkte Waffe und nahm kaum wahr, dass der Griff noch warm von seiner Haut war, als ich nach den Ungeheuern um mich herum hackte. Ich drehte mich um und stieß mit Emrys zusammen. Sein Blick war gequält, als er meine Arme packte.

»Bist du okay?«, fragte er stockend. »Alles in Ordnung?«

Das Einzige, was ich herausbekam, war: *»Lauf!«*

Was wir taten. Eine Kreatur spießte sich an meiner Klinge auf, eine andere biss nach meinem Haar, als wollte sie mich daran zum Waldrand zurückziehen, wo mehr von ihnen warteten.

Neves Schrei explodierte auf der Lichtung. Ich fuhr herum. Mit wild pochendem Herzen suchte ich in der Dunkelheit nach ihr und Cabell. Ich lief noch einen Schritt weiter, blieb jedoch gleich wieder stehen, als die Wolken über uns aufbrachen und ein breiter Strahl blau-weißen Lichts nach unten auf die Zauberin fiel.

Die Kreaturen kreischten entsetzt und fielen zurück – aber nicht schnell genug, um sich vor den Lichtfetzen zu retten, die wie Glasscherben durch die Dunkelheit schnitten. Ich duckte mich und schützte meinen Kopf, als die Kreaturen in Fetzen von Eingeweiden explodierten. Die Hitze des Lichts hatte sie innerlich verbrannt und einen glühenden Feuerkreis geschaffen.

»Tamsin!«

Ich blickte auf und sah Emrys, der zu mir gerannt kam. Sein Gesicht war angstverzerrt, als er das letzte Stück Abstand zwischen uns überwand.

»Ich bin okay. Alles okay!«, sagte ich zu ihm.

Er zog mich hoch und zu den anderen. Der Lichtkegel vergrößerte sich und erreichte uns, ehe wir in seinem Zentrum ankamen. Während er die Kreaturen verbrannte, war er auf meiner Haut lediglich angenehm warm. Er zog an mir, als wollte er mich in seine schützende Umarmung holen.

Ich wischte mir den Schlamm vom Gesicht und schirmte meine Augen ab.

Neve stand hinter dem geschockten Cabell, ihre Arme nach vorn ausgestreckt. Magie umhüllte sie wie eine lodernde Flamme, fast blendend in ihrer Intensität. Neves Braids waren auf der Flucht aus ihren Knoten gerutscht und hoben sich nun von ihren Schultern, schwebend auf der anschwellenden Kraft. Mit ihrem vor Schweiß glänzenden Gesicht und der Art, wie sie die Luft elektrisierte und die Lichtung ins Zentrum eines Sterns verwandelte, war Neve geradezu atemberaubend.

Sie blickte kurz zu uns, die Miene von einer Entschlossenheit, die beinahe schwer anzuschauen war. Das rohe Potenzial ihrer Kraft war verblüffend. Ich sah mich um und versuchte, das Sigill zu finden, das sie benutzt hatte. Da war ein großer Stein zu ihren Füßen, nur war das Sigill für einen Schutzzauber auf ihm erst zur Hälfte fertig. Das konnte nicht sein – diese Kraft musste aus einem Sigill gezogen sein.

»Neve …«, begann ich.

»Viel länger kann ich es nicht mehr aufrechthalten«, warnte sie, und ihre Stimme knisterte vor Magie. »Es ist zu viel …«

»Wie machst du das?«, fragte ich.

Sie schüttelte den Kopf und ballte die Fäuste. »Weiß ich nicht.

Ich habe gedacht, dass wir sterben, und dann … ist es einfach passiert.«

Die Magie loderte heller, heißer. Die Monster zogen sich in den Schatten der Bäume zurück.

»Ich nehme nicht an, dass jemand eine zündende Idee hat, wie wir das hier überleben«, sagte Emrys matt. Er presste eine Hand auf die Wunde an seinem Arm.

»Jetzt gerade würde ich auch eine schlechte Idee nehmen«, kam es finster von Cabell. Er keuchte immer noch, doch es war das Haar auf seinen Handrücken, das dichter und dunkler wurde, was mir Angst machte.

»Ist alles in Ordnung?«, fragte ich ihn.

Ausnahmsweise log Cabell nicht. »Ich brauche einen Moment, damit mein Herzschlag ruhiger wird.«

Emrys schaute zu Cabell, der in die Hocke ging und sein Gesicht in den schmutzigen Händen vergrub. Auf seinen fragenden Blick hin schüttelte ich den Kopf.

»Wie groß ist die Chance, dass sie es leid werden, sich auslöschen zu lassen, und weggehen?«, fragte ich.

Die Barriere flackerte. Kurz fragte ich mich, ob ich in einem früheren Leben irgendeinen Glücksgott sauer gemacht hatte.

»Leute«, sagte Neve, deren Stimme brach. »Tut mir leid, es ist nichts mehr übrig …«

Ich ging näher zu ihr und hielt das Handbeil vor mich. Emrys' Rücken war an meinen gepresst, als er zur anderen Seite schaute, und er fühlte sich kochend heiß in der eisigen Kälte an. Cabell richtete sich mühsam wieder auf, und Schatten huschten über seine Züge, als er darum kämpfte, seinen Geist und seinen Körper unter Kontrolle zu behalten.

Wir werden sterben. Diese seltsame, tiefe Ruhe kehrte zurück, kalt und resigniert. *Wir werden sterben.*

»Versuchen wir, zu dem Turm zu kommen, den Neve im Zentrum der Insel vermutet«, sagte ich. »Wenn wir einen Unterschlupf finden …«

Ein loderndes Licht durchbrach die Dunkelheit vor uns, rauschte an den verwüsteten Bäumen vorbei und knallte in eine der Kreaturen. Ich zuckte zusammen, als sie wie ein Streichholz entflammte und kreischte, bis ich glaubte, meine Trommelfelle würden platzen. Ich drehte mich auf der Suche nach der Quelle um, aber das war unnötig.

Ein Schwarm brennender Pfeile blitzte durch die Dunkelheit und flog über unsere Köpfe hinweg. Neves Magie bildete noch immer ein Schutzschild gegen die Hitze der brennenden Welt um uns herum, und ich wusste, in dem Moment, in dem Neve sie losließ, würden auch wir von ihr verschlungen werden.

»Ist das …?«, begann Cabell und wandte sich um.

Die Pferde und ihre Reiter kamen im vollen Galopp heran, und die noch übrigen Monster eilten wie Ratten zurück in die Richtung, aus der sie gekommen waren, um ins kühle, stinkende Wasser zu gelangen.

Die Flammen erhellten die silbernen Rüstungen der Reiter, als sie mit gespannten Bögen die Barriere umzingelten. Ihre Pferde schnaubten und stampften auf den Boden, zitternd vor aufgestauter Energie. Insgesamt waren es fünf.

»Lass deine Magie los, Zauberin!«, rief ein Reiter.

Neve erschrak bei dem vehementen Befehl, tat aber nicht, was ihr gesagt wurde. Wenn überhaupt, wurde ihre Magie heller als zuvor.

Derselbe Reiter schob das Schwert mit einem Laut von stiller Wut in die Scheide. Die anderen warteten, die Bögen noch immer gespannt, und schossen auf jede Kreatur, die es wagte, sich uns zu nähern. Als Neve den Schild nach wie vor nicht herunternahm, griff der Reiter nach oben und riss sich den Helm vom Kopf.

Darunter fiel ein langer silberner Zopf heraus, so schimmernd wie das Schwert, das sie eben noch in der Hand gehalten hatte. Das Gesicht, das von dem schwarzen Pferd auf uns herabsah, war blass, voller Sommersprossen und jung – und nicht das narbige Antlitz eines Mannes, das ich erwartet hatte.

»Ich habe gesagt«, wiederholte die junge Frau, »lass deine Magie los, Zauberin.«

Emrys erholte sich als Erster von seinem Schock. »Wir wollen ja nicht undankbar sein, aber werden wir dann nicht lebendig gegrillt?«

»Unser Feuer tut euch nichts«, erwiderte eine andere Frau, die gleichfalls ihren Helm abnahm. Sie war dunkelhaarig, hatte dunkle Augen, und ihre Locken wehten in der fauligen Brise. Ihre Haut war von einem tiefen Braun, bis auf eine erhabene rosa Narbe an ihrer einen Wange, und ihr Gesichtsausdruck war auf kühle Art beruhigend.

Die anderen taten es ihr gleich. Alle waren jung.

Und alle Frauen.

»Sofern ihr hier nicht wie die übrigen Reisenden sterben wollt, schlage ich vor, dass ihr jetzt mit uns kommt«, fuhr die dunkelhaarige Frau fort. »Wir bringen euch in Sicherheit.«

»Nicht die Zauberin«, warf die Silberhaarige ein. »Die dürfen sie fressen.«

»Cait!«, schalt eine andere sie.

»Wer seid ihr?«, brachte ich nun heraus.

»Ich bin Caitriona von den Neun«, antwortete die junge Frau mit dem silbernen Haar. »Dies sind meine Schwestern. Ich weiß nicht, wie ihr hergekommen seid, aber ich kann euch verraten, dass dies kein Ort zum Sterben ist.«

»Und wo genau sind wir hier?«, fragte Emrys höflich.

Ein Teil von mir – eine kleine, verhasste Nische in meinem Herzen – hatte sich an das letzte bisschen Glauben geklammert, dass die Nebelhexe einen schrecklichen Fehler gemacht und uns irgendwie in ein anderes Reich gebracht haben könnte. An einen anderen Ort, fernab von dem, wo Nash mit dem Ring gefangen war.

Derselbe Teil wurde unter den Fersen der jungen Frau zerdrückt, die uns misstrauisch beäugte. Neves Magie verblasste wie ein Hurrikan, der zu einem Nieselregen wurde.

»Erkennt ihr es denn nicht?«, fragte sie hämisch und setzte ihren Helm wieder auf. »Ihr habt die geweihte Insel Avalon gefunden.«

Teil II
Das Ödland

Kapitel 14

Wir ritten in einem wilden Donner von galoppierenden Hufen und klappernden Rüstungen über die diesige Insel. Seit wir die Lichtung verlassen hatten, hatte niemand ein Wort gesagt, und keiner hatte sich die Mühe gemacht, ihnen unsere Namen zu verraten. Ich konnte förmlich fühlen, wie ihre Blicke immer wieder zu Neve wanderten, und ihr Hass strahlte von ihnen ab wie unser Atem, der weiße Wolken in der Luft bildete.

Wir hatten alle akzeptiert, dass uns als Bedingung, mit ihnen zu reiten, wieder mal die Hände gefesselt wurden – weil als einzige Alternative blieb, dort zu bleiben und gefressen zu werden.

Neve war hinter Caitriona von den Neun aufs Pferd gesetzt worden. Wegen ihres Harnischs ritten alle Priesterinnen mit geradem Rücken. Bei Caitriona jedoch schien sich die Rüstung dem Körper zu fügen und nicht umgekehrt.

Wir kamen durch ein Labyrinth aus dunkler Wildnis und Nebel. Meine Innenschenkel waren durchnässt vom schaumigen Pferdeschweiß und der Anstrengung, mich mit ihnen an den Pferderücken zu klammern, um nicht abgeworfen zu werden.

»Du kannst dich an mir festhalten, falls es dir nichts ausmacht«, sagte meine Reiterin leise. »Ich möchte ungern anhalten und dich aufsammeln, wenn du runterfällst und dir den Schädel brichst.«

Ich schnaubte. »Meinetwegen.«

Meine Hände waren nur locker gefesselt, was es leichter machte, den unteren Rand der Rüstung auf ihrem Rücken zu packen.

»Hast du einen Namen, oder bist du nur ›von den Neun‹?«, fragte ich.

Nun war es an ihr, spöttisch zu schnauben. »Betrys. Von den Neun.«

»Na schön, Betrys«, sagte ich, und ein wenig von meinem Frust verpuffte. »Danke übrigens.«

»Nicht nötig«, sagte sie. Ihre Stimme war ruhig und würdevoll. »Es ist unsere Pflicht, die Insel und jene, die auf ihr leben, zu schützen.«

»Das ...« Ich überlegte, wie ich es elegant ausdrückte. »... scheint mir kompliziert. Ist ganz Avalon so?«

Betrys verfiel wieder in Schweigen, neigte sich vor und trieb das Pferd an, schneller zu rennen.

Ich schaute hinüber zu Cabell, der hinter einer anderen Reiterin saß, als hätte er nie etwas anderes getan. Die junge Frau war blass mit kurzem Haar von der Farbe von Baumrinde. Sie unterhielten sich leise. Cabell bemerkte meinen Blick und warf mir ein Lächeln zu, das zu grimmig war, um beruhigend zu wirken.

Die Neun. Der Priesterinnenorden, der die Rituale von Avalon und die Anbetung der Schöpfergöttin führte, an die sie glaubten. Anscheinend hatten sie in den letzten Jahrhunderten einen Imagewandel vollzogen, denn ich konnte mich nicht erinnern, irgendwo gelesen zu haben, dass sie durch die dunklen Gegenden der Insel ritten, um Monster zu bekämpfen. Und Nash, ein treuer Anhänger jedweder Übertreibung, hätte solch ein dramatisches Detail in seinen Lagerfeuergeschichten garantiert nicht ausgelassen.

Der Name durchfuhr mich wie eine Klinge. *Nash.*

Bisher war ich so aufs Überleben konzentriert gewesen, dass ich an nichts anderes denken konnte, nicht einmal an den Grund, aus dem wir hergekommen waren.

Ich schaute über die dunkle Landschaft hinweg und fragte mich, wie Nash dies hier hätte überleben können. Die toten Bäume, das ausgetrocknete Flussbett, das zu einem Reitweg geworden war, Schwärme von Insekten, die verwesendes Fleisch von den Knochen eines der Monster fraßen, Cottages, in denen kein Licht brannte ... Was könnte hier überhaupt überleben, abgesehen von Aasfressern und Kreaturen, die nur lebten, um ihren Hunger zu stillen?

Der Nebel waberte unausweichlich über dem Land wie eine kalte Manifestation von Verbitterung – von verlorener Liebe, verlorener Schönheit, von dem, was dies hier einst gewesen sein mochte. Die feuchten Nebelfinger malten mir eisige Muster auf die Haut.

Der Turm, den Neve beschrieben hatte, ließ sich Zeit mit dem Auftauchen, als müsse er uns zunächst aus der Ferne beobachten und entscheiden, ob er uns erlaubte, näher zu kommen. Als wir uns endlich näherten, konnte ich den Anblick gar nicht schnell genug in mich aufnehmen. Von der schieren Größe und den imposanten Mauern, die ihn umgaben, wurde mir schwindlig.

Und das war noch, ehe ich erkannte, dass er an einem gigantischen Baumstamm erbaut war.

Kahle Äste ragten über die Mauern und schirmten den Innenhof vor dem schwarzen, sternlosen Himmel ab. Es war anders als alles, was ich jemals gesehen hatte. Der uralte Baum und der mittelalterliche Turm verwiesen auf den letzten Kontakt dieser Anderswelt mit unserer Sterblichenwelt.

Die Unvergänglichkeiten, die ich gelesen hatte, waren lange

nach der Verbannung aus Avalon geschrieben worden. Keine der jüngeren Zauberinnen hatte dies hier mit eigenen Augen gesehen.

»Was ist das für ein Baum?«, fragte ich Betrys.

»Wir nennen ihn Mutter«, antwortete sie. »Er war das erste Leben auf der Insel. Das erste Geschenk der Göttin.«

In dem tiefen Graben um die Anlage stand kaum Wasser; er war hauptsächlich voll halb verrottetem Schilf, aber dennoch unmöglich, ohne Brücke zu überqueren. Ich war froh, als ich brennende Fackeln auf den Mauern und die Umrisse von Männern und Frauen hoch über uns erblickte.

»Öffnet das Tor!«, rief die silberhaarige Reiterin. Ihr Pferd tänzelte auf dem Weg. Es wollte offenbar genauso dringend hinein wie wir anderen.

Die alte Zugbrücke senkte sich langsam nach unten, wobei sie unter ihrem eigenen Gewicht ächzte. Die Kante hatte kaum den Boden berührt, als die Reiterin hinüberpreschte. Ein Fallgatter glitt nach oben in die Mauer und gab die Sicht auf den beschatteten Burghof dahinter frei.

Betrys und ich waren ganz hinten in der Gruppe, und sobald wir durch das Tor waren, senkte sich das Fallgatter wieder und die Brücke wurde hochgezogen.

Mehrere Männer mit Brustpanzern, manche mit grob wirkenden Schwertern bewaffnet, andere mit schlichten Bögen, kamen zu uns gelaufen.

»Heilige Mutter«, sagte einer, als sich die silberhaarige Reiterin von ihrem Pferd schwang. »Waren sie …«

»Die Quelle des Lichts?«, beendete Betrys den Satz für ihn. »Ja. Könnt ihr die Pferde nehmen?«

»Aber …«, hob ein anderer Mann an und starrte uns mit einer Mischung aus Schock und Faszination an. »Wer sind die?«

Betrys glitt aus ihrem Sattel und griff nach oben, um mir zu helfen. Ich hatte nicht registriert, wie groß – und stark – sie war, bis sie mich vom Pferd hob, als sei ich nicht schwerer als ein Kleinkind.

»Tu, was Caitriona sagt«, flüsterte sie mir zu. »Wehr dich nicht gegen das, was sie plant. Wir haben das bald geregelt, aber sie hält sich gern an ein bestimmtes Protokoll.«

Sie führte uns um den eindrucksvollen Turm herum, durch Lücken zwischen grob gehauenen Gebäuden hindurch und scheinbar hastig aufgebauten Holzbauten sowie vorbei an einem kleinen Kampfplatz mitsamt Bogenschießzielen, von Klingen gezeichneten Pfählen und mit Stroh ausgestopften Puppen.

Caitriona trieb uns vorwärts, wobei sie eine Hand auf Neves Schulter hatte. Wir kamen zu einer schmalen Wendeltreppe in der hintersten rechten Ecke der Mauer. Doch statt hinauf zum Wehrgang gingen wir nach unten.

Weiter nach unten.

Noch weiter.

Als ich langsamer wurde, bedeutete Betrys mir, schneller zu gehen. Der Gestank von Stroh, Rattenkot und Schimmel schlug uns an der Schwelle entgegen. Eine schaurige Warnung vor dem, was wir in der Kammer vor uns fänden.

Als Caitriona hineinging und einen schweren Schlüsselbund von einem Wandhaken nahm, leuchteten die Kerzen in dem engen Gang plötzlich flackernd auf. In ihrem schwachen Licht konnte ich sechs Zellen ausmachen.

Caitriona öffnete die erste und schob die sichtlich erschöpfte Neve hinein. Als Caitriona ihren Zauberstab ergriff, sah Neve aus, als wolle sie etwas sagen. Unsere Waffen hatten sie uns abgenommen, bevor wir auf die Pferde gestiegen waren, und nun entfernten sie unsere Fesseln, um uns unsere Taschen abzunehmen. Mir wurde flau, als ich fühlte, wie Betrys an meiner Arbeitstasche zog.

»Ich schneide den Riemen durch, wenn ich muss«, warnte sie mich. »Du bekommst sie zurück, das schwöre ich.«

Ich sah sie wütend an, übergab ihr die Tasche aber und nutzte den Moment, um zu Neve in die Zelle zu gehen. Es wäre einfacher, eine Flucht zu planen, wenn wir nicht alle voneinander getrennt waren.

Die Tür knallte hinter uns zu und verriegelte sich mit einem Geräusch, das in meinen Backenzähnen nachvibrierte. Emrys und Cabell wurden in eine Zelle direkt gegenüber von uns gesperrt.

Ohne ein Wort, wann sie wiederkämen, gingen Caitriona und die anderen. Der Hall ihrer schweren Schritte auf den Stufen verblasste, je weiter sie sich entfernten.

»Echt jetzt?«, rief ich ihnen nach und schlug mit der Hand gegen die Gitterstäbe. »Ein Kerker? *Im Ernst?*«

»Tams«, sagte Cabell, der fertig klang. »Bitte. Sie anschreien hat in Giseh und Athen nicht geholfen, und hier wird es das auch nicht.«

»In wie vielen Kerkern habt ihr zwei denn schon gesessen?«, fragte Emrys.

Die Erinnerung an jene beiden Jobs mit Nash genügte, um meine Stimmung erst recht in den Keller zu befördern. Ich atmete schnaubend durch die Nase aus, verschränkte die Arme vor der Brust und lehnte mich mit der Schulter an das kalte Metall.

Neve sank mit dem Rücken an die Seitenwand unserer Zelle und seufzte müde.

»Alles okay?«, fragte ich sie.

»Definiere *okay*«, erwiderte sie und sah mich frustriert an.

»Ich meine, bist du verletzt? Was war das für ein Zauber?«

»Weiß ich nicht«, antwortete Neve müde. »Ich hatte Panik, und es ist einfach passiert.«

Cabell und ich wechselten einen Blick. Wenn sein Fluch durch extremen Stress oder intensive Gefühle ausgelöst werden konnte, war nur logisch, dass es mit der Kraft einer Zauberin ähnlich sein könnte.

Etwas an der Rückwand der Zelle lenkte Neves Aufmerksamkeit auf sich. Sie stolperte hin und kniete sich an eine Stelle, an der eine Wurzel von der Form einer Faust durch die Mauer gedrungen war.

»Ich fass es nicht«, hauchte sie. »Scharlachroter Kelchbecherling *und* Schmetterlingstramete? Oh, Neve, heute ist dein Glückstag!«

»Wirklich? Schmetterlingstramete?«, fragte Emrys und richtete sich auf.

»Krieg dich ein, Erdferkel«, sagte ich. »Das sind Pilze, keine vergrabenen Schätze.«

Bis ich bei Neve war, hatte sie bereits behutsam mehrere kleine Pilze gepflückt.

»Sind welche von denen essbar?«, fragte Cabell. »Ich könnte nämlich einen Happen vertragen.«

»Wie kannst du nach dem, was wir gerade gesehen haben, etwas essen?«, kam es entgeistert von Emrys.

»Sein Magen ist der stärkste Motivator, den er besitzt«, erklärte ich.

»Das klingt, als wäre *dein* Motivator kein speiseröhrenverätzender Instantkaffee«, konterte Cabell.

»Dasselbe habe ich auch gesagt!«, rief Emrys. »Und, nein, nicht essbar. Zumindest nicht, ohne sie vorher zu braten.

Schmetterlingstramete wird normalerweise in Pulverform eingenommen ...«

»Das interessiert keinen, Dye«, unterbrach ich ihn. »Na ja, außer Neve, schätze ich.«

»Pilze sind fantastisch«, sagte Neve, die atemlos vor Begeisterung war, was umso erstaunlicher war, da sie so sichtlich erschöpft war. »Fantastisch.«

»Weil ... man sie benutzen kann, um Leute zu vergiften?«, fragte ich, denn ich konnte ihr nicht ganz folgen.

»Nein, natürlich nicht.« Neve sah mich streng an. »Weil sie Vorboten des Todes sind.«

»Ah, alles klar.«

»Neve«, sagte Cabell. »Hat dir schon mal jemand gesagt, dass du irgendwie ein Goth bist?«

»Sie meint bloß, dass sie Verfallsprozesse in Gang bringen. Sie zersetzen totes organisches Material und geben dessen Nährstoffe zurück in den Boden ab«, erklärte Emrys, der an die Wand ihm gegenüber starrte. »Damit etwas anderes aus dem Tode geboren werden kann. Die Tatsache, dass sie da sind, ist kein gutes Zeichen für die Gesundheit des Baums.«

»Klingt ja wunderbar«, murmelte ich.

Neve blickte zu mir auf. »Hab keine Angst vor Pilzen. In diesem Verfall ist so viel Schönheit.«

»Wenn du das sagst.«

»Früher hat Tamsin Pilze geliebt«, kam es von Cabell.

Ich packte die Gitterstäbe meiner Zelle und funkelte ihn wütend an. »Wag es ja nicht!«

Cabell grinste. »Sie hat geglaubt, die winzigen Grünlinge vom Feenvolk benutzen sie als kleine Häuser oder Regenschirme.«

»Das tun sie bestimmt!« Neve strahlte. »Der Pilz ist die Frucht des Fungus, aber der wichtigste Teil ist unter der Erde, das Pilzmyzel, das Geflecht, das ganze Wälder miteinander verbindet. Bäume nutzen es, um miteinander zu kommunizieren. Ich wette, der Mutterbaum ist mit denen im heiligen Apfelhain verbunden – vielleicht sogar mit allen Bäumen der Insel.«

»Ist er. Die ganze Natur hier ist mit diesem Baum verbunden«, sagte Emrys. »Warum sonst sollte die ganze Insel auf einmal sterben?«

Ich sah mir wieder die Wurzel an. Kalte, feuchte Luft schlängelte sich um mein Gesicht, als würde mich die Pflanze ihrerseits mustern.

Es verging längere Zeit, bis ich etwas sagte – oder gar keine. Die Zeit schien in dem matten Licht keine Bedeutung mehr zu haben. Ich fing an, in der Zelle herumzulaufen, nur um wach zu bleiben. Dabei sah ich schwache Zeichen an der Wand und wischte den Schmutz darüber weg. Die seltsamen Zeichen verschoben sich und wurden zu welchen, die ich erkannte.

Ich blinzelte und rieb mir die Augen. »Bilde ich mir das ein, oder sind die Worte an dieser Wand gerade zu Englisch geworden?«

»Die Allsicht ist mehr als nur Sehen«, sagte Cabell aus der Zelle gegenüber. Er hatte sich auf dem Rücken ausgestreckt und benutzte seine Lederjacke als Kissen. »Sie übersetzt auch Sprachen, die du siehst oder hörst, in die, die du sprichst, und überträgt das, was du sagst, für den Zuhörer.«

»Wie bitte? Soll das etwa heißen, dass ich die Einzige in der Gilde bin, die tatsächlich Griechisch und Latein lernen musste?«

»Verdammt, Lerche, hast du die Sprachen echt gelernt?«, fragte Emrys erstaunt.

Cabell sah mich mitfühlend an. »Was steht da an der Wand?«

»Warte mal.« Ich wurde noch genervter. »Können wir noch

mal zurück zu dem Teil, dass mir gegenüber keiner dieses Sprachending erwähnt hat?«

»Ich wollte nicht, dass du dich noch mieser fühlst als so schon«, antwortete Cabell. »Und ehrlich, ich dachte, du kommst irgendwann von selbst drauf.«

»Warum steht das in keinem der Bücher?«, fragte ich. »Oder in den Unvergänglichkeiten?«

»Weil es unter den Leuten mit Allsicht allgemein bekannt ist?«, entgegnete Cabell. »Du weißt doch, wie viel historisches Wissen auf die Weise verloren gegangen ist. Ich nehme an, deshalb wird auch in keiner der Unvergänglichkeiten der Mutterbaum erwähnt.«

Ich bedachte ihn mit einem vernichtenden Blick. »Gibt es sonst noch supergehütete Geheimnisse, die du mir jetzt verraten willst?«

»Nein, aber ich frage mich immer noch, was auf der Wand steht«, antwortete er.

Ich drehte mich wieder um und las vor: *»Er ist der Weg. Ihr sollt unseren Schmerz kennenlernen.«*

»Unheimlich«, sagte Emrys, »aber spannend.«

»Weckt mich, wenn es noch spannender wird«, winkte Cabell ab.

Schließlich setzte ich mich hin und lehnte mich an die Wand Neve gegenüber, die zusammengerollt dalag und eingeschlafen war. Emrys saß in derselben Position wie ich auf der anderen Seite des Gangs.

Ich linste im schwachen Kerzenschein hin, als er in seinen Stiefel griff und ein kleines Messer hervornahm. Anschließend zog er ein Holzstück aus seiner Jackentasche.

»Wie bist du darangekommen?«, fragte ich. Wir waren ja gründlich durchsucht worden.

»Denkst du, ich enthülle meine Geheimnisse gegenüber meiner einzigen echten Konkurrenz?«, fragte er mit einem Augenzwinkern, das meinen Ärger kurz aufwallen ließ. »Obwohl, falls du bereit für eine Runde ›Zwei Wahrheiten und eine Lüge‹ bist …«

»Nein, ich passe«, fiel ich ihm ins Wort und verdrehte die Augen. Er hatte uns vorhin geholfen – natürlich mit seiner üblichen Taktik aus Charme und Lügen, aber es half uns trotzdem. Was jedoch nicht hieß, dass ich mich für ihn und seine albernen Macken erwärmen musste.

»Wie du willst.« Er schnitzte weiter, und das mit einer überraschenden Konzentration.

»Was soll das eigentlich werden?«, fragte ich unwillkürlich.

Er blickte auf, und erst jetzt bemerkte ich seine Blässe und den dunklen Fleck auf seinem Ärmel – er hatte seine Wunde nicht verbunden.

»Weiß ich nicht«, antwortete er. »Das hat es mir noch nicht gezeigt.«

Meine Jeans war am Knie eingerissen; ein sauberer Schnitt von einer der Monsterklauen. Der machte es leichter, einen Streifen Stoff abzureißen. Emrys blickte auf, als er das Geräusch hörte.

»Hier.« Ich knüllte den Stoff zu einer Kugel zusammen und warf sie über den Gang.

Der Stoffball landete vor seinem Zellengitter, und Emrys starrte ihn an.

»Ich weiß, dass der nicht sauber ist, aber du musst deinen Arm verbinden«, erklärte ich ihm. »Wenn du verblutest, schleppe ich deine Leiche nicht die ganzen Stufen nach oben. Bei deinem Ego dürfte alleine dein Kopf fünfzig Pfund wiegen.«

Vorsichtig griff er durch die Gitter, so weit er konnte, und erreichte den Stoffball. »Du bist mir trotzdem immer noch was schuldig.«

»Du und deine Gefallen«, murmelte ich. »Soweit es mich betrifft, sind wir quitt.«

»Ich habe uns hergebracht, oder nicht?«, fragte er. »Sowohl mit der Opfergabe als auch indem ich Septimus überzeugt habe, dass ihr alle mitmüsst.«

Nun verdrehte ich meine Augen so sehr, dass es richtig wehtat. »Und ich dachte, du hättest die Handlanger deines Vaters aus purem menschlichem Anstand überlistet. Und die Flasche war von Madrigal, also zählt die wohl kaum.«

»Na gut, dann sind wir quitt.« Er verknotete den Stoff an seinem Arm. »Aber danke. Ist mit dir alles okay?«

Mein Herz machte einen seltsamen kleinen Hüpfer, weil er mich im flackernden Kerzenschein musterte.

»Mir geht es gut«, antwortete ich.

Doch die Erinnerung war noch da, als ich meine Augen schloss. Ihre spinnenhaften Gliedmaßen über mir. Der Gestank des Todes in ihrem heißen Atem. Septimus' Ausdruck von blanker Wut.

»Mir geht es gut.«

»Das hast du schon gesagt.« Emrys streckte wieder eine Hand durch die Stäbe, als wollte er die Entfernung zwischen uns überwinden.

Das ekelhafte Knacken von Knochen und Knorpel. Das Platschen von Blut auf dem Boden, als sie Septimus in Stücke rissen. Sein letzter Atemzug, der ein Schrei gewesen war.

Die Kreaturen hatten ihn zerfetzt, aber ich hatte ihn umgebracht.

Ich zog meine Knie dicht an mich und versuchte, ein wenig Wärme in meiner Körpermitte zu sammeln. Es war seltsam, dass mich diese Erkenntnis erst jetzt einholte. Und jetzt, da sie da war, kam sie mir wie eine dritte Gefangene in der Zelle vor, angekettet an mein Gewissen.

»Er hatte es verdient«, sagte ich heiser. »Oder?«

»Ja«, sagte Emrys mit Nachdruck und drehte sich richtig zu mir, während er die Gitterstäbe mit beiden Händen umfasste. »Sieh mich an.«

Keine Ahnung, warum, aber ich tat es.

»Ja«, wiederholte er. »Jedes Mal, wenn du daran zweifelst, wenn du dich sorgst, dass du das Falsche getan hast, werde ich dir das sagen. Auch wenn wir alt und grau sind und ich mich kaum an meinen eigenen Namen erinnere, werde ich *das* noch wissen und dir wieder dasselbe sagen.«

Ich atmete leise aus und lehnte meinen Kopf nach hinten an die feuchten Steine. Es wäre so einfach, meinen Arm durch die Stäbe zu schieben und zu sehen, wie nahe sich unsere Finger kamen. Es wäre ein Leichtes, ihm zu danken.

Wie er mich ansah ... Seine Worte hatten etwas tief in mir gelöst, und nun breitete sich die Anspannung in meinem ganzen Körper aus, bis es unerträglich wurde. Als könnte jedes Wort, jede Bewegung sie noch ein klein wenig steigern, bis etwas in mir riss und ich mich auflöste. Ich wollte nicht wissen, was dann geschah. Auf keinen Fall.

Also durchtrennte ich die Verbindung selbst.

»Das war eine bewegende Ansprache, Trustfund«, sagte ich, und er zuckte bei dem Spitznamen zusammen. »Aber ich würde es vorziehen, wenn du mir verrätst, warum du diesen Job angenommen hast, und wieso du dir solche Sorgen machst, dass dein Daddy es herausfindet.«

Emrys holte tief Luft und sagte nichts. Er zog seine Hände wieder zurück und ließ sie in seinen Schoß sinken. Jeder Anflug von Schuldbewusstsein, weil ich ihn so hatte abblitzen lassen, verpuffte mit seinem Schweigen. Dauernd sagte er, ich solle ihm vertrauen, aber bei ihm waren diese Worte nur Schall und Rauch. So wie bei seiner Vorstellung gegenüber Septimus und den anderen.

»Ich bekomme den Ring, Tamsin«, sagte Emrys.

»Nein, tust du nicht.« Das schwor ich mir.

Plötzlich stand Cabell auf und wandte sich zur Treppe.

»Was?«, fragte ich.

Er bedeutete mir mit einer Handbewegung, still zu sein.

»... es gibt *Regeln*, eine feste Ordnung.« Die Worte hallten durch den Aufgang. Ich erkannte Caitrionas Stimme sowie diesen herrischen Tonfall, bei dem ein Pfeil mit Stahlspitze aus jeder Silbe klang.

»Du hast das Richtige getan. Es ist nie verkehrt, vorsichtig zu sein, erst recht in Zeiten wie diesen.« Ich stand ebenfalls auf, als ich die unbekannte Männerstimme vernahm.

»Vorsicht ist nicht dasselbe wie Grausamkeit«, erklang eine andere Stimme, jung und weiblich. »Warum hast du mich nicht geholt, um ihre Wunden zu versorgen – oder warst du zu sehr damit beschäftigt, nicht zu fragen, warum sie hier sind?«

Die junge Frau erschien einen Augenblick später. Sie kam die letzten Stufen heruntergeeilt, dicht gefolgt von Caitriona. Sie trug ein schlichtes blaues Kleid, in der Mitte gegürtet, doch die Farbe war längst ausgeblichen und der Stoff fadenscheinig. Ihr Haar wellte sich natürlich, und als sie ihre Laterne höher hob, sah ich, dass es tintenblau war. Ihre bernsteinfarbene Haut war gerötet vor Verärgerung. Sie hatte breite Augenbrauen, eine relativ große Nase und ihre Lippen waren fest zusammengepresst, aber ihre braunen Augen mit dem ungewöhnlich hellen blauen Ring um die Pupillen wirkten unendlich sanft.

»Wie ich mir gedacht habe«, sagte sie und stemmte die Hände in die Hüften. »Elend, ihr allesamt.«

»*Elend* fasst es gut zusammen«, antwortete Emrys, der sich mit seinem unverletzten Arm hochstemmte. Und natürlich konnte er nicht anders, als ein bisschen mit der Neuen zu flirten – typisch.

Sie schnalzte abfällig mit der Zunge, als sie seinen improvisierten Verband sah.

Caitriona hatte ihre Rüstung abgelegt und war in eine weite Leinentunika gekleidet, die sie in der Taille eng gegürtet hatte, sowie in eine dunkelbraune Reithose, die unten in Lederstiefeln steckte. Sie reckte ihr Kinn und betrachtete uns mit demselben misstrauischen Ausdruck, den sie auf der Waldlichtung gehabt hatte.

»Wie nett, dass ihr euch an uns hier unten erinnert«, murmelte ich. »Wer ist Sir Griesgram?«

»Wie kannst du es wagen, so respektlos von ihm zu sprechen?«, erwiderte Caitriona und legte eine Hand an den Dolch, der um ihren Oberschenkel geschnallt war.

Der Mann hob beide Hände. »Ganz ruhig, Cait. Ist schon gut.«

Er war mittelgroß, und in seinem silbrigen Haar fanden sich noch Spuren vom ehemaligen Blond. Er hatte einen ordentlich getrimmten Vollbart und eine auffällige Narbe, die quer über seine Nasenwurzel und die rechte Wange verlief. Seine eine Hand steckte in einem Panzerhandschuh, und ich blickte eine ganze Weile hin, bis mir klar wurde, dass da keine Hand drin war.

Gleichzeitig musterte er mich mit harten graublauen Augen und gerunzelter Stirn.

Bei seinen Worten wich Caitriona zurück in Richtung Treppe, sichtlich erbost. Sie behielt ihn im Blick, als wartete sie auf einen weiteren Befehl.

»Immerzu sanftmütig, unsere Cait«, sagte die andere junge Frau und hielt Cait erwartungsvoll eine Hand hin, wobei sie ungeduldig die Finger bewegte. Cait sah sie äußerst genervt an, bevor sie ihr den schweren Schlüsselbund von ihrem Gürtel reichte.

»Ich bin Olwen«, fuhr die Frau fort und schloss zuerst Emrys' und Cabells Zelle auf, dann Neves und meine. »Und dies ist Sir Bedivere, Beschützer des Turms und von uns allen, die in seinen Mauern überleben.«

Der Ritter machte eine kleine Verneigung. »So gut zumindest, wie diese alten Knochen noch jemanden beschützen können.«

Cabell fing meinen Blick ein, als wir aus unseren Zellen kamen. Ich wusste genau, was er dachte, denn Nash hatte mit seinen vielen Geschichten dafür gesorgt, dass uns beiden jetzt nur ein Gedanke in den Sinn kam: *der* Bedivere – von Artus' Rittern?

Verstohlen sah ich den Mann wieder an. Laut Nashs Erzählungen war dieser Bedivere König Artus' Marschall und einer seiner engsten Gefährten gewesen, der in einer Schlacht eine Hand verlor, als er seinen König schützte.

Er hatte Artus' letzte Schlacht überlebt und war nach Avalon gesandt worden, um der Hohepriesterin das Schwert Excalibur zurückzubringen. Das hatte er nur widerwillig getan – so widerwillig, dass ihn der sterbende König ermahnte, die Aufgabe ja zu erfüllen. Danach hatte er sich zurückgezogen und war aus den Legenden verschwunden.

Jedenfalls nach dem, was man sich erzählte.

Wenn dies der echte Bedivere war und etwas Wahres an den Geschichten, die sich um ihn entsponnen hatten, könnte er Artus' Körper hierher nach Avalon zu seiner letzten Ruhestätte begleitet haben. Der schlafende König wurde angeblich mittels

Magie am Leben erhalten, bis zu dem Tag, an dem er wieder gebraucht würde.

Aber dann wäre Bedivere Jahrhunderte alt – über tausend Jahre, korrigierte ich mich. Ich wusste, dass die Anderswelten durch einen Zauber vom Sterblichenreich getrennt wurden, der sie alle aus dem natürlichen Fluss der Zeit löste. Bisher hatte ich jedoch angenommen, sie wären in einer Art Schwebezustand, fast wie ein angehaltener Atem, während auch hier irgendwie Zeit vergehen müsste, nur ganz anders als bei uns. Wie würde sonst irgendjemand wachsen oder altern?

Obwohl ... die Zauberinnen lebten unglaublich lange. Wer wollte schon wissen, ob nicht dieselbe Magie, die ihr Leben verlängerte, auch hier eine Art Unsterblichkeit bescherte?

»Und habt ihr auch Namen?«, fragte Olwen.

»Oh, klar, sorry«, sagte Cabell und stellte uns alle vor.

Olwen ging um Neve herum, die noch so erschöpft war, dass sie fast schwankte. »Du musst die Zauberin sein, oder? Ja, bist du. Du meine Güte, man kennt ja die Geschichten, aber die sind kein Vergleich. Du kommst aus der Sterblichenwelt, nicht? Deine Art, dich zu kleiden, ist faszinierend.« Sie wandte sich zu Emrys um und berührte leicht den verknoteten Jeansstoff an seinem Arm. »Was für ein Material ist das?«

»Olwen«, sagte Caitriona streng. »Wenn du sie heilen *musst,* heile sie schnell, damit wir herausfinden können, welcher Grund sie hergeführt hat.«

Die andere Priesterin wippte auf ihren Füßen vor und zurück. »Ich muss sie natürlich auf die Krankenstation bringen.«

»Natürlich«, wiederholte Caitriona unverhohlen genervt.

»Alle meine Sachen und Tonika sind dort«, beharrte Olwen und zeigte dramatisch auf Emrys' Arm. »Willst du zulassen, dass dieser arme müde Reisende von Hautfäule heimgesucht wird? Muss ich meine Klingen schärfen und mich darauf beschränken, ihm das verrottete Fleisch vom Leib zu schälen?«

Emrys wich sofort einen Schritt zurück. »Wie bitte?«

»Schon gut«, beruhigte Bedivere ihn freundlich. »Du hast dich klar ausgedrückt, meine Liebe.« Er sah zu uns und neigte den Kopf zur Treppe. »Hier entlang.«

Kapitel 15

Olwens Krankenstation befand sich in dem großen Innenhof, der den Turm umgab, vielleicht nicht ganz zufällig neben dem kleinen Kampfplatz, der mir bereits bei unserer Ankunft aufgefallen war. Es handelte sich um ein gemauertes Gebäude, und dem geneigten Fundament sowie den ausgetretenen Eingangsstufen nach zu urteilen, musste es schon sehr lange hier stehen.

Erdiger Pflanzengeruch vermengte sich mit dem tierischen der Talgkerzen, die überall im Raum verteilt waren. Am hinteren Ende standen zwei Feldbetten, doch den meisten Platz nahm ein Arbeitstisch ein, übersät von Tiegeln und Schalen mit zerriebenen Kräutern. Es war gleichermaßen eine Apotheke wie ein Behandlungsraum.

An der hinteren Wand waren außerdem Regale voller Körbe und Glasbehälter unter dem niedrigen Dach angebracht. Beim Anblick der floralen Formen und dem schwachen Leuchten der Glasbehälter überlegte ich, ob sie von Feenvolk gefertigt worden waren.

Insgesamt war der Raum kaum größer als der Kerker, doch auf absurde Weise fand ich es beruhigend. Hier war kein Platz, wo sich jemand oder *etwas* verstecken könnte.

Weshalb ich erschrak, als ich beinahe auf eine kleine Kreatur getreten wäre, die gebeugt hinter dem Arbeitstisch stand und in den Körben darunter kramte.

»Flea!«, rief Olwen und scheuchte sie weg. »Du hast schon meine letzten getrockneten Beeren gegessen – raus mit dir!«

»Da waren aber noch mehr. Ich hab sie gesehen!«, protestierte das Mädchen. Sie konnte nicht älter als zehn sein.

»Das sind Holunderbeeren, du kleiner Tölpel«, sagte Olwen, die sich zu ihr bückte, bis sie mit dem Mädchen auf Augenhöhe war, »und wenn du mehr als eine isst, krempeln sie dir den Magen von innen nach außen, und ich sage dir, du wirst nicht mögen, wie dein Abendessen schmeckt, wenn es das zweite Mal über deine Zunge rutscht.«

Das Mädchen blickte beleidigt drein. Ihr milchweißes Gesicht war von Schmutz und Ruß verschmiert. »Du bist gemein! Musst du nicht runter zu den Quellen oder so? Ein kurzes Bad nehmen?«

Olwen verengte die Augen, und die leuchtend blauen Ringe um ihre Pupillen schienen warnend zu funkeln. Verwirrt sah ich abwechselnd sie und das Mädchen an.

»Das ist Fayne, hier besser bekannt als Flea«, sagte Caitriona, die dem Mädchen eine Hand entgegenstreckte. Flea rannte zu ihr, allerdings erst, nachdem sie uns alle kurz mit einem herrlich bockigen Blick bedacht hatte.

»Wer ist die?«, fragte die Kleine misstrauisch.

»Wer *sind* die«, korrigierte Caitriona sie erstaunlich sanft. Sie zog Flea die Hand vom Mund, als das Mädchen anfangen wollte, an den Nägeln zu kauen. »Diese Frage stelle ich mir auch.«

»Vorher aber«, sagte Olwen, »wer blutet am stärksten?« Als niemand antwortete, sah sie Emrys an. »Das bist du, fürchte ich. Setz dich bitte auf das Bett und zieh die Tunika aus.«

Emrys zögerte und rang die immer noch von Handschuhen verhüllten Hände. »Das möchte ich lieber nicht.«

Olwen sah ihn verwundert an. »Ich kann dir versichern, dass du keine Rücksicht auf mein Schamgefühl nehmen musst.«

»O nein, ich sprach von meinem eigenen«, sagte Emrys und ließ sich auf die Kante eines der Feldbetten nieder. Dann wickelte er den Verband ab, zog seine schlammverkrustete Jacke aus und zerrte an den zerrissenen Ärmeln seines Pullovers. »Kannst du das einfach aufschneiden?«

»Hast du eine Wette verloren und dir ein peinliches Tattoo stechen lassen oder so?«, fragte Cabell, der sich mit dem Rücken an eine Wand lehnte. Schmutz- und blutbedeckt sah Emrys nicht mehr ganz wie der junge Prinz der Hollower aus.

»Du weißt ja, ich liebe Wetten, aber leider nein. Nicht alle von uns können so stoisch und männlich wie du sein, Lark«, erwiderte Emrys.

Er lächelte, doch da schwang eine Schärfe in seinem Tonfall mit, die ich nicht erwartet hatte. Und sofort wollte ich einschreiten, nur um zu sehen, was passieren würde.

»Kannst du wenigstens die Handschuhe ausziehen?«, fragte ich.

Neve schwankte und kippte an meine Schulter. Ich fing sie ab, bevor sie zu Boden sank.

»Neve? Alles in Ordnung?«, fragte ich. Cabell eilte zu ihrer anderen Seite und half mir, sie auf den einzigen Stuhl im Raum zu setzen.

»Geht schon«, sagte Neve, deren Kopf wippte. »Nur … müde.«

Und schon war Olwen da. »Ein bisschen schwindlig von all der Magie, ja? Flea, kannst du dich mal nützlich machen und ein Feuer anzünden? Weißt du noch, was die Mixtur für das heiße Tonikum ist?«

»Ein Teil Zimt«, antwortete das Mädchen beleidigt, »ein Teil Krötenzunge ...«

»Was?« Neve riss die Augen weit auf.

»Das Mädchen macht sich nur lustig«, erklärte Bedivere.

»Das war nicht freundlich«, sagte Olwen zu Flea. »Und du musst mir beweisen, dass du gelernt hast.«

Flea stöhnte, machte sich aber daran, ein Feuer zu entfachen und einen kleinen Kessel darüberzuhängen. Aus einem nahen Krug füllte sie ihn mit Wasser und rezitierte in einem beleidigten Ton, der bewirkte, dass ich sie prompt mochte: »Ein Teil Zimt, drei Teile Apfel – fünfzehn Minuten lang gekocht.«

»Wir haben kaum noch Äpfel übrig«, beschwerte Caitriona sich. »Die Segnungen des heiligen Hains sind nicht für Zauberinnen!«

»Ist schon gut«, sagte Neve matt. »Ich muss mich nur ausruhen.«

»Ohne eine gute Tasse Tonikum müsstest du zwei Wochen durchschlafen, um wieder zu Kräften zu kommen«, entgegnete Olwen. »Wir haben dein Licht von hier gesehen. Das war keine schwache Magie.«

Caitriona gab einen verächtlichen Laut von sich und sah aus, als wollte sie etwas Spitzes erwidern, doch Bedivere legte eine Hand auf ihre Schulter.

»Beginnen wir damit, wie sie ihren Weg auf die Insel gefunden haben, ja?«, schlug er vor. »Die Überwege sind seit einer Ewigkeit versiegelt.«

»Sie suchen nach ihrem Vater«, sagte Neve schläfrig.

Entsetzt sah ich sie an. Mein Verstand suchte hektisch nach einer Lüge. »Nein, wir ... wir wollten ...«

Mit einem kurzen Satz hatte Neve unseren Plan preisgegeben und jede Tarnung von vornherein unmöglich gemacht.

»Stimmt das?«, fragte Bedivere. Zu meiner Überraschung wirkten er und die anderen interessiert.

»Ja«, antwortete ich schließlich. Die besten Lügen enthielten oft ein Körnchen Wahrheit, sagte ich mir. »Wir denken, dass er … sich im Nebel verirrt hat. Er könnte nach einem Weg hierher gesucht haben.«

Flea stand an der kleinen Feuerstelle, und ihr Gesicht leuchtete nicht nur von dem Feuerschein, als sie zu Caitriona blickte. »Oh! Da ist …«

»Still!«, befahl Caitriona streng. »Hast du nichts zu tun, Flea?«

»Alles erledigt«, konterte das Mädchen.

»Was wolltest du sagen?«, fragte ich sie. Bei Fleas Worten hatte mein Herz einen Hüpfer gemacht, aber jetzt funkelte sie mich nur an und zog sich zu Caitriona zurück.

Für mehrere Momente war das Knistern des Feuerholzes das einzige Geräusch im Raum.

»Ich will ja nicht zur Last fallen, aber …«, sagte Emrys matt, »ich hätte den Verband nicht abgenommen, hätte ich geahnt, dass ihr erst mal eine tiefschürfende Diskussion führen wollt.«

»Ach du meine Güte, ja!«, rief Olwen.

Sie holte sich eine Schere vom Arbeitstisch und machte sich daran, seinen Ärmel aufzuschneiden und Teile davon aus seinen Wunden zu entfernen. Emrys sog scharf die Luft ein, als sie alles mit einer Flüssigkeit betupfte, die vage süßlich und überhaupt nicht nach Alkohol roch.

»Ich nehme an, da ihr mit einer Zauberin hergereist seid«, sagte Bedivere, »ist euch allen die wahre Natur der Magie und der Anderswelten bekannt. Doch auch ohne zu wissen, was aus Avalon geworden ist, warum sollte er nach der Insel suchen?«

»Das fragen wir uns auch«, antwortete ich. »Er war einer vom Cunningfolk und kannte die Geschichten von der Insel.«

»Cunningfolk?«, wiederholte Olwen. »Den Ausdruck kenne ich nicht.«

»Leute, die mit einer magischen Gabe irgendeiner Art in unserer Welt geboren wurden«, erklärte Cabell.

»Verstehe«, sagte sie. »Sind sie Nachfahren anderer Wesen? Meine Mutter zum Beispiel war eine Wassernymphe. Und unsere Schwester Mari ist eine Elfe. Wir wurden mit Fähigkeiten geboren, die unsere anderen Schwestern nicht besitzen.«

»Da ist sich niemand sicher«, antwortete Cabell. »Kann sein.«

Mir war nicht klar, dass die Priesterinnen von Avalon etwas anderes als menschlich sein könnten, aber zumindest erklärte es Olwens ungewöhnliches Haar und die Augen.

»Was für magische Gaben?«, fragte Flea.

»Zum Beispiel«, sagte Emrys und blickte zu dem Regal mit Kräutern, die über seinem Kopf trockneten, »kann ich dir sagen, dass das da Andorn ist, der vor allem zum Lindern von Husten benutzt wird, oder?«

Flea gab sich betont unbeeindruckt, doch Olwen war entzückt. »Wie schlau von dir! Woher weißt du das?«

»Das hat er mir gesagt«, antwortete Emrys mit einem Schulterzucken. »Ich kann Ihnen auch erzählen, dass Sie ihn in einem sehr kargen Boden gepflanzt haben und er schon wusste, was er war, als er aufkeimte und sich durch die Bodenkruste nach oben arbeitete, nur um nie die Sonne zu sehen. Dass er seinen Zweck kennt, genauso wie Ihr Gesicht, aber da ist nur noch sehr wenig Leben in ihm, nachdem er von seiner Wurzel abgeschnitten wurde. Er verfällt jeden Tag mehr, während das Bündel ausdörrt, aber es ist nicht schmerzhaft.«

Olwen streckte einen Arm zu einem nahen Regal aus und holte eine silberne Dose herunter. Als sie sie öffnete, stieg ein honigsüßer Duft auf. Mit den Fingern schöpfte Olwen eine großzügige Portion der gelben Salbe heraus und trug sie dick auf Emrys' rissige Wunden auf. Die Blutung hörte komplett auf, während die Salbe trocknete und sich verhärtete.

»Es muss Magie sein, es sei denn, du hast dir beim Reinkommen gehörig den Kopf angeschlagen«, sagte Olwen matt. »Mit Pflanzen sprechen ... wir können das Leben in ihnen natürlich spüren, die Seele, die ihnen von der Göttin geschenkt wurde, aber sie haben auch Gedanken und Gefühle?«

»Selbstverständlich haben sie die!«, antwortete Emrys. »Und sie haben ein Gedächtnis.«

»Wie ich sagte«, unterbrach ich. »Unser, äh, Vater ...« Das Wort kam mir schwer über die Lippen. »Er hat die Geschichten über die Insel geliebt. Vielleicht hat er einen Weg hergefunden – irgendeinen Riss in der Grenze zwischen unserer und eurer Welt – oder ist zufällig hineingefallen.«

»Mich sorgt mehr, dass die Zauberin imstande war, den Pfad zu öffnen«, sagte Caitriona. »Die uralten Schutzkreise existieren noch. Welche List hast du angewandt? Reicht es nicht, dass deine Art unser Land durch eure Flüche vergiftet hat?«

»Moment mal ...«, begann ich. »Ihr denkt, die Zauberinnen haben Avalon verflucht, als sie ins Exil geschickt wurden? Wie lange ist es schon so auf der Insel?«

Caitriona verzog den Mund. »Es ist ein lange schwelender Fluch, der das Land über die Jahrhunderte in Schatten verwandelt hat. Vor zwei Jahren ist er schließlich ganz erblüht.«

»Das kann nicht sein«, sagte Neve entschieden. »Die Zauberinnen haben Avalon gerettet. Sie hatten keinen Grund, es zu zerstören.«

Ebenso gut hätte sie Olwens Schere nehmen und sie Caitriona ins Herz rammen können.

Das Gesicht der Priesterin brannte förmlich, als die Wut mit ihr durchging. »Avalon gerettet? Eure Art hat die Göttin betrogen, ihren Glauben aufgegeben, und jetzt dient ihr nur noch euch selbst!«

»Zauberinnen glauben immer noch, dass die Göttin existiert und sie uns geschaffen hat. Wir denken nur nicht, dass sie noch viel mit uns zu tun hat, deshalb haben wir beschlossen, unser Schicksal selbst in die Hand zu nehmen«, brachte Neve angestrengt heraus.

»Also kennt ihr nicht das wärmende Gefühl, das euch der Glaube an die alles liebende Mutter verleiht, die über euch wacht und sich um euch sorgt«, sagte Caitriona. »Was für eine traurige, dunkle Existenz.«

»Ihr wisst nichts von unseren Leben!«, erwiderte Neve mit einer eindrucksvollen Vehemenz, bedachte man, dass sie kurz davor war vornüberzukippen. »Tatsache ist ... ohne *meine Art,* wie du es so unhöflich formulierst, würde *eure* Art nicht mehr existieren, denn ihr habt euch ja geweigert zu tun, was getan werden musste. Also, gern geschehen.«

Caitriona zog sich zurück wie eine Schlange, die sich zum Biss bereit machte.

»Wovon redet ihr?«, fragte ich und sah beide abwechselnd an.

»Ich bin auch verwirrt«, sagte Cabell.

»Und ich«, erklärte Emrys.

»Gnädige Mutter«, murmelte Olwen. »Müssen wir das besprechen?«

»Wir müssen«, antwortete Caitriona, ohne den Blick von Neve abzuwenden. »Erzähl ihnen deine blutgetränkte Geschichte, und erzähl sie wahr.«

»Und ob ich das werde!«, sagte Neve frostig. »Die Zauberinnen nennen es die verschwiegene Geschichte. Der Verrat war so schmerzlich, dass die Erinnerung daran verflucht wurde, niemals aufgezeichnet zu werden, nicht einmal in den Unvergänglichkeiten. Sie ist nirgendwo zu lesen, kann nur gehört werden. Und mir hat sie meine Tante erzählt.«

Die verschwiegene Geschichte. Diesen Begriff hatte ich Tausende Male gesehen. Damit bezogen sich die Zauberinnen auf ihr Exil, aber in ihren Memoiren tauchte die Geschichte selbst nie auf.

»Was war das für ein Verrat?«, fragte ich.

»Er wird ›die Abtrennung‹ genannt …«, hob Neve an.

»Der Bruch«, fiel Caitriona ihr ins Wort. »Uns ist er als ›der Bruch‹ bekannt.«

»Gut, was auch immer. Der Bruch. Es ist die Geschichte, die zählt, nicht der Name.« Neve schniefte und klammerte sich mit den Händen an den Tisch. »Und die Geschichte beginnt mit den Druiden und dem, was sie getan haben.«

Ich lehnte mich vor und hörte aufmerksam zu. Unter den Hollowern war bekannt, dass mindestens ein Druidenorden die römische Invasion der keltischen Länder überlebt hatte und dieser Zuflucht in Avalon gesucht hatte, bevor die Anderswelt von unserer abgespalten worden war.

Ansonsten kannten wir nur wenige Fakten über sie. Anfangs hatte es noch ein paar weibliche Druiden gegeben, aber die waren die absolute Ausnahme, und letztlich wurde es zu einem rein männlichen Orden. Mehrere Unvergänglichkeiten machten sich über ihre Roben und ihren Kopfschmuck lustig, wie auch über ihre komischen Methoden, mit tropfenden Löffeln zu weissagen. Es gab eine Redensart unter den Zauberinnen: *So mürrisch wie ein Druide sein.*

»Schon bald nach ihrer Ankunft in Avalon hatten die Druiden aus Wut über ihren verlorenen Status angefangen, dunkle Ambitionen zu entwickeln. Sie haben sich an den Herrn von

Annwn, dem Reich der bösen Toten, gewandt. Lord Death«, sagte Neve. »Er gab ihnen schwarze Magie, damit sie die Hohepriesterin stürzen und selbst die Insel regieren konnten. Sie wollten sie zu einem Ort der Verehrung ihres bösen Gottes machen – und sie haben es versucht.«

»Wie haben sie es versucht?«, fragte Cabell.

»Früher gab es viele Priesterinnen«, erklärte Olwen, damit Neve sich ausruhen konnte. »Avalon ist – war – ein friedlicher Ort; die Priesterinnen hatten keinen Grund, die Druiden zu fürchten, mit denen sie zusammenarbeiteten. So war es den Druiden möglich, alle bis auf eine Handvoll Priesterinnen zu ermorden, während sie schliefen. Sogar jene, die noch in der Ausbildung waren. Dann ...«

Olwen brach ab, fing sich wieder und räusperte sich. »Die Druiden haben alle jungen Mädchen auf der Insel umgebracht, als Warnung für die, die sich gegen ihre Herrschaft wehren wollten, und sie hatten die Macht von Lord Death benutzt, damit ihre Seelen nicht zur Göttin gehen konnten.«

»O verdammt.« Ich blickte zu Cabell, der genauso entsetzt wirkte wie ich.

»Die überlebenden Priesterinnen, einschließlich der Hohepriesterin, flohen in den Wald, waren sich aber uneins, was sie tun sollten«, sagte Neve. »Die Sache ist die: Wegen der restriktiven Glaubensregeln der Göttin ...«

»Wie kannst du es wagen?«, herrschte Caitriona sie an.

»Lass sie ausreden«, sagte Olwen und hob eine Hand.

»Wie gesagt«, fuhr Neve fort, »es gibt ... gewisse Überzeugungen, die man wahren und befolgen muss, um sich die Gunst der Göttin zu erhalten, einschließlich der, dass man keine Magie zum persönlichen Nutzen oder aus Rache anwenden darf.«

»Aha«, sagte Emrys. »Okay, jetzt kann ich wieder folgen. Die

Priesterinnen und die Zauberinnen schöpfen ihre Magie aus derselben Quelle, nutzen sie aber unterschiedlich.«

»Genau«, bestätigte Caitriona. »Wir benutzen unsere Magie, um zu heilen, unsere Insel zu bewirtschaften und alle um uns herum zu beschützen.«

»Und deswegen waren neun Priesterinnen, angeführt von der Hohepriesterin Viviane, bereit, die Insel den Druiden zu überlassen, damit das Morden aufhörte«, sagte Neve spitz. »Doch sieben andere, angeführt von Morgana, König Artus' Halbschwester, haben sich *zu Recht* gewehrt und die Druiden getötet. Und jene Schwestern, die überlebten, wurden dafür in die Sterblichenwelt verbannt.«

»Aus diesem Grund sind nur noch neun Priesterinnen im Dienst der Göttin«, ergänzte Olwen. »Stirbt eine, wird eine neue berufen. Es hat eine Ewigkeit gedauert, bis wir Neun berufen wurden.«

Neve sah wieder zu Caitriona und kämpfte gegen ihre Erschöpfung, als sie mit fester Stimme sagte: »Morgana und die anderen haben Avalon geliebt. Sie hätten es niemals verflucht.«

»Wie kann *irgendein* Fluch mächtig genug sein, um diesen Ort in ein solches Ödland zu verwandeln?«, fragte ich.

Ich blickte zu Cabell, um an seinem Gesichtsausdruck abzulesen, was er dachte. Wenn es ein Fluch war, hätte er ihn gefühlt. Er schaute mich nicht an, doch die Art, wie er von einem Bein aufs andere trat und seine Miene verschlossen wurde, verriet mir genug. Er legte zwei Finger in die gegenüberliegende Handfläche, was unser Zeichen für *Später* war.

Caitriona drehte sich zu mir um. »Stellst du meine Ehre in Frage?«

»So etwas hat niemand gesagt«, erwiderte Bedivere, dessen raue Stimme beruhigend klang. »Vergiss nicht, dass es im Kodex auch heißt, alle, denen wir begegnen, verdienen Wahrheit, Freundlichkeit und Vertrauen.«

Nun schien Caitriona sich ein wenig zu beherrschen. »Bevor sie ausgestoßen wurden, haben die Zauberinnen die Saat dunkler Magie gepflanzt. Eine von Krankheit und Schmerz, und sie lässt die Insel verrotten.«

»Wenn das stimmt«, sagte ich, »was sind dann diese Kreaturen? Woher kommen die?«

Caitrionas Blick war kalt. »Sie sind unsere Toten.«

Kapitel 16

Die Stille barst förmlich vor unausgesprochenen Emotionen. Neve mit ihrer offensichtlichen Erschöpfung. Caitriona, die immer noch kochte vor Wut. Olwens Missfallen. Bediveres Unbehagen. Fleas Staunen, als sie ihre allererste Zauberin anstarrte.

Der Kessel auf dem Feuer kochte und zischte wie lebendig. Bei dem Geräusch sprang Olwen auf, und diese Bewegung reichte, um den Bann von Caitrionas letzten Worten zu brechen.

Der süßliche Duft von Äpfeln und Zimt umwaberte uns, als Olwen die heiße Flüssigkeit für Neve in einen Becher schöpfte.

Neve blies eine Weile auf das dampfende Getränk, bevor sie vorsichtig daran nippte. Sofort wurde ihre Miene weicher vor Verblüffung, als sie in den Becher schaute. Schon jetzt sah ihre Haut nicht mehr so matt aus und sie wirkte wacher.

»Eure Toten …«, begann Neve. »Heißt das, der Fluch hat sie verwandelt?«

»Ja«, antwortete Caitriona scharf. »Noch einmal, *wie* hast du den Nebel gerufen und ihn deinem Willen gebeugt? Wie konntest du die Schutzzauber überwinden, die dich hätten abwehren müssen, Zauberin?«

»Mein Name ist Neve, nicht Zauberin«, sagte sie und presste eine Hand auf den kleinen Klumpen unter ihrem Shirt. »Und ich antworte nur der Hohepriesterin von Avalon.«

»Was für ein Pech für dich, denn sie ist seit über einem Jahr tot.« Ein Muskel in Caitrionas Wange zuckte. »Die Neun sind acht.«

Flea schluckte hörbar. Prompt krampfte sich mein Bauch zusammen vor Mitleid. Ich wusste, wie es war, so große Gefühle zu haben und sie nicht herauslassen zu dürfen – niemals.

Sie drängte sich an Caitriona und Bedivere vorbei und rannte hinaus in die Dunkelheit.

Olwen richtete sich auf und stemmte die Hände in die Hüften. »Na, jetzt hast du es geschafft!«

Caitriona warf den Kopf in den Nacken und stöhnte. Bevor sie hinaus in den Hof ging, drehte sie sich ein letztes Mal um und holte tief Luft.

»Spar dir die Mühe, Cait«, schnitt Bedivere ihr das Wort ab. »Ich bleibe bei Olwen und sorge dafür, dass sie zu ihren Kammern gebracht werden.«

Steif wandte Caitriona sich wieder zur Tür.

»Moment«, sagte Neve mit fester Stimme und streckte eine Hand aus. »Meinen Stab, bitte.«

Caitriona umklammerte ihn fester. »Den bekommst du zurück, wenn ich beschlossen habe, dass wir dir trauen können.«

»Ich brauche keinen Stab, um Magie zu wirken«, entgegnete Neve täuschend munter. »Und du kannst dein Silberhaar noch so viel herumwerfen, aber ich will und brauche dein Vertrauen nicht, von deiner Anerkennung ganz zu schweigen.«

Caitriona stürmte hinaus und knallte die Tür hinter sich so fest zu, dass die nahen Regale erzitterten.

»Wie nett«, bemerkte ich und schlang die Arme um meinen Oberkörper.

Olwen, die mein Frösteln bemerkt hatte, ging zum Herd, hob eine Hand und flüsterte etwas, das wie ein Singsang klang, worauf das Feuer stärker aufflammte. Neve sog den Anblick förmlich in sich auf.

»Ihr müsst verstehen«, sagte Olwen, die sich wieder Emrys' Arm widmete, »dass Caits einziges Ziel ist, die Überlebenden zu schützen. Ich will kein Wort gegen sie hören.«

Tatsächlich waren mir Caitriona und die anderen egal. Wir waren aus einem Grund hergekommen, und nur auf den kam es an.

»Stimmst du Caitrionas Geschichte zu, wie der Fluch über das Land gekommen ist?«, fragte Emrys, was von dem Thema ablenkte, wie wir nach Avalon gelangt waren.

»Ich glaube, dass es ein Fluch ist, ja, aber was die Quelle angeht, bin ich mir weniger sicher.« Olwen lehnte nachdenklich ihre Wange in eine Hand. »Avalon war einst ein Ort, an dem es keine richtigen Krankheiten gab. Keinen Hunger. Kein Leid. Aber ich habe von den Seuchen der Sterblichenwelt gelesen und kann nicht umhin, Ähnlichkeiten zu dem zu sehen, wie die Dunkelheit sich hier ausgebreitet hat.«

Eine magische Krankheit oder ein Virus? Es war ein beängstigender Gedanke – und keiner, von dem ich in irgendwelchen Unvergänglichkeiten gelesen hatte.

»Wirkt deine Magie bei allen Pflanzen?«, fragte Neve Emrys. Als er nickte, hatte sie weitere Fragen: »Was hast du in dem Wald gespürt? Haben die Bäume dir irgendetwas gesagt?«

»Nein. Nichts.« Emrys erschauderte leicht. »Überhaupt nichts. Es war furchtbar.«

»Angefangen hat es vor zwei Jahren«, sagte Olwen und holte tief Luft. »Zuerst kam der Fluch über die kleinsten Feen, nicht größer als Blumen, dann zu jenen, die den heiligen Hain pflegten, zu den Tieren, sogar den Bäumen und ihren Nymphen. Und zu meiner Wassernymphenverwandtschaft.«

Sie blickte auf ihre Hände und sammelte sich kurz, ehe sie fortfuhr: »Jede Kreatur, die nicht den Schutz des Turms suchte, ging ein – das heißt, fast alle. Die dunkle Magie machte sie krank und tötete sie, aber auf unsere Toten wirkte sie anders. Sie ließ sie … wiederauferstehen. Verwandelte und verdarb ihren Geist. Jetzt kennen sie nur noch ihren Hunger.«

»O Mutter«, flüsterte Neve.

»Wir nennen sie die Kinder der Nacht, weil sie in den dunklen Stunden jagen«, erzählte Olwen weiter. »Sie leben, und dennoch spüre ich nichts mehr von der Göttin in ihnen. Sie scheinen kein Licht zu ertragen, und einzig Feuer kann sie aufhalten. Doch zum Glück für sie ist unser Himmel von Schatten übernommen worden. Wir haben nur wenige Stunden Sonnenlicht jeden Morgen, bevor die Dunkelheit zurückkommt.«

»Das muss es beinahe unmöglich machen, etwas anzubauen«, sagte Emrys.

»Wir haben Zauber, die Sonnenschein nachahmen, aber als die Dunkelheit zunahm, haben wir die Haine und Felder an die Fäule verloren«, antwortete Olwen. »Wie ihr euch denken könnt, ist Hunger dem heutigen Avalon sehr gut vertraut.«

»Dank der Neun kommen wir gut genug zurecht«, sagte Bedivere sanft. »Unsere Essensvorräte reichen noch für einige Monate.«

Sein Lob entlockte Olwen ein kleines Lächeln.

»Und ihr wisst wirklich nicht, was das verursacht hat?«, hakte Cabell nach.

»Caitriona hat eine Theorie, wie ihr eben gehört habt«, sagte Olwen. »Manche meiner Schwestern stimmen ihr zu, während andere denken, das Land ist erkrankt, weil sich die Göttin nach dem Blutvergießen von uns abgewandt hat.«

»Was ist mit den Druiden?«, fragte ich. »Ihr habt gesagt, sie haben Lord Death angebetet und Magie genutzt, die er ihnen gegeben hat – und dass sie *Kinder* massakriert haben. Warum stehen sie nicht weiter oben auf der Liste der Verdächtigen?«

»Sie könnten durchaus die Quelle unseres Leids sein«, sagte Olwen. »Aber wir wurden in dem Glauben erzogen, dass die Wahl der Zauberinnen der schlimmere Verrat war, weil er von jenen kam, die unsere Vorfahrinnen geliebt und denen sie am meisten vertraut hatten.«

»Das ist lächerlich«, schimpfte ich.

»Mag sein, doch der Schmerz hat viele Gesichter – Wut, Misstrauen, Angst«, erwiderte Olwen leise. »Als meine Schwestern und ich von der Göttin berufen wurden, mussten wir unsere Familien und unser Zuhause verlassen, um zur Ausbildung zum Turm zu kommen. Die Hohepriesterin Viviane wurde für uns eine zweite Mutter. Sie brachte uns alles bei, was wir über die Göttin, über Magie und über Rituale wissen. Doch der schmerzliche Bruch gehörte zu ihrem Erbe, und das ist schwer abzutun, wenn es sich anfühlt, als würde man sie mit aufgeben.«

»Augenblick mal«, sagte Cabell. »Viviane? Gab es mehr als eine Hohepriesterin mit dem Namen?«

»Nur die eine«, antwortete Olwen mit einem traurigen Lächeln. »Und um deine nächste Frage vorwegzunehmen, ja, bei ihrem Tod war sie mehrere Hundert Jahre alt. Wahrscheinlich fast tausend, misst man ihr Leben nach dem schnelleren Zeitverlauf in eurer Welt.«

»Selbst wenn wir die unterschiedlichen Zeitbegriffe berücksichtigen«, sagte ich und war froh, dass die zumindest bestätigt waren, »leben nicht einmal Zauberinnen so lange. Wie hat sie das geschafft?«

»Die Magie des Eids, den sie der Göttin geschworen hat – den wir alle als Priesterinnen ablegen –, hielt sie am Leben, bis endlich neun neue Priesterinnen geboren waren«, erklärte Olwen. »Der Bruch war eine Narbe auf Vivianes Herzen, und sie hat jenen nie vergeben, die ihn verursacht haben. Manche meiner Schwestern teilen ihre Überzeugungen, wenn auch nicht annähernd in dem Ausmaß.«

»Und du?«, fragte Neve.

»Ich verstehe, warum die Zauberinnen taten, was sie getan haben, auch wenn ich es nicht gutheißen kann«, antwortete Olwen. »Ich weiß, dass Sir Bedivere genauso empfindet.«

»Fürwahr.« Der alte Ritter lehnte sich neben die Tür und sah nachdenklich aus. »Ich glaube, die Gier der Druiden war so groß, dass sie Avalon Böses wünschen würden, wenn sie es nicht beherrschen konnten.«

»Gibt es irgendwelche Beweise?«, fragte Cabell. »Würde sich Todesmagie nicht anders anfühlen als die Kraft, aus der wir schöpfen?«

»Das kann ich nicht sagen«, antwortete Olwen. »Wir haben sonst nur einen anderen Hinweis auf die Krankheitsursache.«

Olwen ging zu den Regalen und glitt mit den Fingern über die ledergebundenen Bücher und Schriftrollen, bis sie einen kleinen Band gefunden hatte, dessen dicke Pergamentseiten von einem verknoteten Tau zusammengehalten wurden. Die Allsicht verwirbelte die Symbole auf dem ersten Blatt zu Wörtern, die ich verstand: *Weisheit der Mutter.*

»Hier ist es …« Olwen räusperte sich und hielt sich eine Lupe vors Auge. *»Dreierlei Magie ist zu fürchten: aus dem Zorn der Götter geborene Flüche, Gifte, die Erde zu Asche verwandeln, und jene, die das Herz dunkel und Knochen zu Silber werden lässt.«*

Olwen legte das Buch hin. »Es gibt nirgends sonst Aufzeichnungen zu so einem Leiden – *silberne Knochen.* Sicher hätte die Heilerin des Turms es irgendwo notiert, da sie einige der Zauberinnen und Druiden untersucht hatte, die im Kampf getötet wurden. Und doch …«

Olwen drehte sich zu ihrem Arbeitstisch um und holte etwas aus einer Lederrolle mit Werkzeugen. Es glich einer langstieligen Zange. Dann strich sie mit der Hand über einige der geschlossenen Gläser und Körbe und hob ein schwer aussehendes Glasbehältnis von dem Regal, um es auf den Tisch zu stellen.

Sie zog den Stoff ab, und ich starrte auf einen verschrumpelten Menschenkopf.

»Oooh!«, hauchte Neve entzückt.

»Urghs!«, machte ich.

Olwen nahm den Glasdeckel ab, und sofort stieg ein fauliger Geruch auf. Der Gestank des Todes, noch schlimmer geworden durch den grünen Schleim, in dem der Kopf schwamm.

Mit der Zange angelte Olwen ihn heraus und legte ihn auf den Tisch. Die angewiderten Blicke im Raum nahm sie gar nicht wahr. Sogar Bedivere, der schlachtenerprobte Ritter, verzog das Gesicht.

»Kommt bitte her«, sagte Olwen.

Als nur Neve es tat, schaute Olwen verwirrt auf.

»Nicht alle teilen deine Faszination für solche Dinge, meine Liebe«, erinnerte Bedivere sie. »Vielleicht wäre in Zukunft eine Warnung angebracht.«

Der Ton des alten Ritters war väterlich sanft und beruhigend in einem Sturm von Emotionen. Sowohl Caitriona als auch Olwen blickten zu ihm auf wie zu einem Vater – das erkannte man an der Art, wie sie ihn ansahen und auf seine Worte reagierten.

»Ich werde schnell machen, um eure Mägen zu schonen«, versprach Olwen.

Mit einem anderen Metallwerkzeug klappte sie einen scheußlichen Hautlappen am Hinterkopf weg. Unter der runzligen, verschrumpelten Haut schimmerte reines Silber, als wäre der ganze Schädel in das geschmolzene Edelmetall getunkt worden.

»Verflucht«, sagte Cabell staunend und beugte sich näher über den Kopf. »Passiert das mit ihnen allen?«

»Mit allen und mit all ihren Knochen«, antwortete Olwen. Sie sah zu Neve, die den Schädel sichtlich fasziniert betrachtete. »Neve, vielleicht kannst du mir bei meiner Recherche helfen. Meine Kenntnis von Flüchen ist zugegebenermaßen recht mager, und wir haben nicht viele Berichte.«

»Natürlich.« Neve riss die Augen weit auf. »Wir bekommen sicher mehr heraus.«

Ich zog die Augenbrauen hoch. Das klang ziemlich optimistisch.

»Es ist seltsam, nicht?«, fragte Olwen an Neve gewandt. »Dass wir von derselben Insel und von derselben Göttin abstammen und unsere Magie jetzt auf so unterschiedliche Weise einsetzen. Aber ich bin froh, dich getroffen zu haben, Neve, und auch wenn sie jetzt beängstigend scheinen mögen, weiß ich, dass meine Schwestern meine Dankbarkeit noch teilen werden.«

»Mir fällt mindestens eine ein, die widersprechen würde«, sagte Neve.

»Sie braucht bloß Zeit«, versicherte Olwen. »Wenn ich mir einer Sache gewiss bin, ist es die, dass die Göttin euch hergeführt hat. Euch alle.«

Während Olwen sprach, beobachtete ich Bediveres Reaktion. Der alte Ritter hatte einiges an Tod und Dunkelheit gesehen, und sein versteinerter Gesichtsausdruck gab seine Gedanken preis. Er erkannte die Aussichtslosigkeit der Lage genauso klar wie ich.

»Und ich bin froh darüber«, redete Olwen weiter, »denn es

hat zu viele Tage gegeben, an denen es sich anfühlte, als hätte sich die Göttin von uns abgewandt. Aber ihr seid hier. Der Pfad hat sich euch geöffnet.«

Jemand klopfte zaghaft an die Tür, und Betrys trat ein, die ein Bündel vor ihrer Brust hielt. »Du hast wieder das Abendessen versäumt.«

»Nun, ich war recht beschäftigt«, verteidigte Olwen sich.

»Wann bist du das nicht?«, fragte Betrys leise tadelnd.

Sie legte das Bündel auf den Tisch und öffnete es, um einen kleinen Kanten Brot und gräulichen Eintopf zu enthüllen. Mir lief das Wasser im Mund zusammen.

»Danke, Schwester«, sagte Olwen.

»Du brauchst mir nicht zu danken«, entgegnete Betrys. »Ich muss nur sicher sein, dass du auf dich aufpasst. Du gehst heute Abend zu den Quellen, oder? Jede von uns ist gern bereit, dich zu begleiten.«

»Ja, ja«, tat Olwen es ab.

Betrys blickte sich über die Schulter zu uns um. »Ich habe Anweisung, euch auch zu den Quellen zu bringen, damit ihr euch waschen könnt. Ihr bekommt dann frische Kleidung, die für die anderen weniger beängstigend wirkt, und dann werdet ihr zu Kammern geführt, um euch auszuruhen.«

»Was ist mit unseren Sachen?«, fragte ich.

»Dort bekommt ihr eure Habe wieder«, versprach Betrys. »Allerdings gibt es Fragen hierzu …«

Sie griff in eine Tasche an ihrer Seite und holte ein vertrautes Bündel in violetter Seide hervor. Cabell hüstelte, und warf mir einen Blick zu, der heißen sollte: *Tu etwas.*

Emrys stand von dem Feldbett auf und kam interessiert näher. Ich beobachtete, wie er langsam die Augenbrauen hochzog, als

Betrys Ignatius auswickelte und ihn ins Kerzenlicht hielt. Zum Glück blieb das verkrustete Auge geschlossen.

Mist. Ihn hatte ich komplett vergessen. Und wie konnte es sein, dass Septimus ihn nicht gestohlen hatte – oder er in dem Chaos nicht aus meinem Rucksack gefallen war?

Ich verschränkte meine Hände auf dem Rücken und strengte mich an, in der nun folgenden Stille keine Reaktion zu zeigen. Im Laufe der Jahre hatte ich gelernt, dass man nur schuldig wirkte, wenn man sich zu schnell verteidigte.

»Ah, so eine habe ich auch!«, sagte Olwen begeistert. Sie ging zurück zu ihren Regalen und hob ein Tuch von einem der Gläser, um stolz eine erbärmlich aussehende Hand in grünlicher Brühe zu zeigen.

Olwen strahlte, doch Betrys schüttelte sich.

»Machst du das mit Absicht?«, fragte Betrys matt.

»Nein, niemals!«, antwortete Olwen unschuldig und deckte das Glas wieder zu.

Es hatte mir genug Zeit verschafft, um eine Strategie zu entwickeln: das Opfer spielen, nicht die Verdächtige.

»Ihr hattet kein Recht, unsere Sachen zu durchwühlen«, sagte ich.

»Hatten wir nicht?«, fragte Betrys. »Fremde tauchen in unserem Land auf, und wir haben *kein Recht,* uns zu vergewissern, dass sie keine Waffen oder noch mehr dunkle Magie mitgebracht haben?«

Bedivere stand hinter ihr und bestätigte ihre Worte stumm. Er nahm ihr die Totenhand ab, wobei er sorgfältig achtgab, nur den Metallhalter zu berühren. Angewidert kräuselte er die Oberlippe.

»Welche Magie ist mit diesem … Ding verbunden? Ich fühle sie, aber sie gibt sich mir nicht zu erkennen.«

Die Hand blieb steif und das Auge geschlossen. Ignatius' Loyalität rührte mich ein klein wenig.

»Ist das …?«, hauchte Neve, die sich ein bisschen näher herantraute.

»Ich habe mich immer gefragt, wie du …«, begann Emrys.

»An so eine, äh, einzigartige Leuchte gekommen bin?«, fiel ich ihm ins Wort. »Sieht sehr echt aus, oder?«

»Sehr«, sagte Betrys und verengte die Augen. »Und ihre Magie?«

»Meine Schwester hat ein Faible für seltsame und furchtbare Dinge«, erklärte Cabell grinsend.

»Ich liebe so was«, beteuerte ich rasch. »Immer her mit allem, was makaber, verboten oder scheußlich ist – solange es nicht von einem wütenden Geist besessen ist.«

Emrys schnaubte amüsiert.

»Was denkt ihr denn, warum ich so viel Zeit mit diesem schrecklichen Typen verbringe?«, fragte ich und wies mit dem Daumen in Emrys' Richtung.

»Haha«, kam es von ihm. »Und ich dachte glatt, es läge an meiner Persönlichkeit!«

An Betrys' Stelle hätte ich mich gezwungen, die Dochte anzuzünden und meine lächerliche Geschichte zu beweisen. Stattdessen glaubte sie mir und gab mir Ignatius zurück.

»Flea hat eine ähnliche Vorliebe«, warnte sie, »und die Angewohnheit, komische Dinge zu sammeln, also … wenn ich du wäre, würde ich gut auf die aufpassen.«

Ich fühlte, wie Ignatius sein geschlossenes Auge verdrehte, als ich ihn einwickelte, und versuchte, das Thema zu wechseln. »Hattest du nicht etwas von ›baden‹ gesagt?«

»Ja«, antwortete Betrys. »Hatte ich. Wenn ihr mir folgen wollt.«

»Eigentlich ...«, sagte Emrys. »Bin ich erledigt. Könnte mir jemand zeigen, wo wir schlafen sollen?«

»Ich begleite dich«, antwortete Bedivere.

»Warte.« Olwen fing Emrys am Arm ab. »Falls es dir nichts ausmacht und du nicht *zu* müde bist, könntest du dir mal meinen Garten anschauen und sehen, ob dir die Kräuter mehr verraten als mir?«

Skeptisch blickte ich zu ihrer Hand an seinem Ellbogen. Im Ernst? Das konnte nicht bis morgen früh warten?

Etwas in meiner Brust krampfte sich zusammen, als er nickte. Ich zwang mich, zu Boden zu sehen. Aber er hatte ja noch nie einer Chance widerstehen können, seinen Charme spielen zu lassen.

Wir waren zusammen hergekommen – wir vier. Und mir schien wichtig, dass wir zusammenblieben, bis wir wussten, was hier los war.

Doch Cabell legte eine Hand auf meine Schulter und führte mich nach draußen, bevor ich widersprechen konnte. Die Tür schloss sich hinter uns, als ich Emrys leise lachen hörte, und wir waren ausgesperrt aus dem kleinen Refugium von Wärme und Licht und zurück in der Kälte und Dunkelheit der Anderswelt.

Und für den Fall, dass wir gewagt hatten, sie auch nur einen Moment zu vergessen: Die rastlosen Kinder der Nacht hatten es umgekehrt nicht. Ihr Kreischen von der anderen Seite der alten Mauern durchschnitt die Stille auf dem Hof. Die Monster genossen die sternenlose Nacht.

Kapitel 17

Betrys brachte uns über den Hof zu einer Tür in der Festungsmauer. Ein Mann in Rüstung schaute neugierig vom Wehrgang zu uns herab. Hinter ihm züngelten Flammen in einer Feuerschale gen Himmel, die wenig gegen die Dunkelheit ausrichten konnten.

Auf Neves scharfes Luftholen hin drehte ich mich um und erschrak ebenfalls. Eine gigantische Gestalt, an die dreieinhalb Meter groß, schlurfte langsam an der Steinfassade des Turms entlang zu dem Baum, der dem Gebäude als Fundament und Rückgrat diente.

Der Körper des Wesens ähnelte grob einem Menschen, zusammengesetzt aus knorrigen Ästen und Wurzeln mit Hohlräumen nahe den Gelenken. Er knarzte und ächzte, als sich die Kreatur bewegte. Auf ihrem Kopf lag eine zackige Krone aus Zweigen und Laub. Und aus den Konturen der Gestalt drang ein grün leuchtender Nebel.

Als sie sich zu uns umschaute, erhellte der Nebel die Augenhöhlen, doch die Kreatur schien keinen Mund, überhaupt keine Mimik zu haben.

»O verdammt!«, hauchte Cabell.

»Das ist Deri«, sagte Betrys, die bemerkte, dass wir ihr nicht mehr folgten. »Die Dryade, die mit dem Mutterbaum verbunden ist. Einst hatten alle Bäume von Avalon ihre eigenen Dryaden und die wiederum andere ungebundene Dryaden, die ihnen halfen, aber ... na ja, ihr habt ja gesehen, was aus dem Land geworden ist.«

Ich nickte benommen. Die Dryade bückte sich und kratzte mit ruhigen, gründlichen Bewegungen dunklen Schmutz von der Baumrinde.

»Jetzt kommt.« Betrys nickte zu der Tür, und wir gingen weiter. Hinter der Tür tauchte eine weitere Wendeltreppe auf, und wieder einmal führte sie nach unten.

Nach einer Weile wurden die Stufen breiter. Fernes Wasserrauschen hallte durch den Aufgang, und die Luft bekam eine fast mineralische Note, nicht unähnlich wie kurz vor einem Regenschauer. Je weiter wir nach unten kamen, desto heller wurde es. Bald hatten die Gesichter um mich herum, meine Haut, mein Haar und meine Kleidung einen himmelblauen Schimmer angenommen.

Wir kamen um die letzte Treppenbiegung, als unter uns die Quellen auftauchten. Ich wurde langsamer. Cabell wollte mich weiterschieben, aber ich konnte mich nicht bewegen.

Die Höhle war riesig und die Gewölbedecke mit Darstellungen von jungen Frauen verziert – der Göttin und der Priesterinnen, vermutete ich. Getragen wurde die Decke von den Schultern dreier massiver Statuen. Eine war eine junge Frau mit einer Blumenkrone und einem fließenden Gewand. Die zweite war eine friedliche, mütterliche Frau in einer Schürze mit einem Korb und einem Webrahmen zu ihren Füßen. Die dritte war eine alte Frau, gebeugt und in einem Umhang, der um sie herumwirbelte und die Sterne und Mondphasen abbildete. Es waren die drei Erscheinungen der Göttin: Jungfrau, Mutter, Alte.

Unten verlief ein Fluss glühenden Wassers durch die Mitte

der Höhle, der wie Harz aus einem Spalt in einer enormen Wurzel des Mutterbaums kam. Kleine Nebenflüsse formten runde Becken. Dampf stieg von den Oberflächen auf und versprach eine dringend nötige Entspannung für meine steifen, wunden Muskeln.

In mir rang Verbitterung mit Ehrfurcht. Wie viele atemberaubende Orte, wie viele wundervolle Anblicke hatte ich versäumt, bevor ich die Allsicht bekam? Nichts in meiner Fantasie war mit dem vergleichbar, was ich hier sah, weder an Schönheit noch an Größe. Für die Tamsin von vor einer Woche erst wäre es so gewesen, als sei hier einfach nichts.

Ordentliche Stoffbündel lagen neben drei Becken bereit. Mit der Fußspitze hob ich das dünne Handtuch von einem hoch und sah eine schlichte Tunika, Reithosen und verblüffend moderne Unterwäsche darunter.

»Das ist unglaublich«, sagte Cabell, der sich umschaute. »Was bringt das Wasser so zum Leuchten?«

Anderweltliches Licht schimmerte aus der Tiefe von jedem Becken und sorgte für eine wohltuende Atmosphäre an dem Ort, der sonst nur eine unheimliche Höhle wäre. Ich stellte den eingewickelten Ignatius auf der untersten Treppenstufe ab, weit weg von den Becken.

»Es heißt, das Wasser sind die Tränen der Göttin«, antwortete Betrys. »Die aus ihrem Herzen in der Mitte des Mutterbaums fließen.«

Ich verzog das Gesicht. »Mir gefiel es besser, bevor du Körperflüssigkeiten ins Spiel gebracht hast.«

Zu meiner Überraschung lachte Betrys leise. »Es ist erholsam – heilt auf eine andere Art, als es Olwen kann.«

Neve holte tief Luft, als kostete sie den Regenduft aus. Ihre großen Augen strahlten vor Staunen.

»Ich muss meine einstündige Wache übernehmen«, erklärte Betrys. »Es macht euch hoffentlich nichts aus, hier zu warten, bis ich zurück bin und euch zu euren Zimmern bringe.«

»Wahrscheinlich musst du uns hier rauszerren!«, antwortete Cabell.

Betrys kehrte uns den Rücken zu. »Ich bringe eure Sachen zur Wäscherei, wenn ihr sie neben den Becken liegen lasst.«

Linkisch zogen wir uns aus und gaben acht, einander nicht anzusehen. Ich bedeckte mich mit den Armen, und mein Gesicht glühte, weil ich so entblößt war, als ich zu dem Wasser ging und vorsichtig einen Fuß hineinstreckte.

Ich erschauerte vor Glück. Es war so wunderbar warm. Je länger ich in den Dunst auf der Oberfläche blickte, desto unerträglicher fühlte sich die kühle Luft um uns herum an. Ich stieg weiter ins Becken, tauchte ein und berührte sofort den glatten Grund mit meinen Zehen.

Das Wasser schien unerwartet schwer, als wäre es sehr salzhaltig. Eine Kante war in der idealen Höhe in den Rand geschlagen, sodass ich meinen Kopf und die Schultern über dem Wasser halten konnte.

Der Schmutz und das Blut von Tagen lösten sich von meiner Haut. Mein ganzer Körper entspannte sich, und langsam auch mein Verstand. Ich atmete tief ein, bevor ich mit dem Kopf unter Wasser tauchte und mir mit den Händen das Haar und das Gesicht schrubbte.

Japsend drang ich wieder an die Oberfläche und wischte mir das Haar aus dem Gesicht. Cabell seufzte, als er in sein Becken sank. Dann drehte er sich zu mir und stützte die Arme auf die Felskante. »Das toppt die römischen Bäder in Algerien, was?«

»Und wir mussten nicht mal einbrechen, um sie zu benutzen«, antwortete ich. »Ein ganz neues Erlebnis für uns.«

Mir war nicht bewusst, dass Betrys noch dastand, bis sie zwei Worte hauchte: »Diese Symbole …«

Ich folgte ihrem Blick zu Cabells tätowierten Armen und Schultern.

»Warum bedeckst du deinen Körper mit Fluchsigillen?«, fragte Neve, die sich hochzog, um über ihren Beckenrand zu schauen. Sie hatte ihre Braids hochgebunden, damit sie trocken blieben.

Um all die Flüche festzuhalten, die er gebrochen hat, dachte ich. *Um cool und geheimnisvoll auf Mädchen zu wirken, die keine Ahnung haben, was sie bedeuten.*

»Um mich daran zu erinnern, dass Flüche nur dunkel sind, wenn sie so angewandt werden«, sagte Cabell.

Betrys sah aus, als wollte sie noch etwas erwidern, drehte sich aber um und eilte mit unseren Sachen die Treppe hinauf. Unsere Jacken und Schuhe ließ sie neben den Bündeln neuer Kleidung liegen.

»Du musst damit aufhören«, flüsterte ich Neve von meinem Beckenrand zu.

»Womit?«

»Denen alles zu verraten, bevor wir wissen, wie sie reagieren«, antwortete ich. »Dieses Losplappern-bevor-du-nachdenkst-Ding bei dir nervt allmählich. Wir brauchen sie auf unserer Seite, wenn wir eine Chance haben wollen, Nash zu suchen.«

»Du traust echt keinem, oder?«, erwiderte Neve kopfschüttelnd.

»Ich vertraue darauf, dass Leute immer um sich schlagen, wenn sie Angst haben«, sagte ich. »Und dass sie alles tun, wenn sie verzweifelt genug sind.«

Mit einem genüsslichen Seufzen sank Neve zurück ins Wasser. Verhasste Schuldgefühle regten sich in mir.

»Geht es dir gut?«, fragte ich Neve. »Du hast einige heftige Stunden hinter dir.«

Was stark untertrieben war. Tatsächlich hatte ich eine Menge von der Welt gesehen und rechnete grundsätzlich mit dem Schlimmsten. Trotzdem schockte mich, mit wie viel Abneigung man Neve begegnet war.

»Ja«, sagte sie mit ihrer üblichen Entschlossenheit. »Aber mir wird es besser gehen, wenn ich meinen Stab wiederhabe und wir Nash und den Ring finden.«

Ich nickte.

Man hatte so lange Angst vor Zauberinnen gehabt und all den Arten, wie sie einen verletzen könnten, dass man nicht daran dachte, wie sie verletzt werden konnten. Wie sie wegen dieser Kräfte bestraft wurden.

Ich hatte sie hergebracht, an einen Ort, an dem Zauberinnen als böse galten. Wo Neve in der absoluten Minderheit war und genauso ratlos, was hier vorging, wie Cabell und ich. An einen Ort voller Monster.

Ich sank wieder tiefer und ließ das Wasser bis über meine rissigen Lippen steigen. Sofort ließ das Brennen der Schuld nach, aber das Bedauern blieb.

»Avalon ist ein Ort der Schönheit«, sagte Neve leise. Sie starrte in den Dunst vor ihr und zitierte aus dem Gedächtnis: *»Die schönste aller Anderswelten, denn sie wurde aus dem Herzen der Göttin geboren und ist ihr teuer wie ein Kind. In den Hainen reifen uralte Geheimnisse und ein Überfluss an goldenen Äpfeln ...«*

»Nicht der eklige Gestank von nahendem Tod?« Der Scherz war selbst für meine Verhältnisse superschlecht.

»Nach allem, was ich über Avalon gelesen habe«, hob Neve erneut an, drehte uns aber weiterhin den Rücken zu, »hatte ich jahrelang eine Vision davon im Kopf. Sie war mir so heilig wie die Geschichten, die meine Tante mir von meiner Mutter erzählte. Beide waren fern und wunderschön.«

Ich lehnte meinen Kopf an den Beckenrand, sodass mir das Haar übers Gesicht fiel und sich wie eine zarte Hand an meine Wange legte. »Fühlt es sich für euch wirklich wie ein Fluch an?«

Vor der Allsicht konnte ich Magie wie eine Veränderung des Luftdrucks spüren. Sie war gestaltlos und ständig anders gewesen. Manchmal, bei den älteren Flüchen, konnte man sogar den Zorn und die Bosheit fühlen, die von den Sigillen abstrahlten. Mit der Allsicht waren diese Sinne gereift, stärker geworden und wurden es immer noch auf eine Art und Weise, die ich nicht ganz greifen konnte.

»Tut es«, antwortete Cabell, »und irgendwie auch nicht. Ich weiß nicht, wie ich es erklären soll.«

Endlich drehte Neve sich wieder zu uns um und richtete sich ein wenig auf. Ich tat es auch und beobachtete die Gesichter der beiden im himmelblauen Licht.

»Es fühlt sich so ähnlich an – eisig und scharf –, aber irgendwie … konzentrierter?« Neve stöhnte. »Ach, das ergibt überhaupt gar keinen Sinn!«

»Stimmt«, sagte Cabell. »Ich glaube, es waren die Druiden und die Magie, die sie von Lord Death bekommen haben. Es kommt mir nicht wie die Magie vor, die wir aus der universellen Quelle schöpfen.«

Es tat gut, wieder in unsere üblichen Muster zu verfallen und Theorien auszutauschen. Cabell war schon immer der bessere Teamplayer, während ich achtgab, so viel Wissen vor anderen zurückzuhalten wie möglich.

»Ich weiß nicht viel über Lord Death«, gestand Neve stirnrunzelnd.

»Über ihn gibt es viele verschiedene Legenden«, sagte ich.

»Nash hat uns die erzählt, dass er zu König Artus' Zeiten ein mächtiger Hexenmeister war und sogar mal mit Artus und seinen Rittern durchs Land gereist ist. Aber er brach einen Eid und wurde zur Strafe nach Annwn verbannt, wo er wie ein König und zugleich wie ein Gefängniswärter für die Seelen fungiert hat, die zu dunkel waren, um wiedergeboren zu werden.«

»Was war das für ein Eid?«, fragte Neve.

»Das hat Nash nie gesagt, deshalb bin ich mir nicht sicher, ob er es wusste«, antwortete Cabell. »Ich habe auch nirgends etwas dazu gelesen, also kann es sein, dass er den Eid einfach erfunden hatte. Meistens ist von ihm als dem Anführer der Wilden Jagd zu lesen, der zwischen den Welten umherzieht, um die verdorbenen Seelen für Annwn einzusammeln. Seine Macht erlaubt es ihm und seinen Gefolgsleuten, durch die Nebel zu dringen, die die Anderswelten voneinander trennen.«

»Gruselig«, sagte Neve mit ein bisschen zu viel Ehrfurcht. »Jetzt bin ich erst recht überzeugt, dass die Zauberinnen recht hatten. Lord Death und die Druiden hätten unaussprechliche Dinge getan, hätten sie die Herrschaft über Avalon gewonnen.«

»Tja, wenn wir richtigliegen, haben sie bereits Unaussprechliches getan«, sagte ich. »Beweisstück A: Wir sind beinahe von Untoten gefressen worden.«

Wir verstummten wieder, weil alle an unsere Ankunft hier dachten. Als ich die Augen schloss, schlich sich die dunkle Gewalt der Nacht von hinten an mich heran und schlang ihre knochigen Finger um meinen Hals.

Und Septimus' Gesicht ...

Als hätte er meine Gedanken geahnt, griff Cabell von seinem Becken aus zu mir und legte mir eine Hand auf den Kopf. »Alles wird gut. Wir finden Nash und den Ring, und wir finden einen sicheren Weg zurück zum Portal.«

Ich rang mir ein Lächeln ab. »Bestimmt.«

Ich drehte mich wieder weg von den beiden und atmete die feuchte Luft ein. Mein nasses Haar klebte mir im Gesicht, aber ich strich es nicht weg.

»Ich könnte hier einschlafen«, sagte Neve. »Alles, was ich noch brauche, ist eine Tasse heißen Kamillentee, ein hypoallergenes Kissen und ein gutes Buch.«

»Mehr nicht?«, fragte ich amüsiert.

»Bücher habe ich keine, aber ich kenne Geschichten«, sagte Cabell hörbar munterer.

Eventuell hatte Betrys recht, und die Becken heilten mehr als nur den Körper. Dass sie auch den Geist und die Seele berührten.

»Nein«, flehte ich. »Keine Geschichten!«

»Erzähl mir eine von deinen Lieblingsgeschichten, Cabell«, widersprach Neve.

»Ich mache sogar noch etwas viel Besseres.« Cabell bespritzte mich mit Wasser. »Ich erzähle dir eine von Tamsins.«

Ich wusste genau, welche er meinte. »Das ist nicht meine Lieblingsgeschichte.«

»Doch, ist es. Du hast Nash wieder und wieder darum gebeten ...«

»Na gut«, unterbrach ich ihn murmelnd. »Dann erzähl sie eben.«

»Vor langer Zeit herrschte in einem längst vergessenen Königreich ein König namens Artus über die Menschen wie auch über das Feenvolk, aber diese Geschichte setzt davor an, als er noch ein Junge war«, begann Cabell zu erzählen.

Etwas in mir verkrampfte sich. Der Tonfall, der Rhythmus seiner Worte ... sie waren Nashs so ähnlich.

»Kurz nach seiner Geburt war er von niemand Geringerem

als dem weisen Druiden Merlin aus Tintagel Castle geschmuggelt worden, der wusste, dass Artus' Leben in Gefahr war, weil verschiedene Lords um die Herrschaft kämpften. Zu ihnen zählte auch Artus' eigener Vater, Uther Pendragon. Artus wurde zu einer Adelsfamilie gebracht, die ihn wie ihr eigenes Kind aufzog. Eines Tages erschien ein großer Stein auf ihrem Land, aus dem ein mächtiges Schwert ragte. In den Stein eingemeißelt war eine seltsame Botschaft: *Wer das Schwert aus dem Stein zieht, ist der wahrhaftige König von Britannien.*«

»Wer hatte den Stein dorthin gebracht?«, fragte Neve. »Merlin?«

»Ja«, sagte Cabell, ein wenig gereizt von der Unterbrechung. »Ein Turnier wurde ausgerufen, und alle hohen Lords mitsamt ihren Söhnen nahmen daran teil, auch Artus' Ziehbruder, der Ritter Sir Kay. Als Kay bemerkte, dass er sein Schwert nicht bei sich hatte, schickte er seinen Knappen Artus los, ihm eines zu beschaffen. Und Artus, der sah, dass das nächste Schwert jenes in dem seltsamen Stein war, beschloss, dieses zu holen. Er ergriff das Heft und zog das Schwert, sehr zum Schrecken aller um ihn herum, mit Leichtigkeit heraus. So wurden Artus' wahre Identität und sein Schicksal enthüllt.«

Ich sank tiefer ins Wasser, damit dessen Wärme das Brennen in meinen Augen linderte. Es war eine blöde Geschichte mit einem noch blöderen Ende.

»Stimmt irgendwas davon?«, fragte Neve.

»Muss es das?«, erwiderte Cabell.

Leuchtend blaue Lichter stiegen in den Becken um uns herum auf und warfen sich spielerisch kleine Wasserspritzer zu. Ihre Energie und die schlingernden Bewegungen wiesen auf puren, ungezügelten Unfug hin. Plötzlich sammelten sich die Lichter über einem Bad und zogen dessen Wasser in Form eines Vogels nach oben. Er segelte über unsere Köpfe hinweg, tropfend wie Regen, um sich mitten in der Luft in eine Katze zu verwandeln. Die tippte mit ihrem durchsichtigen Schwanz an Neves Wange, und Neve lachte.

»Wassernixen«, sagte Cabell, der sie beobachtete.

Ihre Lichter erinnerten mich an eine Frage, die ich vorher beiseitegeschoben hatte.

»Neve«, sagte ich. »Warum hat Olwen ihren Zauber für das Feuer gesummt, anstatt ein Sigill zu malen?«

Zauberinnen hatten eine spezielle Art, Magie herbeizurufen; sie schöpften Kraft aus der universellen Quelle, ja, aber ihre Sigillen sagten der Magie, welche Aufgabe sie erfüllen sollte.

»Weiß ich nicht«, antwortete Neve. »Es gibt viele Arten, Magie zu benutzen – sieh dir nur das Cunningfolk an. Die nutzen auch keine Sigillen. Vielleicht ist Zaubern einfach eher ... instinktiv für die Priesterinnen.«

»Das könnte der Grund sein, weshalb du diesen unglaublichen Zauber wirken konntest, Neve«, überlegte Cabell laut.

»Ich frage Olwen mal«, sagte Neve. »Ich denke, wir können eine Menge voneinander lernen.«

Ich nickte. Das leise tropfende Wasser und das Planschen der Wassernixen dämpfte die Anspannung zwischen uns.

Mein Blick wanderte hinauf zu der nächsten Statue – der Jungfrau. Ihre Miene wirkte wissend, und so, wie ihre steinernen Augen über uns wachten, musste ich unwillkürlich an das denken, was Caitriona vorhin gesagt hatte: dass es einem Trost spenden konnte, in dem Wissen zu leben, dass es ein höheres Wesen gab, welches über einen wachte.

Nur konnte ich mir nicht vorstellen, welche Gottheit noch in diesem von Tod verdunkelten Land geblieben war.

Kapitel 18

Eine halbe Stunde später erklang Betrys' Stimme von der Treppe: »Alle fertig?«

Ich stieg aus dem Wasser, wickelte mich in das Handtuch und verschwand hinter der Statue der Jungfrau, um mich anzuziehen. Mein nasses Haar tropfte auf meine Schultern, sodass die Kälte tiefer in mich eindrang – und das noch bevor ich in meine schlammdurchtränkten Stiefel stieg.

Mir war nicht bewusst, dass Neve mir gefolgt war, bis ich sie nach Luft schnappen hörte. Es dauerte einen Moment, ehe ich begriff, was sie erschreckt hatte. Ich wollte nach der Tunika greifen, doch Neve packte meinen Arm und drehte mich ganz zu sich. Ihre Augen waren weit aufgerissen.

Sofort versuchte ich, mich zusammenzufalten wie ein Blatt, damit ich so klein wurde wie möglich, und wurde feuerrot. Zum ersten Mal, seit ich es hatte, hatte ich das bläulich schwarze Sternenmal direkt über meinem Herzen vergessen.

»Tamsin …«, flüsterte Neve und wich vor mir zurück. »Das ist ein Todesmal.«

Ich zog mir die Tunika über den Kopf. Mein Puls raste, weil mich eine eigenartige Panik befiel. »Nein, ist es nicht.«

»Du wurdest von einem Geist berührt«, sagte sie. »Wie hast du das überlebt?«

»Ist es *nicht«*, beharrte ich, nahm meine Jacke und warf sie mir über. Vor meinem inneren Auge blitzte ein blendend weißes Feld voller Schnee auf, zusammen mit der beinahe durchsichtigen Hand, die sich nach mir streckte. Ich erinnerte mich an den Schmerz wie ein Messer in meinem Herzen ...

»Was für eine Art war es? Ein Poltergeist?« Neve ließ nicht locker, sondern kam mir nach, als ich zur Treppe ging, wo Cabell und Betrys warteten.

Wütend fuhr ich zu ihr herum. Mein Körper war zum Zerreißen angespannt. »Es ist *kein* Todesmal! Das ist ein Ammenmärchen!«

Neve hob beide Hände. »Schon gut, ist es nicht. Heilige Mutter, entspann dich, ja? Das hab ich doch gar nicht böse gemeint. Todesmale sind nichts, wofür man sich schämen muss. Nur überleben die meisten Leute nicht mal die Berührung.«

Das Schweigen zwischen uns war verdammt unangenehm, als wir zurück nach oben gingen. Cabell warf mir einen fragenden Blick zu, den ich ignorierte. Ich konzentrierte mich lieber auf meine Müdigkeit und ließ sie meinen Kopf von allem leer fegen. Nur die Vorstellung eines kleinen Stücks Fußboden, auf dem ich für wenige Stunden liegen könnte, blieb. Betrys musterte uns alle auf ihre stumme Art. Als sie die Stirn in Falten legte, trat die Narbe auf ihrer rechten Wange irgendwie deutlicher hervor. Anstatt uns zu einem der Nebengebäude zu bringen, führte sie uns zum Turm selbst.

Im spärlichen Licht war es schwer, irgendwelche Einzelheiten des unteren Geschosses auszumachen; aber vor uns erstreckte sich eine große Halle, in der zahlreiche Tische in zwei langen Reihen aufgestellt waren.

Der Gang zwischen ihnen führte zu einer weiteren Statue von der Göttin, ihr Gesichtsausdruck und die Haltung würdevoll, aber sie war sehr blass. Kleine Schalen mit Schätzen, getrocknete Weizenbündel und welke Blumen waren als Opfergaben um sie herum arrangiert. Eine Kerze flackerte in einer Nische mitten in ihrer Brust, die bewirkte, dass ihre steinerne Oberfläche Adern gleich schimmerte.

Die Wände waren bemalt. Es sah aus, als hätte der Künstler versucht, den Wald nach drinnen zu holen. Und so, wie die Kerzen auf den Tischen und an den Wänden erzitterten und flackerten, schien es, als wären die gemalten Bäume und das blühende Unterholz lebendig. Als hätte man uns einen Blick in die Vergangenheit der Insel gewährt.

Neve kam zu mir, und ich folgte ihrem ehrfürchtigen Blick nach oben zu den Kronleuchtern und den Kränzen aus getrocknetem Grünzeugs und Blumen zwischen ihnen.

Unwillkürlich schlug mein Herz schneller gegen meine Rippen. Warum überhäuften sie die Göttin mit Opfergaben und dekorierten alles so liebevoll, wenn es doch nur eine Erinnerung an das war, was sie verloren hatten und nie wiederbekommen würden?

»Hier entlang«, sagte Betrys sanft.

Weiter links befand sich eine große, geschwungene Steintreppe, deren Seitenwände in den Baumstamm übergingen. Als wir die große Halle verließen, und nach oben gingen, hörte ich ein dumpfes Pochen. Ich konnte nicht sagen, ob es aus meinem Brustkorb oder aus dem Baum kam.

Die oberen Stockwerke waren eine atemberaubende Kombination von Baum und Stein, die nahtlos ineinander übergingen. Im ersten Stock wurde ich langsamer und spähte in einen offenen Saal. Dutzende von Schlafenden lagen auf Decken und strohgefüllten Matratzen. Ich musterte sie rasch, aber suchte vergeblich nach Nashs hässlicher Visage.

Betrys brachte uns in den zweiten Stock und zu einem Korridor mit lauter geschlossenen Türen zu beiden Seiten. Sie öffnete eine gleich vorn und winkte Neve und mir. »Ich hoffe, es macht euch nichts aus, euch ein Zimmer zu teilen …?«

Drinnen befand sich ein hübsches Himmelbett, das aussah, als wäre es groß genug für eine ganze Familie. Ein schlichter Gobelin mit Hirschen und Vögeln hing an einer Wand, und in dem Kamin brannte ein Feuer.

»Die Leute unten«, begann Neve zögerlich. »Wie können wir das hier annehmen, wenn sie auf dem Boden schlafen?«

Ich habe damit kein Problem, dachte ich, denn ich würde mich hierüber bestimmt nicht beschweren.

»Sie wollen so schlafen, um zusammen zu sein. Zum Schutz«, versicherte Betrys ihr. »Diese Kammern werden sonst von den Priesterinnen genutzt, aber meine Schwestern und ich ziehen es vor, bei den anderen zu schlafen, falls der Turm nachts verteidigt werden muss.«

Ich stemmte die Hände in die Hüften und neigte den Kopf nach hinten. Nervigerweise fühlte ich mich jetzt auch ein bisschen mies.

»Viele unserer Älteren ruhen in den anderen Kammern, deshalb bitte ich euch, so leise wie möglich zu sein«, fuhr Betrys fort und sah dabei besonders mich an. »Und wandert nicht auf den Korridoren herum.«

»Werden wir die anderen Avalonier kennenlernen?«, fragte ich. Fall Nash hier war, wäre er unter ihnen.

Betrys öffnete noch eine andere Tür für Cabell und ging danach ohne ein weiteres Wort.

»Komm schon.« Neve zupfte an meinem Ärmel. »Es ist besser, wenn wir erst mal ein paar Stunden schlafen, bevor wir nach Nash suchen.«

Ich seufzte und sah unsicher zu Cabell.

Er nickte, und da war immer noch das hoffnungsvolle Lächeln auf seinem Gesicht. »Es ist besser, einen klaren Kopf zu haben, richtig?«

»Richtig«, wiederholte ich.

Neve nahm die Kerze von dem kleinen Nachttisch auf und trug sie zu dem Gobelin, um ihn sich genauer anzuschauen, bevor sie sich zum Kleiderschrank wandte. Auf die Türen war eine Szene mit einem Fuchs und einem Hasen gemalt, die sich im Kreis herumjagten. Als Neve den Schrank öffnete, fand sie darin unsere Taschen sowie zwei lange Mäntel aus einem bunten Muster unterschiedlicher Stoffe.

»Und dein Zauberstab?«, fragte ich, obwohl ich ihr die Antwort schon ansah.

Neve setzte sich auf die eine Seite des Betts, ich mich mit dem Rücken zu ihr auf die andere. Es gab kein Fenster oder überhaupt eine Öffnung in der Wand, sodass die Feuerwärme bei uns blieb. Ich brauchte einen Moment, bis mir klar wurde, dass ich keinen Rauch roch – anstelle von Holzscheiten waren vier Steine mit eingeritzten Spiralen im Kamin zusammengelegt, aus denen Flammen flackernd nach oben zogen.

»Salamandersteine«, sagte Neve leise. »Von denen habe ich gelesen, aber nie gedacht, dass ich sie mal sehe.«

»Das scheint unser Motto in diesem gescheiterten Abenteuer zu sein«, bemerkte ich und bewegte mich aus dem Feuerschein heraus. Ich strich mit den Händen über die Wände, um mich zu vergewissern, dass es keine verborgenen Eingänge oder Zauber gab. So eindrucksvoll die großen Steine auch waren, konnten sie doch nichts gegen das Dauergeheul der Kreaturen im Wald unten ausrichten.

»Wie sollen wir dabei jemals schlafen?«, fragte Neve.

Ich blies mir eine Haarsträhne aus dem Gesicht. So müde ich auch auf dem Weg hierher gewesen war, jetzt war ich hellwach. Weder mein Kopf noch mein Körper schienen gewillt, zur Ruhe zu kommen, also holte ich meine Tasche aus dem Kleiderschrank.

»Ich glaube, ich habe Tabletten oder ein Tonikum«, sagte ich, während ich in der Tasche kramte. »Mal sehen, ob sie sich hier nicht an irgendwas bedient haben ...«

Dann stieß ich einen Fluch aus.

»Was?«, fragte Neve und drehte sich zu mir um.

»Ich habe Ignatius bei den Quellen vergessen«, sagte ich und ließ den Kopf hängen.

»Wer ist Ignatius?«

»Die Totenhand«, antwortete ich.

»Hab ich's doch gewusst!«, sagte Neve und strahlte vor Begeisterung. »Wo hast du die her? Hat eine Zauberin sie für dich gemacht? Kann sie wirklich verschlossene Türen öffnen?«

»Das und mehr«, antwortete ich und ergänzte resigniert: »Ich muss ihn holen.«

Blöd, blöd, blöd. Von allen idiotischen Sachen, die ich in den letzten Tagen getan hatte, war das die dämlichste. Ignatius hatte sich bisher benommen, doch sollte eine der Priesterinnen von Avalon ihn finden und beschließen, sein Auge zu öffnen und sich umzuschauen ...

Ich wollte mir gar nicht vorstellen, was sie mit etwas so Bösem wie einer Totenhand anstellten.

»Soll ich mitkommen?«, fragte Neve. »Es ist ein langer Weg durch die Dunkelheit.«

Ich zögerte und war überrascht, wie schwer es mir fiel abzulehnen. »Ich schaffe das schon.«

»Nimm wenigstens die mit.« Neve bot mir die Kerze in dem eisernen Leuchter an.

»Da ist genug Licht auf dem Weg«, widersprach ich.

»Bitte«, sagte sie eindringlicher. »Ich würde mich dann besser fühlen.«

»Na gut.« Ich seufzte. »Aber nur, damit du beruhigt bist.«

»Mhm«, machte Neve wissend. *Was* sie wissen könnte, war mir schleierhaft, doch es gefiel mir nicht, ebenso wenig wie ihr darauffolgendes Lächeln. Sie zog den CD-Player und die Kopfhörer aus ihrer Bauchtasche und schob den Bügel über ihren Kopf.

»Geh schlafen«, sagte ich zu ihr.

»Wir sehen uns, wenn du wieder da bist«, entgegnete sie immer noch in demselben Ton. Sie stellte ein dünnes Kissen aufrecht gegen das Kopfteil des Betts und streckte die Beine auf der Decke aus. Ihre Musik folgte mir auf den Korridor.

In Gedanken spielte ich die Szene von eben durch, als ich die Treppe hinunterging und mich an dem Saal mit den Schlafenden vorbeischlich, die in diesem Albtraumreich von was auch immer träumen mochten.

Mit einer Hand schirmte ich die Kerzenflamme ab, als ich schnell den Hof überquerte. Ich blickte kurz nach oben, ob mich auch niemand vom Wehrgang aus beobachtete. Bis ich die Quellen erreichte, war ich außer Atem.

Ich zwang mich um die letzte Treppenbiegung. Meine Brust brannte, und meine Beine fühlten sich wie Sandsäcke an. Dort stand Ignatius noch in seinem lila Seidenwickel. Ich wandte mich zur Treppe zurück wie eine Gefangene auf dem Weg zum Galgen.

»O Mist«, murmelte ich und setzte mich stattdessen auf den riesigen Fuß der Jungfrau. Mit einem Blick nach oben sagte ich zu ihr: »Tut mir leid.«

Ich wusste in dem Moment, in dem ich mich an ihren kalten

Steinknöchel lehnte, dass es ein Fehler war. Das letzte bisschen meiner Energie verpuffte.

Vielleicht wäre ich dortgeblieben, mit nur einer Kerze und einem dämonischen Wesen als Gesellschaft, hätte ich nicht die schnellen Schritte auf der Treppe gehört.

Rasch schlüpfte ich hinter den Fuß, blies die Kerze aus und hockte mich unelegant hin. Es musste Olwen sein, aber falls nicht ...

Mein Puls hämmerte in meinen Ohren, als ich wartete und vorsichtig um die Statue herumlinste. Und noch mehr, als ich erkannte, wer es war.

Emrys stand am Rand eines Beckens und starrte hinab in die leuchtende Tiefe. In seinem Gesicht spiegelten sich null Emotionen, als wäre ihm die Seele aus dem Leib gerissen worden. Der Anblick versetzte mir einen befremdlichen Stich.

Und dann zog er seine Handschuhe aus. Erst fiel der eine, dann der andere auf den Stein. Ich neigte mich vor, versuchte mehr zu sehen, doch mit dem Abstand schien nichts ungewöhnlich.

Bis er zum Saum seines Pullovers und seines Shirts darunter griff. Die Muskeln an seinem Rücken spannten sich an, als er beides über den Kopf zog.

Der Kerzenhalter aus der Kammer glitt mir aus der Hand und landete scheppernd auf dem Boden. Emrys fuhr herum, die Augen weit aufgerissen vor Schreck oder Angst oder was auch immer, aber es war zu spät. Ich hatte sie gesehen.

»Was zur Hölle hat das getan?«, fragte ich heiser.

Ich hatte mir die Narbe in seinem Gesicht im Rook House *nicht* eingebildet. Sie setzte sich über seinen Hals und sein Schlüsselbein fort. Und von dieser einzelnen, gezackten Narbe strebten noch Dutzende weitere weg, alle brutal erhaben und rot. Sie verliefen über seine Brust, seine Arme, seinen Rücken und vorne an seinem Bauch bis zum Bund seiner Hose.

Er sah aus wie eine Glasskulptur, die von ihrem Regal gestoßen, in Scherben zerbrochen und hastig wieder zusammengefügt worden war.

Mit versteinerter Miene nahm er seinen Pullover und zog ihn sich über, als könnte er so auslöschen, was ich gesehen hatte. Unfähig, mich zu rühren, stand ich einfach nur da.

»Verfolgst du mich?«, fragte er wütend, hob seine Handschuhe wieder auf und drehte sich um, um die Treppe hinaufzustürmen.

»Was hat dir das angetan?«, flüsterte ich. Die dicken Kleiderschichten, die Weigerung, seine Handschuhe abzulegen – kein Zauber hätte es vor jemandem mit Allsicht verborgen, also hatte er ihn sich gleich gespart.

»Lass es, Tamsin«, sagte er eisig.

Irgendwie hatte ich die Distanz zwischen uns überbrückt. Irgendwie nahm ich seine Hand, drehte sie um und sah, wie sich die Narben über die Sehnen und Muskeln seines Unterarms fortsetzten.

»Was zur Hölle ist los? Haben diese Dinger …« Nein, das konnten nicht die Kinder der Nacht gewesen sein. Dann hätte ich gesehen, wie es passiert war. »War das Madrigal?«

Er riss seine Hand zurück, wandte sich jedoch nicht schnell genug ab, um die unendliche Scham zu verbergen, die auf seine Züge trat.

»Emrys!« Er blieb wenige Stufen über mir stehen, wandte sich aber nicht zu mir um. »Was ist passiert?«

Ich sah, dass er die Fäuste ballte. »Interessiert dich das wirklich?«

Es war schwer zu sagen, wer von uns beiden überraschter war, als ich schrie: »Ja!«

Nun sah er mich an, und wir beide waren atemlos. Der Weg hatte mich geschafft, doch das war nichts verglichen mit der Schwere, die sich nun auf meine Brust legte, weil Emrys so bleich geworden war.

»Was ist passiert?«, flüsterte ich.

Er schluckte angestrengt. »Ich habe einen Fehler gemacht. So, bist du jetzt zufrieden? Wie sich herausstellt, bin ich genau der Idiot, für den du mich immer gehalten hast.«

»Das ist bei einem Job passiert?«, fragte ich. »Es war nicht Madrigal?«

»Mit ihr hat es nichts zu tun«, sagte er. »Und noch viel weniger mit dir.«

Damit ließ er mich stehen, und seine Schritte auf den Stufen über mir erzeugten ein donnerndes Echo in meinem Schädel. Es war nicht die Erschöpfung, die mich dort festhielt und weiter auf die Stelle starren ließ, an der er gestanden hatte, sondern der Schock, der mir immer noch die Kehle verengte.

Es gab mehrere Flüche, die einen Sterblichen zerfetzen konnten, die einem die Haut von Muskeln und Knochen rissen. Und sie alle waren qualvoll.

Nicht zu überleben.

Eine neue Frage tat sich mit jedem Schritt auf, den ich nach oben ging. Wie lange hatte er diese Narben schon?

Fast rechnete ich damit, ihn oben im Hof zu sehen, ihm wieder am Turmeingang zu begegnen. Doch die einzige Person, die dort mit versteinerter Miene auf mich wartete, war Caitriona.

Ich erstarrte.

»Ich hatte nur was …«, begann ich, denn ausnahmsweise musste ich mir keine Ausrede ausdenken.

»Ich habe mit meinen Schwestern gesprochen«, fiel sie mir ins Wort. Selbst im Licht der Fackel, die sie hielt, war nicht zu erkennen, was in ihr vorging. »Und es wurde beschlossen, dass ich euch morgen zu eurem Vater bringe.«

Prompt raste mein Herz los, und ich sah sie ungläubig an. »Wirklich?«

Er lebt. Die Worte schienen in meiner Brust aufzuflattern. Auch wenn es nahezu unmöglich war, hatte Nash – wie die zähesten Ratten – Zauberinnen, Schuldeneintreiber und eine Horde von Monstern überlebt.

»O ja«, antwortete Caitriona, machte auf dem Absatz kehrt und ging zurück in den Turm. »Ruh dich aus, solange du kannst. Wir brechen bei Tagesanbruch auf.«

Kapitel 19

»*Das* ist Tageslicht?«

Cabell grinste grimmig, als er sich an den schlichten Zaun um den Trainingsplatz des Hofes lehnte. »Aber ja. Statt stockdunkel trübes Grau.«

»Bin ich froh, dass du selbst dem noch einen Funken Humor abgewinnen kannst«, grummelte ich.

Er wich übertrieben ängstlich zurück. »O nein, sag nicht, du hast deinen restlichen Kaffee in Tintagel gelassen?«

Die pure Erwähnung von Instantkaffee reichte, um meine Stimmung zu verfinstern. Ich hatte schreckliche Kopfschmerzen, weil ich schon so lange ohne mein Lebenselixier war.

»Wie gut, dass du den besten Bruder aller Welten hast«, sagte er und angelte eine kleine Thermoskanne aus seiner Tasche.

Ich riss die Augen weit auf, schnappte mir die Kanne und schraubte sie auf. Der Geruch von bitterem Kaffee stieg im Dampf auf und begrüßte mich wie ein alter Freund.

»Ich glaube, ich heule gleich«, sagte ich und drückte den Behälter fest an mich.

»Ich habe mich mit der Elfenköchin Dilwyn angefreundet und ein bisschen heißes Wasser ergattert«, sagte Cabell. »Wie sich herausstellt, kann nicht mal das Feenvolk meinem Lächeln widerstehen.«

»Bist du sicher, dass sie dir das nicht bloß gegeben hat, damit du verschwindest?«, fragte ich und trank einen Schluck von dem wundervollen Gebräu.

»Gern geschehen«, sagte er.

Weil ich ungewöhnlich sentimental gestimmt war, fügte ich hinzu: »Du bist übrigens wirklich der beste Bruder.«

»Ich versuche bloß, meine Schwester von dem Dämon zu befreien, der sie vor dem morgendlichen Kaffee beherrscht. Und überhaupt hattest du an der Bruderfront ja keine große Auswahl.«

»Das Schicksal ist gut zu uns gewesen«, sagte ich. »Dieses eine Mal.«

Cabell brummte nachdenklich. »Das Schicksal oder Nash?«

»Hast du letzte Nacht schlafen können?«, wechselte ich das Thema. »Ich glaube, ich habe höchstens eine Stunde geschafft.«

»Du Glückliche«, antwortete er. »Dank dem lieblichen Kreischen draußen habe ich es vielleicht auf zehn Minuten gebracht.«

Ich war daran gewöhnt, an seltsamen Orten zu schlafen, sofort einzunicken, wenn mein Kopf eine weiche Oberfläche berührte, seien es meine Hände, ein Kissen oder ein zusammengerolltes Shirt. Doch jedes Mal, wenn ich letzte Nacht die Augen geschlossen hatte, wurde mein Gedächtnis zum Verräter. Es sprang zwischen den Monstern im Wald, Septimus' letzten Sekunden, Emrys' Narben und Caitrionas Worten hin und her. *Ich bringe euch zu eurem Vater.*

Ich schlang die Arme um meinen Oberkörper, um ein wenig Wärme in meiner Jacke zu halten, und atmete die faulige Luft tief ein. Sie stank noch schlimmer durch den Geruch von Tierexkrementen und -schweiß, der aus dem Stall nur einen Katzensprung entfernt herbeiwehte. Er befand sich links von uns, nahe dem Kerkereingang.

Ganz in der Nähe hatte Deri den Mutterbaum geschält und die Wunden, die wie holzige Abszesse wirkten, mit Stroh und Moos aufgefüllt. Dutzende winzige grüne Gestalten assistierten dem Hamadryaden, befreiten den Baum von Fäule und zogen noch mehr vertrocknete Rindenstücke ab, um sie zu essen. Die Feen waren nicht größer als meine Hand, mit Körpern wie Zweige und Köpfen wie blassgrüne Rosenknospen. Ihre Flügel waren durchsichtig schimmernd, beinahe wie die von Libellen.

Hinter uns trainierten Betrys und eine der anderen Neun, Arianwen, unter den wachsamen Augen Bediveres mit Schwertern. Das Klappern ihrer hölzernen Übungswaffen zerschnitt die morgendliche Stille, begleitet von Keuchen vor lauter Anstrengung.

»So ist es gut«, sagte Bedivere, »richtig reingehen – ja, Ari, das ist es.«

Arianwen hatte kurzes braunes Haar, das ihr schönes Gesicht noch betonte, und bewegte sich mit einer Geschmeidigkeit, dass ich neidisch wurde. Ihre sinnliche Figur schien durch die Lederrüstung nicht eingeschränkt, als sie ihren Arm auf und ab schwang, langsam mit der Klinge ausholte, dann zweimal schnell zuschlug, *klack-klack*.

Betrys parierte geübt und mühelos jeden ihrer Hiebe. Das Match wirkte nicht fair, denn Betrys war gut einen Kopf größer als ihre Schwester, was bedeutete, dass sie weiter ausholen konnte und Arianwen sich schneller bewegen und fester schlagen musste, um es auszugleichen.

Andererseits sind echte Kämpfe bestenfalls zufällig fair.

»Sie hat gesagt, bei Tagesanbruch, oder?«, fragte Cabell und schaute hinauf zum Himmel. Er wippte auf den Fußballen und war genauso ungeduldig wie ich.

»Hat sie«, antwortete ich genervt.

»Und Schluss«, sagte Bedivere.

Beide junge Frauen brachten ihre Holzschwerter zurück zu einem Gestell in der Nähe. Betrys wischte sich mit dem Ärmel ihrer Tunika den Schweiß von der Stirn, bevor sie der anderen Priesterin den Arm um die Schultern legte und sie drückte. »Ich habe dir ja gesagt, du wirst es schnell raushaben.«

Arianwen lehnte sich strahlend an sie. Es war schwer zu sagen, ob ihr Gesicht sonnenverbrannt oder vom Training gerötet war. »Gehst du in die Küche?«

»Ja, die Köchin wartet auf mein geschicktes Messer«, bestätigte Betrys. »Und du?«

»Mari braucht Hilfe bei der Wäsche«, antwortete Arianwen. »Wartet ihr zwei auf Cait?«

Bei dem Nebel in meinem Gehirn dauerte es einen Moment, bis ich begriff, dass sie uns meinte.

»Ja«, sagte ich schroffer als beabsichtigt. »Sofern wir keine unterschiedlichen Vorstellungen von *Tagesanbruch* haben, hätte sie schon hier sein müssen.«

Arianwen zog die Augenbrauen hoch. »Es sieht ihr gar nicht ähnlich, sich zu verspäten. Meint ihr nicht, es sollte noch jemand mit euch gehen?«

»Ich werde sie begleiten«, sagte Bedivere mit einem wissenden Lächeln.

»Bist du absolut sicher ...«, setzte Arianwen an.

»Es ist die Wäscherei, Ari, nicht der Galgen«, unterbrach Betrys sie kopfschüttelnd.

»Du hast gut reden – du riechst ja nicht die nächsten zwei Wochen nach Bleiche«, beschwerte sich Arianwen.

»Stimmt, aber du darfst das Wäscheholz benutzen, und ich weiß, wie viel Spaß es dir macht, den Dreck aus dem Leinen zu prügeln«, erwiderte Betrys, die sie wegführte.

Arianwen schnaubte, und ihre Stimme wurde mit jedem Schritt leiser. »Ja, das ist schon belebend.«

»Ich sehe mal, ob ich Caitriona finde«, sagte Bedivere zu uns und kratzte sich seinen Bart. »Sie macht sicher nur ihre Morgenrunde.«

»Und ich hatte gehofft, dass sie auf Nimmerwiedersehen in einen Brunnen gefallen ist«, murmelte ich.

»Wir warten hier«, versprach Cabell und knuffte mich mit dem Ellbogen in die Rippen.

Ich lehnte mich wieder an den Zaun, zu genervt, um zu reagieren. Ziellos ließ ich meinen Blick über den Hof und die Leute um uns herum schweifen.

Hatte der Turm nachts noch etwas Mysteriöses ausgestrahlt, machte das trübe Licht diesen Eindruck zunichte. Jetzt war der Verfall so deutlich zu erkennen, als handelte es sich um einen ausgemergelten Körper.

Wo Steine weggebrochen waren, hatte man das Mauerwerk verzweifelt geflickt, und einige der Mauern waren so übel eingeknickt, dass sie abgestützt werden mussten. Schimmel, Rost und Ruß hatten sich auf sämtliche Oberflächen gelegt, sodass es aussah, als würde alles langsam in einem Moorloch versinken.

Die Banner mit dem Symbol der Göttin, einem keltischen Knoten mit drei Herzen in der Mitte einer Eiche, hingen schlaff in der regungslosen Luft.

Und noch schlimmer war, dass Stellen am Mutterbaum eklig grau geworden waren und von Pilzen gesprenkelt wurden. Ich brauchte Neve nicht, die mir erklärte, dass diese Fungi den Baum wahrscheinlich von innen heraus auffraßen. Sogar Deri sah schwächer aus – die Holzteile seines Körpers wirkten spröde. Mir entging nicht, dass mehrere Avalonier entweder die

Fäule am Baum studierten oder Deri bei dem Versuch halfen, sie vom Stamm zu schneiden.

Seufzend blickte ich wieder über den Hof. Neve begrüßte noch immer fröhlich die Pferde, die vor dem Stall auf der anderen Seite des Trainingsbereichs angebunden waren. Laut Cabell war eines der Steingebäude vor dem Turm die Küche, ein enger, siedend heißer Ort, in dem die Köchin Dilwyn herrschte. Sie war eine Elfe, nicht größer als ein Kind, was sie durch ihre Persönlichkeit jedoch mehr als wettmachte.

Ich nahm an, dass die Wäsche nur in den Quellen gemacht werden konnte, es sei denn, sie wollten, dass ihre Kleidung und ihre Laken mit mehr Blutflecken und weniger Wäschern zurückkamen.

Das Warten hatte uns auch zum ersten Mal die Gelegenheit gegeben, die Überlebenden von Avalon zu sehen und von ihnen gesehen zu werden. Die meisten machten einen großen Bogen um uns, als sie ihre Plätze an der Mauer einnahmen oder Wasser von den Quellen nach oben brachten. Einige beobachteten uns mit unverhohlener Neugier, andere offen misstrauisch. Manche wirkten sogar verängstigt, ließen ihre Kübel und Werkzeuge fallen und zogen sich in den Turm zurück.

Am schlimmsten waren aber die, deren Gesichter nichts preisgaben, als hätte ihnen der Horror dessen, mit dem sie konfrontiert waren, sämtliche Lebensgeister geraubt. Sie bewegten sich von einer Aufgabe zur anderen, ohne aufzublicken, ähnlich rastlosen Geistern, die nur noch mittels Muskelgedächtnis agierten.

Diese Leute wussten, dass sie gefangen waren, und hatten sich ganz und gar aufgegeben.

Cabell folgte meinem Blick und flüsterte sehr leise: »Wie kann das Avalon sein?«

»Die Geschichten sind immer schöner als die Wahrheit«, antwortete ich. »Deshalb konnte Nash es nicht ertragen, in der realen Welt zu leben.«

Aber vielleicht war er in dieser gefangen. Caitrionas Worte letzte Nacht – *Ich bringe euch zu eurem Vater* – hatten impliziert, dass er nicht hier, innerhalb der Festungsmauern war, und dennoch rechnete ein Teil von mir immer noch damit, sein Gesicht im nächsten Moment unter den anderen zu entdecken. Ich wollte seine Reaktion sehen, seinen ungläubigen Ausdruck auskosten.

Ich hatte gehört, wie Betrys und Bedivere über irgendeinen Wachposten im Wald sprachen, als sie das Training mit Arianwen vorbereiteten; vielleicht war das unser Ziel.

Cabell seufzte. »Es ist so seltsam, dass er nach all der Zeit am Leben ist und wir ihn sehen werden. Ich weiß nicht einmal, was ich sagen will.«

»Ich werde gar nichts sagen.« Die Hoffnung, die ich empfand, war von Bitterkeit durchzogen, ähnlich einem Biss in eine saure Beere. »Ich knalle ihm eine.«

Cabell lachte. »Komm schon, denkst du echt, er würde freiwillig hierbleiben, wenn er zurückkönnte? Hier verläuft die Zeit anders. Er könnte glauben, dass erst wenige Monate vergangen sind.«

Bedachte man, wie sehr wir uns in den letzten sieben Jahren verändert hatten, war die Vorstellung befremdlich, dass Nash genauso aussehen könnte wie bei seinem Verschwinden. Sogar seine alte Jacke – die Cabell jetzt trug – wies die Spuren unserer Reisen und unserer Arbeit über die Jahre auf und hatte sich ihrem neuen Besitzer angepasst.

Die meisten Avalonier waren ganz ähnlich gekleidet wie Neve, Cabell und ich seit unserem Bad – in Tuniken und eng anliegenden Hosen. Einige der Frauen trugen dazu noch eine schlichte Kopfbedeckung; andere, fast wie aus Trotz gegenüber der verrottenden Welt um sie herum, hatten dünne Silberketten mit bunten Steinen in der Stirn hängen.

Kleider, die einst farbenprächtig gewesen sein dürften, waren von hastig geflickten Rissen und ausgewaschenen Flecken entstellt. Andere waren in der Mitte durchgeschnitten und in Mäntel oder kurze Jacken und Westen umgenäht worden, die alle anziehen konnten. Keine der Rüstungen, ob aus Stahl oder Leder, schien den jeweiligen Trägern richtig zu passen.

»Zauberin«, zischte jemand. Bis ich mich umgedreht hatte, ließ sich nicht mehr sagen, von welchem der Männer es gekommen war, die eben an uns vorbeigegangen waren.

Zum Glück war Neve zu weit weg, um es gehört zu haben, aber ich erkannte an der Art, wie sie nervös ihr Gewicht verlagerte, dass sie die Blicke der anderen auf sich spürte.

Aled, der Stallmeister, entsprach fast exakt den Elfenbeschreibungen, die ich gelesen hatte – seidiges dunkles Haar, blassgrüne Haut, kräftige Statur und eine Affinität zu Tieren. Immer wieder sah Neve verstohlen zu ihm, während er auf einem Schemel stand und ihr zeigte, wie man die Pferde sattelte. Hin und wieder lehnte er sich von seinem linken Bein auf das Holzstück, das den unteren Teil seines rechten Beines ersetzte.

»Warum schaust du so, als hättest du in eine Zitrone gebissen?«

Flea erschien hinter uns, kletterte durch den Zaun und setzte sich auf die oberste Latte. Sie hatte ihr strohiges weißblondes Haar unter eine dicke Strickmütze gesteckt, und ihr Gesicht war noch dreckverschmierter als letzte Nacht.

»Wo kommst du her?«, fragte ich sie amüsiert.

»Meine Mam sagt, die Göttin selbst hat mich in einem Korb den alten Fluss runtergeschickt«, antwortete Flea schulterzuckend. »Wie alle Babys. Außer euch beiden. Wie ihr ausseht, ist eure Mam eine Ziege gewesen.«

»Du bist ein schreckliches Kind!«

Sie sprang vom Zaun und machte einen sehr albernen Knicks. »Ich danke Euch.«

Caitriona und Bedivere kamen hinter dem Turm vor, beide in leichter Rüstung, ohne die steifen Beinschienen und Helme.

Da war ein leichter Druck an meiner Arbeitstasche, die ich umgehängt hatte. Schnell packte ich Fleas Handgelenk, als sie versuchte, sich mit etwas in ihrer Faust davonzuschleichen.

»Verflucht seist du!«, fauchte Flea und versuchte, sich mir zu entwinden. Ich drehte ihre Hand um, in der ein kleiner Selenitkristall zum Vorschein kam. Cabell stieß einen leisen Pfiff aus.

»Nicht schlecht«, sagte ich zu ihr. »Schlau, zu warten, bis ich abgelenkt bin, aber leg es das nächste Mal nicht auf das Offensichtliche an.« Ich hielt das dünne Armband aus geflochtenem Silber in die Höhe, das ich ihr von dem anderen Handgelenk gezogen hatte, um meine Worte zu unterstreichen. »Warte auf die Gelegenheit, dir einen richtigen Schatz zu schnappen.«

Ihr quollen beinahe die Augen aus dem Kopf, als sie nach ihrem Armband griff. »Das ist meins, du Diebin!«

»Was ist hier los?«, fragte Caitriona in ihrer rauchigen Stimme. »Bestiehlst du ein Kind?«

Ich warf dem Mädchen einen strengen Blick zu, als ich Flea losließ. »Du darfst den Kristall behalten.«

»Bist du sicher, dass du ihr das hättest sagen sollen?«, murmelte Cabell, als die anderen näher kamen.

»Ich leiste bloß meinen Beitrag zur Erziehung der nächsten Generation verrufener Mädchen«, sagte ich, und dann lauter: »Ich habe Flea nur einen kleinen Trick gezeigt.«

Das Mädchen schaute finster drein und machte eine Geste, die in jedem Jahrhundert und jeder Welt als ungezogen galt.

»Was tust du hier, Flea?« Caitriona sah sie ernst an. »Rhona sucht dich schon den ganzen Morgen. Du darfst dich nicht immer vor deinem Unterricht verstecken.«

Plötzlich erschien Emrys hinter ihr. Er blieb mehrere Schritte zurück, die Hände in den Taschen vergraben. Obwohl er seine schmutzige Hose und den Pullover gegen saubere Sachen eingetauscht hatte, gelang es ihm immer noch, seinen Körper unter Reithosen, einer langen Tunika und einer bis zum Hals zugeknöpften roten Weste zu verbergen.

»Ich bringe Flea zur Bibliothek«, sagte Olwen, die sich uns auf dem Weg zum Stall anschloss. »Vielleicht möchtest du dich zu uns gesellen, Neve? Ich kann dir unsere Sammlung zeigen.«

Ich konnte nicht entscheiden, wer von dem Vorschlag mehr geschockt war, Neve oder Caitriona.

»Aber die Bibliothek ...«, sagte die silberhaarige junge Frau entsetzt.

»... ist eine wertvolle Ressource für alle«, beendete Olwen den Satz und nahm die murrende Flea bei der Hand. »Wollen wir?«

Neve schaute unsicher zwischen ihr und uns hin und her. »Ich wollte eigentlich mit ihnen gehen ...«

»Bleib ruhig«, sagte ich. »Ist schon gut.«

Mir gefiel die Vorstellung nicht, getrennt zu sein, aber ich vertraute halbwegs darauf, dass Olwen auf sie aufpasste. Und, nun ja, Nash zu dem Ring zu befragen, wäre schlicht einfacher, wenn Neve nicht dabei war.

Sie nickte, und einiges von der Anspannung in ihren Zügen schwand.

»Brechen wir auf, bevor das Licht weg ist.« Bedivere sah zu Emrys. »Kommst du mit?«

»O ja, tue ich«, antwortete Emrys, der sich wie immer anhörte, auch wenn er sich weigerte, mich anzusehen. »Es ist ein herrlicher Morgen für einen Ausritt, nicht wahr?«

»Leider habe ich nur vier Pferde, die hinreichend bei Kräften für die Reise sind.« Aleds grüne Haut wurde fahl. »Ich wusste nicht ...«

»Sicher macht es Tamsin nichts aus, wenn ich mit ihr reite«, sagte Emrys rasch und stellte sich neben mich.

»Was machst du denn?«, flüsterte ich.

»Offensichtlich mit dir deinen Vater besuchen«, antwortete er, wobei er mich nach wie vor nicht ansah.

Ich verdrehte die Augen. Natürlich würde er uns niemals allein gehen lassen – nicht, wenn womöglich der Ring auf dem Spiel stand. Bisher hatte ich Cabell nicht erzählt, was ich bei den heiligen Quellen gesehen hatte, aber Emrys' kleines Manöver hatte zur Folge, dass ich es am liebsten gleich hier und jetzt getan hätte.

Aled lehnte sich mit einer Grimasse an den Zaun, um sein rechtes Bein zu entlasten.

»Geht es dir gut, Aled?«, fragte Caitriona.

»Ja, alles bestens«, sagte er und massierte die Stelle, an der sein Knie auf das Holz traf.

Der geschnitzte Unterschenkel war mit einer Reihe verwobener Wurzeln an seinem Beinstumpf befestigt, die lebendig waren und seiner massierenden Hand Platz machten. Emrys betrachtete es staunend.

»Ist nur die Feuchtigkeit, die wieder Probleme macht«, sagte Aled. »Sie macht die Haut wund, nicht?«

Bedivere benötigte einen Augenblick, um zu verstehen, dass

die Worte an ihn gerichtet waren. Er umfing seinen Panzerhandschuh mit einer Hand. »O ja, ist immer so an Tagen wie diesem.«

Bediveres Züge verspannten sich, was wie ein Anflug von Verärgerung wirkte – der aber sofort wieder verschwand. Er sah Caitriona an. »Wollen wir?«

»Ja, natürlich.« Sie blickte uns prüfend an. »Ist einer von euch im Schwertkampf geschult?«

Emrys hob die Hand. Sowohl Cabell als auch ich starrten ihn an.

»Nimm die Hand runter, Alter«, sagte Cabell und verschränkte die Arme vor der Brust. »Ich habe erst vor zwei Wochen gesehen, wie du dich fast mit Bibliothekars Mopp selbst ausgeknockt hast!«

»Na, das war bestimmt nicht seine Schuld«, meinte ich. »Kann gut sein, dass er so ein Ding zum ersten Mal gesehen hat.«

»Ich habe Fechtunterricht, seit ich sieben war«, antwortete Emrys, ohne uns zu beachten. »Allerdings wird dabei eine schmalere Klinge benutzt.«

Wieder verdrehte ich die Augen. War ja klar.

»Ein Schwert hat ein anderes Gewicht, das anders balanciert werden will«, warnte Bedivere.

»Ich schaffe das schon«, antwortete Emrys.

Der alte Ritter ging ein Langschwert von dem Gestell holen und hielt es an der Scheide Emrys hin. Caitriona schlang es über seine Schulter, sodass es an seinem Rücken lag. Irgendwie hatte ich vergessen, dass Emrys Linkshänder war, bis er nach hinten griff und die Entfernung zum Schwertheft testete.

»Ich habe ein wenig Erfahrung darin, Dinge zu erstechen und zu verprügeln«, sagte Cabell und bekam eine Keule.

Ich entschied mich für einen kleinen Dolch und zog meine

Jacke aus, damit Caitriona mir ein dünnes Kettenhemd über die Tunika hängen konnte wie den anderen auch.

Als ich meine Schimmelstute mit ihrem eindrucksvollen Sattel beäugte, bemühte ich mich, mein Herz zu beruhigen, bevor es schon mal in einen Galopp verfiel.

Emrys neigte sich nahe zu meinem Ohr. »Brauchst du Hilfe beim Aufsteigen?«

Mir war bewusst, dass er mich provozierte. Und ich müsste nichts weiter tun, als zu sagen, dass ich mit Cabell reiten würde – der mich sogar schon fragend ansah, als wartete er nur darauf. Doch ich hielt den Mund.

Ich würde nicht zulassen, dass Emrys den Ring fand, und ich würde ihn auch diese kleine Schlacht nicht gewinnen lassen.

Mit einem angewiderten Laut schob ich meinen Fuß in einen Steigbügel und schwang mich aufs Pferd. Emrys stieg ekelhaft geschmeidig hinter mir auf. Ich rammte die Ellbogen nach hinten, als ich die Zügel von Aled übernahm, um ein wenig Abstand zwischen uns zu schaffen.

Was ich umgehend bereute. Emrys war unausweichlich – seine harte Brust an meinem Rücken, seine Schenkel an meinen. Sein Atem, der mir sanft übers Haar strich. Und trotz seiner Wärme und der des Tiers unter uns, lief mir ein Schauer über den Rücken, der überall ein Prickeln auslöste, wo sein größerer Körper an meinen geschmiegt war.

»Wollen wir wetten, wie lange es dauert, bis ich vom Rücken dieser Schönheit falle?«, flüsterte er.

»Nein, weil *ich* dich eigenhändig runterstoßen werde«, antwortete ich.

Seine Brust vibrierte an meinem Rücken, als er lachte. Und eine Hand strich kaum merklich über meine Hüfte. Es war wie eine stumme Frage.

»Na gut«, hörte ich mich sagen. »Aber komm ja nicht auf komische Gedanken!«

Meine Bauchmuskeln zuckten und spannten sich unter den Kleiderschichten und dem kalten Kettenhemd an, als er seine flachen Hände auf sie legte. Ich blickte nach unten und sah die erhabene Narbe, die von seinem Handgelenk über den Handrücken verlief.

Emrys lehnte sich vor, bis ich sein Herzklopfen an meinem Rücken spürte – das irgendwie noch schneller ging als meines. Sein Duft umhüllte mich, vertrieb die verfallende Welt um uns herum für einen kurzen Moment, sodass da nur noch das Aroma von Kiefern und Meer war.

»Daran würde ich nicht im Traum denken«, murmelte er nahe an meinem Ohr.

Wir ritten schweigend hinter Caitriona cincn ausgetretenen Pfad zwischen den Baumleichen entlang.

Der Teppich des Verfalls – geschwärztes Laub, Tierkadaver, vertrocknetes Moos – dämpfte das Hufklappern. Ich hielt den Blick auf die Bäume und die zerklüfteten Felsen gerichtet. Hier gab es zu viele Orte, an denen sich die Kinder der Nacht verstecken, ihre spinnenartigen Körper in Nischen fügen oder sich in die undurchdringliche Dunkelheit der Höhlen verkriechen konnten.

Ich schaute auf, um durch die knorrigen Äste der toten Bäume zum Himmel zu sehen. Fast konnte ich mir so vorstellen, wie sehr Avalon einst Tintagel geähnelt haben musste, als hier alles voll grünem Leben war.

Emrys versteifte sich hinter mir, und seine Finger krümmten sich unwillkürlich an meinem Bauch, als er die verwüstete Landschaft sah.

Nicht einmal eine Stunde war vergangen, seit wir den Turm verlassen hatten, als wir ein vollkommen anderes Stück Wald erreichten. Hier standen die vom Nebel umwaberten Bäume in ordentlichen Reihen, und der süßliche Geruch nach verschimmelnden Früchten attackierte meine Sinne.

»Der heilige Hain?«, riet ich.

Ich fühlte Emrys' Nicken mehr, als dass ich es sah. »Das muss er sein.«

Ein Lichtflackern erregte meine Aufmerksamkeit, und ich lenkte das Pferd in die Richtung. Nicht weit entfernt brannte ein Feuer oben auf einem schmalen Wachturm, der wie ein gekrümmter Finger aus dem Boden aufragte. In dem schwachen Tageslicht waren die Flammen das einzige Leuchtsignal.

Mir klopfte das Herz bis zum Hals, als Caitriona ihr Pferd verlangsamte und abstieg, wobei sie sich gründlich umsah, ehe sie es an einen Pfahl band. Einer nach dem anderen taten wir es ihr gleich.

Caitriona hob den schweren Riegel zur Turmtür hoch. Ich eilte nach ihr hinein, Cabell dicht hinter mir.

Drinnen wirbelte so dichter Staub auf, dass er leicht mit dem Nebel außerhalb der Mauern konkurrieren konnte. Das graue Licht von draußen fiel durch die kleinen Öffnungen in der Mauer und auf das schaurige Stillleben vor uns.

Ein zerschlissener Schlafsack. Eine unangezündete Laterne. Eine zerknitterte Plastikverpackung.

Skelettartige Überreste eines Mannes, die in gieriger Erde versanken.

Kapitel 20

Die anderen verschwammen am Rand meines Sichtfelds, wurden zu Schatten. Unverbrauchter Atem brannte in meiner Lunge, und ich konnte ihn nicht ausstoßen. Ich wagte nicht, mich zu bewegen, den Staub um uns herum aufzuwirbeln und den seltsamen Traum zu erschüttern, in dem ich gefangen war.

»Wir nennen ihn den Fremden«, sagte Caitriona. »Weil er für uns nie einen Namen oder ein Gesicht hatte. Wir haben ihn nicht begraben, weil wir gehofft haben, dass Angehörige von ihm kommen.«

Etwas Schweres sank auf den Boden. Cabells dunkle Gestalt ging sehr, sehr langsam neben den Überresten in die Knie.

Sieh hin, befahl ich mir, weil ich mich dringend abwenden wollte. *Du musst hinsehen.*

»... ist das für ein grausamer Scherz?«, fragte Emrys. Seine harsche Stimme hallte durch den stillen Wachturm. »Hättet ihr die beiden nicht warnen können? Es wäre sogar möglich, dass er es nicht einmal ist. Wie könnt ihr sicher sein, dass es niemand ist, der in Avalon geboren wurde?«

Bedivere bückte sich, wobei seine Rüstung quietschte, und hob die silberne Verpackung vom Boden auf. Baby Ruth.

Nashs Lieblingsschokoriegel.

»Er war schon tot, als wir letztes Jahr das Leuchtfeuer dieses

Wachturms anzündeten«, sagte Caitriona. »Wäre er danach gekommen, hätte er hier wie vorgesehen Schutz gefunden – einen sicheren Ort, um sich vor den Kindern der Nacht zu verstecken.«

Ihre Stimme verlor sich, als ich mich auf Cabells Hand konzentrierte, die er nach den Überresten ausstreckte.

Die Knochen unter den Kleiderfetzen waren braun, wahrscheinlich von Insekten oder den Monstern abgenagt. Stoffstreifen eines einst weißen Hemds hingen an dem freigelegten Brustkorb. Die Hose schien modern, auch wenn das nach so langer Zeit schwer zu sagen war. Mit der fing Cabell an, tastete die Taschen ab. Dann drehte er die Stiefel auf den Kopf, und obwohl er sehr behutsam vorging, brach das spröde Leder.

»Er ist es vielleicht gar nicht«, wiederholte Emrys.

Obwohl die Knochen nicht in dem Schlafsack lagen, war es eine friedliche Pose, als hätte er sich nur die Stiefel ausgezogen, sich schlafen gelegt, und dann hatte der Tod seinen Geist aus dem Körper geholt. Beide Hände waren zu sehen. Keine Ringe. Überhaupt kein Schmuck.

»Was machst du da?«, fragte Caitriona, die Cabell zurückhalten wollte, als er sich neben den Kopf kniete. »Wir haben seine Kleidung durchsucht und nichts gefunden ...«

Er wehrte ihre Hand ab und hob behutsam den Schädel vom Boden. Dort, geschützt zwischen dem Knochen und der kalten Erde, war der gut erhaltene Hemdkragen. Er drehte den zarten Stoff zu mir.

Drinnen, eingestickt mit gelbem Garn von einem kleinen Mädchen, waren fünf Buchstaben zu sehen.

N. LARK.

»Ich wusste es«, hauchte Cabell. »Ich habe gewusst, wenn er noch lebte und den Ring hatte, hätte er ihn benutzt, um Avalon zu helfen ...«

»Den Ring?«, fragte Caitriona scharf.

Cabell ließ den Stoff und den Schädel los und lehnte sich zurück. Dann schlang er die Arme um seine Knie und senkte den Kopf. Seine Schultern bebten, als er weinte, und Tränen tropften lautlos auf den Boden.

Bei seinem Anblick war mir, als würde eine Narbe in mir aufgerissen. Wut und Schmerz tobten mit glühend heißen Klingen in mir. Meine Sicht blieb verschwommen, während mir ein bohrender Druck den Schädel zu spalten und Erinnerungen und Gefühle freizugeben drohte, die ich so mühsam weggeschlossen hatte.

Ich hasste ihn. *Ich hasste ihn.*

Bevor ich begriff, was ich tat, packte ich die Keule und hob das unmögliche Gewicht über meinen Kopf, während ich auf das Skelett zustolperte. Caitriona wollte mich aufhalten, doch es war ein anderes Paar Arme, das sich um meine Taille schlang und mich von der Leiche wegzog.

»Das darfst du nicht«, sagte Emrys ruhig, als ich mich loszureißen versuchte und ein Schrei aus meiner Kehle drang. »Ich weiß, Tamsin, aber du darfst nicht …«

Darfst nicht. Es dröhnte durch meinen Kopf. *Darfst nicht.*

Die Keule glitt aus meinen tauben Fingern, als ich an Emrys' Brust sank. Er hielt mich aufrecht, während der Zorn in mir brannte und meinen Körper aushöhlte.

Ich wollte zerstören, was von Nash übrig war – ihn vernichten, wie er uns fast vernichtet hatte.

Hatte man einmal das Knacken eines Knochens gehört, der eine neue Form annahm, schlug das Geräusch im Geist dornige Wurzeln. Und ich hörte es nun, begleitet von einem scharfen Ringen nach Luft. Cabell krümmte sich neben dem Skelett, und sein Rücken bog sich in einem unnatürlichen Winkel.

Der Schmerz – die Woge von Trauer, die brutal über ihn hinwegrauschte – war zu viel.

»Geht es dir gut, Junge?«, fragte Bedivere von der Seite.

»Nein«, keuchte ich. »Cabell, es ist gut – atme ...«

Knochen verschoben sich unter der dicken Schicht von Cabells Lederjacke, kriechend wie Schlangen unter einer Laubdecke. Sie wölbten sich, als sie brachen und sich zu anderen, monströsen Formen zusammenfügten. Seine Rückenwirbel ragten einer nach dem anderen auf, und dann zog sich sein Körper zusammen wie eine alte Schriftrolle.

»Was zur Hölle ...?«, hauchte Emrys.

Caitriona streckte einen Arm auf den Rücken, griff nach dem Schwertheft und trat instinktiv vor Emrys und mich. Sie war ganz auf Cabells sich windenden Körper fixiert. Bereit zu töten.

»Cab, hör mir zu!« Ich wollte zu ihm, doch Emrys hielt mich zurück. »Konzentrier dich auf meine Worte. Vor langer Zeit herrschte in einem längst vergessenen Königreich ...«

Die vertrauten Sätze erstarben auf meinen Lippen, als Cabell sich versteifte. Er zerrte mit den Händen an seinem schwarzen Haar, bis ich mir sicher war, er würde es sich in blutigen Klumpen ausreißen. Bedivere hatte mich entweder nicht gehört, oder es war ihm gleich. Er packte Cabells Schulter fest, als er sich zu ihm kniete, und hob die andere Hand, um Caitriona zu stoppen.

»Junge«, sagte er sanft. »Cabell, nicht wahr? Sieh mich an. Sieh mir in die Augen.«

Ich wand mich, aber Emrys' Arme um meine Mitte waren wie Stahlbänder. Sein Herz pochte im Takt mit meinem, und sein Atem stockte, als Cabell den Kopf hob.

Obwohl er mit dem Rücken zu uns hockte, waren die verlängerte Kopfform und die wachsenden Hundeohren offensichtlich. Ich sah weg und verschloss die Augen vor dem Anblick.

Nicht jetzt, dachte ich verzweifelt. *Sie werden denken, dass er eines von den Kindern der Nacht ist ... Sie bringen ihn um ...*

»So ist es gut«, sagte Bedivere, der leise und beruhigend sprach. »Sieh mich an, nur mich. Bist du der Herr oder der Diener?«

Cabell streckte ihm eine Krallenhand hin – nicht, um anzugreifen, sondern um sie auf den Arm des Mannes zu legen, als wäre er das Einzige, das seinen Absturz in den dunklen Strom verhindern könnte, der in ihm toste.

»Bist du der Herr oder der Diener?«, wiederholte Bedivere.

»H-Herr«, brachte Cabell heraus. Abermals veränderte sich sein Körper, knackte und verdrehte sich abscheulich, als er wieder menschliche Form annahm.

»Wie ...?« Ich atmete aus.

Emrys' Griff lockerte sich, als er sich nahe zu meinem Ohr neigte. »Ein Schmeichler?«

»Nenn mir deinen Namen«, sagte Bedivere.

Es war ein klarer Befehl in seinem Ton, der ein sanftes Echo um uns herum erzeugte. Als er seine Haltung veränderte, sah ich einen schwachen Schimmer in der Luft, wo seine Hand auf der Schulter meines Bruders lag.

Emrys hatte recht. Bedivere besaß Magie, die anscheinend ähnlich der eines Schmeichlers vom Cunningfolk wirkte. Sie konnte Tiere beruhigen und mit ihnen kommunizieren.

»Nenn mir deinen Namen«, verlangte Bedivere noch einmal.

»Cabell.« Die Stimme meines Bruders war klar und seine Gestalt menschlich.

Nun ließ Emrys mich los, und ich kniete mich schnell neben Cabell. Er lehnte sich in meine Arme und klammerte sich an mich, als müsste er sich daran erinnern, was real war. Dann blickte er staunend zu Bedivere auf. Ich half ihm aufzustehen.

»Es ist also ein Fluch?«, fragte der alte Mann.

Cabell nickte. »Schon mein ganzes Leben.«

Jemand zischte hinter uns, allerdings war ich unsicher, ob es Emrys oder Caitriona gewesen war.

Die Frage sollte unbeantwortet bleiben. Vor dem Turm begannen unsere Pferde zu wiehern und mit den Hufen zu stampfen. Caitriona ging zur Tür und schaute hinaus, die Hand bereits am Schwertheft.

»Das Licht schwindet«, sagte sie. »Wir müssen dringend gehen.«

»Jetzt schon?«, fragte Emrys.

»Unsere Tage sind kurz«, antwortete die junge Frau, »aber ich kann dir versichern, dass meine Geduldsspanne für idiotische Verzögerungen noch kürzer ist.«

»Wir können seine Leiche nicht so hierlassen«, sagte Cabell. »Wir müssen ihn begraben ...«

»Nein, müssen wir nicht«, fiel ich ihm ins Wort. »Lass es. Wir sterben nicht für ihn.«

Die Pferde waren so verängstigt, dass nicht einmal unsere Anwesenheit sie beruhigen konnte. Bei der Geschwindigkeit, mit der das Licht verging und die Dunkelheit zurück über den Himmel zog, gefror mir das Blut in den Adern.

Ich stieg wieder in den Sattel und erlaubte Emrys, hinter mir aufzusitzen. Dabei ließ ich Cabell nicht aus den Augen. Das Haar auf seinen Armen zog sich noch zurück, als er sich auf den Apfelschimmel schwang. Bedivere nickte ihm zu, und Cabell erwiderte es.

»Ich werde dich nicht fragen, ob mit dir alles okay ist«, sagte Emrys leise.

»Gut.«

»Und mir fiele nicht im Traum ein zu sagen, dass mir das mit Nash leidtut«, ergänzte er.

»Da bin ich froh.« Ich packte die Zügel fest. »Denn ich weiß, dass du es nicht ernst meinen würdest. Dich interessiert bloß, dass er den Ring nicht hatte.«

Auch wenn ich praktisch flüsterte, hörte Caitriona es irgendwie.

»Ja, *der Ring«,* sagte sie und umrundete uns auf ihrem Pferd. »Ich freue mich schon auf eure Erklärung, wenn wir wieder im Turm sind.«

Ich biss die Zähne zusammen und blickte geradeaus ins tote Geäst.

»Und diesmal«, sagte Caitriona und schnalzte mit der Zunge, um ihr Pferd anzutreiben, »seid ihr vielleicht so nett, uns den wahren Grund zu nennen, weshalb ihr nach Avalon gekommen seid.«

Kapitel 21

Wir ritten in einem mörderischen Tempo zurück zum Turm, sodass ich außer Atem und wund war, als sich das Fallgatter hinter uns schloss.

»Kommt mit«, befahl Caitriona uns.

Wir gingen hinter ihr her hinauf in den Turm. Erst als wir im zweiten Stock waren, blieb sie stehen, blickte sich zu Bedivere um und nickte.

»Hier entlang, Junge«, sagte er und führte Cabell von der Treppe in den dunklen Korridor. Cabell sagte nichts, sein dunkles Haar bildete einen Schleier vor seinem Gesicht, weil er den Kopf gesenkt hatte. Mein Puls beschleunigte und verscheuchte den Nebel in meinem Kopf.

»Wartet!«, rief ich und lief an Emrys vorbei, um ihnen zu folgen.

Bedivere streckte eine Hand aus, um mich zurückzuhalten. Sein Blick war unerträglich freundlich. »Mach dir keine Sorgen. Ich passe auf ihn auf.«

Panik ergriff mich. Sie durften uns nicht trennen. Ihm könnte alles Mögliche passieren. »Komm mit mir, Tamsin«, sagte Caitriona.

Emrys umfing sanft meinen Arm und zog mich die Treppe hinauf.

»Ist schon gut, Mädchen«, sagte Bedivere zu mir. »Das eine Mal kannst du andere für ihn sorgen lassen.«

Nein. Das war nicht richtig. Ich musste Cabell beschützen. Das tat ich schon, solange ich mich erinnern konnte.

»Jetzt, Tamsin«, befahl Caitriona.

»Es ist okay«, flüsterte Cabell. »Alles in Ordnung, Tams.«

»Bitte, tut ihm nicht weh«, flehte ich. Cabell blieb vor seinem Zimmer stehen, eine Hand auf der Klinke. Er drehte sich nicht um. »Er kann es nicht kontrollieren.«

»Warum sollte ich ihm wehtun?«, fragte Bedivere, dessen blaugraue Augen gütig wirkten. »Er ist ein guter Junge.«

»Komm«, drängte Emrys und drückte meinen Ellbogen leicht. »Ihm passiert nichts.«

Cabell öffnete die Tür zu dem Zimmer, das er sich mit Emrys teilte, und verschwand nach drinnen. Schließlich gab ich nach, schüttelte Emrys' Hand ab und stieg die Treppe hinauf.

Caitriona brachte uns zum obersten Stockwerk der Burg. Der Geruch von altem Pergament, Tinte und Leder empfing uns oben an der Treppe, als wollte er sagen: *Ihr seid hier. Ihr habt mich gefunden. Endlich seid ihr sicher.*

Die Bibliothek.

Der Raum war von warmem Kerzenschein erhellt. Jede Flamme wurde durch eine Glaskugel vergrößert, sodass sie genügend Licht für die Tische spendete, die von der Raummitte aus in alle Richtungen verlängert waren. An den Wänden hingen aufwendig gearbeitete Gobelins.

Doch das Atemberaubendste waren die Reihen von Bücherregalen, die so gearbeitet waren, dass es einem Hain ähnelte. Ihre Äste waren aus Silber gefertigt und ihre Blätter aus Spiegeln, die das Licht um uns herum verteilten.

An einem der Tische saß Neve, vor sich einen großen Text.

Olwen wanderte die Regale hinter ihr ab und schien etwas zu suchen. Beide blickten auf, als wir hereinkamen.

»Was ist passiert?« Neve stand von ihrem Stuhl auf, eine Hand auf ihre Brust gepresst. Ich hasste ihren weichen, mitleidigen Gesichtsausdruck, noch mehr jedoch mein verräterisches Herz, weil es sich prompt verkrampfte.

Olwen zog zwei Stühle für Emrys und mich vor. Emrys sank dankbar auf den einen und streckte seine langen Beine aus. Ich hingegen war noch zu aufgeputscht vom Adrenalin, um mich zu setzen.

Stattdessen schritt ich an den Regalen entlang und blickte zu den vergoldeten Buchrücken – *Heilmittel für alle Beschwerden, Bestien anderer Reiche, Lord Death* –, bevor ich die ausgefransten Ränder der aufgestapelten Schriftrollen berührte.

Als ich um die Ecke zur nächsten Reihe kam, fand ich mich einer Elfe gegenüber – die Schwester, von der Olwen uns erzählt hatte. Sie erschrak und wirkte scheu wie ein Reh.

Wie Aled und Dilwyn war sie zart mit grünlicher Haut, ähnlich einer unreifen Frucht, doch ihr langes dunkles Haar war von weißen Strähnen durchzogen. Verglichen mit den anderen schien sie ... nicht direkt zerbrechlich. Bei ihrem Anblick hatte ich das Gefühl, dass sie zwar körperlich hier bei uns war, aber nicht in Gedanken.

Die Elfe wandte sich an Caitriona. »Hast du sie zu dem Fremden gebracht? War es der Mann, den sie suchten?«

»Ja, Mari, war es«, antwortete Caitriona.

»Sie hat uns glauben gemacht, er wäre noch am Leben, um uns dann zu einer Leiche zu bringen, beschreibt es wohl eher«, sagte Emrys frostig.

Neve blickte wütend zu Caitriona. »Wie konntest du so etwas tun?«

»Hier geht es nicht um *meine* Täuschung«, erwiderte Caitriona, »sondern um eure.«

»Cait!«, schalt Olwen.

Die junge Frau senkte seufzend den Kopf. »Ich entschuldige mich dafür, dass ich euch getäuscht habe, aber ich werde mich nicht dafür entschuldigen, dass ich alles tue, was ich muss, um diese Insel zu schützen.«

»Gut«, sagte ich. »Denn ich werde mich nicht dafür entschuldigen, alles zu tun, was *ich* muss, um meinem Bruder zu helfen.«

Caitriona schaute mich gebieterisch und unnachgiebig an. Doch da war ein Flackern von etwas anderem in ihren Augen – eine Andeutung von Verständnis.

»Warum hast du sie nicht vorgewarnt, dass er tot ist?«, fragte Olwen entsetzt. »Unehrlichkeit kenne ich nicht von dir.«

»Ich bin nicht *unehrlich* gewesen!«, platzte Caitriona heraus. Sie verschränkte die Arme vor der Brust und sah zur Seite. »Ich war vorsichtig. Ich habe ihnen ihre Geschichte nicht geglaubt und musste ihre echte Reaktion auf den Fremden sehen.«

»Tja, Glückwunsch, du hast gesehen, dass du dich geirrt hast«, sagte Emrys. »Und übrigens ist das Zurückhalten von Informationen immer noch unehrlich.«

Caitrionas Sommersprossengesicht rötete sich. Sie öffnete den Mund und schloss ihn gleich wieder. Als sie sich gefangen hatte, sagte sie: »Dennoch habt ihr mehrere wichtige Teile *eurer* Geschichte ausgelassen.«

»Eine Erklärung bitte«, sagte Olwen und sah die beiden an.

Es war seltsam, Caitriona alles mit einer solchen Distanz erzählen zu hören.

»Dein Bruder ist dazu verflucht, sich in einen Hund zu verwandeln?«, fragte Olwen verwundert.

»Ja.« Mein Magen grummelte, weil es mir widerstrebte, darüber mit anderen zu reden. Es fühlte sich falsch an, das zu besprechen, wenn Cabell nicht dabei war. »Früher konnte er es selbst aufhalten, aber es passiert inzwischen häufiger. Jedes intensive Gefühl löst die Verwandlung aus.«

Olwen legte nachdenklich eine Hand an ihre Wange. »Wurde er mit dem Fluch geboren oder erst später damit belegt?«

»Wir wissen es nicht«, antwortete ich und zögerte. »Unser Vormund hat ihn als Jungen gefunden. Er war allein im Moor unserer Welt unterwegs und konnte sich an nichts außer seinem Namen erinnern. Wir haben alles … *alles* versucht, um den Fluch zu brechen. Tonika, die Heiler vom Cunningfolk, sogar Zauberinnen. Ohne zu wissen, wer den Fluch gewirkt hat oder warum, ist es unmöglich herauszufinden, wie man ihn bricht.«

Neve blickte gedankenverloren auf ihre Hände. Keiner schien zu wissen, was er sagen sollte, aber die Stille war besser als hoffnungsvolle Plattitüden, die nichts als vergeudeter Atem wären.

»Mein Beileid zum Verlust deines Vormunds«, sagte Mari zu mir. »Mag sein Andenken bleiben, auch wenn die Göttin seiner Seele neues Leben gewährt.«

»Richte der Göttin aus, sie kann sich die Mühe sparen«, entgegnete ich verbittert. »Sie sollte ihre Zeit sinnvoller nutzen.«

Sowohl Caitriona als auch Olwen wirkten geschockt. Mari neigte lediglich den Kopf zur Seite und musterte mich auf beunruhigende Art.

»Mich verwirrt die Tatsache, dass ihr dennoch nach Avalon gereist seid, um ihn zu suchen,« erklärte Olwen.

»Sie haben nicht nach ihm gesucht«, sagte Caitriona, die wieder die Arme vor der Brust verschränkte. »Sie waren hinter einem Ring her, von dem sie geglaubt haben, dass er ihn hatte. Einem Ring, der Flüche bricht.«

»Oh.« Auf einmal merkte Mari sichtlich auf. »Der Ring der Zerschlagung?«

Olwen strich mit der Hand über ihr tintenblaues Haar. »Die Göttin segne dich, dass du jedes Buch in diesem Turm gelesen hast, Mari. Ist es der der Hohepriesterin Viviane?«

»Ja, für Sir Lancelot, der von ihr hier großgezogen wurde, bevor er sich König Artus an dessen Hof anschloss«, antwortete Mari. »Nachdem ich davon in ihren Schriften gelesen hatte, habe ich mit Sir Bedivere gesprochen. Er hat die Macht des Rings bei mehreren Gelegenheiten bezeugt.«

Ich sank auf den Stuhl neben Neve und war mir nicht sicher, wie es mir damit ging, dass meine Theorie zu Bedivere bestätigt wurde.

»Also sucht ihr für Cabell nach diesem Ring«, sagte Caitriona. »Der vielleicht im Besitz eures Vaters war.«

»Warum hast du uns nicht gleich davon erzählt?«, fragte Olwen. »Niemand hätte dir vorgeworfen, dass du deinem Bruder helfen willst. Wir hätten dir gern jede Hilfe angeboten, die wir geben können.«

»Weil es um die Natur des Rings geht«, erklärte Mari in ihrer verträumten, distanzierten Stimme. »Und was erforderlich ist, um ihn zu bekommen.«

O verdammt, dachte ich.

»Das ist es nicht ...«, begann ich, doch vor Panik blieben mir die Worte im Hals stecken. Ich griff nach dem dünnsten Strohhalm, um das Thema zu wechseln. »Ich habe nur nicht gewusst, ob ich darauf vertrauen kann, dass ihr uns helft. Hätte ich euch davon erzählen sollen, nachdem ihr uns in den Kerker geworfen habt? Und überhaupt, wenn dies hier angeblich solch ein friedvoller und schöner Ort ist, warum habt ihr einen Kerker?«

»Tatsächlich haben wir da unten früher unseren Wein und

Met eingeschlossen«, antwortete Olwen. »Manche der Feen waren zu sehr auf den Geschmack gekommen, und um Beltane …«

Sie verstummte, als Caitriona eine Hand auf ihren Arm legte.

»Was ist nötig, um den Ring zu benutzen?«, fragte Neve.

»Es ist nicht … es …« Ich wandte mich zu ihr und rang nach Worten, aber es war zu spät.

»Die Hohepriesterin fertigte den Ring für Sir Lancelot. Sie war ungewöhnlich gut in der Silberkunst und segnete ihre Werke mit der Macht der Göttin und schenkte ihnen so eine Bestimmung«, erklärte Mari. »Aber anstatt die Flüche und Zauber zu zerstören, mit denen sein Träger belegt wurde, begann der Ring, sie in sich aufzunehmen. Er lernte, Blut zu lieben.«

Mein Puls raste los.

»Das ist nicht …«, wollte ich sie unterbrechen.

»Lass sie sprechen«, fuhr Caitriona mich an. »Noch ein Wort von dir, und du bist wieder unten im *Weinkeller*. Fahr fort, Mari.«

Und das tat die Elfe, womit mir das letzte bisschen Kontrolle über unsere Situation endgültig entglitt.

»Der Ring der Zerschlagung gehorcht nur einem Herrn, der sich seiner würdig erweist, indem er den vorherigen Herrn tötet. Allein so kann er seinen Anspruch auf seine Macht geltend machen.«

Kapitel 22

Ich spürte Neves Blick auf mir wie ein Brandeisen, sengend vor stummem Vorwurf.

Du schuldest ihr einen Dreck, flüsterte eine Stimme in meinem Kopf. *Wenn sie nicht zum Ring recherchiert hat, bevor sie mit auf die Suche gekommen ist, ist das ihr Problem.*

Was nicht verhinderte, dass mir speiübel wurde.

»Wenn dieser Ring Flüche brechen kann und wir es für möglich halten, dass er zurück nach Avalon gebracht wurde, warum suchen wir dann nicht nach ihm?«, fragte Olwen. »Ist das nicht der Segen, für den wir gebetet haben?«

»Und unzählige Leben mit der Suche außerhalb der Turmmauern riskieren?« Caitriona schüttelte den Kopf und sah mich an. »Dein Vater ist tot und der Ring scheint verloren. Was habt ihr jetzt vor?«

»Dasselbe, was ihr alle tun solltet«, antwortete ich. »Diese verfaulende Hölle verlassen und in unsere Welt zurückkehren.«

Das Überraschendste war nicht, wie Caitriona auf diesen Vorschlag hin zurückwich, sondern wie Olwen und Mari ihre Blicke zu den verspiegelten Blättern an den Regalen abwandten, als fühlten sie sich schuldig, weil sie ihren eigenen Gedanken plötzlich laut ausgesprochen hörten.

»Die Insel ist unser Zuhause«, sagte Caitriona. »Sie war der

Stolz unserer Vorfahren und das Geschenk unserer Göttin. Du magst nicht an das größere Gewebe des Schicksals glauben, wir jedoch tun es. Ich weiß, dass es einen Weg geben muss, das Land wiederherzustellen und die Kinder der Nacht zu denen zu machen, die sie einst waren. Und ich werde weiter jeden Tag darum kämpfen, diesen Weg zu finden.«

»Kämpfen, wie denn?«, fragte ich. »Es sind zwei Jahre vergangen, und ihr seid kein Stück vorangekommen. Ihr habt schon verloren. Die einzige Frage ist, wie viele Leben du noch zu opfern bereit bist.«

Caitriona wurde rot vor mühsam unterdrückter Wut. Keine der anderen Schwestern sagte ein Wort. Und ich sah meinen Verdacht von eben bestätigt, doch der Triumph schmeckte bitter.

»Was hier geschehen ist, war fatal«, fuhr ich fort. »Ihr habt die Macht, ein Portal zurück ins Sterblichenreich zu öffnen, nicht wahr? Diese Insel ist tot, und die Leute hier sind die Nächsten. Wie lange noch, bis die Magie anfängt, die Lebenden zu verwandeln? Wollt ihr eure letzten Tage damit verbringen, Blut von den Steinen zu wischen, bis niemand mehr übrig ist, der dasselbe für euch tut?«

Zitternd und blass stand Mari von ihrem Stuhl auf und floh mit einem unterdrückten Schluchzen aus der Bibliothek und die Treppe hinunter.

»Tamsin ...«, sagte Emrys. »Vielleicht wäre dies ein guter Zeitpunkt, deinem niederschmetternden Fatalismus mal eine Pause zu gönnen.«

Ich ignorierte die zornigen Blicke der anderen, denn ich brauchte keine Moralbelehrung von Leuten, die sich weigerten, auch bloß die kleinste Dosis Wahrheit zu schlucken.

Caitriona wollte Mari nacheilen, doch Olwen stand auf und hob eine Hand. »Ich sehe nach ihr, wenn wir hier fertig sind.«

Ich konnte mich nicht dazu bringen, mich zu entschuldigen. »Ohne den Ring ist das Einzige, was ich jetzt tun kann, die nächste Reliquie, den nächsten Zauber oder die nächste Zauberin zu suchen, die Cabell vielleicht helfen.«

»Und du glaubst nicht, dass die Antwort hier sein könnte?«, fragte Neve und schwenkte die Hand zu den Regalen.

»Du hast immer noch nicht gesagt, wie ihr auf die Insel gekommen seid«, sagte Caitriona. »Und wie wollt ihr wieder weg von hier?«

Ich antwortete, ehe Neve die Wahrheit sagen konnte. »Neve hat das Portal geöffnet. Sicher kann sie das wieder.«

»Aber nur, wenn ich zustimme, mit euch zu kommen«, ergänzte Neve zu Recht verärgert, was bewirkte, dass ich sie umso mehr mochte.

»Sonst schickt uns eben eine der Priesterinnen zurück«, konterte ich.

»Nein«, mischte Caitriona sich ein. »Seit dem Verrat ist es einer Zauberin unmöglich, ein Portal zu öffnen, und keine der Priesterinnen wird euch fortbringen. Es ist nicht lange genug hell, um die Reise zu machen, und ich werde nicht noch einmal die Leben meiner Schwestern für euch aufs Spiel setzen.«

Wut und Empörung stiegen in mir auf. »Es muss einen anderen Weg geben …«

Eine Glocke läutete schrill und schnell. Mein Puls fiel in den Rhythmus mit ein. »Was ist los?«

Caitrionas Rüstung klimperte, als sie an mir vorbei zur hinteren Wand eilte, einen Gobelin zur Seite zog und eine Reihe Bogenfenster enthüllte. Wir alle liefen zu ihr und spähten in die Dunkelheit jenseits der Turmmauern.

Caitriona umklammerte das bröckelnde Fensterbrett, und ihre Atmung wurde unregelmäßig.

Der Burggraben unten war ein Feuerinferno, und die Flammen warfen ein schauriges Licht auf Hunderte – Tausende – von Kindern der Nacht, die sich an dessen Rand versammelt hatten.

Einige warfen sich in die Flammen, versuchten, sie zu überwinden. Ein Monster konnte sich mit den Krallen an der Festungsmauer festkrallen, rutschte aber hinunter und wurde von der lodernden Hitze verschlungen. Ein zweites schaffte es weiter nach oben, wurde jedoch von einem Bogenschützen erlegt, ehe es die Mauer erklimmen konnte.

Von der Treppe waren klappernde Schritte zu hören. Kurz darauf stürmte Betrys herein, und ihre Haut glänzte vor Schweiß.

»Was ist passiert?«, fragte Caitriona, die zu ihr ging.

»Sie sind …« Betrys holte tief Luft. »Sie sind alle auf einmal gekommen, haben uns vollständig umzingelt. Ich habe den Burggraben angezündet – aber sie fliehen nicht vor dem Feuer wie bisher. Wie konnten sie die Schutzzauber im Wald überwinden?«

Ein Anflug von Angst huschte über Caitrionas Züge, doch sie kontrollierte ihre Miene gleich wieder. »Ihre Magie ist versiegt. Es ist nur eine Frage der Zeit, bis es die auf den Mauern ebenfalls tut. Es war richtig von dir, Feuer im Graben zu machen.«

»Was soll das heißen, ihre Magie ist *versiegt?*«, fragte ich. »Wie kann das sein?«

»Dunkle Magie ist zerstörerisch«, erklärte Caitriona. »Die Anwesenheit der Kinder schwächt die ältesten und stärksten Zauber der Insel.«

Ich sah Emrys an.

»Sollen wir zusätzliche Feuer auf den oberen Mauern entzünden?«, fragte Betrys.

Caitriona verneinte stumm und ergriff den Arm ihrer Schwester. »Weck die restlichen Turmwachen. Wir müssen die unteren Stockwerke und die Quellen absuchen, um sicherzugehen, dass es keiner nach drinnen geschafft hat …« Ihre Stimmen verklangen, als sie die Bibliothek verließen.

Noch lange nachdem sie fort waren, hielt sich ein Bild der gefräßigen Monster in meinem Kopf. »Wie viel Reisig und Holz habt ihr, um die Feuer zu erhalten?«

»Sie brennen mittels Magie«, antwortete Olwen. Ihre Worte sollten zweifellos beruhigend sein, aber ihre bebenden Lippen waren wenig vertrauenerweckend. »Die Neun werden sie abwechselnd nähren, bis es hell wird und sich die Kinder zurückziehen.«

»Und wenn sie sich nicht mehr zurückziehen?«, fragte ich.

Olwen wagte nicht zu antworten, und ich wusste es ohnehin schon.

Wir waren hier mit ihnen gefangen.

Und wenn die letzte Schutzmagie aufgezehrt war und die Klauen auf kalten Stein trafen, würden wir mit ihnen sterben.

Ohne irgendeine Absprache, geschweige denn Erlaubnis, folgten die anderen mir in das Zimmer, das Emrys und Cabell sich teilten. Die schwere Eichentür stand bereits einen Spalt offen, als würde mein Bruder uns erwarten oder sich zumindest über das Glockenläuten wundern.

Er saß auf seinem Bett, die Knie an seine Brust gezogen und mit den Armen umschlungen. Sein schulterlanges schwarzes Haar fiel nach vorn, als er an die gegenüberliegende Wand starrte. Cabell sah nicht zu uns, als wir hereinkamen, und Emrys schloss die Tür hinter uns.

»Hast du es ihnen erzählt?«, fragte Cabell schroff.

»Ich musste«, sagte ich.

Er hob eine Schulter. »Du hättest wenigstens warten können, bis ich da bin.«

»Weiß ich.« Und weil ich im Grunde nichts anderes sagen konnte, fügte ich hinzu: »Es tut mir leid.«

Er nickte, stand auf und setzte sich an den Tisch vorm Kamin. Das Feuer der Salamandersteine flackerte in der Luftbewegung. Am Rande meines Sichtfelds machten Neve und Emrys unbewusst einen Schritt rückwärts, als Cabell näher kam.

Die sich weitende Kluft der Taubheit in mir füllte sich umgehend mit kochender Wut.

»Ich beiße nicht«, sagte Cabell, und mir brach das Herz ein bisschen mehr, weil er sich zwang, unbekümmert zu klingen, als würde er scherzen. Seine weißen Zähne blitzten im Feuerschein. »Zumindest nicht als Mensch.«

»Das ist echt Pech mit dem Fluch, Lark«, sagte Emrys so arrogant wie eh und je. »Aber das erklärt, warum euer alter Herr so hinter dem Ring her war.«

Er setzte sich auf den Stuhl Cabell gegenüber – an dem runden Tisch, der Artus' nicht unähnlich war, an dem wir alle denselben Status genossen und dasselbe Recht, einander misstrauisch zu beäugen. Mein Mund verzog sich zu einem freudlosen Grinsen.

»Was ist draußen los?«, fragte Cabell, wobei er mich ansah.

»Die Kinder der Nacht haben den Turm umstellt«, sagte ich. »Die Neun halten sie mit Feuer zurück.«

Cabell runzelte die Stirn. »Wird das reichen?«

»Olwen hat mir gesagt, dass Feuer das Einzige ist, was sie richtig tötet«, antwortete Neve und rieb mit dem Daumen über das Holz. »Die Kreaturen fürchten es und hassen Licht.«

»Das größere Problem ist, dass sie uns den Weg zum Portal versperren«, sagte ich. »Wir müssen einen anderen Weg zurück in unsere Welt finden, sonst sind wir hier am Ende ein Snack für Untote.«

»Würdest du wirklich gehen?«, fragte Neve ungläubig. »Willst du nicht mal versuchen, ihnen zu helfen?«

»Was kann ich denn schon tun?«, erwiderte ich.

Ihr Blick wurde strenger. »Ich glaube nicht, dass du so herzlos bist.«

»Könnte es daran liegen, dass du mich kaum kennst?«, fragte ich gereizt.

»Wir können *etwas* tun«, versuchte Neve es wieder. »Dies darf nicht das Ende von Avalon sein.«

Mir war klar, dass sie nicht nur wütend auf mich war, weil ich die Situation realistischer einschätzte. Da war auch Wut, weil ich ihr die Wahrheit über den Ring vorenthalten hatte – und weil sie immer stolz darauf gewesen war, sich alles selbst beigebracht und angelesen zu haben. Meinetwegen. Es fühlte sich gut an zu kämpfen. Etwas von dem schmerzhaften Druck abzulassen, der sich in mir aufbaute, seit wir den Wachturm betreten hatten.

»Ich bin wegen des Rings der Zerschlagung hergekommen, und jetzt ist die Spur nicht mehr bloß kalt, sondern tot«, sagte ich, ohne meinen Ton auch nur ein klitzekleines bisschen abzumildern. »Ich werde mein Leben oder Cabells nicht riskieren, indem ich den Wald nach einer Reliquie absuche, die nicht mal mehr hier sein könnte. Lieber kehre ich in unsere Welt zurück und finde eine andere Lösung. Und ich schlage vor, dass du dasselbe machst.«

»Hier geht es jetzt um mehr als den Ring«, widersprach Neve. Ihr Gesicht war der Inbegriff noblen Mitgefühls, das seit Jahrtausenden heroische Leute in den Tod jagte. Wenn es für sie jemals einen Zeitpunkt gegeben hat, egoistisch zu sein, war es dieser.

»Hast *du* vergessen, warum du den Ring wolltest?«, fragte ich. »Was bringt dich eigentlich auf die Idee, dass dich die Schwesternschaft akzeptieren wird, wenn du den Ort rettest, von dem sie verbannt wurden?«

Neve blickte nach unten, und ihre Züge spannten sich an. Das war eindeutig genau das, was sie gedacht hatte. »Es ist nicht … es ist nicht nur das.«

»Du willst Zugang zu den Schriften der Priesterinnen, damit du mehr über Magie lernst?«, fragte ich. »Einschließlich des Lichtzaubers, den du gewirkt hast?«

»Dem, der euch das Leben gerettet hat?« Ihre wütende Miene reichte aus, dass ich auf meinem Stuhl weiter nach hinten rückte. Plötzlich schien die Kaminhitze in meinem Rücken wie ein Echo von der Hitze ihrer Worte.

»Tamsin hat recht …«, sagte Emrys.

Ich blickte verwundert zu ihm.

»Ja, ausnahmsweise stimme ich dir zu, Lerche …«

»Hör auf, sie so zu nennen!«, unterbrach Cabell.

Emrys sprach weiter, ohne ihn zu beachten. »Wir haben immer noch das Portal, das auf uns wartet. Wenn wir bei Tageslicht aufbrechen, überleben wir wahrscheinlich lange genug, um die eine Rückreise zu nutzen, die uns die Hexe versprochen hat.«

»Ja. Und wir müssen hoffen, dass es keines der Kinder der Nacht findet und versucht, vor uns in unsere Welt zu kommen«, sagte ich.

Alle drei sahen mich entsetzt an, wenn auch in unterschiedlichen Abstufungen.

»Kannst du bitte dem Chaos-Kobold, der in deinem Gehirn lebt, sagen, dass er still sein soll?«, fragte Cabell gequält.

»Ich meine doch nur, dass Zeit hier entscheidend ist«, antwortete ich.

»Du hast recht«, sagte Neve und stand auf. »Deshalb sitze ich jetzt nicht länger herum und werde immer panischer, sondern gehe zurück in die Bibliothek und suche nach Antworten.«

Ich schüttelte den Kopf und sah kurz zu Cabell, doch er wirkte nur noch besorgter.

Neve blieb an der Tür stehen und drehte sich nicht um, als sie sagte: »Das mit Nash tut mir leid.«

Dann war sie fort.

Emrys streckte die Arme nach oben und rollte die Schultern. »In diesem Sinne: Ich bin auch weg, um etwas zu essen zu holen und mich mal umzusehen.«

Als er weg war, stand Cabell auf und hockte sich wieder auf die Bettkante. Ich setzte mich neben ihn und fühlte das Schweigen zwischen uns wie eine dritte Präsenz im Raum. Auf einmal wüteten all der Zorn und die Verbitterung in mir los. Ich hatte die Hände auf dem Schoß zu Fäusten geballt, als ich meinen Kopf an Cabells Schulter lehnte. Er legte seinen Kopf auf meinen.

»Er ist wirklich weg, oder?«, fragte Cabell nach einer Weile.

Ich schloss meine Augen und sah Cabell dort – den Cabell von vor sieben Jahren, klein, zerbrechlich und bis auf die Knochen von eisigem Regen durchnässt, nachdem er Tintagel nach Nash abgesucht hatte. Und der mir sagte, was ich bereits wusste. *Er ist weg.*

Der Moment, von dem an es nur noch uns beide gab.

»Er ist seit sieben Jahren weg«, sagt ich. »Nur wissen wir jetzt sicher, dass er nie mehr zurückkommt.«

»Du hast das immer geglaubt.«

»Was nicht heißt, dass ich recht haben wollte«, gestand ich.

Cabell setzte sich auf. »Vielleicht finden wir noch ein Notizbuch von ihm. Und in dem sind die Antworten, was er sich dabei gedacht hat, mit dem Ring herzukommen. Oder die Namen deiner Eltern.«

Ich biss die Zähne zusammen und hasste es, dass meine Augen brannten. »Es spielt keine Rolle. Wir sind alles, was wir brauchen, oder nicht?«

Cabell seufzte, und es verging einige Zeit, ehe er sich dazu bringen konnte zu sagen: »Wenn es wieder passiert … wenn ich mich verwandele …«

»Wird es nicht«, erwiderte ich, richtete mich auf und ergriff seinen Unterarm, damit er mich ansah. »Es wird nicht passieren.«

»Falls es passiert«, fuhr er fort und blickte auf seine Hände, »lass nicht zu, dass ich jemanden verletze, vor allem nicht dich. Ich könnte nicht damit leben. Tu alles, was nötig ist, um mich zu stoppen.«

»Es wird nicht passieren«, wiederholte ich.

»Tamsin«, sagte er streng. Ich schaute in seine dunklen Augen und hasste es, wie unheimlich die Schatten auf seinem Gesicht spielten. »Alles, was nötig ist.«

Wieder lehnte ich meinen Kopf an seine Schulter und war froh, dass es für einen Moment still blieb.

»Es wird nicht passieren«, sagte ich noch einmal, weil ich meinem Bruder nie etwas versprach, von dem ich wusste, dass ich es nicht halten konnte.

Der endlose Abend ging in die Phase über, die Olwen *Ruhestunden* nannte, wenn die meisten der überlebenden Avalonier zu schlafen versuchten, egal wie unmöglich es war.

Ich aß ein paar Bissen Brot und Gersteneintopf von Dilwyn und ging früh zu Bett. Zu meiner Erleichterung war Neve nicht in unserem Zimmer.

Den Kamin ließ ich aus. Im Dunkeln, wo nur Furcht und Erinnerungen mit meinen Gedanken rangen, konnte ich klarer denken. Ich lag auf der Seite und starrte an die Wand, bis meine Augen sich genug angepasst hatten, um die einzelnen Steine zu zählen, und meine Ohren das Kreischen der Monster am brennenden Burggraben nicht mehr registrierten.

Gefangen. Das Wort lag mir bitter wie Löwenzahngrün auf der Zunge. Jeder Plan, der mir in den Sinn kam – fliehen, nachforschen, kämpfen –, fiel unter dem Gewicht der Aussichtslosigkeit in sich zusammen.

Ich drehte mich auf die andere Seite und fühlte jeden noch so kleinen Schmerz in meinem Rücken und meinen Beinen.

Würdest du wirklich gehen?

Würde ich, auf der Stelle, wenn es bedeutete, uns zu retten. Sogar Emrys. Dies war nicht unsere Welt. Wir waren weder ihr noch jemandem in ihr verpflichtet.

Seufzend schob ich die Hände unter meine Wange. Mir war bewusst, dass ich dankbar sein sollte, noch zu atmen, es bis hier geschafft zu haben. Aber alles löste sich in der Wut auf, die unter meiner Haut kochte.

Komm schon, Tamsy, so schlimm ist es nicht.

In der Stille des Moments schwirrten mir Hunderte Fragen durch den Kopf. Doch die erdrückende Wahrheit lag jenseits der Mauern, verstreut zwischen seinen Knochen.

Seine Überreste waren die letzte Antwort, die wir wohl jemals erhalten würden. Nash war tot. Er war tot und mit ihm alles andere, was wir zu wissen verdienten und nie mehr erfahren würden. Nash war tot, und er hatte unsere Vergangenheit mit sich genommen, außerhalb unserer Reichweite in die dunkle Wildnis des Todes.

Ich konnte deshalb nicht einmal wütend auf ihn sein, weil

ich so wütend auf mich selbst war. *Ich* hatte uns hergebracht. Auf der Jagd nach Nashs Geist hatte ich uns alle zum Tode verurteilt.

Irgendwie musste ich eingeschlafen sein, denn das Nächste, was ich mitbekam, war das Schaben der Tür auf dem Steinboden und die einsinkende Matratze, als Neve ins Bett kam.

»Du hattest nie vor, mir zu erzählen, wie man den Ring bekommt, oder?«, flüsterte sie im Dunkeln.

»Nein.«

»Weil du mich für blöd gehalten hast und dachtest, bis ich es herausbekomme, wäre es sowieso zu spät.«

»Ich habe dich nie für blöd gehalten«, flüsterte ich. »Aber es tut mir leid.«

Den Rest erklärte ich nicht. Dass es jetzt anders war zwischen uns. Dass ich nie gedacht hätte, es würde so kommen. Es spielte keine Rolle mehr, und ich wünschte mir nichts als Stille. Das kalte Nichts, das früher zwischen uns existierte.

Das einzige sichere Versteck, das es je gab.

Kapitel 23

In der Nacht träumte ich zum ersten Mal seit Jahren von der Frau im Schnee.

Alles war so klar wie an dem Tag, an dem es geschah. Cabell und Nash hatten mich auf unserem geliehenen Boot zurückgelassen, um in einer nahen Höhle nach Artus' Dolch zu suchen. Ich hatte ihre Stimme gehört und wie die Sehnsucht darin irgendwie meine eigene spiegelte. Als hätte ich nach ihr gesucht und sie nach mir.

Sie wartete in einem nahen Feld auf mich. Der fallende Schnee verlieh ihrer durchsichtigen Gestalt Form, während sie über dem Boden schwebte. Sie streckte die Hand nach mir aus, und ich ging zu ihr, sehnte mich verzweifelt nach dieser Berührung. Nach dem Wissen, gewollt zu werden.

Die Weiße Frau war wunderbar, doch ihr Gesichtsausdruck wurde gequält, als sie mich sah.

Etwas regte sich in mir, als ich mich ihr näherte. Ein Gedanke. Eine Geschichte, die Nash Monate zuvor erzählt hatte. Von Frauen, die durch die eigene Hand starben, bevor sie den Ort eines Schatzes enthüllen konnten. Einem Ort, den sie bewachen sollten, bis sie eine andere ermordeten, die ihren Platz einnahm.

Aber der Gedanke schmolz weg, und dann war da nur noch sie. Ihre Hand, die meine Brust direkt über meinem Herzen berührte.

Und Schmerz. Schärfer und grausamer als jeder, den ich kann-

te. Als hätte sie ein Messer hineingebohrt, wieder und wieder. Ich wollte zurückweichen, aber mein Körper war zu schwach. Nicht einmal schreien konnte ich. Ihr eben noch gequälter Gesichtsausdruck verzerrte sich monströs vor Genuss an meinem Leid.

Doch der Wind rief, eisig und herrisch, als er über das Feld blies. Und der Schnee wurde wilder unter den Worten seines Gesangs.

Nicht sie. Nicht dieses Kind.

Und das bebende Licht des Geistes gehorchte, verblasste wie ein letzter Sonnenstrahl vor Einbruch der Nacht.

Der Traum veränderte sich.

Ich war auf dem Weg zurück zum Gatter des Turms, folgte einem weißen Pferd ohne Reiter. Als ich ging, tat sich der dichte Nebel um uns herum auf, und die Welt verwandelte sich. Schimmerndes Grün unaufhaltsamen Lebens – Vögel, Fische in dem glitzernden Burggraben, kleine Feen an den Mauern. Die Äste des Mutterbaums voller Blätter.

Die Pferdehufe hallten auf dem Stein. An den Stufen zum Turm drehte das Pferd sich um, als wollte es sich vergewissern, dass ich noch mitkam.

Ich sah mein Gesicht in seinem schwarzen Auge gespiegelt. Ein spiralförmiges Horn ragte aus seiner Stirn, und ein wellenförmiges Beben ging durch sein Fell, als das Tier den Kopf zur untersten Stufe neigte und sie mit seinem Horn berührte. Dort wuchs eine einzelne weiße Rose aus der Erdspalte zwischen den Steinen, deren Blütenkopf sich zitternd öffnete.

Ich schrak auf, rang nach Luft und presste die Hände auf mein klammes Gesicht, aber der Phantomduft der Blütenblätter blieb auf meiner Haut. Rasch stieg ich aus dem Bett und genoss das Gefühl der eiskalten Steine unter meinen Füßen. Dies war real.

Ich wischte meine Hände an meinem Shirt und an der Decke

ab, um den Geruch loszuwerden. Und ich hörte erst auf, als ich sah, dass die andere Seite des Betts leer und gemacht war.

Neve war schon fort, und ich konnte es ihr nicht verübeln.

Der Schmerz in meinem Schädel bewirkte, dass sich der Raum drehte. Graues Licht fiel durch das Fenster hinter mir herein.

Tageslicht.

Ich sparte es mir, meine Schuhe anzuziehen oder die Klamotten zu richten, in denen ich geschlafen hatte. Eilig rannte ich aus dem Zimmer und die Treppe hinauf zur Bibliothek. Dort würde ich sicher Neve an einem Tisch finden, vergraben hinter einem Bücherstapel. Aber es war niemand da.

An der Tür wurde ich langsamer. Da alle Gobelins zur Seite geschoben waren, fiel das Licht hinein wie Abertausende Klingen. Die Tische und Läufer sahen abgenutzt und düster aus.

Fast hatte ich Angst hinzusehen, als ich näher an die Fenster trat. Im Hof unten bewegten sich Leute und flankierten dic Festungsmauern. Mein Herz schlug schneller. Das Feuer im Graben war aus, aber die Kreaturen hatten sich unter den Bäumen zusammengeschart, schützten sich vor dem dumpfen Licht, indem sie Hügel bauten und sich hinter den Felsbrocken versteckten.

Hinter mir schnappte jemand nach Luft. Ich drehte mich um und hob beide Hände. Olwen starrte mich an. Sie hielt einen kleinen Kessel, drei Kerzenhalter und einen Kranz aus getrocknetem Grün vor ihrer Brust, und ihre dunkelblauen Locken schienen auf ihren Schultern zu schweben.

»Du hast mich erschreckt«, sagte sie mit einem zittrigen Lachen. »Ich hatte hier oben außer Flea niemanden erwartet.«

Ich blickte zu den Sachen, die sie auf einem der Tische abstellte. »Unterricht?«

Olwen zog eine Augenbraue hoch. »Falls ich sie aus ihrem Versteck locken kann.«

Der Geruch von Lavendel und Lauge wehte über mich hinweg, als sie durch den Raum auf mich zukam.

»Die Kinder der Nacht haben sich nicht wieder zurückgezogen«, sagte Olwen. Aus der Nähe war ihr die Erschöpfung anzusehen: Die Haut unter ihren Augen war dunkel und angeschwollen, und sie schien zu schwanken vor Anstrengung, sich aufrecht zu halten.

»Wie kann das sein?«, fragte ich. »Haben sie das schon vorher gemacht?«

Olwen verneinte stumm. »Wir haben keine Ahnung, was es bedeutet, aber ich vermute, nichts Gutes.«

Ich sah sie verwundert an. »Du vermutest?«

Plötzlich kam mir die Vorstellung, dass sie Stunden damit verbringen würde, Flea zu unterrichten, anstatt sich auf den nächsten Angriff der Monster vorzubereiten, lächerlich vor.

Ich zeigte zu dem Tisch. »Wozu ihr noch irgendetwas beibringen, wenn ihr ihr nicht einmal ein Morgen garantieren könnt?«

Olwens Miene wurde verschlossen.

»Weißt du, Tamsin, unsere Hohepriesterin – die Göttin hole ihre Seele zu sich – sagte immer, wenn man erwartet zu scheitern, lädt man das Scheitern mit offenen Armen ein, weil man den Schmerz der Hoffnung oder die Möglichkeit des Erfolgs nicht erträgt. Aber verrate mir, macht recht zu haben den Schmerz geringer, wenn das Erwartete eintritt?«

»Nein«, antwortete ich. Mit jedem Atemzug wurden meine Kopfschmerzen schlimmer. »Aber wenigstens ist man vorbereitet.«

In der kurzen Zeit, seit ich das Zimmer vergessen hatte, war jemand anderes dort gewesen. Meine alten Sachen – nur der Pullover und das Shirt, weil die Hose vollkommen zerfetzt worden war – lagen gewaschen, geflickt und ordentlich gefaltet auf dem Tisch vorm Kamin.

Und auf ihnen lag noch etwas. Ich beugte mich näher hin.

Es war ein kleiner Holzvogel. Eine hübsche Schnitzarbeit, kaum größer als mein Daumen, aber sehr präzise in den Details. Der Kamm oben auf dem Kopf …

Das war eine Lerche.

Ihre Holzaugen blickten mich seltsam klug an, und der Schnabel war ein wenig geöffnet, als wollte sie vor dem Flug Luft holen. Sie fühlte sich warm in meiner Hand an, und die Kanten gruben sich in meine Finger, als ich sie umschloss und die Faust an meine Stirn drückte.

Ich musste Cabell finden und danach die anderen, um unser Gespräch fortzusetzen – und Neve von der lachhaften Idee abzubringen, dass dieses Land gerettet werden könnte. Und ich musste eine Karte der Insel auftreiben, damit wir herausfanden, wo uns das Hexenportal abgesetzt hatte. Danach brauchten wir einen Plan, wie wir den Kindern der Nacht entkamen, und auch einen Ersatzplan, falls der erste scheiterte. Ich musste schauen, was ich an Essen und Ausrüstung auftreiben konnte, und hoffen, dass niemand ihr Fehlen bemerkte.

Aber weder Cabell noch Emrys waren in ihrem Zimmer, auch nicht in der Haupthalle des Turms – dort waren nur Männer und Frauen an Webrahmen, die schlichte Kleider oder Decken anfertigten.

Das Klappern von Holz auf Holz lockte mich schließlich nach draußen auf den Hof, wo die Luft nach Rauch roch.

Als Erstes entdeckte ich Cabells dunkles Haar, dann das Leder seiner Jacke. Er stand allein am Zaun des Trainingsplatzes, die Unterarme auf die oberste Latte gelehnt, und schaute Bedivere aufmerksam zu, der eine Gruppe von Männern und Frauen durch eine Reihe von Übungen mit hölzernen Schwertern leitete.

Der alte Ritter führte alles mit seinem Stahlschwert vor, das er einhändig sehr genau und sicher schwang. Wo die andere Hand fehlte, trug er wie immer den Metallhandschuh und nutzte das Handgelenk, um das Schwertheft zu stützen.

Ich sah zu den unsicheren Novizen, als ich mich neben Cabell stellte; sie alle schienen verwirrt von dem, was Bedivere ihnen erklärte, und hantierten mit ihren Übungswaffen, als hätten sie ihr Leben lang Harfen und Flöten gehalten, keine Schwerter.

Hinter der Gruppe waren Caitriona und einige der anderen bei ihrem eigenen Training. Ich beobachtete verblüfft, wie Arianwen die Mitte ihres Ziels mit vier perfekt gezielten Pfeilen traf.

Hinter ihr vollführte Betrys einen Salto, rollte sich über den Boden und warf in schneller Abfolge Messer nach ihren Zielen – Strohpuppen. Sie waren bereits in einem erbärmlichen Zustand, und überall quoll das Stroh aus dem aufgeschlitzten Stoff, doch sie schaffte es, eine zu köpfen und einer anderen den Bauch aufzuschlitzen. Stroh rieselte auf den Boden, als sie umkippten.

Caitriona arbeitete mit einem funkelnden Langschwert. Ihr Gesicht war dunkelrot, und Schweiß tropfte ihr vom Kinn, als sie die schwere Klinge immer wieder in fließenden Achten bewegte, wobei sie lediglich die Höhe und das Tempo ihres Angriffs variierte. Ihre leichtfüßigen Schritte hinterließen Spiralmuster auf dem staubigen Stein.

»Ich nehme nicht an, dass du noch eine Thermoskanne mit Kaffee dabeihast?« Es war gleichermaßen ein Flehen wie eine Frage.

Cabell sah mich bedauernd an. »Hast du gar nichts mitgebracht?«

»Doch, aber das ist vom Regen und Schlamm ruiniert worden«, antwortete ich stöhnend.

»Vielleicht haben sie Tee«, schlug er vor.

Ich bedachte ihn mit einem finsteren Blick, da der Vorschlag keiner Antwort würdig war.

»Ist heute Morgen irgendetwas Interessantes passiert?«, fragte ich.

»Ich habe vorhin gesehen, dass Neve in der Küche hilft. Dann habe ich Lowri getroffen – eine der Neun. Sie hat rotblondes Haar und ist sogar noch größer als Caitriona.«

Ich nickte. Sie hatte ich im Turm gesehen. Ihre Schultern und Arme waren unglaublich muskulös.

»Lowri arbeitet mit dem Gnom Angharad in der Schmiede«, sagte Cabell, als läse er meine Gedanken. Dann ergänzte er mit einem bitteren Grinsen: »Sonst hat sich niemand auf Armeslänge an mich herangetraut. Ich verstehe gar nicht, wieso.«

»Weil du riechst, als hättest du neben einem nassen Esel geschlafen«, antwortete ich.

Er lachte nicht.

»Die kriegen sich wieder ein.« Mir tat die Kehle beim Sprechen weh. »Sie werden erkennen, wer du wirklich bist.«

»Ach ja?« Er spielte mit den silbernen Ringen an seinem rechten Mittelfinger. »Und wer ist das?«

»Ein wunderbarer Mensch, dem das Schicksal ein mieses Blatt ausgeteilt hat«, sagte ich mit einem warnenden Blick, damit er es ja nicht wagte, mir zu widersprechen. »Der nach Esel stinkt, aber ein Herz aus Gold hat.«

Er brachte ein kleines Lächeln zustande. »Danke, Tams.«

»Also«, sagte ich leise, »wir brauchen einen Plan.«

Cabell drehte sich mit den Rücken zum Trainingsplatz und hieb eine Stiefelferse auf den Boden. »Eigentlich brauchen wir dasselbe wie immer zu Beginn eines Jobs – Informationen. Über den Turm und ob die vage Chance besteht, längere Touren außerhalb der Mauern zu unternehmen.«

Ich zog es seit jeher vor, wenn wir beide allein arbeiteten, aber er hatte recht. In diesem Fall war es nicht machbar.

»Tust du das hier draußen, Informationen sammeln?«, fragte ich.

»Ich wollte versuchen, mit Bedivere über gestern zu reden«, sagte er und verschränkte die Arme vor der Brust. »Darüber, wie er es geschafft hat, mich zurückzuholen.«

Ich nickte und ignorierte, wie sich mein Bauch bei der Erwähnung dessen, was passiert war, zusammenkrampfte. »Das ist eine gute Idee. Es kann grundsätzlich nicht schaden, ihm näherzukommen. Er könnte andere Wege kennen, hier rauszukommen.«

»Was ist mit dir?«, fragte Cabell. »Brauchst du Tipps, wie man sich Freunde macht?«

»Haha.« Ich verdrehte die Augen.

»Cabell!«

Wir beide wandten uns zum Trainingsbereich um. Bedivere hielt eines der hölzernen Übungsschwerter hoch. »Ich habe eine Waffe für dich, mein Junge.«

»O nein«, antwortete Cabell kopfschüttelnd und trat einen Schritt zurück. »Es reicht mir zuzusehen, ehrlich.«

Ich knuffte ihn in die Seite und rief: »Er wartet schon den ganzen Morgen darauf.«

Der Ritter ließ seine Novizen stehen und kam zu uns. Sein Lächeln war halb verborgen von dem zotteligen Bart.

Er trug heute einen ledernen Brustpanzer und roch nach dem Öl, mit dem er ihn weich machte, sowie einer kleinen Note Pferdeschweiß.

»Komm schon, Junge. Uns fehlt jemand für die Zweikampfübungen, und ich glaube, dass es deinen Geist von den Sorgen reinigen wird.«

Bedivere warf ihm das Übungsschwert zu, und Cabell fing es mühelos. Er betrachtete das Ding, als der alte Ritter zur Gruppe zurückging und rief: »In Position!«

»Informationen«, erinnerte ich Cabell. »Deine Idee.«

Stöhnend zog er seine Jacke aus und hängte sie neben mir über den Zaun. Dann zog er die Ärmel seiner Tunika nach unten, um seine Tattoos zu verdecken, und zurrte die Bänder an dem Stoff fest.

»Zeig's ihnen, Tiger«, sagte ich und klopfte ihm auf den Rücken. »Mach dem Namen Lark Ehre.«

»Wenn wir nach Hause kommen, kipp ich deinen gesamten Instantkaffee ins Klo«, erwiderte er mit zusammengebissenen Zähnen und einem fiesen Grinsen.

Es war seltsam, meinen sonst so selbstbewussten und lässigen Bruder zu beobachten, wie er sich den anderen mit der Nervosität eines Kindes näherte, das versuchte, auf dem Spielplatz neue Freunde zu finden.

»Guter Junge!«, hörte ich Bedivere jubeln. »Darf ich vorstellen, dies ist mein Freund Cabell.«

Ich stützte die Unterarme auf dem Zaun ab. Da fühlte ich einen leichten Druck an meiner Jackentasche. Ich griff rechtzeitig hin, um die kleine Hand zu packen, bevor sie wieder herausgezogen wurde.

»Besser«, sagte ich und drehte mich um. Flea schob die Unterlippe vor, als sie mir den geschnitzten Vogel gab. »Am besten versucht man es mit flachen oder glatten Objekten, bis man schnell ist.«

Das Mädchen ignorierte meinen Rat und lehnte sich an den

Zaun. »Ist das dein Bruder da drüben? Der, der wie ein Pomuchelskopp aussieht, der zu viel Met getrunken hat?«

»Nur *ich* darf ihn Pomuchelskopp nennen.« Ich erriet eher, was das Wort bedeuten sollte. »Außerdem ist er gar nicht so schlimm …«

Beide sahen wir wieder zu der Gruppe. Cabell war einfach nicht so geübt wie die anderen. Und seine Unsicherheit bewirkte, dass er sich zurückhielt, um sich von ihnen vormachen zu lassen, was er tun sollte.

»Wenn du meinst.« Flea zog sich ihre Strickmütze über die Ohren.

Ihr schmutziges Gesicht, die weißblonden Locken und die unverschämte Art fühlten sich für mich so an, als wären Flea und ich Schwestern im Geiste.

»Müsstest du nicht da draußen bei ihnen sein?«, fragte ich und nickte zu den anderen Priesterinnen.

»Cait sagt, ich bin noch zu jung«, antwortete Flea schmollend und äffte die ältere Priesterin verblüffend gut nach, als sie hinzufügte: *»Zuerst musst du mit den Augen lernen und dann mit den Händen,* sagt sie.«

»Ach, das ist doch ein Haufen …«, ich bremste mich, »… Dung. Am besten lernt man, wenn man Sachen macht.«

Flea nickte mehrmals. »Das sage ich auch immer!«

»Hast du mal mit Bedivere darüber geredet?«, fragte ich, weil ich hier eine Gelegenheit erahnte. »Was hältst du eigentlich von ihm?«

»Sir Beddy?« Flea sah zu ihm. »Der ist in Ordnung, wenn er nicht gerade rumposaunt, wie er diesem toten alten Arschgesicht in *ruhmreichen* Schlachten und so einem Schiet gedient hat.«

Ich lachte überrascht. »Und ist das wahr?« Mir war klar, dass sie die Version der Geschichten in der Sterblichenwelt nicht kennen würde, also erklärte ich: »Dass König Artus, als er im Sterben lag, hergebracht und in einen verzauberten Schlaf versetzt wurde?«

Alles, damit er eines Tages in einer Zeit der Not nach England zurückkehren könnte.

Sie nickte und kaute auf ihren bereits abgeknabberten Fingernägeln. »Er hat ein schickes Grab im Wald und so. Ich weiß aber nichts davon, dass er wieder zurückkommen soll. Für mich sieht er ganz schön vergammelt aus. Mich wundert, dass er sich nicht verwandelt hat wie die anderen, aber irgendeine Magie schützt ihn und hält ihn gerade genug am Leben, sagt Olwen.«

»Wie kann es sein, dass Bedivere noch lebt?«, fragte ich.

»Irgendein Zauber«, winkte Flea ab. »Er lebt weiter, solange der König ihn braucht, verstehst du?«

Tat ich. »Hat Bedivere immer hier im Turm gelebt?«

Sie wischte sich mit dem Ärmel die Nase. »Nein, erst hat er Hunderte Jahre in einem kleinen Haus beim Grab gelebt, und dann ist er vor zwei Jahren hergekommen.«

Zum ersten Mal sah Flea wie das Kind aus, das sie eigentlich war. Ihre Unterlippe zitterte, als sie zu Boden schaute, und sich mit einer Hand am Zaun festhielt.

»Als die Kinder der Nacht aufgetaucht sind«, folgerte ich.

Flea schniefte. »Am Anfang haben sie die Leute aus den Obstgärten und den Dörfern geholt. Und … der Schule.«

Es hatte mal eine Schule gegeben. Bei diesem entsetzlichen Gedanken wurde mir eiskalt. Es war mir nicht bewusst gewesen, bis sie es gesagt hatte.

Flea war das einzige Kind, das noch im Turm übrig war.

Es könnte irgendwo in einem der vielen Gebäude eine Kinderstube versteckt sein, nur hatte ich keine Babys gesehen oder weinen gehört. Und Kleinkinder waren auch keine sichtbar. Jedenfalls nicht, seit wir hier waren.

Ich hoffte inständig, dass ich mich irrte, denn der Gedanke war schwer auszuhalten. Ich hatte vielleicht mein Herz verschlossen, doch noch schlug es. Mir leuchtete ein, dass niemand es wagte, noch ein Kind in diese Welt zu setzen. Nicht so, wie sie war.

»Und … du warst an dem Tag nicht in der Schule?«, fragte ich vorsichtig.

Sie schüttelte den Kopf. »Ich wollte nicht hingehen. Das war langweilig, und die anderen waren in allem besser. Deshalb bin ich zum Turm gekommen, weil ich zugucken wollte, wie sie alles fürs Erntefest vorbereiten. Und dann …«

Flea rieb sich die laufende Nase. »Und dann hat es keine Ernte gegeben. Meine Mam und mein Paps waren im heiligen Hain, und jetzt ist nichts mehr von ihnen übrig.«

Die Wucht ihrer Worte erdrückte mich, bis es sich anfühlte, als könnte ich mich nicht mehr bewegen. So übel meine Kindheit gewesen sein mochte, war sie doch nicht … *so* gewesen. Die zerfetzen Reste eines Lebens, an die Flea sich klammerte, während die Welt um sie herum zerbrach.

»Es tut mir leid wegen deiner Eltern und deiner Freunde. Es muss hart sein, und sicher vermisst du sie«, sagte ich sanft.

Flea runzelte die Stirn. »Ist schon gut. Ich habe ja meine Schwestern. Jetzt bin ich nicht mehr allein. Keiner von uns ist alleine.«

»Das freut mich«, sagte ich und sah zu Arianwen, die einen neuen Pfeil spannte. »Und ihre Familien?«

»Tot«, bestätigte Flea. »Eine nach der anderen. Die Dunkelheit hat uns richtig erdrückt, aber Cait hat uns da durchgebracht. Die anderen machen immer Witze über ihre komische Haarfarbe und sagen, sie ist nicht geboren, sondern in der Schmiede gemacht worden. Aber ich weiß, dass sie auch mal eine Mam und einen Paps gehabt hat.«

Ich nickte.

»Mari hat ihre Tante und ihren Onkel hier. Den alten Aled und Dilwyn«, sagte Flea. »Wir anderen haben uns, und es tut nur manchmal weh, wenn es ruhig genug ist, um daran zu denken.«

Was sollte ich sagen? Selbst wenn mir etwas einfiele, hatte ich zu große Angst, dass es verbittert oder schroff herauskam, wie immer.

»Und du hast deinen Bruder, auch wenn er sich in eine Bestie verwandelt?«, fragte sie und blickte erstaunlich ernst zu mir auf. »Das mit eurem Papa tut mir leid.«

Es ergab überhaupt keinen Sinn, dass ausgerechnet das – nach allem, was passiert war – ein Brennen in meinen Augen auslöste. Ich musste das Thema wechseln.

»Wann bist du zur Priesterin berufen worden?«, fragte ich.

Wieder schniefte Flea. »Kurz bevor unsere Hohepriesterin einige Tage nach den Angriffen auf die Obstgärten und die Schule getötet wurde. Das war gleich da ...«

Sie zeigte zu einem Bereich neben der Küche.

»Die Kinder der Nacht sind in die Festung gekommen?«, fragte ich entsetzt.

Flea bejahte. »Sie ist steinalt gewesen und gestorben, weil sie Mari und die anderen beschützen wollte. Es konnten ja nur ganz wenige Wachen kämpfen – weil Avalon friedlich war und so. Das hat Mari richtig Angst gemacht, und seitdem ist sie nicht mehr dieselbe, sagt Olwen jedenfalls. Sie weiß solche Sachen.«

Ich wollte etwas Tröstliches sagen, aber in diesen Dingen war ich noch nie gut gewesen. Alle Worte, die mir einfielen, fühlten sich falsch an.

Du schuldest ihnen nichts, flüsterte wieder die Stimme in meinem Kopf, *nicht mal Freundlichkeit.*

»Lernen Caitriona und die anderen deshalb, wie man kämpft?«, fragte ich. Und Bedivere half ihnen, seit er Zuflucht im Turm gesucht hatte. »Haben sie früher nicht so trainiert?«

»Nein«, sagte Flea. »Die sind bloß in langen Gewändern rumstolziert, haben alles für die Göttin geweiht, Feste gemacht, blöde Lieder gesungen und kleine Blumenkronen geflochten. Und es hat ja noch die Herrin vom See gegeben.«

»Ich dachte, die Herrin vom See wäre nur ein anderer Name für die Göttin«, sagte ich. »War sie jemand anders?«

»So wurden alle Priesterinnen genannt, die auserwählt waren, die Insel mit Schwert und Magie zu verteidigen«, erklärte Flea verträumt, »als sie noch Teil von eurer Welt gewesen ist und man das gebraucht hat. Excalibur war das Schwert, das jede Herrin vom See benutzt hat, bis sie es Artus gegeben haben, um der Beschützer von Avalon zu sein, solange er geherrscht hat. Deshalb musste er es zurückgeben, als er aufgespießt wurde.«

»Aha?« Jetzt wurde mir klar, warum ich den Titel der Herrin vom See in den Texten falsch interpretiert hatte. Aber diese Version von Excaliburs Ursprung war mir komplett neu.

»Seit die Insel ihr eigenes Reich geworden ist, gibt es keine Herrin vom See mehr. Die letzte ist bei ihrem Liebsten in der Sterblichenwelt geblieben. Der war ein Schmied oder so, sagt Mari. Alles Quatsch, wenn du mich fragst.« Flea rümpfte die Nase. »Cait sagt, wir müssen den anderen zeigen, dass es noch Hoffnung gibt. Deswegen kämpfen wir. Sie müssten auch mir beibringen, wie ich ein Schwert benutze, aber sie meinen, ich bin zu klein, und denken, dass ich dumm bin. Rhona und Seren finden das auch.«

Bisher hatte ich Rhona und Seren nicht kennengelernt, aber

ich hatte zwei Priesterinnen gesehen, die zwischen ihren Arbeiten Arm in Arm umhergingen. Rhonas Haar war so schwarz wie ein Rabenflügel, und Serens sah wie gesponnener Sonnenschein aus.

»Eigentlich denken deine Schwestern, dass du klüger bist, als gut für dich ist«, sagte ich.

Flea strahlte. »Ich habe meine Magie noch nicht bekommen. Aber wenn die dann da ist, bin ich richtig schlau.«

»Du bist berufen worden, kannst deine Magie aber noch nicht nutzen?«, fragte ich.

Flea zog die Augenbrauen zusammen. »Ich hatte vergessen, dass du gar nichts weißt.«

»Dann erkläre es mir wie einem Baby«, bat ich sie amüsiert.

»Na ja ... Ich habe mit den anderen im Turm geschlafen, und da war es, als würde mir ein warmes Leuchten in den Kopf kommen. Es hat ein Lied geflüstert, das nur ich gehört habe, und mir gesagt, dass ich singen soll. Das hab ich dann auch gemacht. Es war so warm wie ein heißes Bad, und ich habe mich richtig gut gefühlt, und da bin ich wie von alleine in die Halle gegangen, zu der Statue der Göttin, und Cait und die anderen haben das Lied gehört und sind auch gekommen. Eine Priesterin stirbt, eine wird berufen, verstehst du?«

Ja, ich verstand. Avalon war einst ein Ort, an dem es keine Krankheit und kein Leiden gab. Doch obwohl Magie ein Leben um Hunderte von Jahren verlängern konnte, vermochte sie den Tod nicht auszulöschen.

Flea kratzte sich nachdenklich die Nase. »Aber ich bin zu früh berufen worden, und seitdem ist alles falsch. Olwen denkt, dass ich bloß zu jung bin und es passiert, wenn ich dreizehn bin wie die anderen. Ich weiß nur, dass sich die Magiequelle nicht für mich öffnet und wir nicht jahrelang warten können.«

»Wenn die alte Hohepriesterin tot ist, wer wird dann die neue?«, fragte ich.

»Cait«, antwortete Flea prompt. »Die anderen wollten es so, weil sie Cait ist.«

Flea sah zurück zu Cabell und Bedivere, die zusammen trainierten und immer wieder die Übungsschwerter in unterschiedlichen Positionen aneinanderschlugen. Cabell lächelte beinahe. Hinter ihnen duellierten sich Caitriona und Betrys, um Arianwen etwas vorzuführen.

Betrys trat zurück, doch Caitriona streckte ihre Hand aus und sagte: »Noch mal.«

»Nein«, sagte Betrys, »das ist nicht nötig.«

»Ich kann es noch mal«, sagte Caitriona und nahm ihre Position ein, hatte jedoch sichtlich Mühe, das Schwert anzuheben. »Und ich werde es besser machen.«

»Du beförderst dich höchstens auf den Hintern«, erwiderte Betrys auf ihre typische Art. »Ruh dich aus, Cait.«

Bedivere musste es mitbekommen haben, denn er brach eine Erklärung für seine Schüler ab, blickte hinüber und schätzte die Situation beeindruckend schnell ein.

»Caitriona«, rief er. »Kannst du mir assistieren? Ich könnte dich hier gebrauchen.«

Sie zögerte schwer atmend. Bedivere streckte seine Hand aus, und schließlich nickte die Priesterin und holte tief Luft.

Sie brachte ihr Langschwert zurück zum Gestell und ging zu ihm. »In einer Schlacht, ob gegen einen Feind oder einhundert, ist es wichtig, an eines zu denken«, sagte Caitriona zu den Novizen, und ihre Stimme hallte glasklar durch die Luft. »Lasst ihr eure Waffe fallen, sterbt ihr. Kämpft darum, sie in der Hand zu behalten, selbst wenn es heißt, zuerst eure eigene Angst zu besiegen. Jetzt macht eure Klingen bereit.«

Cabell, der wenige Schritte entfernt von ihr stand, nickte und sah zu der Übungswaffe in seiner Hand.

»Ich habe eine Frage.« Flea stockte, und ihr Gesichtsausdruck machte mich rasend neugierig auf das, was sie dachte. Ich wurde nicht enttäuscht.

»Denkst du, Artus sieht so aus wie jetzt, wenn er wieder zum Leben erweckt wird? Wie aus Wachs und verschrumpelt wie eine Rosine? Er stinkt irgendwie, wenn ich ehrlich bin.«

»Ich hoffe nicht«, antwortete ich lachend. »Ein untoter König wird der modernen Welt schon schwer genug zu verkaufen sein, ohne dass er faulig aussieht. Hast du ihn tatsächlich gesehen?«

Sie zuckte mit den Schultern. »Bevor die Kinder der Nacht gekommen sind. Das war eine Mutprobe. Mam fand das gar nicht gut, weil es ja auch so weit weg war.«

Ehe ich reagieren konnte, grinste sie verschlagen.

Flea hielt einen Penny in die Höhe – einen modernen Penny, der anscheinend die Reise in diese Anderswelt in meiner Jackentasche überstanden hatte. Zunächst stand mir der Mund offen, dann lachte ich, und sie tat es auch.

»Jetzt kann ich dir nichts mehr beibringen«, sagte ich.

»Will ich wissen, was du ihr beibringst?«, erklang Neves Stimme.

Wir drehten uns beide um und sahen, dass die Zauberin uns beobachtete, die Brauen hochgezogen und die Arme vor der Brust verschränkt. Sie hatte ein schlichtes Kleid an und eine Schürze, mit Essen oder Schmutz bespritzt. Sicher ließ sich das in diesem spärlichen Licht nicht sagen.

»Ach, du weißt schon«, antwortete ich. »Nur meine Gedanken zur menschlichen Natur und dem großen Ganzen.«

»Du genießt es wohl, Kindern Albträume zu machen«, sagte Neve und stemmte die Hände in die Hüften.

»Manche nennen es so«, entgegnete ich, »andere sagen dazu ›Charakterbildung‹.«

»Ja, was das angeht, bist du eine echte Meisterin«, sagte Neve.

Ich runzelte die Stirn. »Sarkasmus ist *mein* Ding. Du hast Zugang zu uralter Magie, und ich habe meine beißende Ironie.«

Flea blickte zwischen uns beiden hin und her, und ihr war anzusehen, dass sie angestrengt nachdachte. »Was habt ihr beide denn?«

Ich sah wieder zu Neve und antwortete: »Neve wurde wegen etwas nicht die Wahrheit gesagt, und jetzt ist sie sauer auf mich.«

»Tamsin«, ergänzte Neve, ohne den Blick von mir abzuwenden, »weiß noch nicht, wie man sich entschuldigt, und muss lernen, anderen zu vertrauen und sich ihnen zu öffnen.«

»Und Flea«, sagte das kleine Mädchen, »findet, dass ihr beide bekloppt seid.«

»Flea!«

Das Mädchen richtete sich auf, als Olwens scharfe Stimme vom Turm kam. Und sie wäre weggelaufen, hätte ich sie nicht hinten an ihrer Tunika gepackt und sie festgehalten, egal wie sehr sie zappelte.

»Du Verräterin!«, fauchte sie und versuchte weiter, sich freizukämpfen.

»Du hättest meine Münze nicht nehmen sollen«, konterte ich.

»Du bist eine Stunde zu spät zu deinem Unterricht«, sagte Olwen, als sie bei uns war und Flea streng anschaute.

»Ich brauche keinen Unterricht«, erwiderte Flea. »Jedenfalls nicht deinen.«

»Ach nein?«, fragte Olwen. »Du musst nicht lernen, wie du deine Magie rufst oder unsere Rituale ausführst?«

Flea schob die Unterlippe vor.

»Ich würde gerne lernen, wie ihr solche Sachen macht«, sagte Neve. »Ich bin mir sicher, dass es anders ist, als ich es gelernt habe.«

Die Priesterin lächelte. »Natürlich, Neve. Du bist jederzeit willkommen.«

»Ich hinke in meinem Unterricht so sehr hinterher«, sagte Neve. »Da würde es helfen, eine zweite, genauso kluge Priesterin zu Hilfe zu haben ...«

»O ja«, antwortete Olwen, die sofort begriff. Und Flea hob den Kopf. »Aber meine Schwestern sind alle bei der Arbeit oder beim Training, deshalb weiß ich nicht, wo wir jemanden finden könnten ...«

Flea schnaubte kurz. »Na, dann muss ich wohl helfen!«

»Wirklich?«, fragte Neve. »Das würdest du für mich tun?«

Das Mädchen sah sie streng an. »Jetzt fall deswegen nicht gleich in Ohnmacht. Das mach ich ja nur, weil du so jämmerlich bist.«

»Flea!«, schalt Olwen. »Entschuldige dich bei Neve.«

»Nein, schon gut.« Neve sah zu mir. »Wenigstens ist sie ehrlich.«

Das Mädchen zuckte mit den Schultern. »Gehen wir jetzt oder nicht?«

Ich blickte ihnen nach, bis sie im Turm verschwunden waren, um meine nächste Aufgabe so lange wie möglich hinauszuzögern. Der kleine geschnitzte Vogel in meiner Tasche schien immer schwerer zu werden, je länger sich das Training hinter mir hinzog.

Ich fand Emrys in dem ummauerten Garten neben der Krankenstation. Er arbeitete an etwas dort in der dunklen Erde. Sein Haar war zerzaust, und er hatte einen Schmutzstreifen an der

Wange. Als er sich vorbeugte, fiel der offene Kragen seiner Tunika weiter auf und gab ein paar Muskeln frei, aber auch die gewölbten Narben. Gedankenverloren scheuchte er einige Feen weg, die seinen Kopf umschwärmten.

Unweigerlich musste ich lächeln, als ich mich über die Mauer neigte und versuchte, genauer zu erkennen, was ihn dort so vollkommen einnahm.

Erdschnüffler, Gründäumchen, Blattknutscher. Die Hollower hatten viele verächtliche Namen für jemanden mit Emrys' Begabung. In unserer Branche galten die Grünheiler größtenteils als wertlos. Die meisten hielten sie für Exzentriker, die in Gewächshäusern herumliefen und säuselnd auf Blumen einredeten. Doch so, wie Emrys seine Kraft einsetzte, wirkte es viel überlegter – fast meditativ.

Er setzte nicht zu erkennende welke Pflanzen um. Hin und wieder hielt er dünne weiße Wurzeln in der Hand und nickte sich oder ihnen zu, da war ich mir nicht sicher. Als Nächstes gab er etwas in die Erde oder tunkte die Pflanzen in eine kleine Wasserschale, bevor er sie wieder einsetzte.

»Oh, du musst Tamsin sein«, sagte eine Stimme hinter mir. Es war Seren. Ihr goldblondes Haar war zu Zöpfen geflochten, einige lose Strähnen klebten an dem Schweiß in ihrem Gesicht. Sie fixierte mich mit ihren dunkelbraunen Augen und verlagerte einen vollen Wäschekorb auf ihrer Hüfte. »Ich habe mich schon gefragt, wann wir uns begegnen.«

Emrys erschrak, und seine Ohren färbten sich leuchtend rot, als er aufblickte und bemerkte, dass ich ihm zugesehen hatte.

»Ich bin wie eine falsche Münze. Man muss nur lange genug warten, dann tauche ich auf«, antwortete ich.

Seren schien nicht zu verstehen, was ich damit meinte.

Sogar im matten Tageslicht, wenn sie eigentlich schlafen

müssten, hörten die Monster draußen nicht auf zu kreischen. Ich schlang die Arme um meinen Oberkörper, weil ich bei dem Lärm fröstelte.

»Darf ich dich etwas fragen?«

»Natürlich«, sagte Seren.

»Wenn ihr alle Magie besitzt und zumindest einige Waffen, warum versucht ihr dann nicht, die Kinder der Nacht mit Feuer zu töten, wenn sie schon so ungeschützt sind? Oder probiert es wenigstens mit dem Zauber, den Neve in der ersten Nacht angewandt hat?«

»Wir haben noch nicht herausgefunden, welchen Zauber sie benutzt hat, und was die Kinder angeht ...« Seren verlagerte den Wäschekorb wieder und kniff für einen Moment den Mund zusammen. »Sie waren einst unsere Freunde und Angehörigen. Irgendwo in diesen Monstern sind sie es noch, und wenn wir die Dunkelheit zerstören können, die unsere Insel plagt, besteht die Hoffnung, dass sie zu uns zurückkehren könnten.«

»Glaubt ihr das ernsthaft?«, fragte ich. »Du siehst doch, was die Magie, oder was immer das ist, aus ihnen gemacht hat. In was genau sollen sie sich denn zurückverwandeln?«

Serens Züge verhärteten sich, und natürlich hatte sie keine Antwort darauf. »Da du das Frühstück versäumt hast, wollte ich dir sagen, dass es noch Brot in der Küche gibt.«

Und mit diesen Worten ließ sie mich stehen.

»Wieder mal wild entschlossen, Freunde zu finden«, sagte Emrys und stand auf. Er wischte sich die Hände an einem Lappen ab und kam zur Mauer.

Ich hielt den geschnitzten Vogel in die Höhe und machte keinen Hehl aus meiner Verärgerung.

»Ah, du hast meine Nachricht bekommen«, sagte er grinsend.

»Soll das ein Scherz sein?«

»Nein, kein Scherz«, antwortete er. »Der Baum war viele Leben zuvor ein Vogel, also habe ich ihn freigelassen.«

Ich starrte ihn an und versuchte zu erkennen, ob er es tatsächlich ernst meinte. Aber er sollte nicht glauben, dass es mich genug interessierte, um nachzufragen.

Emrys lehnte seine Hüfte an die Mauer und verschränkte die Arme vor der Brust. Sein graues Auge war so blass wie der Himmel und das grüne glich den kleinen Blattfetzen, die noch an seinen Ärmeln hingen. Anscheinend hielt er es nicht mehr für nötig, seine Narben zu verbergen. Einen Moment lang konnte ich nur daran denken, dass er nach Minze roch. Die musste er umgepflanzt haben.

»Hör zu«, sagte er leise, »letzte Nacht habe ich etwas gefunden.«

»Was?«

»Ich konnte nicht schlafen nach … na ja, nach der ganzen Sache mit Nash und Cabell, und da habe ich mich mal umgesehen. Ich denke, du hast recht, dass es einen anderen Weg aus dem Turm geben muss. Einen, der uns nicht direkt den Kindern in die Arme führt.«

Ich denke, du hast recht. Die wunderbarsten Worte in jeder Sprache und die, die ich so dringend hören wollte.

»Okay«, sagte ich langsam. »Was hast du gefunden?«

Emrys schüttelte den Kopf. »Das siehst du dir lieber selbst an. Triff mich in der großen Halle, nachdem alle zu Bett gegangen sind. Oh, und bring deinen schorfigen Freund mit. Kann sein, dass wir ihn brauchen – er *ist* doch eine Totenhand, stimmt's? Dein Hobby ist nicht, Wachsskulpturen aus abgetrennten Körperteilen zu machen?«

»Nein, ist es nicht«, bestätigte ich. »Was machst du hier eigentlich?«

»Das?« Er blickte sich zu dem Garten um. »Wie wäre es mit einer Wette? Wenn du errätst …«

»Wenn du mich raten lässt, gehe ich«, unterbrach ich ihn.

»Wo bleibt denn da der Spaß?«

»Weil Spaß ja mein zweiter Vorname ist.«

»Ein bisschen Spaß in deinem Leben wäre nicht verkehrt …«

»Rede weiter, und du endest unter der Erde, die du eben umgegraben hast«, warnte ich ihn.

»Ist ja gut!« Er lachte. »Dem Boden hier fehlt es genauso sehr an Nahrung wie den Leuten. Ich gebe Eierschalen und Asche hinein – damit er Kalium bekommt und der PH-Wert besser wird. Mal abwarten, ob es funktioniert.«

Ich zog eine Augenbraue hoch. »Emrys Dye, du bist ein kleiner Nerd, was?«

»Ah, hast du das auch schon gemerkt?«, fragte er mit einem Grinsen, das mit dem Schmutz in seinem Gesicht allerdings nicht ganz so spöttisch wie beabsichtigt wirkte.

»Warst du es nicht, der in der Gildebibliothek damit angegeben hat, drei Mädchen gleichzeitig haben zu können?«, konterte ich. »Oder dass du in jede Bar in Boston kommst oder drei der sagenhaft teuren Autos deines Vaters bei Straßenrennen geschrottet hast? Habe ich mir das alles eingebildet?«

»Ich sehe da keinen Widerspruch. Ein Typ kann viele Facetten haben, oder nicht?« Sein Grinsen wurde noch breiter, und als er sich näher zu mir beugte, wich ich nicht zurück. Ob aus Irrsinn, Blödheit oder Trotz – ich wollte es einfach nicht. »Mir war nicht bewusst, dass du mich so aufmerksam beobachtet hast.«

Ich stemmte eine Hand gegen seine Brust und stieß ihn weg, wobei ich verzweifelt hoffte, nicht rot zu werden. »Was soll dieses Gärtnern überhaupt? Das ist doch vergebliche Liebesmüh.«

Er neigte den Kopf zur Seite und betrachtete die ordentlichen Kräuterbeete. »Ist es das?«

Ich atmete schnaubend durch die Nase aus und ballte unwillkürlich die Fäuste. »Warum können sie nicht akzeptieren, womit sie es hier zu tun haben?«

»Du erzählst ihnen nichts, was sie nicht schon wissen, Tamsin. Sie versuchen bloß, sich davon nicht zerstören zu lassen.«

»Aber was unternehmen sie?«, fragte ich. »Was *machen* sie, um etwas daran zu ändern?«

»Vielleicht sind wir deshalb hier«, sagte er. »Vielleicht hat Neve recht, und ist es unser Job, es für sie herauszufinden, wie sie handeln können.«

»Deshalb sind wir definitiv nicht hier«, widersprach ich, »und das weißt du auch. Wie willst du das Madrigal erklären?«

»Daran arbeite ich noch, aber sicher gibt es irgendwelchen anderen seltenen Tand oder eine Waffe, die sie haben will.« Er fuhr sich mit der Hand durchs Haar. »Hoffe ich mal.«

»Hat Madrigal dir jemals verraten, wofür sie den Ring will?«

Ich wusste nicht, warum ich ihn fragte; bisher war er ja auch nie sehr mitteilsam gewesen.

Emrys runzelte die Stirn und berührte gedankenverloren seinen Finger, an dem sein Siegelring fehlte. »Nein. Neve hat auch keine Vermutung?«

Ich beobachtete ihn einen Moment lang und versuchte, eine Spur von Täuschung in seinem *Nein* auszumachen. »Neve hat nur begrenzt Kontakt zur Schwesternschaft.«

»Leuchtet ein«, war alles, was er sagte. Es war, als würde man einem Fuchs zusehen, der sich langsam in seinen Bau verkroch. Und er verzog keine Miene. Ich fügte der Mauer in mir eine weitere Steinschicht hinzu.

»Warum hast du den Job von Madrigal angenommen?«, fragte ich. »Und wieso kannst du deinem Vater nichts davon erzählen?«

»Da gibt es keine Geschichte, Tamsin«, sagte er. »Jedenfalls nicht so, wie du denkst.«

»Ach ja?«, entgegnete ich. »Und du kennst meine Gedanken?«

Bei seinem Blick verschwamm die Welt um uns herum. »Ich kenne dich.«

Eine ganze Weile sahen wir einander in die Augen, und wie alles zwischen uns wurde es ein Kampf – die Weigerung, als Erster wegzuschauen.

Ein erschrockener Schrei riss mich jäh aus dem, was immer wir hier taten. Mehrere Leute hasteten an dem Garten vorbei und zum Turm. Emrys und ich schauten einander nur kurz an, dann sprang er über die Mauer, und wir liefen den anderen nach.

Eine kleine Menge hatte sich direkt unten an den Eingangsstufen zum Turm gebildet. Alle murmelten, was jedoch nicht besorgt oder ängstlich klang, sondern aufgeregt. Als wir uns den Weg nach vorn bahnten, erkannte ich die erstaunten, ehrfürchtigen Mienen, und mir wurde zusehends mulmig zumute. Einige fielen auf die Knie und neigten die Köpfe. Sogar Emrys blieb plötzlich neben mir stehen und staunte.

»Sie singt«, flüsterte er.

Ich schaute zur Treppe und dann sah ich sie.

Eine einzelne weiße Rose, die aus einem Spalt in der Steinstufe wuchs.

KAPITEL 24

Der Abend fühlte sich wie ein Traum aus Basiliskengift an – dunkel und trügerisch. In meinem Kopf wechselten sich Momente klaren Bewusstseins mit Schatten meiner eigenen Gedanken ab. In der großen Halle war jede Menge Betrieb und Kerzenschein, doch ich konnte nicht aufhören, sie anzustarren.

Die Rose.

Die Priesterinnen hatten sie in die blasse Handfläche der Statue gelegt, die über uns wachte, und dort blieb sie während des Abendessens.

»Okay, was ist mit dir los?«, riss Neve mich aus meinen Gedanken. »Du siehst noch genervter aus als sonst. Wie eine wütende Kröte.«

Cabell lachte, verstummte aber sofort, als er meinen Blick auffing.

»Wütende Kröte?«, wiederholte ich und versuchte im Geiste, mein Gesicht mit dem des warzigen Ungeheuers zu vergleichen, das das Medaillon für die Zauberin Grinda abgeholt hatte. Es kam mir seltsam vor, dass das nicht mal eine Woche her sein sollte – die Erinnerung fühlte sich so weit weg an, dass sie glatt aus einem früheren Leben stammen könnte.

»Glaub mir, so einer willst du nicht über den Weg laufen«,

sagte Neve und trank noch einen Schluck Wein. »Sie sind *sehr* unhöflich.«

Ihre dunklen Augen waren glasig. Sie wirkte sogar unglaublich entspannt, bedachte man, dass sie nach wie vor von allen Seiten misstrauisch beäugt wurde. Als sie den Kelch abermals an ihre Lippen hob, hielt ich meine Hand darüber und führte ihn langsam zurück auf den Tisch.

»Kannst du dich nicht dieses eine Mal freuen?«, fragte sie, wobei sie übertrieben dramatisch meinen Arm ergriff. »Es bringt dich schon nicht um. Olwen sagt, in Avalon hat keine Rose mehr geblüht, seit die Kinder der Nacht aufgetaucht sind. Sie halten es für ein Zeichen, dass die Insel heilt.«

Beinahe hätte ich es ihr gesagt – aber was eigentlich? *Ich habe geträumt, dass sie kommt?*

»Sogar Sir Bedivere hält sie anscheinend für ein Zeichen«, meinte Cabell.

»Du nicht auch noch!« Ich blickte hinüber zu Emrys, doch der sah versonnen zu der Rose. »Singt sie noch?«

»Singt?« Neves Augen leuchteten. »Was war das für ein Lied? Konntest du es erkennen?«

Er kratzte die Stoppeln an seinem kantigen Kinn, und mein Blick fiel auf seinen Mund, als er sprach. »Es war eher ein Summen, aber … nachdem sie sie abgeschnitten haben, wurde es schwächer.«

Emrys drehte sich zu mir und sah mich fragend an, als er mich ertappte, wie ich ihn beobachtete. In seinen Augen blitzte etwas auf, das sich gefährlich anfühlte.

Ich wurde rot und war froh über die dämmrige Beleuchtung, als ich die letzten Tropfen von meinem kleinen Schluck Wein herunterstürzte. Die Avalonier um mich herum unterhielten sich angeregt, und es lag eine spürbare, wenn auch zögerliche

Leichtigkeit in der Luft, als sie begannen, die wässrige Suppe aus Gerste und Trockenfleisch zu essen.

Jeder hatte ein kleines rundes Gebäck bekommen, das mich an irischen Seelenkuchen erinnerte; es war mit Zimt und Muskatnuss gewürzt und ein Stern war in meines eingeritzt worden. Es war das Köstlichste, was ich seit Tagen gegessen hatte – und den leeren Tellern um mich herum nach zu deuten, ging es nicht bloß mir so. Dilwyn, unsere Elfenköchin, strahlte vor Freude über die Komplimente, die sie bekam.

Eine Harfenistin setzte sich mit ihrem Instrument neben die Statue der Göttin und fing an zu spielen. Bald darauf sangen die anderen Avalonier mit, und ihre Stimmen flossen wie von allein in einem Strom von Emotionen zusammen.

»Dem Frühling entsprungen, der stetig neu
Den Sternen entsprungen, unsterblich und treu
Aus Nebel und Bergen und Tau geboren
Bist Insel mein von ihr auserkoren.
Eine Knospe lässt alles auferstehen
Als Mondlicht zeigte, wie die Stunden vergehn
Als der Herr des Todes sich berauscht an der grausam Macht
Baut die Göttin den Turm, der über uns wacht …«

»Hier gibt es einen Mond?«, flüsterte ich Neve zu, während das Lied weiterging. »Oder überhaupt eine Sonne?«

»Ich habe in der Bibliothek gelesen, dass der Himmel hier ein Spiegelbild von unserem ist«, antwortete Neve. »Er kopiert den aus der Sterblichenwelt, von der Avalon einst ein Teil war. Obwohl ich nicht denke, dass sie irgendwelche Himmelskörper gesehen haben, seit die Kinder aufgetaucht sind.«

»Haben sie nicht«, bestätigte Emrys. »Man merkt es an ihrer

Vegetation und der Erde. Was sie an Sonnenlicht haben, ist magisch erzeugt und nur eine blasse Imitation.«

»Oh!« Um ein Haar hätte Neve unsere beiden Kelche umgestoßen, als sie sich aufgeregt zu Emrys umdrehte. »Hast du mit den anderen noch mal darüber geredet, einen Teil des Hofs zu einem Garten zu machen? Ich kann dir helfen, Pilze um den Turm herum zu finden …«

Bei der Erwähnung von Pilzen wandte ich mich zur Statue um.

Die Neun waren um die Darstellung der Göttin versammelt. Sie sangen leise, legten Kräuter als Opfergaben hin und füllten den juwelenbesetzten Kelch neben dem Fuß der Göttin mit schimmerndem Wasser aus den heiligen Quellen. Alle waren auf ihre Aufgabe konzentriert, bis auf Caitriona, die uns beobachtete.

Nein, nicht uns.

Neve.

Als sie meinen Blick bemerkte, drehte Caitriona sich um und nahm eine Haltung ein, als wäre sie bereit zum Angriff.

»Du wirkst wirklich aufgebracht«, sagte Cabell leise von meiner anderen Seite. »Alles okay?«

Ich sah ihn an. »Wann war das letzte Mal irgendetwas okay?«

Es gab nicht vieles, was ich ihm nicht erzählte, aber das – was immer es war – fühlte sich an, als würde es nur unnötig Stress machen.

»Ich bin bloß müde.« Nachdem ich mich vergewissert hatte, dass uns niemand beachtete, senkte ich meine Stimme. »Emrys glaubt, dass er etwas gefunden hat, und will uns heute Nacht treffen.«

Bei der Ballade hatte Neve sich verträumt auf ihrem Stuhl gewiegt, aber das bekam sie trotzdem mit. »Ich habe Olwen gesagt, dass ich heute Abend wieder zu ihr in die Bibliothek komme, um mehr zu recherchieren. Sie wird vielleicht misstrauisch, wenn ich nicht hingehe.«

»Und ich habe Bedivere versprochen, dass ich bei der Nachtwache die Mauer mit ihm abwandere«, sagte Cabell entschuldigend. »Schaffst du das allein?«

Wenn ich verneinte, würde er mit mir kommen. Doch ich wusste auch, dass wir alle Informationen brauchten, die wir von Bedivere bekommen konnten. »Ja, klar.«

»Dann reden wir morgen früh.« Cabell betrachtete Emrys wie eine Krähe einen Wurm. »Benimm dich!«

Emrys ignorierte ihn und raunte mir zu: »Wie es aussieht, sind wir zwei heute Nacht allein.«

Ich hob meinen Kelch an. Zu spät fiel mir ein, dass er leer war. »Super.«

Nach der Leichtigkeit und dem Gesang beim Abendessen wirkte die große Halle jetzt wie in Grübelei versunken. Die langen Tische waren leer, einzig die Kerze in der Mitte der Göttinnenstatue brannte noch. Die Rose mit ihren cremeweißen Blütenblättern in der steinernen Handfläche schien nach mir zu rufen.

Langsam näherte ich mich ihr und streckte die Hand nach der unfassbar perfekten Blüte aus. Die Kerzenflamme erzitterte, sodass die Statue wie lebendig wirkte.

»Es ist eine *Rosa alba.*«

Emrys trat aus dem Schatten nahe dem Saaleingang. Ich zuckte zusammen und stieß gegen den Tisch mit den Opfergaben.

»Ist dieses Auflauern eine Angewohnheit von dir, oder sparst du es dir extra für mich auf?«, fauchte ich.

»Nur für dich, Lerche«, antwortete er und hängte sich seine Tasche über die Schulter. »Ich muss gestehen, dass ich dich nicht für eine Blumenliebhaberin gehalten habe, aber du hast diese Rose den ganzen Abend angestarrt, als würde sie jeden Moment in Flammen aufgehen.«

Dazu sagte ich nichts, sondern fragte: »Wo ist das, was du mir unbedingt zeigen willst?«

Er lächelte verschlagen und strich sich das Haar aus der Stirn. Dann blickte er sich über die Schulter um, ob sich auf den Stufen zum Hof etwas rührte, bevor er an mir vorbei zur Statue ging.

»Wo willst du ...«, begann ich und folgte ihm.

Zwischen dem Altar und der Wand war eine kleine Lücke, gerade groß genug, dass Emrys sich hineinbücken konnte. Er presste beide Hände auf ein Holzpaneel im Sockel der Statue und schob es nach rechts. Dahinter erschien eine verborgene Treppe, die in die Dunkelheit führte.

»Ach du Schande«, flüsterte ich und hockte mich hin, um in die Öffnung zu sehen. Es war unmöglich zu erkennen, was da unten war. Hinter mir setzte Emrys sich seine Stirnlampe auf und schaltete sie ein.

»Wusste ich doch, dass es dir gefallen würde«, sagte er mit einem ansteckenden Grinsen.

»Es ist allgemein bekannt, dass ich hin und wieder etwas für verborgene Gänge übrighabe«, gestand ich. »Vorausgesetzt, da sind keine Flüche, die mich enthaupten wollen.«

»Ich schwöre bei der gesegneten Seele meiner Großmutter, dass dein hübscher kleiner Hals sicher ist«, sagte er. »Nach dir ...«

»Hälse sind nicht hübsch«, erwiderte ich nach einer zu langen Pause. »Wie hast du das hier gefunden?«

»Ich habe gesehen, wie jemand reingegangen ist. Und natürlich musste ich der mysteriösen Gestalt in dem langen Kapuzenumhang folgen, falls sie Böses im Schilde führte.«

»In einem Kapuzenumhang? Was für ein Klischee! Hast du das Gesicht gesehen?«

»Sie hatte die Kapuze auf«, antwortete er und kroch hinter mir hinein. Der Geruch von frischem Grün und Kiefer haftete noch an ihm. »Wie gesagt, sie war mysteriös, und das mag ich nicht besonders.«

Was für eine Ironie, dachte ich, *wo du es doch selbst bist.*

Hinter ihm schloss sich die Geheimtür schabend und sperrte uns in der Dunkelheit ein. Ich nahm meine Taschenlampe hervor und hieb auf sie ein, bis die Batterien klapperten und der Strahl nicht mehr flackerte. Der erste Treppenabschnitt war eng, doch je weiter wir nach unten gelangten, umso breiter wurden die Stufen und gewährten uns mehr Raum zum Atmen. Es roch modrig und nach feuchtem Mulch, aber die Quelle des Geruchs enthüllte sich erst auf den letzten Stufen.

Hier verliefen dicke Wurzeln über dem Boden und umfingen die Steine wie im Würgegriff. Sie bildeten einen Kokon um den Gang, umschlangen sich gegenseitig, manche so dick wie mein Arm, andere nicht stärker als ein Garnfaden.

Verwundert sah ich Emrys an.

»Ich weiß«, sagte er. »Und das ist nicht mal das, was ich dir zeigen will.«

»Sind wir wirklich tief genug, um die Wurzeln des Mutterbaums zu sehen?«, fragte ich und stieg vorsichtig auf die Wurzelstränge.

»Ich denke, das sind die Nebenwurzeln«, antwortete Emrys. »Sie fühlen sich jünger an – wahrscheinlich wurden sie von der Feuchtigkeit hier unten angezogen.«

»Du denkst?« Ich verengte die Augen. »Sollten sie dir nicht die Geheimnisse von Jahrhunderten erzählen oder so?«

»Schön wär's«, murmelte er und fing mich ab, als ich auf

einer Wurzel ausglitt. »Sie sprechen keine Sprache, die ich verstehe.«

Ich blinzelte zu ihm. »Wie kann das sein, wenn du die Allsicht hast?«

»Weil sie, wie die Rose, eher summen …« Er summte eine Melodie, um es nachzumachen, und die tiefen Noten waren eigenartig verlockend – und irgendwie vertraut.

»Komm«, sagte er, »es ist noch ein gutes Stück.«

Wir folgten den Wurzeln, bis sie dünner wurden. Ich blieb mehrere Schritte zurück und richtete meinen Taschenlampenstrahl auf eine Stelle an der Wand, wo die Wurzeln so dicht gedrängt waren, dass sie eine feste Masse bildeten. Dann trat ich noch etwas zurück und senkte mich auf ein Knie, um es aus einem anderen Winkel zu betrachten.

»Hier ist noch ein Gang«, sagte ich zu Emrys und leuchtete mit meiner Taschenlampe dorthin, wo nur ein Spalt von der Kreuzung der beiden Gänge sichtbar war. »Anscheinend kommen die Wurzeln von da unten.«

Ich strich mit einer Hand über die raue Haut einer Wurzel. Sie pulsierte unter meinen Fingern und streckte sich nach mir aus.

Sofort sprang ich zurück und direkt gegen Emrys' warme Brust. Er griff an mir vorbei und berührte die Wurzelwand. Erst woben sie sich um seine Fingerspitzen, dann sein Handgelenk. Er neigte den Kopf, als würde er irgendetwas hören. Himmelblaues Licht floss durch die Wurzeln.

Emrys' Blick wurde unruhig, und sein Lächeln erstarb. Eine einzelne Wurzel schlang sich seinen Ärmel hinauf und wickelte sich um seinen Arm.

Als Emrys sich nicht wehrte, zog ich ihn am Ellbogen zurück. »Was machst du denn?«

Er schüttelte den Kopf. »Tut mir leid, ich … da können wir nicht lang. Das sollten wir nicht.«

»Gut«, sagte ich, »das will ich jetzt auch nicht mehr.«

Jedes natürliche Leben, das die Dunkelheit dieser Insel überstanden hatte, schaffte das wahrscheinlich nur, indem es deren Bosheit absorbierte.

Emrys' Gesichtsausdruck war merkwürdig, als wäre er noch nicht wieder ganz bei mir in der Gegenwart.

»Ernsthaft, geht es dir gut?«, fragte ich.

»Ja, alles bestens.« Er schnalzte mit der Zunge und nickte zu dem Hauptweg. »Da lang.«

Als die Wurzeln weniger wurden und unsere Stiefel wieder Steinboden berührten, legte sich die Anspannung in mir ein wenig. Trotzdem blickte ich mich hin und wieder um und leuchtete hinter uns. Um sicher zu sein – vollkommen sicher –, dass das Geräusch, das ich hörte, von unseren Schritten kam und nicht von Wurzeln, die wie treue Diener hinter uns herkrochen.

Oder wie sehr, sehr geduldige Jäger.

Kapitel 25

Wir waren dem gewundenen Tunnel schon so lange gefolgt, dass ich erschrak, als plötzlich eine Kammer vor uns auftauchte.

Emrys schob die schwere Flügeltür einen Spalt weit auf und neigte seinen Kopf hinein, um mit seiner Stirnlampe ins Innere zu spähen, bevor er die Tür weit genug öffnete, dass auch ich hineinsehen konnte. Ich schwenkte meinen Taschenlampenstrahl durch den großen, höhlenartigen Raum. Er war riesig, aber voller Möbel, Teppiche und Stapeln von Truhen, die hier unten abgestellt und – ob absichtlich oder nicht – vergessen worden waren.

»Du hast mich zu einem ... Keller gebracht?«, fragte ich.

»Hier ist die verhüllte Gestalt letzte Nacht hingegangen«, sagte Emrys. »Ich konnte mich hinter einer der Türen verstecken, als sie drinnen war, aber ich habe nicht gesehen, was sie gemacht hat, und ich wollte nicht riskieren, allein reinzugehen und eingesperrt zu werden.«

»Alleine hier unten zu sterben, wo keiner dich schreien hört, würde echt nerven«, sagte ich. »Hat die Gestalt nach etwas gesucht?«

»Nein. Das ist ja das Schräge«, antwortete er. »Es klang nicht so, als würde die Person rumwühlen, und sie hatte auch nichts in der Hand, als sie wieder rausgekommen ist. Alles, was ich gehört habe, war, dass sich einige Steine verschoben haben.«

»Hat sie was gebaut?«, fragte ich und berührte den verstaubten Deckel einer nahen Truhe. In den Holzdeckel waren silberne Sterne eingelassen, aber ansonsten schien sie ziemlich hinüber. Die feuchte Luft war schwer vom Geruch nach Verrottendem.

»Oder sie hat etwas aus dem Weg geräumt«, sagte Emrys. »Ich denke, es könnte noch einen Gang oder eine verborgene Tür hier geben.«

Ich drehte mich schnell zu ihm. »Einen Ausgang in den Wald?«

Jetzt verstand ich, warum er wollte, dass ich Ignatius mitbrachte.

Ich klemmte meine Taschenlampe zwischen meine Zähne, um die Hände frei zu haben, und holte das lila Bündel aus meiner Tasche. Finsternis kräuselte sich durch meine Gedanken wie Tinte in klarem Wasser.

Mit der Totenhand in einer Faust und der Taschenlampe in der anderen fragte ich: »Sind wir überhaupt außerhalb der Turmmauern?«

»Das ist die Preisfrage«, antwortete Emrys. »Wir sollten es sein, oder?«

»Das will ich nicht hoffen.«

»Und warum nicht?«, fragte er.

»Weil man sich fragt, warum jemand einen geheimen Zugang zu einem Wald nutzt, wenn der von Monstern bevölkert ist«, erklärte ich. »Da draußen gibt es nichts – keine Feldfrüchte, kein Trinkwasser, keine Tiere –, wofür jemand sein Leben riskieren würde, noch dazu im Dunkeln.«

»Du enttäuschst einen wirklich nie, Lerche«, sagte Emrys

kopfschüttelnd. »Immer findest du einen Weg, alles noch beängstigender zu machen.«

Darauf ging ich nicht ein. »Ich denke, wir sind uns alle einig, dass das, was hier passiert, irgendein Fluch ist. Aber warum wirkt der erst seit zwei Jahren?«

»Sein Wirken könnte an ein bestimmtes Ereignis geknüpft worden sein«, sagte Emrys. »Oder jemand hat ihn versehentlich ausgelöst.«

»Versehentlich?«, wiederholte ich spöttisch. »Was ist wahrscheinlicher – dass es ein Versehen war oder dass dieser Fluch ein Insiderjob ist und absichtlich gewirkt wurde?«

»Du denkst, jemand aus dem Turm steckt dahinter?« Emrys drehte sich richtig zu mir und sah jetzt überhaupt nicht mehr amüsiert aus.

»Erzähl mir nicht, dass dir der Gedanke noch nicht gekommen ist.«

»Nein, das wäre gelogen«, antwortete er. »Aber es fehlt das *Warum* – weil derjenige mit den Druiden sympathisiert? Oder heimlich Lord Death anbetet? Wir haben keinen Beweis, oder?«

»Eine Sache gibt es da«, sagte ich und war erstaunt, wie offen ich Theorien mit ihm diskutierte. »Am ersten Abend ist es mir nicht aufgefallen ...«

»Das kommt vor, wenn man um sein Leben rennt«, warf Emrys großzügig ein.

»... aber diese Kreaturen«, fuhr ich ernst fort, »scheinen zusammen zu jagen. Und ihr Aufmarsch am Burggraben war koordiniert. Ich glaube nicht, dass sie genug Verstand oder Bewusstsein haben, um als Rudel zu funktionieren, oder was meinst du?«

»Also denkst du, jemand steuert sie«, folgerte er.

Ich stellte Ignatius hin und nahm mein Feuerzeug heraus.

»Halt lieber kurz die Luft an«, warnte ich Emrys. »Es sei denn, du willst eine Dröhnung verbranntes Haar in die Nase bekommen.«

Er tat es, und seine Miene war eine Mischung aus Schreck und Neugier, als Ignatius seine steifen Finger knackend streckte und die Haut über seinem Auge aufglitt. Es schaute sich verschlafen um, ehe es seinen anklagenden Blick auf mich richtete.

»Ja, ich lebe immer noch. Ich liebe es einfach zu sehr, dich zu ärgern«, sagte ich zu Ignatius. »Und es wird es Zeit, dass du dir dein nächstes Fettbad verdienst.«

Die Totenhand warf einen Lichtkranz um uns. Ich hob sie hoch und fragte mich, wie ich je mit den winzigen Ausschnitten der magischen Welt zufrieden hatte sein können, die sie mir gewährt hatte.

»Wir suchen nach verschlossenen Durchgängen, Ignatius«, sagte ich.

»Du ... hast dem Ding einen *Namen* gegeben?« Emrys blieb einen Schritt hinter mir und beobachtete die Totenhand über meine Schulter. »Versteht es dich wirklich?«

»So gut wie jeder andere auch.« Ich hielt Ignatius an die nächste Wand, sodass sein Licht auf die Steine fiel, und wanderte sie langsam ab.

»Ich habe mich immer gefragt, wie du ohne Allsicht arbeiten kannst«, sagte Emrys. »Irgendwie hatte ich angenommen, Cabell würde dir sagen, wo du hintreten darfst. Offensichtlich brauchst du die Hand nicht mehr dafür, du hast ja jetzt die Allsicht. Auch wenn du dich dafür beinahe umgebracht hast.«

Ja, jetzt hatte ich sie, und es war irgendwie schräg, dass Ignatius' Licht mir nicht mehr zeigte, als ich sowieso schon sah. Unsere finstere Lage musste mir zusetzen, denn ich empfand eine absurde Wehmut, als Ignatius sein Auge verdrehte.

»Es hat allerdings deine Augenfarbe verändert«, sagte Emrys, der ebenfalls die Wand absuchte.

Ich verzog das Gesicht. Natürlich war es eine Weile her, seit ich einen Spiegel gesehen hatte, aber ... »Nein, hat es nicht.«

»Das Blau war früher dunkler, wie Saphir«, sagte er und strich weiter mit den Händen über die Steine.

Ich nagte an meiner Unterlippe, als ich vergebens überlegte, was ich erwidern sollte. Emrys sah zu mir, und unsere Blicke kollidierten im sanften, warmen Licht.

»Das Ding ist ein bisschen fies, oder?«, fragte Emrys und wandte sich rasch ab. »Es guckt mich an, als wollte es mich erwürgen.«

Ich fauchte, als Ignatius heißes Wachs auf meine Hand tropfte. »Wenn du wüsstest ...«

Wir schritten die Wände zweimal ab, doch falls es einen Durchgang gab, war er entweder unverschlossen, womit Ignatius überflüssig war, oder die Gestalt im Umhang hatte ihn extrem sorgfältig versteckt. Schließlich siegten die Schatzsucher in uns, und wir wandten uns den Kostbarkeiten im Raum zu.

»Ich komme nicht drüber weg, dass du die ganze Zeit eine Totenhand benutzt hast«, sagte Emrys, während er den Deckel einer Truhe öffnete. »Die Dinger sind unglaublich selten. Zauberinnen finden sie so abstoßend, dass sie sie nicht mehr herstellen – und glaub mir, mein Vater hat gefragt. Mehrmals.«

»Nash hat sie mir gegeben, als ich klein war«, sagte ich, wobei sich etwas in mir sträubte – gegen die Tatsache, dass ich überhaupt darüber sprach, noch dazu mit Emrys. »Und bevor du fragst, ich weiß nicht, wem er sie geklaut hat.«

Emrys legte die verschimmelten Decken zurück, die er aus der Truhe genommen hatte, und runzelte die Stirn. »Warum machst du das immer?«

»Was?«

»Du nimmst grundsätzlich das Schlimmste an«, antwortete er, »und erwartest, dass alle anderen es auch tun. Aber eigentlich tust du nichts anderes, als nach Phantomen zu schlagen, die der Rest von uns gar nicht sieht.«

»Warum tue ich das wohl?«, platzte ich heraus, bevor ich mich bremsen konnte. »Es kann ja unmöglich daran liegen, dass mich jahrelange Erfahrung genau das wieder und wieder gelehrt hat.«

»Ist das wirklich der Grund oder nur ein weiterer Vorwand, Leute wegzustoßen?«

Dunkelheit streichelte sein Gesicht, als er mich beobachtete. Und ein Flüstern in meinem Kopf gab der unangenehmen Hitze unter meiner Haut endlich einen Namen.

Scham.

»Du hast verdammt noch mal keine Ahnung«, sagte ich und hasste es, wie heiß mir war und dass meine Augen zu brennen begannen. »Weder von mir noch von meinem Leben.«

Krieg dich ein, ermahnte ich mich. *Beruhige dich.*

Er gab ein schwaches, beinahe reumütiges Lachen von sich, während er eine silberne Kiste öffnete, die allerdings leer war. »Manchmal wünsche ich mir, das wäre wahr, Lerche.«

Er kennt deine Augenfarbe, wisperte dieselbe Stimme.

»Mir ist klar, dass dein Leben nicht einfach ist«, sagte er, »erst recht seit Nash verschwunden ist. Aber wenigstens ...«

»Erzähl mir jetzt bitte nicht, dass ich das Gute darin sehen muss, als Kind verlassen worden zu sein«, fiel ich ihm ins Wort. »Glaub mir: Daran ist nichts gut.«

Nash war tot. Ich wollte nicht darüber reden. Nicht über ihn und auch über sonst nichts. Aber es war, als könnte ich gar nicht anders, als müsste ich immer weiter- und weitermachen.

»Das würde ich nie tun«, sagte Emrys, der sich eine andere Metallkiste vornahm. Darin waren gewellte Bücher, die durch einen Wasserschaden unlesbar geworden waren. »Aber wenigstens darfst du tun, was du willst, kannst sein, wer du willst. Du denkst, mein Leben ist so einfach, aber du hast auch keine Ahnung. Du …«

Er verstummte.

»Armer reicher Junge«, höhnte ich. »Es ist so hart, alles auf dem Silbertablett gereicht zu bekommen, nicht?«

Es fühlte sich gut an, diese Worte auf ihn abzufeuern und die schwelende Wunde, die Wut und Verbitterung rauszulassen, die einer ekelhaften Übelkeit gleich in mir brannten.

»Zumindest musst du dir keine Sorgen um das *Vermächtnis* machen«, spie er aus, als hätte er nun seinerseits einen ekligen Geschmack im Mund. »Es gibt keine Regeln, Grenzen oder Erwartungen, denen du nie gerecht werden kannst. Und erst recht gibt es kein …«

»Kein was?«, fragte ich. »Jetzt sag schon. Du wolltest mir eben erklären, wie viel schwerer du es in deiner Villa hast.«

»Siehst du, das meine ich!«, sagte er. »Du bist doch die, die immerzu nur auf Geld achtet. Ich kenne niemanden sonst, der sich so sehr dafür interessiert.«

Einen Moment lang war ich sprachlos. »Die bloße Tatsache, dass du dich *nicht* dafür interessieren musst, ist ein Privileg, das wir anderen uns nicht leisten können.«

Ich wachte über jeden Cent, der reinkam oder rausging. Vor unserer Ankunft in Avalon stürmten jeden Abend, wenn ich einzuschlafen versuchte, Gedanken auf mich ein, wie ich mehr Geld auftreiben konnte, und was geschehen würde, wenn es mir nicht gelang.

»Du hast *alles«,* sagte ich heiser. Er hatte keinen toten Vormund oder verfluchten Bruder. Er hatte ein geordnetes Leben, eine Mutter, die ihn wie einen Prinzen behandelte, Häuser auf der ganzen Welt, Freunde, Autos, neue Klamotten und die allerbesten Hollower-Werkzeuge.

Ich würde kein Mitleid mit ihm haben, nur weil er seinem Namen Ehre machen musste oder sein Leben von Geburt an vorgezeichnet war.

Das nannte sich Sicherheit. Er hatte eine Zukunft.

Und eine Vergangenheit, dachte ich und kniff die Augen zu. Manche von uns hatten nicht einmal die. Ich hätte gemordet, um irgendetwas über meine Eltern zu erfahren. Allein für ihre Namen.

»Hör zu«, sagte Emrys nach einer Weile und blickte von einem gewellten Buch auf, in dem er blätterte. »Wir hatten den schlechtesten Start überhaupt, und ehrlich gesagt ist das unter unserer Würde. Können wir uns wenigstens darauf einigen, professionell zu sein? Der Ring ist weg, Avalon ist eine verrottende Hölle, und wir sind von Fremden umgeben. Wie wäre es mit Waffenstillstand?«

»Meinetwegen«, antwortete ich. Ich könnte zugeben, dass unsere beste Chance, zu überleben und in unsere Welt zurückzukommen, darin bestand zusammenzuarbeiten. Ich könnte sogar gestehen, dass einiges von dem, was Emrys gesagt hatte, wahr war. Tag für Tag konnte ich allein entscheiden, was ich tun wollte, und ich war einzig Cabell gegenüber Rechenschaft schuldig. Aber ich sagte nichts davon.

Wir arbeiteten schweigend und gaben acht, alles genau so zu hinterlassen, wie wir es vorgefunden hatten. Da waren Vasen, die aussahen, als stammten sie aus anderen uralten Ländern, ein mit Sternen gekrönter Helm und ein Schild in Form eines Drachen. Ich nahm den Helm auf und studierte die seltsamen eingeätzten Konstellationen.

»Vielleicht sollten wir die mit nach oben nehmen«, sagte Emrys leise, »und sie vor der Schmiede ablegen. Sie haben hier keine Mine und nicht mehr genug Eisen übrig, um neue Waffen und Rüstungen herzustellen.«

»Woher weißt du das?«, fragte ich.

»Ich habe gefragt«, antwortete er mit einem Schulterzucken. »Sie schmelzen alles ein, was sie an Metall haben, und modeln es um.«

»Du und Neve fühlt euch hier schon richtig heimisch, was?«

»Falls du damit meinst, Fragen zu stellen, wenn sie einem einfallen, klar, dann bin ich hier schon ganz zu Hause.« Emrys blies Staub von seiner Hand. »Ich kann nur empfehlen, dass du das auch mal probierst. Eine Warnung allerdings: Die Leute könnten zu dem Glauben verleitet werden, dass es dich interessiert.«

Ich stellte den Helm ab. »Tja, das würde ich nicht wollen.«

»Ist das hier ...« Emrys hielt ein kleines Teil aus Kupfer in Ignatius' Licht. Dann blickte er zu einem großen Schrank, an dem mehrere Holzstäbe lehnten, deren Spitzen zu unterschiedlichen Knoten und Spiralen geformt waren. »Ich glaube, das ist ein Druidenlöffel. Kann das sein?«

Er gab mir das Ding, bevor er zwischen dem Durcheinander von zerbrochenen Statuen und Truhen hindurchging und einen der Stäbe in die Hand nahm.

»Es sieht aus wie ein Teil von einem Löffel«, antwortete ich. »Nash hatte Zeichnungen von denen in einem seiner Notizbücher. Normalerweise sind es zwei Hälften ...«

Geformt war der Löffel wie ein Blatt mit einem kurzen flachen Stiel zum Halten. Vier Quadranten waren in das Metall geätzt, das inzwischen eine Patina bekommen hatte. Die andere Hälfte, ein Spiegelbild von dieser, hätte ein kleines Loch, um

Blut oder Knochenmehl hineinzublasen oder was auch immer die Druiden für ihre Prophezeiungen benutzten. Die göttlichen Botschaften hingen ganz davon ab, wo diese eingeblasenen Substanzen in den Quadranten landeten – es war nicht viel anders als das Lesen aus Teeblättern.

»Oh, was ist das hier?«, hörte ich Emrys fragen.

Mir war das hohe, von einem Gobelin verhängte Objekt schon aufgefallen, als wir hereingekommen waren – allein seine Größe, direkt neben dem riesigen Schrank und schief nach links geneigt, machte es unübersehbar. Emrys griff nach dem rissigen, ausgeblichenen Stoff und zog ihn mit einem Ruck nach unten.

Ich trat einen Schritt zurück und blickte an dem bleichen Stein nach oben.

Der Körper der Statue war gewaltig, breitschultrig und mit starken Muskeln versehen, aus denen sich Adern wölbten. Eine Krone aus echtem Geweih, Moos und Stechpalmenblättern auf ihrem Haupt hatte sich irgendwie frisch gehalten und strahlte eine solche Böswilligkeit aus, dass ich sie auf keinen Fall berühren wollte. Schlimmer noch war das eingeschlagene Gesicht. Das, was davon übrig war, sah monströs aus. Ein Umhang aus Stein, der Tierfell ähnelte, war über die Schultern drapiert und fiel über die Brust der Statue, wo sich ein Hohlraum befand. Ein Kerzenhalter wie bei der Göttinnenstatue, begriff ich.

Doch mein Blick wanderte wie von selbst immer wieder zu dem zerschlagenen Gesicht zurück, in dem all die Antworten auf unausgesprochene Fragen für immer zerschmettert waren. So ein Schaden war ein Akt puren Zorns.

»Tamsin?«, sagte Emrys. »Was ist?«

»Wer ist das?«, fragte ich. »Er sieht aus wie …«

Nashs Stimme hallte durch meine Erinnerungen, sein Gesicht vom Schein des Lagerfeuers erhellt. *Er reitet auf einem feurigen*

Hengst durch die Anderswelten, sucht nach den wandelnden Toten, doch keine Welt liebt er so sehr wie die unsere …

Ich brachte mich nicht dazu, den Satz zu beenden, doch Emrys hatte es sowieso schon kapiert. »Lord Death. Wahrscheinlich war die Statue hier dazu gedacht, ein Paar mit der Göttin in der großen Halle zu bilden. Oder wohl eher, sie zu ersetzen.«

Ich trat näher heran und versuchte, mir die beiden nebeneinander vorzustellen. Ein Statuenarm war ausgestreckt, die Handfläche nach oben, als wollte sie die Hand der Göttin einfangen.

»Lord Death. In den Unvergänglichkeiten wird er selten erwähnt, geschweige denn in den Legenden, als wäre sein Name an sich schon ein Fluch.« Emrys schritt um die Statue herum. »Manchmal wird er der Stechpalmenkönig genannt, die …«

»… Manifestation von Dunkelheit und Winter im Jahreskreis«, beendete ich den Satz für ihn. »Gezwungen, mit dem Eichenkönig von Licht und Sommer um die Hand der Maid zu kämpfen, die sie beide begehren. Jedes Jahr, bis in alle Ewigkeit, ein Kreislauf der Jahreszeiten.«

»Angeberin!«, sagte Emrys lachend. »Aber das muss schon eine irre Frau gewesen sein.«

»Die Legende ist nur eine Metapher für die wechselnden Jahreszeiten«, erwiderte ich kopfschüttelnd. »Nichts davon erklärt, warum sie die Statue nach dem Bruch mit den Zauberinnen nicht zerstört haben.«

Ich duckte mich unter die Hand der Statue, weil ich bemerkt hatte, dass etwas in den Handrücken eingraviert war. Es sah wie das Fragment eines Sigills aus. Oder eine Mondsichel? Nein – ich neigte den Kopf tiefer. Es schien eher ein Teil eines Knotens zu sein.

»Erkennst du diese Markierung?«, fragte ich und wunderte mich, dass mein Gedächtnis versagte.

Emrys duckte sich. »Vielleicht? Aber könnte das nicht einfach nur ein Sprung im Stein sein?«

Ich schüttelte den Kopf. »Nein ... etwas daran ...«

Was stimmte mit mir nicht? Es konnten nicht nur der Stress und die Erschöpfung der letzten Tage sein. Eher war es, als würde sich jedes Mal, wenn ich auf meine Erinnerungen zugreifen wollte, damit sie den Rest zu dem Bild lieferten, alles in Nebel auflösen.

»Ich kann nicht glauben, dass ich das sage«, erklärte Emrys. »Aber da bekommt man ein bisschen Mitleid mit den Zauberinnen. Sie waren bereit, für das zu kämpfen, was sie für richtig hielten – sogar gegen ein Kind der alten Gottheiten, das über die Verdammten herrschte.«

Kälte kroch mir über den Nacken, und ich schüttelte mich, um das Gefühl loszuwerden. »Wenn sie Lord Death verehren, müssen sie befürchtet haben, dass ihre Seelen nach Annwn wandern. Die Göttin war es, die den Kreislauf von Leben, Tod und Wiedergeburt eingeführt hatte.«

»Stimmt.« Emrys rieb sich den Nacken. »Annwn. Die Anderswelt, die kein lebender Sterblicher erreichen kann. Was, mit Ausnahme weniger Mutiger, auch nie einer versucht hat. Und ich wette mit dir um eine Wahrheit oder Pflicht, dass du mir nicht einen nennen kannst.«

»Artus und einige seiner Ritter«, antwortete ich gelangweilt, »entweder um einen Gefangenen zu retten oder dem Herrscher von Annwn seinen Kessel zu stehlen, wie es im Buch Taliesins erzählt wird.«

Und von Nash, der jede Version der Legende liebte, in der König Artus ins Land der Toten reiste und lebend wieder zurückgekommen war.

»Wow«, sagte Emrys einen Moment später. »Da bin ich direkt

in die Falle marschiert. Cabell hat immer gesagt, du hättest das perfekte Gedächtnis ... Du hättest mich weiter dumme Wetten mit dir abschließen lassen, oder?«

Ich zuckte mit den Schultern. »Ich wollte nur sehen, wie viel ich dir entlocken kann.«

Er schüttelte den Kopf. »Du brichst mit meiner schönen Tradition, Lerche.«

»Können wir ...?«, begann ich und starrte immer noch das zertrümmerte Statuengesicht an. »Decken wir ihn ab. Ich will ihn nicht mehr ansehen.«

»Nicht, dass du ihn jemals vergessen könntest«, sagte Emrys beinahe entschuldigend. Wir warfen den Gobelin wieder über die Statue, und als hätte Emrys mich verflucht, war das Bild wie ein Foto in mein Gehirn eingeprägt.

»Ich nehme Wahrheit«, sagte ich, spielte mit den ausgefransten Stofflrändern und löste eine Reihe roter Fäden ab.

»Wie bitte?«

»Du hast gesagt, dass ich Wahrheit oder Pflicht wählen darf«, erklärte ich. »Und ich nehme Wahrheit.«

Emrys erstarrte neben mir. »Jetzt?«

»Jetzt«, bestätigte ich. »Warum hast du diesen Job angenommen?«

Er schüttelte den Kopf.

»*Du* wolltest wetten«, erinnerte ich ihn.

Nach einem Moment stieß er einen frustrierten Laut aus.

»Weil ... Ich weiß nicht«, sagte er und fuhr sich mit der Hand durchs Haar. »Weil ich in meinem ganzen Leben nie irgendwas ohne Hilfe gemacht habe. Ich habe nie ohne meinen Vater gearbeitet, nie irgendwas getan, das dem Vermächtnis des großartigen Endymion Dye oder den Vorfahren gerecht wird, die überall an den Wänden hängen.«

»*Willst* du das denn erreichen?«, fragte ich. »Oder hast du das Gefühl, du musst?«

Er runzelte die Stirn, und ich fragte mich, ob sich jemals jemand die Mühe gemacht hatte, ihm diese Frage zu stellen.

»Soweit ich es beurteilen kann«, fuhr ich fort, »ist ein Erbe nur ein Instrument, mit dem Eltern ihre Kinder kontrollieren.«

»Du würdest das nicht verstehen«, sagte Emrys und lehnte sich an den Schrank.

»Nein, wie auch?«, stimmte ich ihm zu. »Ich übertreffe Nash lediglich darin, dass ich mich nicht regelmäßig ins Koma getrunken habe.«

Die Verbitterung in meinen Worten war mir bewusst, und wieder schmeckte ich Übelkeit. Sieben Jahre hatte ich ohne diesen Mann gelebt und akzeptiert, dass er für immer fort war. Doch jetzt, da er tatsächlich gestorben war … stellte er alles wieder auf den Kopf, und ich gab ihm erneut die Kontrolle. Ließ ihn die Wunde in mir aufreißen, die ich sorgfältig versiegelt hatte.

Ich hasste ihn. Ich hasste Nash über alle Worte und Welten hinaus. Es war besser, dass er tot war und Cabell und ich auf uns gestellt.

Du auf dich allein, ging ein dunkles Flüstern durch meinen Kopf. *Cabell wird dich am Ende auch verlassen.*

Ich ballte die Fäuste und holte tief Luft.

»Du hast den anderen erzählt, wie er deinen Bruder gefunden hat, aber wie bist du in seiner Obhut gelandet?«, fragte Emrys.

»*Obhut* ist nicht der Ausdruck, den ich wählen würde.« Ich zwang mich, noch einen Stapel Truhen durchzusehen und in den Gravuren nach vertrauten Symbolen zu suchen. Das Schwindelgefühl war wieder da, schneller und schneller, und rief all die Erinnerungen wach, die ich weggeschlossen hatte. Jede wie ein Messer.

»Das war keine Antwort«, sagte Emrys.

Die Erniedrigung schmerzte auch nach all den Jahren noch. Mir war egal, ob es mich zur Heuchlerin machte, aber schon bei dem Gedanken, es ihm zu erzählen, wollte ich kotzen.

»Du musst es mir nicht erzählen«, sagte Emrys leise. »Wirklich nicht.«

»Wie großzügig von dir.«

»Nein, ich meine …« Er schüttelte den Kopf. »Sorry.«

Ich atmete die kalte Luft ein und strich mit der Hand über den verbeulten Schild vor mir. Auf einmal hörte der Schwindel auf, da war nur noch das Bedürfnis, *gesehen* zu werden.

»Meine Eltern hatten mich in Boston verlassen, und Nash nahm mich auf«, hörte ich mich sagen. »Also belassen wir es dabei, dass ich weiß, wie es ist, *ohne* ein Vermächtnis groß zu werden. Was ich übrigens auch nicht empfehlen würde.«

Mir kam es vor, als würden die Worte mir die Lunge herausreißen. Ich ließ ihn die Lücken ausfüllen, wie er wollte. Das taten ja sowieso alle.

»Eines habe ich mich immer gefragt«, sagte er und setzte sich auf eine der Truhen. »Was war mit euch in den Jahren zwischen Nashs Verschwinden und eurer Aufnahme in die Gilde? Wo seid ihr gewesen?«

Da gab es eine Spanne von sechs Jahren, bis wir offiziell mit sechzehn Nashs Mitgliedschaft beanspruchen durften. Wir schwiegen nicht bloß deshalb darüber, weil die Hollower keine Antwort verdienten, sondern weil wir fürchteten, was passieren könnte, würden sie es herausfinden.

»Wenn ich es dir verrate, darfst du es niemandem weitererzählen. Vor allem nicht deinem Vater.«

Emrys gab ein leises Summen von sich. »Jetzt bin ich erst recht neugierig.«

»Ich meine es ernst«, sagte ich. »Wenn du es jemandem verrätst, werde ich dir schlimmer zusetzen als jeder Fluch.«

»Und jetzt bin ich *noch* neugieriger.«

Ich schüttelte den Kopf und holte tief Luft. »Auf dem Dachboden der Bibliothek.«

»Dem ...« Er schrak richtig zurück. »Dem Dachboden der Gildebibliothek?«

Sorgsam stellte ich den Schild zurück. »Bibliothekar brach die Regeln und ließ uns herein, obwohl wir keine Mitglieder waren.«

»Mir war nicht klar, dass Bibliothekar Regeln brechen *kann*«, sagte Emrys verwundert.

»Er hat uns oben versteckt, zusammen mit einigen weniger wertvollen Reliquien, die nicht ausgestellt wurden, und ließ uns nachts nach unten kommen, um zu essen und mit den Katzen zu spielen«, erklärte ich. »Er hat uns Unvergänglichkeiten zu lesen gebracht, auch Essen und Wasser, bis wir alt genug waren, es uns selbst zu beschaffen. Ich weiß immer noch nicht, woher er das Essen hatte.«

»Aus den Schließfächern der anderen. Nicodemus Lot und Astri Cullen lagen vier Jahre lang im Krieg, weil sie dem jeweils anderen unterstellten, ihr Essen zu klauen«, sagte Emrys. »Ich dachte, es wären die Katzen gewesen, aber ... offensichtlich nicht.«

Er zog die Augenbrauen zusammen, als versuchte er, sich Cabell und mich in dem vollgestellten, niedrigen Raum vorzustellen. »Warum seid ihr nicht zu einem der Gildemitglieder gegangen?«

Ich kräuselte angewidert die Oberlippe. »Wie kommst du darauf, dass wir es nicht versucht haben?«

Das war die simple Wahrheit. Bibliothekar hatte kein menschliches Herz und Verstand, aber sogar er wusste irgendwie, wie man zwei Kinder schützte und versorgte.

»Jedenfalls war es okay, sobald wir Altgriechisch gelernt hatten und mit ihm reden konnten. Na ja, *ich* hatte es gelernt. Cabell hat die Allsicht.«

»Wie gut, dass du Cabell hattest«, sagte Emrys nach einer Weile. »Da hattest du Glück.«

Mich hatte immer gewundert, dass Endymion und Cerys Dye nur ein Kind hatten, aber wenn sie nur einen Sohn brauchten, um den Fortbestand des Familiennamens zu sichern, gab es vermutlich keinen anderen Grund für weitere Kinder.

»Ja, ohne Cabell hätte ich nicht überlebt«, sagte ich.

Was nicht ganz stimmte. Ohne ihn hätte ich keinen Grund gehabt zu überleben. Und sollte der Fluch ihn mir nehmen, würde auch der letzte Teil meines Herzens mit ihm verschwinden.

»Tut mir leid«, sagte Emrys. »Was passiert ist. All der Kram, den ich die Jahre über Nash, dich und deinen Bruder gesagt habe ...«

»Schon gut.« Diese Unterhaltung musste aus ihrem Elend erlöst werden. »Es war ja nicht deine Schuld.«

Ein Geräusch kam aus dem Gang draußen – ein Schaben, beinahe ...

... als würden die Wurzeln sich bewegen, dachte ich.

Das schnelle Klackern von Schritten hallte durch den Spalt, den wir die Kammertür offen gelassen hatten, bis zu uns. Ich blies Ignatius mit einem einzigen Pusten aus, wedelte den Rauch weg und schob ihn in meine Tasche, um den Qualm zu ersticken. Sein Geruch würde uns verraten ...

Emrys packte meinen Arm und riss mich zum Schrank. Die Regalbretter drinnen waren entweder entfernt worden oder längst rausgefallen, sodass knapp genug Platz für zwei Leute blieb, um nebeneinander zu stehen, nachdem Emrys die Türen hinter uns zugezogen hatte.

Ich knipste meine Taschen- und seine Stirnlampe aus, als auch schon die schwere Tür zur Kammer aufschwang.

Mein Puls donnerte in meinen Ohren, und ich hielt den Atem an. Meine Beine waren halb mit Emrys' verwoben, mein Körper dicht an seinem. Der Stoff seiner Tunika fühlte sich weich an meiner Wange an, und mehrere Momente lang hörte ich nichts, außer dem Pochen seines Herzens, das noch schneller schlug als meines.

Mir war nicht bewusst gewesen, dass er einen Arm um meine Schultern gelegt hatte, bis er sich leicht nach vorn beugte, um durch den schmalen Spalt zwischen den Schranktüren zu linsen. Ich hatte auch nicht registriert, dass ich meinen Arm um ihn geschlungen hatte, um das Gleichgewicht zu halten. Meine Finger waren an seiner Hüfte gespreizt, und die Hitze seiner Haut drang durch das dünne Leinen und jagte Wärmestrahlen bis in meine Körpermitte.

Der Neuankömmling trat ein und hielt die Kerze in seiner Hand höher. Emrys hatte recht – der dunkle Kapuzenumhang war so groß, dass er die Gestalt komplett verbarg, sodass unmöglich zu erkennen war, um wen es sich handelte. Sie drehte sich zu den verlassenen Besitztümern, dann zum Kleiderschrank um und schnupperte.

Wir erstarrten, und meine Finger bohrten sich fest in den harten Muskel unter ihnen. Emrys stockte der Atem.

Doch die Gestalt wandte sich wieder zur gegenüberliegenden Wand um. Eine blasse Hand griff nach einem Verbund von drei weißen Steinen, die mir vorher kaum aufgefallen waren, und drückte sie nacheinander je zweimal. Die Steine drum herum schienen zum Leben zu erwachen und zogen sich wie davonhuschende Mäuse zurück, um eine Öffnung in der Mauer zu bilden. Als sie sich verschoben, waberte eine Nebelwolke in die Kammer.

Die Gestalt stieg durch die Öffnung, und in der Dunkelheit des Schranks spürte ich Emrys' Blick auf mir.

KAPITEL 26

»Tamsin.«

Die einladende Dunkelheit hauchte meinen Namen. Ich verharrte in diesem gedehnten, süßen Ziehen der Erschöpfung, bis ich den sanften Druck einer heißen Hand auf meinem Rücken spürte und die Augen aufriss.

Emrys' blasses Gesicht war noch an dem Spalt in der Tür, und irgendwie war mein Einnicken umso peinlicher, als er mich nicht ansah und es unkommentiert ließ.

»Ich glaube, wir haben es geschafft«, murmelte er.

Ich hatte keine Ahnung, wie viel Zeit vergangen war, doch die Steine verschoben sich wieder. Kurz darauf kam die Umhanggestalt durch die Öffnung und ging auf den Ausgang zu. Offenbar hatte sie erledigt, was sie jenseits der Mauer zu tun gehabt hatte.

Die großen Eichentüren fielen wieder zu, wobei die Angeln kreischten. In der Kammer war es erneut stockduster. Ich zählte im Kopf von zweihundert rückwärts, während ich wartete, ob die Schritte zurückkamen.

Doch selbst als klar war, dass sie es nicht taten, rührte sich keiner von uns.

Wieder schloss ich die Augen und versuchte, an irgendetwas anderes zu denken als daran, dass meine Wange an Emrys' Brust gepresst war, sein Herzschlag das einzige Geräusch in meinen Ohren, und er wie gedankenversunken meine Seite streichelte, als suchte er Trost und wollte gleichzeitig welchen spenden.

An dem dunklen, warmen Ort waren wir selbst zu Schatten geworden. Wir atmeten im Gleichtakt und standen so dicht zusammen, dass es sich anfühlte, als würden Funken über meine Haut jagen. Da war nichts außer dieser Empfindung. Keine Magie, keine Monster, gar keine Welt.

Seine Finger umfassten meine Taille fester, und irgendwie rückte ich noch näher an ihn, obwohl das gar nicht mehr möglich sein sollte. Ich erinnerte mich nicht mehr, wann ich zuletzt so von jemandem gehalten worden war. Oder wann ich es gewollt hatte.

Wenn er den Kopf dreht ... Dieser Gedanke wisperte in mir und wärmte mich wie ein kräftiger Schluck Whisky, um sich tief in meinem Bauch zusammenzurollen.

Nein.

Ich stürmte so schnell aus dem Schrank und nach vorn, dass Lichter vor meinen Augen tanzten. Meine Beine waren so wacklig, dass ich stolperte. Die feuchte Kälte der Kammer umschlang mich, als könnte sie es nicht erwarten, mich wieder in ihrem Griff zu haben. Fröstelnd schaltete ich meine Taschenlampe ein.

Nach einem Moment folgte Emrys mir und kehrte mir den Rücken zu, als er die Schranktüren schloss.

»Sehen wir ...« Ich räusperte mich. »Sehen wir mal nach, ob wir das öffnen können.«

Nun drehte er sich zu mir und nickte. Sein Adamsapfel wippte auf und ab.

Vor den weißen Steinen blickte ich verstohlen zu ihm, ehe ich meine Tasche öffnete und nachschaute, was ich noch an Ausrüstung hatte, wobei ich im Geiste meine Liste durchging. Keine Kristalle, Tonika oder Seile. Auch kein Handbeil. Aber ich hatte meine Drachenhaut-Arbeitshandschuhe und zog sie an.

»Denkst du, was immer dahinter ist, ist verflucht?«, fragte Emrys überrascht.

»Ich denke, wir wissen nicht, was wir finden«, antwortete ich, »oder wer den Durchgang geschaffen hat. Da schadet es nicht, vorsichtig zu sein. Was hast du dabei? Irgendwelche Kristalle?«

Emrys öffnete seine eigene Arbeitstasche – mit goldenem Monogramm, verstand sich. Aus der nahm er einen kleinen Beutel mit Amethyst, Quarz, Labradorit und Turmalin hervor sowie ein klappbares Handbeil, das er mit einem Schwenk aus dem Handgelenk ausklappte. Er reichte es mir, ehe er einen schwarzen Samtbeutel auspackte.

Aus dem fiel eine lange Silberkette in seine Hand, gefolgt von einer schwarzen Kristallspitze. Als er die Kette aufnahm und die Spitze in der Luft hängen ließ, bewegte sich das Schwarz in ihr, verwirbelte wie Wasser, um winzige weiße Blüten darin zu enthüllen.

Es war ein Kristallpendel, das gewöhnlich benutzt wurde, um Fragen zu beantworten oder Energieschwingungen aufzuspüren, die von Magie oder der Präsenz böser Geister verursacht wurden. Die Dinger hatte ich noch nie zum Funktionieren gekriegt, und mit Cabell war es auch nie notwendig gewesen.

Der Kristall bewegte sich nicht.

»Keine Flüche«, sagte Emrys und hob den Stein auf Augenhöhe. Die schwarze Flüssigkeit im Innern erzeugte einen Wirbel um die Blüten herum. »Aber eine Menge Magie, wie wohl zu erwarten war.«

»Was für ein Kristall ist das?«, fragte ich, als er die Kette näher an die Wand hielt. Und als ich sah, wie sein Grinsen breiter wurde, fügte ich hinzu: »Wenn du mir sagst, ich soll raten, haue ich dich.«

Sein Lächeln wurde auf nervige Art geheimnisvoller. »Familienerbstück.«

Ich stieß einen abfälligen Laut aus, griff nach oben und schaltete seine Stirnlampe an.

»Möchtest du?«, fragte er.

Ich gab ihm meine Taschenlampe, drehte mich zu den Steinen, schloss die Augen und rief mir das Muster ins Gedächtnis, das die Gestalt im Umhang benutzt hatte. Die Wand fühlte sich eisig an, und ich hätte schwören können, dass sie bei jeder Berührung erschauerte.

Die Steine zogen sich zurück, schabten und kratzten aneinander, als sie aus dem Weg glitten. Ich nahm mir meine Taschenlampe zurück, holte tief Luft und trat durch die Öffnung.

In einen Treppenaufgang. Hinter Emrys schloss sich die Wand wieder. Ich schaute mich um, weil ich mich vergewissern wollte, dass die weißen Steine auch von dieser Seite zu sehen waren. Jetzt ging es nur noch in eine Richtung – nach oben.

»Wo sind wir?«, flüsterte ich. »Noch im Turm?«

Der Strahl von Emrys' Stirnlampe wanderte die Stufen hinauf. »Finden wir es heraus.«

Also stiegen wir nach oben. Ich zählte die Absätze zwischen den steilen, schmalen Treppen. Eins, zwei, drei, vier, fünf, sechs, sieben, acht … neun.

»Es kann nicht der Turm sein«, sagte ich und rief mir das Bild des Turms vom Hof aus vor Augen. »Der hat fünf Stockwerke, und die Bibliothek ist ganz oben.«

»Wir sind aber auch gut drei Stockwerke nach unten gegangen«, erinnerte mich Emrys. »Vielleicht geht die Haupttreppe nur bis zum fünften Stock, weil die anderen Avalonier nicht mehr sehen dürfen?«

»Oder sich keiner der Lebenden an weitere Stockwerke erinnert oder wie man hinaufkommt«, sagte ich atemlos vom langen Aufstieg. »Bis auf unseren verhüllten Freund.«

Die letzte Treppe war kürzer als die vorherigen, was unsere Theorie glaubwürdiger machte, dass es noch ein kleineres, verborgenes Stockwerk über der Bibliothek geben musste. Der anstrengende und schwindelerregende Aufstieg führte uns genau dahin, wo ich gedacht hatte: zu einer Tür aus schwarzem Eisen mit einem Türgriff im metallenen Mund von etwas, das wie ein schreiender menschlicher Schädel aussah.

Die Tür war verschlossen, und es gab kein Schloss, was es unmöglich machte, sie aufzubrechen. Andererseits hatten Verschlusszauber meinen pingeligen Gefährten noch nie aufhalten können.

Ignatius war eindeutig noch beleidigt, weil ich ihn vorhin so stiefmütterlich behandelt hatte, und brauchte ewig, um sein Auge zu öffnen, nachdem ich die Dochte angezündet hatte.

»Tut mir leid, wenn es gerade ungünstig ist, aber falls du nicht allzu beschäftigt bist ...«, sagte ich zu der griesgrämigen Hand und zeigte zu dem Schloss.

Sobald sein Licht darauffiel, erschienen neblig goldene Magiefäden, als würde der Schein eine Schattenschicht wegpellen, um die Struktur des Zaubers offenzulegen. Erst als Emrys eine Hand vorstreckte und einen der Fäden völlig verwundert berührte, wurde mir bewusst, wie ungewöhnlich das hier selbst für einen Hollower mit Allsicht war.

Der Bolzen in dem Schloss glitt zurück, und die schwere Tür schwang auf.

»Du hast eine komplizierte Beziehung zu dem Ding, oder?«, fragte Emrys.

Ich bewegte mich nach vorn, wodurch ich ihn zwang, vorzugehen. Als er sich bückte, um durch die Tür zu treten, hielt er sofort inne und blockierte den Eingang.

»Was?«, fragte ich und stellte mich hinter ihm auf die Zehenspitzen, um an ihm vorbeizusehen. Jeder Muskel in mir spannte sich an. »Was ist?«

Ein komisches Vibrieren ging durch meine linke Hand und den Arm. Das war Ignatius. Die Hand zitterte, und sein Auge war weit aufgerissen.

Endlich bewegte Emrys sich aus dem Weg.

Die Wände auf der anderen Seite waren voller Holzregale, alle mit kleinen Objekten beladen, weiß wie gebranntes Porzellan. Doch als ich nach drinnen trat und den kleinen Raum von Ignatius' Licht erhellen ließ, wurde mir eiskalt. Die Formen – die Skulpturen – waren grotesk. Qualvoll verzerrt in ihren Formen.

Und aus menschlichen Knochen geformt.

»Heilige Götter«, hauchte ich und wagte einen Schritt näher an eines der Regale. Emrys strich mit den Fingern über meinen Rücken, als wollte er instinktiv meine Schulter packen und mich davon fernhalten.

»Hast du so was schon mal gesehen?«, fragte er.

»Nein«, antwortete ich. »Nicht in Büchern oder Grüften. Auch sonst nirgends.«

»Das ist ...« Ausnahmsweise schienen Emrys die Worte zu fehlen. Er erschauderte merklich und rieb sich die Arme. »Wem gehören diese Knochen? Und was für ein kranker Geist würde sie so dekorieren?«

»Es sieht wie eine Sammlung aus, oder?«, fragte ich.

»Kann es sein, dass derjenige, der sie gemacht hat, so viele Leute getötet hat?«

Ich schüttelte den Kopf. »Schon vor dem Fluch gab es hier nicht genug Leute, als dass es nicht aufgefallen wäre, wenn einfach so welche starben oder verschwanden. Ich denke, hier hat jemand Gräber geöffnet.«

Um mehr erkennen zu können, stellte ich Ignatius auf dem Boden ab und leuchtete mit meiner Taschenlampe auf die erste Skulptur in der Reihe. Der obere Teil der Mundhöhle, gleich hinter den Zähnen, war sorgfältig so zurechtgesägt worden, dass er sich an den Beckenknochen fügte. Und in beide waren winzige, fast unleserliche Markierungen geritzt.

»Sind das Fluchsigillen?«, fragte Emrys, der sich über meine Schulter beugte. Seine Körperwärme streichelte meinen Rücken, und sein Atem ließ die Haare nahe meiner Wange aufwehen.

»Nein«, antwortete ich. »Die Formen sind runder und mehr ineinander verwoben. Ich habe so was noch nie gesehen. Denkst du, die sind noch aus den Zeiten der Druiden?«

»Die Zauberinnen haben ihre eigene Sprache geschaffen, um Magie zu kontrollieren«, sagte Emrys. »Es leuchtet ein, dass es andere geben könnte. Oder die Markierungen sind reine Verzierung.«

Die Skulptur daneben war ein Brustkorb, der auf zwei Oberschenkelknochen balancierte, stabilisiert von präzisen Schnitten in den Knochen. Eine Hand hing in den Brustkorb hinein, deren Fingerknochen mit Gelenken aus Silber zusammengeschweißt waren. Alles bedeckt von Markierungen.

Mir wurde speiübel, als ich mich umdrehte und die anderen ansah. Sie waren abscheulich und angsteinflößend; ich hielt es kaum aus, sie anzuschauen, ohne eine tiefsitzende Kälte zu empfinden.

Ich bückte mich, um Ignatius aufzuheben, und erstarrte. Das Licht seiner Flammen hatte sich zu der nächsten Skulptur in der unteren Regalreihe gestreckt, sodass Schattenformen der Sigillen auf den Steinboden geworfen wurden. Als ich mich hinkniete, verschoben sich die Sigillen und begannen zu verwirbeln.

»Tamsin!«, sagte Emrys laut. Ich blickte auf ... um festzustellen, dass ich ihn nicht mehr sehen konnte. Er war auf der anderen Seite der Treppe, die in der Mitte des Raumes weiter nach oben führte. Als ich zu ihm ging, kam ich an einer angelaufenen Rüstung und einer Glasvitrine voller Glasfläschchen und welker schwarzer Kräuter vorbei.

Die schmale Treppe, kaum besser als eine wacklige Leiter, führte nach oben ins Freie, und an ihrem unteren Ende war eine Feuerstelle mit einem großen Kessel. Das erste graue Licht von Avalon erschien über dem silbernen Kessel und bewirkte, dass seine Konturen wie polierte Klingen schimmerten.

Emrys starrte in den Kessel und war sehr blass. Ich stellte mich neben ihn und machte mich auf noch mehr Scheußliches gefasst.

Stattdessen blickte ich in funkelndes geschmolzenes Silber.

Die Oberfläche kräuselte sich, obwohl kein Luftzug zu spüren war, und bildete kleine Wirbel. Aus dem Kessel stieg der metallische Geruch auf, doch als ich meine Hand darüberhielt, fühlte ich keine Hitze. Nur eisige Kälte.

Beim Blick in die silbrige Tiefe stiegen unerwünschte Erinnerungsfragmente in mir auf und zersplitterten in weitere Bilder. Das blasse Gesicht der Weißen Frau auf dem verschneiten Feld, die mich zu sich in den Tod rief. Ein Aufblitzen von Dunkelheit und Stein und vom Stahl einer kleinen Klinge. Das Einhorn unter einem toten Baum, das zusammensackte, als ein Pfeil seine Brust durchbohrte.

Ich trat zurück und zwang mich wegzusehen. Emrys sah furchtbar aus, seine Haut wirkte blutleer und klamm.

»Alles in Ordnung?«, fragte ich. »Emrys?«

Es dauerte einen Moment, bis er aufsah, und in seinen Augen spiegelte sich blankes Entsetzen. Er schien nicht zu wissen, wo er war, und wich von dem Kessel zurück, bis er mit dem Rücken an die Wand stieß.

»Emrys?«, fragte ich energischer. »Was ist? Was hast du gesehen?«

Er hob eine Hand, und er schluckte sichtlich angestrengt, als er sich krümmte. »Mir geht es gut … Gib mir nur … eine Sekunde.«

Ihm ging es gar nicht gut. Ich schaute zurück zu dem Kessel, und Tausende Gedanken drohten mir den Schädel zu sprengen. Ich suchte in dem Durcheinander nach einer Erinnerung – irgendeinem Absatz in einem Buch oder einer Geschichte, in denen ein Kessel in Avalon erwähnt wurde.

»Was ist das?«, flüsterte ich.

Das flüssige Silber brodelte, als ich mich wieder darüberbeugte. Ein undefinierbares Gefühl fuhr mir durch den Leib, ein animalischer Instinkt, dass etwas dort unter der spiegelgleichen Oberfläche war. Dass mich jemand von der anderen Seite beobachtete.

Bevor ich mich bremsen und mir sagen konnte, was für eine blöde Idee das war, tauchte ich das unterste Ende von Ignatius' Kerzenhalter in das Silber.

Mehrere Sekunden geschah nichts. Dann kam das Ziehen.

Es sog an dem Halter, als ich ihn herauszuziehen versuchte. Kleine Formen erschienen in der Flüssigkeit, stiegen aus ihr auf wie …

Wie greifende Finger.

Das Auge der Totenhand quoll hervor, und die brennenden Dochte quiekten wie vor Angst, flackerten wild an den Fingerspitzen. Emrys war sofort da und half mir, meinen Arm und Ignatius zu befreien.

»Was machst du denn?«, keuchte Emrys.

Ein scharfer Windhauch fuhr die Treppe hinunter, an uns vorbei und blies Ignatius' Flammen aus. Ich hielt das Ende des Halters in die Höhe. Er war von festem Silber überzogen.

»Die Knochen der Kinder …«, flüsterte Emrys.

Sie waren genauso.

Ich bückte mich und wanderte um den Kessel herum, wobei ich mit den Fingern über das Äußere glitt, bis ich eine leichte Erhebung am Rand fand. Sie sah beinahe aus, als wäre sie abgekratzt worden, und war so entstellt, dass sich fast nicht mehr sagen ließ, was dort war.

Fast.

Ich hatte das schon einmal gesehen.

Rasch holte ich Nashs Notizbuch aus meiner Tasche. Zum ersten Mal in meinem Leben wollte ich mich irren. Meine Hände zitterten ein klein wenig, als ich die Seiten durchblätterte. Ich fand die Seite mit Symbolen, die Nash skizziert und beschriftet hatte, und hielt sie neben das Zeichen.

Es war ein spiralartiges Knotenmuster mit einem groben Schwert, das mitten durch die Windungen ging. Kein Wunder, dass ich geglaubt hatte, das Zeichen auf der Statuenhand wiederzuerkennen – es war ein Teil von diesem hier.

»Sag mir, dass es nicht das ist, was ich denke.« Emrys' Stimme war kaum mehr als ein Flüstern.

»Es ist das Emblem des Königs von Annwn«, sagte ich.

Er sah aus, als wäre ihm schlecht. Ich schaute mich in dem Raum um – zu den entsetzlichen Skulpturen und den Zeichen –

und fühlte, wie Kälte über meine Haut kroch und meinen Körper taub machte.

Keiner von uns schien den Namen laut aussprechen zu wollen. *Lord Death.*

Von weit unten war das vertraute Schaben von Steinen zu hören. Nachdem wir einen entsetzten Blick gewechselt hatten, suchten Emrys und ich nach einem Versteck. Hinter der Rüstung oder der Vitrine war kein Platz. Die Regale waren zu offen und dicht an der Wand. Wir konnten nur nach oben.

Ich lief voraus, schaltete meine Taschenlampe aus und steckte Ignatius ein. Der Bereich oben war von einem Dach und vier Mauern eingeschlossen, in denen große, offene Fenster freien Blick auf den Hof unten boten. Wir waren ganz oben auf dem Turm – wo ich bisher nur einen dekorativen Dachaufbau vermutet hatte.

Das Türschloss wurde scheppernd geöffnet. Ich ließ mich auf einer Seite der Treppe auf den Bauch fallen und robbte weit genug von dem Rand weg, dass ich von unten nicht zu sehen war. Auf der anderen Seite der Öffnung tat Emrys es mir gleich.

Komm nicht nach oben, dachte ich, *geh nicht die Treppe rauf …*

Die leichten schnellen Schritte wurden von einem Stoffrascheln auf Stein untermalt. Weil ich für eine Nacht offenbar noch nicht blöd genug gewesen war, rückte ich näher an die Bodenluke und versuchte zu sehen, wer hereingekommen war.

Es war dieselbe Gestalt im Umhang wie vorhin. Der sich erhellende Himmel enthüllte das tiefe Blau des Stoffs, der hinter ihr aufwallte, als sie sich dem Kessel näherte. Und aus der Nähe erkannte ich nun auch andere Details.

Die Gestalt hob einen kleinen, krummen Dolch an, presste die Spitze in ihre Handfläche und drückte mit einem schmerzerfüllten Zischen zu. Blut tropfte aus der blassen Hand in das wartende flüssige Silber.

Im Wald wurde das Heulen der Kinder der Nacht zu einem Kreischen. Es schrillte in meinen Ohren, durchschnitt jeden Gedanken, bis ich mir hilflos beide Ohren zuhielt.

Sie werden gesteuert. Der Gedanke hämmerte mir durch den Schädel. Und wenn sie gelenkt werden konnten, wer konnte dann sagen, dass sie nicht geschaffen wurden – in der dunklen Kammer unter uns?

Die Gestalt blieb horchend an dem Kessel stehen. Als sie eindeutig zufrieden war, ging sie zur Tür. Dabei kam sie an der Rüstung vorbei, und die Bewegung reichte aus, um den unteren Teil der Kapuze zu verschieben und ein winziges Stück von einem Zopf zu enthüllen.

Ich brauchte einen Moment, um zu begreifen, was ich da sah. Der Zopf hatte fast dieselbe Farbe wie das dumpfe Metall.

Silbern.

Kaltes, tödliches Silber.

Kapitel 27

In dem Wissen, dass Tagesanbruch nahte und bald Leute unten in der großen Halle arbeiten würden, warteten Emrys und ich nur wenige Minuten, bevor wir unsere Verstecke verließen und lautlos nach unten in die Totengalerie schlichen. Mein Herz hämmerte, als wir durch die Kammer und in den Tunnel eilten.

Emrys berührte immer wieder meinen Handrücken mit seinem, als wir durch den Gang und über die Wurzeln liefen. Anscheinend konnte ich meine Hand ebenso wenig wegziehen, wie ich in Worte fassen konnte, was wir gesehen hatten.

Wir traten aus der Geheimtür, als die ersten Frauen mit ihren Webrahmen in die große Halle kamen. Sie waren sichtlich erstaunt, uns zusammen zu sehen, aber das interessierte mich im Moment nicht, und erklären wollte ich es schon gar nicht. Es spielte keine Rolle. Nichts war mehr wichtig, außer uns zurück in unsere Welt zu bringen.

Auf den Stufen hinaus zum Hof wechselten wir einen letzten Blick: ein stummes Versprechen. Die Kinder hatten sich mit dem Tageslicht beruhigt, doch die Stille fühlte sich erdrückend an, da es nicht einmal tröstliches Vogelzwitschern gab. Sie löste einen anderen Schmerz in mir aus, eine Sehnsucht nach dem Normalen, das ich bisher nie zu schätzen gewusst hatte.

»Oh, dich wollte ich eben suchen!« Olwens helle Stimme erschreckte uns nach der dunklen Hölle, aus der wir gekrochen waren. Sie tauchte wie aus dem Nichts auf, und ihr graues Kleid und die weiße Schürze fügten sich bestens in den farblosen Morgen. Ihr tintenblaues Haar wellte sich um ihren Kopf, als triebe es auf Wasser.

»Wir wollen einige Steine hochheben und sehen, ob die Erde darunter bepflanzt werden kann«, fuhr sie fort. »Das heißt … wenn es dir gut genug geht?«

Emrys zögerte, rang sich dann aber ein Lächeln ab. »Natürlich.«

»Bist du sicher?« Olwen musterte ihn prüfend. »Du siehst ein bisschen kränklich aus.«

»Ich habe nur schlecht geschlafen«, versicherte er.

Oder gar nicht, dachte ich.

»Die Kinder waren die Nacht unruhig, und etwas hat heute Morgen nicht mit ihnen gestimmt«, erklärte Olwen kopfschüttelnd.

»Haben sie … irgendetwas getan?«, fragte ich.

»Sie haben sich überhaupt nicht bewegt«, sagte sie. »Cait hat vorgeschlagen, dass wir versuchen, sie mit Feuer und Pfeilen zu vertreiben, falls sie sich bis Einbruch der Nacht immer noch nicht gerührt haben.«

»Und das ist jetzt keine Option, weil …?«, hakte ich nach.

Olwens Züge wurden härter. »Weil wir nicht so viele Pfeile entbehren können.«

Ein erbärmliches »Ach so« war alles, was ich herausbrachte.

»Ich helfe mit«, schaltete Emrys sich ein. »Hast du eine Schaufel für mich?«

»Ja, sicher«, antwortete Olwen und ging mit ihm weg. »Ich habe die anderen gebeten, alles an Asche zu sammeln, was sie können …«

Ihre Stimme verlor sich, als sie zu der wachsenden Gruppe von Männern und Frauen gingen, die sich nahe der Schmiede versammelten. Emrys schaute sich noch einmal zu mir um und fragte stumm: *Später?*

Ich nickte.

Cabell und Neve, erinnerte ich mich und drehte mich zum Turm und den vielen Stufen zwischen mir und den Schlafkammern um. Sie mussten erfahren, was wir gefunden hatten – und vielleicht hatte Neve eine Idee, wofür die Skulpturen benutzt wurden.

Das Scheppern von Metall auf Metall lenkte meine Aufmerksamkeit zurück nach draußen. Auf gut Glück eilte ich zum Trainingsbereich. Ich rechnete damit, wieder auf ängstliche Novizen zu treffen oder zumindest einige der Neun, doch dort waren nur Cabell und Bedivere. Mein Bruder ging eine Reihe von Blockier- und Parierbewegungen durch, diesmal mit einem Breitschwert und nicht mit den stumpfen Übungswaffen.

Fast wollte ich meinen Augen nicht trauen. Cabell blühte seit jeher nachts auf, und schon oft war er von seinen nächtlichen Touren durch die Bostoner Straßen nach Hause gekommen, wenn ich gerade aufgestanden war. Für ihn war ein früher Start in den Tag mittags.

Trotzdem musste er schon lange genug hier sein, um sich mächtig in Schweiß zu arbeiten. Da war richtige Farbe in seinem Gesicht – und echte Emotion in seinen Augen, als er über etwas grinste, was Bedivere sagte.

Der alte Mann ermunterte ihn mit »Ja, gut, *sehr gut!* Prima gemacht, Junge!« und klopfte ihm auf den Rücken, als Cabell kurz verschnaufte. Die Sehnsucht nach Zustimmung in Cabells Gesicht und die Art, wie er lächelte, taten mir beinahe weh.

Ich fühlte mich seltsam losgelöst, als ich sie beobachtete. Als würde ich im Nebel treiben, körperlos und verblassend. Als er sein Schwert erneut anhob, sah Cabell zufällig zu mir und erstarrte. Seine Züge spannten sich an vor Sorge.

Ich presste zwei Finger in meine Handfläche. *Später.* Dann formte ich ein kleines Viereck mit den Händen. *Bibliothek.*

Er nickte und wandte sich wieder Bedivere zu, um mit dem Training weiterzumachen. Der alte Ritter winkte mir zum Gruß, und ich erwiderte ihn, wobei ich Mühe hatte, ein Lächeln zustande zu bringen.

Ich hätte versuchen können, Caitriona zur Rede zu stellen oder sie zumindest im Blick zu behalten, aber das brächte die anderen wohl erst recht gegen mich auf.

Nein, das Beste, was ich jetzt tun konnte, war, Informationen zu sammeln und Cabell und Neve zu dem Raum bringen, damit sie es mit eigenen Augen sahen. Vielleicht waren sie dann endlich bereit, einen anderen Weg aus Avalon zu suchen.

Die Gelegenheit ergab sich in Form eines leisen Ausrufs hinter mir auf den Stufen. Maris laubgrünes Gesicht tauchte hinter dem Stapel frisch gefalteter Wäsche in ihren Armen auf. »Entschuldige, ich habe dich nicht gesehen.«

»So hättest du mich überhaupt nicht sehen können«, erwiderte ich. »Kann ich helfen?«

Mari verzog ihr Gesicht auf eine Weise, dass ich mich fragte, ob ihr meine schroffen Worte von neulich wieder einfielen.

»Ich war in der Bibliothek ziemlich unhöflich zu dir«, fuhr ich fort und überlegte hastig. »Ich würde es gern wiedergutmachen.«

Nach einem Moment entspannte sich ihre Miene, und sie nickte, doch sie sah mich immer noch nicht an, als sie erlaubte, dass ich die Hälfte der Laken von ihrem kippelnden Stapel übernahm. Sie waren noch kalt von der Leine hoch auf der Südmauer, an der sie zum Trocknen gehangen hatten.

Leere Worte waren nicht Maris Ding. Binnen Minuten wurde offensichtlich, dass meine übliche Taktik, die andere Person nervös die Stille füllen zu lassen, bei ihr nicht funktionierte; vielmehr schien sie ein wenig Ruhe zu genießen. Wenn ich mit ihr ins Gespräch kommen wollte, müsste ich sie auf ein Thema ansprechen, das ihr zusagte.

»Also ...«, begann ich und zermarterte mir das Hirn, was ich sagen könnte, während ich hinter ihr hereilte. So klein sie auch war, sie bewegte sich mit der Schnelligkeit einer Katze. »Was weißt du über Einhörner?«

Der Traum hielt sich hartnäckig in meinem Hinterkopf, wollte analysiert werden, aber es war mir peinlich, dass diese unnütze Frage das Beste war, was mir spontan in den Sinn kam. Und es bestätigte mal wieder, warum ich sonst keinen Small Talk führte.

Mari zog die Augenbrauen hoch. »Hast du eines gesehen?«

»Nein«, antwortete ich und ärgerte mich, weil ich so unbeholfen war. Das konnte ich doch besser! »Ich dachte nur gerade, dass du anscheinend viel über Legenden weißt. Und ich frage mich, ob es sie wirklich gegeben hat oder sie nur Gestalten aus ... Träumen sind.«

»Ein Traum von einem Einhorn ist ein wunderbares Omen für bevorstehendes Glück.« Mari drehte sich weg, aber gleich wieder zurück, scheinbar konnte sie nicht widerstehen, es näher auszuführen. »Sie haben einst gelebt. Und waren eines der Lieblingsgeschöpfe der Göttin, genauso sanft wie wild.«

»Einst?«, wiederholte ich. »Was ist mit ihnen passiert?«

»Das weiß niemand sicher. Sie haben einfach aufgehört, den Priesterinnen zu erscheinen, und waren nicht mehr da, um bei der Heilung der Kranken zu helfen«, antwortete Mari und ging weiter. »Mit den Drachen war es dasselbe.«

Ich brauchte einen Moment. »Augenblick mal – Drachen?«, rief ich und lief ihr nach.

Nachdem wir die Betten im Saal abgezogen und frische Laken ausgelegt hatten, brachten wir die Schmutzwäsche nach unten zu den heiligen Quellen. Sie wurde in einem anderen Bereich als dem für Bäder gewaschen, weiter hinten in der Höhle. Dort sah ich meine erste echte Chance, Antworten zu bekommen.

»Gibt es noch andere Räume oder Tunnel wie diesen unter dem Turm?«, fragte ich Mari, als wir die Treppe hinauf zurück zum Hof gingen.

»Ja, sicher«, antwortete sie leichthin. »So viele, wie der Körper Adern hat. Einige sind mit der Zeit eingestürzt, andere wurden schlicht vergessen und warten darauf, dass man sie wiederentdeckt.«

»Gibt es keine Aufzeichnungen von ihnen irgendwo?«, fragte ich und trat hinter ihr auf den Hof. Sie war so zierlich – bloß ein Bruchteil unserer Größe. Es wunderte mich wenig, dass die anderen Avalonier sie kaum zu bemerken schienen, als sie mit gesenktem Kopf an ihnen vorbeihuschte.

»Ach, ich wünschte, die gäbe es«, sagte Mari. »Dieses Wissen ist mit der Hohepriesterin Viviane gestorben. Sie war …« Sie machte eine Pause, um ihre Gedanken zu ordnen. »Sie war die Hohepriesterin, als die Zauberinnen gegen die Druiden aufbegehrten, und brachte mir fast alles bei, was ich über Magie, Rituale und die Geschichte Avalons weiß.«

»Flea sagt, dass Caitriona die neue Hohepriesterin ist«, sagte ich. »Konnte sie von der letzten lernen, bevor sie starb?«

»Ja, aber nicht sehr lange.« Mari machte eine interessante Verwandlung durch. Sie stellte sich gerader hin und straffte die Schultern, als sie uns die Stufen hinaufführte. Sogar ihre Stimme klang fester. »Cait war die Erste von uns Neun, die berufen wurde, aber wir haben sie gewählt, weil sie die Beste von uns ist.«

»Niemand ist vollkommen«, wandte ich ein.

»Cait schon«, entgegnete Mari und blickte sich trotzig zu mir um. »Sie ist die mutigste Seele, die ich kenne, und die gütigste.«

»Zu Neve ist sie nicht freundlich«, erinnerte ich Mari.

»Aber doch nur, weil ... weil sie die alten Geschichten so gut kennt.« Mari strich sich eine weiße Haarsträhne hinters Ohr. »Den Verrat von Schwestern vergisst man nicht leicht, und man vergibt ihn auch nicht so schnell.«

»Denkst du, die Hohepriesterin hat ihr jemals etwas über Lord Deaths Magie beigebracht?«, fragte ich.

Mari starrte mich mit großen Augen an. »Wie kommst du darauf?«

Mein Magen krampfte sich um all die Worte zusammen, die ich hätte sagen sollen. Es fühlte sich falsch an, ihr nichts zu erzählen, wenn ich bedachte, was für die Priesterinnen auf dem Spiel stand. Ich wollte lediglich den Keim einer Idee in ihren Geist pflanzen, damit er dort genug wirkte, dass sie ihre eigenen Antworten suchte, aber das kam mir auf einmal unglaublich grausam vor.

Die Neun waren einander absolut loyal, vielleicht sogar umso mehr angesichts dessen, womit sie es aufnahmen. Und als ich Mari nun ansah, begann ich, meinen eigenen Augen zu misstrauen.

Warum sollte Caitriona irgendetwas davon tun, wohl wissend, dass es ihre Schwestern bedrohte und Hunderte, wenn nicht gar Tausende von Avaloniern getötet hatte?

Sie könnte einem anderen dienen, dachte ich, *und das alles könnte dessen Plan sein ...*

Was nur noch mehr Fragen aufwarf, mit denen mein erschöpfter Verstand nicht umgehen konnte. Stattdessen fragte ich: »Und was jetzt?«

»Ich fürchte, wenn ich dir das erzähle, wirst du nicht helfen wollen«, sagte Mari lächelnd.

Ich war seit dem Tunnel bereits eng vertraut mit ihren Schränken, und jetzt auch ihren Aborten – im Grunde mittelalterliche Erker auf der Rückseite des Turms. Dabei handelte es sich um kaum mehr als eine Holzbank mit einem Loch nach unten zu dem stinkenden Burggraben, und zu meiner unendlichen Freude bekam ich jeden von ihnen zu sehen, als wir die Nachttöpfe ausleerten und das benutzte Waschwasser nach unten kippten.

Mari war sehr geschickt darin, sich stets ganz am Rand zu halten, ob auf den Treppen, in den Räumen oder auf dem Hof. Mir wurde zusehends klarer, dass sie die unsichtbare Maschine im Herzen des Turms war, die leise allen ihre Tagesaufgaben zuteilte und die undankbarsten selbst erledigte. Es lag in der sanften Natur des Elfenvolks, Tiere zu versorgen, und anscheinend erstreckte es sich auch auf die menschlichen.

Stunden später wandte Mari sich ihrer letzten Pflicht des Tages zu: die Essens- und sonstigen Vorräte durchzählen und die Tagesrationen an jene zu verteilen, die für die Zubereitung des Abendessens zuständig waren, einschließlich Olwen, die ebenfalls kam, um ihre Zuteilung zu holen.

Die Speisekammer war ein Raum hinter dem Schlafsaal, wo noch viele Leute herumwuselten und Olwen grüßten, während sie ihre Schlafmatten aufrollten.

Die Priesterin lächelte breiter, als sie mich entdeckte. Ihr einfaches Kleid war von der Farbe einer verblassten Rose und schmiegte sich an ihre üppigen Kurven; die weiten Trompetenärmel waren aufgekrempelt und festgesteckt, damit sie nicht bei der Arbeit störten.

»Ich bin bloß auf Besichtigungstour«, sagte ich.

Olwen gab Mari einen kleinen Korb, die ihn mit einem entzückten Gesichtsausdruck entgegennahm. Das zottelige graue Kätzchen darin blickte sie interessiert aus seinen leuchtend blauen Augen an.

»Ich dachte, du könntest einen neuen Mäusefänger für die Speisekammer gebrauchen ... oder einen Freund, der dich bei deinem Tagewerk begleitet«, sagte Olwen freundlich. »Ich bin mir nicht sicher, was aus seiner Mutter und seinen Geschwistern geworden ist. Er kam allein in die Küche gewandert und hat ein bisschen Ziegenmilch getrunken.«

»Oh, bist du niedlich«, flötete Mari und hob das Kätzchen aus dem Korb. »Hat er einen Namen?«

»Rabies?«, schlug ich das englische Wort für Tollwut vor. Doch beim Anblick des bezaubernden kleinen Gesichts musste ich sehnsüchtig an die kleinen Teufel aus der Gildebibliothek denken.

»Ein ungewöhnlicher Name«, sagte Mari, die sich mit dem Kätzchen in ihren Armen sichtlich entspannte. Das Tier nahm die Zuwendung mit einem leisen Schnurren hin. »Ich glaube ... ja, du siehst eher wie ein Griflet aus. Danke, Olwen!«

»Vergiss nicht, vor heute Abend etwas zu essen«, sagte Olwen. »Ihr beide nicht. Ich werde euch aufspüren und euch mit kleinen Käsestückchen füttern, wenn es sein muss.«

»Oh, das darfst du bei mir jederzeit«, antwortete ich.

Drei Fenster versorgten die Speisekammer mit Licht und verbargen nichts von dem Desaster darin. Ich schaute mich einmal um. Dann noch einmal.

Der Raum war so groß wie die Schlafkammern und roch süßlich nach getrockneten Früchten, aber nur an einer Wand waren Nahrungsmittel in den Regalen. Mir drehte sich der Magen um.

»Wo bewahrt ihr den Rest auf?«, fragte ich.

Mari setzte das Kätzchen ab, damit es den Raum erforschen konnte. Olwen schloss schnell die Tür hinter uns und presste einen Finger auf ihre Lippen.

»Sie wissen es nicht?«, platzte ich heraus. Wieder schaute ich zu den Regalen. »Das ist Essen für Wochen, nicht Monate.«

»Jetzt verstehst du, warum der Anbau im Hof so wichtig ist«, sagte Olwen und blickte zu Mari, die mit einem fast leeren Glas Trockenbeeren hantierte. Der Anblick erinnerte mich an das dekadent süße Brot, das wir gestern Abend bekommen hatten.

Furcht beschlich mich wie ein Schatten. Diese Vorräten würden niemals reichen, bis sie irgendetwas geerntet hatten. Es sei denn ...

»Könnt ihr Pflanzen mit eurer Magie schneller wachsen lassen?«, fragte ich.

»Ja«, antwortete Olwen. »Allerdings scheuen wir bisher davor zurück, weil sich die Magie so ... unberechenbar anfühlt.«

Im Kopf rechnete ich nach, wie viel ungefähr zweihundert Leute täglich zum Essen brauchten. »Denkt ihr, die könnten innerhalb von zwei Wochen – in vierzehn Tagen reif sein?«

Warum tust du das?, flüsterte es in meinem Kopf. *Es ist nicht dein Problem ...*

War es das wirklich nicht? Ich wollte nicht, dass einer von uns verhungerte, bevor wir einen Weg zurück in unsere Welt gefunden hatten.

»Möglich wäre es«, sagte Olwen. »Warum?«

»Dann habt ihr Glück«, antwortete ich und griff nach einem

Korb mit Getreide. »Denn wenn ich eines kann, ist es, ein bisschen Essen so zu strecken, dass es länger vorhält.«

Und wenn es hart auf hart kam, musste ich eben lügen, bis auch noch ihre allerletzte Hoffnung versiegt war.

Kapitel 28

Wie nicht anders zu erwarten, war Neve irgendwann in die Bibliothek zurückgekehrt. Bis ich meine müden Knochen die Treppe hinaufschleppen konnte, um mit ihr zu reden, war der Bücherstapel neben ihr so sehr gewachsen, dass ich Neve an dem Tisch beinahe übersehen hätte.

Sie trug ihre Kopfhörer, und ihre verträumte Musik schien durch die Regalreihen zu wandern, als wäre sie neugierig, welche Bücher sich dort fanden.

Ich sank auf den Stuhl direkt gegenüber von ihr.

Seufzend stoppte Neve ihre CD und zog ihre Kopfhörer nach unten.

»Mir ist, als müsste ich mich wappnen, wenn ich dich das frage, aber ... ist alles in Ordnung?«, sagte sie.

»Freu dich, denn es ist sogar noch schlimmer, als du dir vorstellst.«

»In meiner Vorstellung habt ihr herausgefunden, dass der Mutterbaum innerhalb von Tagen stirbt, dadurch die Welt ihres letzten Rests Magie beraubt wird und wir zu einem Festmahl für die Kinder werden und was immer für Würmer in dieser Erde leben.«

»Okay.« Ich schluckte. »Wow. Ich bin ... nicht ganz sicher, ob es schlimmer als das ist.«

»Verrätst du es mir, oder soll ich raten? Denn als Nächstes steht das Austrocknen der heiligen Quellen auf meiner Liste.«

Die Geschichte sprudelte so schnell aus mir heraus, dass ich bis zum Ende kaum Luft holte. Und die ganze Zeit sah Neve mich an und ihr Stirnrunzeln nahm zu.

»Was denkst du?«, fragte ich sie.

»Ich denke, du *glaubst,* jemanden mit silbrigem Haar gesehen zu haben«, antwortete Neve. »Und nimmst an, dass es Caitriona war, genauso wie du annimmst, dass alles mit den Druiden und Lord Death zu tun hat.«

»Hast du den Teil mit den Statuen aus Menschenknochen verpasst?«, fragte ich. »Und dem Zeichen des Königs von Annwn?«

»Diese ›Statuen‹ können für alles Mögliche stehen, einschließlich zum Andenken an die Toten«, sagte Neve. Sie nahm ein Buch von dem Stapel. »Und der Kessel könnte ein Geschenk sein.«

»Du hast den Raum nicht *gefühlt«,* entgegnete ich. »Etwas stimmt da nicht. Da ist etwas Finsteres. Und der Kessel ...«

»Der Punkt ist, dass es eine Menge legendäre Kessel gibt, wie du vermutlich weißt. Und nicht alle von ihnen dienen dunklen Zwecken. Einer kann sogar endlos Essen produzieren, zum Beispiel. Ich frage mich, wo der abgeblieben ist ... Denkst du, er könnte auch saures Weingummi machen? Oder Käsemakkaroni? Im Moment würde ich einen Zeh für Käsemakkaroni hergeben. Keinen großen allerdings.«

»Sie muss es sein«, beharrte ich. »Die Größe, wie die Gestalt sich bewegt hat ... sie ist es.«

»Warum bist du so auf Caitriona fixiert?«, fragte Neve.

»Warum bist du so sicher, dass sie es nicht ist?«, konterte ich. »Ich verstehe nicht, wieso du sie verteidigst, wenn sie dich so furchtbar behandelt.«

»Warum nicht?« Gedankenverloren blickte Neve wieder in

ihr Buch. »Ich verteidige dich auch immer noch gegenüber den anderen.«

Einen Augenblick später wurde ihr klar, was sie gesagt hatte.

»Wag es ja nicht, das abzumildern oder zurückzunehmen«, warnte ich sie. »Ich verdiene es. Und, fürs Protokoll, mir tut es leid, dass wir dir nicht die Wahrheit über den Ring gesagt haben. Aber kannst du mir das vorwerfen, da du jetzt weißt, wie man ihn bekommt?«

»Ich werfe dir nicht vor, dass du deinen Vormund schützen, und erst recht nicht, dass du deinem Bruder helfen willst«, sagte sie und schlug das Buch zu. »Aber ich hasse es, wenn man mir das Gefühl gibt, eine Idiotin zu sein, denn wir beide wissen, dass nichts weiter von der Wahrheit entfernt sein könnte.«

»Verstanden.«

»Und was es irgendwie noch schlimmer macht, ist, dass du dachtest, ich könnte Nash töten, um an das zu gelangen, was ich haben wollte. Selbst nachdem du mich kennengelernt hast«, fuhr Neve fort. »Also, was bin ich jetzt für dich? Der ahnungslose Schwächling, den man benutzen kann, oder die grausame, skrupellose Zauberin?«

Unter dem Tisch ballte ich die Fäuste. »Weder noch. Ich weiß, ich kann …«

»Schwierig sein? Reizbar? Stur?«, schlug sie vor.

»Alles davon«, sagte ich.

»Und du bist stolz darauf.« Neve schüttelte den Kopf. »Wieso? Mir ist klar, dass du mich für zu leichtgläubig hältst – zu weich oder was auch immer. Aber was ist so mutig daran, jeden in der Sekunde wegzustoßen, in der er zu nahe an dich herankommt?«

»Meiner Meinung nach ist es ein Fehler, *jedem* helfen zu wollen. Man muss sich selbst an erste Stelle setzen, weil es sonst keiner tut«, entgegnete ich. »Und auch wenn nichts falsch daran ist, so nett wie du zu sein, sollte jeder letztlich ein dickes Fell entwickeln, sonst findet die Welt immer Stellen, in die sie hineinstechen kann.«

»Tamsin, du hast kein dickes Fell. Du trägst eine *Rüstung!«*, widersprach Neve. »Und auch wenn die einige Schläge abfangen kann, bedeutet sie auch, dass niemand je den Menschen zu sehen bekommt, der du darunter bist.«

»Das stimmt nicht!«, schnappte ich und mein Herz hämmerte gegen meine Rippen.

»Nach einer Weile hören sie alle auf, es zu versuchen, oder?«, fuhr sie fort. »Sie denken, sie sind dir egal. Und die Leute haben die negative Einstellung satt. Und was gibt dir das? Ein Gefühl von Sicherheit? Oder bleibst du mit nichts zurück?«

Ich wollte mich vom Tisch wegstemmen, aufstehen und verschwinden, aber es war, als hätten ihre Worte mich zu Stein werden lassen. Ich bekam nicht genug Luft. Kalter Schweiß brach mir auf der Brust und dem Rücken aus.

»Ich weiß, dass du das kaum glauben kannst, aber ich verstehe es«, sagte Neve. »Zeigt man, dass einem etwas oder jemand wichtig ist, macht man sich verwundbar, weil es der Welt eine neue Möglichkeit gibt, einen zu verletzen. Aber es kommt die Zeit, da muss man entscheiden, ob sich leer zu fühlen, wirklich besser ist, als gebrochen zu werden.«

Sie streckte einen Arm über den Tisch, die Handfläche nach oben offen. Nach allem, was ich getan hatte, bot sie mir immer noch ihre Freundschaft an.

Ich zögerte, streckte dann aber meinen Arm aus und umfing ihren Unterarm im selben Moment, in dem sie meinen ergriff.

Neve lächelte. Die grünen Sprenkel in ihren haselnussbraunen Augen leuchteten im Kerzenschein. »Du bist klug, loyal und fürsorglich.«

Sie umfasste meinen Arm auf spielerische Weise fester, und ihr Lächeln erblühte, als ich mich bemühte, nicht zu zappeln. »So ist es gut. Jetzt musst du diesen herzigen Moment aushalten, selbst wenn du dabei innerlich ein bisschen stirbst, klar?«

Ich verzog das Gesicht. »Okay.«

»Gut«, sagte sie streng, drückte meinen Arm noch einmal und ließ mich los. »Zur Strafe wirst du noch mehr solcher innigen Momente mit mir ertragen müssen und mich als Freundin akzeptieren.«

»Gnade!«, flehte ich. »Kann ich nicht irgendwas für dich klauen, das du der Schwesternschaft zurückbringst, und wir sind quitt? Vielleicht beeindruckt sie eine von diesen unheimlichen Knochenstatuen ...«

»Tamsin!« Sie bewarf mich mit ihrer Feder. »Auf keinen Fall!«

»Warum nicht?«, fragte ich. »Ich bin noch nie erwischt worden. Na ja, bis auf das eine Mal, und das war nur, weil mich ein Papagei verraten hat.«

»Hör zu, ich weiß, dass du dir Sorgen machst ...«

Neve brach ab und schien mit ihren nächsten Worten zu hadern.

»Du willst von dem Papageien hören, oder?«, fragte ich.

»Ja«, sagte sie unglücklich. »Ich kann nicht anders. Erzähl.«

»Er hieß Salbei und lebte in einem Antiquitätenladen in Prag«, erzählte ich. »Und er war ein echt hübscher Verräter.«

Neve schloss die Augen und seufzte glücklich. »Salbei der Papagei, das ist perfekt.«

»Das Angebot steht noch«, sagte ich und verschränkte die Arme, als ich mich auf dem Stuhl zurücklehnte.

»Und die Antwort ist immer noch Nein«, antwortete Neve. »Aber ich weiß zu schätzen, dass du deine Dienste als Hollower anbietest …« Sie bremste sich zu spät. »Nicht, dass ich denke, alle Hollower sind per se Diebe, nur … du weißt schon …«

»Hollower sind Diebe«, sagte ich schlicht. »Wir haben uns einen anderen Namen gegeben, um uns besser zu fühlen.«

Neve schüttelte den Kopf und wandte sich wieder dem Buch zu, das sie erneut vor sich aufgeschlagen hatte.

»Darf ich dich etwas fragen?«, sagte ich.

»Nicht, wenn es darum geht, Avalon zu verlassen, ehe wir einen Weg gefunden haben, ihnen zu helfen«, antwortete sie wie beiläufig und blätterte weiter.

»Warum willst du so dringend von der Schwesternschaft akzeptiert werden?«, fragte ich. »Ich verstehe ja, dass du ausgebildet werden willst – glaub mir, das kenne ich –, aber du hast dir so viel erfolgreich selbst beigebracht, und jetzt hast du die Neun, die dir helfen. Soviel ich vom Rat weiß, fürchte ich eher, dass sie versuchen werden, dir jede Kreativität und Freundlichkeit auszutreiben. Ich weiß, dass du keine Angst hast, deinen eigenen Weg zu gehen, also warum spielt ihre Zustimmung eine Rolle?«

»So einfach ist das nicht«, sagte Neve und umfing das Buch ein klein wenig fester. »In der Welt – unserer Welt – werde ich ein Niemand sein.«

»Du wirst nie ein Niemand sein«, widersprach ich energisch. »Und du brauchst ihre drakonischen Regeln und veralteten Zauber nicht.«

»Nein, das meine ich nicht«, sagte Neve. »Ich werde wirklich niemand sein.«

Ich ließ die Worte wirken und versuchte zu verstehen, was sie meinte. Anstatt es zu erklären, griff Neve in das Mieder ihres Kleids, zog die Kette über ihren Kopf und zeigte mir, was sie all die Tage versteckt halten konnte.

Ein Anhänger.

Sie legte ihn zwischen uns und beäugte ihn, als wäre er eine Viper. Er war ein schlichtes silbernes Oval mit einem ebenfalls ovalen weißen Stein in der Mitte. Nein – nicht weiß, sondern schillernd, denn unter der glatten Oberfläche war ein Regenbogen von Farben.

»Dieser Stein heißt Auge der Göttin«, sagte Neve mit matter Stimme.

Mein Gedächtnis lieferte mir den Rest. »Ein unglaublich seltener Stein, der Magie verstärken kann.«

Ich musste dem Impuls widerstehen, den Stein in die Hand zu nehmen und ihn mir genauer anzusehen.

»Er hat meiner Mutter gehört«, sagte Neve. »Ich habe ihn gefunden, als ich mit meiner Tante den Dachboden aufgeräumt habe – und ich hab gleich an ihrem Gesichtsausdruck erkannt, dass ich ihn nicht hätten finden sollen. Genauso wenig, wie ich erfahren sollte, was ich bin.«

Ich war geschockt. »Sie hat dir verschwiegen, dass du eine Zauberin bist?«

»Nicht ganz. Ich wurde als Baby vor ihrer Tür abgelegt – das alte Klischee.« Neve schüttelte den Kopf. Sie lächelte, auch wenn sich Schmerz in ihren Augen spiegelte. »Meine Tante hat behauptet, sie hätte keine Ahnung, wer mich abgelegt hatte oder wer meine Mutter war. Sie erkannte, dass ich Magie habe, war aber nicht sicher, ob ich richtige Kräfte entwickeln würde. Ich hätte ebenso gut vom Cunningfolk sein können wie sie.«

»Und dann bist du dreizehn geworden«, sagte ich leise.

Sie nickte. »Es ist schwer zu erklären, was mit einem passiert. Eines Morgens wird man wach und fühlt sich auf einmal, als hätte man einen Stromschlag bekommen. Wenn die Magie nicht gezähmt oder in Zauber gelenkt wird, kann sie aus dir rausbrechen und schlimme Dinge anrichten. Feuer. Geborstene Fensterscheiben. Jemanden, den man hasst, mit Pocken belegen.«

»Das Letzte klang *sehr* cool.« Ich lachte nervös, doch Neve stimmte nicht ein.

»Meine Tante hat gedacht ... Ach, eigentlich weiß ich nicht, was sie gedacht hat«, fuhr Neve fort. »Dass die Kraft, wenn ich sie ignoriere, von allein weggeht? Aber auch nachdem ich den Anhänger zurückgelegt hatte, rief er nach mir. Es fühlte sich an, als gehörte er mir. Ich schwöre, dass ich durch die Wände gehört habe, wie er mir etwas zuflüsterte.«

Ich sagte nichts, sondern wartete darauf, dass sie weitersprach.

»Ich wollte meine Tante nicht verärgern und widerstand ihm ein Jahr lang, redete mir ein, dass ich ihn nicht brauchte oder wollte. Doch eines Tages, als meine Tante zur Arbeit gegangen war, konnte ich mich nicht mehr selbst belügen. Ich bin wieder auf den Dachboden, um ihn zu holen. Und ich fand nicht nur den Anhänger, sondern auch alte Bücher meiner Mutter und ihren Zauberstab.«

Sie musste es mir nicht sagen, denn ich ahnte auch so, dass es der Stab war, den Caitriona ihr in der Nacht unserer Ankunft abgenommen hatte.

»Und mir wurde klar, dass meine Tante mich belogen hatte«, sagte Neve, deren Stimme noch leiser wurde. »Nicht nur wusste sie, wer meine Mutter war, sie waren auch noch Freundinnen. Ich fand Briefe, die sie geschrieben hatte, einschließlich einem, in dem sie erzählte, dass mein Vater gestorben war. Sie hat nie mit einem Namen unterschrieben, nur mit C. Doch der letzte Brief machte unwiderruflich klar, dass sie von ihr waren.«

Ich sah sie fragend an. »Was stand dadrin?«

»Ihr Name ist Neve. Lass nicht zu, dass sie sie kriegen. ›Sie‹ könnte jeder sein – die Familie meines Vaters, wer sie auch sein mag, die Schwesternschaft, der Staat South Carolina … Ich weiß nur, dass meine Tante all das vor mir versteckt hat, und es gehörte mir«, sagte Neve. »Also fing ich an, jedes Mal zu üben, wenn sie bei der Arbeit war. Ich ging die Bücher meiner Mutter durch, versuchte, mehr über sie zu erfahren, probierte die Zauber aus, die sie gekannt hatte. Der Anhänger machte alles so viel einfacher.«

»Denkst du, er könnte bei dem Schutzzauber, den du bei unserer Ankunft gewirkt hast, eine Rolle gespielt haben?«

»Olwen glaubt, er hat geholfen, ihn zu verstärken«, antwortete Neve. »Aber … ich habe unzählige Male gelesen, dass Magie streng kontrolliert und vorsichtig in einen Zauber gelenkt werden muss. Dabei ist sie so ungezähmt und endlos, dass mir das Auswendiglernen einer festgelegten Reihe von Sigillen immer einengend vorgekommen ist. Es ergab nie einen Sinn, bis Olwen erklärt hat, dass die Priesterinnen die Magie eher intuitiv und auf jeweils eigene Art anrufen.«

Ich runzelte die Stirn. »Auf persönliche Art?«

»Man ruft die Magie auf die Art, die sich für einen gut anfühlt und einem natürlich vorkommt. Die Magie gehorcht dem Willen und wie man sie sich vorstellt«, sagte Neve. »Allerdings wirken die Zauber nicht immer genau so, wie man es sich vorgestellt hat. Ich denke, deshalb haben die Zauberinnen ihre eigene Sprache entwickelt – damit alles klarer ist und berechenbar.«

»Sicher sinnvoll«, sagte ich. Auch ich würde die Methode der Zauberinnen aus Sicherheitsgründen vorziehen.

»Olwen summt, um sie anzurufen, andere singen«, fuhr Neve fort. »Mari betet direkt zur Göttin, und Lowri – die in der Schmiede arbeitet – benutzt Handzeichen.«

»Du hast geschrien«, erinnerte ich mich.

»Ja, genau«, sagte Neve. »Ich wusste, welchen Zauber wir gebraucht haben, und der Schrei kam einfach aus mir heraus. Ich habe nicht darüber nachgedacht. Es war purer Instinkt. Ich habe den Zauber geschaffen.«

»Das ist ...« Fast fand ich kein Wort dafür. »Das macht es umso eindrucksvoller. Aber wenn es eine andere Art gibt, Magie zu praktizieren – und du ziemlich gut darin zu sein scheinst –, wozu brauchst du dann die Schwesternschaft?«

Neves ganzer Oberkörper bewegte sich auf und ab, als sie seufzte. »Es ist so blöd, ich weiß. Ich habe es nicht nötig, von ihnen akzeptiert zu werden, aber ich will es.«

Sie schloss die Augen, als müsste sie die Erinnerung noch einmal durchgehen. »Vor einigen Wochen ist meine Tante früher von der Arbeit nach Hause gekommen. Wir haben uns gestritten. Schlimmer als je zuvor ... wie überhaupt noch nie«, erzählte Neve. »Ich liebe sie mehr als irgendjemanden sonst auf der Welt, und ich habe *furchtbare* Sachen zu ihr gesagt – dass sie versuchen würde, mich zurückzuhalten, damit ich so schwach bin wie sie ... Sie hat behauptet, all die Lügen und Halbwahrheiten waren nur zu meinem Schutz, aber nicht verraten, wovor. Und sie hat mich angefleht, nicht zum Rat der Schwestern zu gehen. Alles gut sein zu lassen.«

»Und das konntest du nicht.«

Neve schüttelte den Kopf und öffnete die Augen wieder. »An dem Tag bin ich weg, um den Aufnahmetest für ihre Ausbildung zu machen. Ich habe dir die Wahrheit gesagt. Sie ließen es mich nicht mal probieren – haben mich kaum reden lassen. Was ich dir nicht erzählt habe, war, dass nicht bloß meine fehlende Ausbildung der Grund dafür war.«

»Sondern?«, fragte ich.

Ein Ausdruck von Wut trat auf ihr Gesicht; die Sorte Feuer, die Eisen in Stahl verwandelte. »Es war, weil ich meine Herkunft nicht beweisen konnte. Ich hatte keine Unterlagen zu meinen Vorfahren mütterlicherseits. Nicht mal den Namen meiner Mutter konnte ich ihnen sagen. Ich sehe sie noch vor mir an dem Tisch, wie sie gelacht haben …«

Ich biss die Zähne so fest zusammen, dass ich nicht sprechen konnte. Ich fühlte es, als hätte ich neben ihr gestanden. Die Erniedrigung. Die Verzweiflung, weil man ganz allein in seiner Geschichte war und außerstande, sich die Vergangenheit zusammenzureimen. Die Sehnsucht nach Anerkennung.

So vieles an Neves Leben würde ich nie richtig verstehen, aber das … *das* verstand ich.

»Sollen sie doch im Höllenschlund verrotten«, sagte ich aufgebracht. »Du brauchst die nicht, und sowieso bist du in jeder Hinsicht zu gut für sie.«

»Doch, ich brauche sie«, entgegnete Neve. »Es geht nicht nur um Akzeptanz oder auch nur den Versuch, meine Kraft besser zu beherrschen. Bevor ich weg bin, deutete meine Tante an, dass der Rat die Unvergänglichkeit meiner Mutter in seinem Archiv haben könnte.«

Und dort finden sich die Antworten darauf, wer ich bin.

Das musste sie nicht aussprechen. Ich hatte meine Vergangenheit verloren, aber sie hatte eine Chance. Neve könnte noch die Antworten auf ihre brennenden Fragen finden, und sie war bereit, alles dafür zu tun, einschließlich in eine Anderswelt zu reisen, um sie zu bekommen.

Auch das verstand ich.

»Vielleicht ist es blöd«, sagte Neve seufzend. »Ich kenne nicht mal ihren Namen. Wo soll ich da auch nur anfangen zu suchen?«

»Tja, jetzt hast du eine Freundin, die recht geübt darin ist, Sachen zu finden«, erinnerte ich sie. »Ich gebe dir sogar einen Freunde-und-Angehörigen-Rabatt.«

Neve stieß ein schnaubendes Lachen aus, doch die Traurigkeit in ihren Augen nahm zu, als sie murmelte: »Umgekehrtes Rad des Schicksals, Fünf der Stäbe, Drei der Schwerter.«

Ich brauchte einen Moment, bis ich erkannte, dass sie von ihrer letzten Tarotlegung bei Mystic Maven sprach. Und auch wenn sie davon redete, nicht aufzugeben, hatte ein Teil von ihr den kalten Realitätscheck der Karten verinnerlicht.

Ihre Frage kam mir wieder in den Sinn: *Werde ich finden, wonach ich suche?*

Jetzt begriff ich es und verstand den Grund für ihren Glauben, dass alles gut würde. Ihr mangelte es nicht an Unsicherheit oder Zweifeln, und sie war auch nicht naiv. Vielmehr war sie stark genug, um selbst im Angesicht von Verlust oder Zurückweisung an ihren Überzeugungen und ihren Hoffnungen festzuhalten.

»Was ist aus *Das ist nur die Meinung der Karten* geworden?«, fragte ich. »Vergessen wir nicht, dass ich hier die mit null Magie bin und die Karten deshalb nichts aussagen. Du hättest genau dieselbe Antwort bekommen, hättest du gefragt, ob du ein Pony zum Geburtstag bekommst.«

Wenigstens brachte sie das zum Lachen. »Oh, ich liebe Ponys!«

»Wäre ich nie drauf gekommen«, sagte ich. »Aber hör zu, ich habe einige Kontakte zu Zauberinnen, für die ich schon gearbeitet habe. Ich kann nicht versprechen, dass eine von ihnen bereit wäre, dir zu helfen, aber wir brauchen ja nur eine, die im Archiv nach der Unvergänglichkeit deiner Mutter sucht.«

»Denkst du, das würde eine von ihnen tun?«, fragte Neve. Sie beugte sich vor und machte eine übertrieben schockierte Miene. »Tamsin … bist du etwa optimistisch?«

Ich tat, als würde ich erschaudern. »Du müsstest aber mit mir kommen. Es ist unwahrscheinlicher, dass sie mich wegen meiner Unverschämtheit umbringen, wenn du dabei bist.«

»Das lässt sich bestimmt arrangieren«, sagte sie und versuchte, ihr Grinsen abzustellen. »Immer vorausgesetzt, dass wir es lebend zurück zum Portal schaffen.«

»Das vorausgesetzt, ja.« Ich schaute auf die Buchrücken des Stapels vor ihr und zog eines der Bücher hervor. *Die Kunst des Heilens.*

»Was machst du?«, fragte Neve.

»Vielleicht hilft ein frisches Augenpaar, dem Problem auf den Grund zu gehen«, sagte ich.

»Den Stapel habe ich schon durch.«

»Dann hole ich Nachschub«, schlug ich vor. »Oder ich bleibe einfach hier sitzen und bewundere, wie klug und fleißig du bist.«

Neve lachte und schob ein anderes Buch über den Tisch. »Das hier ist ein Bericht über die gestaltwandelnden Kreaturen der Anderswelten.«

Prompt fühlte sich mein Brustkorb zu eng an. »Du hast zu Cabells Fluch recherchiert?«

»Ja, und Olwen auch.«

Ich schlug das ledergebundene Buch auf und genoss den Geruch von altem Pergament. »Aber ihr habt nichts Nützliches gefunden?«

»Noch nicht.« Neve blätterte in dem Buch vor ihr. »Doch ich habe überlegt, ob er vielleicht ein anderes Wesen ist und seine menschliche Form der Fluch.«

Ich starrte sie an, während sich ein endloser Druck in meinem Schädel ausbreitete. Da ich stumm blieb, sah Neve von ihrem Buch auf. »Hast du die Möglichkeit mal in Betracht gezogen?«

»Nein«, antwortete ich krächzend.

»Nun, ich schätze, das spricht für die Theorie von dem frischen Augenpaar«, sagte Neve. Ich musste skeptisch wirken, denn sie fügte schnell hinzu: »Es ist nur eine Theorie. Ich habe keinen Beweis dafür.«

Kopfschüttelnd saß ich da und umklammerte die Buchränder.

»Wäre das wirklich so schlimm?«, fragte Neve. »Es würde ihm ein gewisses Maß an Frieden verschaffen.«

»Seinen Fluch zu brechen, das würde ihm Frieden verschaffen«, beharrte ich.

Neves Blick wurde weicher. »Ich kann dir gar nicht beschreiben, wie es ist, wenn man etwas anderes sein soll als das, was man ist. Es nagt täglich an dir, auch wenn du versuchst, es zu ignorieren, bis da eine Leere in dir ist, die nur die Wahrheit füllen kann.«

»Er ist menschlich«, sagte ich. Er hatte ein menschliches Herz und einen menschlichen Verstand.

Und falls nicht, würde das heißen, dass er woanders hingehörte, in eine andere Welt, und ein Teil von ihm könnte sich immer danach sehnen, selbst wenn er nie wüsste, warum.

Kapitel 29

Die Minuten dehnten sich zu Stunden. Jedes Umblättern sog mich tiefer und tiefer in das Manuskript. Die Lektüre fesselte mich so sehr, dass es ein deutliches Räuspern brauchte, damit ich aufblickte. Emrys stand an der Tür zur Bibliothek und war sichtlich aufgewühlt. Hinter ihm war der eindeutig verwirrte Cabell.

»Was ist los?«, fragte ich.

Neve kam aus ihrer Lesetrance und blinzelte. »Geht es um den Boden?«

»Nein, die Erde unter den Steinen war gut, und die Saat keimt schon, dank ein wenig Magie von Deri«, antwortete Emrys und trat von einem Bein aufs andere. »Doch ich glaube, dass ich etwas gefunden habe. Etwas anderes.«

Seine Augen glänzten zu sehr, fast fiebrig, was ein krasser Gegensatz zu den dunklen Schatten unter ihnen war.

»*Etwas anderes* impliziert, dass ich schon hinterherhinke«, sagte Cabell. »Möchte mich jemand aufklären? Ich wollte früher hier sein, aber Sir Bedivere hat Hilfe gebraucht.«

»Apropos Sir Bedivere …«, begann ich. Blankes Entsetzen legte sich über Cabells Züge, als ich ihm schnell und leise berichtete, was Emrys und ich letzte Nacht entdeckt hatten.

»Und was ist Bediveres Verbindung zu dem allen?«, fragte Neve.

Cabell verstand es natürlich. Er erinnerte sich genauso gut

wie ich an Nashs Geschichten über Artus' Reisen nach Annwn. »Sir Bedivere war angeblich einer der Ritter, die König Artus nach Annwn begleitet hatten. Aber ich dachte, der Kessel, den sie zurückgeholt hatten, hatte mit Essen zu tun?«

»Siehst du!«, sagte Neve.

»Könntest du versuchen, mehr Informationen dazu zu bekommen?«, fragte ich. »Mal ... ein bisschen vorfühlen?«

»Bei einem unsterblichen Ritter der Tafelrunde *vorfühlen?«*, sagte Cabell und rieb sich mit den Händen übers Gesicht. »Sicher doch, warum nicht?«

Emrys hatte nahezu gebebt vor Ungeduld, als ich Cabell auf den letzten Stand brachte, und es war offensichtlich, dass er genug vom Warten hatte. »Können wir jetzt bitte los? Es ist wirklich wichtig, dass ihr es seht.«

»Hast du überhaupt mal geschlafen, seit wir hier sind?«, fragte Neve, die ihren Kopf zur Seite neigte und Emrys musterte. »Vielleicht solltest du erst mal ein Nickerchen machen. Ich habe eine Tinktur, die dich innerhalb von Sekunden ausknockt. Sie schmeckt wie Fledermausfell, aber du weißt ja, Nachtzauber von Nachtwesen und so.«

Emrys warf mir einen flehenden Blick zu, und ein Teil von mir, den ich lieber ignorieren wollte, wurde weich. Bisher hatte ich es konsequent vermieden, an das Intermezzo im Kleiderschrank zu denken, doch jetzt holte es mich ein.

»Na gut.« Seufzend schlug ich das Buch zu. »Was es auch ist, schlimmer als letzte Nacht kann es nicht sein.«

So leer, wie der Turm war, wurde mir klar, dass es später sein musste, als ich gedacht hatte. Die Türen zum Schlafsaal waren bis auf einen Spalt geschlossen, doch ich konnte drinnen Olwen, Flea und Arianwen nahe beieinanderliegen sehen.

Emrys führte uns zu den Eingangsstufen des Turms, wo er wartete, bis uns Betrys und die anderen auf Wache den Rücken zukehrten, bevor er über den Hof rannte. Als wir ihm folgten, bemerkte ich flüchtig das Ergebnis ihres Tagewerks: Die Hälfte der Steinplatten waren verschwunden, und nun war dort dunkle Erde mit säuberlich angelegten Pflanzreihen.

Cabell blickte ein letztes Mal zu den Wachen oben. »Die Luft ist rein.«

Emrys bedeutete uns, ihm zur Waffenkammer zu folgen.

Das kleine Gebäude war erstaunlich gut beleuchtet und einst wahrscheinlich mal ein Torhaus gewesen. Jetzt war die Luft geschwängert von tierischen Fetten und Leinöl, mit denen die Werkzeuge und Waffen poliert wurden.

Neben mir rümpfte Cabell die Nase. »Was jetzt, Dye?«

Eine verbeulte Rüstung, blutrot vor Rost, wachte stumm über den Raum. Emrys bugsierte Neve und mich direkt vor sic und beobachtete uns, wartete auf etwas, und einen Moment später fühlte ich es. Ein kalter Luftzug stieg aus dem Boden unter uns auf. Neve sprang zur Seite, als er ihr Kleid unten aufbauschte.

»Was ist das?«, fragte sie.

»Das habe ich mich auch gefragt«, sagte Emrys. »Möchte jemand …«

»Nein, keiner will wetten«, unterbrach ich ihn. »Oder ein Spiel spielen. Wir sind müde.«

»Ist ja gut«, sagte er, hob das Visier der rostigen Rüstung und griff in die Leere dahinter. Dann zog er an etwas – fest –, woraufhin der Boden unter uns vibrierte.

Cabell stützte Neve und mich, als sich der Boden unter uns senkte.

»Was zum Höllenfeuer …«, hauchte er. Mein Körper verspannte sich, als die Plattform mit uns nach unten in einen dunklen Tunnel glitt, der genauso alt war wie der unter der großen Halle.

»O wow«, sagte Neve, die angestrengt in die Schatten vor uns linste.

Als wir von der Plattform traten, fuhr sie von allein wieder nach oben.

»Müssen wir uns deswegen Sorgen machen?«, fragte ich matt.

»Hier unten gibt es einen Hebel, um sie wieder nach unten zu holen«, versicherte Emrys. »Ich habe eine kostbare Stunde meines Lebens aufgewandt, um den zu finden.«

Kaum war die Plattform oben angekommen, fügte sie sich so nahtlos in den Boden der Waffenkammer ein, dass jedes Licht ausgesperrt war. Und mir wurde bewusst, was ich in der Eile vergessen hatte.

»Meine Arbeitstasche«, sagte ich und schlug eine Hand vor meine Stirn.

»Verzagt nicht, meine Lieben«, erwiderte Emrys, setzte seine Stirnlampe auf und schaltete sie ein. »Ich bin vorbereitet.«

Neben mir schloss Neve die Augen und holte kurz Luft, wie das sanfte Einatmen vor einem Kuss. Ihre Lippen bewegten sich, doch es dauerte ein wenig, bevor ich das Lied hörte. Für die Worte gab es keine Übersetzung. Sie schienen aus der tiefsten Kammer ihres Herzens zu kommen und harmonierten mit dem Echo der Steine um uns herum, bis Neves Stimme zu schierer Kraft wurde und die Kraft zu ihrer Stimme.

Die Melodie war wie aus einer anderen Welt und verheißungsvoll, ähnlich einer Offenbarung. Fäden blassblauen Lichts wanden sich um ihre Fingerspitzen. Sie hob die Hände an ihren Mund und blies auf sie, sodass das zitternde Licht gleich Löwenzahnsamen durch den Tunnel schwebte. Das Leuchten gab mir das Gefühl, ich würde in einem der Becken bei den Quellen treiben.

»Unglaublich«, sagte ich zu ihr. Sie hatte kein Sigill gebraucht, von ihrem Zauberstab ganz zu schweigen, um das zu tun. Neve hatte getan, was sich natürlich für sie anfühlte, und das Ergebnis war erstaunlich. Strahlend umkreiste sie eines der Lichter mit dem Finger.

Mit all der Würde, die er aufbringen konnte, schaltete Emrys seine Stirnlampe wieder aus. »Tja, oder so.«

»Wohin gehen wir?«, fragte ich. »Du willst uns hoffentlich nicht nur dieses Paradebeispiel von einem kalten, tropfenden Höhlentunnel vorführen.«

»Es ist eher ein uralter Weg ins karge Morgenlose«, sagte Emrys, der voraus in den uralten Gang schritt. »Aber tropfend und kalt ist es wirklich.«

Der feuchte Weg war kurz, stank jedoch nach dem Verfall der Insel, was der andere Tunnel nicht getan hatte. Die Luft war schwer vor Feuchtigkeit, und mit jedem Auftreten wirbelten wir mehr von dem Fäulnisgeruch auf. Ich lauschte auf andere Geräusche neben unseren Schritten und dem Wasser, das aus den Wänden drang.

Am Ende von Neves Lichterpfad konnte ich eine Art Grotte ausmachen. Auf die war ich so fixiert, dass ich die Kammer übersah, durch die man in sie gelangte.

Ein kalter, bebender Angstschauer fuhr mir über den Rücken, als ich nach rechts sah. Dort versperrte ein Eisengitter den Zugang zu einer Krypta. Durch das rostige Metall konnte ich die Umrisse von drei schlichten Steinsärgen sehen. In der unbeleuchteten Nische gab es keinerlei Verzierungen, abgesehen von den Namen, die in die Sargdeckel gemeißelt waren.

Auf dem, der mir am nächsten war, stand MORGANA.

»Können wir davon ausgehen, dass dies die Morgana ist, die wir als Morgana le Fay kennen?«, fragte Emrys.

»Ja«, antwortete Neve leise. »Olwen hat mir hiervon erzählt. Als die überlebenden Zauberinnen ins Exil geschickt wurden, wusste die Hohepriesterin Viviane nicht, was sie mit den Leichen der Priesterinnen tun sollte, die während der Kämpfe mit den Druiden gestorben waren. Sie beschloss, sie nicht in der Erde zu vergraben, damit sie nicht wiedergeboren wurden, aber sie ertrug es auch nicht, sie zu verbrennen.«

Ich nickte und spürte, wie sich etwas Schweres hinten in meine Kehle setzte. Trotz des Bruchs hatte die Hohepriesterin ihre Schwestern immer noch geliebt. Sie hatte sie nicht einfach irgendwo liegen und verrotten lassen, wie ich es mit Nashs Überresten getan hatte.

»Jemand ist hier unten gewesen und hat sie besucht«, sagte Cabell. Er streckte eine Hand zwischen den Gitterstäben hindurch und zeigte zu einem Strauß vertrockneter Rosen oben auf Morganas Sarg.

Neve blinzelte, um es genauer zu erkennen. »Das ist ausgeschlossen. Olwen sagte, dass sie nicht weiß, wo die Krypta ist.«

»*Sie* vielleicht nicht«, erwiderte ich. »Aber jemand anderes schon.«

»Ich stimme zu, dass das hier sehr beunruhigend und mysteriös ist«, sagte Emrys. »Aber ob ihr es glaubt oder nicht, das ist es nicht, was ich euch zeigen wollte. Folgt mir.«

Als wir an der Kammer vorbei waren, wurde der Gestank schlimmer, bis ich kaum noch atmen konnte, ohne dass mir schlecht wurde. Wir standen auf einer breiten steinernen Plattform oberhalb des Burggrabens.

»*Das* wollte ich euch zeigen«, sagte Emrys.

Ich blickte mich um und erstarrte. Neve kam näher zu mir. Ihre Atmung wurde angestrengter.

Die Plattform erstreckte sich durch den ganzen Höhlenbereich, und zu beiden Seiten des Eingangs, durch den wir gekommen waren, befanden sich Käfige.

Insgesamt waren es vier, grob gearbeitet aus Eisen. Zwei von ihnen sahen aus, als wären die Gitter von innen auseinandergestemmt und so verbogen worden, als wären sie aus Zwirn, nicht Metall. In dem dritten lagen silberne Knochen.

Und der Boden um den vierten Käfig war mit dunklem, getrocknetem Blut bemalt.

Demselben Blut, das wahrscheinlich benutzt worden war, um die Symbole auf dem Boden nahe Neves Füßen zu zeichnen. Die Art, wie sie gemalt waren, mutete verzweifelt oder gehetzt an.

Cabell bemerkte die Symbole ebenfalls und zog Neve sanft weiter weg von ihnen. Seine Miene verdüsterte sich, als er sich umschaute.

»Also«, sagte Emrys, der sich an einen der Käfige lehnte. »Möchte jemand eine Theorie aufstellen?«

»Vielleicht hatten sie hier einige der Kinder gefangen gehalten, als sie anfingen, sich zu verwandeln, um zu sehen, ob sich die dunkle Magie umkehren lässt?«, schlug Cabell vor.

»Dachte ich auch, aber sieh mal hier«, antwortete Emrys, der in den Käfig mit den Knochen ging. Er schnitt eine Grimasse, als er einen der Knochen aufhob – ein sehr menschlicher Oberschenkelknochen, nicht vollständig von Silber überzogen, sondern eher damit besprenkelt, als wäre die Verwandlung unterbrochen worden. »Kann es sein, dass jemand damit experimentiert hat, Leute in Kinder der Nacht zu verwandeln, und dass es einige Zeit gedauert hat, den Fluch zu perfektionieren?«

»Nein«, erwiderte Neve scharf. Mir entging nicht, dass sie

sich weigerte, uns anzusehen, und es beunruhigte mich. »Hier ist niemand zu solchen Zaubern fähig. Um diese Kreaturen zu schaffen, braucht es eine wahrhaft schwarze Seele.«

Es gab einige Bereiche der Magie, die vom Rat der Schwestern streng reglementiert waren. Wiedererweckung und andere Todesmagie gehörten dazu, denn die Gefahr, dass man versehentlich – oder mit Absicht – gewalttätige Geister schuf, war allzu real.

»Das trifft für die Magie zu, die du benutzt«, sagte ich. »Aber was ist mit der von Lord Death?«

Neve schwieg, und auf einmal kam mir ein neuer Verdacht.

»Du erkennst die Sigillen auf dem Boden, oder?«, fragte ich.

»Neve, wenn du etwas weißt …«, begann Cabell.

Endlich wandte sie sich zu uns um. »Ich habe sie in einem Buch in Olwens Krankenstation gesehen, das ich nicht hätte finden sollen. Es stand kein Titel auf dem Einband, und Olwen hatte es hinter einigen ihrer Gläser versteckt. Ich wollte ihr Vertrauen wirklich nicht missbrauchen, aber …«

»Du sprichst mit drei Hollowern«, sagte Emrys. »Was Herumschnüffeln angeht, ist dies eine urteilsfreie Zone.«

Neve sah aus, als müsste sie sich gleich übergeben. »Es ist ein Druidenzeichen. Wie die Zauberinnen haben sie auch eine eigene Schriftsprache genutzt, um die Magie zu kontrollieren, die Lord Death ihnen gegeben hat. Dieses soll eine Seele von einem Körper trennen.«

Alles in mir verkrampfte sich.

»Sicher?«, fragte ich. »Bist du dir absolut sicher?«

»Es besteht nicht der geringste Zweifel«, sagte sie heiser.

Mein Schädel pochte, und mein Puls begann zu rasen.

»Dann hatten wir recht«, sagte Emrys. »Jemand benutzt immer noch Todesmagie in Avalon. Was mit dieser Insel gemacht wurde, ist mit Absicht geschehen. Die Frage ist nur, warum. Weil diejenigen mit den Druiden sympathisieren oder weil sie Lord Death dienen?«

Mein Herzschlag beschleunigte noch mehr. Mir wurde so unglaublich übel, dass ich mich an Cabell lehnen musste.

»Alles okay?«, fragte er und umfasste meinen Arm.

Ich winkte ab, doch er ließ nicht los.

»Und ihr denkt, Caitriona steckt dahinter?«, fragte Neve kopfschüttelnd. »Ihr fügt all diese sogenannten Hinweise zusammen, aber was ist ihr Motiv? Warum sollte sie Avalon zerstören wollen?«

»Vielleicht hat Lord Death ihr etwas im Gegenzug angeboten«, antwortete Emrys, »damit sie beendet, was die Druiden angefangen hatten.«

»Caitriona hat damit nichts zu tun«, sagte Neve. »Das ist ausgeschlossen.«

»Ich verstehe, warum du die Theorie hasst, und, glaub mir, ich tue es auch«, versicherte Emrys ihr. »Aber ich denke, dass wir die Vermutung, dass Caitriona die Kinder kontrolliert oder zumindest mit dem zusammenarbeitet, der es tut, nicht einfach verwerfen dürfen.«

»Woher wissen wir überhaupt, dass sie kontrolliert werden?«, fragte Cabell, der sich an seinem stoppeligen Kinn kratzte.

»Sie sind immer noch da draußen und tun nichts«, antwortet Emrys. »Sie jagen nicht, graben nicht, kundschaften nicht aus. Sie warten nur. Auf einen Befehl.«

»Das kann nicht sein«, sagte Neve, doch ihre Worte klangen nur noch gedämpft in meinen Ohren, und ich fühlte, wie mein Bewusstsein schwand …

Mein Körper fühlte sich an, als wäre er in einem eisigen Sarg gefangen, ohne das kleinste bisschen Raum, um mich zu bewegen.

Die Höhle war von Nebel umfangen, doch ein Horn stach hindurch. Die glasigen schwarzen Augen des Einhorns starrten mir von der anderen Seite des Burggrabens entgegen. Einen Moment lang beobachteten wir einander, und ich wagte nicht zu atmen, aus Furcht, den Zauber zu brechen.

Er zerbrach dennoch.

Das Einhorn bäumte sich auf und tauchte zurück in den Nebel, und an seine Stelle trat erst ein haarloser grauer Schädel, gefolgt von langen, spinnenartigen Gliedmaßen. Klauen, die sich in den nassen Stein gruben.

Tamsin? Ich glaubte, meinen Namen irgendwo in der Nähe zu hören.

Kinder der Nacht stiegen aus dem dicken Schlamm im Burggraben auf, zogen sich auf die Plattform und hetzten auf ihren dünnen Gliedmaßen den Tunnel entlang zum verborgenen Eingang …

Keuchend riss ich die Augen auf.

»Tamsin?« Cabell hatte meine Schultern fest gepackt und schüttelte mich.

»Was ist los?«, fragte Emrys.

Die Übelkeit blockierte meine Kehle. Ich schüttelte den Kopf und ging in die Hocke.

»Komm«, sagte Neve. Emrys und sie halfen mir auf und stützten mich. »Gehen wir wieder nach oben und schnappen frische Luft. Ich kann Olwen holen …«

Ich schüttelte erneut energisch den Kopf, doch als meine Augen zufielen, sah ich wieder dieselbe Szene. Der faulige Atem der Kinder wehte über mein Gesicht …

Ich zwang mich, die Augen zu öffnen, und sah Emrys' Gesicht dicht vor mir.

»Du siehst aus, als müsstest du kotzen«, sagte er. »Neve hat recht, wir sollten gehen.«

»Wann begreift ihr endlich, dass ich immer ...« Sie brach ab und hängte sich meinen Arm über die Schultern. Sie blickte sich suchend um. »Hört ihr das?«

Hinter uns, wo der Schlamm gegen Stein schlug, begann die dunkle Brühe zu gurgeln. Brodeln.

Nebel stieg auf und rauschte mit verblüffender Kraft an uns vorbei. Und aus seinen Tiefen tauchten vier Schatten auf, die den Rand der Plattform erklommen.

KAPITEL 30

Der Moment fühlte sich so surreal wie die Albtraumvision an.

Nein. Das hier war … es war …

»Lauft«, hauchte Emrys. *»Lauft!«*

Wir schafften nur fünf Schritte, bevor das erste der Kinder kreischte und hinter uns herjagte. Zehn, bevor Cabell erkannte, dass ich nicht mithalten konnte, und stehen blieb, um mich über seine Schulter zu werfen.

Die Monster schwärmten zu den Seiten aus, als wir durch die Kammer in den Tunnel kamen. Sie kletterten nach oben und an den Wänden entlang. Statt von Neves Lichtern abgeschreckt zu werden, schnappten sie nach ihnen und verschlangen sie eines nach dem anderen.

Der Tunnel endete in einer Sackgasse, wo die Plattform aus der Waffenkammer nach unten kommen sollte. Cabell stoppte schlitternd, und links von mir sah ich Emrys zu einem kaum erkennbaren Eisenhebel an der Wand springen. Die Plattform rumpelte, als sie sich zu senken begann.

»Jetzt, Neve!«, rief Cabell.

Ihr Schrei durchschnitt den Gang – so wie die Lichter ihres Zaubers wenige Sekunden später. Sie rauschten über den Stein, durchfuhren die Kinder, bis nichts als Asche übrig war.

Sobald die Plattform tief genug war, legte Cabell mich darauf und wandte sich zu den anderen um. Neve schwankte, und ihr Gesicht war grau vor Erschöpfung von dem Zauber. Emrys und Cabell packten jeder einen ihrer Arme und sprangen mit ihr auf die langsam wieder aufsteigende Plattform.

»Danke, danke, danke«, sagte Cabell zu Neve.

»Wie …«, keuchte sie zwischen schweren Atemzügen, »sind die … reingekommen?«

»Es muss eine Lücke in der Mauer geben«, sagte Emrys, der sich mit einer Hand durchs Haar fuhr. »Wir müssen es den anderen sagen. *Sofort.*«

Doch als die Plattform oben ankam, hörte das Kreischen der Kinder nicht auf. Vielmehr verstärkte es sich zu einem Brüllen wie Gewitterdonner.

Ich stemmte mich hoch und lief zum nächsten Fenster. Im Hof sah ich Betrys, die mit beiden Händen ein Schwert hielt und mit dem Rücken zum Gebäude war. Sie stürzte mit einem wilden Schlachtruf voran.

»Heilige Götter.« Cabell rannte zur Tür und riss sie auf, ehe ich ihn bremsen konnte.

Endlich begriff mein Gehirn, was ich sah.

Die Waffengestelle um uns herum waren geleert worden, und der Hof brannte.

Reihen von Flammen brannten auf den Festungsmauern und zwischen den Gebäuden, hielten die Kinder der Nacht in Feuerkäfigen gefangen. Einige warfen sich unerschrocken vor und versuchten, zu Caitriona, Arianwen und Rhona zu gelangen, die den Haupteingang des Turms verteidigten und mit ihren Schwertern auf alle Monster einschlugen, die hineinstürmen wollten.

Emrys half der schwankenden Neve nach vorn, und ich sah sie verzweifelt an.

»Ich brauche …« Sie hob sichtlich fertig eine Hand. »Ich brauche ein paar Minuten, bevor ich wieder einen Zauber wirken kann …«

»Bleib in der Waffenkammer«, sagte ich zu ihr und schaute Emrys an. Er nickte, und seine Miene war wild entschlossen. »Wir verschaffen dir Zeit.«

Wir rannten in das Kampfgetümmel, suchten nach Fackeln oder Waffen, um uns zu verteidigen.

»Flea!« Caitrionas Schrei lenkte meine Aufmerksamkeit wieder auf sie. Das Mädchen kam aus dem Turm gelaufen und hob ein Schwert auf, das beinahe so lang war wie sie groß, um sich damit ins Getümmel auf dem Festungswall zu stürzen.

Entsetzen packte mich, als Caitriona von den anderen weglief und ihr nachrannte. Die restlichen Avalonier waren zwischen der Krankenstation, der Küche und dem Stall verteilt, wo sie verzweifelt mit brennenden Pfeilen und Stöcken kämpften.

Ein Wort hallte mir durch den Kopf, als ich den Rauch, das Feuer und die Dunkelheit absuchte. *Cabell.*

Ich entdeckte ihn nahe Bedivere, der den Stalleingang blockierte, um die Pferde und Ziegen vor den ausgehungerten Kreaturen zu schützen, die wie Spinnen vom Dach fielen.

Überall waren Tote, Kinder der Nacht wie Menschen. Das schiere Ausmaß des Blutbads schockte mich. Ein brennender Pfeil schoss rechts von mir durch die Luft und durchbohrte den Schädel einer Kreatur, die ich nicht hatte kommen sehen.

Serens sonnengoldenes Haar war voller dunkler Blutspritzer, und sie spannte einen neuen Pfeil ein, ehe sie zu uns nach unten rief: »Lauft zum Turm!«

»Tamsin!« Ich drehte mich um, und Emrys warf mir sein Handbeil zu. Dann bückte er sich, um das Schwert eines Toten aufzuheben.

Meine Augen brannten von dem Rauch, doch der Gestank von Blut und brennendem Fleisch war schlimmer. Mit einem Aufschrei schwang ich das Beil um mich herum, hieb gegen Stein, in Monster, wieder und wieder und wieder, bis es sich anfühlte, als würde auch mein Körper brennen.

Ein Furcht einflößendes Knurren erklang rechts neben mir. Ich wirbelte herum, holte mit dem Handbeil aus, doch dort war nicht das graue Gesicht eines Untoten.

Das Knurren kam von einem riesigen schwarzen Hund.

Ich hielt gerade rechtzeitig inne, bevor meine Waffe seinen Kopf traf. Die Hundezähne blitzten wie weiße Messer auf, als er sich zu meinem Knöchel duckte und in meinen Stiefel schnappte. Mir blieb die Luft weg, als ich mit dem Rücken auf dem Boden aufschlug. Vergeblich versuchte ich, mich zu drehen, nach Steinen zu greifen, doch er zog mich weg – fort von den anderen Raubtieren, die seine Beute bedrohten.

»Tamsin!«

Emrys kam angelaufen, doch ich hob meine Hand, um ihn zu stoppen. Der Hund schleppte mich zu einer Lücke in der Feuerlinie um das neue Beet. Dort rissen die Kinder der Nacht den Boden auf und verseuchten ihn mit ihrem fauligen Blut.

»Nein, Cabell, bitte!«, rief ich. »Bitte!«

Emrys sprang vor, versuchte, das Maul des Hunds zu greifen und von mir zu lösen. Als das nicht funktionierte, hob er einen Stein auf und warf ihn auf eines der roten Hundeaugen.

Der Hund winselte und ließ von mir ab, um sich zurückzuziehen. Emrys schlang die Arme um meine Brust und hob mich hoch. Ich ächzte, als ich meinen Knöchel zu belasten versuchte, und mir wurde schwarz vor Augen.

Der Hund heulte, als er neue Beute entdeckte. Neve, die ihre Augen geschlossen hatte, sich konzentrierte. Ungeschützt.

Cabells leise Stimme flutete meinen Kopf, übertönte fast die verzweifelten Rufe um uns herum. *Lass nicht zu, dass ich jemanden verletze.*

»Nein!«, schrie ich und rannte hin, aber der Hund war zu schnell, zu stark. Er sprang über Feuer und über Leichen, den Blick ganz auf die Zauberin fixiert.

Jemand anders war zuerst bei ihr.

Caitriona sprang von der Mauer und landete in der Hocke vor Neve. Ihre Rüstung schimmerte golden im Feuerschein. Sie hob ihr Schwert an, die Miene fest entschlossen.

Ich könnte nicht damit leben.

»Cait!«, schrie Flea von der Mauer.

»Halt sie fest, Seren!«, rief Caitriona zurück.

Tu alles, was nötig ist, um mich zu stoppen.

Seren rief uns etwas zu, aber ich konnte kein Wort hören, weil mein Puls in meinen Ohren rauschte.

Alles, was nötig ist.

»Bring ihn nicht um«, flehte ich. »Bring ihn nicht um!«

Caitriona war nicht anzusehen, ob sie mich gehört hatte. Ihr Blick war berechnend. Als der Hund lossprang, holte sie tief Luft.

Und ließ das Schwert fallen.

Der Hund warf sie neben Neve zu Boden. Ihre Rüstung schepperte, doch das war nicht halb so schrecklich wie das siegesgewisse Heulen des Hunds und Caitrionas Schmerzensschrei.

Der Hund hatte ihren Stahlhandschuh mit den Zähnen gepackt. Emrys und ich legten die Arme um seinen bebenden Leib, um ihn von Caitriona wegzuzerren, doch er trat wild um sich und war unmöglich zu halten. Hitze stieg aus seinem Fell auf, als sein Puls vor Mordlust beschleunigte.

Caitriona knallte eine Faust seitlich gegen den Hals des Hundes, und er heulte wütend. Die Krallen einer Pfote hielten Caitriona unten und bohrten sich in das Metall ihrer Rüstung.

Alles, was nötig ist.

Caitriona streckte die freie Hand zu ihrem Stiefel aus, um den Dolch dort zu greifen. Emrys schnitt in die Pfote, die sie unten hielt, aber der Hund war vollständig in seinem Blutrausch versunken. Er ließ ihre Brust los, und ich sah entsetzt, wie er in ihre Halsbeuge biss und die Rüstung durchbohrte, um zu der Haut und den Muskeln darunter vorzudringen.

Caitriona schrie.

Ein Pfeil traf den Hund in den Rücken, doch nicht einmal der Schmerz bewirkte, dass er seinen Biss lockerte. Er schleuderte Caitriona umher wie eine Puppe. Blut lief ihr übers Gesicht, als sie versuchte, ihm aufs Maul und die Augen zu schlagen.

Alles, was nötig ist.

Ein starker Arm schob mich aus dem Weg, und dann war Bedivere da, packte das unruhige Tier in der Mitte und hob es von der reglosen Caitriona.

Seren und Flea kamen zu uns gerannt.

Emrys presste seine Jacke auf die Schulter der Priesterin, um die Blutung zu stillen, und rief nach Olwen.

Bedivere brüllte: »Beherrsche es! Beherrsche es ...«

Der Hund begann, sich in etwas wie einen Menschen zu verwandeln.

Und das Licht von Neves Zauber flutete den Hof, verbrannte die Kinder zu Asche und spülte alles – und uns alle – davon.

Kapitel 31

Die Dunkelheit kehrte zurück wie eine erstickende Hand. Um mich herum schienen alle Bewegungen verschwommen.

Flea drückte schluchzend ihr Gesicht an Caitrionas Brust. Als Lowri sie mit versteinerter Miene wegzog, schrie und strampelte sie. Doch Lowri hielt die Kleine fest in den Armen, sodass Rhona, Seren und Emrys Caitriona hochheben konnten.

Olwen dirigierte die Verwundeten bereits zur großen Halle. Sie schrie auf, als sie die kleine Gruppe kommen sah, und kam ihnen die Stufen hinunter entgegengelaufen. Andere schrien ungläubig oder begannen, bei Caitrionas Anblick hemmungslos zu weinen.

»Fangt an, den Turm und die unterirdischen Gänge abzusuchen«, rief Betrys den Männern und Frauen zu, die alles geschockt von der Mauer aus beobachteten. »Ich hole Ari und treffe euch bei den Quellen.«

Die Magie, die das Feuer im Hof gespeist hatte, erlosch mit einem Zischen. Durch den Rauch sah ich Betrys und Arianwen ihre Schwerter aus einem Haufen Asche ziehen, und Arianwen weinte leise.

Ein tiefes, gequältes Stöhnen erklang hinter mir. Cabell war kreidebleich und hatte sichtlich Mühe, sich auf den zitternden Beinen zu halten. Seine Atmung wurde unregelmäßig, als der

Schock einsetzte, und durch das Feld an Verwüstung und Toten um uns herum fand sein Blick Neve.

Die Zauberin trat mehrere Schritte zurück. Ihr Gesichtsausdruck war gequält.

»Nein«, stöhnte er. Cabell riss an seinem Gesicht und seinem Haar, kratzte rote Striemen in seine Haut, bis nicht mehr zu erkennen war, ob das Blut an seinen Händen Caitrionas oder sein eigenes war. Seine Kleidung war von der Wandlung zerfetzt.

»Ist ja gut, Junge«, sagte Bedivere in einem ruhigen, tröstlichen Tonfall. »Es ist vorbei.«

»Cab ...«

Ruckartig hob er den Kopf, und sein Blick war so schrecklich vorwurfsvoll, dass es mir den Atem raubte.

Alles, was nötig ist.

Bedivere legte eine Hand auf Cabells Schulter, doch die Berührung löste etwas in Cabell aus. Er entwand sich ihm und rannte durch die wabernden Rauchwolken.

Ich folgte ihm durch die Trümmer der Schlacht. Die Lebenden bewegten sich wie schlafwandelnd und humpelten zum Turm. Weiter vorn verschwand Cabell im Stall. Ich lief ihm nach.

Die Tiere drinnen waren in blanker Panik. Die Pferde traten gegen ihre Boxenwände, weil sie nicht sehen konnten, dass die Gefahr vorbei war. Verängstigte Ziegen rannten in schwindelerregendem Tempo im Kreis und meckerten mit derselben Verzweiflung, die ich auf dem Hof empfunden hatte. Das Geräusch von Cabells rasselndem Atem führte mich zu einer leeren Box hinten im Stall.

Er sank an der Wand hinab. »Nein ... nein ... nein ...« Es klang hysterisch, wie ein verzweifeltes Gebet. Langsam näherte ich mich ihm von hinten. Bis ich das Blut roch.

Panisch grub Cabell die Fingernägel in den Schnitt, den Emrys ihm verpasst hatte, und riss an der Haut, sodass dunkles Blut seinen Arm hinunterlief.

»Stopp! *Cabell!*« Ich sank vor ihm auf die Knie und versuchte, seinen verletzten Arm wegzuziehen. Er wehrte sich heftig genug, sodass ich umkippte. »Stopp!«

»Ich muss es sehen … muss es sehen …« Die Worte waren beinahe ein Singsang. Da war noch Blut um seinen Mund und an seinem Kinn.

Ich krabbelte zu ihm, griff abermals nach dem blutigen Handgelenk und wollte mich zwischen seine Arme drängen, um seine krallenden Fingernägel zu blockieren. »Was musst du sehen? Was?«

Als ich sein Gesicht zu mir drehte, waren seine Augen leer. Die Wellen von Reue und Schmerz, die seinen Körper zum Beben gebracht hatten, waren verebbt, und plötzlich war er ganz still. Seine Augen waren wie tot, und ich wusste, ohne dass er es sagte, dass ich das letzte Licht in ihm erlöschen sah.

»Ich muss wissen, ob es Silber ist«, flüsterte er heiser. »Ob ich einer von ihnen bin.«

Mein Herz krampfte sich zusammen. Ich schlang einen Arm um seine Schulter und presste meine Hand auf seine offene Wunde, um die Haut zusammenzuhalten. Um *ihn* zusammenzuhalten.

»Nein, bist du nicht«, sagte ich. »Ich schwöre, das bist du nicht.«

»Ich habe sie umgebracht.« Es war keine Frage.

»Nein, du …« Ich wollte widersprechen, aber Tatsache war, dass ich es nicht wusste. Ich wusste auch nicht, was als Nächstes passieren würde oder was sie mit ihm tun würden. Letzteres machte mir eine höllische Angst. Ich hatte keine Waffe, um ihn zu beschützen, oder das Training dafür. Und ich konnte ihn nicht einmal aus dem Turm schmuggeln, ohne ihn in noch schlimmere Gefahr zu bringen.

Sollten die Avalonier glauben, dass die Dunkelheit nach und nach alle Magie auf der Insel korrumpierte, würden sie Cabell dann für genauso verflucht halten wie die Kinder?

Wer weiß schon, ob er es nicht ist?, fragte eine dunkle Stimme in meinem Hinterkopf. *Er verliert zunehmend die Kontrolle …*

»Dein Knöchel«, sagte er, als er das Blut und die Bissspuren sah. »Ich habe dich wieder verletzt … Ich …«

Ich hielt ihn fester, bemühte mich, ihn bei mir zu behalten. Es spielte keine Rolle. Nichts war von Bedeutung.

»Du hast es versprochen«, sagte er gequält. *»Versprochen.«*

»Wir kriegen das hin«, flüsterte ich und hielt ihn in den Armen, während er zitterte. »Wir kriegen dich hin. Ich schwöre, wir kriegen dich wieder hin.«

»Mädchen.«

Ich blickte auf und sah Bedivere, der uns beobachtete. Von der Schlacht war sein Gesicht mit Schnitten und Blutergüssen übersät, aber seine Miene wirkte weich. Er nickte zum anderen Ende des Stalls. Ich sträubte mich, sah Cabell ein letztes Mal an, suchte nach irgendeiner Spur von Emotion in seinen Augen. Dann riss ich einen Streifen Stoff unten von meiner Tunika ab und verband seinen Unterarm damit, so gut ich konnte.

Er reagierte nicht; er zuckte nicht einmal, als ich den Streifen fest verknotete.

»Ich bin gleich wieder da«, versprach ich ihm.

Auf dem Weg zum Stalleingang strich der alte Ritter mit der Hand über jedes der Tiere und beruhigte sie.

Bedivere blickte hinaus in den Hof, wo Betrys einem Mann mit einer großen Fleischwunde am Bein zum Turm half.

Ich ergriff den Arm des Ritters, um seine Aufmerksamkeit auf mich zu lenken. Mir war egal, wie verzweifelt ich aussah oder klang. »Er wollte das nicht. Er würde Caitriona oder jemand anderen niemals verletzen wollen ...«

Bedivere legte seine Hand auf meine. Seine Haut war sehr rau und überraschend kühl. »Mich musst du nicht überzeugen, Mädchen. Ich habe mit eigenen Augen gesehen, wie er gegen die Verwandlung gekämpft hat.«

Jetzt wurde mir klar, warum die Neun so bewundernd und vertrauensvoll zu Bedivere aufblickten. Seine unerschütterliche Ruhe war wie ein sicherer Unterschlupf in einem Sturm. Und der tobte in mir. Er versuchte weder, das Problem zu verstecken, noch machte er falsche Beteuerungen. Sein langes Leben und alles, was er in diesem erlebt hatte, hatte ihn zu einer seltenen Quelle von Verlässlichkeit in Avalon gemacht.

»Ich weiß nicht, was ich tun soll«, sagte ich erstickt.

»Ich sehe dir deinen Schmerz an«, antwortete Bedivere leise. »Du hast all die Jahre für ihn gesorgt. Er hat mir erzählt, wie du ihn beschützt und wie ehrenwert du versuchst, Antworten auf sein Leiden zu finden.«

»Er ist mein Bruder«, sagte ich. »Ich bin für ihn verantwortlich.«

»Ja.« Bedivere nickte. »Aber ich habe die letzten Tage mit ihm gearbeitet und erkenne Potenzial in ihm. Ich glaube, mit mehr Zeit kann ich ihm helfen, ein gewisses Maß an Kontrolle über seine Magie zu bekommen, bis der Tag kommt, an dem sein Fluch gebrochen wird.«

Ich war nicht so dumm zu hoffen, doch es fiel schwer, mich nicht an das zu klammern, was er da anbot. *Mehr Zeit.* »Wie?«

»Es sind Furcht und Schmerz, die seine Verwandlungen auslösen«, erklärte Bedivere, »und beide kann man besiegen. Ich werde ihn lehren, was ich über diese Dinge weiß.«

Zögernd blickte ich zurück zu Cabell.

»Du bist schon so lange allein damit«, fuhr Bedivere fort. »Wenn ich dir einiges von der Last nehmen kann, und sei es nur für kurze Zeit, gestatte mir bitte diese Ehre. Ich mag den Jungen, und ich glaube, er möchte das auch.«

Vielleicht sorgte mich genau das. Dass Bedivere der war, der Cabell wirklich half, und nicht ich. Nach Jahren des Versuchens und der Suche.

Ich war gescheitert, aber vielleicht würde Bedivere es nicht.

»Was ist, wenn er sich wieder verwandelt?«, fragte ich. Mein Adrenalinschub war verflogen, und jetzt stürmte die Erschöpfung von allen Seiten auf mich ein. »Was ist, wenn die anderen ihn wegen dem töten wollen, was er getan hat?«

»Ich schwöre dir bei meinem Leben und dem meines Herrn, ich werde nicht zulassen, dass ihm etwas geschieht«, sagte Bedivere, der bei seinem Schwur auf ein Knie sank. »Ich glaube, dass ich die meisten Verwandlungen mit dem bisschen Magie unterdrücken kann, das ich besitze. Das wird die Furcht lindern, die manche hegen.«

Würde es. Die anderen, sogar Caitriona, hörten auf ihn. Sie respektierten ihn. Und sie würden Cabell nichts tun, solange der Ritter da war und Cabells Menschlichkeit verteidigte. Wenn ich uns nicht aus dieser Hölle schaffen konnte, konnte ich ihm wenigstens die beste Chance geben, sie zu überleben.

»Es ist seine Entscheidung«, zwang ich mich zu sagen.

Bedivere neigte den Kopf und fuhr sich mit der Hand über die Brust, während er sich wieder aufrichtete. »Dann spreche ich mit ihm.« Als ich ihm nachgehen wollte, hob er mit entschuldigendem Blick eine Hand. »Ich halte es für das Beste, wenn ich allein mit ihm rede.«

Mein Magen zog sich zusammen, doch ich nickte. Es fühlte sich schrecklich falsch an, jemand anderem den einzigen Menschen anzuvertrauen, der mir wirklich wichtig war. »Seine Wunde ...«

»Um die kümmere ich mich«, versprach Bedivere. »Die anderen werden dich brauchen, um den Hof freizuräumen und sich um die Leichen zu kümmern.«

Benommen verließ ich den Stall. Mir war, als würde mein Körper in sich zusammenfallen, bevor ich den Turm erreichte. Grauer Qualm vermischte sich mit dem Nebel. Als Qualm und Nebel sich lichteten, sah ich Emrys nicht weit weg, das Gesicht sorgenvoll. Er wartete auf mich.

Ich ging zu ihm, weil ich etwas – irgendetwas – anderes fühlen musste als den stechenden Schmerz in meiner Brust und die Kälte auf meiner Haut. Doch als er die Hände hob, als wollte er mich in die Arme ziehen, zwang ich mich dazu, stehen zu bleiben.

Asche rieselte um uns herum zu Boden, verfing sich in seinem Haar. Und da trat eine Hoffnungslosigkeit auf seine Züge, die sogar seine hellen Augen verdunkelte. Schweiß und Blut bewirkten, dass seine Tunika an seiner Brust klebte; und so, wie einige seiner tieferen Schnittwunden aussahen, dürfte diese Nacht seine Narbensammlung vergrößert haben.

Emrys zuckte leicht mit den Schultern, und es arbeitete in seinem Hals, als er angestrengt schluckte. Ein gefährliches Gefühl regte sich in mir, das in seiner Klarheit beängstigend war. Ich wollte ihn genauso dringend trösten, wie ich von ihm getröstet werden wollte. Der Gedanke, so verletzlich zu sein, auch noch vor ihm, machte meine unterschwellige Übelkeit schlimmer. Ich war Tamsin Lark, er war Emrys Dye, und was immer dieser Moment hätte sein können, war vorbei.

»Geht es Cabell gut?«, fragte er vorsichtig.

»Weißt du, wo Caitriona ist?«, erwiderte ich.

Er atmete schwer aus und nickte.

Sie hatten die Toten neben der Schmiede gesammelt. Die Leichen waren so sehr verstümmelt, dass manche nicht einmal mehr als menschlich zu erkennen waren.

Insgesamt waren es zwölf – weniger, als ich befürchtet hatte. Lowri, Betrys und Arianwen arbeiteten zusammen mit einer Handvoll Männer daran, sie auszulegen und in einem letzten Akt von Zärtlichkeit zu waschen. Einige waren schon von weißen Leichentüchern verhüllt.

»Sie müssen die Leichen verbrennen«, sagte Emrys leise und zog mich in Richtung der großen Halle. »Damit sie sich nicht verwandeln können.«

»Sie sollten der Erde zurückgegeben werden, damit sie wiedergeboren werden können. Das steht in den Unvergänglichkeiten.«

»Weiß ich«, antwortete er sanft. »Ich weiß.«

Die Zahl der Verwundeten allerdings ging in die Dutzende. Die meisten waren wieder auf den Beinen, um bei der Versorgung der schwerer Verletzten zu helfen, die auf den langen Tischen lagen. Neve war mit Wasser und Verbänden zwischen ihnen unterwegs. Mari brachte einen Korb mit Kräutern und Instrumenten zu Olwen und blieb dicht bei der Heilerin, als sie sich über einen Mann beugte, der einen Unterschenkel verloren hatte.

Flea saß nahe bei Caitrionas Kopf, als würde sie Wache halten. Sie weinte noch und wischte sich ihre Tränen immer wieder trotzig mit dem Ärmel weg, streichelte Caitrionas blutverkrustetes Haar und ihre verbundene Wange. Erst als die Priesterin flatternd die Lider öffnete, war ich mir sicher, dass sie noch am Leben war.

Es schien undenkbar, dass Caitriona diejenige sein könnte, die diese Finsternis über die Insel gebracht hatte, und dennoch wurde ich den abscheulichen Verdacht nicht los, dass ihre Pläne von Cabells Verwandlung durchkreuzt worden waren.

Aber sie hat ihn nicht getötet, dachte ich, *als sie es eindeutig hätte tun können.*

Das musste doch etwas heißen, oder nicht?

Rhona und Seren standen zu beiden Seiten des Tisches, und Rhona ergriff Caitrionas eine Hand, um sie zu streicheln.

»Von jetzt an wirst du um einiges wilder aussehen«, sagte Seren zu ihr. »Die Narben machen deine herrlich finstere Miene nur noch prächtiger.«

»Es wird einfach unglaublich«, stimmte Rhona zu.

»Wie die Heldinnen von früher«, fuhr Seren fort.

»Und die Gefährten von Sir Bedivere«, ergänzte Rhona.

»Werde ich ... den Arm ... verlieren?«, fragte Caitriona matt.

»Olwen denkt, nein«, antwortete Rhona und verstummte.

»Sagt mir ... alles ...«, verlangte Caitriona.

Die Priesterin mit dem rabenschwarzen Haar seufzte. »Sie ist sich nicht sicher, ob du ihn wieder ganz so einsetzen kannst wie früher, wenn er verheilt ist. Das wird die Zeit zeigen, wie bei allem anderen auch.«

Caitrionas Atem klang rasselnd, als sie die Worte sacken ließ. Es war Flea, die aufblickte, als wir uns näherten.

»Raus hier!«, fauchte sie mich an. »Du gehörst hier nicht hin, hast du nie!«

Auf einmal schauten alle im Saal zu mir, und in mir baute sich ein Druck wie vor einem Sturm auf. Emrys trat näher zu mir. Neve stellte sich neben uns und strich mit den Händen über ihre blutverschmierte Schürze. Tränen waren in dem Ruß und Staub auf ihren Wangen getrocknet.

»Flea, das reicht!«, schalt Seren.

»Ich ...« Mir fehlten die Worte. Als ich zu Caitriona gehen wollte, veränderte Rhona automatisch ihre Position, um mir den Weg zu versperren.

Caitrionas Haar hatte sich aus dem üblichen strammen Zopf gelöst. Blutige Verbände zogen sich von ihrem Gesicht bis zu ihrer zerbissenen Schulter. Sie hatten ihr die zerstörte Rüstung ausgezogen, um die Klauenspuren auf ihrem Oberkörper zu versorgen. Caitriona beobachtete mich aufmerksam.

»Es tut mir leid«, sagte ich zu ihr, und meine Brust fühlte sich beinahe zu eng an, um einen Ton herauszubringen. »Es tut mir so leid.«

»Geht es ... geht es deinem Bruder gut?«, fragte Caitriona.

»Tu das nicht«, sagte ich. »Sei furchtbar zu mir, bitte. Es ist das Einzige, was ich gerade aushalte.«

»Nicht ...«, hauchte sie. »Nicht ... seine ... Schuld.«

Sie blickte zu Flea. Das Mädchen stieß einen empörten Laut aus, doch ihre Unterlippe bebte, als sie mit einem nassen Lappen Blut und Schmutz aus Caitrionas silbernem Haar wusch.

Neve ging näher zu ihnen und kniete sich neben sie. Einiges von der Anspannung in Caitriona löste sich, als sie Neve ansah. Die Finger der blassen, sommersprossigen Hand auf ihrem Bauch krümmten sich.

»Danke, dass du mir das Leben gerettet hast«, sagte Neve zu ihr. »Du warst so mutig.«

Was von Caitrionas Haut zu sehen war, wurde rot. Wir alle gaben vor, es nicht zu bemerken.

Caitriona drückte Rhonas Hand, um deren Aufmerksamkeit auf sich zu lenken.

»Ihr ... Stab ...«, sagte sie schwach, während sie wieder das Bewusstsein zu verlieren drohte. »Hol ihn ... ihr ...«

»Wirklich?«, fragte Neve, die beide abwechselnd ansah. »Bist du dir sicher? Was hat sich geändert?«

Caitrionas Augen schlossen sich, als sie ein einzelnes Wort hauchte: *»Alles.«*

Kapitel 32

Ich wusste nicht, warum ich nicht allen erzählte, was im Tunnel mit mir geschehen war.

Den Rest der Nacht und bis zum Morgengrauen bot sich genug Gelegenheit dazu.

Als ich Mari half, das Blut von den Tischen und Böden in der großen Halle zu wischen.

Als ich an Emrys, Deri und den anderen vorbeikam, die versuchten, den Teil des Hofs neu zu bepflanzen, der bei dem Kampf verwüstet worden war.

Als ich neben dem fast katatonischen Cabell saß und ihn dazu bringen wollte, etwas zu essen.

Während der Bestattungsriten für die Toten, als wir zuschauten, wie ihre Leichen zu Asche wurden und ihre Seelen im Funkenflug aufstiegen.

Ein Teil von mir redete sich ein, dass es bloß eine Halluzination gewesen war, verursacht von Erschöpfung und Stress; ein anderer fürchtete, es könnte etwas Schlimmeres sein. Doch wie sollte ich es anderen erklären, wenn ich es mir selbst nicht erklären konnte?

Am nächsten Morgen fand ich mich vor dem Zimmer wieder, das sich Emrys und Cabell teilten, und legte den kleinen geschnitzten Vogel vorsichtig auf die Türklinke. Stunden später, als es im Turm ruhig geworden war, machte ich mich auf den Weg nach unten zur großen Halle. Emrys war bereits dort, über einen der langen Tische gebeugt. Einen Moment lang beobachtete ich nur seine starken Hände beim Schnitzen.

Er ertappte mich und verkniff sich ein Grinsen, während ich hoffte, dass die spärliche Beleuchtung verbarg, wie ich rot wurde.

»Ich habe deine Nachricht bekommen«, sagte er und steckte das Messer und das kleine Holzstück weg. »Was ist los?«

Nachdem ich Mari bei ihrer Arbeit geholfen hatte, war ich in die Bibliothek gegangen, um Neve bei ihrer Recherche über den Fluch zu unterstützen. Ich hätte die Tatsache genießen sollen, Texte lesen zu können, von denen in der Sterblichenwelt keiner je gehört hatte; stattdessen war in mir nur Hass aufgestiegen, weil sie nutzlos waren.

»Wir müssen hier weg«, sagte ich zu ihm. »Wir müssen einen Weg aus dem Turm und zurück zum Portal finden.«

»Weiß ich.« Er rieb sich übers Gesicht. Seine Erschöpfung war ihm anzusehen.

»Es ist kaum noch Essen für zehn Tage übrig«, erzählte ich ihm. »Und die Kinder können jederzeit wieder angreifen!«

»Weiß ich«, wiederholte er. »Tamsin, ich weiß es.«

Ich setzte mich neben ihn an den Tisch und betrachtete die Statue der Göttin mit wachsender Verbitterung. Nicht nur die Situation war außer Kontrolle – ich war es auch. Meine Emotionen wallten wieder auf, und es wurde immer schwieriger, sie im Griff zu behalten.

Emrys fuhr sich mit einer Hand durch sein kastanienbraunes Haar. Es war zerzauster denn je, die letzten Wochen merklich länger geworden und kringelte sich an den Spitzen.

Mir gefiel es.

Ich zupfte ein kleines grünes Blatt aus den wirren Strähnen und hielt es ins Licht seiner Stirnlampe.

»Salbei«, sagte er reflexartig. »Hilft bei Erkältung und Husten, ist aber auch lecker in einem Eintopf.«

Ich musste unwillkürlich lachen.

Er neigte den Kopf zur Seite und schmunzelte ein wenig. »Wachse ich dir etwa langsam ans Herz, Lerche?«

»Wie eines deiner heiß geliebten Unkräuter«, antwortete ich.

Doch ich wich nicht zurück und er genauso wenig. Die Dunkelheit in diesem Raum, die uns von der Außenwelt abschirmte, ließ uns allzu leicht vergessen, warum wir hergekommen waren.

»Wie wäre es, wenn wir versuchen, die Gestalt im Umhang zu schnappen?«, fragte ich leise. »Wer das auch sein mag. Ich denke, nur so können wir erreichen, dass uns alle glauben, und so können wir ein für alle Mal herausfinden, ob die- oder derjenige wirklich die Kinder kontrolliert.«

Er grinste. »Du kennst mich. Ich kann einem Spiel nicht widerstehen, und sei es auch nur simples Verstecken.«

Also machten wir uns ans Werk. Wir erkundeten den Turm und die Mauern, bis wir endgültig zu erschöpft waren und uns wenige Stunden Schlaf gönnten. Am nächsten Morgen lag der kleine Vogel wieder vor meiner Tür und den Tag darauf stellte ich ihn zurück vor Emrys'. Es war dieselbe Botschaft, und unsere Hoffnung war so zart wie seine Federn. *Heute Nacht? Heute Nacht.*

Unsere gemeinsamen Erkundungstouren hatten etwas unerwartet Tröstliches. Manchmal unterhielten wir uns flüsternd über Dinge, die wir tagsüber gesehen hatten: Er brachte mich auf den neuesten Stand zu den Pflanzarbeiten, und ich erzählte ihm, was ich Interessantes gelesen hatte, wenn ich mit Neve in der Bibliothek war. Wir sprachen sogar über frühere Hollower-Jobs.

Doch hauptsächlich schwiegen wir, und die Stille war von der Sorte, die nicht mit nervösem Geplapper gefüllt werden wollte. Da war nur das Wissen, dass wir nicht allein waren.

Der Rhythmus unserer Tage erinnerte mich daran, wie ich als Kind schwimmen gelernt hatte. Jeden Nachmittag, wenn das graue Licht schwand, holten wir ein letztes Mal tief Luft, bevor wir in die Dunkelheit und das, was sie uns bringen würde, eintauchten. Während alle anderen schliefen, zogen wir durchs Ungewisse, bis wir mit dem ersten Licht wieder auftauchen mussten.

In unserer dritten Nacht kam ich früher als geplant in die große Halle, und Emrys war nicht da.

Nur ein wenig Holzspan lag auf dem Boden unter seinem üblichen Platz am Tisch. Und eine dünne Spur führte zur verborgenen Tür, die achtlos einen Spalt weit offen gelassen wurde.

Er ist ohne mich vorgegangen.

Der Gedanke versetzte mir einen Stich. Dabei wusste ich nicht einmal, warum es mich überraschte. Emrys mochte einen Waffenstillstand ausgerufen haben, aber das hier war trotzdem keine Partnerschaft. War es nie gewesen und würde es nie sein. Eindeutig hatte er etwas gefunden, das er nicht mit mir teilen wollte.

Unsinnig bewegten sich meine Gedanken im Kreis, als ich durch die Tür schlüpfte und sie hinter mir schloss.

Meine Taschenlampe hatte ich nicht dabei, doch ich kannte den Weg die Stufen hinunter und über die Wurzeln gut genug, um ohne auszukommen. Langsam passten meine Augen sich an die Dunkelheit an, was sich bald als unnötig erwies. Weiter vorn bog der Kegel von Emrys' Stirnlampe um die Ecke.

Ich folgte ihm mit schnellen Schritten. Ein- oder zweimal war ich versucht, ihn zu rufen, damit er wusste, dass er mich nicht reinlegen konnte, bremste mich jedoch.

Ich wollte vor allem herausfinden, was er hier unten machte, von dem er nicht wollte, dass ich es sah.

Anstatt den langen Gang hinunter zu der Kammer mit dem Geheimgang zu gehen, schlug Emrys den Weg in den von Wurzeln überwucherten Gang ein. Vorsichtig streckte er eine zitternde Hand nach ihnen aus, und diesmal griffen sie nicht nach ihm, sondern wichen zurück, um ihn in ihre Tiefen einzuladen.

Er betrat den Gang, und hinter ihm verflochten sich die Wurzeln wieder neu.

Mir entfuhr ein erstickter Laut, als ich losrannte und mich zwischen den Wurzeln hindurchdrängte. Ihre raue Rinde rieb an mir und drückte von allen Seiten auf mich ein. Sie verwoben sich um mich herum und blockierten den Weg. Die Sicht auf Emrys wurde immer kleiner, als sich die lebendige Wand zwischen uns schloss, und einen entsetzlichen Moment lang fürchtete ich, die Wurzeln würden mich zerquetschen.

»Emrys!«, rief ich.

Eine Wurzel schlang sich um meinen Hals, spannte sich an – und lockerte sich wieder. Knarzend verdrehten und hoben sich die Wurzeln, um einen geschockten Emrys zu enthüllen. Ich preschte nach vorn, kollidierte mit ihm, und er fing mich mit einem erschrockenen Ächzen auf.

»Was tust du hier?«

»Was ich hier tue?«, wiederholte ich atemlos. »Was machst *du* hier? Ich dachte, wir …«

Nein, die Worte brachte ich nicht über die Lippen, auch wenn sie mir in der Kehle steckten. *Ich dachte, wir machen das zusammen.*

Er schüttelte den Kopf, und erst jetzt bemerkte ich, dass er benommen aussah, genau wie in der ersten Nacht, in der er mich zu den Gängen geführt hatte. »Es ist nur … ich hatte etwas gehört …«

»Du hörst dauernd irgendetwas, oder?«, fragte ich. »Der Mutterbaum muss täglich ohne Ende mit dir reden.«

»Nein«, sagte er. »Nein, ich habe eine Stimme gehört. Eine Männerstimme.«

Ich presste die Lippen fest zusammen, neigte meinen Kopf zur Seite und betrachtete die dunklen Schatten unter seinen Augen. »Hast du überhaupt geschlafen, seit wir hier sind?«

Emrys antwortete nicht, sondern führte mich weiter. Dabei streckte er eine Hand vor, und die Wurzeln, die sich vor uns verschlungen hatten, zogen sich zurück.

Der Schein seiner Stirnlampe schwenkte durch den Gang. Boden und Wände waren von Brandspuren vernarbt, und teils fehlten Steine, als hätte hier ein heftiger Kampf stattgefunden. Weiter vorn endete der Gang abrupt an einer gewölbten Masse Holz.

»Ist das …«, begann ich.

»Ein Teil vom Mutterbaum?«, beendete Emrys meinen Satz und trat einen Schritt vor. »Ich denke, ja.«

Wir wechselten einen kurzen Blick, dann näherten wir uns ihm. In der Mitte tat sich die Rinde auf und nahm langsam Form an. Zwei Hände, die nach außen drückten, als wollten sie verzweifelt entkommen. Ein verdrehter Torso und etwas, das ein Kopf sein könnte.

»Ich habe ja schon einige gruselige Sachen gesehen«, sagte ich. »Aber das hier könnte glatt deren Albträumen entsprungen sein.«

Emrys ging einen Schritt näher.

Und das Ding öffnete seine Augen.

Rindenflocken fielen zu Boden, als es – die Kreatur, das Monster, was auch immer – versuchte, sich zu uns zu drehen.

Ich griff nach Emrys' Arm, um ihn zurückzuziehen. Doch er rührte sich nicht, schien nicht einmal zu atmen.

Das Ding öffnete den Mund mit einem abscheulichen Knacken, und glänzende Käfer quollen durch zähes Harz aus dem Spalt heraus. Ich drängte mich näher an Emrys und beobachtete entsetzt, wie die Insekten um uns herumkrabbelten.

»Wer … kommt … da …?«, knarzte die Kreatur. *»Wer … sucht … das Wissen … der alten Zeit …?«*

Keiner von uns sagte etwas.

»Einer, der sucht, was … vergessen … bleiben muss …«, fuhr das Wesen fort. *»Und einer, dessen Herz … er gestohlen …«*

Mir wurde heiß, und ich trat einen Schritt weg von Emrys. »Keiner hat Zeit für bescheuerte Rätsel.«

»Wer bist du?«, fragte Emrys.

»Ich bin einer von dreien … dreien, die schlafen … aber nicht träumen …«, redete die Kreatur weiter und fixierte mich mit beängstigend menschlichen Augen. *»Einer, der stirbt und doch noch leben könnte … einer, der lebt, doch sich nach dem Sterben sehnt … und einer, der zurückgelassen wurde, wartend …«*

»Zurückgelassen?«, wiederholte ich. »Sprichst du von einer Zauberin? Oder einem Druiden?«

»Wenn die Wege zu Eis werden … wenn die Welt erbebt und Blut weint … wenn die Sonne von Dunkelheit verschlungen wird«, knarzte sie und schloss die Augen wieder, *»werden die Welten von der Ankunft singen, die Ketten des Todes gesprungen … neue Macht in Blut geboren …«*

Emrys erstarrte. »Was zum Höllenfeuer soll das heißen?«

»Wenn die Sonne von Dunkelheit verschlungen wird …« Die

Erinnerung war sofort wieder da, und ich verstand. »Wie das, was in Tintagel passiert ist?«

Und die Berichte über zugefrorene Straßen in England, bevor ich nach Tintagel aufgebrochen war.

»Was meinst du mit den gesprengten Ketten des Todes?«, fragte ich.

»Sie tat dies ...«, antwortete die Kreatur pfeifend. *»Sie glaubte ... Herrin über den Tod zu sein ... und wurde stattdessen seine Dienerin.«*

»Wer?«, fragte ich.

»Es ist Schicksal ...«, raspelte sie kaum lauter als ein Flüstern, *»aber was ist das Schicksal, wenn nicht ein unerwünschter Handel ... mit Zeit ...?«*

Die Kreatur verstummte.

Emrys sprang hin und versuchte, sie mit einer Berührung zu wecken. »Wer bist du? *Was* bist du?«

Die Wurzeln krochen wieder über den Boden, knarzten und knackten widerstrebend. Ich wirbelte herum und entdeckte eine Gestalt im Schatten hinter uns. Sie hob eine Kerze näher an ihr Gesicht.

Bedivere.

»Wenn wir schon beim Fragen sind«, sagte er, »könnt ihr zwei mir vielleicht im Gegenzug verraten, was ihr hier unten macht.«

Kapitel 33

Es verging eine kleine Weile, bis mein Herz wieder normal zu schlagen begann, doch selbst dann wollte mir keine gute Lüge einfallen.

»Wir haben eine Stimme gehört und sind ihr nachgegangen«, antwortete Emrys gelassen.

Gut. Das war gut. Und rein technisch auch wahr.

Der Ritter verschränkte die Arme vor der Brust. »Ich nehme an, es hat nichts mit euren nächtlichen Erkundungen des Turms zu tun, wenn alle anderen schlafen? Beleidigt mich nicht mit Unwahrheiten – dein Bruder hat es mir erzählt.«

Dein Bruder hat es mir erzählt. Die Worte waren wie ein Messer zwischen meinen Rippen. Unwillkürlich ballte ich die Fäuste. Cabell hätte keinen Grund, ihm das zu sagen. Unser Vertrauen zu missbrauchen.

»Sucht ihr nach einem Weg aus dem Turm, wie er behauptet?«, fragte Bedivere. Es mochte an den Schatten in dem Tunnel liegen, aber seine Miene bekam etwas Hässliches, als wäre er angeekelt von uns. Von unserer Feigheit.

Ich war fassungslos.

Cabell hat es ihm tatsächlich erzählt. Mir war nicht bewusst gewesen, dass sie sich dafür nahe genug standen.

»Hallo?«, rief eine Stimme in den Tunnel. »Wer ist da?«

»Hier ist Bedivere, Mylady Olwen«, antwortete Bedivere.

Kurz darauf erschien die Priesterin, die vorsichtig durch das Wurzellabyrinth trat. Sie blickte uns nacheinander an. »Ich habe die offene Tür gesehen … Was geht hier vor?«

»Ich habe unsere Gäste beim Herumschleichen angetroffen, und bin eben im Begriff, mir ihre Erklärung anzuhören«, antwortete Bedivere.

Olwen seufzte tief. »Dann kümmere ich mich jetzt darum. Danke, Sir Bedivere.«

»Meine Liebe …«, hob er an.

Doch sie hielt eine Hand in die Höhe. »Schon gut. Sie wollen nichts Böses, und ich glaube, Ihr werdet bei der Wache gebraucht.«

Der alte Ritter zögerte, nickte aber schließlich und ging den Weg zurück, den Olwen gekommen war. Die Priesterin wartete, bis seine Schritte in der Ferne verklungen waren, ehe sie sprach.

»Also.« Sie stemmte die Hände in die Hüften. »Was im Namen der Mutter glaubt ihr eigentlich, dass ihr hier tut?«

Schließlich erzählten wir ihr alles.

Ich hatte es nicht vorgehabt, und Emrys wohl ebenso wenig. Doch je länger Olwen uns anschaute, als hätten wir sie verraten, desto dringender wollten wir diesen Eindruck widerlegen.

»Ich soll also glauben«, sagte sie, »dass ihr zwei jemanden verdächtigt – möglicherweise Caitriona –, die Kinder der Nacht erschaffen zu haben, und keiner von euch ist auf die Idee gekommen, es jemandem zu erzählen?«

»Wir haben es Neve und Cabell erzählt«, erwiderte ich hilflos.

Olwen schüttelte den Kopf. »Kommt mit, ihr Tölpel.«

Sie führte uns durch den Tunnel. Die Wurzeln, die den Boden bedeckten, zogen sich auf ihr missbilligendes Zungenschnalzen hin zurück wie schuldbewusste Welpen.

»*Das*«, sagte sie und zeigte zu dem Wurzelgewirr hinter uns, »war Merlin, mit dem ihr gesprochen habt.«

»Merlin?«, wiederholte ich und war selbst erstaunt, wie schockiert ich war. »Aber ich dachte ... war er nicht ein Druide? Warum wurde er während des Bruchs nicht mit den anderen umgebracht?«

»Oh, versucht haben sie es schon«, antwortete Olwen und ging schneller. »Er war einst der Mächtigste von dem ganzen Haufen, der mit den drängendsten Prophezeiungen und eindrucksvollsten Weisheiten, an denen er großzügig alle teilhaben ließ. Er duellierte sich mit Morgana, aber bevor sie ihn töten konnte, verband er seinen Körper mit dem des Mutterbaums, um sein Überleben zu sichern, wohl wissend, dass sie dem Mutterbaum niemals Schaden zufügen würde.«

»Er schien ...« Emrys suchte nach dem richtigen Wort.

»Seit er eins mit dem Baum geworden ist, ist die Magie ungezähmter«, sagte Olwen. »Das meiste, was er heute von sich gibt, ist unsinniges Gebrabbel. Lasst euch davon nicht beunruhigen.«

»Aber er hat gesagt, dass es drei wie ihn gibt«, beharrte ich. »Drei, die schlafen. Neben ihm wäre da noch König Artus, der zwischen Leben und Tod gehalten wird, aber wer ist der dritte?«

»Wenn es noch einen verzauberten Schlafenden auf der Insel geben würde, wüssten wir es«, antwortete Olwen. »Wie gesagt, der denkende Teil von ihm ist vor Jahrhunderten verschwunden. Jetzt rührt er Träume zu Unsinn zusammen. Die *Ketten des Todes* sind ein wiederkehrendes Thema davon, und mit jedem Erzählen verändert sich die Geschichte.«

Ich holte tief Luft und sah Emrys an. Er schien mit Olwens Erklärung zufrieden. Ich war es nicht.

»Er redete davon, dass *sie* versuchte, den Tod zu beherrschen, aber stattdessen zu seiner Dienerin wurde«, sagte ich. »Könnte das nicht die Person hinter dem Fluch von Avalon sein? Warum bist du so sicher, dass es nicht Caitriona ist?«

»Oh, ihr Narren.« Olwen schüttelte den Kopf. »Folgt mir.«

Anstatt zurück zur großen Halle zu gehen, brachte Olwen uns auf dem bereits vertrauten Weg zur Kammer der aufgegebenen Objekte. Kopfschüttelnd murmelte sie etwas vor sich hin, als sie die massiven Türen öffnete.

Wir gingen zu der verborgenen Tür im Knochenraum, als sie herumwirbelte und uns beide streng ansah.

»Seid gewiss, dass ich euch das niemals zeigen würde, ginge es nicht darum, die Unschuld meiner Schwester zu beweisen«, erklärte sie. »Und sollte ich auch nur eine Andeutung hiervon oben vernehmen, gibt es für euch beide Schierlingstee!«

Als sie sich wieder umwandte, um auf die weißen Steine zu drücken, neigte Emrys sich zu mir. »Schierling ist ...«

»Giftig«, unterbrach ich ihn. »Ja, schon kapiert.«

Die Steine fuhren zurück, sodass wir zur Treppe gelangten. Wir stiegen schweigend hinauf, bis wir es auf den letzten Stufen hörten.

Ein Lied.

Angestimmt von einer rauen, hoffnungslos klingenden Stimme, die ebenso sehr flehte, wie sie sang. Die Härchen auf meinen Armen richteten sich auf, als ich die gebrochenen Worte und das Schluchzen hörte, das die Sprache der Göttin von einem Gebet in einen Klagegesang verwandelte.

Neben mir schluckte Emrys so angestrengt, dass sein Adamsapfel hüpfte. Caitrionas unverhohlene Gefühle waren unerträglich. Olwen stand eine Stufe unter uns und machte es mir unmöglich, mich abzuwenden.

Du wirst dir das anhören, sagte ihr Blick.

Wenige Momente später gab sie nach, und wir folgten ihr die Stufen zurück nach unten in die Kammer.

»Caitriona kommt jede Nacht, in der sie es schafft, hierher zum Mondscheingebet, wie es ihre Rolle als Hohepriesterin vorsieht. Damit dankt sie der Göttin für ihre Segnungen und bittet um Schutz für den kommenden Tag«, sagte Olwen. »Ihr habt das innere Heiligtum des Turms gefunden, das allen außer den Neun verborgen ist. Nun, euch beiden und Neve und Cabell wohl nicht mehr.«

»Es bleibt geheim«, versprach Emrys.

»Ich weiß, dass Cait so unbeugsam wie ihr Schwert erscheinen kann – dass sie mit ihren Worten bisweilen direkt ins Herz trifft, anstatt hübsche Worte zu benutzen, um den Schlag abzumildern«, sagte Olwen. »Aber versteht bitte ihre Stellung. Sie trägt die Verantwortung für unser Leben hier, und alles entgleitet uns, ganz gleich, wie sehr sie darum kämpft, uns zu retten. Sie empfindet jeden einzelnen Tod als ihr Versagen.«

Das Schuldgefühl sorgte für einen sauren Geschmack in meinem Mund. Ich fragte mich, ob es jedes Mal dasselbe war, wenn sie nachts herkam – ob hier der einzige Ort war, an dem Caitriona sich gestattete, ihren Schmerz zu zeigen. Bisher hatte ich geglaubt, sie würden sich selbst belügen, was ihre Lage anging, und das als ein Zeichen von Schwäche gewertet. Aber die Stärke, die es erforderte, jeden Tag einfach durchzustehen, ohne zusammenzubrechen, war beinahe unvorstellbar.

»Was ist mit den Skulpturen?«, fragte Emrys. »Und dem Kessel und den Käfigen?«

Die Steine hinter uns zogen sich zurück, und Caitriona erschien, die mit der unverletzten linken Hand ihre Kapuze abzog. Sie erstarrte, als sie uns sah, und alles an ihr schien sich zum Kampf anzuspannen.

»Wir haben hier einige neugierige Mäuse in den Gängen«, sagte Olwen zu ihr.

»Ihr wart das neulich Nacht, oder?«, fragte Caitriona heiser. »Ich wusste doch, dass ich Rauch gerochen habe. Es gibt Geheimnisse, die nicht für euch bestimmt sind. Ihr hattet kein Recht herzukommen!«

»Wir hatten jedes Recht, als wir – aus gutem Grund, möchte ich ergänzen – annahmen, dass ihr uns Dinge verheimlicht«, erwiderte ich.

»Stellst du unsere Ehre infrage?«, fragte Caitriona.

»Keiner zweifelt deine Ehre oder deine Ehrlichkeit an, aber sie haben alles gesehen«, sagte Olwen. »Alles. Und selbst du musst zugeben, dass es sehr finster wirken kann.«

Caitriona holte tief Luft und resignierte merklich. »Hast du es noch in der Krankenstation?«

»Ja«, antwortete Olwen. »Aber ich bin noch nicht fertig damit.«

»Es?«, fragte Emrys, der beide abwechselnd ansah.

Caitriona ging auf die großen Eichentüren zu. »Kommt mit, dann erkläre ich es euch.«

Wir waren nicht die Einzigen, die mit Olwen reden wollten. Neve war bereits in der Krankenstation und ging dort auf und ab. Ein dicker Wälzer, *Rituale des Reichs,* lag neben einem kleinen Aufsteller mit Flaschen und Ampullen auf Olwens Arbeitstisch. Kerzen flackerten um Neve herum.

Auf das Ächzen der sich öffnenden Tür hin sprang Neve nach vorn. »Olwen, warum hast du nicht – Moment mal, was ist hier los?«

»Dir auch einen guten Abend, Neve«, erwiderte Olwen trocken. »Was für ein glücklicher Zufall, dass du schon hier bist.«

Neve sah Emrys und mich an, dann überrascht zu Caitriona, die fest die Tür hinter sich schloss.

»Komm raus, Flea«, sagte Caitriona.

Neve zuckte zusammen, als das Mädchen unter einem der tieferen Regale hervorkam.

»Wie lange bist du schon da?«, fragte Neve, eine Hand an ihrer Brust.

»Lange genug, um dein Gemurmel mitzukriegen, wie du versucht hast, deinen Mut zusammenzunehmen«, antwortete Flea und schaute die ältere Priesterin verärgert an. »Du kannst mich nicht gesehen haben, Cait!«

»Nein, habe ich auch nicht«, bestätigte Caitriona. »Aber Betrys hat sich bei mir beklagt, dass einer ihrer Gebetssteine verschwunden ist, zufällig zur selben Zeit, als du dich aus dem Unterricht bei ihr geschlichen hast.«

Das Mädchen schob die Unterlippe vor und verschränkte die Arme vor der Brust. »Das war ich nicht.«

»Müssen wir das jeden Abend machen, Flea?«, fragte Caitriona, deren Erschöpfung durchschimmerte.

»Nur, weil du mich dazu zwingst«, konterte Flea.

»Leer deine Taschen aus und beweise, dass dein Wort etwas wert ist«, forderte Caitriona sie auf.

Flea ließ schmollend den Kopf hängen. »Ich gebe ihn zurück.«

»Danke«, sagte Caitriona. »Tu es bitte jetzt und entschuldige dich bei ihr. Das ist keine höfliche Art, jemanden zu behandeln, schon gar nicht deine Schwester.«

»Aber ...«, hob das Mädchen an.

»*Jetzt,* Flea«, sagte Caitriona und öffnete ihr die Tür.

Flea sah ein letztes Mal zu mir, und da war ein kleines, selbstzufriedenes Grinsen, doch sie tat, wie ihr geheißen. Caitriona schloss wieder die Tür hinter ihr. Ihre Schultern sackten ein, und sie lehnte sich von innen an die Tür.

»Ich weiß, was ich hier tue«, sagte Neve, die uns alle der Reihe nach anschaute. »Aber was macht ihr hier?«

»Wir sollen gleich eine überfällige Erklärung bekommen«, antwortete ich und hockte mich auf die Kante des Arbeitstischs.

»Dann seid ihr also beim Herumschnüffeln erwischt worden?«, fragte Neve.

»Das verdreht die Ereignisse des heutigen Abends über Gebühr ins Negative«, entgegnete Emrys.

»Wo soll ich anfangen?«, fragte Olwen. »Vielleicht mit den Knochenskulpturen, wie ihr sie nennt?«

»Meinetwegen«, antwortete ich.

Olwen bückte sich und hob einen zerschlissenen Stoffvorhang vor ihren unteren Regalen an. Sie holte einen Korb hervor und stellte ihn neben mir auf den Tisch. Darin war eine der Skulpturen, in mehrere Leinenschichten gehüllt.

Bei dieser bildete ein umgedrehter Schädel die Basis, von dem lange, dünne Knochen ausgefächert waren wie Blütenblätter einer großen und furchtbaren Blume. Neve schnappte nach Luft, und es war unmöglich zu sagen, ob sie erschrocken oder entzückt war. Sie beugte sich vor, um die Gravuren zu studieren.

»Darf ich?«, fragte Caitriona leise.

Neve trat zurück, sodass Caitriona die Skulptur aufnehmen und auf ein Holzpodest voller Wachstropfen stellen konnte. Olwen reichte ihr eine kleine Kerze, die Caitriona behutsam hineinstellte. Der Docht flammte auf, als sie mit der Hand darüberstrich.

Sie glitt mit den Fingern über den Rand des Podests, und ein Nebelfaden erschien, der sich um das Podest wickelte und oben verwirbelte. Die Flamme in dem Schädelknochen flackerte wild und warf unruhige Schatten und leuchtende Sigillen an die Wände.

»Unsere Erinnerungen wohnen in unserem Geist, aber auch in unserem Blut und unseren Knochen«, erklärte Olwen. »Stirbt ein alter Druide, wird aus seinen Gebeinen ein solches Gefäß gemacht, damit seine Erinnerungen erhalten bleiben und noch lange Zeit zurate gezogen werden können. Ist es geformt und graviert, wird es in den Kessel gelegt, den ihr gesehen habt, um ihn mit mehr Erinnerungen und Magie anzureichern. Dies ist das Gefäß unserer Hohepriesterin Viviane.«

»Es wurde von dem letzten Nachfahren der Druiden gefertigt«, ergänzte Caitriona. »Und dank der Gnade der großen Mutter lehrte er uns, wie man ein solches Gefäß nutzt, nur Tage vor seinem gewaltsamen Tod.«

Ich drehte mich zu den Sigillen um, die überall leuchteten. »Diese Symbole … sind anders als die Sigillen, die Zauberinnen benutzen. Was bedeuten sie?«

»Leider habe ich nicht die geringste Ahnung. Es ist die Magiesprache der Druiden«, antwortete Olwen. »Sie haben die Skulpturen und den Kessel hergebracht, als sie die Sterblichenwelt verließen.«

»Dann sind die Knochen in den Skulpturen von Druiden?«, fragte ich.

»Ja«, sagte Caitriona. »Wir haben sie aufbewahrt, weil sie wichtige Erinnerungen an die Insel und eure Welt enthalten.«

»Aber Vivianes ist das einzige Gefäß von einer Priesterin«, folgerte Emrys.

»Ja«, bestätigte Olwen, deren Augen einen sanften Ausdruck annahmen, als sie die Skulptur ansah. »Es ist nicht so fein gearbeitet wie die anderen, weil ich befürchtet habe, mehr von ihren Gebeinen könnte das Gefäß in eines der Kinder verwandeln.«

Neve beugte sich wieder über das Gefäß, sodass ihr Schatten einiges von den flackernden Lichtern verdeckte. »Wie funktioniert solch ein Gefäß?«

Olwen antwortete mit einer Gegenfrage: »Was möchtest du Viviane über ihr Leben fragen?«

»Weiß ich nicht ... wie sie Hohepriesterin wurde?«, sagte Neve.

»Schließt eure Augen«, wies Olwen uns an. »Ihr alle.«

Als wir es taten, begann sie zu summen, was zu einer Sprache wurde, die ich noch nie gehört hatte. Es war ein tiefer, kehliger Ton, der aus den Tiefen der uralten Erde zu kommen schien, nicht aus dem Mund einer jungen Frau. Ein Schauer lief mir über den Rücken, als in meinem Kopf ein Bild entstand.

Eine junge Frau, schön wie Mondlicht, erwachte aus dem Schlaf wie in einer Trance und sang ein Lied, das sie selbst erschaffen hatte. Ihr Bild schimmerte in milchiger Helligkeit, als sie an ihren schlafenden Eltern vorbei und zur wartenden Tür ging. Draußen wartete ein smaragdgrüner Wald, dessen Bäume sich vor ihr verneigten ...

Mit einem stummen Aufschrei öffnete ich die Augen. Emrys und Neve blieben noch einen Moment länger in der Erinnerung, bevor sie zu mir in die Gegenwart zurückkehrten.

»Wir nennen das Bezeugen einer Erinnerung *widerhallen*«, erklärte Olwen. »Und obwohl viele unserer Riten schriftlich festgehalten sind, befragen wir die Vergangenheit manchmal durch Erinnerungen.«

»Ich schätze, ihr habt das Gefäß schon nach Erinnerungen an einen möglichen Fluch auf dem Land gefragt?«, sagte Neve.

»Ich habe all ihre Erinnerungen um die Zeit des Bruchs herum untersucht«, antwortete Olwen. »Und auch alle, die mit Morgana zusammenhängen, aber leider vergebens. Sie war diejenige, die den Aufstand gegen die Druiden anführte, und ich dachte, sie könnte Viviane etwas über die Druidenmagie erzählt haben.«

»Alles, was Morgana gewusst haben könnte, ist mit ihr gestorben«, sagte Caitriona verächtlich. »Sie hatte der Göttin und ihren Schwestern den Rücken gekehrt.«

»Sie war eine Heldin, weil sie verhindert hat, dass die Druiden Avalon übernahmen«, erwiderte Neve. »Dafür sollte man sich an sie erinnern.«

»Bitte«, unterbrach Olwen und hob die Hände zwischen den beiden. »Lasst mich ausreden.«

Caitriona und Neve blickten stur zu entgegengesetzten Seiten des Raums.

»Nachdem sie Merlin beinahe vernichtet hatte, wurde Morgana in der letzten Schlacht von einem anderen Druiden getötet«, erzählte Olwen. »Sie starb in Vivianes Armen. Unscre Hohepriesterin hat sich nie richtig von jenem furchtbaren Tag erholt – sie und Morgana hatten einander geliebt, müsst ihr wissen.«

Ich nickte. Dunkle Magie war schon weniger Schrecklichem entsprungen.

»Unser Problem ist«, fuhr Olwen fort, »dass dem Gefäß mehrere Jahre Erinnerungen fehlen, einschließlich der an die Schlacht zwischen den Zauberinnen und den Druiden. Die letzte Erinnerung, die wir vor dem Kampf haben, ist ein Streit von ihr mit Morgana.«

Olwen blies die Kerze aus. Nachdem sie die Kerze zur Seite gelegt hatte, drehte sie das Gefäß vorsichtig auf den Kopf. Am Boden war ein gezacktes Loch in dem Schädel, das teils mit Wachs verstopft war.

»Wann ist das passiert?«, fragte Neve.

»Ich weiß bloß, dass es schon so war, als wir es erhalten haben«, antwortete Olwen.

»Also lässt sich nicht sagen, ob das Gefäß versehentlich von der inzwischen toten Person beschädigt wurde, die es gemacht hat, oder absichtlich von jemandem, der nicht wollte, dass diese Erinnerungen abgerufen werden«, sagte ich.

Die anderen sahen mich an und waren unterschiedlich stark erschrocken.

»Erzählt mir bitte nicht, dass ich als Einzige auf den Gedanken gekommen bin«, meinte ich. »Merlin erwähnte eine *Sie,* die den Tod beherrschen wollte, was für mich wie eine ach so rätselhafte Formulierung klingt, dass jemand versucht hat, die Todesmagie der Druiden zu lernen. Caitriona mag nicht die sein, die die Kinder kontrolliert …«

Die Priesterin schien geradezu anzuschwellen vor Wut. »Ihr habt gedacht, *ich* kontrolliere sie?«

»Haben wir«, bejahte ich.

»Entschuldigung«, ergänzte Emrys.

»Ich habe das nicht gedacht«, korrigierte Neve.

Caitriona schaute nur kurz hinüber zu ihr und gleich wieder weg. Dann schüttelte sie den Kopf und holte tief Luft.

»Wie ich euch schon gesagt habe: Merlin gibt kaum mehr als leeres Gerede von sich«, erklärte Olwen. »Er könnte sich auf Morgana bezogen haben, die letztlich bei dem Versuch gestorben ist, die Druiden zu besiegen.«

»In der letzten Erinnerung des Gefäßes an jene dunkle Zeit sagt die Hohepriesterin Viviane zu Morgana, dass es keine stärkere Magie als die des Todes gibt«, sagte Caitriona und wandte sich zu Neve. »Ihr mögt sie für feige halten, aber Viviane hat von ganzem Herzen geglaubt, dass ein Kampf gegen die Druiden aussichtslos wäre.«

»Und wie konnten sie dann überleben?«, fragte Emrys, der sich das Gefäß wieder näher anzusehen schien. »Wie konnten die Zauberinnen die Druiden besiegen?«

»Das wissen wir nicht genau«, sagte Olwen. »Die Zauberinnen konnten sie, obwohl die Druiden zahlenmäßig überlegen waren, mit Leichtigkeit schlagen, als könnten die Druiden nicht schnell genug auf ihre Todesmagie zurückgreifen, um sie abzuwehren. Das, oder es war schlicht die Kraft weiblichen Zornes.«

»Eine wahrhaft mächtige Kraft«, sagte Emrys und ergänzte auf meinen Blick hin: »Was? Das meine ich ernst.«

»Ich habe noch eine Frage«, sagte Neve. »Wie ihr jetzt wisst, glauben Tamsin und Emrys, dass die Kinder der Nacht von jemandem gesteuert werden, der noch in Avalon lebt. Es kann nicht Merlin sein, der sie geschaffen hat ... oder?«

»Nein«, antwortete Caitriona. »Der Mutterbaum ist zu mächtig, um von einem schwachen Mann übertrumpft zu werden.«

»Aber wir haben ein Druidensymbol gesehen«, wandte ich ein.

»Falls du die Käfige im Tunnel meinst, kann ich dir versichern, dass es auch für die eine Erklärung gibt«, sagte Olwen. »Und die ist weit weniger finster, als du zu denken scheinst.«

»Ich höre«, sagte ich.

»Die ersten Kinder wurden gefangen genommen und außer Sicht festgehalten, um keine Angst auszulösen«, erklärte Caitriona. »Die Hohepriesterin Viviane versuchte mit allen Mitteln, sie zurück in die Menschen zu verwandeln, die sie gewesen waren.«

Emrys verschränkte die Arme vor der Brust. »Warum hatte sie versucht, ihre Seelen von den Körpern zu trennen?«

»Als Viviane begriff, dass unsere Magie sie nicht in ihre ursprüngliche Form zurückverwandeln konnte«, antwortete Caitriona und nahm eine angriffslustige Haltung ein, »griff sie zu dem, was sie über die Todesmagie der Druiden wusste, um ihre Seelen aus den monströsen Fesseln zu befreien und an die Göttin zurückzugeben.«

Das hat sie euch vielleicht erzählt, dachte ich, *aber dadurch wird es nicht wahr.*

»Und ihr seid sicher, dass das fehlende Schädelstück nicht mit dem Rest von ihr begraben wurde?«, fragte Neve.

»Nein«, sagte Caitriona. »Als sie ... als sie ...« Sie holte tief Luft und sah uns an. »Als Viviane getötet wurde, mussten wir ihren Körper verbrennen, damit sie keines von den Kindern wurde.«

Olwens sichtliche Trauer war erschütternd; der Schmerz über den Tod der Hohepriesterin musste für sie wie eine Klinge in ihrem Herzen sein, und dass sie die Leiche verbrennen mussten, statt sie in der Erde zu begraben, damit sie zu ihrer Göttin kam und das Leben neu beginnen konnte, machte es umso schlimmer.

Für die Neun war die Hohepriesterin Viviane vollständig zerstört worden und ihre Seele auf immer verloren.

»Ich weiß, Olwen hat uns erklärt, dass Blut Erinnerungen enthalten kann«, sagte ich zu Caitriona. »Und was wir dich im Knochenraum tun gesehen haben, ergibt jetzt einen Sinn. Aber wenn niemand mehr ein Gefäß fertigen kann, warum schneidest du dir jeden Abend in die Hand und lässt das Blut in einen unheimlichen großen Kessel tropfen?«

Bei ihrer Antwort wirkte sie weniger selbstsicher als sonst. »Ich glaube, dass ein anderer kommen wird, der Gefäße machen kann, mit dem heiligen Wissen geboren. Der Kessel wird mein Wissen bis zu dem Tag bewahren, an dem mein Gefäß gefertigt wird, und was wir erlebt haben, wird nicht vergessen.«

»Aber eines verstehe ich immer noch nicht.« Nachdenklich benetzte ich meine spröden Lippen. »Ihr wart euch so sicher, dass die Zauberinnen hinter dem Fluch stecken. Seid ihr nie auf die Idee gekommen, dass Druiden dafür verantwortlich sein könnten, wenn du dein Blut in einen Kessel mit Silber von exakt der gleichen Farbe wie den Knochen der Kinder gibst?«

Caitriona reagierte sichtlich gereizt. »Da ist kein Silber in dem Kessel!«

»Hast du vergessen, dass Emrys und ich es mit eigenen Augen gesehen haben?«, erwiderte ich.

Olwen runzelte die Stirn. »Nein, Tamsin, Cait hat recht. Der Inhalt des Kessels, falls es ihn gibt, ist für das Auge unsichtbar. Sogar unser Blut verschwindet in Dunkelheit.«

Sämtliche Alarmglocken schrillten in meinem Kopf, und mir lief ein Schauer über den Rücken. Der Arbeitstisch knarzte unter mir, als ich mich zu Emrys umwandte.

»Der war nicht leer«, bestätigte er und stellte sich neben mich. Seine Worte und seine Nähe gaben mir auf eine Weise Halt, wie ich es nicht erwartet hätte. »Die Flüssigkeit darin war aus Silber, als wäre es barrenweise in dem Ding geschmolzen worden.«

Caitriona und Olwen wechselten einen Blick und verständigten sich stumm.

»Ihr müsst beide erschöpft gewesen sein«, sagte Neve. »Und ihr wart schon geschockt und verwirrt wegen der Gefäße ...«

»Wir hatten *keine* kollektive Halluzination«, fiel ich ihr ins Wort. »Ich weiß, was ich gesehen habe – und ich habe sogar einen Beweis.«

Ich öffnete die Schnallen meiner Arbeitstasche und holte Ignatius in seinem Seidentuch hervor. Ich wickelte den Streifen um den Halter ab und streckte ihn nach vorne.

Aber das Eisen war so schwarz wie eh und je.

»Ich …« Mir fehlten die Worte. »Das verstehe ich nicht … Ich hatte ihn in den Kessel getaucht, und danach war er silbern.« Ich blickte die anderen an und wollte mit einer ungewohnten Verzweiflung, dass sie mir glaubten. »Er war silbern.«

Emrys ergriff mein Handgelenk, sodass ich ihn anschaute. Es erdete mich, dass er sich genauso sicher war wie ich. »Ich weiß, was wir gesehen haben.«

»Ihr dürft mich gern morgen begleiten, damit ich euch vom Gegenteil überzeugen kann«, schlug Caitriona vor.

»Dann komme ich auch mit«, sagte Neve. »Weder Tamsin noch Emrys würden bei etwas derart Wichtigem lügen.«

Caitriona nickte. »Wenn du willst.«

»Deswegen sind *wir* hier«, sagte ich und drehte mich zu Neve um. »Warum hattest du auf Olwen gewartet?«

»Weil ich auch eine Frage habe«, antwortete Neve und hob das Buch hoch, das sie auf dem Tisch abgelegt hatte. »Warum habt ihr es nicht mit einem Reinigungsritual für die Insel probiert?«

Caitriona öffnete den Mund, wurde allerdings von einem Scharren vor der Krankenstation unterbrochen. Olwen packte das Gefäß hastig zurück in den Korb. Erst als es außer Sicht war, öffnete Caitriona die Tür.

Bedivere stand ein Stückchen davor und kratzte sich den grauen Bart. Zum ersten Mal, seit ich ihn kannte, wirkte er unentschlossen.

»Sir Bedivere«, sagte Caitriona. »Was gibt's?«

»Tut mir leid, ich ließ mich von meiner Sorge übermannen«, antwortete er. »Ich habe mich nur gefragt, ob die Eindringlinge zurück zu ihren Räumen begleitet werden sollen, um dem abendlichen Umherwandern ein Ende zu bereiten.«

Caitriona lächelte matt. »Zu freundlich, aber wir haben die Situation im Griff.«

»Kommt rein«, drängte Olwen ihn. »Diese Unterhaltung betrifft auch Euch, und wir brauchen Eure Weisheit.«

Ich umklammerte die Tischkante ein wenig fester, als der alte Ritter eintrat. Emrys rückte näher zu mir, und seine Hand fühlte sich warm und beruhigend an, als er über meine Schulter und meinen Rücken strich.

»Neve hat eben gefragt, warum wir es nicht mit einem Reinigungsritual für die Insel versucht haben«, erklärte Olwen.

Während sie sprach, drehte der alte Ritter langsam eine Runde durch den Raum, blieb jedoch abrupt stehen, als das Ritual erwähnt wurde. Ich konnte sein Gesicht nicht sehen, sehr wohl aber das Brennen seines Blicks hinter mir spüren.

»Ja«, sagte Caitriona, die Olwen anstarrte. »Und was für ein bemerkenswerter Zufall, dass das Buch, in dem das Ritual beschrieben wird, irgendwie zurück in die Bibliothek gefunden hat, wo jeder darüber stolpern könnte.«

»Wahrlich«, bejahte Olwen. »Die Wege der Göttin sind bemerkenswert.«

»Wie die Pläne von Olwen«, murmelte Caitriona.

»Was bewirkt das Ritual?«, fragte Emrys.

Neve öffnete das schwere Buch auf einer mit einem Band markierten Seite. »*Wenn dunkle Macht das Land beschmutzt, und Hoffnung vor Schatten flieht* – klingt wie ein Ort, den wir alle kennen, nicht?«

»Kommt mir bekannt vor, ja«, bestätigte ich.

»*Wird die Insel wiedererstehen durch die Anrufung der Jungfrau, jung und erblühend, die die große Macht erweckt, die ewig in den Nebeln schlummert*«, las Neve vor. »*Nur ihre Erneuerung vermag alles auszutreiben, was verflucht ist und leidet, in der Erde wie auch jene, die auf ihr wandeln, denn es gibt keine größere Macht als die Wiedergeburt.«*

Mein Puls stotterte.

»Heißt es das, was ich denke?«, fragte ich heiser.

»Ja.« Neve sah mich direkt und voller Entschlossenheit an. »Dieses Ritual würde nicht nur das Land heilen – es würde auch jeden Fluch auf ihm brechen.«

KAPITEL 34

Jeden Fluch.

Nicht nur den auf dem Land und von den Kindern der Nacht. Jeden Fluch.

Sogar Cabells.

Neve nickte mir zu und befeuerte damit meine Hoffnung. Bedivere kam um den Arbeitstisch herum zu uns. Seine Miene konnte ich nicht deuten.

»Anscheinend muss die Insel durch eine Art Wiedergeburt gereinigt werden«, sagte Neve. *»Das Ritual ruft die Göttin zurück zur Insel, um sie in einen neuen Lebenszyklus zu versetzen.«*

Sie und Emrys verschwammen am Rande meines Sichtfelds, als ich von Olwen zu Caitriona blickte. Eine brennende Verzweiflung regte sich in mir, aber ich kämpfte nicht dagegen an. Inzwischen war es mir egal. »Und warum habt ihr das nicht getan?«

Olwen war außergewöhnlich still und hatte das Gesicht zum Fenster gewandt.

»Neve hat euch nicht erzählt, was für das Ritual nötig ist«, antwortete Caitriona.

Alle Aufmerksamkeit richtete sich wieder auf die Zauberin. Neve sah Caitriona an, bevor sie laut vorlas: *»Vereint die Hände* *mit euren Schwestern, und seid erneut vollständig im Herzen und in der Macht. Wartet auf die Segnung des vollen Monds, um ihr drei euch anvertraute Gaben zu bringen, und bindet euch aufs Neue mit Blut und Nebel an sie.«*

Als sie fertig war, blickte Neve stirnrunzelnd auf.

»Was hatte diese Person gegen klare Anweisungen?«, fragte Emrys.

»Viviane transkribierte die Botschaften der Göttin, die ihr in Träumen erschien«, erklärte Olwen.

»Aber wenn man es genau nimmt, scheint das alles machbar«, sagte Neve und schaute Caitriona erneut an. »Die Beschwörung steht hier im Buch, und du weißt bestimmt sicher, was sie mit den ›drei Gaben‹ meint. Was ist das Problem?«

»Wir haben noch nicht alle unsere Macht erlangt«, sagte Caitriona. »Wir brauchen neun Schwestern, um die Zeremonie zu versuchen.«

Neves Gesicht wurde aschfahl, als sie begriff, was ich nicht verstand. »Auch wenn Flea von der Göttin berufen wurde, hat sie noch nicht ihre Magie erlangt. Deshalb hat eure Hohepriesterin so lange gelebt, stimmt's? Weil die Magie ihres Eids ihr nicht erlaubt hat, in ihr nächstes Leben überzutreten?«

»Bis dahin wird unsere Macht nicht vollständig sein, ob es noch Tage oder Jahre dauert«, antwortete Caitriona. »Es wiegt sehr schwer auf Fleas Herzen, obwohl es nicht ihre Schuld ist. Und uns fehlt noch eine der drei Gaben.«

Neve stutzte.

»Der Zauberstab und der Kelch sind hier, aber das Athame, unser rituelles Messer, ging vor vielen Jahren verloren.«

Bedivere rang hörbar nach Luft, schwieg aber. Er nestelte an einer großen Schere, die an einem Wandhaken hing, herum. Mein Blick verharrte auf ihm. Bei jedem anderen als dem Ritter hätte ich das, was sich in seinem Gesicht spiegelte, als Schuldbewusstsein gedeutet.

»Kann in der Schmiede kein neues Athame gefertigt werden?«, fragte Neve.

Caitriona und Olwen sahen aus, als wären sie entsetzt von dem Vorschlag.

»Warum versucht ihr es nicht einfach und schaut, was passiert?«, fragte Emrys. »Was habt ihr jetzt noch zu verlieren?«

»Bitte …«, hauchte ich, und diese brennende Hoffnung wie auch der Stich, dass ich es eigentlich besser wusste, raubten mir beinahe die Worte.

»Es wird nicht funktionieren«, sagte Caitriona. »Seit wir zu wenige sind, wirkt kein Ritual mehr, an dem wir uns versuchen – das Segnen der Erde nicht, das Klären des Himmels, die Befreiung der in den Kindern gefangenen Seelen. Wir sind acht, nicht neun. Bis Flea ihre Kraft erlangt, sind wir unvollständig.«

Neve stieß einen frustrierten Laut aus und schüttelte den Kopf. »Na ja, darauf müsst ihr eventuell noch Jahre warten, oder ihr könntet über euren Schatten springen und die Zauberin um Hilfe bitten, die direkt vor euch steht.«

Ich schnappte nach Luft, und ich war nicht die Einzige. Caitriona sackte schwer auf die Tischkante. Vor unausgesprochenen Gefühlen verspannte sich ihre Miene.

»Bevor nur noch neun Priesterinnen in Avalon übrig waren, gab es viele«, fuhr Neve fort. »Ich stamme von einer ab.«

Wieder hob Bedivere den Kopf und schaute zu den Priesterinnen. Olwen nagte an ihrer Unterlippe, als müsste sie sich zwingen zu schweigen, und sah zu Caitriona. Ihre Worte in der Nacht unserer Ankunft fielen mir wieder ein: *Wenn ich mir einer Sache gewiss bin, ist es die, dass die Göttin euch hergeführt hat. Euch alle.*

Caitrionas langer silberner Zopf glitzerte im Feuerschein, als sie sich zu ihrer Schwester umwandte.

»Du und die anderen kämpft die ganze Zeit schon gegen mich, und es«, zittrig holte sie Luft, »es ist … nicht leicht, allein gegen euch alle zu stehen und das Gefühl zu haben, ich sei schwierig … Das Gefühl, abgelehnt zu werden … *gehasst* zu werden. Ich weiß nur, was unsere Hohepriesterin mich gelehrt hat, und sie … Wenn ich nicht tun kann, worum sie mich bat, enttäusche ich sie.«

»Nein, meine Liebe.« Olwen sank vor Caitriona auf die Knie und ergriff ihre Hände. »Denk das nie. Du bist unsere Schwester. Selbst wenn nichts mehr von dieser Welt übrig ist, wird unsere Liebe zu dir überdauern. Keine Macht ist fähig, sie zu zerstören.«

»Ich habe euch alle enttäuscht«, sagte Caitriona unglücklich.

»Niemals«, beteuerte Bedivere und presste eine Hand auf seine Brust. »Nichts könnte weiter von der Wahrheit entfernt sein.«

»Es ist, wie die Hohepriesterin sagte«, pflichtete Olwen ihm bei. *»Einzig tiefe Wurzeln überleben raue Winde,* und du hast uns die letzten Jahre Kraft gegeben. Wir möchten nur, dass du die Dinge von unserem Standpunkt betrachtest – dass es ratsam sein könnte, uns und die Insel neuen Wegen und einer neuen Zeit zu öffnen. Die Göttin wird uns dort treffen.«

»Es gibt nur den Weg, der geschrieben steht«, entgegnete Caitriona. »Und die Rituale verlangen, dass die Priesterinnen reinen Herzens und Geistes sind, denn wir bitten die Göttin, für uns ihre mächtigere Magie zu nutzen. Ich zweifle nicht an Neves Kräften, aber die Hohepriesterin sagte, dass die Magie, die Zauberinnen praktizieren, ihre Seelen vergiftet.«

»Wie kannst du es wagen …«, begann ich.

Doch Neve legte eine Hand auf meine Schulter und drückte sie, um mich zu unterbrechen. Sie wirkte nicht mehr gekränkt, nur noch sehr entschlossen.

»Die Göttin wird meine Richterin sein«, sagte Neve, »und keine Hohepriesterin, die mich noch nie gesehen hat. Nicht einmal Caitriona der Neun.«

»Cait«, begann Olwen wieder. »Ich weiß, dass ein Krieg in deinem Herzen tobt und du dir nur wünschst, unsere Vorfahren zu achten und die Göttin zu ehren. Aber wenn wir nicht tun, was wir tun müssen, um zu überleben, werden die alten Wege nicht nur nicht überleben, sondern für immer aus dem Gedächtnis gelöscht werden. Wenn Neve bereit ist zu helfen, kann ein Versuch nicht schaden.«

»Es schadet sehr wohl, wenn es nicht funktioniert«, erwiderte Caitriona mit belegter Stimme. »Denn dann werden wir ganz ohne Hoffnung sein.«

»Nein, Mylady Cait«, widersprach Bedivere. »Wir werden wissen, dass wir mit aller Macht gekämpft haben, und das allein ist ehrenhaft.«

Lange lauschten wir nur dem Feuerknistern im Kamin und dem Heulen der Kreaturen im toten Wald.

Emrys setzte sich neben mich auf den Tisch und stützte seine Hand nahe meiner Hüfte auf. Das Gewicht seiner Schulter, die an meine drückte, war wie eine Schutzmauer gegen Caitrionas Worte. Unbewusst begann sein kleiner Finger, meinen Oberschenkel zu streicheln. Es war eine federleichte Berührung, die meine Haut unter dem Stoff erhitzte. Etwas in mir verschob sich, als mir klar wurde, dass ich nicht die Einzige war, die sich nach einer tröstlichen Berührung sehnte. Nicht nur ich brauchte das Gefühl, an etwas oder jemandem verankert zu sein.

»Na gut«, sagte Caitriona schließlich und neigte den Kopf. »Wir versuchen es und warten ab, ob die Göttin Neve anerkennt. Und sollte es nichts bringen, wird uns hoffentlich vergeben.«

Olwen strahlte und warf Neve einen erleichterten Blick zu.

Caitriona hatte Mühe, von dem Tisch zu steigen, und nahm Olwens Hilfe an, als die ihr ihren Arm anbot. »Ich rede mit Lowri und den anderen. Wir suchen nach etwas Passendem, um ein neues Athame zu schmieden.«

»Zuerst musst du es Flea erklären«, hörte ich mich sagen.

Verwundert drehten sie sich zu mir um.

Ich schluckte. »Es wird sie verletzen, wenn sie das Gefühl hat, nicht gebraucht zu werden.«

Wenn sie sich nutzlos fühlt.

Caitriona blieb an der Tür stehen und betrachtete mich mit einem Blick, der eventuell Anerkennung bedeuten konnte. »Ja, ich spreche mit ihr.«

Olwen scheuchte uns anderen mit ihr nach draußen. »Aber bis dahin wird nicht mehr herumspioniert. Ruht euch aus. Bis morgen wird der Weg – der neue Weg – deutlich sichtbar sein.«

Ich trottete ein Stück hinter den anderen her, als wir zum Turm gingen, und versuchte zu verarbeiten, was ich alles erfahren hatte. Bedivere hatte einen Arm um Caitrionas Schultern gelegt und redete etwas über Ausruhen, das ich nur bruchstückhaft mitbekam. Deri war noch dabei, den Mutterbaum zu flicken und zu beschneiden. Emrys blieb stehen, um mit ihm zu sprechen, und zeigte auf etwas, das ich nicht sehen konnte.

»Ein Treffen ohne mich?«

Ich erschrak, als Cabells Stimme aus der Dunkelheit kam, drehte mich um und suchte in den Schatten nach ihm. Er lehnte an dem wackligen Zaun des Trainingsbereichs.

»Da bist du!«, sagte ich. »Ich habe vorhin nach dir gesucht. Wo bist du gewesen?«

Er verschränkte die Arme vor der Brust, als ich auf ihn zuging. Ich hoffte, dass es nur das schwache Licht war, was seine Züge so hart wirken ließ.

»Denkst du wirklich, sie sehen mich hier gern umherwandern nach dem, was passiert ist?«

Mir war klar, dass der Stich in seiner Frage nicht auf mich zielte, trotzdem zuckte ich zusammen. Seine Worte im Stall waren immer noch ein Messer in meiner Brust.

Du hast es versprochen.

»Sie wissen, dass es nicht deine Schuld ist«, sagte ich. »Es war der Fluch.«

»Klar.« Er blickte nach unten. »Sicher doch.«

Ich sprang auf den Zaun neben ihm und drehte mich zum Turm. »Ist Bedivere bei dir gewesen? Hast du ihn gefragt, ob die Geschichten von Artus' Reise nach Annwn wahr sind?«

»Oh, arbeiten wir noch zusammen?«, fragte er. »Würde es dir dann etwas ausmachen, mich erst mal aufzuklären, was es mit euren mitternächtlichen Treffen auf sich hat?«

»Ja, würde es«, antwortete ich, als ich mich an meinen Schock von vorhin erinnerte, als der alte Ritter auf einmal vor Emrys und mir gestanden hatte. »Vorher will ich wissen, warum du Bedivere verraten hast, dass ich mich in den Tunneln umsehe.«

»Ich fand's falsch, ihn anzulügen, wenn er versucht, mir zu helfen«, sagte Cabell scharf. »Und die Fragen beantwortet, auf die *du* Antworten wolltest. Vielleicht hätte ich dich gewarnt, hättest du mir mal erzählt, was los ist.«

Ich atmete leise aus.

Er hatte allen Grund, sauer zu sein. Ich hätte versuchen müssen, ihn zu finden, mich zu vergewissern, dass er erfuhr, wie sich die Teile dieser Geschichte endlich zusammenfügten. An seiner Stelle wäre ich auch verletzt gewesen.

»Es tut mir leid«, sagte ich. »Heute Nacht ging alles so schnell, und ich habe nicht nachgedacht. Deine Schwester kann auch mal eine Idiotin sein.«

»Liegt wohl in der Familie.« Seine steife Haltung entspannte sich ein wenig. »Also, was war?«

Er blickte auf seine Stiefel, als ich ihm alles erzählte, nickte nur hin und wieder, als hätte er selbst schon einiges vermutet. Was mich wunderte. Noch mehr aber schockte mich das Ausbleiben jeder Reaktion, als er von dem Ritual hörte.

»Was meinst du?«, fragte ich ihn. »Wenn Neve ihnen helfen kann, das durchzuziehen, könnte es die Antwort auf alles sein. Es könnte dich endlich in Ordnung bringen.«

»Mich in Ordnung bringen.« Er presste die Lippen so fest zusammen, dass sie weiß wurden. »Klar.«

Ich wollte erklären, was ich meinte, ließ es aber, als ich sah, wie seine Schultern einsackten. Ich war wirklich eine Idiotin – es war viel zu früh, um ihn aufmuntern zu wollen, nachdem wir die Spur zum Ring verloren hatten und er noch eine weitere Verwandlung durchgemacht hatte. Und was Hoffnungen betraf, waren die Male begrenzt, die man sie wecken durfte.

»Denkst du echt, eine *Zauberin* kann das Ritual vollziehen?«, fragte er. »Deren Magie ist so verschlagen wie sie selbst.«

Im ersten Moment war ich sprachlos. »Wir reden hier über Neve. Neve, die Katzenbilder liebt, Fungi und Lernen, und die einen Zauber aus purem Licht gewirkt hat. Warum sagst du so was?«

Cabell atmete geräuschvoll durch die Nase aus. »Du hast recht. Neve ist anders. Ich denke nur ... die Zauberinnen sind für all das verantwortlich. Nichts hiervon wäre geschehen, hätten sie die Druiden nicht getötet.«

Einschließlich Nashs Tod, ergänzte ich in Gedanken.

Ich biss mir auf die Unterlippe, bis ich Blut schmeckte. »Cab … willst du zurück nach Hause? Wir können das hier hinter uns lassen. Ich würde es sofort für dich tun.«

Er reagierte nicht. Das Leder von Nashs alter Jacke knarzte, als er die Arme fester vor seiner Brust verschränkte und die Finger in die Jacke krallte.

»Weißt du noch«, fragte er nach einer Weile, »wie Nash in der einen Nacht im Schwarzwald König Artus' letzte Schlacht als Schattenspiel aufführte?«

Unweigerlich musste ich lachen. »O Gott, er hatte die schlimmsten Soundeffekte für die Schlacht. Und die Stimme von seinem sterbenden Artus war auch ganz schön armselig.«

Cabell brummte zustimmend.

Es war eines der wenigen Male gewesen, als Nash uns von der Schlacht von Camlann erzählt hatte. Er hatte Enden nie gemocht, vor allem nicht solche, an denen seine Helden starben. Nachdem Artus losgereist war, um auf dem Kontinent zu kämpfen, hatte sein Neffe Mordred den Thron übernommen und Artus damit zur Rückkehr nach England gezwungen. In der Schlacht wurde Artus tödlich verletzt und fast all seine verbliebenen Ritter getötet. Einzig Bedivere blieb noch und begleitete den sterbenden König nach Avalon.

Ich rieb mir die Arme, um die Kälte abzuwehren. Zumindest waren die Kinder jetzt leiser, weil das kurze Tageslicht nahte.

»Wie kommst du darauf?«, fragte ich.

»Es liegt wohl daran, dass ich viel mit Bedivere zusammen bin. Und ich frage mich, wie viel von der Geschichte stimmt und wie viel Kraft es ihn kostet, all die Jahre hierzubleiben.«

Cabell schluckte. »Denkst du, Nash hat seine Entscheidung bereut, nach dem Ring zu suchen?«

»Nash hat in seinem ganzen Leben nie irgendwas bereut«, erinnerte ich ihn.

»Das stimmt nicht«, widersprach Cabell. »Er hat immer bereut, dich an dem Morgen zurückgelassen zu haben. Als die weiße Dame nach dir rief. Ich habe ihn nie so verängstigt gesehen.«

Das Mal über meinem Herzen schmerzte, brannte mit seiner eigenen Kälte, als wollte es antworten.

»Ich habe viel über Nash nachgedacht«, gestand ich. »Ich wollte es nicht, aber ich fühle seine Präsenz.«

»Ja?«

»Vor allem die der Geschichten, die er uns erzählt hat«, sagte ich. »Es ist verrückt, oder? Fast, als wären sie alle wieder lebendig geworden, seit wir hier sind.«

Cabell überlegte. Dann, als er mein Frösteln sah, zog er Nashs Jacke aus und legte sie mir über die Schultern.

»Danke«, sagte ich. »Bist du sicher, dass du sie nicht brauchst?«

»Ich mag die Kälte«, antwortete er. »Sie hilft mir, einen klaren Kopf zu bekommen.«

Ich zog die Jacke fester um mich und wünschte, ich hätte mir meine Flanelljacke übergezogen, bevor ich zu dem Treffen mit Emrys ging.

»Denkst du, Olwen könnte recht damit haben, dass wir herkommen sollten?«, fragte Cabell leise. »Dass Nash uns all die Geschichten aus einem Grund erzählt hat?«

»Ich denke, er hat sie uns teils erzählt, um die Reliquien zu erklären, nach denen wir gesucht haben«, antwortete ich. »Aber vor allem hat es ihm Spaß gemacht.«

Cabell blickte zu den Silberringen an seinen Händen.

»Ich meine … vielleicht?«, schob ich nach. »Vielleicht steckt mehr hinter alledem. Es gibt so viele Versionen der Geschichten. Vielleicht sollten wir für uns selbst entscheiden, welche Version davon wir glauben wollen.«

»Und welche Version von uns«, sagte Cabell.

»Ja, kann sein. Was willst du denn glauben, Cabell?«

Er antwortete nicht.

»Manchmal beneide ich dich um dein Gedächtnis«, sagte er schließlich. »Weil es ein Ort ist, an dem nichts stirbt.«

»Deine Geschichte ist noch nicht vorbei, Cab«, versprach ich.

»Vielleicht«, antwortete er. »Aber was auch geschieht, dort kannst du mich immer finden.«

Kapitel 35

Neve schlief bereits tief und fest, als ich in unser Zimmer kam. Schließlich gab ich es auf, ihrem Beispiel folgen zu wollen, und stieg aus dem Bett. Ich lief im Zimmer auf und ab, als könnte ich so meine Gedanken abschütteln.

Als das nicht funktionierte, setzte ich mich in den Sessel vor dem Kamin, kehrte zu meinem alten Ritual zurück und schlug die Salamandersteine zusammen, um ein kleines Feuer zu machen.

Während der mageren Zeiten zwischen bezahlten Jobs ließ Nash uns unter freiem Himmel campieren. Lange nachdem ich eigentlich schlafen sollte, lag ich wach und beobachtete das flackernde Lagerfeuer. Ich versuchte, die Funken zu zählen, die in die Dunkelheit aufstiegen und verblassten wie Sterne am Morgen. Und als die Flammen schließlich der glimmenden Asche erlagen, schlief ich ein.

Auch jetzt war der Tanz der Flammen so beängstigend wie hypnotisierend. Ich schlug die Beine übereinander, stützte den Ellbogen auf mein Knie und lehnte den Kopf in die Hand.

Ich ließ meine Gedanken wandern, ohne einen davon zu greifen. Alte Erinnerungen an Grüfte. Cabell und ich in der Bibliothek. Mein Messer, das Septimus aufschlitzte, kurz bevor er in Stücke gerissen wurde. Die Kinder, die aus den Nebeln aufstiegen. Die schimmernden Flaschen in Olwens Krankenstation. Der Hund, der auf Caitriona zurannte. Die weiße Rose. Nashs vergilbte Knochen …

Das letzte Bild blieb noch lange, nachdem sich die anderen wieder verflüchtigt hatten. Der stille, anonyme Tod nach so einem lauten, berüchtigten Leben.

Zum ersten Mal seit seinem Verschwinden weckte der Gedanke an Nash keine Wut bei mir. Nur einen tiefen Schmerz. Bedauern.

Lass die Toten sterben, Tamsy, hatte er mir einmal gesagt. *Es ist nur die Erinnerung, die uns schmerzt, und die lassen sie los, wenn sie gehen.*

Nashs Erinnerungen waren Lieder, Lagerfeuergeschichten und das Klirren von Pintgläsern gewesen; doch jetzt waren sie ruhig und würden es immer sein. Anders als die Zauberinnen und Priesterinnen, die danach strebten, ihre Erinnerungen einzufangen, damit ihr Leben ja nicht vergessen würde, hätte er die Erleichterung begrüßt. So selbstsüchtig war er immer gewesen.

Lass die Toten sterben.

Und jede Erinnerung an meine Eltern mit ihm.

Meine Lider wurden schwer, und ich kämpfte nicht gegen das beharrliche Ziehen der Erschöpfung.

Die Luft um mich herum wurde zu dunklem Wasser, als mein Geist tiefer und tiefer in die Bewusstlosigkeit sank. Blasenschwärme strömten zum verblassenden Licht an der Oberfläche, bis ich endlich das weiche Erdbett erreichte. Silbrige Muscheln stiegen auf, als sich die Erde unter mir löste, schimmernd und unheimlich.

Nein, keine Muscheln. Knochen.

Ich versuchte zu schreien, aber Wasser füllte meinen Mund und meine Atemwege. Ich stieß mich ab, aber sie waren überall, be-

bend und klappernd, als sie anfingen, sich zusammenzufügen. Ihre Teile bildeten monströse Formen, die vorwärtskrochen und nach meinen Beinen griffen.

Meine Finger streiften etwas Eisiges unter dem Schlamm, und ich riss es frei.

Ein Schwert. Die Klinge schillernd vor blauem Feuer, demselben Feuer, das im Herzen von Sternen brannte. Es erhellte das Wasser, bis es zu einer Lichtbarriere gegen die Welt aus Schatten wurde.

Ich tauchte mit brennender Lunge aus dem Traum auf und rang laut nach Luft.

Mit beiden Händen hielt ich meinen Kopf und kniff die Augen zu, damit der Schwindel aufhörte, bevor ich mich übergeben müsste.

Es klopfte leise an der Tür. Ich blickte auf, wappnete mich – unsicher, ob ich noch in dem Traum gefangen war.

Neve hinter mir seufzte leise im Schlaf. Ich schaute mich um, nahm den vertrauten Anblick des Zimmers in mich auf und fing mich wieder. Real. Das hier war real.

Wieder klopfte es, so leise wie beim ersten Mal.

Mit wackligen Beinen stand ich auf und ging die Tür öffnen.

Draußen stand Bedivere mit einer Laterne in der Hand. Er war in voller Rüstung – mehr, als er während der Wache trug – und hatte ein Schwert an seiner Seite.

»Was ist los?«, fragte ich, trat auf den Korridor und schloss die Tür hinter mir. »Geht es um Cabell?«

Er nickte zur Treppe, und ich folgte ihm, wobei ich staunte, wie geräuschlos er sich trotz des vielen Metalls an seinem Körper bewegte.

»Tut mir leid, dass ich dich wecken muss«, sagte er mit gesenkter Stimme. »Ich wäre nicht gekommen, wäre es nicht unvermeidlich. Doch ich muss dich bitten, etwas für mich zu tun.«

»Mir gefällt nicht, wie das klingt«, flüsterte ich.

Unter anderen Umständen hätte sein leises Ausatmen ein Lachen gewesen sein können. »Ich würde zu gern glauben, dass das Ritual die Insel retten kann.«

»Was meint Ihr?«, fragte ich, und mein Puls beschleunigte. »Woher wisst Ihr, dass es das nicht kann?«

»Von der Hohepriesterin Viviane«, antwortete er. »Sie ist zu mir gekommen, als ich noch weit weg vom Turm lebte, um über meinen König zu wachen. Da erzählte sie mir, dass die Rituale so ausgeführt werden müssen, wie es geschrieben steht. Sie sind Befehle von der Göttin und müssen befolgt werden, sonst sind sie zum Scheitern verurteilt.«

Meine Hände fühlte sich taub an vor Kälte und Furcht.

»Und ... jetzt? Wollt Ihr mir sagen, dass jeder Versuch sinnlos ist?«

»Nein. Sie müssen es versuchen, nur mit dem richtigen Athame.«

»Aber das ist versch...« Ich brach ab, als ich seine schuldbewusste Miene sah. »Ihr wisst, wo es ist?«

Der alte Ritter schloss die Augen. »Zu meiner großen Schande muss ich gestehen, dass ich es genommen habe. Seine Bedeutung war mir nicht bekannt, nur, dass die Hohepriesterin es stets bei sich trug, sodass es mit ihr begraben werden sollte.«

Nun begriff ich. »Caitriona hat gesagt, sie haben ihre Leiche verbrannt.«

»Einiges von ihr, ja.« Bedivere sah gequält aus. »Ich habe sie belogen und meine Ehre beschmutzt. Doch ich ertrug den Gedanken nicht, dass ihre sanfte Seele nicht wiedergeboren würde. Deshalb habe ich ihre Gebeine aus dem Feuer gezogen, als die anderen schliefen, und sie an dem Ort begraben, an dem alle Hohepriesterinnen der Göttin wiedergeboren werden.«

Das Athame ist nicht verloren. Die Worte entzündeten eine Flamme in meiner Brust. *Das Ritual wird funktionieren.*

»Ihr holt es zurück, oder?«, fragte ich.

Bedivere nickte. »Ich muss. Wenn ich den Priesterinnen davon erzähle, werden sie versuchen, selbst zu gehen, und es ist mein Fehler, den ich wiedergutmachen muss. Daher komme ich mit einer Bitte zu dir. Falls ich nicht zurückkehre, sag den anderen, was mit mir geschehen ist. Und erinnere Cabell an seine Stärke.«

Meine Gedanken überschlugen sich. Das durfte nicht passieren. Bedivere wurde hier gebraucht, und das in so vielerlei Hinsicht und von so vielen. Sein Können als Kämpfer, sein Rat, seine Arbeit mit Cabell. Mein Bruder bewegte sich schon am Rande einer Klippe, und wenn die eine Person, die ihm helfen konnte, nicht zurückkam …

Er würde sich nie erholen.

Und ich würde mir nie vergeben.

Eine ruhige Sicherheit erfasste mich. Jeder hatte hier eine Rolle. Die Neun und Neve mussten das Ritual durchführen. Emrys musste ihnen helfen, so viel Nahrung anzubauen, wie sie konnten. Bedivere war ein erfahrener Kämpfer, der sie am Leben halten konnte. Cabell brauchte die Chance, seinen Fluch kontrollieren zu lernen. Die Avalonier mussten den Turm sichern und überleben.

Keiner war entbehrlich genug, um dieses Risiko einzugehen.

Keiner außer mir. Eine der wenigen hier, die Erfahrung darin hatte, Gräber zu öffnen und zu durchsuchen.

Die Göttin hat euch hergeführt. Euch alle.

Ich glaubte nicht an Schicksal – es schien mir eine Ausrede, um die eigenen Probleme auf etwas Größeres zu schieben als einen selbst. Aber ich konnte nicht leugnen, wie sich die anderen hier eingefügt hatten und einem höheren Zweck dienten, als würde sie eine Hand führen.

Dies ... *dies* hier war für mich bestimmt.

»Wirst du mir diesen Dienst erweisen?«, fragte Bedivere.

»Nein«, antwortete ich. »Denn ich gehe an Eurer Stelle.«

Sein Schock war beinahe greifbar. »Ich kann dich nicht gehen lassen. *Ich* muss das tun. Es gibt keine andere Wahl.«

Ich hatte keine Bedenken, seine Schuldgefühle gegen ihn zu nutzen. »Wie würde es Euch gehen, wenn es einen neuen Angriff gibt, während Ihr fort seid und hier nicht helfen könnt? Wie ehrenwert kann das sein?«

Immer noch schüttelte er den Kopf.

»Ihr müsst einen Weg aus dem Turm kennen, auf dem man nicht durch die Menge der Kinder muss«, sagte ich. »Und Ihr denkt offensichtlich, dass Ihr die Grabstelle vor Einbruch der Nacht erreichen könnt. Das heißt, ich kann es auch.«

Und schneller, da ich nicht in voller Rüstung oder mit so schwerem emotionalen Gepäck unterwegs wäre. Das war das Problem mit der Ehre – sie vergiftete einen gegen jede Vernunft.

Dennoch blieb Bedivere dabei. »Ich kann nicht ...«

»Wenn sie aufwachen und sehen, dass Ihr fort seid, werden sie Leute losschicken, um nach Euch zu suchen«, unterbrach ich ihn. »Mein Fehlen wird man nicht einmal bemerken.«

Er ballte eine Hand und schloss die Augen.

Die Ritter von Camelot hielten sich an einen strengen Kodex; Bedivere würde seine Last nie grundlos jemand anderem aufbürden. Das kam immer wieder in den Geschichten vor, die Nash uns über das Leben an Artus' Hof erzählt hatte.

»Ich *bitte* Euch«, flüsterte ich. Mein Hals kratzte, weil ich mich anstrengte, nicht zu weinen. »Lasst mich bitte diese Aufgabe für Euch übernehmen. Bitte, verlasst Cabell nicht. Ich kann das. Ehrlich.«

»Das bezweifle ich nicht …«, begann er.

Eine letzte Karte konnte ich noch ausspielen. »Ihr müsst am Leben bleiben, um Euren König zu beschützen, bis die Sterblichenwelt ihn wieder braucht.«

Die Worte trafen ihn wie eine eisige Faust, und er stolperte ein wenig zurück.

»Ihr habt es ihm geschworen«, sagte ich. Noch ein Hieb. »Genauso wie Ihr geschworen habt, beim Schutz des Turms zu helfen.« Und noch einer. »Bitte, Sir Bedivere, lasst mich gehen.«

In der Stille trommelte mein Herz einen einzelnen Refrain. *Er wird es nicht zulassen. Er wird es nicht zulassen. Er wird es nicht zulassen.*

Dann jedoch neigte er den Kopf, und in mir brandete eine Welle aus Entschlossenheit und Dankbarkeit auf.

»Ich ertrage es nicht, doch ich muss. Vielleicht werde ich dafür verflucht«, sagte Bedivere, der mich mit seinen blassen Augen direkt ansah. »Wenn es ehrlich dein Wunsch ist, dies zu tun, dann mach dich bereit. Das erste Licht naht, und es darf kein Moment vergeudet werden.«

Kapitel 36

Anscheinend hatte der findige Emrys einen verborgenen Gang übersehen.

Während ich mich leise anzog und meine Arbeitstasche schulterte, ging Bedivere in die Waffenkammer, um einen Brustpanzer aus Leder für mich zu suchen sowie einen Dolch, von dem er glaubte, ich könnte ihn benutzen, ohne mir versehentlich den Daumen abzuschneiden.

Sorgsam mied ich Deri, der am Stamm des Mutterbaums ruhte, und die Augen der Wachen auf den Mauern, als ich zur Küche schlich, um mich dort mit Bedivere zu treffen. Es wurde bereits heller, und die Kinder der Nacht wurden ruhiger – was auch Bedivere nicht entging.

»Wir müssen uns beeilen«, sagte er und hielt mir die Tür auf. »Dilwyn ist eine Elfe, und es liegt in ihrer Natur, vor Sonnenaufgang bei der Arbeit zu erscheinen.«

Kaum war ich drinnen, warf er mir einen großen Brotkanten und einen Trinkschlauch voller Wasser zu.

Ohne seine schwere Rüstung bewegte sich der alte Ritter erstaunlich geschmeidig zu einem Schrank hinten an der Wand und hielt seine Laterne vor eines der Regale. Zuvor unsichtbare Markierungen glommen im Licht der Kerze auf. Bedivere strich mit dem Metallhandschuh über sie, der seine Hand ersetzte, korrigierte sich aber gleich darauf und benutzte die andere Hand.

»Die Nacht kommt«, sagte er.

Auf seine Worte hin schwang der Schrank von der Wand weg und schabte über die ausgetretenen Steinplatten. Die Öffnung dahinter war gerade groß genug, dass wir nacheinander auf die Leiter darin steigen konnten.

Ich ging voraus und musste achtgeben, weil der Abstieg sehr steil war. Bedivere folgte mir, nachdem er sich vergewissert hatte, dass der Schrank wieder an seinen Platz gerückt war.

Dank der Laterne zeigte sich der unterirdische Gang in all seiner Pracht. Im Gegensatz zu den anderen Tunneln war dieser ein richtiges Schmuckstück mit seiner Gewölbedecke und den Steinsäulen sowie den Wänden, die mit Wildtieren und teils bekannten, teils fremden Kreaturen bemalt waren.

»Was ist das hier?«, fragte ich, als ich hinter Bedivere herging. In den Nischen oben an den Säulen schliefen einige Feen, die mit jedem Atemzug aufleuchteten und beim Ausatmen wieder ermatteten.

»Dies war einst der Feenpfad, der vom Feenvolk genutzt wurde. Es scheute die Menschen, wollte aber mit dem Turm Handel treiben«, antwortete Bedivere. »Er führt bis zum heiligen Hain.«

Ein Anflug von Triumph regte sich in mir, weil ich recht gehabt hatte. Es *gab* einen Weg aus dem Turm und unter dem Burggraben durch, an dem die Kinder der Nacht lauerten.

»Warum ist der Weg nicht versiegelt worden?«, fragte ich.

»Er ist von uralten Schutzzaubern geschützt, die bisher halten.« Bedivere drehte sich um und hielt seine Laterne höher. »Vor allem aber ist dies die letzte Hoffnung für Avalon. Sollte der Turm jemals fallen, können wir diesen Weg zu den Barken und der Sterblichenwelt nehmen.«

Er zerriss eine dicke Spinnwebe weiter vorn und schnalzte unglücklich mit der Zunge, weil die Fäden an seiner Hand kleben blieben wie eine zweite, filigrane Haut.

»Vermisst du sie?«, fragte ich.

Bedivere sah sich zu mir um.

»Die Sterblichenwelt«, ergänzte ich.

Eine lange Weile war er still und nichts außer seinen Schritten war zu hören. »Ich kann mich kaum gut genug erinnern, um sie mir zurückzuwünschen.«

»Was ist mit König Artus?«, konnte ich nicht widerstehen zu fragen. »Wie war er so?«

Der Ritter stieß einen Laut aus, den ich nicht deuten konnte. »So gerecht, wie ein Mann nur sein konnte, aber auch prahlerisch. Stets nach mehr verlangend, als ihm zustand, auf Kosten dessen, was ihm gegeben wurde.«

Ich blinzelte verwirrt.

Bedivere wurde langsamer. »Er war ein gutmütiger und fähiger König, der es verdient, dass man sein Andenken bewahrt.«

Es war nicht die Art Lob, die ich von jemandem erwartet hätte, der zugestimmt hatte, tausend Jahre über einen Mann zu wachen. Aber vielleicht verwürzten einem einige Jahrhunderte Isolation und Monotonie so einiges.

»Du musstest dem Typen tausend Jahre lang beim Schlafen zugucken, da darf man ruhig ein bisschen meckern«, sagte ich, und weil ich eine Chance witterte, fügte ich hinzu: »Du kannst mir vermutlich keinen Tipp geben, wo ich Camelot finden kann, oder was auch immer davon übrig ist …«

»Wir müssen jetzt leise sein«, unterbrach er mich ein wenig angespannt. »Wir sind nicht so weit unter der Erde, die Kreaturen könnten uns hören.«

Ausnahmsweise tat ich, was er sagte.

Wir wanderten eine gefühlte Ewigkeit weiter. Anstelle eines hellen Lichts befand sich am Ende des Tunnels eine weitere Leiter. Diesmal stieg der Ritter sie als Erster hinauf und schloss die schwere Eisenkette auf, mit der die verborgene Tür gesichert war.

»Warte kurz hier«, sagte er zu mir, hob die Luke an und stieg hinaus. Mein Puls pochte in meinem Schädel, als mich schließlich meine Angst einholte.

Einen Moment später lehnte er sich über die Öffnung und bedeutete mir, ihm zu folgen. Ich stieg schnell nach oben, wobei ich mich bemühte, jedes Geräusch meiner Arbeitstasche zu verhindern. Oben fand ich mich in einem kleinen Spalt zwischen mehreren hohen Felsen wieder. Wie ein muffiger Vorhang hing der Nebel über der Weite aus verrottenden Bäumen, die direkt hinter dem Felsen warteten.

»Ich frage noch einmal – bist du dir sicher?«, sagte Bedivere leise.

Ich schluckte und nickte. Im Nebel zeichnete sich keinerlei Bewegung ab. Die Luft war rein. Vorerst.

»Wohin muss ich gehen?«, fragte ich.

»Gutes Mädchen«, sagte er und legte mir kurz die Hand auf die Schulter. »Lauf direkt rüber zum Hain. Dort findest du einen Wildwechsel zwischen zwei Eichen. Folge dem für eine Meile, bis du den Fluss erreichst, und gehe dann nach Osten bis zum See. Der Grabhügel ist in seiner Mitte und der versteckte Eingang auf der Nordseite. Ich habe das Grab mit einem hellen Stein markiert.«

Ich nickte. Die kalte Luft drückte mir den Brustkorb zusammen.

»Sei pfeilschnell«, sagte er. »Bleib nicht stehen, aus keinem Grund, nicht einmal, um auszuruhen. Ich werde den Weg hinter dir verschließen und in drei Stunden zurückkehren. Mehr Zeit hast du nicht, die Aufgabe zu erledigen, ehe es wieder dunkel wird.«

Ich hatte keine Ahnung, wie ich den Verlauf der Zeit messen sollte, also musste ich den Himmel im Blick behalten und nach Gefühl handeln.

Ich umklammerte meine Arbeitstasche und den Trinkschlauch.

»Bis dann.«

Ich rannte zwischen den gezackten Felsen hervor. Mit jedem Schritt atmete ich den süßlichen Geruch vergammelnder Äpfel auf dem welken Waldboden tiefer ein.

Eisklumpen hafteten an den kahlen Ästen wie vergessene Diamanthalsketten. Über mir schien der graue Himmel tiefer als sonst zu hängen, als wollte er den gespenstischen Nebel begrüßen. Ich hatte den erstickenden Gedanken, dass ich hier gefangen war. Ein Surren erfüllte die Luft, nicht unähnlich Zikaden im Sommer.

Zwischen zwei Eichen war wenig erhellend, wenn alle Bäume nach Tod aussahen. Sämtliche Baumstämme in dem Hain waren verzogen, als hätten sie versucht, sich aus dem Boden zu befreien.

Am Ende war es die Größe der Eichen, die sie verriet; die beiden Riesen neigten sich einander zu. Die oberen Äste verwoben sich über dem Pfad zu einem Dach. Das Bild war wie das eines Liebespaars, das sich im Tod in die Arme fiel, und es ließ mich einen Moment länger innehalten, als es sollte.

Ich schüttelte mich und stieg durch die Lücke zwischen den verschlungenen Baumkörpern, um weiterzugehen. In den Jahren vor dem Fluch hatte das Wild hier einen solch harten Weg in die Erde getrampelt, dass er unter der nassen Schicht aus verwesendem Laub und schwarzem Schimmel immer noch zu sehen war – ohne ihn wäre ich binnen Sekunden geliefert gewesen. Den Bäumen war alles Leben geraubt, und sie wirkten finster, wie sie aus dem Nebel auf- und wieder in ihn eintauchten.

Mein Herz hämmerte in meiner Brust, und ich zuckte zusammen, als etwas – spröde Knochen oder Zweige – unter meinen Füßen knackte. Ich blickte mich um, ob ich unerwünschte Aufmerksamkeit auf mich gelenkt hatte. Aber es war unmöglich, mehr als wenige Schritte weit vorauszusehen. Jeder wartende Schatten wurde zu einer potenziellen Bedrohung und das Knarzen der Bäume zu einem Zeichen, dass mich jemand von oben beobachtete. Mein Körper war wie elektrisiert, als ich mich weiterbewegte.

Der Nebel umwaberte mich, zog mich tiefer ins Innere der Insel, vorbei an den eiternden offenen Wunden, die einst schimmernde Teiche gewesen waren, um ausgehöhlte Häuser herum und über Felder, deren Früchte am Stock gestorben waren.

Und das Surren wurde noch lauter. Der Fluss. Ich hätte ihn inzwischen erreichen müssen ...

Eben noch lief ich auf stinkendem Mulch, im nächsten Moment war der Boden verschwunden, und ich fiel nach vorn.

Mein Körper reagierte schneller als mein Verstand. Ich warf mich nach hinten und verlagerte mein Gewicht nach hinten, sodass ich auf meinem Steißbein und einem verdrehten Knöchel landete. Schmerz schoss mir das linke Bein hinauf. Irgendwie konnte ich verhindern, den Fluch, der mir auf der Zunge lag, laut herauszubrüllen.

Immerhin hatten mich mein Instinkt und Timing bisher nicht verlassen. Und ich hatte tatsächlich den Fluss erreicht.

Das Ufer fiel steil zu einem schlammigen Bett ab. Hier und

da ragte Unrat aus dem verwesenden Laub. Schilde. Stofffetzen. Eine Holzpuppe.

Ich wich vom Rand zurück und belastete testweise meinen Knöchel, worauf ich sofort das Gesicht verzog. Er war nicht gebrochen, doch das schmerzhafte Ziehen würde mich nur noch langsamer machen.

Nachdem ich nur wenige Schritte gemacht hatte, bewegte sich etwas am Rande meines Sichtfeldes. Kriechend.

Ängstlich wandte ich mich zurück zum Flussbett.

Vertrocknetes Laub glitt mir entgegen, bewegte sich wie aufgeschreckte Kakerlaken, als sich unter ihm etwas regte. Mehr Laub fiel zur Seite, als es sich umdrehte und vorwärtskroch. Ich biss mir fest auf die Zunge, um kein Geräusch zu machen, als ein grauer, kahler Kopf aus dem Mulch auftauchte und zittrig ausatmete. Daneben regte sich ein weiterer. Und noch einer.

O Höllenfeuer, dachte ich.

Zwei Fakten wurden offensichtlich, als ich langsam rückwärtsging. Der erste war, dass die Kinder der Nacht dieses surrende Geräusch von sich gaben, wenn sie schliefen. Wie die schaurige Parodie eines Schnurrens. Der zweite war, dass sie das Flussbett zu ihrem Schlafnest gemacht hatten. Sie vergruben sich da unten, um dem Licht zu entkommen.

Das mit jeder Sekunde abnahm, die ich hier verschwendete.

Ich presste eine Faust auf meinen Mund, hielt den Atem an und drückte mit der anderen Hand meine Tasche an mich.

So langsam, dass es beinahe qualvoll war, humpelte ich am Fluss entlang, der sich durch einen Hain junger Bäume schlängelte. Diese Bäume würden nie die Chance bekommen zu wachsen und zu gedeihen. Mein Herzschlag pochte überall in mir, und meine Knie drohten einzuknicken. Ich war mir nicht sicher, ob ich mich gleich übergeben, mir vor Angst in die Hose machen oder beides tun würde.

Alles in Ordnung, sagte ich mir immer wieder. *Ich mache das hier für Cabell.*

Der Nebel schien Mitleid mit mir zu haben, denn er zerfaserte sich genug, dass ich ein Stück voraussehen konnte. Schließlich war der runde obere Teil des Grabhügels zu erkennen, und ich konnte meinen Körper vor Erleichterung wieder fühlen.

Anders als der Fluss hatte der kleine See, der nicht breiter als eine Meile war, einiges an Wasser halten können. An den Rändern war er voller Schlamm und Moos, sodass er wie ein Moor wirkte.

Der Grabhügel war riesig und nahm die kleine Insel in der Seemitte vollständig ein. Nach dem endlosen Grau raubte mir das leuchtende Grün auf der Anhöhe den Atem. Da wirkte eine alte Schutzmagie. Und sie hatte sich irgendwie gehalten, so unvorstellbar es schien.

Ich ging am Seeufer entlang, bis der Nebel ein kleines Ruderboot enthüllte. Vorsichtig schob ich es aus dem Schlamm ins Wasser und drückte es nach unten, um es auf mögliche Lecks hin zu überprüfen.

»Untergehen wäre noch dein kleinstes Problem«, murmelte ich, stieg hinein und nahm die Ruder auf. Beide waren, wie auch der lange Bug des Boots, in der Form von Drachen geschnitzt.

Ich stieß mich vom Ufer ab und paddelte, so leise ich konnte. Meine Hände zitterten so sehr, dass ich kaum die Ruder halten konnte, und mein Atem hörte sich viel zu laut an. Schweiß lief mir über Rücken und Brust.

Die Stille des Sees war schlimmer als das Schnurren der Kinder. Sie barg all das furchtbare Potenzial des Ungewissen.

Das Boot rammte an die Insel und gab ein elendiges Knarzen von sich, als ich ausstieg.

»Das ist der Teil, den du kannst«, flüsterte ich mir zu. »Der einfache.«

Ich kramte in meiner Arbeitstasche nach den Kristallen ganz unten. Je nach Schutzzauber bräuchte ich vielleicht magische Hilfe, um ins Innere zu gelangen.

Als ich um das Hügelgrab herum zur Nordseite ging, wurde das Gras zuerst gelb, dann vertrocknet braun. Dennoch war der Grabhügel von einer schlichten, urtümlichen Schönheit – so ganz anders als der kalte Stein der Gräber unter dem Turm. Doch während ich mit den Fingern über die Hügelseite strich, fragte ich mich, ob Viviane lieber mit Morgana begraben worden wäre. Wenigstens wären sie dann im Tod nicht getrennt wie im Leben.

Die Blumen, die einst um den gemauerten Eingang geblüht hatten, lagen wie verschrumpeltes Gewebe darum verstreut. Ich schob das brüchige Laub an der Mauer zur Seite, worauf ein schlammiger Handabdruck zum Vorschein kam.

Die kleinen Haare auf meinen Armen richteten sich nadelgleich auf. Ich hockte mich hin, schloss für einen Moment die Augen und sprach ein Gebet an die Glücksgötter. Dann schaltete ich meine Taschenlampe ein und leuchtete in das Grab.

Da war kein blasser Stein.

Die Erde war aufgerissen und von vorn nach hinten durchgewühlt, sodass Gebeine und verwesende Leichen der feuchten Luft ausgesetzt waren.

Hinter mir gurgelte das Wasser. Der Schleim auf der Oberfläche schlug Blasen.

Und dann waren da Augen, weiß und lidlos, über dem Wasser.

Ein Gesicht.

Ein Körper.

Ich prallte gegen den Grabeingang, als sie aus dem Wasser aufstieg und über den See schwebte – eine Gestalt aus silbernen Knochen, Schlamm und verrottetem Fleisch. Ganz anders als die Kinder.

Eine Wiedergängerin. Ein ruheloser Geist, der sich mittels Magie einen neuen Körper aus allen verfügbaren Mitteln geschaffen hatte.

Sie hob mir eine Hand entgegen, so wie die weiße Dame im Schnee vor vielen Jahren, dass ich bei dem Anblick aufschluchzte. Nebel sammelte sich an ihren Füßen, und Klumpen von schwarzem Moos tropften von ihrem Arm. Doch mir fiel ein metallisches Glänzen unten an dem Arm auf. Da war ein Ring an dem Finger, der auf mich zeigte, mit einem großen flachen Stein in einem verblassten Braun.

Der Ring der Zerschlagung.

Eine seltsame Kälte überkam meinen Körper und meinen Verstand. Alles andere verblasste. Unwillkürlich hob ich die Hand und streckte sie nach dem Ring aus.

Metall durchschnitt die Luft und fuhr durch die Haut an meinem Arm. Ich stieß einen erstickten Schrei aus und ließ meine Taschenlampe fallen, um die Hand auf die Wunde zu drücken. Die Wiedergängerin kreischte siegesgewiss und reckte die Arme wie zum Gebet gen Himmel.

An der einen Hand war der Ring, aber die andere war gar keine Hand mehr. An ihrer Stelle befand sich ein blitzendes Messer, das mit ihrem Unterarm verschmolzen war – das Athame.

Angst und Adrenalin tobten in mir, als die Kreatur auf mich zuschwebte. Schlamm tropfte von ihrem ausdruckslosen Gesicht und enthüllte Ausschnitte von silbernen Knochen. Heißes Blut rann zwischen meinen Fingern hervor und fiel auf den

Boden, während ich rückwärtsstolperte. Plötzlich, als hätte ihn mir jemand eingeflüstert, kam mir ein Gedanke.

Ich habe eine Klinge. Ich habe eine Waffe.

Ich musste beide Hände benutzen, um meinen Dolch anzuheben. Vor Anstrengung wurden die Ränder meines Sichtfeldes schwarz. Aber nicht so dunkel, dass ich nicht erkennen konnte, was unter dem tiefen Schnitt an meinem Unterarm war.

Knochen, der im matten Licht silbern schimmerte.

Ich schrie, und die Kreatur machte einen Satz nach vorn, schlug den Dolch weg und zog mich ins trübe Wasser.

Teil III

Klinge und Knochen

Kapitel 37

In der Tiefe stach die Kälte nach mir.

Ich rang nach Luft, inhalierte Wasser, bis ich würgen musste. Während wir sanken, packte mich die Kreatur fester. Fluten von Blasen und dunklem Blut stiegen um uns herum auf. An der Oberfläche wurde das graue Licht schwächer, bis es ganz hinter dem Leib der Kreatur verschwand.

Das ist schon passiert, flüsterte eine Stimme in meinem Kopf. *Wach auf, Tamsin.*

Ich traf auf den Schlick am Grund des Sees, wo sich etwas Scharfkantiges in meinen Rücken drückte. Ich stemmte mich gegen die Kreatur, drehte den Kopf zur Seite. Weiße Knochen im Schlamm. Ein Heiligenschein von ihnen um mich herum.

Das ist schon passiert.

Der Schlamm schmolz vom Gesicht der Wiedergängerin und gab einen Schädel so silbern wie mein Armknochen frei. Der Unterkiefer löste sich wie bei einer Schlange. Gezackte, brüchige Zähne blitzten im Dunkeln auf.

Das ist schon passiert.

Die weiße Rose. Die Monster im Nebel. Das flammende Schwert.

Der Traum.

Wachsende Kraft wisperte in der Dunkelheit. *Wach auf.*

Ich tastete über den Boden, bis meine Finger eisigen Stahl streiften. Durch die tintige Blutwolke und den schwarzen Schleier, der meine Sicht übernahm, packte ich das Heft und holte aus.

Die Schwertklinge erwachte zum Leben, und die blauen Flammen erhitzten das Wasser. Die Kreatur schrie, als ich ihr einen Schnitt über den Oberkörper verpasste. Schlamm und ranzige Haut lösten sich von ihrem Körper, aber sie besaß kein Blut.

Da ich dringend Luft brauchte, stemmte ich mich vom Seegrund ab und schwamm mit verzweifelten Zügen nach oben. Das Athame bohrte sich durch meine Stiefelsohle bis zu meinem Knöchel.

Das Athame – ich brauchte dieses Messer. Für Cabell und alle anderen.

Verbissen kämpfte ich gegen den Schmerz und die Schwere meines Körpers und hieb erneut mit dem Schwert zu. Im letzten Moment wich die Kreatur zurück, und die brennende Klinge schlug nur durch Wasser.

Ich stürzte mich nach vorn, versuchte, das Athame zu erreichen, aber die Kreatur zog sich auf den Grund des Sees zurück, heulend vor Zorn. Ihr Haar schwebte ihr nach wie ein Schwarm Wasserschlangen.

Ich schwamm. Das graue Licht der Oberfläche erschien wieder, rief nach mir. Mit einem festen Tritt durchbrach ich die Wasseroberfläche, hustete und spuckte ekliges Wasser aus.

Doch kaum war ich dort, hatte mein Körper nichts mehr zu geben. Blut floss aus meinem Arm, und das raubte ihm die letzte Kraft. Das Wasser traf über meinem Mund und meinen Augen zusammen, als ich abermals unterging. Ich fühlte das stählerne Schwertheft nicht mehr in meinen tauben Fingern, und das Feuer erlosch.

Im kalten Griff des Todes hörte ich ein flehendes Murmeln in meinem Kopf: *Nicht loslassen.*

Hinter mir wallte der dicke Morast auf. Ein schmerzhaft heißer Arm schlang sich um meinen Bauch und riss mich nach oben.

In der kalten Luft rang ich nach Atem, bis ich würgte, weil ich das Wasser nicht aus meinen Luftwegen bekam. Ich schlug den Kopf nach hinten, um das Monster abzuwehren. Reflexartig umfing ich das Schwertheft fester, und das blaue Feuer kehrte zurück, sodass der schwarze Schlick an der Wasseroberfläche siedend heiß wurde. Mir war nicht bewusst, wie sehr mein Puls in meinen Ohren rauschte, bis ich eine gedämpfte Stimme direkt neben meinem Kopf hörte.

»Tamsin! Tamsin, hör auf!«

Ich legte den Kopf in den Nacken, und mein Bauch verkrampfte sich, als die dunklen Flecken vor meinen Augen verschwanden.

Emrys.

»Nicht hier ...«, würgte ich hustend. *Du kannst nicht hier sein.*

Er war kreidebleich vor Angst. »Hör auf zu zappeln!«

Dann umfing er mich noch fester und schwamm mit mir zum anderen Seeufer, weg von der Insel. Seine Muskeln arbeiteten schwer, und sein Herz raste. Allein seine Hitze reichte beinahe, um das Eis zu tauen, das sich um meine Knochen gebildet hatte.

Der Riemen meiner Tasche verdrehte sich an meinem Hals, als Emrys uns beide auf das matschige Ufer hievte. Mein Arm brannte vor Schmerz, sobald die bittere Luft auf die Wunde traf. Der Silberknochen darunter glomm unheimlich im fahlen Licht – eine Wahrheit, vor der ich nicht davonlaufen konnte.

Er wird es sehen, dachte ich verzweifelt und versuchte, den

Arm hinter mich zu ziehen. Doch es war schon zu spät. Emrys fluchte beim Anblick des strömenden Blutes, das Rinnsale im Schlamm bildete. Panisch packte er die Wunde mit einer Hand und strich mir mit der anderen das klatschnasse Haar aus dem Gesicht.

»Tamsin?«, keuchte er. »Kannst du mich hören? *Tamsin!*«

Er zog mich dicht an seine Brust, rieb und klopfte auf meinen Rücken, bis ich das restliche Wasser erbrach.

»Was ist das?«, fragte er und wollte meine Finger vom Schwertheft lösen. Dessen Hitze fauchte und knisterte, als es den Uferschlamm zu hartem Lehm brannte.

Doch ich war ganz auf das fixiert, was hinter ihm aus dem schattigen Wald gekrochen kam.

Die Kinder krabbelten über Findlinge und zwischen Bäumen hindurch, blieben jedoch im Schatten des Walds, knapp außerhalb des verhassten Lichts. Sie zwitscherten vor Aufregung, schnauften und schnupperten.

Nein, dachte ich. *Das kann nicht sein … Olwen hat gesagt …*

Olwen hatte nur gesagt, sie seien tagsüber nicht so aktiv. Dass sie Licht hassten. Nicht, dass sie alle schliefen. Nicht, dass sie nicht versuchen würden, uns anzugreifen.

Emrys wandte sich sehr langsam zum Wald um. Der heftige Atem der Kinder wurde zu Nebel und der Nebel zu ihrem Atem.

Sanft legte er mich zurück auf den Boden, wobei er mich herzzerreißend ansah.

Das Schwert glitt von meiner Hand in Emrys', und ich stöhnte, als die Flammen flackernd erloschen und fauchend Rauch ausstießen. Verwundert schaute Emrys hin, ehe er aufstand, um es allein mit den Kindern aufzunehmen.

Eines von ihnen drängte sich nach vorn, Speicheltropfen flogen, als das Monster knurrte. Eine seiner langen, knochigen

Gliedmaßen streckte sich durch den Nebel vor, glänzend von Schweiß und schuppig.

Es neigte den kahlen Kopf in einem unnatürlichen Winkel. Die Augen waren lidlos und groß, die dünne graue Haut um sie herum runzelig. Etwas an der Art, wie es hämisch die Lippen kräuselte, war mir seltsam vertraut.

Ich kannte dieses Gesicht. Diese Augen mit dem wölfischen Blitzen.

Es war Septimus.

Oder das, was von Septimus übrig war.

Meine Fingernägel rissen an totem Gras und Schilf. Ich versuchte, mich aufzurichten, aufzustehen.

Emrys schwang das Schwert in weiten Bögen, um die Kinder aufzuhalten, aber ohne das bedrohliche Feuer schreckten sie nicht zurück. Sie stiegen mit knackenden Knochen und knurrend übereinander, um als Erster bei ihm zu sein.

Ein Kreischen hallte über den See. Die Wiedergängerin erhob sich aus dem Wasser und schwebte zur anderen Seite des Ufers. Schlamm, Zweige und totes Seegras flossen über ihre ausgestreckten Arme, der entblößten unteren Hälfte ihres Brustkorbs entgegen. Ekliger Dunst sammelte sich um ihre Füße, als sie wieder an Form gewann.

In meinen Ohren und meiner Brust baute sich Druck auf, und noch mehr Kinder erschienen aus dem dunklen Dorngestrüpp um sie herum.

»Was zur Hölle ist das?«, hauchte Emrys. »Ist das … ist das die Hohepriesterin?«

Bei diesen Worten schwang sie den Kopf herum, und ihr Schrei zerriss die Luft. Ich hielt mir die Ohren zu, und Emrys sackte auf ein Knie.

Die Wiedergängerin rief erneut, schwebte die felsige Anhöhe am gegenüberliegenden Ufer hinauf und verschwand mit solcher Geschwindigkeit im Wald, dass die Rinde von den schwarzen, toten Bäumen abblätterte. Die Kinder um uns herum bewegten sich zurück, tiefer in den dunklen Wald hinein. Sie bellten und knurrten, als sie im Galopp den breiten See umrundeten. Ihr nachjagten.

Oder an ihre Seite befohlen wurden.

Zu ihr gerufen.

Sie kontrolliert sie. Die Worte gingen mir durch den Kopf und versuchten, dort Wurzeln zu schlagen. *Die Hohepriesterin Viviane kontrolliert sie.*

Emrys ließ das Schwert fallen und ging neben mir in die Hocke. »Ich weiß nicht, was zur Hölle eben passiert ist, aber das Licht schwindet. Kannst du …?«

Er packte meine Schulter, aber seine Stimme ging in dem langsamen Pochen meines Herzens unter. Mein ganzer Körper pochte mit jedem Schlag.

Er wird es sehen. Ich zog den verwundeten Arm unter mich, um ihn zu verstecken. *Er wird Bescheid wissen.*

Alles wurde schwarz, und ich konnte nichts tun. Während ich mich der betäubenden Erschöpfung ergab, folgte mir ein letzter Nachhall von einem Gedanken in die Dunkelheit.

Er wird wissen, dass ich eine von ihnen bin.

Kapitel 38

Etwas an dem wässrigen Licht machte es unmöglich zu sagen, ob ich wach war oder träumte. Es wäre leicht, wieder in seliges Nichts abzudriften. Nicht zu fühlen, wie es in meinem Arm pochte und mein Schädel kurz davor schien, sich aufzuspalten wie eine Muschel.

Stattdessen zwang ich meine Augen, durch die seidige Verschwommenheit um mich zu fokussieren. Ich leckte an dem körnigen Schmutz zwischen meinen Zähnen, wobei sich meine Zunge trocken und schwer anfühlte. Eine Windböe heulte, als suchte sie nach ihren verlorenen Geschwistern.

Mein Verstand, der mich nie im Stich ließ, registrierte meine Umgebung. Sandboden, eine Wolldecke unter mir, eine gewölbte niedrige Decke. Ein Schatten an der Tür, den ein Feuer aus kleinen Zweigen machte.

Der Geruch von süßem, erdigem Grün, der in diesem Höllenloch so fremd war.

Zögerlich kehrten meine Erinnerungen zurück, als wüssten sie, dass sie nicht willkommen waren. Tränen brannten in meinen Augenwinkeln, als mein Blick auf meinen Arm fiel.

Eine dicke Salbenschicht, durchwirkt von Fetzen getrockneter Blütenblätter und Kräuter quoll zwischen den langen Blättern hervor, mit denen die Wunde verbunden war.

Emrys drehte sich vom Feuer zu mir und ließ den Rauch durch die offene Tür nach draußen wabern. Als er sah, dass ich mich rührte, kam er zu mir und setzte sich neben mich.

»Wie fühlst du dich?« Seine Stimme klang rau. Sanft presste er ein kaltes Tuch an meine Wange und wischte dort etwas weg. Sein besorgtes Gesicht bewirkte, dass sich mein Bauch verkrampfte.

Das ist keine Sorge, erklang es finster in meinem Kopf. *Es ist Mitleid.*

»Noch ein Gefallen ... ich schulde dir was ...«, brachte ich krächzend heraus.

»Lerche, weißt du denn nicht, dass ich aufgehört habe mitzuzählen?«, flüsterte er. »Darum ging es nie.«

Er beugte sich über mich, und immer noch musterte er mich mit seinen schönen Augen, als er das Tuch zu meiner Stirn hob.

»Dann ... warum?«

»Ich wollte, dass du ... Ich schätze, ich wollte nur, dass du ...« Er schluckte angestrengt. »Dass du deine Meinung über mich änderst. Nicht wegen irgendwas, das ich getan habe, sondern weil du endlich ... Weil du mich gesehen hast. Mich *kennst.*«

Mein Herz schien mit meinem Atem aufzusteigen.

Emrys drückte eine Hand auf seine Stirn. »Sorry, das klingt ziemlich unsinnig.«

Wieder schaute ich mich um, weil ich dringend etwas anderes anblicken musste als sein allzu gut aussehendes Gesicht. »Wo ...«

»An einem der Wachposten, nicht weit vom See«, antwortete er. »Das Feuer über uns brennt noch, und ich habe ein weiteres an der Tür gemacht. Ich musste deine und meine Schutzzauber benutzen, um einen geschlossenen Kreis zu bekommen. Das ist hoffentlich okay. Aber ich bin mir nicht sicher, ob es reicht, die Kinder aufzuhalten, sobald das Licht erst ganz weg ist.«

Mir wurde kalt.

»Wie?«, flüsterte ich. »Willst du etwa nicht wetten?«

Der Blick aus seinen ungleichen Augen war sanft, und ich fragte mich, ob er so viel Angst hatte wie ich auf einmal. »Nicht hierbei.«

Geh, wollte ich zu ihm sagen. *Geh zurück zum Turm.*

Doch der schwächere, schlimmere Teil von mir konnte es nicht. Ich hasste diesen Teil – und wie ich ihn hasste! Emrys verdiente, in Sicherheit zu sein. Am Leben zu bleiben. Die Furcht, ihm zu nahe zu kommen, rang mit der, allein zu sein.

»Du hättest nicht … kommen sollen«, sagte ich und ließ meine Augen zufallen. »Warum …«

»Ich konnte nicht schlafen, und da bin ich runter zu den Quellen. Dann habe ich dich und Bedivere in die Küche gehen gesehen, aber es kam nur Bedivere wieder raus«, antwortete Emrys. »Ich habe mir Sorgen gemacht, dass etwas passiert ist, also habe ihn zur Rede gestellt und ihn gezwungen, mir zu sagen, wo du hin bist. Kann sein, dass ich ihn geboxt habe.«

Ich sah ihn ungläubig an.

Er hielt seine aufgeschürften Fingerknöchel in die Höhe. »Dabei könnte ich mir die Hand verstaucht und mein letztes bisschen Stolz zerschmettert haben. Und auch wenn ich nicht im Traum daran dächte, dir einen Vortrag zu halten …«

»Gut.«

»Doch für eine *sehr* kluge Person, war es äußerst dumm, allein hierher loszuziehen«, sagte er. »Im Ernst. Du kränkst mich, Lerche. Ich dachte, wir machen diese heimlichen Erkundungen zusammen.«

Emrys sprach in seiner üblichen, unbekümmerten Art, aber

da war echte Anspannung um seine Augen. Er war wütend – vielleicht mehr als das.

»Tut mir nicht leid«, würgte ich hervor.

»Weiß ich, du verrückter Mensch.« Emrys verblasste an den Rändern und schien zu zwei Hälften aufzuklappen wie sich öffnende Schmetterlingsflügel. »Möchtest du Wasser?«

»Ich kann ...« *Das machen.*

Ich brauchte keine Hilfe. Ich wollte nicht ...

Er holte den Trinkschlauch aus meiner Tasche und zögerte einen Moment neben mir. Als ich die Hand zu heben versuchte, war es, als hätte sich all mein Blut in Blei verwandelt. Emrys schob einen starken Arm unter mich und hob langsam meinen Oberkörper an, um das Wasser an meine Lippen zu halten.

Den ersten Schluck spuckte ich aus, weil ich den fauligen Geschmack aus meinem Mund bekommen wollte. Danach war ich zu müde, um unsicher zu sein, und trank gierig. Emrys' Geruch, Immergrün, und seine Wärme, umhüllten mich.

Er hatte uns beiden die Jacken ausgezogen und sie zum Trocknen nahe dem Feuer aufgehängt. Als er mich wieder auf seine Decke zurücklegte, die wie er roch, kroch erneut Kälte über mich hinweg.

Ein seltsames Geräusch, das ich seit Wochen nicht gehört hatte, kam von der Tür. Ich drehte mich hin und wollte meinen Augen nicht trauen, als Regentropfen fielen. Es dauerte nicht lange, bis der Regen stärker wurde, sodass er die ausgetrockneten Blätter auf den nahen Ästen rüttelte und gegen die Wachturmmauer trommelte.

Und ausnahmsweise konnte ich die Kinder kaum noch hören.

Das Feuer oben auf dem Turm zischte erbost, würde aber weiterbrennen, solange sich die Salamandersteine berührten. Unsere Zauber boten eine weitere Schutzschicht vor den Kindern. Und für einen Moment konnte ich tatsächlich glauben, dass wir in Sicherheit waren.

»Versuch zu schlafen«, murmelte Emrys und strich mir eine lose Haarsträhne hinters Ohr. Dann schien ihm bewusst zu werden, was er getan hatte, und er wurde rot.

Aber ich mochte diese Berührung. Was sie wortlos ausdrückte. Was sie hätte werden können.

Im sterbenden Licht hatte sein Haar einen rötlichen Schimmer, und die Schatten ließen ihn älter wirken – wie hundert, nicht siebzehn. »Du hast eine Menge Blut verloren. Ich musste mein extrem begrenztes Erste-Hilfe-Wissen einsetzen und den Schnitt an deinem Arm nähen.«

Die Stille des Moments zerbarst in tausend scharfkantige Scherben.

Er hat es gesehen.

Olwens Stimme sang in dem Regen. *Dreierlei Magie ist zu fürchten …*

»Emrys«, flüsterte ich mit aller Dringlichkeit, die ich aufbrachte. Die Schatten kehrten schon wieder zurück. »Wenn ich sterbe, verbrenn meine Leiche. Ich bin eine von ihnen.«

Er ergriff meine Hand und beugte sein Gesicht zu meinem. Ich versuchte, meinen Blick zu fokussieren. Auf seine Augen, grau wie eine Gewitterwolke und grün wie die Erde. »Nein, bist du nicht.«

Dreierlei Magie ist zu fürchten: aus dem Zorn der Götter geborene Flüche, Gifte, die Erde zu Asche verwandeln, und jene, die das Herz dunkel und Knochen zu Silber werden lässt.

»Dunkel im Herzen«, sagte ich, weil meine Gedanken zerbröckelten und meine Zunge träge wurde. »Silbern im Knochen.«

»An dir ist nichts Dunkles«, erwiderte er energisch. »*Nichts.*«

»Ich habe Septimus getötet …« Vielleicht hatte es ein Mal auf meiner Seele hinterlassen. Ein Brandzeichen auf meinen Knochen.

»Die Kinder haben ihn getötet«, sagte Emrys.

Wieder fielen mir die Augen zu, und ich wollte seine Worte festhalten, sie glauben.

Doch dort, in der Dunkelheit sah ich nur Nashs Knochen, die zur Erde zurückkehrten. Ausgelegt auf exakt dieselbe Art wie ich, in einem identischen Wachturm. Verloren und namenlos.

Allein.

Sein Bild verblasste wie Zwielicht, das in Nacht überging.

»Geh nicht«, bat ich ihn. »Bitte, geh nicht …«

»Du bist die Lerche«, flüsterte Emrys. »Du bist die, die immer davonfliegt.«

Lügner, dachte ich. Emrys Dye war ein Lügner, dessen Worte so glatt wie der Bauch einer Schlange waren. Er würde gehen, wenn es ihm nützte. Wenn er wüsste, was ich gesehen hatte.

Wie jeder andere würde auch er gehen.

Erzähl es ihm nicht, dachte ich. *Er würde gehen, und es ist zu gefährlich. Sie wird ihn umbringen …*

Doch Emrys würde es herausfinden. Er würde ihn finden, und ich wollte es wissen.

Musste es wissen.

Weil du mich gesehen hast.

»Sie hat den Ring der Zerschlagung«, flüsterte ich, während ich in flackernde Finsternis driftete. »Die Hohepriesterin … sie …«

Weil du mich gesehen …

Ich sah ihn, als ich die Augen wieder öffnete.

Emrys saß neben mir, einen Arm um seine Knie geschlungen, das perfekte Gesicht weich, als er mich mit gesenkten Lidern betrachtete. Seine Finger waren noch um meine geschlungen, und sie griffen fester zu, als wollten sie sagen *Ruh dich aus.* Als würde er mir so versprechen: *Wir sind noch hier, wir beide.*

Zittrig schlossen sich meine Augen.

Das Tageslicht war fort, aber er nicht.

Kapitel 39

Der Regen wurde zu Schnee.

Ich wachte rechtzeitig auf, um die stille, traumgleiche Verwandlung zu sehen. Der Regenvorhang riss auf, um dicken weißen Flocken zu weichen, die wie ein Kometenschauer durch die Nachtluft flogen. Emrys lehnte an der Tür, schaute zu und hatte die vernarbten Arme vor der Brust verschränkt.

Narben.

Er hatte seinen dicken Wollpullover ausgezogen und trug nur ein schlichtes T-Shirt. Eines, das wie meins schon bessere Tage gesehen hatte. Die Muskeln an seinen Armen und auf dem Rücken waren sichtlich angespannt, als wäre er gewappnet für etwas, das aus den Bäumen auftauchen könnte.

Nahe seinen Füßen kämpfte das kleine Feuer. Der Haufen totes Holz, den er gesammelt hatte, war schon auf die letzten paar Zweige reduziert. Die Kälte kroch wie ein ungeladener Gast in den Wachturm, und jetzt würden wir sie, wie die Schreie der hungrigen Kinder um uns herum, nicht mehr los.

Ich fröstelte, und meine Zähne klapperten, dass es wehtat. Mit dem letzten bisschen Bewusstsein, das ich aufbrachte, zog ich meine Beine näher an meine Körpermitte. Und da verschob sich ein unerwartetes, aber wohltuendes Gewicht auf mir. Unsere Jacken und Emrys' Pullover waren um mich herum festgesteckt.

Emrys bückte sich, um eine Handvoll Schnee aufzuheben, und sein mattes Lächeln verflog mit einem nicht erahnbaren Gedanken.

Etwas in mir wurde weicher, als ich ihn beobachtete – dafür gab es keinen Namen, aber es war neu und schwindelerregend, als es sich ausbreitete. Mein Arm pochte schmerzhaft, sowie ich ihn bewegte, versetzte mir zig Nadelstiche, kaum dass ich versuchte, meine Finger zu krümmen und mich an das Gefühl von meiner Hand in seiner größeren zu erinnern.

Mich hätte der Gedanke entsetzen müssen, dass er sich schon wieder um mich kümmern musste, wo ich doch so hart gekämpft hatte, all die Jahre selbst für mich zu sorgen.

Doch diese Gedanken verflogen wie Asche im Wind, als Emrys zum letzten Feuerholz und dann zum Wald sah. Er wog das Risiko ab. Was ein Versuch kosten könnte.

Ich geriet in Panik.

»Nicht«, rief ich heiser.

Emrys' Gesichtsausdruck veränderte sich und nahm wieder diese Leichtigkeit an, die ihn wie auf einer vergoldeten Wolke durchs Leben zu tragen schien. Seine Haltung wurde lockerer, als er sich neben mich kniete und die Jacken neu feststeckte.

»Wie super, dass du mich für mutig genug hältst, jetzt da rauszugehen«, sagte er, wobei seine Stimme kratzig klang.

»*M-mutig* war nicht g-ganz das Wort, an das ich dachte«, entgegnete ich bibbernd vor Kälte.

Er schlug eine Hand auf sein Herz. »Ah, ihr Stich ist fürwahr ein tödlicher!«

Er hatte etwas Leuchtendes und zugleich Verschleiertes, wie eine Gestalt aus einem Traum. Das zerzauste Haar und die strahlenden Augen verstärkten diesen Effekt noch. Mir wurde warm, was ich lieber nicht näher ergründen wollte.

»H-habe ich Fieber oder so?«, fragte ich. Es war die einzige Erklärung dafür, dass ich mich in seine Berührung lehnte, als er die Hand an meine Stirn legte. Und warum es sich so gut anfühlte, wenn er mir das Haar aus dem klebrigen Gesicht strich.

»Nee, ich habe bloß diese Wirkung auf Leute«, antwortete er augenzwinkernd. »Na ja, auf alle außer dir.«

»D-dank Nash b-bin ich immun gegen Charme«, brachte ich mühsam heraus.

Vorsichtig mied er meine Wunde, als er meine Oberarme durch die Stoffschichten rieb, um mich zu wärmen. Sein Lächeln schwand wieder, und wie eine erbärmliche Idiotin wünschte ich es mir sofort zurück.

»Du hast ein bisschen Fieber«, erklärte er. »Aber die Kräuter machen, was sie sollen. Denkst du, du kannst etwas essen? Ich habe noch Brot, das nicht mit uns schwimmen war.«

Ich schüttelte den Kopf. Mein Magen war viel zu verkrampft.

»W-wieso frierst du nicht?«, fragte ich. Ich bibberte so heftig, dass er schon mitzitterte.

»Würdest du meine Mutter fragen, wäre ihre Antwort, dass ich mit einem sanften Feuer im Herzen geboren wurde«, sagte er, und sein Blick war ein wenig genervt. »Aber ich glaube, mit mir stimmt einfach etwas nicht.«

Die Wärme seiner Hände strahlte durch unsere Jacken hindurch. Mein Kiefer verspannte sich vor lauter Schlottern, und Emrys verzog sorgenvoll das Gesicht.

»So schlimm?«, flüsterte er.

Ich nickte. Es fühlte sich an, als wäre meine Lunge gefroren und als würde die Silberschicht meiner Knochen sich weigern, die Kälte loszulassen.

Emrys schloss die Augen und richtete sein Gesicht gen Wachturmdecke, wo eine Wendeltreppe zum Flachdach oben führte.

»Ich schlage das mit nichts als der Sorge um dein Wohl im Sinn vor und in dem vollen Bewusstsein, dass momentan die Gefahr eher gering ist, von dir verprügelt zu werden …«

Ich blickte verärgert zu ihm auf.

»Ja, diesen Blick verdiene ich, aber … ich könnte dich wärmen?« Er sprach es hastig aus, schaute wieder zur Decke und schluckte, dass sein Adamsapfel wippte. »Ich meine, nur für dein Wohlergehen. Aus keinem anderen Grund. Das hatte ich schon gesagt, oder? Ich versuche bloß klarzustellen, dass es nur schräg ist, wenn wir es dazu machen. Und das tun wir nicht. Gar nicht.«

Der Gedanke allein reichte, dass mein Gesicht wieder gut durchblutet wurde.

Es wäre nicht anders als früher, wenn Cabell und du dich als Kinder gegenseitig wärmten, sagte ich mir. Als wir draußen in der Kälte schlafen mussten, hatten wir uns zusammen unter die Decken gekuschelt, um am Leben zu bleiben. Zwischen Emrys und mir war nichts, das hieraus mehr machen wurde.

Nichts. Und mir war so kalt.

Damit er nicht sah, dass sich meine Röte vom Hals zu den Ohren ausbreitete – und damit er aufhörte zu reden –, drehte ich mich auf meine unverletzte Seite, mit dem Gesicht weg von ihm, und rückte ein Stück, sodass Platz auf der Decke für ihn war.

Sein Zögern bewirkte, dass mein blödes Herz ausschlug. Ich starrte die dunklen Steine mir gegenüber an, und alles an mir verkrampfte sich, als ich den Atem anhielt. Der Feuerschein versank wie die Sonne am Horizont.

Es gab ein leichtes Rascheln von Stoff. Ich holte Luft wie vorm Abtauchen, während die Jacken angehoben wurden und Emrys sich hinter mich legte, dicht an mich heran.

Wärme umfing mich wie ein Sommertag, breitete sich langsam über alle meine Sinne aus und verwandelte meinen Körper von Stein zurück zu Haut. Emrys rückte noch näher, bis mein Kopf unter seinem Kinn war, und ich atmete zittrig aus, als er einen seiner unglaublich warmen Arme um meine Taille schlang.

»Ist das okay?«, fragte er so leise, dass es kaum noch als Flüstern durchging.

Ich nickte, schloss die Augen und konzentrierte mich auf sein Herzklopfen an meinem Rücken. Sein Atem bewegte mein Haar und jagte einen Schauer über meinen Rücken. Ich wurde rot, als sich die Wärme tief in meinem Bauch sammelte.

»Immer noch kalt?« Seine Stimme vibrierte in seiner Brust.

Er schlang den Arm fester um mich, und ich legte meinen über ihn. Jeder Gedanke, jeder Nerv in meinem Leib war ganz auf die Stellen gerichtet, an denen meine Haut seine berührte. Lange Beine verwoben sich mit meinen. Als er seine Hand auf meinem Bauch spreizte, fragte ich mich, ob er die Hitze spürte, die sich in mir staute.

Ich atmete tief ein, konnte nichts mehr hören außer dem Rasen unserer Herzen auf ein unbekanntes Ziel hin. Beinahe war ich berauscht davon, wie sein Atem stockte, als ich eine Ader von seinem Handrücken zu seinem Unterarm nachmalte. Noch nie hatte ich solch eine Macht wie diese gehabt.

Es wäre waghalsig, das wieder zu tun. Absoluter Irrsinn, meinen Finger weiterwandern zu lassen, wie auf einer Karte zu einem fremden Ort. Meine Hand verharrte, als die Haut rau wurde. Vernarbt.

Emrys lehnte seine Wange auf mein Haar. »Ich habe dich belogen.«

Ein Flüstern. Ein Geheimnis.

Ich riss die Augen auf.

»Die Narben habe ich nicht von einem Job.« Bei dem Rauschen in meinen Ohren konnte ich ihn kaum hören. Er hauchte die Worte, als müsste er sie von seiner Seele kratzen. »Die sind von meinem Vater.«

Es dauerte einen Moment, bis ich begriff, was er sagte. Vorsichtig drehte ich mich um, sodass ich ihn ansehen konnte.

»Was?«, flüsterte ich.

Die Sehnen an seinem Hals spannten sich an, als er den Kopf nach hinten lehnte und die Augen schloss. Die Narbe dort ließ mich die Luft anhalten. »Die Dinge, die er glaubt ... Er ist schon immer auf seltsame Vorstellungen fixiert, schätze ich, aber im letzten Jahr ... ist es viel schlimmer geworden. Dies war ... die Strafe, als ich mich geweigert habe zu tun, was er wollte.«

Mein Verstand füllte zu schnell die Leerstellen dessen aus, was mit ihm geschehen war. Ich wagte nicht, die Fragen auszusprechen, die mir durch den Kopf jagten. Und ich wusste nicht, was ich sagen sollte. Was *könnte* ich dazu sagen?

Nash hatte mich vor Jahren vor Endymion Dye gewarnt, und wie bei den meisten seiner Geschichten hatte ich es für übertrieben gehalten. Der Mann war streng und schroff, aber nie wäre ich auf die Idee gekommen, dass er seinem eigenen Fleisch und Blut solch grausame und dauerhafte Wunden zufügte.

Wortlos zog ich Emrys wieder näher zu mir, legte einen Arm um seine Mitte und presste mein Gesicht in seine warme Halsbeuge. Mit der Hand strich ich über seinen Rücken, und jede Narbenwölbung brachte mich den Tränen näher.

Emrys erschauderte und umfing mich fester. »Das ist der wahre Grund, weshalb ich diesen Job angenommen habe. Ich habe nichts Eigenes. Er kontrolliert alles und jeden in meinem Leben. Ich brauchte Geld, um meine Mom und mich von ihm wegzubringen.«

Zog man den Charme und den schönen Glanz des Reichtums ab, den er so stolz wie seinen Siegelring getragen hatte, blieb dieser echte Junge, dessen Leben wenig mehr als ein grausames Geheimnis gewesen war. Der allein in jenem goldenen Käfig aus Schmerz, Blut und stillem Grauen gewesen war.

Ich atmete seinen Duft ein, ließ meine Nase und meine Lippen über seine Haut gleiten in dem Versuch, ihn auf eine Weise zu trösten, wie ich es mit Worten nicht konnte. Er malte träge Kreise auf meinem Rücken und hinterließ dabei Feuerspuren.

»Ich wollte, dass du die Wahrheit kennst«, flüsterte er. »Ich wollte es dir schon eher sagen, damit du verstehst, aber ich habe mich geschämt ...«

»Nein«, erwiderte ich energisch. »Du hast keinen Grund, dich zu schämen.«

»Doch habe ich«, konterte er mit belegter Stimme. »Weil ich zu feige war zu gehen, bevor er so wurde. Ich hatte Angst, alles aufzugeben, womit ich aufgewachsen war und was ich sein sollte. Und dann waren da noch andere Ängste, einschließlich der, dich nie wiederzusehen ... und dazu war ich nicht bereit.«

Meine Hand erstarrte auf seinem Rücken, aber mein Herz schwoll an.

»Ich möchte nicht, dass du dich unwohl fühlst. Ich weiß ja, wie du empfindest.« Er schluckte. »Du musst nichts tun oder sagen. Ich erzähle dir das nicht, damit du Mitleid mit mir hast – Götter, das ist das Letzte, was ich will, vor allem, weil ich weiß, wie viel schlimmer es dir ergangen ist. Aber wenn wir schon in dieser eisigen Hölle sind, alles auf den Kopf gestellt ist und nichts sicher, kann ich wenigstens mutig genug sein, es dir zu erzählen. Für mich hast du dich immer wie Frühling angefühlt. Voller Möglichkeiten. Ich bewundere und respektiere dich, und ich möchte dir, so lange wie ich kann, nahe sein. Solange du mich lässt.«

Der Schock seiner Worte explodierte sternengleich unter meiner Haut. Sie waren irgendwie so unvermeidlich wie unerwartet. An seinem Schlüsselbein formten meine Lippen seinen Namen. *Emrys.*

»Also …«, schloss er mit einem zittrigen Lachen. »Jetzt habe ich es gesagt.«

Und vielleicht könnte ich für ihn den Mut aufbringen, es auch zu sagen.

Doch vorher musste ich den Kloß in meinem Hals loswerden, und als ich schließlich sprach, klang meine Stimme heiserer denn je. »Ich habe dich auch belogen.«

Wo sollte ich anfangen, wenn es gar keinen Anfang gab? Er strich mit der Hand meinen Rücken hinauf bis zu meinem Nacken, der nach Jahren, in denen ich immer einen Teil von mir zurückgehalten hatte, verspannt war.

»Oder vielmehr nicht gelogen, aber auch nicht die Wahrheit gesagt«, korrigierte ich. »Du hast mich gefragt, wie ich in Nashs Obhut geraten bin, und …« Cabell war der einzige Mensch, der die beschämende Geschichte kannte. »Es war ein Missverständnis.«

»Was meinst du?«, murmelte er.

»Er … er hatte Karten gespielt und gedacht, die *Tamsin,* die gesetzt wurde, wäre ein Boot«, zwang ich mühsam heraus. »Stell dir sein Entsetzen und seine Überraschung vor, als sich herausstellte, dass es ein kleines Mädchen war, für das er keine Verwendung hatte. Noch ein hungriges Maul zu stopfen.«

»Wie bitte?«, hauchte Emrys. »Deine Eltern haben dich einfach …«

»Weggegeben«, beendete ich den Satz heiser. Ich zog meinen

verletzten Arm näher an mich und genoss beinahe den frischen Schmerz. »Ihnen war egal, wer Nash war oder was er mit mir machen würde. Vielleicht haben sie gewusst, was ich war ... was unter meiner Haut war. Vielleicht hat Nash es herausgefunden und ... ist deswegen gegangen.«

»Nein«, erwiderte Emrys, »auf keinen Fall. Mit dir ist nichts falsch. Wir wissen nicht einmal, was es bedeutet.«

»Wissen wir nicht?«, flüsterte ich. »Cabell hatte recht damit, warum ich Nash suchen wollte. Er hat immer recht. Ich wollte es nur nicht glauben.«

»Was meinst du?«

Der Haarriss in meinem Herzen, den ich so mühevoll zusammengehalten hatte, brach auf, und alles, was an Scham und Schmerz übrig war, kam in einer Flutwelle heraus. Zum ersten Mal seit Jahren fing ich an zu weinen.

»Ich wollte seinen Fluch brechen«, sagte ich. »Wenn ich Cabell verliere, bin ich ganz allein ... aber ich wollte auch einen Beweis, dass Nash nicht vorhatte, uns zu verlassen. Ich wollte wissen, dass er mich nicht auch weggeworfen hatte. Auch wenn ich die ganze Zeit gewusst habe, dass ich nicht gewollt war, habe ich weiter gehofft, dass es nicht stimmt.«

Seine Armmuskeln spannten sich auf meinem Rücken an, und er tauchte die Hand in mein Haar, um meinen Kopf anzuheben.

»Bist du«, schwor Emrys. »Du bist erwünscht. Gott, ich will dich mehr als alles andere.«

Eine neue Hitze sammelte sich bei seinen Worten in mir, während ich mich mit jeder Faser darauf vorbereitete, dass er sie zurücknahm. Sie als Scherz abtat. Aber Emrys wollte sich offenbar nicht von dem distanzieren, was er gesagt hatte, und jetzt hingen die Worte zwischen uns, voller Versprechen, Vorfreude und schmerzlicher Verwundbarkeit.

Emrys war mir in den letzten paar Wochen ein Freund geworden, in den langen nächtlichen Stunden sogar ein Partner. Und jetzt …

Was war das hier?

Ich beobachtete ihn, wie er mich beobachtete und seine andere Hand hob, um mir behutsam die Tränen abzuwischen. Und meine Wange zu umfangen. Er war so ernst, so schön und von Schatten gezeichnet, und irgendwie war er für einen Moment ganz mein.

Wenn all dies hier vorbei war, würde er verschwinden, und es wäre nur noch eine Erinnerung. Ihn zu sehen und zu fühlen, wäre für den Rest meines Lebens in mein Gedächtnis eingebrannt. Ich drehte den Kopf leicht und presste meine Lippen in seine raue Handfläche, damit ich mich auch daran erinnern könnte.

Emrys atmete ein. In seinen Augen brannte ein Verlangen, das sein Echo in mir fand.

»Ich muss zur Hohepriesterin«, flüsterte ich. »Irgendwie muss ich ihr das Athame und den Ring abnehmen.«

Emrys neigte den Kopf leicht, sodass sich unsere Gesichter exakt gegenüber waren und unser Atem zu einem wurde.

»Aber«, sagte ich, »ich denke, vorher solltest du mich wohl küssen.«

Sanft strich er mit den Lippen über meine. »Willst du raten, wie gern ich das möchte?«

Ich überwand den letzten kleinen Abstand und fing seinen Mund mit meinem ein.

Für einen Herzschlag fühlte ich mich, als wäre ich wieder in Tintagel, an der Stelle, wo das raue Land auf die kalte, harsche See traf. Es fühlte sich an wie die Wellen, die auf uralte Erde krachten und sie zum Nachgeben zwingen wollten. Wie diese überwältigende Wucht der Kollision, dieser zwei Hälften, die jede der anderen widerstehen und sie gleichzeitig verschlingen wollten.

Es war wie das Gefühl nach Erlangen der Allsicht, des verborgenen Unsichtbaren innerhalb des Bekannten. Die Lichtstrahlen, die durch das dicke Laubdach eines Waldes drangen. Träumen und Wachen.

Emrys' harter Körper wurde weich und nachgiebig an meinem, und da waren keine Gedanken mehr außer dem Gefühl von ihm, seiner Haut, seinen Lippen, als ich ihn küsste und er mich.

Hände, die berührten und suchten. Lippen, die trösteten. Verzweifelt und voller Versprechen.

Zusammen allein, bis uns schließlich beide der Schlaf übermannte.

Kapitel 40

Am nächsten Morgen wurde ich als Erste wach und sah graues Licht durch die Tür hereinfallen. Mir tat alles weh, doch mein Kopf war erstaunlich klar. Ich fühlte mich ausgeruht, auf einer angenehmen Welle von Wärme treibend.

Immer noch war ich an Emrys geschmiegt, waren unsere Beine ineinander verschlungen. Meine gesamte Willenskraft war nötig, damit ich mich von seiner Brust zurückzog, diesem Zentrum von Wärme, und mich aufsetzte.

Die Luft war kühl und beißend in meiner Nase, und die Kälte kam mir umso schlimmer vor, weil Emrys fehlte. Durch die Tür war eine dünne Schneeschicht eingedrungen und hatte die Spuren unseres Feuers überdeckt.

Und mir wurde etwas anderes umso eisiger klar. Der Schnee dürfte auch alle Spuren der Wiedergängerin überdeckt haben.

Ich stützte eine Hand auf dem Sandboden auf und beugte mich zu Emrys, um ihn ein letztes Mal heimlich anzusehen. Eine neue Zärtlichkeit regte sich in mir, weil sein Gesicht im Schlaf so jungenhaft war. Ich berührte meine Lippen, erinnerte mich … und schnitt eine Grimasse, weil meine Gedanken so eklig zuckersüß geworden waren.

Ich griff nach dem Trinkschlauch und trank. Ein wenig Wasser benutzte ich, um mir Gesicht und Hände zu waschen, ehe ich etwas von dem Brot nahm, das Emrys mir letzte Nacht angeboten hatte. Es war hart, aber ich war ausgehungert.

Als ich endlich meinen Mut zusammengenommen hatte, strich ich Emrys leicht über die Wange. Sie war kratzig von Stoppeln, ganz anders als letzte Nacht.

Meine Wangen wurden heiß. Emrys stöhnte, vergrub das Gesicht in der Decke unter uns und streckte einen Arm aus, als suchte er nach mir. Ich legte die andere Brothälfte in seine Hand, und er lachte.

»Schon gut, schon gut«, sagte er, rieb sich das Gesicht mit der freien Hand und setzte sich auf. Er wurde rot und richtete die Jacken über seinem Schoß. »Lass mich erst mal ... zu mir kommen.«

Er wandte sich ab, um einen großen Schluck Wasser zu trinken. In der Stille setzte eine Unsicherheit bei mir ein, die ich hasste. Ich griff nach den Stiefeln, die Emrys mir ausgezogen haben musste, und war froh, dass sie größtenteils trocken waren und mein Knöchel nur wenig schmerzte, als ich sie zuband.

»Hey«, sagte Emrys leise.

»Selber hey.«

Als ich aufblickte, fing er mein Gesicht mit einer Hand ein, neigte sich vor und presste seine Lippen auf meine. Ich verharrte ruhig, entspannte mich ein bisschen und genoss es, seine Stoppeln zu fühlen. Als er sich mit einem Grinsen auf seinem elend gut aussehenden Gesicht zurückzog, wurde mir klar, warum er sich bisher nicht bewegt hatte und noch immer seine Jacke über seinem Schoß festhielt, und ich musste lachen.

»Hey«, sagte er halb stöhnend, halb lachend. »Ich bin ein Mann, und du hast einen Effekt.«

»Komm jetzt«, entgegnete ich kopfschüttelnd. »Wir müssen los.«

»Lass mich erst deinen Arm ansehen«, sagte er. »Danach fliegen wir los, Lerche.«

Sehr geübt schälte er die getrockneten Blätter von meinem Arm und trug mehr Salbe auf; allerdings wohnte dem nun eine neue Vertrautheit inne. Seine Finger strichen und streichelten über die sauberen Stiche, mit denen er meine Haut genäht hatte. Die Wunde selbst sah böse aus, pochte jedoch nicht mehr, es sei denn, ich berührte sie.

Federleicht ließ er seine Finger hinauf zu meiner Schulter und über mein Schlüsselbein wandern. Dann zog er den Ausschnitt meines T-Shirts nach unten, bis der Rand des Todesmals über meinem Herzen zu sehen war. Nachdenklich betrachtete er es, und ich zwang mich stillzuhalten, nicht zusammenzuzucken oder zurückzuweichen, als er den Sternenumriss nachzeichnete.

»Was ist passiert?«, flüsterte er.

Ich konnte nicht. Nicht das.

Also hielt ich meinen verwundeten Arm zwischen uns hoch. Sofort wandte Emrys sich ihm wieder zu.

»Wie schaffst du es, dass die Verbandblätter so grün bleiben?«, fragte ich und schaute mir seine langen Wimpern an.

»Du lenkst ab? Okay, mach ich auch.« Er lächelte scheu und küsste mich wieder.

Dann richtete er sich auf und zog mich mit hoch. Einen Moment lang drehte sich alles, aber Emrys hielt mich und zog mir seinen Pullover über.

»Den brauchst du«, sagte ich.

»Du brauchst ihn dringender«, war seine Antwort, während er mir schon in meine Jacke half. Wir sammelten unsere magere Habe zusammen, verharrten jedoch an der Tür. Eisiger Wind küsste meine Wangen, als ich hinaus zum Wald blickte.

»Wie willst du es machen?«, fragte Emrys.

Abermals kroch Hitze meinen Hals hinauf und in mein Gesicht. »Könnten … könnten wir den anderen noch nichts sagen, ehe wir wissen, was das hier ist? Leute verkomplizieren Dinge, und ich …«

Ich verstummte, weil sein verhaltenes Lächeln zu einem breiten Grinsen anwuchs.

»Ich meinte, wegen der Hohepriesterin«, sagte er und neigte sich näher zu mir. »Aber gut zu wissen, dass ich auch einen Effekt auf dich zu haben scheine.«

Jetzt war es an mir zu stöhnen. Ich schubste ihn verlegen weg.

»Wir müssen sehen, ob es irgendeine Spur gibt«, sagte ich. »Sie schien nach Norden zu wollen, aber wer weiß, wo sie jetzt ist.« Als ich mich an die befremdliche Eleganz erinnerte, mit der die Wiedergängerin über Wasser und Land geschwebt war, kam mir ein neuer Gedanke. »Vielleicht haben wir mehr Glück, wenn wir versuchen, die Kinder zu finden. Sie hatte sie zu sich gerufen, oder?«

»Auf jeden Fall schien es so«, antwortete Emrys. »Denkst du, sie hat sie geschaffen? Dass sie die Todesmagie der Druiden beherrschte?«

Damit ein Wiedergänger entstand, brauchte es nur etwas Unerledigtes und die Anwesenheit von Magie in der Leiche. Und anders als die Monster konnte sie ihre Form verändern und neu erschaffen. Sie zu töten, wäre schwierig.

Aber nicht unmöglich.

»Kann sein.« Doch mir fielen Neves Worte wieder ein. *Aber was ist ihr Motiv?* »Merlin sagte doch, es gebe noch zwei mehr wie ihn auf der Insel – könnte sie nicht die dritte sein, die … wartet?«

»Er hat auch gesagt, dass *sie* versuchte, den Tod zu beherrschen, aber am Ende zu seiner Dienerin wurde«, sagte Emrys. »Es könnte heißen, dass sie sich überschätzt und den Fluch versehentlich gewirkt hat.«

»Oder sie hatte beschlossen, Lord Death zu dienen und ihm die Insel zu überlassen.«

Emrys verzog das Gesicht. »Haben wir entschieden, dem labilen, brabbelnden Druiden zu glauben, der in dem Baum gefangen ist?«

»Ja. Nein. Weiß ich nicht.« Ich umklammerte den Riemen meiner Arbeitstasche und machte einen Schritt aus dem Wachturm hinaus. Der Anblick der von Verfall gezeichneten Landschaft weckte erneut die Erinnerung an Nashs Gebeine. »Wichtiger ist vielleicht die Frage, wie die Hohepriesterin – die Wiedergängerin – den Ring bekommen hat. War sie es, die Nash umgebracht hat?«

»Leider bin ich mir nicht sicher, ob wir das ergründen können«, sagte Emrys. »Aber ... vielleicht hatte Nash ihn ihr auch gebracht. Oder sie fand ihn, nachdem sie zur Wiedergängerin geworden war, angezogen von der Magie des Rings. Fest steht, dass sie eine Menge Geheimnisse hatte. Hier, vergiss das nicht.« Er hielt mir das Schwert aus dem See hin. »Der Partytrick funktioniert anscheinend nur bei dir.«

Meine Atmung geriet ins Stocken, als ich es ansah. Das Heft war mit Elfenbein verziert, das nicht einmal der Schlick und das schmutzige Seewasser getrübt hatten. Und wie die Klinge entflammt war ...

»Behalte du es erst mal«, sagte ich und begann, unsere Schutzzauber zu lösen.

Emrys konnte mit einem Schwert umgehen. Es war richtig, dass er es trug. Und benutzte. Das Ding war in meinem Traum gewesen, und ich wollte es nicht mehr ansehen, solange ich nicht musste. Vor allem wollte ich nicht einmal daran denken, was irgendwas davon bedeutete.

Wir gingen in entgegengesetzte Richtungen um den Wachturm herum, um die Tontafeln mit den Sigillen einzusammeln und ordentlich aufzustapeln. Als wir uns hinten in der Mitte trafen, übernahm Emrys beide Stapel und verstaute sie in seiner Tasche. Nicht zum ersten Mal wünschte ich mir, sie hätten die Kraft, Körper genauso zu schützen wie Orte.

»Hey, Tamsin«, sagte er und verwob seine Finger mit meinen. »Für mich ist es okay, wenn wir das hier erst mal für uns behalten.«

Ich nickte, und zusammen machten wir uns auf gen Norden.

Der pudrige Schnee war so hilfreich wie hinderlich, schluckte unsere Schritte, machte uns aber auch langsamer. Die Insel mochte nur wenige Meilen lang und breit sein, aber noch nie hatte sie sich größer als jetzt angefühlt.

So widersinnig es schien, wirkte der Wald noch finsterer. Hin und wieder krachten Schneeklumpen herab und erschreckten uns, als sie auf unserem Haar und hinten in unseren Jackenkragen landeten. Meine Zehen und Finger waren bereits nach einer Stunde steif vor Kälte, und ich war so auf den Weg vor mir konzentriert, dass ich die Spuren am Rande des Flussbetts, das parallel zu unserem Pfad verlief, fast übersehen hätte.

Spuren, die aussahen, als hätte jemand das offene Feld auf der anderen Seite des Wassers überquert und wäre nicht in den Wald verschwunden, sondern in ein schneegepudertes Heckenlabyrinth.

Vollkommen andere Spuren als die der Kinder, die auf Händen und Füßen über den Boden krabbelten. Es war eine feine, durch den Schnee geschnittene Linie, zu sauber für irgendein irdisches Wesen. Aber passend zu der Wiedergängerin, die direkt über dem Grund geschwebt war. Als hätte die Hitze oder Macht ihrer Magie markiert, wo sie gewesen war.

Ich ergriff Emrys' Arm und zeigte darauf. Blinzelnd folgte er meinem Zeichen und öffnete den Mund ein wenig. Doch was immer er sagen wollte, wurde von einem dampfenden Klecks blutigen Speichels verhindert, der auf seiner Wange landete.

Emrys sprang entsetzt zurück und wischte daran, während ich nach oben blickte.

Kinder baumelten da oben in den hohen Ästen der alten Bäume, tief im Schatten und verdeckt von dickem Raureif. Ein Schauer von Letzterem rieselte um uns nach unten, als sich eines der Monster schüttelte, bevor es sich schnarchend wieder gegen den Ast lehnte. Sein eines Bein fiel nach unten und trat die Kreatur, die auf dem Ast unter ihm hockte.

Adrenalin durchströmte mich, als die zweite Kreatur knurrte und wütend nach der ersten hieb. Ich griff nach Emrys. Wir standen beide regungslos da und wagten nicht zu atmen.

Der Wind rüttelte an den Bäumen. Als er nachließ, hob das rasselnde Schnurren wieder an. Überall um uns herum bewegten sich die Schneehügel.

Emrys trat einen Schritt zurück und wollte vorsichtig weitergehen. Ich tat es auch und versuchte, so wenig Geräusche wie möglich zu machen. Als Emrys wieder zu mir sah, stand ihm seine Frage ins Gesicht geschrieben. *Laufen?*

Ich schüttelte den Kopf. *Noch nicht.*

Beim Blick zum Flussbett wirbelten mir lauter Möglichkeiten durch den Kopf. Das Laub und Geröll waren vom Schnee verborgen, aber ich bezweifelte nicht, dass auch darunter Kinder schliefen. Vorsichtig traten wir aus dem Wald und schlichen am Flussbett entlang, wo ich mich immer wieder vorbeugte und zu beiden Seiten des Flussverlaufs umschaute, bis ich unsere Chance entdeckte. Ungefähr eine halbe Meile weiter verband eine schmale Steinbrücke den Wald neben uns mit dem Feld und den seltsamen Hecken.

Wieder wechselten wir einen Blick.

Bereit?, fragte ich stumm.

Emrys nickte.

Die Kinder in den Bäumen bespuckten sich gegenseitig und fauchten einander an, bissen die um sich herum wach, bis sie zu einem zappelnden Gewirr von Haut und Klauen wurden. Diejenigen, die nach unten geworfen wurden, kletterten gleich wieder zurück nach oben ins Getümmel, quiekend vor ungezügelter Häme, als sich der Kampf ausbreitete.

Ausgerissene Gliedmaßen und Blut sprenkelten den weißen Schnee. Mein Puls schlug einen furchtbaren Takt in meinen Adern. Emrys und ich hielten uns geduckt am Uferrand, als wir an dem Gemetzel der Kinder vorbeieilten. Ich wagte nicht, zu ihnen zu sehen oder auch nur Luft zu holen, bis ich die Frostschicht auf den Brückensteinen ertastete.

Dann rannten wir, kämpften uns durch kniehohe Schneewehen, bis meine Beine und Knöchel von den Kollisionen mit unsichtbaren Steinen pochten. Wir folgten der Spur frischer Fußabdrücke dorthin, wo die Heckenwand lockte. In dem Moment, in dem wir sie erreichten, stürzten wir uns hinter die Wand und drängten uns mit dem Rücken an das braune Laub und die knorrigen Zweige. Angestrengt lauschte ich auf irgendein Zeichen, dass wir erschnüffelt und verfolgt wurden.

Es kam keines.

Ich atmete keuchend aus, und meine Lunge brannte. Emrys drückte eine Hand auf seine Brust und lachte zittrig. Er umfasste das Schwertheft so fest, dass seine Fingerknöchel weiß waren.

Weiß wie der gigantische, sonnengebleichte Knochen, an dem er lehnte.

Als er meinen Gesichtsausdruck sah, drehte er sich um und stolperte prompt weg. »Was zum Höllenfeuer ist das?«

»Weiß ich nicht«, sagte ich. »Aber wenigstens ist es tot.« Dann, weil das Wort hier eine andere Bedeutung hatte, fügte ich hinzu: »*Tot* tot.«

Die Knochen waren überall um uns herum, jeder über die Hecke gebogen, um sich mit einem anderen an einem Gelenk zu treffen, beinahe wie ...

Rückgrat und Rippen eines riesigen Skeletts.

»Wollen wir ...?«, fragte er und deutete mit dem Schwert zur Spur.

Die Hecke führte in eine Art Irrgarten, bei dem man allerdings nicht weit gehen musste, um die Mitte zu finden und was dort versteckt war.

Ich hatte recht gehabt. Eine gigantische Kreatur hatte sich hier zusammengerollt und war gestorben. Hinter uns waren die zarten Knochen der gefalteten Flügel zu sehen. Der Schädel, annähernd so groß wie das gemauerte Cottage neben ihm, war voller Reihen gezackter Zähne.

Drache, dachte ich matt. Mari hatte mich nicht veralbert.

Das Cottage mit seinem schneebedeckten Dach sah wie etwas aus einem Märchenbuch aus.

Die Spur führte zu der geschlossenen Tür. Da die unteren Fenster von Vorhängen verhängt waren, ließ sich nicht sagen, ob jemand drinnen war.

Ich sah zu Emrys und zuckte mit den Schultern. Er erwiderte das Schulterzucken, hielt mir aber mit einem bedeutungsschwangeren Blick das Schwert hin.

Zögernd signalisierte ich ihm, dass wir versuchen sollten, uns dem Cottage von der Seite zu nähern, doch er zeigte nur wieder zu dem Schwert und zog das Klappbeil aus seiner Arbeitstasche.

Also nahm ich das Schwert, schloss meine Finger um das Heft, und blaue Flammen schossen aus der Klinge. Emrys starrte sie kopfschüttelnd vor Verwunderung an.

Ehe einen von uns der Mut verlassen konnte, stürmten wir auf die Tür zu. Emrys machte sich bereit, sie einzutreten, und ich nahm die beste Kampfstellung ein, die ich konnte ... Wir bekamen jedoch keine Zeit mehr zuzuschlagen. Die Tür flog auf, und dann war da ein Messer an meiner Kehle.

Nein, kein Messer ... ein Zauberstab.

Kapitel 41

Neve und ich schrien beide auf und ließen unsere Waffen fallen. Die Schwertflammen erloschen im Schnee, und der Zauberstab kullerte vor Emrys' Füße, als wir uns in die Arme fielen.

»Was machst du hier?«, fragte ich geschockt.

Direkt hinter ihr standen Caitriona mit einem Schwert und Olwen mit einem nebligen Magiewirbel zwischen den Händen. Beide entspannten sich, als sie uns sahen, wenn auch nicht sehr.

Neve trat zurück, hielt aber meine Oberarme weiter fest und sah mich vollkommen ungläubig an. »Wir sind hergekommen, um euch zu suchen. Euch beide.«

»Warum?«, fragte ich erschrocken. »Was ist passiert?«

Olwen fuhr sich mit einer Hand übers Gesicht, was bedeuten konnte, dass sie bestürzt war ... oder amüsiert. »Ich mache mal Tee«, sagte sie.

»Ihr habt den Schutz des Turms verlassen, das ist passiert, ihr Dummköpfe«, sagte Caitriona, deren Stimme noch rauer als sonst klang. »Kommt rein, alle beide. *Jetzt.*«

Ich brauchte einen Moment, ehe ich begriff. »Ihr seid uns suchen gekommen?«

»Ja!«, antwortete Neve gereizt. »Was hast du denn gedacht, was wir tun würden, wenn ihr vor Einbruch der Nacht nicht zurück seid?«

Ähm, nichts? Diese Erwiderung kam mir als Erstes in den Sinn. Doch ich starrte sie nur an, als sie den Kopf schüttelte. Mein Leben war es nicht wert, ihres dafür zu riskieren. Und weder Emrys noch sie hätten mir folgen sollen. Ich versuchte, ihnen genau das zu sagen, doch etwas zog sich in meiner Brust und meinem Hals zusammen, und auf einmal wollte ich so dringend heulen, dass es zu viel wurde.

Emrys hob das Schwert auf und führte mich nach drinnen, damit sie die Tür hinter uns schließen und verriegeln konnten.

Drinnen war das Cottage verblüffend anheimelnd. In der Ecke hinten war ein Bett, vor dem Kamin war ein Esstisch, und nahe einem Bücherregal standen zwei gepolsterte Sessel.

»Was ist das hier?«, fragte Emrys, der vor lauter Erschöpfung in einen der Sessel sank.

»Dies ist das Zuhause des obersten Obstgärtners«, antwortete Caitriona, die ihr Schwert zurück in die Scheide schob. Leise korrigierte sie sich. *»War.«*

»Wo wir gerade bei Nebensächlichkeiten sind«, murmelte ich. »Ist das echt ein Drache?«

»Das war Caron, die Letzte ihrer Art«, erklärte Olwen. »Sie war eine liebe Freundin von einem der Obstgartenhüter vor vielen, vielen Jahren.«

Neve bugsierte mich zu dem anderen Sessel und drückte sanft die Hände auf meine Schultern, damit ich mich hinsetzte. Ich verzog das Gesicht bei ihrem sorgenvollen Blick, und sie verstärkte ihren Ausdruck nur umso mehr.

Du solltest nicht hier sein, dachte ich. *Keiner von euch hätte den Turm verlassen sollen.* Der ganze Punkt meiner Mission war doch, dass ich für die Sicherheit aller sorgte, und jetzt waren sie meinetwegen in viel größerer Gefahr. Das war das Letzte, was ich wollte.

Neve wurde ernst, als könnte sie sehen, welche Gedanken mir durch den Kopf gingen. »Hast du echt gedacht, wir würden dich nicht suchen?«

Ich senkte den Blick. »Du hättest dich nicht in Gefahr bringen dürfen.«

»Tja«, erwiderte Neve. »Das hast du nicht zu entscheiden. Tut mir leid, aber ich muss dir mitteilen, dass anderen, mich eingeschlossen, etwas an dir liegt, egal wie sehr du dich um den gegenteiligen Effekt bemühst.«

Sie drehte sich zu Olwen um, die Magie benutzte, um Wasser in einem kleinen Topf zu erhitzen, und sagte: »Ich übernehme das, Olwen. Ich denke, du solltest dir lieber diese zwei hier ansehen.«

»Zuerst Tamsin«, bat Emrys, »und hab Nachsicht mit mir, Olwen. Ich habe mein Bestes getan.«

Ich zog meine Jacke aus und hielt der Heilerin meinen Arm hin. Sie wusch sich die Hände, kam zu mir und verengte die Augen, als sie sich hinkniete und die Wundnaht und die Salbe musterte. Dann schnupperte sie daran.

»Echinacea und Schafgarbe?«, fragte sie.

»Und ein wenig Oreganoöl«, bestätigte Emrys.

»Das Nähen musst du noch üben«, sagte Olwen zu ihm, nachdem sie meinen Arm und meinen Knöchel inspiziert hatte. Sie tätschelte mir die Hand. »Ich mache das gründlich sauber und trage etwas auf, das bei der Heilung hilft. Woher hast du solch eine tiefe Wunde? War es eines der Kinder?«

»Nicht … direkt«, antwortete ich unsicher.

Caitriona, die unruhig auf und ab gegangen war, blieb stehen, damit Neve mit einem dampfenden Becher an ihr vorbeikonnte, aus dem es göttlich duftete. Getrocknete Apfelstücke und Kräuter schwammen oben in der Flüssigkeit.

»Bedivere hat uns von dem Athame erzählt, aber es fing an zu schneien, als wir zum See kamen, und wir haben eure Spur verloren«, sagte Caitriona. »Hast du es gefunden?«

Der Verband in ihrem Gesicht machte es schwer, ihre Miene zu deuten, aber der Anflug von Hoffnung in ihrer Stimme reichte, dass sich mein Brustkorb eng anfühlte. Diesen Teil hatte ich nicht bedacht – ihnen sagen zu müssen, was aus ihrer geliebten Hohepriesterin geworden war und dass sie alle hier verflucht hatte.

Als ich den ersten Schluck von dem Tonikum nahm, schien mich ein warmer goldener Glanz zu durchströmen, und es linderte sofort die Wundheit meines Körpers und den Schmerz in meinem Bauch. Diese Wirkung musste Avalons berühmten Äpfeln geschuldet sein, die heilend und nahrhaft zugleich waren. Und sie gab mir das letzte bisschen Mut, das ich brauchte.

»Ich habe es gefunden«, sagte ich. Olwen blickte von meinem Knöchel auf, den sie gerade verband, und rang überrascht nach Luft. Ihre Erleichterung war so furchtbar wie Caitrionas Hoffnung. »Aber euch wird *wirklich* nicht gefallen, wo es ist.«

Als ich fertig war mit meiner Erzählung, weinte Olwen und Caitriona saß auf einem der Stühle am Tisch, den Kopf in die Hände gestützt. Ich konnte beinahe fühlen, wie es in ihr arbeitete und sie meine Geschichte durchging – abwägte, ob sie mir trauen konnte.

»Wie kann das sein?«, fragte Olwen und wischte sich die Tränen ab. »Eine Wiedergängerin aus so wenigen Knochen – wer könnte sie mit solch einem Fluch belegt haben?«

»Nur sie selbst«, erklang Caitrionas finstere Antwort. Sie lehnte sich auf ihrem Stuhl zurück, und trotz der Verbände war ihr deutlich anzusehen, wie elend ihr war.

»Nein«, sagte Olwen. »Das kann nicht sein.«

»Wer denn sonst?«, fragte Caitriona unglücklich. »Unsere Hohepriesterin war die Einzige in ganz Avalon, von der wir mit Sicherheit wissen, dass sie Todesmagie genutzt hat. Ich habe die Möglichkeit jahrelang geleugnet, aber jetzt …«

»Könnte es ein Versehen gewesen sein?«, fragte Neve leise. »Sie könnte einen der Druidenzauber falsch verstanden haben.«

»Oder sie war keine Dienerin der Göttin mehr«, sagte Caitriona. Sie krümmte sich auf dem Stuhl. »Und hat sich der Magie des Todes hingegeben.«

»Nein«, widersprach Olwen. »Nein, es gibt vieles, was ich glauben würde, aber nicht das.«

»Olwen«, sagte Caitriona, »du weißt, dass sie davon gesprochen hatte, wie sehr sie sich wünschte, Morgana würde wieder lebendig, wäre nur einen Tag länger bei ihr. Vielleicht wollte sie die Magie, um sie wiederzuerwecken, und es hat zu unser aller Ruin geführt.«

Die andere Priesterin schüttelte den Kopf. *»Nein.* Sie würde das Gleichgewicht nicht auf so fatale Weise stören.«

»Hat die Hohepriesterin euch erzählt, wie Wiedergänger entstehen?«, fragte ich.

Olwen strich sich die dunklen Locken nach hinten. »Nur sehr wenig, obwohl ich auch einiges aus ihren Erinnerungen weiß.«

»Alles, was nötig ist, damit jemand zu einem Wiedergänger wird, sind das Vorhandensein starker Magie im Körper und der Wunsch weiterzuleben«, erklärte ich. »Manche Wiedergänger sind nicht einmal böse. Sie sind einfach nur entschlossen, eine Aufgabe abzuschließen, und lassen sich von niemandem davon abhalten.«

Emrys nickte. »Falls es keine Absicht war, könnte ihr Verlangen weiterzuleben nicht mehr als der Wunsch gewesen sein, Avalon zu schützen.«

»Oder«, sagte ich, »sie war tatsächlich eine Dienerin von Lord Death und wusste, eine Wiedergängerin zu werden, würde sie nahezu unaufhaltbar machen.«

Olwen presste beide Hände auf ihr Gesicht und hatte merklich Mühe, bei dem Gedanken die Fassung zu wahren. Neve hinter ihr ließ genervt den Kopf in den Nacken fallen.

»Ich ertrage nicht, wie du denkst«, sagte Caitriona zu mir.

»Mir gefällt dir Vorstellung auch nicht«, erwiderte ich. »Aber es schien, als würde sie die Kinder am See kontrollieren. Ich glaube, wir müssen uns mit der Möglichkeit abfinden, dass sie die Verwandlung erlaubt hat, damit sie heimlich ihre Arbeit fortsetzen kann und so gut wie unbesiegbar wird.«

»Heilige Mutter«, sagte Olwen und presste eine Hand auf ihre Brust.

»Was, wenn es wirklich der Ring der Zerschlagung war?«, fragte Emrys plötzlich. »Ich überlege schon den ganzen Tag, wie sie ihn bekommen hat. Was ist, wenn Mari recht hat und der Ring einen korrumpierenden Einfluss ausübt? Könnte er sie dazu bewegt haben, all das zu tun?«

Olwen schüttelte den Kopf. »Der einzige Ring, den sie getragen hatte, war einer aus Mondstein ... aber ... vielleicht hatte sie ihn an sich versteckt? Ich leugne nicht, dass sie Geheimnisse hatte oder es genoss, die anderer zu sammeln.«

»Oder der Ring hatte nichts damit zu tun«, sagte Neve. »Und die Wiedergängerin hat ihn zufällig irgendwo im Wald gefunden.«

Meine eigenen Theorien waren noch zu dünn, um sie auszusprechen, und letztlich taten sie nichts zur Sache. Das Athame und der Ring waren in greifbarer Nähe, und jetzt mussten wir nur noch herausbekommen, wie wir die Wiedergängerin fanden und ihr beides abnahmen.

Was, wie meine Wunden zeigten, leichter gesagt als getan war.

»Wiedergänger sind Parasiten. Sie müssen sich von Magie ernähren, um ihre physische Form zu erhalten«, erklärte ich. »Gibt es nördlich von hier einen Ort, der noch von alter, starker Magie geschützt wird? Es gibt doch so etwas wie hohe Magie, nicht?«

Olwen und Caitriona wechselten einen Blick.

»Ja«, antwortete Caitriona vorsichtig. »Warum?«

»Weil das die Art Magie ist, die sie braucht, und wahrscheinlich ist sie auf dem Weg dorthin«, erklärte ich.

»Also um einen Wiedergänger zu zerstören, muss man ihn zunächst von dieser Magie abschneiden?«, fragte Neve, in deren Zügen sich Faszination und Entsetzen spiegelten.

»Genau. Man muss die alten Zauber entfernen.« Ich wandte mich wieder an die beiden Priesterinnen. »Ist dieser Ort weit von hier?«

Caitriona stand auf. »Das muss nicht deine Sorge sein, denn du kehrst mit den anderen zum Turm zurück.«

»Was? Nein!«, entgegnete ich.

Caitriona zog sich ihre Stahl- und Lederrüstung wieder an und weigerte sich, uns vier anzusehen. Neve hockte sich seufzend auf meine Sessellehne und sah mich besorgt an.

»Du gehst nicht ohne uns«, sagte Olwen zu Caitriona.

»Wer soll mich aufhalten?«, konterte Caitriona mit einer Überheblichkeit, die wahrlich verdient war.

»Keiner, du wundervolle Närrin«, antwortete Olwen. »Ich weiß auch, wo es ist, und bringe sie hin.«

Caitrionas Zopf flog, als sie sich zu Olwen umdrehte und sie mit blitzenden Augen ansah. Olwen zuckte nicht einmal mit der Wimper.

»So zerbrechlich bin ich nicht, Cait«, sagte Olwen ruhig. »Und sie war auch meine Hohepriesterin, genau wie deine. Du solltest dich dem nicht allein stellen müssen.«

»Es war mein Fehler«, erwiderte Caitriona schroff. »Ich hätte …«

»Sir Bedivere von etwas abhalten müssen, was er bis gestern geheim gehalten hat?«, schlug Neve vor. »Wie? Sag es uns, und wir lassen dich allein gehen.«

Caitriona umfing ihren Panzerhandschuh fester und ihr Kiefer mahlte.

»Jeder hier kennt die Risiken«, sagte ich. »Und zusammen können wir überlegen, wie wir die Wiedergängerin aufhalten und das Athame und den Ring bekommen.«

»Du willst immer noch den Ring?«, fragte Olwen verwundert. »Nachdem du über ihn weißt, was du weißt?«

»Falls das Erneuerungsritual nicht wie geplant funktioniert, kann er die letzte Hoffnung für meinen Bruder sein«, antwortete ich.

Caitrionas Nasenflügel blähten sich bei ihrem scharfen Ausatmen. »Dann kommt mit, wenn es sein muss. Aber erst, wenn Olwen ihre Arbeit beendet und sich mit Wasser gestärkt hat.«

»Das muss ich nicht«, sagte Olwen. »Ich fühle mich nicht geschwächt oder auch nur müde, und ich werde jetzt ganz sicher nicht eine Wanne voll Schnee zum Schmelzen reinholen.«

»Doch, wirst du«, befahl Caitriona sanft. »Ich lasse nicht zu, dass du oder irgendjemand sonst verletzt wird.«

Sie widmete sich wieder ihrer Rüstung und ächzte, als sie ihre verletzte Schulter bewegte. Sichtlich unter Schmerzen hob sie ihre Hand an ihren Mund, um den Panzerhandschuh mit den Zähnen festzuziehen.

»Warte«, sagte Neve und ging zu ihr. »Ich helfe dir.«

Auf einmal sah Caitriona wie eine Katze aus, die am Schwanz gepackt wurde. »Nein, wirklich, ich kann ...«

Sie verstummte, als Neve behutsam ihre Hand umdrehte und begann, die Lederbänder zu binden, als hätte sie es schon Tausende Male getan.

Mit dem gebeugten Kopf und ganz auf ihre Arbeit konzentriert, bemerkte Neve nicht, dass die andere junge Frau sehr still geworden war und sich ihre harten Züge entspannten. Für einen Moment schien es, als würde Caitriona nicht einmal atmen – als wäre Neve eine Feder, die wegschweben könnte, wenn es auch bloß die kleinste Luftbewegung gab.

Olwen drückte mit dem Finger auf die Nähte in meinem Arm, womit sie prompt wieder meine volle Aufmerksamkeit hatte.

»Aua!«

»O nein«, meinte sie, wobei sie mich vielsagend ansah. »Verzeih meine Grobheit.«

Ich zog fragend die Augenbrauen hoch. Sie tat es mir gleich.

Emrys lehnte sich über meine Schulter und beobachtete, wie Olwen zuerst Öl auf die Wunde tupfte – Oregano, dem Geruch nach – und dann eine wächserne Salbe zwischen ihren Händen wärmte, bevor sie sie sanft in meine Haut massierte.

»Das ist eine tiefe Wunde«, begann Olwen mit einem leichten Zittern in der Stimme. »Es muss furchtbar schmerzhaft gewesen sein, als sie ... als die Wiedergängerin dich geschnitten hat.« Sie holte tief Luft und schaute auf. »Viviane hätte dies niemals getan, wäre sie ... wäre sie noch sie selbst. Es tut mir so leid.«

»Weiß ich, und du musst dich für nichts entschuldigen.« Ich sah zu Emrys, der mir aufmunternd zulächelte, und ich wusste, dass ich das andere Ereignis am Hügelgrab nicht zurückhalten durfte. »Es gibt noch etwas, das ihr wissen solltet. Über mich.«

Die anderen hörten mir mit variierendem Entsetzen zu, und

ein paarmal schien Olwen kurz davor, mit einem Gedanken oder einer Frage herauszuplatzen, bremste sich aber ... bis sie es nicht mehr konnte.

»Dein Knochen war silbern? Das war nicht bloß eine Vision?«, fragte sie und beäugte die Wundnaht.

Ich verkrampfte mich. »So glänzend wie eine polierte Münze. Innerlich durch und durch verrottet, schätze ich.«

Emrys packte meine Schulter, doch Neve schaltete sich ein, ehe er etwas sagen konnte.

»Das heißt noch lange nicht das, was du eindeutig denkst«, sagte sie und kam zu uns. »Also hör auf, dir deshalb selbst leidzutun.«

Erschrocken öffnete ich den Mund.

»Ja, das tust du, und es ist verständlich, aber das macht deine schlimmsten Gedanken nicht wahr«, fuhr Neve fort. »Und ich hätte gedacht, dich muntert es auf, ein mystisches Schwert zu finden.«

Ich seufzte. »Tja ... da ist noch etwas anderes, was ich euch dazu erzählen muss.«

Olwen nickte, als ich ihnen von den Träumen berichtete, und nahm die Information mit derselben stoischen Haltung hin, die ich inzwischen von ihr erwartete. Caitriona hielt sich zurück und hatte einen merkwürdigen Gesichtsausdruck, den ich nicht deuten konnte.

»Warum hast du nicht früher etwas gesagt?«, fragte Emrys beunruhigt.

»Weiß ich nicht. Ich ... habe eben nicht gewusst, was es bedeutet oder ob es überhaupt etwas bedeutet.« Ich sah Olwen an. »Glaubst du, es hat mit dem Silber zu tun?«

»Ich glaube, dass es eine weit simplere Erklärung gibt«, antwortete Olwen und wechselte wieder einen Blick mit Caitriona.

»Die Göttin nutzt den Nebel, um auf unterschiedliche Weise mit uns zu sprechen. Durch Lieder, Träume, sogar Visionen. Vielleicht möchte sie, dass du zuhörst, und spricht mit dir auf die einzige Art, von der sie weiß, dass du sie wahrnimmst.«

»Indem sie mir Visionen von Einhörnern schickt?«, fragte ich skeptisch. »Dann muss sie echt an ihren Kommunikationsfähigkeiten arbeiten.«

»Vielleicht ist das bloß die Art, wie sie dir erscheinen will«, erwiderte Olwen.

»Ein Teil von mir hatte echt Angst, durch meine Träume würden diese Sachen erst wahr werden«, gab ich zu.

Olwen schaute zur Tür, neben der Emrys das Schwert aus dem See an die Wand gelehnt hatte. »Ein faszinierender Gedanke. Objekte können in seltenen Fällen aus dem Nebel geboren werden. Doch ich glaube, dieses Schwert existiert schon viel länger, als du in Avalon bist.«

»Erkennst du es?«, fragte Neve.

»Es erinnert mich an eine Geschichte, die Mari uns einmal erzählt hat, obwohl sie mir gerade nur noch teilweise einfällt«, antwortete Olwen.

»Du musst sie fragen, wenn du wieder im Turm bist«, sagte Caitriona. »Solch ein Schatz wird sie entzücken.«

»Ich habe einen Verdacht, was das Silber angeht, falls du den hören möchtest«, bot Olwen mir an und griff nach einer Verbandrolle in ihrer Tasche.

Emrys' Hand war noch auf meiner Schulter, warm und beruhigend. Ich musste meine Hand unter meinen Oberschenkel schieben, um nicht nach seiner zu greifen. »Ich bin ganz Ohr.«

»Nun«, sagte sie, und ihre Augen leuchteten vor Aufregung, was ich unter anderen Umständen wohl eher zu schätzen gewusst hätte. »Ich glaube, Knochen werden zu Silber, wenn man auf eine Menge Todesmagie trifft. Bist du sicher, dass du nie mit einem Fluch oder Zauber in Berührung gekommen bist – vielleicht in einem Objekt?«

Vor meinem inneren Auge blitzte das Bild von der Weißen Dame auf dem verschneiten Feld auf. Das eisige Feuer ihrer Berührung, als sie versuchte, mich mit sich in den Tod zu ziehen. Das Mal über meinem Herzen brannte bei der Erinnerung.

Neve berührte meine Schulter, denn sie erriet, was ich dachte. Und Emrys' Gesichtsausdruck nach hatte auch er es begriffen.

Ich holte tief Luft und nickte. »Das wird es wahrscheinlich sein.«

Olwen befestigte den Verband. »Fühlt sich das gut an?«

Ich nickte. »Danke. Aber jetzt kommt der schwierige Teil – seid ihr beide bereit zu tun, was nötig ist, um die Wiedergängerin zu zerstören? In dem Wissen, dass ein kleiner Teil eurer Hohepriesterin in ihr steckt?«

»Es gibt keine andere Wahl, als ihre dunkle Magie zu entwurzeln«, antwortete Caitriona sachlich. »Wir müssen das Athame bekommen, um das Reinigungsritual zu vollziehen.«

Olwen bejahte stumm. »Wenn das Ritual das Land wiederherstellen kann und die Kinder wieder zu denen werden, die sie waren, wird dieser Schmerz etwas Gutes bewirken.«

»Es sollte doch ziemlich leicht sein, die Magie zu zerstören, von der sich die Wiedergängerin nährt, oder?«, fragte ich.

Caitriona und Olwen wechselten einen langen, entsetzten Blick.

»Oder?«, wiederholte ich.

»Ist es möglich, die Wiedergängerin zu fangen und woanders hinzubringen, bevor wir sie töten?«, fragte Caitriona fast flehend.

»Soll das eure Art sein, uns zu sagen, dass ihr die hohe Magie nicht entfernen könnt, die ihre neue Quelle ist?«, entgegnete ich.

»Sowohl Cait als auch ich besitzen die Fähigkeit dazu«, erklärte Olwen. »Einzig eine Priesterin von Avalon kann die Schutzzauber dorthin überwinden.«

»Also was ist dann das Problem?«, fragte Emrys.

»Der fragliche Ort«, antwortete Olwen matt, »ist das Grab von König Artus.«

Kapitel 42

Die Worte schienen sämtlichen Sauerstoff aus dem Cottage zu saugen.

Caitriona begann wieder, auf und ab zu laufen, wobei sie ihren verwundeten rechten Arm an ihrer Brust hielt, um die Schulter zu stabilisieren. Ihr war anzusehen, dass sie angestrengt nachdachte, wie sie das Dilemma lösen könnte, mit dem Olwen uns eben konfrontiert hatte.

»Es ist die Pflicht der Neun, den schlafenden König zu schützen«, sagte Caitriona mehr zu sich selbst als zu uns. »Geerbt von unseren Schwestern, die vor uns kamen. Wenn wir die Schutzmagie um das Grab entfernen, wird Artus endgültig sterben.«

Emrys fluchte leise.

Anscheinend war ich die Einzige, die die offensichtliche Frage stellen wollte: »Spielt es eine Rolle?«

»Was meinst du?«, fragte Olwen.

»Spielt es eine Rolle, wenn er endlich stirbt?«, wiederholte ich. »Der einzige Grund, aus dem er noch am Leben erhalten wird, ist der, dass er der Sterblichenwelt in deren Zeit größter Not zu Hilfe kommt, und der Typ konnte sich nicht mal bequemen, aufzuwachen und Avalon zu helfen. Vielleicht wollen wir seine Hilfe ja gar nicht.«

Caitriona stand mit dem Rücken zu uns, doch an ihrer Haltung war zu erkennen, dass ein Krieg in ihr tobte. »Das verstehst du nicht. Kannst du gar nicht.«

Olwen sah uns flehend an. »Es ist eine der wenigen Pflichten, die wir noch erfüllen können, seit die Insel in Dunkelheit fiel. Wir haben einen Eid geschworen.«

Caitriona hatte nur teils recht. Ich mochte nicht verstehen, weshalb Artus im Angesicht all dessen, womit wir es aufnahmen, am Leben gehalten wurde. Aber ich erkannte, dass er ihnen etwas bedeutete, so wie er Nash und all denen etwas bedeutet hatte, die sich danach sehnten, dass die Legenden stimmten. Die Rolle der Neun als seine Beschützerinnen war eines der wenigen reinen Dinge, die von dem Verfall in diesem Land nicht besudelt worden war.

»Na gut«, sagte ich und sah Emrys und Neve an, um mich zu vergewissern, dass wir drei einer Meinung waren. »Dann versuchen wir, die Wiedergängerin von dem Grab wegzulocken. Sollten wir es nicht schaffen, müssen wir die Magie entfernen, von der sie sich ernährt, selbst wenn es bedeutet, Artus sterben zu lassen. Können wir uns zumindest darauf einigen?«

»Cait?« Olwen sah sie an und wartete.

Als Caitriona sich wieder zu uns umdrehte, war sie so bleich wie der Schnee draußen.

»Wir verlieren das Licht«, erinnerte ich sie.

»Dann …«, sagte Caitriona, »eilen wir lieber nach Norden und ziehen den Plan durch.«

»Bist du dir sicher?«, fragte Olwen.

»Die Vergangenheit kann nicht wertvoller sein als die Zukunft«, sagte Caitriona mit belegter Stimme. »Und der Wert eines Mannes darf nicht höher geschätzt werden als der einer ganzen Insel.«

Olwen entspannte sich sichtlich, als sie sich vom Boden hochstemmte. »Ich packe unsere Sachen zusammen.«

Caitriona nickte, nahm ihr Schwert von dem Tisch auf und sagte nichts mehr. Doch ich wusste, wie viel es sie kosten würde, einen Teil von dem zu zerstören, das sie zu schützen geschworen hatte.

Und wenn sie dem Klammergriff von allem entkommen konnte, woran sie jemals geglaubt hatte, bestand vielleicht auch für mich Hoffnung.

Die Wanderung nach Norden war eine knappe Stunde lang ein harter Kampf bergauf durch eisigen Schnee. Die toten Bäume, die wir als Deckung nutzten, dünnten sich aus, je höher wir kamen, bis nur noch zerklüftete Felsen blieben, an denen wir unser schleppendes Vorankommen messen konnten.

Meine Stiefel waren durchnässt, meine Zehen, Finger und das Gesicht taub, als wir den Kamm der Anhöhe erreichten. Caitriona wurde langsamer und legte sich flach auf den Boden, um den Rest des Weges zu krabbeln. Wir taten es ihr gleich.

Auf der anderen Seite des Hügels ging es ein gutes Stück nach unten zu einer kleinen Ebene. Mit Schrecken stellte ich fest, dass wir am nördlichsten Punkt der Insel waren und dahinter schlicht ... nichts war. Hier, am Rand dieser Anderswelt endete alles abrupt mit einem steilen Abfall in vernebelte schwarze Leere.

Zwischen jener Dunkelheit und uns befand sich ein hübscher grauer Steinbau, der wie eine Freiluftkathedrale aussah.

»Soll das ein Witz sein?«, flüsterte ich. »Jede Hohepriesterin wird in demselben Drecksloch verscharrt, und dieser Typ bekommt einen Tempel?«

Neve brachte mich mit einem festen Knuff ihres Ellbogens zum Schweigen.

»Seht ihr irgendwas?«, fragte Olwen leise.

Prompt bewegte sich Emrys neben mir und holte ein Fernglas aus seiner Tasche.

»Die Felsen«, hauchte Caitriona.

Ich blickte zur Westseite des Grabs, wo spitze dunkle Steine aus dem kargen Boden aufragten und eine natürliche Barriere zur Klippe hin bildeten. Zwischen ihnen stand ein schlichtes Cottage, dessen Reetdach eingesunken war. Es musste Bedivere gehört haben, bevor er im Turm Zuflucht gesucht hatte.

Aber das war es nicht, was Caitriona meinte.

Sie lagen auf dem Boden, in kleinen Gruppen im Schatten von Felsen und Bäumen. Die Farbe der Kinder bewirkte, dass sie sich so gut wie gar nicht von den Steinen und dem toten Gras abhoben, bis sie sich auf den Klang eines schrillen, wortlosen Rufs hin aufrichteten. Ich erkannte ihn sofort.

Die Wiedergängerin.

Die Kinder wandten sich aufgeregt dem Grab zu, bellten und heulten, und schäumender Speichel troff aus ihren Mäulern. Sie bibberten und fauchten, als sie in den letzten Rest Tageslicht krochen.

Mehr Beweise brauchte ich nicht, dass die Wiedergängerin sie kontrollierte – ihr Instinkt hätte sie im Schatten gehalten. Einzig ihre Herrin konnte sie dazu bringen zu tun, was sie am meisten hassten.

»Sowohl Plan A als auch Plan B sind eben erheblich schwieriger geworden«, flüsterte Emrys.

Er gab mir das Fernglas. Ich zählte rund ein Dutzend Kinder. Über den unebenen Grund folgte mein Blick ihnen zu dem Ring aus grünem Gras, der das Grab umgab und eindeutig den Rand der Schutzmagie markierte. Eines nach dem anderen schlichen die Monster zum Rand vor, wanderten dort auf und ab, bis sie endlich kam.

Die Wiedergängerin erschien nicht von den Felsen her, sondern aus dem Grab, ihr Körper aus Erde und Laub geformt. Olwens Keuchen ging in dem Geheul der Monster unter, als sie sahen, was ihre Herrin am Knöchel mit sich zog.

»Ist das ...?«, flüsterte Emrys.

Neve presste beide Hände auf ihren Mund, um nicht vor Entsetzen aufzuschreien.

Und wir konnten nichts tun, außer zuzuschauen, wie der schlafende Artus Pendragon den Kindern der Nacht hingeworfen wurde, als wäre er lediglich ein Stück halb verfaultes Fleisch.

Kapitel 43

Ehe einer von uns sich rühren oder etwas sagen konnte, hatten die Kinder alles bis auf die Knochen verschlungen. Alles, was von Artus Pendragon übrig war, waren Knochen und sein Blut im Schnee.

Emrys packte mein Handgelenk, um mich auf etwas aufmerksam zu machen, doch ich beachtete ihn nicht. Die Zeit drehte sich wie auf einer Spindel, strammer und strammer, bis der Faden schließlich riss und sich in einem wilden Wirbel abwickelte.

»Ich schätze, wir nehmen Plan B«, würgte ich hervor. Es hatte keinen Sinn mehr, die Wiedergängerin jetzt noch weglocken zu wollen. Die Schutzmagie musste entfernt werden.

Caitriona richtete sich mit einem Schrei puren Zorns auf, hatte jedoch mit der verletzten Schulter Mühe, ihr Schwert zu ziehen. Das ungezähmte Lied aus Magie, das aus ihr herausströmte, verwandelte die Nebelwirbel unten in Feuer. Sie stürmte den Hügel hinunter, das Schwert gezückt, und ließ uns mit den Fetzen unseres Plans zurück.

Uns blieb nur eine Sekunde, uns zu entscheiden.

»Heilige Mutter«, stöhnte Olwen, stemmte sich aus dem Schnee hoch und rannte nach rechts, um einen weiten Bogen um das Grab zu machen.

Neve drehte sich zu Emrys und mir und sagte leise: »Seid bitte vorsichtig. Ich weiß nicht, ob ich das Licht mehr als einmal herbeirufen kann …«

»Sind wir«, versprach Emrys. »Viel Glück.«

Ich nickte, und eine unsichtbare Faust schloss sich um meinen Hals, als Neve aufstand, der Inbegriff von Anmut und Stärke, und Olwen folgte. Sie hielt ihren Zauberstab fest in der Hand – bereit, die Priesterinnen auf jede ihr mögliche Weise zu schützen. Doch keine von ihnen würde es schaffen, wenn wir die Wiedergängerin und die Kinder nicht von ihnen ablenkten.

Emrys drückte meine Hand ein letztes Mal, nahm das Schwert auf und lief hinter Caitriona her den Hügel hinunter. Ich umschloss den Griff von Emrys' kleinem Handbeil mit den Fingern.

»Los«, befahl ich mir und richtete mich auf. *»Los!«*

Vor Angst fühlte ich mich seltsam schwerelos, als ich halb schlitternd den eisigen Hang hinunterrannte. Alles lag wie ein Albtraumgemälde eines alten Meisters vor mir ausgebreitet. Das Feuer, das Blut, Caitrionas silbernes Haar – jede Farbe war durch die Schneekulisse intensiviert.

Die Wiedergängerin stand am Rand der Schutzmagie. Die gefühllose Hülle aus Erde und Haut war den Kindern vor ihr zugewandt, die sie mit glühenden Augen beobachtete. Sie formten eine Linie zwischen ihr und uns und kannten nur einen Instinkt: ihre Mutter beschützen.

Die Kreaturen vorn warfen sich in Caitrionas magische Flammen und kreischten, als sie zu qualmenden Rußklumpen reduziert wurden.

Die Wiedergängerin stieß ein Geräusch wie ein Donnergrollen aus, mit dem die restlichen blutrünstigen Monster losgehetzt wurden. Sie nutzten die verbrannten Leichen, um über die Flammen zu springen, direkt auf Caitriona zu, die allein war. Sie stellte einen Fuß nach hinten aus, während sie sich anstrengte, ihr Schwert anzuheben. Ihre Rüstung leuchtete in der Feuersbrunst, die sie verursacht hatte.

Emrys eilte zu ihrer Rechten, und ich positionierte mich neben ihm. Adrenalin und Angst pulsierten in meinem Blut. Die Kreaturen galoppierten auf Händen und Füßen, als sie uns umzingelten, die gebogenen Reißzähne klappernd vor Erregung.

»Bleib dicht bei mir!«, rief Emrys, der sich so drehte, dass er mit seinem Rücken an meinem stand. Ein Chor von Gebell und Geheul ging auf uns nieder, als sich die Kinder mit gebleckten Zähnen auf uns stürzten.

Ihr fauliger Atem brachte mich zum Würgen, doch ich hielt die Stellung, schwang wild das Handbeil und hackte in alles hinein, was nach mir zu schlagen oder mich zu packen versuchte. Meine Brust brannte, und es vergingen mehrere Momente, bis mir bewusst wurde, dass ich schrie.

Caitriona hieb sich gekonnt einen Weg vorwärts, trieb ihre Klinge durch weiche Schädel, Beine und Klauen und rief uns zu: »Kommt mit!«

Wir versuchten, ihr zu folgen, aber die Monster drängten sich zwischen uns und griffen sie von hinten an. Klauen durchlöcherten das Rückenteil ihres metallenen Brustpanzers.

»Cait!«, schrie ich.

Sie machte zwei torkelnde Schritte nach vorn und warf sich hin. Während sie sich mit einem rohen Schmerzensschrei über die Schutzgrenze rollte, wurden die Kinder, die sich an sie geklammert hatten, von der gewaltigen Wucht aus Licht und Magie zurückgeworfen. Jaulend fielen sie in sich zusammen und rührten sich nicht mehr.

»Tamsin – tauschen!«, rief Emrys, und ich drehte mich um. Innerhalb dieses Sekundenbruchteils hatte er mir bereits das Schwert zugeworfen, und mir blieb keine andere Wahl, als ihm das Handbeil zuzuwerfen. Er fing sie am Griff auf und schwang sie nach oben. Das schwere Schwert hingegen fiel auf den Boden, und ich musste eines der Monster mit bloßen Händen von ihm wegreißen.

Es hieb mit den Klauen nach mir und in meinen verwundeten Arm. Schmerz schoss durch meinen gesamten Körper, als mich die Kreatur in den Nacken biss. Keuchend vor Schmerz und Angst sank ich auf die Knie.

»*Tamsin!*«, brüllte Emrys.

Ich packte das Schwertheft. Mit einem lauten Fauchen loderte das Feuer entlang der Klinge auf. Brüllend stieß ich das Schwert nach hinten, in den Kopf der Kreatur. Erst dann ließ sie von mir ab.

Heißes Blut ergoss sich über meine Brust, als Emrys sich den Weg zurück zu mir erkämpfte, doch mein Blick war nach vorn gerichtet, wo Caitriona der Hohepriesterin gegenüberstand.

Die Wiedergängerin schoss nach vorn, das Athame auf Caitrionas ungeschützten Hals gerichtet. Caitriona wehrte es mit ihrem Schwert ab, machte eine Drehung und hieb ihre lange Klinge über die Brust ihrer Gegnerin. Bei der Bewegung riss ihre Wunde auf, sodass ihre Rüstung vorn von Blut geflutet wurde. Gras, Holz und Schlamm fielen von der Wiedergängerin, um sogleich wieder nach oben zu steigen, als sie sich neu formte.

»Cait!«, japste ich, als wir uns endlich an den Rand der Schutzmagie durchgekämpft hatten. Sie musste die Wiedergängerin über die Barriere bekommen, sonst konnten wir ihr nicht helfen.

Caitriona hatte die dunklen Augen weit aufgerissen, und Schweiß tropfte ihr vom Gesicht. Sie wandte sich um, sah jedoch an uns vorbei, und ihre Rufe gingen in dem Chaos des monströsen Kreischens unter. Ich folgte ihrem Blick hinauf zum Hügel, auf dessen Spitze noch mehr Kinder der Nacht erschienen.

Caitriona stieß ihre linke Hand vor, während die andere schlaff an ihrer Seite hing und Mühe hatte, ihr Schwert zu halten. Ihre Lippen formten die Worte eines Lieds, das ich nicht hören konnte. Nebel stieg auf dem Hügel auf, doch bevor er sich entzünden konnte, schlug die Wiedergängerin wieder zu, packte Caitriona im Nacken und schleuderte sie zu Boden.

Caitriona schlang ihre Beine um die Wiedergängerin, rollte sich herum und warf die Kreatur zum Rand der Barriere, sodass ihr Kopf und ihre Arme über die Grenze fielen. Ich sprang mit meiner Klinge auf sie zu und hieb sie nach unten, doch die Wiedergängerin war zu schnell, und das Flammenschwert trennte nur eine ihrer Hände ab.

Ich rammte meinen Fuß darauf, um die Hand dort zu halten, und stellte frustriert fest, dass es die mit dem Ring war, nicht mit dem Athame.

Das Kreischen der Wiedergängerin war wie ein Messer in meinem Kopf. Ich schrie mit ihr – wir alle –, und sogar die Kinder wichen zurück. Die Wiedergängerin richtete sich zu ihrer vollen, Furcht einflößenden Größe auf und wandte sich mit glühenden Augen zu mir.

Eine Stimme aus reiner Dunkelheit erklang in meinem Geist und löschte das hohe Heulen aus.

Ich kenne dich.

Erschrocken sackte ich erneut auf die Knie, und das Schwert fiel mir aus der Hand.

In meinen Träumen habe ich deine Geburt gesehen.

»A-aufhören«, keuchte ich und presste die Hände an meinen Kopf, wollte die Worte aus ihm vertreiben. *»Hör auf!«*

Er weiß nicht, was du bist ...

Die Luft zwischen uns begann schimmernd zu leuchten, bevor sie zu nichts verblasste.

Ich hörte Olwens Stimme, als wäre sie Welten entfernt. »Jetzt, Neve!«

»Warte …«, versuchte ich zu sagen. »Was soll das heißen?«

Doch die Welle von gleißendem Licht war bereits da.

Da sie gespürt hatten, dass die schützende Magie fort war, waren die Kinder wieder auf Caitriona zugesprintet. Neves Magie steckte die Kinder in Brand.

Die Wiedergängerin stand mit dem Rücken zu der pulsierenden Macht und ließ zu, dass sie ihre Konturen wegbrannte. Ein Anflug von Menschlichkeit erschien auf ihrem Gesicht.

»Caitriona.« Ihre Stimme war nun so süß wie der erste Frühlingstag und schmerzhaft zärtlich. »Meine Cait.«

Die Wiedergängerin streckte ihr das Athame entgegen, während ihr Körper knisternd zerriss, als das Licht ihn durchdrang. Caitriona stolperte vorwärts. Tränen liefen ihr über die Wangen, als sie eine Hand ausstreckte.

»Warum?«, fragte sie flehend. »Warum hast du das getan?«

In ihren letzten Momenten flüsterte die Wiedergängerin: *»Die Macht … Ich konnte nicht aufhalten … was schon begonnen hatte …«*

Ihr Körper löste sich auf, zerfiel wieder in Knochen und Erde. Als Neves Licht verblasste und die Luft abkühlte, fiel das Athame glühend vor Hitze und Energie zu Boden.

In der plötzlichen Stille schrie Caitriona auf und sank zu Boden.

Mein Körper fühlte sich wie ausgehöhlt an, als ich mich langsam neben sie kniete. Zögernd legte ich einen Arm um ihre Schultern.

Anstatt zurückzuweichen, schmiegte Caitriona sich an mich und weinte an meiner Schulter. Mein Hals war wie zugeschnürt, aber ich hätte sowieso nicht gewusst, was ich sagen sollte.

Neve und Olwen kamen zu uns gelaufen und schlangen ihre Arme um uns, lebendig, in einem Stück und zitternd. Ich klammerte mich an sie, während ich den Wind den Schweiß auf meiner Haut und das Blut in meinen Adern kühlen ließ. Aber es blieb eine Wärme in mir wie die Sonne, so wohlig, dass ich dachte, ich würde platzen.

Schließlich löste ich mich von den anderen und blickte mich über die Schulter nach Emrys um.

Nur war da nichts als Asche und Nebel.

Angst durchfuhr mich wie ein Speer in meiner Brust. »Emrys? Emrys!«

Keine Antwort.

Ich rannte zum Hügel, suchte in den Überresten der Kinder, die zu Staub verbrannt waren.

»Emrys!« Sollte ihm etwas passiert sein, als ich nicht hingesehen hatte ...

Auch die anderen riefen nach ihm, und ihre Stimmen hallten zunehmend ängstlich durch die Stille.

Neve kam kopfschüttelnd zu mir. »Ich verstehe das nicht ... Der Zauber hätte ihm nichts getan. Könnte eines der Kinder ihn weggeschleppt haben?«

Die Worte waren ein Hieb in die Magengrube. Ich beugte mich vor und würgte.

»Warte«, sagte Neve, packte meinen Arm und zog mich wieder hoch. »Sieh mal.«

Hinter ihr war Olwen sehr blass geworden. Mein Herz klopfte mir bis zum Hals, als sie und Caitriona auf uns zukamen.

Eine Fußspur führte den Hügel hinauf, weg von dem Grab und uns und, wie ich wusste, zu dem Portal zurück in unsere Welt.

Ich *wusste* es.

Der Ring der Zerschlagung war fort, genauso wie Emrys Dye.

Und die Sonne, die ich so hell in mir strahlen gefühlt hatte, versank wieder hinter dem dunklen Horizont.

Kapitel 44

Das Licht schwand, als wir den Heimweg zum Turm antraten. Caitriona hatte anfangs vorgeschlagen, dass wir die Dunkelheit in einem der Wachtürme ausharrten – aber das war, bevor wir auf die ersten Kinder im Wald stießen.

Sie lagen so, wie sie von den Ästen gefallen waren. Ihre Körper waren unversehrt, regten sich jedoch nicht, als wäre ihnen jeder Lebensfunke genommen.

Und vielleicht war dem so.

Meine Gefährtinnen blieben stehen, duckten sich hinter einen ausgehöhlten Baumstamm, aber ich ging weiter.

»Tamsin, warte …« Neve versuchte, mich zurückzuhalten, doch ich riss mich los.

Ich hatte keine Angst. Ich war nicht neugierig.

Ich konnte gar nichts fühlen.

Stattdessen bewegte ich mich, als wäre ich auf dem Grund des Sees, wo jeder Schritt vorwärts mehr Kraft kostete als der letzte.

Caitriona hatte eine Scheide für das Schwert gefertigt, damit ich es auf dem Rücken tragen konnte, statt die schwere Waffe wie eine Fackel vor mir herzutragen. Neve und die Priesterinnen konnten genug Licht erzeugen, um uns den Weg zu leuchten.

Ich schritt auf das nächste Monster zu und sah nach unten. Jedes Lebens und furchtbaren Instinkts beraubt, der es beherrscht hatte, wirkte dieses Wesen beinahe bemitleidenswert. Die Zunge hing aus dem Mund, und die Gliedmaßen waren schlaff, als ich die Gestalt mit meinem Fuß auf den Rücken drehte.

Leere Augenhöhlen starrten zu mir auf. Aaskäfer hatten kurzen Prozess mit den Augen gemacht.

Olwen ging neben der Kreatur in die Hocke und runzelte die Stirn, als sie die verschrumpelte graue Haut auf der Brust berührte.

Sie blickte sich zu Caitriona um und schüttelte den Kopf.

»Die Hohepriesterin – die Wiedergängerin – hatte sie also am Leben erhalten«, folgerte Caitriona sichtlich erschöpft. Die Verbände auf ihrem Gesicht waren ruß- und schweißgetränkt. »Und der Fluch endete mit ihr.«

Neve schnappte nach Luft, als sie zaghaft eine der Kreaturen mit einem Finger berührte.

»Was ist?«, fragte Olwen.

»Flüche *können* diejenigen überleben, die sie gewirkt haben«, erklärte Neve. »Aber ich denke nicht, dass das hier der Fall ist. Es ist, als hätten wir den Kopf vom Rest des Körpers abgetrennt.«

»Besteht noch eine Chance, dass das Ritual sie zurückholt?«, fragte Caitriona mit belegter Stimme.

»Ich glaube, das Beste, worauf wir hoffen dürfen …« Olwen schluckte. »Das Beste, was wir hoffen können, ist, dass das Ritual ihre Seelen befreit – was auch immer noch davon in diesen Körpern gefangen sein mag.«

Verständnislos betrachtete ich ihre verzweifelten Mienen. Wenn sie blöd genug gewesen waren zu glauben, das Ritual könnte alles wieder wie vorher machen, verdienten sie den Schmerz, den ihnen die Wahrheit bereitete.

»Für sie bestand nie Hoffnung«, sagte ich ätzend und ging

weiter durch den verfallenen Wald, stieg über die Leichen auf dem zertrampelten Schnee. Die Luft fühlte sich eisig in meiner Brust an. »Ihr konntet es nur nicht akzeptieren.«

Da meine Augen ganz auf die Leichen fixiert waren, kollidierte ich beinahe mit Neve, als sie vor mich trat. Ihr Gesicht war erfüllt von Sorge. Als ich um sie herumgehen wollte, versperrte sie mir erneut den Weg.

»Geh weg«, sagte ich frostig.

Sie tat es nicht.

»Geh«, wiederholte ich.

Neve trat einen Schritt vor, und bevor ich ausweichen konnte, packte sie meine Schultern. Ich versuchte, mich ihr zu entwinden, aber sie war erstaunlich stark und hielt mich fest. Zwang mich, still zu stehen. Und zu fühlen – alles.

Noch nie hatte ich mich so entblößt gefühlt wie in diesem Moment, als mir ein Leben von Lügen und aufwendiger Täuschung genommen war. Die beschämende Wahrheit war allen offengelegt. Verborgen unter all diesen zynischen, kalten Schichten war kein starker Kern. Nur Furcht. Das kleine Mädchen, das ich so dringend hatte hinter mir lassen wollen.

Ich lehnte mich an Neve, vergrub mein Gesicht an ihrer Schulter.

»Es tut mir leid«, sagte sie sanft und legte die Arme um mich. »Bitte, wende dich nicht von uns ab.«

Alles in mir fühlte sich an, als könnte es zerreißen. Einen Moment lang roch ich Kiefer und bemerkte, dass ich seinen Pullover noch trug. Ich wich zurück, riss ihn von mir und ließ ihn über eine Kreatur fallen. Die Kälte war besser, als ihn an mir zu haben.

»Ich bin so blöd«, stammelte ich. »Ich habe es wieder zugelassen.«

Allein.

Weggeworfen für etwas Wichtigeres. Und es *war* wichtiger – seine Mutter retten, weg von seinem Vater kommen, all das übertrumpfte, was immer an Vertrauen zwischen uns gewachsen sein mochte.

Sofern er überhaupt die Wahrheit gesagt hat, flüsterte die vertraute Stimme in meinem Kopf. *Schlauer Emrys Dye, immer schnell dabei, sich zu verstecken und zu lügen.*

Der Gedanke reichte, dass ich mich grausam verraten fühlte. Ich hatte ihm die Wahrheit über mich gesagt, ihm Dinge erzählt, die nicht einmal Cabell wusste.

»Er ist der Einzige, der Scham empfinden sollte«, sagte Caitriona, und Wut schwang in ihren Worten mit. »Er hat uns alle getäuscht.«

Olwen streichelte meinen Arm und streifte mit den Fingern den Schnitt, den sie hastig verbunden hatte. »Du musst den Gedanken an ihn nicht von deinem Herzen fernhalten, aber lass die Liebe in dir nicht seinetwegen verwelken. Er war nicht würdig.«

»Was meinst du?«, fragte ich.

»Ich hätte früher etwas sagen sollen, aber ich wollte ihn nicht verletzen.« Ihr Lächeln hatte eine traurige Note. »Ich habe das Schwert erkannt, das du trägst, und kenne dessen Geschichte. Mari hat sie mir vor Jahren erzählt.«

»Dann …«, sagte ich. »Wie lautet die?«

»Ich glaube, die Klinge heißt Dyrnwyn oder Weißheft. Sie wurde in Avalon geschmiedet und einst von einem König getragen, Rhydderch Hael«, erklärte Olwen. »Es hieß, die Klinge könnte Flammen tragen, wenn sie von jemand Würdigem und Hochgeborenen gehalten wurde.«

Ich starrte sie an.

»Bist du dir sicher?«, fragte Caitriona.

»Danke für das Vertrauen in mich!«, bemerkte ich trocken, musste aber ein bisschen lachen, als sie mich ansah, als würde ihr eben erst klar, was sie gesagt hatte.

»Nein, so meinte ich das nicht«, sagte sie. »Natürlich bist du würdig.«

»Eigentlich nicht«, erwiderte ich, »und ist schon gut. Wollen wir die Theorie auf die Probe stellen?«

Ich hielt ihnen das Schwert hin, mit dem Heft voran, doch alle drei schraken zurück.

»Ernsthaft?«, fragte ich.

»Ich will nicht, dass ein Stück Metall über mich urteilt«, antwortete Neve und hob beide Hände.

»Ich kenne meinen Wert und bin zufrieden mit ihm«, sagte Olwen schlicht.

Caitriona sah das Schwert noch ein bisschen länger an, wandte sich aber schließlich auch ab. »Tamsin, bist du sicher, dass wir ihm nicht hinterhergehen sollen? Der Schnee macht es uns leicht, seiner Spur zu folgen.«

Neve ergriff meine Hand und beobachtete mich. Wartete darauf, dass ich mich entschied.

Ich könnte Emrys folgen. Wahrscheinlich könnte ich den Ring zurückholen, bevor er ihn Madrigal gab. Das Portal könnte noch offen sein.

Aber es gab das Ritual zu bedenken. Da waren Cabell, Neve, Bedivere und die Priesterinnen, die zu Freundinnen geworden waren, egal wie sehr ich sie von mir wegstieß. Es gab Überlebende im Turm, die es immer noch mit den brutalsten Widrigkeiten aufnahmen. Und da war Avalon – das wieder zu einem Ort voll Schönheit und Leben werden könnte.

»Nein«, antwortete ich. »Er ist schon weg.«

»Wie hat er vor, in eure Welt zurückzukehren«, fragte Olwen, »ohne eine von uns dort, um ihm den Pfad zu öffnen?«

Neve und ich wechselten einen Blick.

»Was das angeht ...«, begann ich.

Olwen riss die Augen immer weiter auf, als wir ihr von der Nebelhexe, der Opfergabe und dem Portal erzählten, das nur einmal für die Reise nach Avalon und einmal für die zurück in die Sterblichenwelt benutzt werden konnte.

»Ich glaube, wir können den Weg zurück in die Sterblichenwelt für euch öffnen, selbst wenn das Ritual nicht funktioniert«, sagte Olwen.

»Es wird nicht versagen«, versicherte ich ihr. *Das durfte es nicht.*

»Seid ihr wütend auf uns, weil wir es euch verheimlicht haben?«, fragte Neve mit einem nervösen Blick zu Caitriona.

Deren silbernes Haar schimmerte im Schnee, der von den Bäumen fiel. »Nein, denn selbst jetzt, da euch der Weg nach Hause offen steht, entscheidet ihr euch zu bleiben. Bei uns.«

Neve lächelte.

Caitriona räusperte sich und wandte sich um. »Wir sollten weitergehen. Ich möchte nicht, dass sich die anderen mehr sorgen als ohnehin schon.«

Ich hob den Kopf und ging los. Das Chaos in meiner Brust legte sich, und eine neue Ruhe übernahm. Neve lächelte mir zu, als ich hinüberschaute. In ihrem Blick war nichts Mitleidiges oder Misstrauisches. Die Stille der Insel schenkte mir eine plötzliche Klarheit. Ich begriff, dass der Schmerz, vor dem ich mich so lange gefürchtet hatte, die Bestätigung dafür war, dass ich den Verlust überlebt hatte.

Wir hielten miteinander Schritt, während die Schatten um uns herum tiefer wurden, um die lange Nacht zu begrüßen.

Nur einmal machten wir Pause, damit Olwen unter unseren Verbänden nach Anzeichen von Entzündung sehen konnte.

Da die Priesterinnen das Athame zurückhatten, wollten sie möglichst schnell das Reinigungsritual durchführen, und ich hatte es eilig, zurück zu Cabell zu kommen.

Schließlich tauchte der Turm vor uns auf, in dessen Burggraben noch das Feuer brannte. Bei dem Anblick entspannten sich Caitrionas Züge und sie verdoppelte ihr Tempo.

Doch ich wurde langsamer.

»Was ist?«, fragte Neve.

»Wo sind sie?« Ich schaute mich um. Bevor wir weggegangen waren, hatten die Kinder einen Ring um den Turm gebildet, auf den wir schon hätten treffen müssen.

»Die Wiedergängerin muss sie zu sich gerufen haben«, sagte Neve, als wir Caitriona einholten. Letztere stand am Waldrand und blickte zum Turm mit den uralten, von Flammen schimmernden Mauern ein Stück vor uns. Lange Streifen von Rot flossen über die Mauern und spiegelten das Feuer wie Seide. Und zu meiner Überraschung war die Zugbrücke bereits heruntergelassen.

Der Mutterbaum sah aus dieser Entfernung dunkler aus. Die oberen Äste mit dem wenigen noch verbliebenen Grün waren schneebedeckt.

Olwens erstarrte neben mir. Ihr Atem wurde angestrengt und erzeugte weiße Wolken. Erst jetzt wurde mir bewusst, dass ich nicht bloß den Rauch des Feuers roch. Da war eine bittere Note – vielleicht von verbranntem Stoff.

Und noch Schlimmerem.

»Wie es aussieht, haben sie das Feiern schon ohne uns angefangen«, sagte Neve und blinzelte. »Ich frage mich nur, warum sie rote Banner genommen haben.«

Und dann begriff ich.

Caitriona stieß einen heiseren Schrei aus und rannte den Hügel hinunter zur Zugbrücke. Olwen stolperte dicht hinter ihr her über Schnee und Steine.

Ich konnte mich nicht rühren. Die Dunkelheit umfing mich, drückte mit eisigen Händen auf meine Schultern und hielt mich fest.

»Das sind keine Banner, Neve«, brachte ich würgend heraus. »Das ist Blut.«

Kapitel 45

Die Stille des Todes besaß ihre eigene furchtbare Macht. Wie eine dunkle Glasscheibe schluckte sie alles – und nichts, nicht einmal Licht, konnte sie durchdringen.

Der Hof war zu einem Schlachtfeld geworden, zur Arena eines letzten, verzweifelten Kampfes. Einem Ort, an den sich nur noch Fliegen und fauliger Wind wagten.

Die untere Hälfte des Mutterbaums war rußgeschwärzt, sein restliches Laub in den blutigen Schnee getrampelt. Deri war ein Haufen Reisig daneben, die Arme noch um den Stamm geschlungen. Feenleichen umringten ihn wie ein Heiligenschein des Todes.

Alles an mir spannte sich an, wollte dringend umdrehen und weglaufen. Doch ich zwang mich, dort am Rand des Gemetzels stehen zu bleiben. Hinzusehen.

Betrys, direkt am Tor gefallen, die erste Verteidigungslinie zwischen den Monstern und den Unschuldigen drinnen. Noch im Tod hielt sie ihr Schwert. Arianwen lag nahe bei ihr, über Lowris Leiche. Seren und Rhona auf den Stufen zum Turm, die Hände inmitten des Blutbads zueinander ausgestreckt. Blut war über die Steine geflossen und rostrot getrocknet.

Der Gestank nach Tod und Verfall war das Einzige, was sich real anfühlte. Olwen bewegte sich stolpernd zwischen den

Leichen, schrie und schluchzte, als sie nach Lebenszeichen suchte.

Caitriona rannte zum Turm, stieg über die Reste von allem, was sie gekannt und geliebt hatte. Die einst mächtigen Türen zur großen Halle waren zersplittert und aus den Angeln gerissen. Und als ihre gequälten Rufe über den Hof hallten, wusste ich, dass drinnen niemand überlebt hatte.

Neve sagte etwas hinter mir, ihre Stimme erstickt, doch ich war egoistisch und konnte nur an eines denken. Einen Namen.

Cabell.

Mein Bruder ... er ... Das war nicht möglich.

Nichts hiervon war möglich. Es war nicht real.

Ich lief los, suchte unter den Leichen, drehte sie um und sah die Qualen ihres Todes, die zerfleischten Gesichter. Dass ich schrie, merkte ich daran, dass ich keine Luft mehr bekam. Ich rief seinen Namen, betete zu allen Göttern, die es vielleicht gab.

Man konnte den Toten nicht ausweichen. Das Echo der schieren Todesangst während ihrer letzten Momente hing in dem Nebel um uns herum. Die Tiere lagen geschlachtet im Stall. Männer und Frauen hingen über den Mauern, die Körper gebrochen und die Haut aufklaffend. Aled und Dilwyn waren in Olwens Garten. Angharad und unzählige andere auf dem Beet im Hof, wo einige Triebe aus der Erde ragten, mit Blut getauft.

Wo war Cabell? *Wo?*

Ich rannte zu den Kerkern, den Quellen, dem Gang unter der Waffenkammer, bis ich schließlich sah, dass die Tür zur Küche aufgerissen war, und Bediveres Stimme meine panischen Gedanken durchdrang. *Avalons letzte Hoffnung.*

Rasch stieg ich über die Leichen von Kindern der Nacht und Avaloniern, um hineinzukommen. Der Schrank war umgefallen und der Gang von einer Männerleiche blockiert. Ich riss ihn weg, bevor ich die von Blut glitschige Leiter hinabstieg.

Obwohl ich schon so viel gesehen hatte, wurde mir beim Anblick unten auf dem Feenpfad speiübel. Das Blut reichte bis über meine Stiefel, schwarz und dickflüssig in der Dunkelheit. Ich nahm meine Taschenlampe hervor, doch meine Hände zitterten so heftig, dass ich sie beinahe fallen ließ, als ich die Leichen um mich herum betrachtete. Oder was von ihnen übrig war.

Jeder, der sich hier heruntergetraut hatte, war gefangen gewesen, denn die Tür zum Hain war zu. Abgeschlossen. Und ohne jede Hoffnung auf Entkommen waren sie in Fetzen gerissen worden.

Der Strahl meiner Taschenlampe schwenkte über das Massaker, und ich hielt die Luft an, um nicht den erdrückenden Todesgestank einzuatmen. Kälte kroch über mich hinweg, als das Licht auf ein Stück abgetragenes Leder fiel.

Als würde ich mich von oben beobachten, sah ich, wie meine Hand zu dem blutüberschwemmten Boden griff und in die schaurige dunkle Lache eintauchte, um es aufzuheben. Der Lederfetzen war so groß wie meine Handfläche, aber immer noch als Teil eines Jackenkragens zu erkennen. Ich sah, wie ich das Stück umdrehte, sah die sorgfältige, kindliche Stickerei, einst gelb, jetzt dunkelrot, und die Buchstaben *LAR*. Darunter, wie ein verborgenes Fluchsigill, war ein Fetzen blasser, tätowierter Haut.

Ich beugte mich vor und erbrach meinen gesamten Mageninhalt. Keuchte und würgte, bis ich jedes Gefühl in meinem Körper verlor und den Stoff und die Taschenlampe fallen ließ.

Die Dunkelheit verschluckte mich, und ich wusste nicht, wohin ich mich wenden sollte, wo es nach draußen ging. Ein Schmerz, der alles übertraf, was ich jemals empfunden hatte, zerriss mich, und ich konnte nichts weiter tun, als mich an der Mauer hinter mir festzuhalten, um nicht in dem zu ertrinken, was von den Toten übrig war.

Von Cabell.

Ich schrie so laut, dass es von den Steinmauern widerhallte, und mein ganzer Körper bebte. Alles … alles für *dies hier.* Damit der Mensch, den ich auf der Welt am meisten liebte, dies erlitt – den Schmerz und die Furcht in der Dunkelheit, den Moment, in dem er realisierte, dass er nicht rauskommen und zu einer Erinnerung reduziert würde, und dies … *dies* …

Ich fand den Weg nach draußen nicht und dort gab es auch nichts mehr für mich. Also blieb ich, weinend, hoffend und betend, dass ich einfach an diesem Schmerz starb. Bis schließlich Neve kam und mich nach draußen führte.

Kapitel 46

Ich stand allein auf der Mauer und blickte hinaus in den dunklen Wald. An diesem Ort von beinahe endloser Nacht schien Zeit nichts mehr zu bedeuten. Ein Teil von mir hoffte, wenn ich einfach hier stehen blieb, würde auch ich zu Stein. Ich müsste das Leuchtfeuer von Gedanken in meinem Kopf nicht entwirren oder das Pochen in meiner Brust lindern.

Meine Augen wurden wässrig von dem kalten Wind, aber es kamen keine Tränen. Der Brunnen tief in mir hatte sich geleert. Als er sich wieder füllte, tat er das mit einem vertrauten Gift. Einem Gift, von dem ich jeden brennenden Tropfen verdiente.

Du warst das.

Du hast ihn hergebracht, weil du gedacht hast, du wüsstest es besser.

Und alles für nichts.

Du hast bekommen, was du verdienst.

Und als er starb, hat er dich gehasst.

Mein Bruder – der Sanftmütige, Brillante, Talentierte, Charmante. Der Beste, nicht nur von den Larks, sondern aller Welten. Avalon hatte ihm nichts als Schmerz und Tod gebracht. Ich hätte ihn niemals bitten dürfen, mit mir zu kommen.

Mich nie auf die Suche nach Nash machen dürfen.

Das Gewicht des Verlusts krachte wieder auf mich ein, verschlug mir den Atem. Cabell war dem Ende seines Albtraums so nahe gewesen. So nahe dem Ausbruch aus der Dunkelheit, die versucht hatte, ihm alles an Hoffnung auszutreiben, was er noch besaß.

Ich konnte meine Augen nicht schließen, ohne es mir auszumalen. Wie schnell und brutal der Tod für sie alle gekommen war – nur Stunden vor der Rettung der Insel.

Ein übelkeiterregender Zorn regte sich in mir. Es gab keine Göttin oder irgendeinen anderen Gott. Es gab kein Schicksal. Es hatte immer nur die grausamen Ungewissheiten des Lebens gegeben.

Der Nebel der Insel bewegte sich zwischen den Bäumen und streckte lange, suchende Finger zum Turm aus. Die letzte Magie der Neun war versiegt, die Feuer im Burggraben waren erloschen. Ich blickte nach unten, zu den Knochen, dem verkohlten Holz, den Schwertern und Schilden, die hineingefallen und von der Hitze verformt worden waren.

Was sollte ich tun? Es war kaum noch etwas übrig von meinem Bruder, das ich beerdigen konnte. Der Weg zu den Barken, zur Menschenwelt, war nun frei, und nichts hielt mich oder jemanden sonst davon ab zu gehen. Aber was gab es in der Menschenwelt noch für mich? Ein kleines Leben voller schmerzlicher Erinnerungen. Ein Job, den ich geerbt hatte, eine Gilde, die mich nie gewollt hatte, keine Freunde, auf die ich mich stützen konnte, und ein Zuhause, das ein gemeinsames sein sollte, voller Dinge, die mein Bruder nie wieder brauchen würde.

Was war am Ende noch übrig?

Leises Weinen füllte die Stille, und ein schwaches Licht schien unten auf. Mit steifen Muskeln zog ich mich von der Mauer zurück und schaute in den Hof.

Olwen legte die Leichen nebeneinander aus, arrangierte sogar zärtlich die grotesk verdrehten. Sie versuchte, ihre Gesichter, Arme und Beine zu säubern, doch als sie zu Betrys kam, fing sie an zu zittern. Sie vergrub das Gesicht in ihrer blutigen Schürze, um ihre Schreie zu dämpfen.

Dies.

Das Wort sang so klar in mir, als hätte es mir jemand ins Ohr geflüstert.

Dies würde bleiben.

Sie.

Ich ging an der Mauer entlang und blieb stehen, um meine Arme unter die Leiche eines Mannes zu schieben, der über seinem zerbrochenen Bogen lag. Dann brachte ich ihn die Treppe hinunter, wobei ich unter seinem Gewicht zu kämpfen hatte, und legte ihn neben die anderen. Olwen blickte auf, aber ich war schon wieder auf dem Rückweg zur Mauer, wo noch weitere Tote warteten.

Wir arbeiteten stumm, und ich stellte fest, dass die Bewegung und die Konzentration meine Gedanken beruhigten. Irgendwann kam Neve zu uns und wusch und bereitete die Toten vor, die Olwen und ich zu ihr brachten. Neve, die einst so fasziniert vom Tod gewesen war, hatte angesichts der schaurigen Realität kein Funkeln mehr in den Augen.

Dann brachte Caitriona Maris zarte Leiche aus dem Turm. Sie legte sie neben ihre Schwestern, das verbundene Gesicht hart vor unterdrückten Gefühlen.

Als Letztes brachte sie Flea nach draußen, doch als sie fast bei uns war, blieb sie stehen. Sie hielt das Mädchen fest in den Armen.

»Cait«, sagte Olwen sanft und hob ihre Arme.

»Nein«, erwiderte die andere Priesterin und drückte Flea an ihre Brust.

»Sie ist schon fort, meine Liebe«, sagte Olwen. »Wir können nichts mehr tun.«

»Nein.« Caitriona schloss die Augen.

Neve stand auf, ging zu ihr und legte eine Hand auf ihren Rücken, um sie behutsam weiterzuführen. Ich wischte mir mit dem Jackenärmel Schweiß und Schmutz vom Gesicht, hielt es jedoch kaum aus zu sehen, wie das kleine Mädchen zu den anderen gelegt wurde.

Flea wirkte beinahe friedlich, und irgendwie wurde es dadurch noch schlimmer, weil ich wusste, dass ihre letzten Momente alles andere als das gewesen waren.

Ich hockte mich neben sie, berührte ihre Hand und betrachtete sie so, wie ich es bei den anderen auch getan hatte. Nichts von ihr wollte ich vergessen. Die kleine, zierliche Statur, die zarten blauen Adern in ihren Augenlidern. Die weißblonden Haarsträhnen, die unter ihrer Strickmütze hervorlugten.

Ich griff nach ihrer linken Hand und säuberte sie mit einem frischen Lappen. Olwen nahm Fleas rechte und legte ein kleines Bündel aus Kräutern und getrockneten Blumen hinein, wie sie es bei allen anderen auch getan hatte. Caitriona blieb zurück. Tränen strömten über ihr Gesicht. Neve stand dicht bei ihr und warf mir einen hilflosen Blick zu, als sie sich bei Caitriona einhakte.

Sehr sanft legte ich Fleas Hand auf ihren Bauch. Als ich sie zurückzog, streiften meine Finger etwas im Bund ihrer Hose. Stirnrunzelnd hob ich den von Blut steifen Stoff an.

»Was ist das?«, fragte Neve.

Die anderen kamen zu mir, als ich den flachen, handtellergroßen Stein ins fahle Nebellicht hielt.

Nein. Das war kein Stein, sondern ein Stück Knochen. Und die Gravuren …

Olwen erhob sich, verschwand in der Krankenstation und tauchte wenig später mit dem Korb wieder auf, in dem sich das Gefäß der Hohepriesterin Viviane befand. Sie drehte die Skulptur auf den Kopf, und ich hielt die Knochenscherbe an das Loch, passte den Winkel an, bis sie sich perfekt einfügte.

»Wo hat sie das gefunden?«, hauchte Caitriona.

»Oder wem hat sie es gestohlen?«, fragte ich heiser.

»Wir haben sie jeden Abend auf vermisste Sachen durchsucht«, sagte Olwen und legte ihre Hände auf Fleas kleinere. »Sie muss es gefunden haben, als wir nicht hier waren.«

»Kann man das Gefäß reparieren?«, fragte ich. »Falls jemand es absichtlich zerbrochen hat, möchte ich wissen, welche Erinnerungen derjenige verstecken wollte.«

Olwen schüttelte den Kopf. »Es ist niemand mehr am Leben, der es reparieren und magisch zusammenfügen kann.«

Mir kam ein Gedanke. »Nicht in dieser Welt, aber was, wenn es jemanden in der Sterblichenwelt gibt?«

Der Knochenschneider fertigte seit Ewigkeiten Schlüssel für Knochenknäufe an und konnte alles beschaffen, sogar Basiliskengift. Und wenn er es nicht reparieren konnte, kannte er vielleicht jemanden, der es konnte.

Ich steckte die Knochenscherbe in den Korb und bedeckte sie mit dem Tuch. Wir würden alles mit auf die Reise nehmen.

Caitriona streichelte Fleas kalte Wange.

»Was sollen wir tun?«, fragte Neve einen Moment später. »Sie beerdigen?«

Caitriona schüttelte den Kopf. »Können wir nicht. Wir müssen sie verbrennen, so wie die anderen.«

»Aber der Fluch …«, begann Olwen.

»Wir wissen nicht, ob er noch auf dem Land liegt«, fiel Caitriona ihr ins Wort. »Entlassen wir ihre Seelen lieber für immer in den Tod, als zu riskieren, dass sie zu den Kreaturen werden, die sie ermordet haben.«

»Tamsin und ich können das machen«, sagte Neve zu ihnen.

»Nein«, erwiderte Caitriona. »Die Toten zu ehren, ist eine der heiligsten Pflichten einer Priesterin Avalons. Es muss unsere letzte Handlung als solche sein.«

»Du bist immer noch eine Priesterin von Avalon«, sagte ich.

»Ich bin die Priesterin von nichts«, entgegnete Caitriona und richtete sich auf. »Das ist alles, was ich jemals sein werde.«

Wir legten die Leichen auf das Feld im Hof, wo etwas hätte wachsen können, wäre die Zeit dafür geblieben. Caitriona bat singend um Feuer, die Worte kamen rau aus ihrer Kehle. Doch als Olwen ihre Hand nahm und leise zu summen begann, wich Caitriona zurück.

Funken sammelten sich zwischen den Leichen und wuchsen auf dem Schutt, den wir als Anzündholz benutzten, zu kleinen Flammen.

»Ich bete nicht zu einer Göttin, die so etwas geschehen lässt«, sagte Caitriona.

Olwen sah aus, als wollte sie noch einmal nach ihrer Hand greifen, doch letztlich senkte sie den Kopf und sang ihr Gebet allein.

»An dich, Mutter, senden wir die, die uns von Herzen lieb ...«

Der Rest ging im Fauchen des auflodernden Feuers unter, das über den zerbrochenen Möbeln, dem Stroh und den Leichen immer höher stieg und die Toten für einen Augenblick in pures Licht tauchte.

Wir vier standen zusammen und beobachteten, wie der Rauch sich vor der Dunkelheit silbern färbte und sich mit dem Nebel verwob. Aus dem Augenwinkel sah ich Caitriona einen Schritt nach vorn machen, als wollte sie mit auf den Scheiterhaufen steigen.

»Wir hätten zusammen sterben sollen …«, sagte sie heiser. »Dieser Schmerz … Ich ertrage den Gedanken nicht, sie nie wiederzusehen.«

Die Luft flirrte vor Hitze. Jenseits des Meers aus Flammen und Rauch stand eine blasse Kreatur und beobachtete uns. Ihr Horn glitzerte, als sie den Kopf neigte. Ungläubig rieb ich mir Asche und Schmutz aus den Augen und schaute wieder hin, aber da war nur noch das Feuer.

Olwen hakte sich bei Caitriona ein – um sie zu trösten oder zurückzuhalten, ins Feuer zu laufen, konnte ich nicht sagen. Neve blickte zu mir, und ihr war ihr gebrochenes Herz deutlich anzusehen.

Sie.

Ich hatte weder Cabell noch einen der anderen retten können. Aber ich könnte ihnen helfen. Mich um *sie* kümmern.

»Wählt mich.«

Die Worte kamen aus jenem Teil tief in mir, den ich so angestrengt unterdrückt hatte. Von dem Kind, das weggegeben worden war. Dem Mädchen, das wieder und wieder zurückgelassen worden war.

»Wählt mich«, wiederholte ich heiser vor Verzweiflung, als sich die anderen zu mir umwandten. »Wählt mich, denn ich wähle euch auch.«

»Tamsin«, flüsterte Neve.

»Ich kann nicht sein, wer sie für euch waren, das weiß ich. Und ich bin nie ein guter Mensch gewesen«, sagte ich, während die Hitze über mich hinwegwehte. »Aber ich versuche es. Und ich weiß, was auch geschehen mag, ich kann es aushalten –

kann es überleben, solange wir vier zusammenbleiben. Deshalb, wählt mich, bitte … nur …«

Ich trat zurück und presste die Hände auf mein Gesicht, doch jemand war da und zog sie weg – Caitriona. Ihre Hände waren rau und schwielig, als sie meine ergriff.

»Ich habe dich in dem Moment gewählt, in dem ich entdeckte, dass du losgegangen bist, um das Athame zu holen«, sagte sie. »Dass du dein Leben für uns alle riskiert hast, war ein Akt von Tapferkeit und Hoffnung. Und solange ich atme, werde ich deine Freundin sein. Diesen Schwur soll niemand auseinanderreißen.«

Olwen und Neve stellten sich zu beiden Seiten von uns hin, und Olwens Arme waren warm und weich, als sie uns umfing. Neve legte ihre Hände auf unsere vereinten. In diesem Moment kehrte Ruhe in mir ein und der Druck auf meiner Brust lockerte sich. Meine Lunge, mein Herz, mein gesamter Körper schienen von Emotionen anzuschwellen, als hätten wir das Versprechen mit Magie besiegelt.

»Gemeinsam überleben wir das«, sagte Olwen, deren Stimme brach. »Aber wir müssen entscheiden, was wir jetzt tun.«

»Kommt ihr mit uns in die Sterblichenwelt zurück?«, fragte Neve, die beide Priesterinnen abwechselnd anschaute.

Ich war überrascht, als Caitriona antwortete: »Ja, ich denke … ich denke, es bleibt uns keine andere Wahl mehr.«

»Was ist mit dem Ritual?«, fragte ich.

»Was soll damit sein?«, entgegnete Olwen.

Mir war bewusst, dass man mir meinen Schock anmerken musste, da ich ihre Verwirrung sah. »Sollten wir es nach allem nicht wenigstens versuchen?«

»Die Neun sind nicht vollständig und werden es nie wieder sein«, antwortete Caitriona.

Ich hielt ihre Hände fester, damit sie nicht zurückweichen konnte. »Es ist möglich«, erklärte ich. »Ich bin mir nicht ganz sicher, ob die Anweisungen das vorschreiben, was ihr glaubt. Es steht nirgends, dass man eine bestimmte Anzahl an Priesterinnen haben *muss,* um die Zeremonie durchzuführen.«

»Vereint die Hände mit euren Schwestern, und seid erneut vollständig im Herzen und in der Macht«, zitierte Neve und wurde nachdenklich. »Ihr beide wisst es besser als wir, aber ich verstehe, was Tamsin meint. Es könnte schlicht heißen, dass diejenigen, die das Ritual durchführen, dieselbe Absicht verfolgen müssen.«

»Erneut vollständig im Herzen und in der Macht«, rezitierte ich. »Das klingt für mich nach poetischer Ausschmückung.«

Caitriona schüttelte nach wie vor unglücklich den Kopf.

»Es würde zumindest das Land wiederherstellen«, sagte Olwen. »Und die Nebel lichten.«

»Die Göttin hat uns schon verlassen«, widersprach Caitriona. »Sie hat Avalon verlassen.«

»Das glaube ich nicht«, sagte Olwen. »Wie sonst kann Neve hier sein? Oder Tamsin? Sie wurden aus einem Grund zu uns gebracht, und ich muss daran glauben, dass es dieser ist.«

Caitriona rang sichtlich mit sich, dennoch fühlte ich, dass sie sich nicht mehr ganz so sehr gegen die Idee sträubte.

»Bitte ...«, flehte Olwen. »Sie dürfen nicht vergebens gestorben sein.«

Und schließlich wandte Caitriona sich im glühenden Feuerschein zum Turm um und führte uns wortlos in die große Halle.

KAPITEL 47

Während Olwen und Caitriona den Altar in der großen Halle vorbereiteten und ihn mit Weihrauch und Ölen reinigten, gingen Neve und ich nach oben, um uns saubere Sachen anzuziehen und zu packen. Am Himmel zeigte sich das erste Licht, und ich konnte nur daran denken, dass es dieselbe Farbe hatte wie der Rauch, der noch vom Scheiterhaufen aufstieg. Von dem Geruch verbrannter Körper drehte sich mir der Magen um, doch es war nichts mehr darin, was ich noch erbrechen konnte.

Neve schloss ein letztes Mal die Tür hinter uns und beobachtete, wie ich mich auf das Zimmer zubewegte, das sich Cabell und Emrys geteilt hatten.

Als ich merkte, wie Worte in mir aufwallten, blieb ich stehen. Die Geschichte wollte endlich erzählt werden.

»Du hast recht gehabt«, sagte ich zu ihr. »Ich habe ein Totenmal.«

»Tamsin …«, begann sie leise.

»Nash und Cabell hatten mich in unserem Lager zurückgelassen und waren losgegangen, um in einer anderen Zauberinnengruft nach Artus' Dolch zu suchen. Dabei konnten sie mich nicht gebrauchen.« Ich schluckte, weil ich einen Kloß im Hals hatte. »Und da hörte ich sie … eine Stimme im Wind. Ich dachte, sie ruft nach mir. Es war eine Weiße Frau. Ich war nur ein dummes Kind und so wütend und gekränkt, dass sie mich alleingelassen hatten«, flüsterte ich. »Obwohl ich es besser wusste, obwohl Nash uns so viele Geistergeschichten erzählt hatte, dachte ich wirklich: *Sie will mich.* Ich weiß, dass es absurd klingt, aber ... ein Teil von mir hat sich gefragt, ob sie meine Mutter und endlich gekommen ist, um mich zu holen.«

Wir waren allein auf dem offenen, schneebedeckten Feld gewesen, und noch als sie die Hand ausstreckte, um die Haut über meinem Herzen zu berühren und es einzufrieren, hatte ich mich gefragt, ob ihr Gesichtsausdruck Liebe bedeutete.

Neve schlang die Arme von hinten um mich und stützte ihr Kinn auf meine Schulter. Anstatt mich ihr zu entwinden, lehnte ich mich gegen sie.

Als sie mich schließlich losließ, wartete sie, bis ich sie ansah, ehe sie leise sagte: »Ich gehe mal kurz nach oben in die Bibliothek, mich ein letztes Mal umsehen.«

»Dann treffen wir uns gleich dort«, antwortete ich.

Ich wartete, bis ihre Schritte auf der Treppe verklungen waren, dann sah ich wieder zur Tür vor mir, ging zu ihr und stieß sie auf.

Es war ein Spiegelbild unseres Zimmers. Die eisige Luft hatte sich tief in der Leere eingenistet. Abgesehen von Cabells Arbeitstasche am Fußende des Betts gab es keinerlei Anzeichen, dass hier jemand geschlafen hatte.

Eine neue Bitterkeit erfüllte mich. Emrys konnte nicht gewusst haben, dass wir den Ring finden würden, aber die Tatsache, dass er hier keine Spur von sich zurückgelassen hatte ... machte mich stutzig.

Mir egal, dachte ich, nahm Cabells Tasche auf und drückte sie an meine Brust. *Es ist mir egal.*

Ich griff in meine Jackentasche und schloss die Faust um ein kleines Stück samtglattes Holz. Ich hielt es fest, bis die Kanten in meine Haut schnitten.

Dann holte ich tief Luft, legte den kleinen geschnitzten Vogel auf das Kopfkissen und ging.

Neve wanderte nicht zwischen den Eichenregalen der Bibliothek umher, wie ich erwartet hatte, sondern war ganz hinten, wo sie die Gobelins vor den Fenstern betrachtete. Auf einem erhob ein von Zweigen umwundener Mann sein Schwert, um sich einem Ritter in einem anderen Wandteppich zu stellen, der von Stechpalmenzweigen behangen war.

Als ich zu ihr ging, drehte Neve sich zu mir um.

Ich berührte die gewebte Gestalt inmitten der Eichenzweige. »Kennst du diese Geschichte? Von dem Stechpalmen- und dem Eichenkönig?«

»Nein«, antwortete sie. »Aber ich kann raten – sie stehen für den Wandel der Jahreszeiten?«

»Im Grunde, ja«, sagte ich. »Sie sind die Personifikationen von Winter und Sommer oder der hellen und der dunklen Hälfte des Jahreskreises. Sie duellieren sich immer wieder, und ihre Kräfte wachsen und schwinden mit ihren Jahreszeiten, die kommen und gehen. In einigen Versionen ist der Stechpalmenkönig Lord Death und sie duellieren sich wegen einer Frau, die sie beide lieben – in manchen Erzählungen die Göttin selbst.«

Mich überraschte, dass die Gobelins hier hingen, doch bedachte man die Größe der Bibliothek und die Vielfalt der Manuskripte, lag nahe, dass die Avalonier Geschichten von überall auf der Welt gesammelt hatten.

»Wollen wir nach unten gehen?«, fragte Neve, die mühsam ihre Bauchtasche aufnahm. Der Zauber mochte ihr Fassungsvermögen vergrößern, verringerte jedoch nicht das Gewicht der Tasche.

»Ja«, sagte ich, und aus einem Impuls heraus berührte ich ihren Arm. »Danke, dass du meine Freundin bist, obwohl ich es nicht verdiene.«

»Leicht gemacht hast du es mir ja nicht«, erwiderte sie. »Aber nichts Gutes ist jemals leicht.«

Von dem Treppenaufgang waren leise, schnelle Schritte zu hören. Ich horchte hin und rechnete damit, Olwen oder Caitriona zu sehen, doch es kam niemand.

Stirnrunzelnd bewegte ich mich zur Treppe, aber es war keiner zu sehen. Neve und ich wechselten einen Blick und gingen ein Stockwerk tiefer, um in den dunklen Korridor zu sehen. Dort war etwas.

»Oh«, flüsterte ich und hockte mich hin. »Komm her, du kleiner Strolch.«

Ein zitterndes graues Kätzchen mit blutverschmiertem Fell kam aus dem Schatten geflitzt und sprang mir regelrecht in die Arme. Es krallte sich in meine Jacke und versuchte, sich in meinen Nacken zu schmiegen.

»Das ist Maris Katze«, sagte Neve. Der Schwanz schlug mir ins Gesicht, und unweigerlich dachte ich an zu Hause.

Neve streichelte den kleinen Katzenkopf. »Wo hast du dich denn versteckt, kleiner Griflet?«

Und was hast du gesehen?, dachte ich.

»Wie würde es dir gefallen, in einer Bibliothek zu leben?«, fragte ich das Kätzchen, als Neve und ich hinunter zur großen Halle gingen. »Mit vielen anderen niedlichen, frechen Freunden?«

Olwen kam uns auf der Treppe entgegen. »Gerade wollte ich euch holen.«

Ich strich mein Haar zur Seite, damit sie die kleine Katze sehen konnte. Auf ihrem Gesicht spiegelte sich ein Kaleidoskop von Emotionen. »Oh, heilige Mutter.«

Vorsichtig klaubte sie die kleine Katze von meiner Schulter und nahm sie in den Arm, worauf das Tier zufrieden schnurrte.

»Seid ihr bereit?«, fragte Neve.

»Ja.« Olwen kraulte Griflet hinter den Ohren. »Das Ritual muss bei Tagesanbruch abgehalten werden, also dürfen wir keine Zeit mehr verlieren.«

In der großen Halle stank es noch nach Blut, und auf dem Boden waren nach wie vor dunkle Flecken zu sehen, obwohl wir versucht hatten, alles sauber zu machen. Die Statue der Göttin ragte über dem Altar auf, der weiße Stein blutbefleckt. In der Mitte ihrer Brust brannte noch eine Kerze.

Caitriona stand mit dem Rücken zu uns und betrachtete die Gegenstände vor sich: das Athame, den Zauberstab, den Kelch, eine Schale mit etwas, das wie Erde aussah, und eine Karaffe mit schimmerndem Quellwasser. Auf Griflets leises Maunzen hin drehte Caitriona sich verwundert um.

»Wie ...?«, fragte sie entgeistert.

»Tamsin und Neve haben ihn oben versteckt gefunden«, erklärte Olwen. Sie drückte das weiche Katzengesicht kurz an ihre Wange, bevor sie Griflet in den Korb mit Vivianes Gefäß setzte. Er schmiegte sich in die weiche Decke.

Neve und ich stellten unsere Taschen neben den Korb, und Olwen setzte uns schmale Kränze aus getrocknetem Immergrün und verwobenen Zweigen auf.

»Ich habe keine Magie«, sagte ich, als ich begriff, dass ich mitmachen sollte.

»Vertrau mir«, war alles, was Olwen erwiderte.

Caitriona bedeutete uns, an den Altar zu treten. Als ich ein wenig zurückblieb, zog Olwen mich sanft zwischen sich und Caitriona. Ich erstarrte, und mein Puls beschleunigte, als ich auf die schwarze, glänzende Altarplatte blickte. Die goldenen und silbernen Sprenkel in dem polierten Stein sahen wie Sterne am Nachthimmel aus.

Die Klinge des Athames blitzte. Der Kelch war aus Silber, schlicht in der Form, aber mit glitzernden Saphiren und Smaragden am oberen Rand. Doch der Zauberstab war es, der meinen Blick fesselte. Er war länger als ein Arm und wirkte wie ein sehr gerader Ast mit einer Silberspitze.

Olwen hatte sich ein Zeremoniengewand übergezogen, Caitriona nicht. Sie bückte sich, um ein dickes Buch aufzuheben, das sie zu ihren Füßen abgelegt hatte.

Ich atmete zittrig ein, als sie durch die Seiten blätterte und ich einen flüchtigen Blick auf die farbenprächtigen Illustrationen erhaschte. Neve trat von einem Bein aufs andere und räusperte sich in der Stille. Aus dem Augenwinkel sah ich, wie sie eine Entscheidung fällte – sie legte ihren Zauberstab zu unseren Taschen, sodass sie die Hände frei hatte, um ihre Magie auf natürliche Weise zu wirken.

»Erhöre uns, Mutter aller, Herz der Welt …« Anfangs stockte Caitrionas Stimme, wurde aber fester, als sie zu singen begann. Ihre Stimme war ernst, und Wut schwang darin mit. »Erde von deinem Körper.«

»Erde von deinem Körper«, wiederholte Olwen und benetzte sich die spröden Lippen, als Caitriona eine Handvoll Erde in den Kelch gab.

»Wasser von deinem Blut.«

Olwen sprach ihr wieder nach und goss Wasser in den Kelch.

»Atem deiner Tochter.«

Olwen neigte sich vor und hauchte in den Kelch.

Nebel waberte auf und über die Stufen, als hätte der Gesang ihn herbeigerufen. Ähnlich Wurzeln breitete er sich durch die große Halle aus und ertastete sich seinen Weg zu uns.

Caitriona entzündete eine weitere Kerze an der in der Statue. »Feuer aus deiner Seele.«

»Feuer aus deiner Seele«, sagte Olwen, bevor sie gemeinsam sprachen: »Wir rufen deine Macht.«

Caitriona schlug das Buch zu, nahm das Athame auf und schnitt sich in die Handfläche, um Blut in den Kelch tropfen zu lassen.

»Lass das, was stirbt, dein Licht sehen und wiedergeboren werden.«

Als Nächste nahm Olwen das Zeremonienmesser auf, schnitt sich schnell und sauber in die Hand und gab etwas von ihrem Blut in den Kelch. Der Nebel verdichtete sich zu unseren Füßen.

»Lass das, was stirbt, dein Licht sehen und wiedergeboren werden.«

Danach war Neve an der Reihe und wiederholte die Worte.

»Lass das, was stirbt, dein Licht sehen und wiedergeboren werden.«

Und schließlich war ich dran. Ich fühlte die Blicke der anderen und schloss die Augen, als ich die feine Klingenspitze an meine Hand hielt. Mein Arm erinnerte sich an einen anderen Schmerz, während ein Bild der Hohepriesterin hinter meinen Lidern auftauchte. Ich zwang mich, die Augen wieder zu öffnen, holte tief Luft und schnitt. Die Klinge war scharf genug, dass es nur für einen Moment brannte.

»Lass das, was stirbt, dein Licht sehen und wiedergeboren werden.«

Ich gab etwas von meinem Blut in den Kelch. Der feuchte Nebel kroch meine Beine hinauf zu meinen Hüften. Da war ein

Kribbeln mitten in meiner Brust, das sich ausbereitete und Funken sprühte wie die Knallfrösche, die Nash Cabell und mir zu Silvester gekauft hatte.

»Befreie dein Herz aus der Dunkelheit. Wir rufen dich an, Mutter, wiedergeboren zu werden.« Als Caitriona fertig war, nahm sie den Stab auf und schloss die Augen. Sie schwang ihn nach oben, und der Nebel folgte der Silberspitze gleich eingefangenen Spinnweben, sodass er im Licht der Statuenkerze glitzerte. Sie hielt ihn dort.

Bis ihr Arm zu zittern begann.

Und Olwen erschüttert die Augen schloss.

Ich wusste nicht, was hätte passieren sollen, doch es war schmerzlich offensichtlich, dass nichts geschehen war. Das Ritual hatte nicht funktioniert.

Caitriona legte den Zauberstab auf den Altar und sah aus, als würde sie ihn am liebsten auf dem Stein zu Splittern zerschlagen.

»Ich habe es doch gesagt«, erklärte sie verächtlich. »Die Göttin leiht uns ihre Macht nicht. Ihr Herz hat sich von Avalon abgewandt, sofern sie überhaupt eines besitzt.«

Sie ging zu den Taschen, die für unsere Reise bereitstanden, und blickte uns erwartungsvoll an, was jedoch nur halbwegs überspielte, wie nahe sie den Tränen war. Ich machte einige Schritte auf sie zu, wobei mein Blut auf den Altar und den Boden tropfte.

»Wartet.«

Neves Stimme zog mich zurück. Sie starrte gebannt in den Kelch.

Die dunkle Flüssigkeit in dem Gefäß wirbelte. Nebelfäden stiegen daraus auf, wuchsen an, als sie sich durch die Luft zwischen uns wanden. Langsam kehrte Caitriona zum Altar zurück, eindeutig unsicher, während die Flüssigkeit aus dem Kelch stieg und mit plötzlicher Wucht aufwallte, um den Nebel zu verfärben.

»Was passiert hier?«, rief ich.

Der Nebel wurde zu einem Orkan, wirbelte immer schneller, bis er an unseren Haaren und unserer Kleidung riss. Instinktiv griff ich nach Neves Hand. Sie packte Olwens und Olwen Caitrionas, und Caitriona nahm schließlich meine freie Hand, sodass wir einen Kreis um den Altar bildeten.

Der Boden erbebte, rüttelte an den Leuchtern und Tischen. Ich hielt mich an den anderen fest und kämpfte gegen den Sog der tosenden Luft um uns herum. Der dunkle Wirbel erhob sich über uns, breitete sich im Saal aus, riss Banner von den Wänden und warf Stühle um.

Da war eine Stimme im Wind draußen vor dem Turm, wollte verzweifelt nach drinnen. Ich schloss die Augen, um mich auf sie zu konzentrieren und zu verstehen, was sie sagte.

Ein Lied. Die Stimme war sanft, hell und leise, wie das Wiegenlied einer Mutter. Doch sie nahm zu an Kraft und Liebreiz, was nicht zu dem Mahlstrom um uns herum passte. Es war die Stimme von warmem Sonnenschein, vom erfrischenden Wasser eines Teichs, vom Tau auf Blütenblättern und dem Atem der Bäume. Sie war außerhalb von mir und in mir, forderte mich auf zu singen.

Sing.

Die anderen stimmten in das Phantomlied ein – hatten anfangs Mühe mit den unbekannten Worten und der Perfektion der Melodie. Es war berauschend, unwiderstehlich. Fremde Wörter, für die es keine Übersetzung gab, nur ein Gefühl, das wie Honig auf meiner Zunge schmeckte.

Der Wind und Nebel schwollen mit unserem Gesang an, und

die Welt erzitterte mit ihm. In meinem ganzen Leben hatte ich noch nie solch eine Macht empfunden – wahre, reine Magie. Sie jagte wie ein Blitz durch meinen Körper, elektrisierte jeden meiner Sinne, bis ich zu ihr wurde.

So musste es sich anfühlen, in der Hand einer Gottheit zu sein. Ihre Magie anzurufen und sie in die Welt loszulassen, um mit ihr wiedergeboren zu werden.

Das Ritual wirkte. Inzwischen schrie ich das Lied, wollte dringend, dass es die Winde um uns herum übertönte. Tränen strömten mir übers Gesicht, und ich war überwältigt von dem Ausmaß all dessen, was ich fühlte. Der Freude, dem Schmerz, der Erleichterung.

Ich zwang mich, die Augen zu öffnen, um alles in mich aufzunehmen, auf dass es in meiner Erinnerung weiterlebte, bis ich meinen letzten Atemzug tat. Die Macht hob uns an, bis ich zunächst auf den Zehenspitzen balancierte und schließlich vollständig abhob.

In der stürmischen Luft tauchten Gesichter auf, leuchtend und schillernd. Ihre Züge wurden klarer, je länger ich hinschaute und dem Impuls widerstand, meine Augen vor dem peitschenden Nebel abzuschirmen. Lowri. Arianwen. Rhona. Seren. Mari. Betrys.

Flea.

Mein Herz fühlte sich an, als würde es bei dem Anblick explodieren. Ich drückte Neves und Caitrionas Hände, versuchte, sie zum Hinsehen zu bewegen, und meine Kehle schmerzte. Doch die geisterhaften Augen waren auf mich fixiert; ihre Lippen bewegten sich, aber es kam kein Laut heraus, der über den Gesang in meinen Ohren und dem Wind, der uns fortzutragen drohte, zu hören gewesen wäre. Sie sangen mit uns, vereinten ihre Kraft mit unserer.

Nein. So schnell, wie es gekommen war, verpuffte das Hochgefühl wieder. Aus ihren Gesichtern sprach keine Liebe – das war Todesangst. Alle schrien, brüllten dasselbe Wort.

Ich hörte auf zu singen, zog fest an Caitriona und Neve, doch es war zu spät.

Mit einem ohrenbetäubenden Donnerkrachen zerbrach die Insel unter uns.

Kapitel 48

Die Luft füllte sich mit einem seltsamen Licht.

Silbern durchdrangen die Strahlen die Schicht aus Staub und Nebel und fielen kalten Fingern gleich auf mich. Ich blickte verständnislos hinunter zu dem Schmutz und Blut auf meiner Jacke. Das Klingeln in meinen Ohren schmerzte, als ich mich aufzusetzen versuchte und feststellte, dass ich es nicht konnte.

Mein Arm war unter einem Haufen zerbrochener Steine eingeklemmt. Stöhnend vor Schmerz konnte ich ihn herausziehen, wobei sich ein großer Brocken aus dem Haufen löste. Der weiße Marmor rollte herunter und blieb neben mir liegen.

Ich drehte den Kopf und blickte in ein bleiches Gesicht, das mich anstarrte. Die ruhige Miene stand in einem grotesken Kontrast zu dem Blut, das von ihr tropfte. Eine kleine Kerze brannte auf dem Boden in der Nähe, deren Flamme kämpfte, bis sie schließlich von einer sanften Brise ausgeblasen wurde.

Als der Staub vom Wind davongetragen wurde, begriff ich, woher das Licht kam.

Vom Mond.

Er stand voll und hübsch über mir, gekrönt von Sternen, die wie Edelsteine am samtschwarzen Nachthimmel funkelten. Ich schaute ihn an, und mein Verstand war so angeschlagen wie mein Körper, sodass es dauerte, bis ich mich wieder erinnerte.

Das Ritual.

Ich war in der großen Halle, nur waren über mir keine Decke oder Äste. Nur Himmel. Der Mutterbaum und die oberen Stockwerke des Turms waren fort, als hätte sie eine riesige Hand einfach weggerissen.

Vor Angst wurde mir übel, und ich schmeckte Erbrochenes und Blut. Ohne den brennenden Schmerz in meiner Wirbelsäule zu beachten, versuchte ich, mich umzudrehen, und suchte nach Neve, Olwen und Caitriona.

»Hallo?«, krächzte ich heiser. Die kreidige Luft belegte meinen Mund und meine Kehle, was das Sprechen fast unmöglich machte. »Ist da jemand?«

Alles drehte sich, als ich mich neben der zerbrochenen Göttinnenstatue auf alle viere aufrichtete.

Die Wände der großen Halle sahen wie ein eingeschlagenes Gebiss aus, und immer noch fielen Steinbrocken auf die Trümmerberge. Ich krabbelte über die Steine und den Schutt, rang nach Luft und versuchte, die anderen zu rufen.

Sie waren dort gefallen, wo sie gestanden hatten. Ein großes Teil von der Decke war auf den Altar gekracht, aber der Stein hatte es abgefangen und verhindert, dass meine Freundinnen erschlagen wurden.

Immer noch desorientiert, duckte ich mich und stolperte vorwärts. Olwen erreichte ich als Erste. Ich drehte sie auf den Rücken und presste mein Ohr auf ihre Brust, um nach dem Herzschlag zu horchen. Stöhnend regte sie sich. Ihre Haut und ihr tintenblaues Haar waren von einer Schicht aus Staub bedeckt.

»Tam…sin?«, flüsterte sie.

»Alles gut«, sagte ich mit einem Kloß im Hals. »Beweg dich nicht. Ich sehe nach Neve und Cait, okay?«

Neve war bewusstlos, aber Caitriona fing bereits an, sich aufzurichten. Eine Staubwolke stob von ihrem Haar auf, als sie den Kopf schüttelte. Sie hob eine zitternde Hand an ihre aufgeplatzte Lippe und setzte an, etwas zu sagen, doch eine andere Stimme erreichte uns vorher.

»… habt gesagt, sie wird nicht verletzt!«

Rasch drehte ich mich in die Richtung, aus der sie kam, nahe dem zerstörten Eingang der großen Halle. Mein Herz trommelte gegen meine schon schmerzenden Rippen.

Das konnte nicht sein.

Eine andere, tiefere Stimme antwortete: »Ich habe gesagt, sie würde nicht sterben, und sie ist nicht gestorben.«

Ihre Umrisse tauchten aus dem Nebel auf, die Gesichter beschattet. Wieder richtete ich mich mit zitternden Beinen auf und kämpfte mich durch das Chaos. Die abrupte Bewegung hatte zur Folge, dass schwarze Punkte in meinem Sichtfeld erschienen. Doch ich zwang mich weiter, weil ich dringend einen Beweis brauchte, dass es kein Traum war. Dass ich nicht tot war.

Der Nebel zog sich zurück, und ich schrie auf. Meine Verwirrung mischte sich mit reiner, brennender Freude, denn vor mir stand Cabell.

Lebend.

Er trug fremde Sachen, und bis auf einen Verband am Unterarm sah er sauber und unversehrt aus. Sein dunkles Haar war zu einem Zopf gebunden, und seine Augen weiteten sich ein wenig bei meinem Anblick.

»Wie kann das sein?« Ich stolperte auf ihn zu.

Doch Cabell wich zurück, und seine Züge verhärteten sich. Ich blieb vor ihm stehen. Meine Euphorie wich Beunruhigung.

Die zweite Gestalt trat neben ihn und musterte mich emotionslos. Er hatte sich den Bart abrasiert, und – ich konnte es nicht glauben – seine beiden Hände waren sichtbar, als er die Arme vor der Brust verschränkte.

Dennoch war es irgendwie Bedivere.

Sie beide lebten noch.

Ich blickte zu meinem Bruder. Mir war speiübel. »Was ist los?«

Er schaute nur wartend zu Bedivere.

»Du …« Mein Gehirn konnte nicht erfassen, was hier geschah. »Du warst tot. War es das Ritual? Hat es dich zurückgeholt?«

Ein Muskel zuckte in Cabells Wange, und er hielt den Blick weiter abgewandt.

»Sieh mich an!«, befahl ich heiser. »Ich habe gedacht, du bist *tot.* Warum hast du das vorgetäuscht – warum? Es sei denn …«

Mir wurde so schlecht, dass ich mich halb krümmte.

»Hast du mit dem Angriff zu tun gehabt?« Es war nicht mehr als ein Flüstern und klang flehend. Ich wusste, dass er mich gehört hatte, denn er zuckte zusammen. »Wie kannst du noch am Leben sein? *Wie?*«

Bedivere wirkte unendlich gelangweilt von meinem Entsetzen.

»Sir Bedivere …«, begann ich.

»Ich bin nicht Bedivere«, fiel er mir mit einer Stimme wie ein brutaler Winterwind ins Wort. »Er hatte die Ehre, als Erster durch meine Hand zu sterben. Ich nahm den Körper des Königs, wie es sich gehört.«

»Ihr …« Ich würgte. »Ihr seid … Artus?«

Bei seinem Lächeln zeigte er alle Zähne. »Nicht ganz. Ich brauchte eine Form, und seine Gestalt stand mir gut.«

Die Antwort hallte in mir nach und schmeckte wie Rauch auf meiner Zunge.

Ich trat einen Schritt zurück.

Er machte einen Schritt nach vorn, und ich hasste mich dafür, dass ich wieder zurückwich. Kälte schien von ihm abzustrahlen und die Luft um mich herum zu eisigen Nadeln zu machen. Dieselbe gehörnte Krone, die ich auf der Statue unten im Tunnel gesehen hatte, erschien aus dem Nebel und den Schatten, um sich auf sein Haupt zu setzen – als wäre sie schon immer dort gewesen, verborgen und unsichtbar.

»Sag meinen Namen«, sagte er mit schneidender Stimme.

Merlins Worte kamen mir in den Sinn. *Ich bin einer von dreien ... Einer, der stirbt und doch noch leben könnte ... einer, der lebt, doch sich nach dem Sterben sehnt ... und einer, der zurückgelassen wurde, wartend ...*

König Artus. Merlin. Und ...

Einer, der zurückgelassen wurde, wartend.

Cabell war es, der antwortete. »Lord Death.«

Wieder lächelte er mit gebleckten Zähnen. »Und wie bin ich hergekommen, wenn die Pfade zwischen den Welten versiegelt sind?«

Mein Verstand reimte sich die Antwort zusammen. »Die Druiden.«

»Nein«, entgegnete er. »Wollen wir ein Spiel spielen, Kind? Für jede richtige Antwort erzähle ich dir einen Teil der Geschichte und verweigere dir den Rest, solltest du einen weiteren Fehler machen. Möchtest du es noch einmal versuchen?«

Mein Herz hämmerte schmerzhaft gegen meine Rippen.

»Die Priesterinnen«, hörte ich mich sagen. »Morgana und die anderen haben Euch nach Avalon gebracht.«

»Das ist richtig«, sagte er, und seine Worte troffen von Verachtung. »In der Sterblichenwelt hatte ich die Druiden gelehrt, wie sie die Magie von Annwn nutzen konnten, die Macht des Todes. Ich dachte, die Frauen seien endlich bereit, ihrer pathetischen Göttin zu entsagen und dasselbe Wissen zu erwerben. Dass sie mir dienen wollten.«

»Das hätten sie niemals getan«, erwiderte ich.

Lord Death neigte amüsiert den Kopf. »Nein, stimmt. Sie boten mir stattdessen einen Handel an: Wenn ich den Druiden den Zugriff auf Annwns Magie nahm, würden sie mir das eine geben, was ich wahrhaft wollte. Etwas, das niemand sonst könnte.«

So also konnten Morgana und die anderen die Druiden töten – nicht, indem sie selbst Todesmagie nutzten, sondern indem sie den Druiden von Lord Death ihre tödliche Macht nehmen ließen.

»Ihr habt Euch gegen Eure treuen Anhänger gewandt?« Das übertraf noch die unberechenbaren Launen der Götter. »Was könntet Ihr so dringend wollen?«

»Ich stelle die Fragen, verstanden?« Er schaute mich mit bohrendem Blick an, und da war kein Funken Leben in seinen Augen. »Als die Zeit kam, ihr Versprechen einzulösen, haben die falschen Schlangen stattdessen versucht, mich zu zerstören. Sag mir, Kind, was passiert, wenn man die zeitweilige Gestalt einer Gottheit vernichtet und ihre Essenz zerschlägt? Stirbt sie?«

»Nein.« Ich erschauderte vor Furcht, als ich begriff. »Ihr seid die ganze Zeit hier gewesen, habt die Insel nie verlassen.«

Eine tödliche Saat, die darauf wartete, zu erblühen.

»Es hat Jahrhunderte gedauert, meine verstreute Seele wieder in eins zu fügen. *Jahrhunderte* von abscheulicher Schwäche, unfähig, mehr als ein Geist zu sein, der aus dem Schatten des Waldes beobachtet.« In seinen Worten schwang kaum unterdrückter Zorn mit, als er seine Krone berührte. »Mit der Zeit wurde ich stärker und bekam meine Magie zurück. Ich veränderte die Insel nach meinem Geschmack und schuf die Kinder, um jene zu jagen, die mich betrogen hatten. Du kannst dir mein Missfallen vorstellen, als ich feststellte, dass die Verräterinnen entweder tot oder in eine andere Welt geflohen waren.«

Mein Puls raste. Ich sah zu Cabell, versuchte zu atmen, aber es ging nicht. Sein kalter Blick war unerträglich.

»Wir *sind* aus einem Grund hergebracht worden, Tamsin«, sagte Cabell inbrünstig, als würde er mich anflehen, ihm zu glauben. »Das Ritual konnte nur funktionieren, wenn es mit einer Zauberin durchgeführt wird. Schwestern verbunden durch ein gemeinsames Ziel. Die Hohepriesterin Viviane hat das gewusst, aber sie hat nicht geglaubt, dass das Ritual jemals vollzogen werden könnte.«

Etwas in mir zögerte, bevor ich fragte: »Warum nicht?«

»Die Neun irrten sich«, sagte Cabell. »Sie haben sich *alle* geirrt. Es gab nie einen Schutzzauber, der Avalon für die Zauberinnen sperrte.«

»Was redest du denn?«, fragte ich und versuchte wieder, näher zu ihm zu kommen. »Das ergibt überhaupt keinen Sinn …«

»Die Zauberinnen haben den Eingang nach Avalon von unserer Welt aus versperrt, nicht umgekehrt«, erklärte Cabell. »Sie wollten nicht, dass Lord Death sie holt. Er *musste* das hier mit der Insel machen. Er konnte die Wilde Jagd nicht nach Avalon rufen und auf die Weise durch die Welten reisen. Aber er hatte vorausgesehen, dass eines Tages eine Zauberin kommen würde, und wusste, das Ritual wäre sein einziger Weg an der magischen Barriere vorbei. Jetzt kann er sie bestrafen.«

»Armes Kind«, sagte Lord Death zu mir und schnalzte gekünstelt mitleidig mit der Zunge. »Bei all deiner Klugheit verstehst du es immer noch nicht. Du erkennst nicht, wie du mir zu Hilfe gekommen bist.«

»Bin ich nicht«, erwiderte ich. »Ich …«

Doch ich wusste es. Ich *wusste* es.

»Ja«, sagte Lord Death, der Inbegriff arroganter Verachtung. »Das Athame. Die Hohepriesterin hatte mich in Verdacht und ahnte, was ich vorhatte. Sie versteckte das Athame an einem Ort, zu dem ich keinen Zugang hatte, damit das Ritual niemals vollzogen würde.«

So war das Athame Teil von ihr geworden, als hätte Viviane noch im Tod gewusst, dass sie es nahe bei sich behalten müsste, um es zu schützen. Das war der Wunsch, der sich in der Wiedergängerin manifestiert hatte.

»Ich konnte den Schutzzauber des Hügelgrabs nicht überwinden und ebenso wenig eine der Neun schicken, ohne Verdacht zu erregen. Ich war machtlos, bis der junge Cabell die exzellente Idee hatte, dich zu schicken«, fuhr Lord Death fort. »Und ich erwiderte seinen Gefallen gern mit einem eigenen – sicherzustellen, dass du das Ritual überleben würdest, und dir die Chance zu bieten, dich ihm auf meiner Seite anzuschließen.«

Wieder wandte ich mich zu meinem Bruder und hatte das Gefühl, zurück im See zu sein. Als würde ich in Eiswasser ertrinken. Die Dunkelheit schloss sich über mir. »Cabell, sieh mich an. *Sieh her!*«

Er tat es nicht.

»All diese Leute sind gestorben – hast du einfach dagestanden und es geschehen lassen?« Meine Stimme brach. »Bitte ... Ich weiß nicht, was er dir erzählt hat, aber ...«

»Er hat mir gezeigt, was ich bin«, sagte Cabell. »Nach all den Jahren weiß ich, wer ich bin. Er kann dir helfen, deinen eigenen Weg zu finden, Tamsin. Du brauchst nichts weiter zu tun, als mit uns zu kommen.«

Voller Ekel starrte ich auf seine ausgestreckte Hand. Ekel wegen seiner abscheulichen Tat, die so viele Leben gekostet hatte, und wegen der Rolle, die er mich dabei zu spielen gezwungen hatte. »Nein.«

Cabells Miene verfinsterte sich vor Schmerz, als er seine Hand zurückzog, und seine schwarzen Augen durchbohrten mich. »Jahrelang habe ich geglaubt, etwas wäre falsch mit mir. Dass ich ein Problem wäre, das man lösen müsse. Weißt du, wie es sich angefühlt hat, dass du und Nash mich so behandelt habt? Ihr habt mir das Gefühl gegeben, ein Monster zu sein. Dauernd habt ihr mich zurückgeholt, weil ihr beide zu große Angst hattet, mich meine Kraft kontrollieren zu lassen. Und ich bekam das Gefühl, selbst auch Angst vor mir haben zu müssen.«

»Das stimmt nicht«, widersprach ich.

»Es ist nie ein Fluch gewesen«, sagte er mit schaurig kalter Stimme. »Die ganze Zeit war es eine Gabe, die ich nutzen sollte. Lord Death hat mir geholfen, das zu erkennen. Und er kann dir auch helfen. Bitte, komm mit uns.«

Ich blickte den uralten König prüfend an, doch da war nichts Menschliches mehr in seinen Augen. Lord Death hatte es Artus genommen.

»Was hast du mit ihm gemacht?«, fragte ich.

Cabell kräuselte die Oberlippe, und wo eben noch Schmerz war, trat nun Wut ob der Zurückweisung in seine Züge.

»Ich habe nichts mit deinem Bruder gemacht«, antwortete Lord Death, »außer ihn zu enthüllen.«

Ein Zornesschrei erklang, und ein Dolch flog an meinem Kopf vorbei – auf den Mann zu, der behauptet hatte, Bedivere zu sein.

Der neigte sich nach links, sodass der Dolch gegen die Wand hinter ihm prallte. Wieder schnalzte er mit der Zunge und schaute zu Caitriona, die Neve und Olwen mit aller Kraft zurückhielten.

»Wie konntet Ihr?«, wütete Caitriona. »Warum habt Ihr sie

sterben lassen? Wir wollten das Ritual vollziehen, also warum? *Warum?*«

»Als die junge Fayne – Flea, wie ihr sie nennt …« Er sprach es mit solchem Ekel aus, dass alles in mir loderte vor Zorn. »Als sie das Fragment des Gefäßes fand, das ich genommen hatte, bestand die Gefahr, dass andere vor der Zeit entdeckten, was ich plante.«

»Sie mussten nicht sterben!«, schluchzte Caitriona, das Gesicht vor Schmerz und Wut verzerrt. »Ihr hättet sie nicht umbringen müssen!«

»Kind, es war nichts Persönliches, was ich getan habe«, sagte Lord Death in seinem väterlichen Tonfall, bei dem mir ein kalter Schauer über den Rücken lief. »Die Insel war von jeher nur ein Portal, durch das ich mir holen konnte, was mir Lady Morgana und die anderen Schwestern versprochen hatten. Es kann nicht jeder mit mir in die Sterblichenwelt kommen, wo sie doch tot so viel wertvoller für mich sind. Aber ich wähle dich, dich mir anzuschließen. Mein Liebling von allen. Meine perfekte, unerschütterliche Ritterin mit dem wilden, loyalen Herzen.«

Cabell zuckte bei seinen Worten zusammen und sah den Mann flehend an.

»Sag mir, Caitriona«, fuhr Lord Death in seinem samtigen Tonfall fort, »kann es noch für mich schlagen? Oder muss ich auch deine Seele holen?«

Mit einer Hand strich er über seine Manteltasche, in der ein kleiner Klumpen versteckt war. Sogleich leuchtete es silbern aus der Tasche. Olwen stieß ein leises Schluchzen aus, denn sie begriff genauso wie ich. Lord Death trug die Seelen all ihrer Lieben bei sich.

Caitriona stürzte sich mit einem Schrei nach vorn, der jedoch abgewürgt wurde, als der Mann eine Hand in die Höhe hielt.

Neve sah mich ängstlich an. Ich schüttelte den Kopf. Wir hatten keine Ahnung, wozu er fähig war.

»Ein Jammer«, sagte Lord Death. »Es gab einen Platz für dich an meiner Seite, und ich sehe ungern, dass meine Arbeit mit dir vergebens war.«

»Ich bring dich um«, schwor Caitriona.

»Sicher wirst du es versuchen«, entgegnete er mit einer ironischen Verbeugung.

Ein vertrautes Geräusch wie von huschenden Ratten erfüllte die Luft. Die Kinder, wieder lebendig, kletterten auf die Mauer hinter ihm. Dort blieben sie hocken und beobachteten uns. Warteten.

»Lebt wohl, Jungfrauen von Avalon«, höhnte Lord Death. Sein langer Mantel bauschte sich hinter ihm. »Ihr habt eure Wahl getroffen, und ich habe eine Ewigkeit auf meine Rache an denen gewartet, die mich eingesperrt hatten.«

Als er sich umdrehte, tat mein Bruder es ihm gleich, als wäre er zu einem treuen Hund geworden. Mir brach es das Herz. Es musste ein Zauber sein. Und auch vor dem könnte ich ihn retten.

»Bitte«, flehte ich. »Tu das nicht. Lass nicht zu, dass er dich gegen uns wendet. Gegen mich.«

Vor Jahren war unser Vormund, ein Geschichtenerzähler, in ein Gewitter gewandert und verschwunden, wodurch er selbst zu einer Geschichte wurde. Wir zwei blieben übrig und hatten nur noch uns auf der Welt.

Das Band unserer gemeinsamen Vergangenheit dehnte sich, als Cabell sich über die Schulter zu mir umblickte, zog mit jedem Herzschlag fester. Alles, was wir zusammen gesehen, getan und erlebt hatten, erstreckte sich zwischen uns, und er musste nichts weiter tun, als festzuhalten. Bloß einen Schritt auf mich zu machen, und ich würde mit allem kämpfen, was ich besaß, um ihn von dem Monster an seiner Seite fortzubekommen.

Tu es nicht.

Tu es nicht.

Tu es nicht.

»Cabell«, sagte ich. »Ich liebe dich. Bitte.«

Diesmal schaute er sich nicht um, doch der Wind trug mir seine Worte zu. »Stirb nicht.«

Und das Band zerriss.

Ich sah ihn nicht weggehen, denn meine Beine knickten ein, sodass ich zitternd in die Hocke sank. Neve packte meine Schultern, während Caitriona an uns vorbeirannte und versuchte, die beiden zu erreichen, bevor sie in die Dunkelheit der Nacht verschwanden.

Die Kinder sprangen nach unten und versperrten den Weg mit klackernden Reißzähnen. Sichtlich angestrengt wegen ihrer verwundeten Schulter schwang Caitriona ein gebogenes Schwert und spaltete einem von ihnen den Schädel, wobei sie einen wilden Schrei ausstieß. Die anderen flohen hinter ihrem Meister her über die eingestürzten Turmmauern.

Es verging ein Moment, ehe mir bewusst wurde, dass ihr Kreischen einem anderen Heulen gewichen war. Einem, das nicht nach Avalon gehörte.

Sirenen.

Ich rannte nach vorn und stieg durch eine eingebrochene Mauerlücke. Meine Fingernägel waren eingerissen, meine Hände und Knie aufgeschürft, doch ich fühlte nichts davon. Nur vage bekam ich mit, dass die anderen mir nachkletterten.

Gemeinsam blickten wir über den steilen Hügel voller toter Bäume und Nebel. Kinder erhoben sich vom Waldboden und scharten sich wiedergeboren hinter Artus – Lord Death – und

Cabell zu einem Rudel, als sie sich auf die ferne Stadt zubewegten, die in schwarzem Morast versank. Wasser quoll aus der Erde unter uns, das sich rot färbte, als es sich mit Erde und Blut vermischte.

»Heilige Mutter«, flüsterte Olwen.

Und als würde sie antworten, brachen die Wolken auf und Mondlicht flutete die Welt darunter. Die ehemaligen Obstgärten, die Wachtürme und die Häuser, in denen einst die Leute von Avalon gelebt hatten, sprenkelten das Land wie Stollen auf Rasen. Die Bauten hatten die modernen Straßen und Gebäude in ihrem Weg erdrückt und teils vergraben.

Bei all der Verwüstung erkannte ich erst verzögert, wo wir waren. Hier war ich schon unzählige Male mit Nash gewesen und ... und mit Cabell.

Wir standen auf dem Glastonbury Tor, jenem Hügel, von dem es lange hieß, hier wäre Avalon gewesen, bevor es sich von unserer Welt abspaltete. Der Hügel und sein einsamer Turm standen seit Jahrhunderten wie Wächter da, behüteten die sie umgebenden Wiesen und den nahen Ort Glastonbury.

Jetzt dienten sie als idealer Aussichtspunkt, um die völlige Zerstörung unten zu sehen.

Feuerschein stieg aus den Überresten des Ortes auf, und der Rauch verbarg die Sterne. Kranken- und Polizeiwagen sammelten sich mit eingeschalteten Blaulichtern auf der Straße nach Norden. Wegen der Überschwemmungen kamen sie nicht näher an die Stadt heran. Das Wummern eines Helikopters schien aus allen Richtungen gleichzeitig zu kommen.

»Wir müssen weg«, sagte ich zu den anderen. »Neve, kannst du eine Ader öffnen? Egal wohin. Wir müssen unsere Sachen holen und verschwinden – sofort.«

»Was ist passiert?«, fragte Caitriona. »Wo sind wir hier?«

Neve sah aus, als müsste sie kotzen vor Schock, und drückte ihren Zauberstab an ihre Brust. Blut sickerte aus einer Schnittwunde auf ihrem Wangenknochen und vermengte sich mit ihren Tränen.

»Das Ritual hat die Insel nicht wiederhergestellt, indem es sie reinigte«, sagte ich, und die Worte schmerzten mich zutiefst. »Es hat Avalon zurück in die Menschenwelt gebracht.«

Kapitel 49

Ich brachte sie zu dem einzigen Ort, zu dem wir konnten. Nach Hause.

Tatsächlich hatte ich nicht darüber nachgedacht, wie es sich anfühlen würde, in die Wohnung zurückzukehren. Ich hatte nicht einmal bedacht, wie viel Zeit vergangen war, seit ich zuletzt hier war, bis ich die Weihnachtsdekoration in unserer ruhigen Straße sah, wo die Luft nach bevorstehendem Schnee roch.

Wir hatten nur einen Moment Zeit gehabt, unsere Sachen zu nehmen – einschließlich Griflet –, bevor die Suchscheinwerfer des Helikopters den Hof des Turms ableuchteten. Es war keine Sekunde zum Nachdenken geblieben.

Jetzt hingegen war zu viel Zeit.

Olwen und Caitriona hatten auf den ersten Anblick unserer Welt mit blankem Entsetzen reagiert. Die Autos, die Architektur, die umhereilenden Menschen, die uns angafften, weil wir in solch einem ramponierten Zustand waren – all das war zu viel, zu laut, zu grell nach der grauen Welt von Avalon, sogar für mich.

»Bist du dir sicher?«, flüsterte Neve, als ich das Schloss an unserem kleinen Küchenfenster aufbrach. Die Kräuter in dem Pflanztopf begrüßten mich mit einem welken Vorwurf, der jedoch erheblich herzlicher wirkte als der Blick einer Nachbarin, die vom Gehweg aus zu uns schaute. Blutbefleckt und schmutzig winkte ich ihr mit meinem überzeugendsten verlegenen Lächeln zu.

»Schlüssel verloren!«, rief ich, als das Fensterschloss endlich nachgab.

Ich stemmte mich durch die enge Öffnung über die Arbeitsplatte. Drinnen erstarrte ich ob des vertrauten Dufts nach Zitrone und getrockneten Kräutern, und Tränen brannten in meinen Augen. Die Küchengeräte und Möbel wirkten fremd – zu modern, zu perfekt. Eine dünne Staubschicht bedeckte den Esstisch und die Arbeitsflächen, doch ansonsten war es hier sauber und ordentlich. Kein dunkler Schlamm, der von Steinen geschrubbt werden musste, keine schmutzige Bettwäsche. Es gab keine Geschichten zu belauschen oder in Schatten verborgene Geheimnisse. Auch keine Monster.

Ich betrachtete alles unendlich lange, hatte Mühe, mit den unnatürlich grellen Farben der Bücher im Regal oder dem Zickzackmuster unseres Teppichs klarzukommen. Obwohl hier lauter Sachen waren, die ich selbst ausgesucht hatte, schien alles beinahe … schmerzhaft leer.

Es war nie ein Zuhause gewesen, lediglich der Traum von einem.

Als ich von der Arbeitsplatte stieg, warf ich einige Briefe und Topfpflanzen auf den Linoleumboden, hob aber nichts davon auf. Stattdessen blickte ich mich weiter in dem um, was einmal unser Heim gewesen war. Der Ort, den wir uns in einer Welt geschaffen hatten, die ihr Bestes getan hatte, um uns loszuwerden.

Ein Stich fuhr mir durch die Brust. Dies hier war nicht richtig, nicht real. Es war der Ort, den *ich* für uns gewollt hatte – in der Stadt, in der ich uns aus meinen eigenen egoistischen Gründen festgehalten hatte. Ich hatte Cabell eingeredet, wir müssten in Boston bleiben, so wie ich ihm einredete, dass wir einen Weg finden müssten, seinen Fluch zu brechen, anstatt ihm zu helfen, damit zu leben.

Ich bekam das Gefühl, selbst auch Angst vor mir haben zu müssen.

Ich schloss die Eingangstür auf und nahm nur am Rande wahr, wie die anderen hereinkamen und sich vorsichtig umschauten. Caitriona und Olwen setzten sich auf die beiden Stühle an dem kleinen Küchentisch – zwei, weil wir nie mehr gebraucht hatten. Beide starrten blind in die Luft, als warteten sie auf Anweisungen. Ich schenkte allen Wasser ein, doch keiner trank es.

Neve setzte sich auf die Couch und rückte zur Seite, um Platz für mich zu machen. Wir lehnten die Köpfe aneinander, während wir beobachteten, wie Griflet alles erkundete.

Durch die dünne Wand hörten wir den Fernseher nebenan – *»... es kommen eben erst die Berichte aus Glastonbury herein, wo es laut offiziellen Stellen in der Nacht ein heftiges Erdbeben gegeben hatte, in dessen Folge die bisher unbekannten Ruinen einer früheren Siedlung und eines Waldes zutage traten. Wir senden eine Liveaufnahme von ...«*

»Oh, verdammt«, würgte ich hervor. »Ob die alles in dem Turm sehen können? Die Bücher? Die Quellen?«

»Alles, was noch Magie besitzt, wird jenen ohne Allsicht verborgen bleiben«, antwortete Olwen. »Was von Hand gemacht ist, nicht.«

Sie umklammerte den Korb mit Vivianes eingewickeltem Gefäß auf ihrem Schoß, und ihre Beine wippten vor unverbrauchtem Adrenalin. Das Gefäß war bei dem Magieschwall vom Ritual zerborsten, doch sie hatte es trotzdem mitgenommen.

»Es tut mir so leid«, sagte Neve unglücklich. Etwas in ihr

brach auf, und mit ihren Tränen kamen die Worte aus ihr geströmt. »Hätte ich nicht gedrängt, das Ritual durchzuführen, wäre dies … dies hier nie geschehen. Es tut mir so leid. So, so leid …«

»Nein«, entgegnete ich. »Nichts hiervon ist deine Schuld. Ich bin die, die das Athame holen wollte.«

»Und ich habe für das Ritual gekämpft«, ergänzte Olwen gequält. »Ich habe Bediveres Identität nie infrage gestellt, nie gemerkt, dass er die Hand hatte, die er verloren zu haben behauptete – was für eine Heilerin bin ich?«

»Warum hätten wir an ihm zweifeln sollen?«, fragte Caitriona. »Einzig die Hohepriesterin hatte jemals den lebenden Artus und den wahren Bedivere gesehen, und Lord Death sorgte dafür, dass sie tot war, bevor er zum Turm gekommen ist.«

Sie stand auf und begann, im Zimmer umherzugehen und uns abwechselnd anzusehen. »Hört zu. Wir machen sein Spiel nicht mit. Wir tragen nicht die Bürde der Schande für das, was das Monster getan hat, sondern werden in Ordnung bringen, was er angerichtet hat.«

Ich zog die Augenbrauen zusammen. »Was meinst du?«

»Wir haben Lord Death auf diese Welt losgelassen, zusammen mit den Kindern«, erklärte sie. »Was immer er für die Zauberinnen geplant hat, für alle in diesem Reich, wir werden es aufhalten. Und wir holen Cabell zurück.«

Ich schloss die Augen und atmete zittrig aus. »Ich weiß nicht, ob wir das können.«

Der Bruder, den ich kannte, hätte nicht dabeigestanden, als die letzten Überlebenden von Avalon abgeschlachtet wurden.

»Er könnte unter Lord Deaths Einfluss stehen«, sagte Neve und wischte sich mit ihrem zerfetzten Ärmel die Augen. »So wie die Kinder.«

Das wollte ich zu gern glauben, nur … sein Gesichtsausdruck. *Ihr habt mir das Gefühl gegeben, ein Monster zu sein.*

»Die Leiche in König Artus' Grab«, flüsterte Neve. »Das muss der echte Bedivere gewesen sein.«

»Vermutlich hast du recht«, sagte ich. »Und die ganze Geschichte ist wahrscheinlich in das fehlende Stück des Gefäßes eingraviert – dem, das Flea gefunden hatte. Wir fangen damit an, die Person aufzusuchen, von der ich denke, dass sie das Gefäß reparieren kann. Und danach werden wir den Rat der Schwestern warnen.«

»Oh, die wissen sicher schon Bescheid«, meinte Neve. »Die Magieexplosion war verräterisch genug, und sogar Zauberinnen haben Kabelfernsehen.«

»Sind wir uns alle einig?«, fragte ich. Bei dem Wort *wir* regte sich ein seltsames Zittern in meiner Brust. Wir würden uns dem gemeinsam stellen.

»Und bis dahin?«, fragte Caitriona, die zu dem Stuhl am Tisch zurückkehrte. Olwen legte die Arme überkreuz auf den Tisch und lehnte ihren Kopf auf sie.

»Ruhen wir uns aus«, antwortete ich.

In der Stille, die nun folgte, war wieder der Nachrichtensprecher von nebenan zu hören. *»Wir schalten nun zur Downing Street, wo eine Erklärung zu den Ereignissen in Glastonbury abgegeben werden soll …«*

Neve griff in ihre Bauchtasche und holte den alten, zerkratzten CD-Player heraus. Sie drehte eine Kopfhörermuschel zu mir und drückte sich die andere aufs Ohr, bevor sie die verträumte Musik immer lauter drehte, bis die Stimme des Nachrichtensprechers verblasste und nur noch die zarten, kosmischen Klangwellen und die perlenden Tautropfen zu hören waren, von denen die Frau sang.

Und für einen Moment ließen sogar meine Erinnerungen von mir ab.

Nachdem ich mein Smartphone ans Ladekabel angeschlossen hatte, suchte ich in meinem Zimmer nach Bargeld und ging anschließend zu dem Erker, in dem unsere Schreibtische standen.

Als ich mich ihnen näherte, wurde ich langsamer und riss die Augen auf, sowie mein Blick auf die Acrylschubladen fiel, in denen Cabell seine Kristalle geordnet hatte. Mit der Allsicht erkannte ich, was ich zuvor nicht gesehen hatte – mehrere von ihnen pulsierten vor absorbierter Energie, als wären Flammen in ihnen gefangen.

Danach wollte ich nicht mehr hinsehen. Nicht zu den Kristallen. Nicht zu dem verkrusteten Fleckenentferner auf dem Teppich, der mein getrocknetes Blut bedeckte – der letzte Hinweis auf den Kampf mit meinem Bruder, den ich nur knapp überlebt hatte.

Ich wühlte in meiner eigenen chaotischen Schreibtischschublade und fand genug Bargeld, um uns Pizza zu bestellen. Während ich wartete, dass mein Handy ansprang, lauschte ich durch die Wand Caitrionas Fluchen über die Dusche.

Neve und Olwen hatten sich bereits abgeschrubbt und einige von Cabells und meinen Sachen angezogen. Sie unterhielten sich leise auf der Couch, und ich ging in die Küche, um die Unordnung zu beseitigen, die ich dort angerichtet hatte.

Mit dem Handfeger nahm ich die Topfscherben, Erde und die verschrumpelten Reste von Florence auf sowie etwas, das wie eine Linie toter Ameisen aussah. Beinahe drei Monate Post hatten sich nahe der Tür angesammelt, doch der Stapel von meinem letzten Abend hier war ebenfalls bei meinem Einstieg auf dem Fußboden gelandet, zusammen mit meinem Portemonnaie und meinen Tarotkarten.

Griflet spielte mit meinen Schnürsenkeln, als ich alles zusammenraffte. Ich richtete mich bereits wieder auf, da bemerkte ich, dass ich eine Karte übersehen hatte. Sie war halb unter dem Kühlschrank gelandet. Mein Atem stockte, als ich sie umdrehte.

Die Mondkarte.

Das eklige Gefühl in mir regte sich wieder und machte mich schwindlig. Ich strich mit dem Daumen über das Bild – der Mond, die Türme, die blauen Hügel. Der Wolf und der Hund.

Als ich die Karte berührte, schoss mir ein anderes Bild durch den Kopf, pulsierend vor Finsternis. Ein anderer Mond, nicht mehr als eine schmale Sichel, wurde vom wachsenden Schwarz einer sternlosen Nacht geschluckt. Unter ihm jagte ein Rudel schwarzer Hunde durch den Nebel und heulte die Schattengestalt an, die weiter vorn wartete.

Sag meinen Namen.

Die Antwort war ein Flüstern von einer unbekannten Frauenstimme, ein Lied, das gleich wieder Stille wich.

Lord Death.

»Tamsin?«

Ich erschrak, als mein Name mich aus der schrecklichen Vision riss.

»Tamsin?«, wiederholte Neve, die zur Tür hereinschaute. »Ich glaube, es ist jemand an der Tür …«

Es war ein Klopfen zu hören.

»Oh, das muss das Essen sein.« Ich schüttelte mich aus meiner Benommenheit. »Das ging schnell.«

Ich stand auf, strich mit den Händen über meine schmutzige Jeans und fragte mich, ob Neve mein Herzklopfen hörte, als ich an ihr vorbeiging.

An der Tür zog ich das Geld aus der Tasche und schloss auf. »Tut mir leid …«

Die Geldscheine glitten mir aus den Fingern und flatterten zu Boden.

Der Mann draußen trug einen knittrigen Anzug. Nervös nestelte er an der Krempe des Huts in seinen Händen, doch ich konnte nicht aufhören, sein Gesicht anzustarren.

»Was …«, flüsterte ich und bekam keine Luft. »Was machst du …«

Er sah jünger aus, als ich ihn in Erinnerung hatte. Die Stirnfalten hatten sich geglättet, und seine vielen Narben waren fort. Seine Haut schimmerte gesund, statt gerötet von zu viel Sonne oder Alkohol zu sein. Und seine Augen – sie waren silbrig blau und blitzten vor Humor und Gefühlen.

Neve und Olwen blieben schützend hinter mir, während sie den Fremden beäugten.

Der für mich kein Fremder war. Es war Nash. Der lebte.

Nash.

»Tamsy«, sagte er mit belegter Stimme. »Götter, bist du groß geworden!«

Wäre mein Schock weniger heftig und ich imstande gewesen, mich auch nur einen Millimeter weit zu bewegen, hätte ich ihm die Tür vor der Nase zugeknallt.

»Was machst du hier?«, fragte ich matt. »Du bist tot.«

»Ja, was das angeht – darf ich reinkommen?« Er blickte sich wachsam auf der Straße um. »Ich muss dich sprechen. Es ist wichtig.«

»Du hättest vor sieben Jahren mit mir reden sollen«, erwiderte ich. »Bevor du uns verlassen hast.«

Er schloss die Augen und atmete tief ein. »Ich hatte versucht, den Ring der Zerschlagung zu finden.«

»Weiß ich«, sagte ich. »Um Cabells Fluch zu brechen.«

Er öffnete seine Augen wieder, und das Funkeln war fort. Sie wirkten ernster, als ich sie jemals gesehen hatte.

»Nein, Tamsin«, erwiderte er. »Um deinen zu brechen.«

Danksagung

Über Jahre schmorte diese Geschichte in meinem Hinterkopf vor sich hin, und ich reicherte sie mit komplizierten Familienbeziehungen, düsteren Legenden und unheimlichen Ideen an. Letztere schossen immer wieder wie Pilze aus dem Boden, doch jetzt bin ich überaus dankbar, dieses Buch endlich zu Papier gebracht zu haben und hinaus in die Welt zu entlassen.

Als Erstes möchte ich den Leser*innen danken, die mich auf meiner langen Reise begleiten und sich mit mir in eine neue Welt nach der anderen wagen. Falls dies das erste Buch ist, das ihr von mir lest: Hallo! Ich kann euch gar nicht sagen, wie sehr es mich freut, dass ihr aus der Vielzahl toller Bücher dieses als euren Lesestoff ausgewählt habt.

Beginnen möchte ich mit einem Dankeschön an Melanie Nolan, die an mich und diese Geschichte geglaubt und mich wieder bei Random House Children's Books willkommen geheißen hat. Es war solch eine unglaubliche Heimkehr für mich, und ich kann mein Glück noch gar nicht fassen.

Katherine Harrison, dein Lektorat hat dieses Buch vollkommen verwandelt. Dein Feedback ist so fantastisch in seiner Tiefe und Besonnenheit, und ich wusste von Anfang an, dass meine Figuren und ich uns in den bestmöglichen Händen befanden. Danke auch an Gianna Lakenauth für ihre unbezahlbare Unterstützung auf dem Weg zur Veröffentlichung, für die

Zeit und Energie, die sie auf das Lesen diverser Entwürfe und ihre wichtigen – und absolut treffenden! – Hinweise verwandt hat. Ein riesiger Dank an meine britischen Lektorinnen Rachel Boden und Harriet Wilson, die mir fabelhafte Anmerkungen gaben und halfen, dieses Buch in die Welt zu bringen.

Auch danke ich Barbara Marcus, Judith Haut, John Adamo, Dominique Cimina, Adrienne Waintraub, Elizabeth Ward, Kelly McGauley, Becky Green, Joe English und Emily Bruce für ihren Enthusiasmus und ihre unvergleichliche Führung. Ihr seid wahrlich ein Dreamteam für Autoren und Autorinnen!

Ebenso danke ich Jasmine Walls für ihre Bereitschaft, tief in diese Welt und die Figuren einzutauchen und Anmerkungen zur Authentizität der Figuren zu machen.

Ich bin so froh, Freundinnen wie Anna Jarzab, Valia Lind, Susan Dennard und Isabel Ibañez zu haben, die nicht nur so freundlich waren, diese Geschichte in den unterschiedlichen Stadien zu lesen, sondern mich auch immer wieder aufbauten, wenn ich down war und zweifelte. Marissa Grossman, dein Feedback hat mir geholfen, diese Geschichte zurück in die richtige Richtung zu lenken, als ich die falsche einschlug. Merci! Ein riesiges, riesiges Dankeschön an Leigh Bardugo, Jennifer Lynn Barnes, J. Elle, Stephanie Garber und Elizabeth Lim für das Lesen und ihre warmen Worte über das Buch. Ihr seid Königinnen!

Und ich muss unbedingt meiner wundervollen Agentin Merrilee Heifetz danken, für ihre jahrelange, unermüdliche Unterstützung und dafür, dass sie immerzu die dringend nötige Stimme der Vernunft ist. Rebecca Eskildsen, ich weiß ehrlich nicht, wie du das machst – danke, dass du stets alles im Griff hast und mir Chaotin hilfst, einen klaren Kopf zu behalten. Alessandra Birch, danke, dass du alles für mich möglich machst, selbst wenn einiges an Planung wegen meines widerspenstigen Auges über den Haufen geworfen wurde. Cecilia de la Campa, es kann gar nicht oft genug betont werden, dass du ein Superstar bist.

Danke an meine unvergleichliche Filmagentin Dana Spector von CAA, die so hart gearbeitet hat, um das beste Hollywood-Zuhause für meine Bücher zu finden. Es ist eine Freude, mit dir zu arbeiten!

Und nicht zuletzt möchte ich meiner Familie und meinen Freunden für all die Liebe und Unterstützung danken, die ihr mir immer wieder schenkt, ganz besonders während des Auf und Ab mehrerer Augenoperationen und der Genesung hinterher. Der strahlendste Moment des Jahres war die Geburt meines bezaubernden Neffen, alias der andere LD, Little Dan. Willkommen auf der Welt! Wir alle lieben dich mehr, als es Worte ausdrücken können.

Scherzhaft sagte ich mal, den Folgeband sollte ich meinem rechten Augapfel widmen, der mich 2022 nicht im Stich gelassen hat, aber … eigentlich ist es kein Witz. Danke also auch dir, rechter Augapfel, dass du mich weiter an diesem Buch und dem nächsten Band hast arbeiten lassen, sodass ich nicht den Verstand verlor. *Dieses* Buch jedoch ist meiner Schwester Stephanie gewidmet, die wahnsinnig lustig, furchtlos und großherzig ist. Es war eine Freude, ein Buch zu schreiben, das sich um eine Schwesternschaft rankt und dabei an unsere mit den Jahren immer weiter gewachsene Beziehung zu denken. Danke, dass du stets für mich da bist. Auf noch viele weitere Schwesternabenteuer in der Zukunft!

Personen der Handlung

Hollower

Emrys Dye – Der jüngste Spross der Dye-Dynastie, dessen Vorfahren den nordamerikanische Zweig der Hollowergilde gründeten. Unvorstellbar reich, enervierend charmant und ein Grünheiler vom Cunningfolk. Er ist Tamsins Rivale in der Gilde und genießt es, sie zu provozieren und mit ihr zu flirten.

Endymion Dye – Emrys' kalter und gebieterischer Vater, der mit eiserner Faust über seine Familie und die Gilde herrscht.

Cabell Lark – Tamsins Bruder, der unter einem Fluch leidet, durch den er sich in einen monströsen Hund verwandelt. Er ist ein Expeller, die im Cunningfolk extrem selten sind und die meisten Zauber und Flüche allein mittels Gedankenkraft brechen oder ablenken können.

Nashbury (Nash) Lark – Tamsins und Cabells Vormund. Bei den Hollowern und den Zauberinnen gleichermaßen berüchtigt und bekannt als Gauner wie auch als begnadeter Geschichtenerzähler. Er verschwand vor sieben Jahren in Tintagel und wird für tot gehalten.

Tamsin Lark – Sie wurde als Kind in die Welt der Hollower geworfen, besitzt keine angeborene Magie, jedoch ein fotografisches Gedächtnis und einen ausgeprägten Geschäftssinn. Mit den meisten Gildemitgliedern will sie nichts zu tun haben, da diese Cabell und sie im Stich gelassen haben, als sie noch Kinder waren.

Septimus Yarrow – Ein Hollower, der vor allem dafür bekannt ist, dass er Herakles' Keule fand; verbündet mit Endymion Dye.

Zauberinnen

Edda – Eine Älteste, deren eisige Gruft von den Larks geöffnet wurde, um Artus' Dolch zu holen.

Grinda – Eine Älteste, die Tamsin und Caleb angeheuert hatte, ein Medaillon zu finden.

Madrigal – Eine mysteriöse Älteste, die für ihre tödlichen Dinnerpartys berühmt ist. Sie engagiert Emrys und Tamsin, den Ring der Zerschlagung für sie zu suchen.

Morgana – Anführerin der Priesterinnen, die sich gegen die Druiden erhoben und später deswegen ins Exil geschickt wurden. König Artus' Halbschwester und Geliebte Vivianes.

Myfanwy – Eine kaum bekannte Zauberin aus dem Novizinnenrang, deren Unvergänglichkeit das Rätsel löst, warum die Larks in Tintagel waren.

Neve Goode – Eine fröhliche, fürsorgliche Zauberin, die sich ihre Kunst selbst beibrachte und sich auf der Suche nach dem Ring der Zerschlagung mit Tamsin und den anderen zusammentut.

Die Neun von Avalon

Arianwen – Ein Mitglied der Wachen und verantwortlich für das Arrangieren der für ein Ritual nötigen Elemente. Hasst Wäschedienst.

Betrys – Eine stille, ernste Persönlichkeit unter den Schwestern, stets besonnen und eine geschickte Kämpferin. Sie sorgt dafür, dass ihre Schwestern auf sich achtgeben.

Caitriona – Von den Schwestern als die neue Hohepriesterin ausgewählt und de facto die Anführerin von Avalon.

Flea (Fayne) – Die Jüngste der Neun, die noch nicht ihre volle Magie erlangt hat. Sie hat flinke Finger und verfügt über eine gehörige Portion Willensstärke.

Lowri – Eine versierte Schmiedin von Waffen wie auch von kleineren Gegenständen wie Schmuck. Sie ist nun die Älteste der Neun und bleibt meist für sich in der Schmiede. Auch sie dient als Wache.

Mari – Eine scheue Elfe, die alles im Turm am Laufen hält. Sie kennt sich sehr gut mit den Legenden und der Geschichte Avalons aus.

Olwen – Die halb nymphische Heilerin von Avalon, die glaubt, dass Tamsin und den anderen eine größere Rolle bei der Rettung Avalons bestimmt ist.

Rhona – Dient als Wache und leitet oft die Ritualgesänge. Sie hat es sich zur Aufgabe gemacht, die anderen mit Geschichten und Reimen aufzuheitern.

Seren – Oft sind sie und Rhona unzertrennlich. Seren gehört zur Wache und ist eine begnadete Bogenschützin.

Viviane – Hohepriesterin und die letzte Priesterin aus Artus' Zeiten, die Jahrhunderte lebte, während sie wartete, dass die neuen Neun berufen wurden. War Mutterfigur und Mentorin in einem für die Priesterinnen und wurde ermordet, kurz nachdem sich die Dunkelheit über Avalon senkte.

Avalonier

Aled – Onkel von Mari und Stallmeister. Einer der wenigen überlebenden Elfen von Avalon.

Bedivere – Der letzte noch lebende Ritter der Tafelrunde. Er hat der Herrin vom See Excalibur zurückgebracht und beschützt nun Artus' Leib.

Deri – Die letzte Hamadryade, die mit dem Mutterbaum verbunden ist und sich um diesen kümmert.

Dilwyn – Tante von Mari. Elfe und Küchenchefin.

König Artus – Der einstige und vielleicht künftige König von Großbritannien. Sein Körper liegt in Avalon, geschützt und erhalten von Magie bis zu dem Tag, an dem er wieder gebraucht wird. Laut Flea ist er inzwischen ein bisschen verschrumpelt.

Merlin – Druide und einstiger Mentor des jungen König Artus. Er hat sich mit dem Mutterbaum verbunden, um einen Kampf mit Morgana zu überleben, und brabbelt den wenigen, die ihm zuzuhören bereit sind, unsinnige Prophezeiungen vor.

Andere

Bibliothekar – Automat, der früher die Gruft der Zauberin bewachte, in der sich nun die Gildebibliothek befindet. Nun kümmert er sich um die Bibliothek und beschützt deren zahlreiche Schätze. Hat eine Schwäche für weiche und flauschige Dinge sowie fürs Staubsaugen.

Ignatius – Die Totenhand, die Tamsins fehlende Allsicht ersetzt, und die außerdem jede verriegelte Tür öffnen kann.

Der Knochenschneider – Eine rätselhafte Gestalt, die Skelettschlüssel zu Zauberinnengrüften und anderes Kurioses beschafft, wie beispielsweise Basiliskengift.

Linden Goode – Neves Adoptivtante und eine Cunningfolk-Finderin. Sie verbirgt Neves wahre Herkunft vor ihr, um ihre geliebte Nichte zu schützen.

Die Nebelhexe (oder Gwrach-y-Rhibyn) – Eine alte Gottheit, die ungehindert die Überwege zwischen den Welten überschreiten kann.

Bekannte Cunningfolk-Untergruppen

Brauer – fertigt mächtige Tonika

Expeller – bricht Flüche und andere Zauber

Finder – kann Dinge aufspüren

Gedankenwanderer – kann sich in Kreaturen oder andere Leute hineinversetzen und ohne deren Kenntnis mit ihren Augen sehen

Grausprecher – kann mit den Toten kommunizieren

Grünheiler – kann mit Pflanzen kommunizieren und deren Wachstum beeinflussen

Heiler – versteht sich auf die Heilkunst

Schmeichler – fähig, Tiere zu beruhigen und zu kontrollieren

Seher – hat Zukunftsvisionen

Die Hollower-Saga geht weiter.

Band 2 erscheint in 2024.

ISBN 978-3-401-60737-5

Hinweis zu sensiblen Themen

Achtung: Diese Hinweise enthalten Spoiler!

Dieses Buch enthält Themen, auf die du sensibel reagieren könntest: Kindesmisshandlung.

Mutterfluss
Begräbnisstätte
Der Turm
Feenpfad
Geisterwald